知否知否应是绿肥红瘦

5

关心则乱 著

江苏凤凰文艺出版社
JIANGSU PHOENIX LITERATURE AND
ART PUBLISHING

图书在版编目（CIP）数据

知否知否应是绿肥红瘦 . 5 / 关心则乱著 . —— 南京：
江苏凤凰文艺出版社，2024.5
ISBN 978-7-5594-8284-6

Ⅰ . ①知… Ⅱ . ①关… Ⅲ . ①长篇小说 – 中国 – 当代
Ⅳ . ① I247.5

中国国家版本馆 CIP 数据核字 (2024) 第 008302 号

知否知否应是绿肥红瘦 . 5

关心则乱 著

责任编辑	周颖若	
特约编辑	文 茵 曹 岩	
封面设计	普遍善良	
出版发行	江苏凤凰文艺出版社	
	南京市中央路 165 号，邮编：210009	
网 址	http://www.jswenyi.com	
印 刷	河北鹏润印刷有限公司	
开 本	700mm×980mm 1/16	
印 张	20	
字 数	326 千字	
版 次	2024 年 5 月第 1 版	
印 次	2024 年 5 月第 1 次印刷	
书 号	ISBN 978-7-5594-8284-6	
定 价	48.00 元	

江苏凤凰文艺版图书凡印刷、装订错误，可向出版社调换，联系电话 025-83280257

目录

001

⋯⋯

第四十五回

釜底抽薪

027

⋯⋯

第四十六回

明兰生子

061

⋯⋯

第四十七回

真爱代价

089

⋯⋯

第四十八回

顾府分家

第五十三回 妖魔鬼怪 …… 247

第五十四回 左右相顾 …… 273

第五十五回 俗世夫妻 …… 297

目录

125
……
第四十九回
非黑非白

165
……
第五十回
人非草木

191
……
第五十一回
且行且思

219
……
第五十二回
君心我心

明兰抬头望天，夜黑如墨，月暗星稀，
无边无际的黑暗笼罩天际。
周围满是仆妇、丫鬟，却静得落针可闻。

寂静和黑暗一样可怕，她想。
——可我心中，明亮如皎月当空。

关心则乱 作品

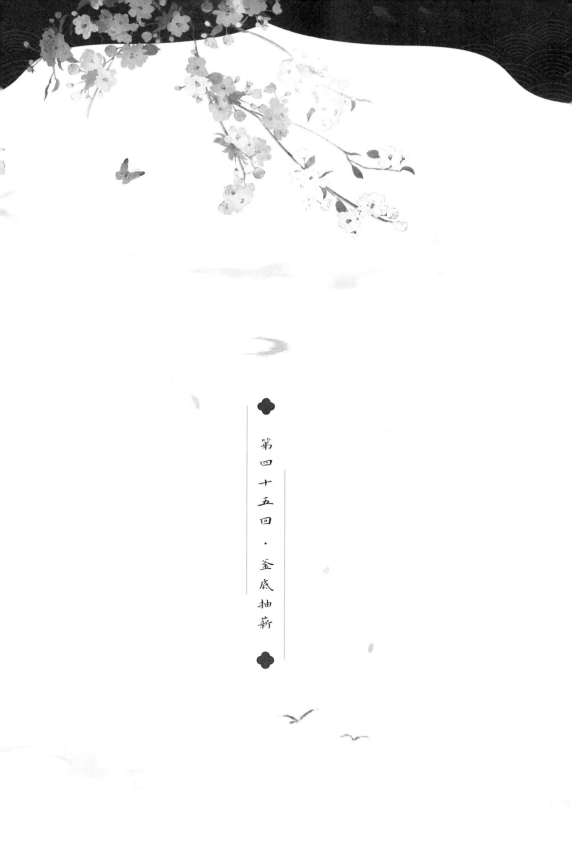

第四十五回 · 釜底抽薪

　　林太医祖传本事，专攻外伤内燥、止血急救、筋骨调养，是一干武将最常光顾的太医。丹橘随着外院管事一道出门，请到林太医后直接去了常家。一直到黄昏上灯之时，丹橘才回来。

　　"夫人放心，年哥儿瞧着凶险，却无大碍的。"

　　年哥儿并非一般手不得抬、肩不能扛的读书少年，当时马车一有倾翻，他立即撑住车壁，一跃而出，只受了些皮肉伤，头、胸、腹等要害并未受创。

　　明兰又想起一事，急问道："那手呢？脚呢？"古代官场没有《残疾人保障法》，倘若仪表有损，那一辈子都上不得台面了。丹橘苦笑一声："腿脚倒无事，只是手臂……林太医说，右臂上肱骨裂了，左手腕子也折了些。"明兰一颗心高高提起，读书人怎能伤了手？！

　　她忙问："那可能治好？"丹橘上前一步，道："夫人别急，我看着林太医给年哥儿矫了骨头，上了药，又绑缚了夹板。林太医说了，年哥儿年纪小，身量未长足，骨骼也未长牢，只要好好将养，仔细调理，待回头好了，一点儿碍处都不会留的。"

　　明兰这才松了口气，当下叫外院大管事拿了个二百两的银封去林府，又说了许多恭维恳求的好话，道那位是顾侯母家如今唯一的老人了，万请多加费心。林太医推辞了半天，方收下，并许诺一定常去复诊。明兰又叫账房拨了五百两银子，送去常嬷嬷处，以后不论购买药材还是支付诊金，能宽裕些。

　　"跟嬷嬷说，叫她别急，要什么尽管来取就是，若银子不够，打发人来说一声，自家人，不要客气。"明兰殷殷叮嘱，"叫嬷嬷别惦记我这儿，好好照看年哥儿才是正理。"

　　待人散去后，明兰坐在锦榻上发怔，不知何时醒觉过来，发现双唇麻痛，原来是咬得厉害了。她忍不住发恨，最好别叫她知道这事故和她们有关系，不然，她非把这茬找回来不可！教教她们什么叫《未成年人保护法》。

次日一早，明兰就使人杀鸡烧酒放鞭炮，因顾廷烨不在，只好请顾廷炜代而祭之。

略事典仪后，便是开席吃酒。两桌男丁席面设在外厅，女席设在里头的小花厅，小辈孩子们又另设两桌。自分家后，顾府男丁久别重逢，人人各自心思。

五老太爷眉头紧锁，杯中的美酒尝起来却如黄连。他大半辈子都在兄长羽翼之下，一朝离了庇佑，才知世道艰难。原以为长子顾廷炀虽天资平庸，但好歹为人老实，也不失君子之风，没想却是个贪花好色的腐朽之徒，他院里的媳妇丫鬟没一个不被他上手的，花钱如流水，满京城的青楼赶着去做火山孝子，真真辱没斯文，败类至极。以前是大哥兜着，大嫂瞒着，老妻护着，他一无所知，如今却……他一眼瞪过去。顾廷炀深惧父亲，手一哆嗦，一筷子香醋莴苣肚丝便落在席上。一旁的顾廷狄却丝毫不知，犹自和顾廷炜推杯换盏。

说起这次子，五老太爷又是一阵黯然。原想着廷狄精明能干，堪为家中梁柱，谁知自家关起门来过日子，才知他活脱脱算盘精投胎，凡事不关己则已，一有触及本家利益，便是锱铢必较。计较他兄长狎妓挥霍也就罢了，没想到如今连老父的斯文消遣也克扣上了。

老二夫妇俩拿着账册分析得头头是道——家里统共进项多少多少，要花银子的地方多少多少，将来还要出销多少多少，因此需要量入为出……他听得头皮发麻，可既知实情如此，不得不忍痛遣散一大半的清客，至于添购古籍、名砚、珍墨等，也只好斟酌减少了。

五老太爷叹着气，举杯敬了身旁的四哥一杯。酒入愁肠，四老太爷也跟着一道叹起气来。

长子就不用说了，老实巴交还爱听媳妇话，自己有些不大正经的爱好，也不像小儿子那么配合，多少支使不动。连他想票个戏，儿子都拉长个脸老大不乐意的。可是除了他，自己又能去依靠哪个？小儿子倒是与自己志同道合，可惜，明明是败家子的命，愣想做商业奇才，落下一屁股的亏空要老父来填！从去年到今年，还不知有多少烂头账要清。

这顿酒喝得凄风冷雨，只顾廷炜依旧轻松跳脱，似对旁人概无心思。

与之相比，里头的女桌倒还热闹些。甫一落座，明兰就愣住了，明明是家宴，却见太夫人亲密地携着康姨妈过来了，又叫跟来的康兆儿去顾家姑娘那桌吃酒。

太夫人神色自若地向妯娌小辈们介绍康姨妈，并道："是明兰的姨母，今日恰巧无事，我便做主给请来，人多也凑个热闹。"康姨妈微笑得斯文大方："是我唐突了。"四老太太微瞥了默不作声的明兰一眼。很快，五老太太一连声附和，热烈表示欢迎。

因分了府邸，四房、五房算是客，而朱氏、邵氏照例要服侍布菜，却被太夫人叫免了。众女眷顾着长幼尊卑，便分桌而坐。太夫人并两位妯娌和康姨妈一桌，明兰等媳妇一桌，另未嫁的姑娘们一桌。屋角远远设着几处冰盆，每处都只侍立着个小丫头，拿大蒲扇缓缓送些凉风过来，厅前又设了女先儿唱曲儿，加之菜肴清淡可口，也颇可待客了。

酒过三巡，曲儿也唱完了，姑娘们携着手下去玩儿了，只康兆儿被太夫人叫去桌边说话，众女眷有些东倒西歪地谈开了。

"今儿，我敬煊大嫂嫂一杯！"狄二太太拉着炀大太太一道举杯，"听闻征大侄子差当得极好，连伏老将军都夸了呢。"她一饮而尽。炀大太太也掩着袖子饮尽了酒。只听狄二太太坐下后，又笑得挤眉弄眼："回头若是大侄子好事近了，可别遮着掩着哦！"

煊大太太并不说话，可言笑之间掩饰不住得意之情。邵氏见了不免疑惑，狄二太太帮着丈夫料理五房在外头的产业，耳聪目明，想来定是有些风声了。她和气地笑道："莫非真叫她说中了，大侄子的亲事有着落了？"煊大太太笑而不答。狄二太太往嘴里夹了一筷子樱桃里脊肉，笑道："我可多嘴了，不能再说，不能再说了……"

邵氏犹自糊涂，还是朱氏机敏，一转念间，便笑道："莫非是伏老将军家的闺女？"

煊大太太抑制不住眉飞色舞。一旁的炳二太太心里酸得紧，却又得讨好长嫂，连忙道："别这么说，还没影儿的事呢，人家姑娘的名声贵重！"煊大太太笑得畅快至极，轻瞥了明兰一眼，却道："我弟妹说得是，大家吃菜，吃菜！"

桌上各妯娌神色各异，明兰低头而笑，别人不知道，她却是早得了信儿的。

那桌上的太夫人听见了，对着康姨妈微微挑眉，康姨妈也回了她一眼。两人心领神会后，太夫人忽对着四老太太和五老太太叹道："唉，你们俩真是好福气，儿孙满堂，如今眼看着连曾孙子都快有了，我们这房却还冷冷清清的。"

四老太太心头一动，只笑笑却不说话。五老太太不知所以地接过话来，笑道："你且耐心些，廷烨、廷炜都年纪轻着呢，回头给你生一大窝。"

狄二太太赶紧去看邵氏，只见她果然低头黯然，心中暗恨婆婆不会说话。

太夫人微微垂下眉尾，忧道："旁人也就罢了，廷烨却是咱们顾家的顶梁柱，他的子嗣如何能不多些？每每想起这些，我都觉着无颜去见老侯爷。"

这话一出来，气氛骤然冷了下来。聪明人也就罢了，连五老太太也觉着不对劲，四下窥众人的脸色，不再言语。

只康姨妈丝毫不觉气氛有异，还笑着去挽太夫人的胳膊："我和你投缘，真想替了你的苦处去。"太夫人反挽过她的手臂，万分亲昵道："你若真心疼我为难，便成全我一事吧。"

"别说一事，便是百事千事，我怎会不依你？"

太夫人转头瞧了康兆儿一眼，径自道："你这闺女我喜欢得紧，不若就给我们顾家，我做主，许给我家廷烨做了二房，若能为我家开枝散叶，我定把她当心肝肉来疼惜！"

康姨妈故意看明兰一眼，笑道："成呀。你瞧得上她，是我家兆儿的福气！"

一旁的康兆儿恨不能把头垂到胸口去，整张脸羞热得似红布。

众人看着这两人做戏般你一言，我一语，不由得面面相觑，最后的视线不免都落在明兰身上。只见明兰神色如常，慢慢夹了片醋熘白菜吃着。

康姨妈看着明兰，加大声量："我是一千个一百个愿意的，就怕我外甥女不肯！"太夫人头都没转一下，笑道："怎么会？我这儿媳的脾气最好不过，怎会拈酸吃醋！"

"这倒是。"康姨妈接上道，"白石潭贺家知道吧，那家老太太就最喜欢我这外甥女，恨不能讨回家去做媳妇。明兰亲事没定之前，贺老太太三天两头往我妹妹家跑呢。"

她一边说，一边用力看着明兰，隐露威胁之意。

正午日头渐落，一片阴云遮盖了天空，天地间似乎陡然凉快了许多，倒能听见窗口吹进来的丝丝凉风。众人皆缄默，只煊大太太和邵氏担忧地看着明兰。

明兰终于吃完了那片醋熘白菜，三根娇嫩纤长的手指稳稳放下筷子，好整以暇地拿食巾子拭嘴角。康姨妈有些沉不住气了，对着明兰道："外甥女，给句话吧，你倒是答不答应？"

明兰慢慢放下食巾子，顺手还铺平在桌上，脸上摆着微笑，道："其实，今儿我也有件事要说。本想私底下说的，既然在座的都是自家人，太夫人又跟姨母好得这样，我也不必躲闪了。"

太夫人眼神忽闪一下，立刻隐去利光。

明兰慢悠悠道："年前一日，原锦乡侯马家上门来求见，这般获了罪的人家，我是不愿见的，只叫管事去敷衍，谁知人家却说，望我家看在两家交好的分儿上，周济些个银子，还说，在获罪前，马家几位少爷小姐都是太夫人的座上常客，尤其是原世子马玉，自小和廷灿妹妹一道玩，太夫人喜欢得跟什么似的，恨不能招作女婿……"马家人上门纯属胡扯，人家根本没来，落魄人家有几个够胆来找碴儿的，一切都是屠虎打听来的。

说到这里，在座众人都明白了。太夫人脸色惨白一片，手指紧紧攥着桌巾。明兰看了她的脸色，轻轻一笑，继续道："这年头打秋风的多了去了，哪个会信他们。我只叫人传话，说交好人家子女来往本是常事，红口白牙没个凭证，岂不是讹人？那会儿廷灿妹妹正跟公主府说亲，我想多一事不如少一事，便拿了些银子，打发人走就完了。"

太夫人艰难地吐了一口气，强笑着："你做得对。"她也知道马家人并没有上门，但是明兰既已知道了这事，那就能拿作把柄了，她只能道，"大人们交好，儿孙们便免不了一道玩，亲事却不可轻议，免得落了口舌。"一边说，一边颇有深意地看了康姨妈一眼。

康姨妈心下明白，对明兰笑道："谁说不是，婚姻大事的确要慎重。姨母适才也太轻狂了，你兆儿表妹也不是冲着名分来的，能做个妾室，能服侍你和外甥女婿便很好了。"

明兰依旧摇头，用人人可听见的声音道："还是不成。二房不成，妾室也不成。"

康姨妈霍地站起来，大声道："我妹子怎么教出你这么个妒妇来？！"

明兰笑得慢条斯理，一字一句道："姨妈，您不知道吧，这顾家门里，若是不给夫婿纳妾便算妒妇的，那外甥女绝不敢担此殊荣。"她笑弯的眼睛看向太夫人。

"刚进门那会儿，我也觉着稀罕来着，明明我那公爹是长子，娶妻又早，怎么到了儿到了儿，反是大房的儿女年纪最小呢？"

"你敢妄议亲长？！"太夫人沉声道。

"明兰怎敢。"明兰大惊小怪地捂着胸口，"我是夸爹爹呢。满京城去打听，哪有像公爹这般情深义重的男子，为着夫妻情义，硬是等了近十年，才得了大哥哥呢。"

既然要撕破脸，她也不是怕事的，平日里让着她们，还真蹬鼻子上脸了！

太夫人面色发紫，气恼异常。明兰转头笑问："五婶婶，这事你是最清楚了。当初公爹为何不肯纳妾呢？"五老太太脸色尴尬。她当然知道内情，当初她还用这事拿捏过五老太爷，不许他纳妾摸通房来着。当下，她只能支支吾吾道："是大哥自己不愿意。"

明兰立刻回头，直视着太夫人："莫非侯爷私底下跟您说过，他想纳妾？"

太夫人恼怒，差点破口而骂，忽想起原先盘算，只好压住怒气，放缓声音道："看你这孩子，急得什么样儿！正经男儿，不是忙于读书功名，就是当差办事，哪会自己开口要纳妾。多找几个人来服侍，还不是贤惠太太来拿主意？我知道你的心事，旁的人进来你不放心，可兆儿是你自家表妹，你有什么不放心的？听娘劝一句，为着你的名声，就应了吧。"

要说不生气是假的，明兰只觉得胸口胀胀的，一口气憋得难受，可越是这种时候，越要冷静。她摇摇头，坚决道："就因为是姨母的女儿，才绝对不成。"

其实，她对纳妾早有准备，她甚至可以自己去挑人，男人想变心，拦也拦不住，但人选绝不能扎手，不能无法管束。康家女，既是亲戚，又是王氏的娘家，她绝不能松口。

"你什么意思？"康姨妈尖叫着。太夫人也吃了一惊，颤颤道："这……这可是你姨妈呀！"

"她是您请来的客人，可不是我请来的。"明兰继续摇头，"若不是您，我是绝不会请姨妈上门的，越少见越好。"撕破脸就撕破脸！

"你、你……"康姨妈宛如一只炙了毛的老狗，指着明兰说不出话来。这次连四、五两房的女眷也有些不满了，怎可这样说话呢？

明兰抬起头，看了眼四周用谴责目光看着自己的人，有条不紊地说道："您不是一直奇怪，为何我总不愿见姨妈吗？您还责备我对姨母不够恭敬，实则，事出有因。若您仔细打听，就会知道，往日康姨妈去我娘家时就很少拜见我祖母，尤其是自打崇德二年起，康姨妈就再未拜见过我家老太太。"

众人心头疑惑，目光转向，一齐注视着康姨妈。

"因是我祖母吩咐过，以后不许康姨妈上门来。来了，她也不见。"明兰补上解释。

厅里一时哗然，各人吃惊的表情形形色色。太夫人和康姨妈处于呆滞状态。尤其是康姨妈，像不认识似的看着明兰，那个温文忍气的小庶女，怎么今日这样了？！

"都说家丑不可外扬，可如今太夫人拗到了这份儿上，我也顾不得羞了，请众位姊姊、嫂嫂给评评理。"明兰从袖中抽出帕子，轻轻擦拭眼角。

"我祖母为人虽严厉些，但这般得罪亲戚的话，也是不会轻易说的，实在是……唉。"明兰一脸为难，"祖母说，康姨妈性子歹毒，无半分慈悲之心，只一味算计害人，实非正人君子所为。姨妈手中送掉过多少性命，真是说也说不清。只我祖母知道确凿的，便有四个，五年前药死一个，两年前寻衅打死一个，就在年前，康府有位姜室，一尸两命地叫人抬出去的。"

厅中一片凉飕飕的，众女眷一脸惊讶。五老太太最是掩饰不住，张大了嘴发愣。她再不讲理，也不曾做过这等伤天害理的事。

"你、你血口喷人！"康姨妈叫得异常尖厉。

明兰不急不忙道："姨妈找我家太太帮忙，一会儿要遮掩，一会儿要应急，老太太虽不过问，却哪一件不知道？真要理论起来，那也能说出来。"其实这些又杜撰了，依旧是屠虎打听来的线索。

康姨妈狠狠瞪着明兰，目光中直欲射出利剑来，却不能反驳，因句句戳中她的隐晦。

明兰不去看她，继续演戏，半哭道："祖母说，我家太太与姨妈是亲姐妹，那是脱不掉的亲情，没法子，不能见着不帮。可我是隔了层的，难不成要叫顾家也沾上甩不掉？！"

结论出来，以五老太太为首的众女眷一齐去看太夫人，目带鄙夷之色。众人心中都思忖着：这种货色的歹毒妇人，你竟当成至交好友，物以类聚，想来你也不是个好的。自来就是嫡亲婆婆也不大插手儿媳妇房里的事，你这后妈这般殷勤，软硬兼施，肯定没安好心。

更有那思绪敏捷的，如煊大太太和狄二太太，互看一眼，心中皆道：太夫人一贯扮好的，如今竟连脸面也不顾了，执拗如此，怕是有什么大举动。

太夫人和康姨妈脸上青一阵，紫一阵，她们事先计算过许多情况，但怎么也料不到明兰会来这么一招"家丑外扬"，索性把康姨妈的名声搞臭，这叫她们一时不知该如何接招。

五老太太不加掩饰道："纳不纳妾，是你房自己个儿的事，咱们不便过问。"说着便要告辞。太夫人一看情势不对，赶紧给康姨妈打了个眼色。

康姨妈一咬牙，她也顾不得脸面，只能使出最后的招数，左右不过舍出去一个庶女。她抢在五老太太起身前，猛然立起，大声道："好个伶牙俐齿的外甥女！我这做姨母的是再不敢跟你对嘴了。"又对着太夫人，故作恼恨道："你之前好言好语跟我说得如何？现下，康家都知道兆儿要给你家侯爷做小，我是没脸把她领回去了。要死要活，你们顾家给句话吧！"

说完，甩袖就走，大跨步走出厅外，拦都拦不住，竟把康兆儿就留在顾府了。

五老太太僵在半道，看看明兰，又看看康兆儿。康兆儿捂脸大哭着缩到一边。太夫人饮泣道："这可怎么是好？都是我的罪过，这岂不是把好端端的姑娘往死里逼吗？"

煊大太太看了眼明兰，又看看朱氏，动动嘴唇，似想说什么。太夫人又道："康家也是名门望族，家中的姑娘也不是寻常给人做小的，只我们廷烨还多少配得上呀！"

煊大太太叹了口气，不说话了。

"好端端的一顿酒，毁了。"明兰托着后腰站起来，神色淡淡道，"人是您请来的，您做主吧。我乏了。"

回到嘉禧居后，明兰终于抑制不住心中的愤怒，狠狠砸了一个杯子，抚着起伏剧烈的胸口，慢慢躺倒在榻上。丹橘适才在厅中服侍，也气得不行，轻轻替明兰揩去冷汗，服侍她歇息。

因用力太多，明兰迷迷糊糊就睡了过去。也不知睡了多久，绿枝忽进来低声道："康家那个小贱人，在外头跪着呢！"

一听这话，连素来好脾气的丹橘也头发快直立起来了："这伙人还有完没完？！"

两人正想悄悄出去，没想明兰忽地醒过来，坐起身子，冷声道："扶我出去看看。"

"夫人，您别出去，就让她跪着！施苦肉计呢，谁信！"绿枝气呼呼道。

"哼，倘若是府里的人，便是死了，我也不怕，就怕有个好歹，康家借题发挥。"明兰面冷如寒冰，扶着丹橘慢慢走到门口。

崔妈妈正站在门口，怒视着院中跪着的那人。

午气炎热，阴云沉闷，直叫人透不过气来。康兆儿脆弱可怜，独自跪在院中，见明兰出来，流泪道："求表姐可怜，救我一条命吧！"

明兰心中冷笑，很好，很好，居然把一条性命就这么压到自己头上了。

她并不怕太夫人赠妾，以顾廷烨跟她的关系，估计送一个废一个，保管无声无息，可偏眼前这个是康家女，连着岳母王氏的亲戚，顾廷烨就不怎么好动手了。真是好毒的计！

难道那女人只是想弄个妾室来恶心自己？押宝顾廷烨见了这女子就会立刻发晕，然后让他们夫妻离心，就这么简单？

明兰心头忽地一动。她侧眼瞥向崔妈妈，随即道："来人，搜身！"

康兆儿正在哭泣，不料明兰一声令下，两个粗壮婆子并几个丫头拥上来，按住她上下一阵摸索，最后从她袖里摸出一把剪子来。

"夫人，就这个。"绿枝托着那把小剪子，神色发狠，"别是想对夫人行刺吧！"

明兰突然想发笑，这丫头是评书听多了。

康兆儿吓得浑身哆嗦，哭着连声道："不是，不是的，纵给我一百个胆子，我也不敢有这个念头呀！"说着连连求饶。

"既搜干净了，就带进来吧。"明兰微笑着转身。

两个丫鬟挟着瘫软的康兆儿进屋，在离明兰五步之处重重放下，在两边虎视眈眈地看着。崔妈妈和丹橘几个又盯在一旁，只等康兆儿有什么猛烈动作就一脚踢死她。

明兰端正地坐在正当中，一下一下，慢慢抚着裙摆："我这崔妈妈最是小心，从不爱叫外头人进这院子，怕带进来什么不好的。打你头次来，她就想搜你的身了，如今终于如愿了，真是可喜可贺。"

这个时候还打趣，崔妈妈满身绷紧的神经都快断了，忍不住狠狠瞪了她一眼。

"成了，咱们来好好谈谈吧。"

明兰慢慢收了玩笑的神色，调子透着发寒的意味。

丹橘轻手轻脚地把两扇朝南的六槅大窗摇上，只留东西向的两面气窗透风，然后持了把大摇扇站在明兰身后，轻轻打着扇。小桃试着水温正好，明兰端过来轻呷一口，放下茶盅，看了眼瑟瑟站着的康兆儿，才道："你生母姓周，原是外头买来的，十四五岁时到我姨母身边伺候，几年后姨母做主抬了姨娘，后来又生了你，我说的可对？"

康兆儿迟钝地抬起头，脸上淌的不知是汗还是泪，也不知是惊还是惧。

明兰微微一笑："我那康姨父姬妾众多，只有一位姓苏的姨娘始终有些体面，她生有一儿一女，是你十五妹和十一弟，这也不错吧？"康姨父功力深厚，满屋的姬妾，也得出满屋的儿女。屠虎查得满头毛线，索性以编号论，懒得打听这些儿女的姓名了。

康兆儿失声道："……表姐怎么知道？"她随即意识到自己失礼，赶紧又低下头去。

"你姐妹众多，如今适婚的共有三个，一个是你，一个是你十四妹妹，她生母是康氏老家正经抬来的良妾，还有一个就是这位苏姨娘之女。"在盛家时，明兰曾见过康十五一面，惊鸿一现，真真一个娇娆多姿、眉目含情，天生以色事人的好材料。

"那么，姨母为何独独选中了你来顾家做妾呢？"明兰笑得慵懒。

康兆儿面上现出一种屈辱悲愤的神情，嘴唇都快咬出血来。

"我姨父庶出儿女众多，除了少数几个得脸的，多半的性命前程皆握于我姨母之手。你姨娘，外无娘家，内无靠山，又不得姨父宠爱，怎么揉搓还不由人来？我说的是也不是？"

康兆儿抬起干涸的眼，似乎泪水都已哭尽，木木道："表姐说的，句句属实。"

"我信你揣着这把剪子，并非要对我不利，那你到底要做什么呢？"明兰侧腕端起茶盏，浅啜一口润润嗓，"说说吧，姨妈到底交代了你些什么。"

康兆儿一脸慌乱，神色为难至极，忍了又忍，掩饰不住矛盾之态。她终究只有十六岁，自小关在内宅，从未经过这般阵仗，生母懦弱卑怯，又没什么见识，如何能好好教她？她心里乱成一团麻，手指几乎将衣角绞烂了。

明兰淡淡笑道："你不说，我也查得出来，何不卖个好与我呢？"

康兆儿张了张嘴，又闭上，几番犹豫后，脸上仓皇之色依旧未消，似乎不知从何说起。

明兰倒也不急，一句句地诱导她："姨母怎么跟你说的我呢？怕没什么好话吧。"康兆儿结巴道："……太太说，说表姐……您最爱讨好卖乖，看名声甚重，不……不敢显得过分嫉妒……"她小心地看着明兰脸色，深恐她忽发脾气。

明兰居然没一点儿愤色，依旧笑得和气："然后呢？这剪子怎么回事？是你自己要带的，还是姨母的意思？"康兆儿低声道："……太太吩咐的……她说，倘若表姐留下我，我便寻机扎伤自己，然后她会上门来给我做主，狠狠震慑表姐一番，有了这番忌惮，以后我在顾家的日子就能好过些。"明兰忍不住又点头，笑道："可如今我死活不叫你进门呀。"

康兆儿咬着嘴唇，脸色惨白得半分血色也无："……太太说，若是表姐死活不肯……我就跪着不起来。表姐忌惮名声受损，不是纳了我，就是将我关起来，叫我依旧寻机扎伤自己，太太还会上门来讨公道，只说是表姐逼迫我至此。那时，您不接纳我都不成了。"

屋里众人听了，俱是气愤。崔妈妈生来讷言，尤其气得浑身发抖。明兰站起来到她跟前，轻轻拍着她，又绕着屋子来回走了两圈，忽回头，对康兆儿温和道："你自小也没少见姨母行事，你真的信用这招，便能叫你在顾府过上好日子？"

康兆儿低低垂着头，身子忽剧烈颤抖起来，想起自己生母卑微讨好的面孔，她哀哀地抬起头，泪眼婆娑地望着明兰，断断续续道："不信，也得信，我姨娘，在那儿呢……"

康姨妈霸道跋扈尤胜其妹，又上无长辈压制，有时竟连体面规矩也不顾的，那些失宠的妾室、庶出的儿女，便是连些管事婆子都不放在眼里的。

明兰苦笑着摇摇头，既有威逼，又有利诱，真是费尽苦心了。

康兆儿小心地窥着明兰的神情——这是她自小养成的习惯，却见明兰脸上温和平淡，喜怒无辨，她心头反而惴惴起来，双膝一软，跪了下来，泣道："求表姐可怜！"

绿枝气得心头火起，直恨不得上前甩她两个耳刮子，可明兰规矩甚严，非她示意，在外人跟前，是多一句话都不好说的，只好强自忍耐着。

明兰的一只手搭在椅子扶手上，食指和中指轻轻敲击着。她面色沉凝，似在想着什么。过了片刻，她忽地定了神色，满面怜惜地看着康兆儿，柔声道："你是知道的，我也没托生在太太肚里，自小就没了姨娘。我常想，若不是祖母慈爱，我的命又何尝不像漂萍……"

她的声音柔婉哀戚，康兆儿听得又是一阵泪水涌出，低头轻轻啜泣。

"你我皆是庶出，我也不忍瞧你如此。这样吧，我给你两条路。"明兰眼神柔和，满声悲悯，"要么，你进府来，以后你我一道服侍侯爷，想来你姨娘的日子也不会再难过了。"

这话一说，屋内众人皆惊，不敢置信地望着明兰。康兆儿也呆住了，一时忘了哭泣。

"若你不愿这般，那么，还有一条路。"明兰轻蹙秀眉，一脸关怀备至，"我们盛家在宥阳也有些脸面，我请祖母将你送去那儿，由大伯母和姑母给你说门亲事。有你姐姐、姐夫撑着，想来宥阳也没多少人敢欺负你，不过，要多富贵的人家，怕是不能够了。"

屋中众人比刚才还惊讶，继续呆滞地瞪着明兰。康兆儿眼眶也干了，眼瞪得如铜铃。

"那……我姨娘呢？"慢了半拍，她才反应过来。

明兰笑着劝抚："康姨母以为你是叫我强制扭送过去的，未必会为难你娘。再由我二堂哥和允儿姐姐向姨父说项，把婚事做定。事情亮到了你父亲那儿，你姨娘也不会有事的。"

康兆儿神色瞬息变幻，一时惶惑，一时犹豫，一时不知所措。

"如何，你倒是给句话吧。"明兰笑吟吟道，随后又语重心长道，"女子一生，可没什么能选的，你自己看着办吧。"

屋里只听见康兆儿不规则的喘息声，忽长忽短，忽急促，忽断续。明兰耐性甚好地等着。

"——不，我不愿意！"过了好一会子，屋里响起一声高亮尖厉的呼喊，康兆儿抬起头，瞳孔睁得大大的，脸色白得几近透明，"我不愿做妾！"

她连滚带爬地扑到明兰跟前，尖叫着："我娘说了，哪怕粗茶淡饭，也别做妾了！谁也不是天生下贱，好好嫁人，做个正头老婆！"她扯着明兰的衣角，哭得撕心裂肺，仿若一辈子的委屈都爆发了出来，嘴里反反复复地念叨着这么两句。

一旁的小桃眨眨眼睛，心想，这位康家表小姐定是叫姨太太吓坏了，若她见过林姨娘当年的风光，就会知道，也有把妾室这份职业做得成功光荣、有滋有味的。

听了这话，明兰反而冷了脸色，肃穆着站起来，盯着康兆儿道："你当真？"

康兆儿此时亢奋异常，精神恍惚地喃喃着："是……"

明兰缓缓推开她，抚着肚子在屋里慢慢走了两步，最后停在康兆儿身边，轻轻把手掌贴在她冷汗涔涔的额头上，淡淡道："也罢，我就多这一回事吧。

我会给你添笔嫁妆，以后，自己好好过日子，若你姨娘有福，将来终能母女团聚也未可知。"

说完这句，便叫绿枝领着两个丫鬟把犹自木愣愣的康兆儿扶了出去。

人一出去，崔妈妈就忍不住道："夫人，你……"

明兰轻轻挥手，制止她说话，苦笑着："和她们斗，我是不怕的，也有法子。若是不理康兆儿死活，那简单得很，可……到底上天有好生之德，我只叫她自己选。"

崔妈妈似有些明白了，低声道："原来，适才夫人是在试探她。"

"她若指望着一朝入侯门，从此富贵安耽，那便对不住了，我就把她往二堂哥那儿一丢，说句'古有娥皇女英之美谈，既姨母有此打算，索性给堂哥做了二房，以后姐妹共侍一夫，岂非佳话一桩'，然后该干啥就干啥，她再想寻死觅活，一切随意。"

明兰缓缓坐下，动作迟钝地挪动身子，脸上有一份深深的疲倦："若是这般倒省心了，可她偏生是个好的，我不忍心她回康家，继续受康姨母糟践。"

崔妈妈心地善良，也忍不住叹气道："唉，也是个可怜的孩子，都是康家的不好。"

"祖母常说，点滴之恩可活命，举手之德能再造，就当是为孩儿积德吧。"

明兰慢慢抚着隆起的肚皮，脸上满是慈爱。康兆儿的嫁妆就从自己的私房钱里出吧。自己勤俭持家，小心操持，省下来的第一笔银子，希望能用在有意义的地方，帮助一个自爱自尊的女孩开始一番新的人生。

怔怔出神片刻，明兰回过神来，肃色对崔妈妈和丹橘道："吩咐下去，兆儿的事谁也不许议论半句，今晚给她换身丫鬟衣裳，送出府后，依旧当她在一般。细处怎么办，咱们再小心商量。要紧的是，把这院里的嘴给把严实了。"

丹橘和崔妈妈认真应了。

嘉禧居外，有几个小丫头依着林木花石往里窥探，直到天色渐暗，一个丫头快跑而去，不一会儿到了萱芷园，快步进屋，在向妈妈耳边一阵嘀咕，然后向妈妈领着她进去禀报。

"如何？"太夫人从榻上直起身来，目光锐利。

那小丫头低声道："那儿门禁森严，一直到用晚饭了，我们才略得了些消息，说那位康姑娘闹得厉害，不过，已叫搜出了把剪子，如今关着呢，专人看守。"

太夫人绽出一抹瘆人的笑："不单非得剪子不可，触柱撞头，哪个不成？"

向妈妈叫小丫头出去，回来后，正听见太夫人仰卧在罗汉床上自言自语地发笑："倒该谢常嬷嬷，若非她一通胡呲，把人气狠了，康家老爷要面子，那康王氏还未必豁得出去呢。"

"夫人这些日子也累了，如今且宽心几日歇歇。"向妈妈一边笑道，一边替太夫人扶正靠垫。

太夫人刚宽了外裳，忽问道："康姑娘这般闹腾，那老二媳妇就没什么举措？"向妈妈想了想，道："旁的也没什么，只适才门房套了辆马车，直往盛府去了。"太夫人立时笑出了声："还真当她三头六臂呢，还不是得回娘家搬救兵？"

啪！

一个茶盏重重地被摔在地上，碎瓷四溅，里头黏稠的琥珀色液体打湿了铁锈红的薄绒毡毯。厅堂里的丫头婆子俱是低头垂肩，屏声敛气。

"这事你到底知不知道？"盛老太太脸色阴沉，拄着乌木云头杖巍然而立。

王氏手足无措，连声辩白："怎么能……怎么能……儿媳全然不知此事。"她比窦娥还冤呀。

"都是你那好姐姐！一副狼心狗肺，没半分正经太太的模样，上拢不住丈夫，下管不好儿女，闲了得空便拿姜室庶子女出气，除了求告娘家兄妹，还能有什么本事！尖嘴利牙，刻薄歹毒，合该送祠堂动家法！"盛老太太吃了康姨妈的心都有，骂得极不客气。

王氏听得不大入耳，忍不住替姐姐辩了两句："不是说，是顾家太夫人瞧上兆儿的吗？也不是姐姐有意的……"她的语声越来越轻，最终在盛老太太吓人的目光中住了嘴。

"真不知所谓！你也是当家主母，谁家闺女是砧板上的猪肉，但凡看中了就拿去送人做妾？！康家几辈子的脸都叫她丢尽了！纵是再厌恶庶女，也不该这般糟践！她什么心思，不过是打量着自己的儿女都婚配好了，便放开手脚胡作非为！"盛老太太重重击案。

王氏被骂得脸上发臊，却又无可辩驳，不敢回嘴。却听盛老太太话锋一转，怀疑地瞪着自己，高声喝道："你真不知？别是你和她一道串通的吧！"王氏慌张地连连摆手："请娘明鉴呀，儿媳确然不知的！我素来将明兰与如兰一般看待！"

盛老太太缓了口气，忽指着王氏道："你，去寻你那黑心肠的姐姐，跟她把话说清。不论她有什么打算，这事咱们不乐意！她若还要盛家这门亲戚，就赶紧打消念头！"

王氏吓了一大跳，心中极不愿意："这、这……不妥吧。纳妾本是常事，就算姐姐做错了，事已至此，就将错就错吧……"

乌木云头杖重重地蹾在地上，光亮的水磨青砖发出刺耳的声音，盛老太太开口就骂："适才你还说拿明兰当亲闺女，若这事落在华兰和如兰头上，你也是这般？！"

王氏张口结舌。盛老太太眯起眼睛，威严地瞪视她："文家亲家母几次要给姑爷纳妾，你是怎么去吵的？华兰和袁姑爷刚好了几日，你就撺掇华兰趁早收拾那几个小的？你当我人老糊涂？你若不去，我就自己去，把她的那些丑事、歹事往外头一抖，看谁硬气！"

"娘，别，别，我去，我去还不成吗？"王氏辩驳不得，只得应了。

"那你还不快去？！"

王氏愕然："这会儿就去？天色已暗了呀。"

盛老太太一个眼刀过来，骂道："你姐姐一有要事，别说这会儿，就是三更半夜也来敲过盛家的门！怎么，她来得，你就去不得了？"

王氏无奈，只恨姐姐多事，害得自己平白被训了一顿，当下便收拾妆容，驱车前往康府。

康府坐落于皇城东段近侧，论地段，论布局，论规模，俱强过盛宅许多，高高的门梁，开阔的飞檐，以十八种不同的凸刻浮雕，从门口的青石砖地面一直到里头，共有九百九十八只蝙蝠，一切都彰显着康家当年的辉煌。只可惜，家仆懒散，门庭冷落，已不复当年派头。

婆子引着王氏一路往里走去，直到主屋院里，只见康姨妈刚要用晚饭，两旁站着好些丫鬟婆子，一个打扮富丽的妇人正给康姨妈布菜。

康姨妈早知王氏迟早要来，只没想来得这么快，心里一思忖，料想是明兰心慌意乱，没了法子，不由得心里大是痛快。王氏性子急，一待康姨妈屏退了众人，就噼里啪啦一顿述说。谁知康姨妈慢条斯理地吹着茶碗："我当是什么要紧事，原来是这桩呀。"

王氏大急，强自压着声音道："姐姐到底什么打算，这不是害妹妹吗？"

康姨妈慢悠悠地笑答："怎么是害妹妹，这是在保你富贵平安！"

"这……这话怎么说？"王氏糊涂了。

"你那顾家姑爷如今声势日渐煊赫，眼瞧着将来富贵无边，以后连带着你家也能沾光。可你也不想想，那位金贵的顾侯夫人和不和你一条心？"

王氏迟疑道："她自小在我眼前长大的，我待她不薄，如何不一条心？"

康姨妈冷笑一声，鄙薄着嘴角："若真一条心，敬你，尊你，前儿个就不会说也不说，就把你给的丫头撵出去了！"

"……那彩环是姑爷自己撵的……"王氏声音轻了许多。

"你就蒙自个儿吧。若不是她挑唆着，老爷们儿能想到这个？"

康姨妈喝了口茶，继续舞动三寸不烂之舌："她这才进门几日，将来待她站稳脚跟，还能把你放在眼里？她只跟你婆婆好，以后你在盛家，只怕越来越直不起腰来！"

"不会吧……"王氏越说越没底气，她忽地想起一事，连忙道，"难道你家兆儿就跟你一条心了？她也不是你生的呀。"

"不怕。"康姨妈得意一笑，"她亲娘在我手里呢，我叫她往东，她不敢往西！"

王氏眼神一亮，心里开始动摇。康姨妈见此情形，又加上几把柴火："小妇生的丫头就该教训教训，免得叫她忘了自己的身份，还真以为飞上枝头做凤凰？！经此一事，无论兆儿能否有出息，那死丫头定会老实些，你的话必会更管用的。"

"那我怎么去回话呀？我婆母可不好对付。"王氏想起盛老太太就头皮发麻。

"这有什么，你回去就哭，说你怎么求我我就是不肯，大不了我不上你家的门，你偷偷来我这儿便是。"康姨妈毫不在乎，"把什么都往我身上推，说到底，她还能休了你不成？"

"那……还有我家老爷呢？"王氏头皮又是一阵发麻。

康姨妈脸上出现一种极端憎恶的神情："男人，不就那么回事儿嘛！你还真信'夫妻恩义'那一套？"这次王氏不大同意了，肚里暗道：你自己和姐夫闹得几乎夫妻反目，我和盛纮可还时不时能温存上几回呢。

不过，此时此刻，盛纮却一点儿也不温存。他一回了府，便被急急叫去了寿安堂。听得盛老太太把事情经过说了个清楚，他当先便青了面孔，沉声喝道："真是愚不可及的妇人！"

也不知他骂的是自己老婆，还是连襟的老婆。

"事情你都清楚了，你预备怎么办？"盛老太太已敛去了怒气，只冷静地坐着。

盛纮略一思索，恭敬道："娘怎么说？"

"你愿意康家丫头进顾家门？"

"自然不愿！"盛纮愤然站起来。别逗了，一个是他的亲闺女，一个是别人的女儿，找个尊贵掌权的姑爷容易吗？以后儿子的仕途、家族的兴盛，还不知要人帮多少呢。他这边刚尝着肉汤的味儿，那边康家就来抢肉骨头了，这气人不气人？！

一发过脾气，盛纮也觉着自己过分激动了，轻咳道："姑爷的家事，我也略有耳闻。继母子不和，几乎是尽人皆知，姨姐却去和顾太夫人好，这不明着打姑爷的脸吗？"

如果康家自己闯祸自己兜着，那也罢了，偏康姨妈打的还是盛家的名号，这叫他以后怎么见女婿。最要命的是，他和康家连襟关系平平，若那康兆儿真得了宠，只会便宜了康家。

"既如此，咱们就不能等闲视之。"盛老太太面露微笑，就知道盛纮脑筋清楚，和他说话敞亮多了；和王氏交流，就如在烂泥潭里走路，腿上带泥，拔不出，也挪不动。

"母亲说得是，不知母亲有何计策？"盛纮最大的优点就是虚怀若谷，善听他人意见，是以能混到如今，官场上人皆夸他老实厚道，乃谦谦君子。

盛老太太心中满意，沉声道："适才趁太太出门，我已派人护送康家丫头连夜去了宥阳。先来个釜底抽薪，然后咱们各自行事。康家姨太太，我替亲家母教训了。你嘛……"她淡笑了下，看着盛纮，一字一句道，"最近，康家姨老爷，不是托了你件事吗？"

盛纮猛地抬头。这事，他和老太太商量过，当时老太太的态度是不置可否，如今却是顷刻翻覆。他生性优柔，好与人为善，犹豫道："这个……会否不妥……"

老太太冷笑出声："这些年来，咱们替康家收拾了多少烂摊子，且不说掀几件事出来，就够他家没脸的了，如今，只是要叫姓康的知道，盛家，不是好欺负的！"

盛纮仔细想了两遍，康老爷是个扶不起的阿斗，康家外甥也才干平平，至于康家另外几房，倒是有做官的，不过，官既不大，康家兄弟也并不如何和睦。他一咬牙，道："就依母亲所言。"

待盛纮走后，房妈妈上前扶着老太太往里屋走，轻声道："您放心，两路人都起程了。"

盛老太太慢慢坐到里屋榻上，让房妈妈给自己脱去鞋袜，脸上犹自难掩厌恶，嘴里喃喃道："康家丫头不妨慢慢走，维大侄子却得早些来信，快马轻舟，最多六七日可来回。哼，那个歹毒贱人，回头就叫她知道厉害！人家闺女她不当人，那自己的呢？我让她也疼上一疼！"

房妈妈刚端上一盆热水，照例要给老太太烫脚，老太太却忽想到了什么，面露急色："人老了，这都忘了。闹了半天，还没给明丫儿送信儿呢！"

"这……天都这么晚了。"房妈妈迟疑道。

盛老太太发急，赤脚在踏脚凳上连连顿足："小丫头怀着身子呢，姑爷又不在身边，不知心里多急，免得一夜睡不好，赶紧去，赶紧去！"

房妈妈笑道："是，就听您的。我这就去叫人，您再交代两句吧。"

老太太想了想，语气慈爱道："跟她说，别害怕，凡事有祖母呢……"

听这哄三岁娃娃的口气，房妈妈忍不住扑哧一声。老太太横了她一眼，继续道："叫她好好将养身子，生个大胖小子才是要紧。"

房妈妈忍笑应了，又叫了个丫头来服侍老太太烫脚，自己出去吩咐。临出门前，老太太忽把她叫住，她回头静听。

"若是太太从康府回来，就说我乏了，已歇息了，叫她明日再来吧。"

次日一早，王氏就来寿安堂见盛老太太，心头既战战兢兢又兴奋。谁知她刚开了句头，老太太就冷冷道："便是无功而返了？"王氏脸色尴尬，卖力装出气愤的样子："儿媳好说歹说，偏姐姐痰迷了心窍，如何都不肯听劝……"

"得了。"老太太淡淡地打断她，似是不耐烦听她辩解，"我原也没指望你真把这事放心上。也罢，这事你就别管了。"

"呃……"王氏吃惊不小，不敢相信这么容易就过关了，姐姐教的说辞还有好些没说呢。她心中窃喜，暗想姐姐真是料事如神，婆母果然不能把自己怎么样。

"不过……"老太太忽又道。王氏一颗心又提了起来。

"有些事，你心里要有数。明兰不是你生的，你不拿她当回事，我也强不了你。可你到底是我盛家人，不能胳膊肘往外拐，向着别家！"

王氏听老太太的语气渐严厉，不由得强笑着："这哪能呢。"

"跪下！"老太太一声断喝。王氏反射性地双膝一软，扑通跪在寿安堂的厅堂中间。所幸如今正值炎炎夏日，地上又铺着薄毡毯，膝盖倒也不冷。

"旁的道理我也不与你说了。"反正说了，这个糊涂虫也听不进心里去，老太太心中厌恶又气愤，懒得多费唇舌，"我早说了康姨太太不许再登门的，可你总背着我叫她来，如此忤逆长辈，不听我的话，是为不孝。我要罚你，你可有话？"

王氏惊呆了，不知从何说起。

"现在，你就跪足一个时辰。下回康家姨太太若再来，你就跪到外头院里去。"老太太缓缓站起身来，扶着房妈妈往里屋走去，声音渐渐传来，"你若不服气，便去寻老爷，若再不服气，就回娘家，我倒要跟亲家母好好说道说道……"

王氏又羞又气，颤颤跪着不敢起来。厅堂内门窗却是大开，来来往往的丫鬟婆子瞧见了，虽不敢议论，但那打探的眼神也叫王氏羞愤欲死。她只好心中狠咒，只恨这老虔婆不早些断气。

刘昆家的一瞧情形不对，赶紧使人去请华兰，偏袁府路远，直至巳时初人才到。

"大姑奶奶，您赶紧劝劝吧，太太这回可是下面子得狠了！"刘昆家的低声道。华兰眉头紧锁，急匆匆地踏至主屋，还未进门，就听里头传出一阵暴怒的骂声。

"滚出去！念着我早死吧，都给我滚出去！"是王氏的声音。

三五个丫鬟端着碎裂的瓷杯、瓷碗出来，后头随着一个婆子。她瞧了刘昆家的一眼，压低声音道："太太气极了，早饭都没吃。"

"娘！"华兰掀起一挂檀香木珠帘，转身进去。

王氏正坐卧在藤竹榻上，手拿条帕子不住捂着眼睛，腿上盖着一条水红薄绸毯子。她一见了长女，当即泪如泉涌，边哭边骂："没良心的死丫头！这阵子跑哪里去了，你娘都快叫人逼死了！你再不来，便给我收尸骨吧！"

华兰赶紧坐到母亲身边，边拿帕子去揩泪，边忙道："娘，我这不是来了嘛，赶紧别哭了，叫外头人瞧了笑话！岂不失了面子？"

"面子？！"一提这两个字，王氏尤其愤怒，哭嚷着，"我哪里还有半分面子！我进盛家门几十年了，熬油似的到了今日，有了你们姐弟三个，今日头一遭叫逼着罚跪，你爹不但不管，还一早来责我不孝！我……我是不想活了……"只恨自己既怕疼又怕死，什么抹脖子、上吊、吞金，自己一样都没胆尝试，不然吓吓人也好。

华兰觉着母亲活像个不知事的孩子，当下暗叹一声，半揽着王氏，又拍又哄的，耐着性子听王氏断断续续把事情的前因后果来回说了两遍。

"……你说，这能怨我吗？你姨母哪是我能管住的！"王氏一把鼻涕一把眼泪，"老太太不分青红皂白，就狠罚了我一通，以后叫我如何在人前立起来？！"

来的路上，刘昆家的早将一切述说清楚，华兰心中也埋怨母亲糊涂，厌憎康姨妈狡狯。她叹道："娘，祖母不是怪你管不住姨母，她气的是你不分亲疏内外。"

王氏睁着一双糊了脂粉的老泪眼，犹自不知。华兰柔声道："娘，您仔细想想，姨父都白身多少年了，只表哥担个主簿差事，京里还有几家肯买康府面子的？六妹夫如今正得圣眷，门庭煊赫，明兰是钦封的一品诰命夫人，姨母算哪根葱、哪棵蒜？依着她以前待明兰，非骂即贬，明兰做什么要敬她、重她？连您都不大去顾府，姨母倒好，大摇大摆上门去摆架子、耍威风，说句不好听的，姨母这是狐假虎威，拿咱们盛家的脸，去充她的面子！"

明兰是跟王氏没血缘关系，但跟自己兄妹有呀，难道那什么康兆儿还能比明兰更亲近？唉，只望明兰不要生了嫌隙才好，自己回头还得去解释解释。华兰说得口干舌燥，若不是自己亲娘，她才懒得解释这么浅显的道理。

"你姨母也有不是之处，哎，你不知道，我们姊妹俩是同病相怜。"王氏似是被说动了，渐渐止了哭声，"你大兄弟去了外头，你和如兰都有自家要顾。跟你爹爹和老太太，我是从来说不到一路去的，现又来了个厉害的柳氏，我……我实是无人可说心事呀！"

华兰知王氏最近脾气莫名暴躁，连女儿的规劝都不爱听，动不动骂狗打人，只一个康姨妈肯与她臭味相投，姐妹俩一道叫骂，倒也畅快。华兰无奈，只好道："娘，你若闷了，叫我来就是，别再见姨母了。"袁府已宽松许多，她多可随意进出。

一说这话，王氏顿时跳了起来，竖着眼睛骂道："你个没良心的，前几日去哪儿了？我使人去寻你，袁家人都说你不在，又说不清你去了哪儿！"

华兰一愣，笑得勉强："这……不是买了个庄子吗？我与你姑爷去瞧瞧……"

"你上回不是已在那儿住了好几日吗？还有什么没布置好的？！"王氏不满。

"……京中暑气重……实哥儿不得劲，便带了孩儿们去庄子里避暑。"华兰解释得满脸通红。

王氏顿时疑惑，尖声道："避暑就避暑，你脸红什么？！"

华兰支吾说不清楚，王氏越发觉着女儿跟自己生疏了，当下暴躁地狠骂了两句。华兰只好轻声道："你姑爷……近日得了匹小马驹……说常动动对身子好，他教女儿骑马来着……"短短几个字，她说得缠绵肉酥——哎，眼下老娘水深火热，做女儿的总不好说，苦尽甘来后，如今老夫老妻越看对方越顺眼，直是水乳交融、蜜里调油，日子过得比新婚时还甜。

王氏也不是瞎子，虽不曾亲见情形，但看华兰眼波莹润，皮肤光泽，容光焕发得几乎年轻了好几岁，她猜也能猜到，这些日子，女儿女婿定是耳鬓厮磨、风光旖旎。

她先是为女儿一阵高兴，随即又是一阵邪火上蹿，想起除自己过得凄凉气闷，人人都顺风顺水，更觉全家无人理解自己，当下破口大骂道："都说养女儿是赔钱的，如今我才明白！你自己过得舒服，全不理你娘的死活！"

华兰被喷了一头脸的唾沫，无奈眼前是她亲娘，只能按捺着性子不断哄劝。

"你说！你男人要紧，还是你娘要紧？"

"自然是娘要紧，生养之恩天高地厚呀。"

"那好！你今日就留在我这儿，陪娘住几日，你肯是不肯？"

"……"

"我就知道儿女都是没心肝的呀！"王氏大哭，"我就是个无依无靠的苦命人……"

"好好好，叫我回去问问……来，先叫我瞧瞧您的腿，哟，都红了呀，疼不？哎哟哟，我拿膏子给您揉揉，可别落了病才好……"

——怎样自然流畅地把这座楼歪掉，华兰亟须进修。

姐妹俩一齐遭罪，同时需要进修的还有明兰，选修科目为"伪装学"。自房妈妈来递话后，她就知道，康兆儿已不在顾府之事瞒得越久越好。亏得嘉禧居内外管束甚紧，知情的不过五六个，小桃自告奋勇去服侍被关在后屋的"康表小姐"，时不时在屋外嘘寒问暖，又端着食盒进屋去送饭，然后在里头大吃一顿，再摔两个碟子意思意思。此时，听得声响的绿枝就会蹿出来，冷言冷语地讥骂几句。群策群力，居然也颇有欺骗性。

为了好好休息，也为了少露马脚，反正要撕破脸了，太夫人假惺惺地来看望劝说。明兰索性一概推说身子不适，不肯相见，只在朱氏和邵氏面前一言不发地故作忧郁。全府上下更觉得夫人是真上气了。

康姨妈算着日子，两日后便上门来闹，吵着要见康兆儿。明兰懒得理会这头疯母狗，直言拒见。太夫人便领人过来，明兰直接把人拦在澄园与原侯府之间的内仪门口。康姨母发狠说要把事闹开，廖勇家的便道"请便"。明兰冷笑，她倒很想看看世家康氏的宗妇如何在顾府门口撒泼给全京城的人看。

一计不成，康姨母只好出言威胁，说拦着不让见人，莫非是出了什么事？廖勇家的表情轻蔑，冷冰冰道："是呀，我家夫人已把康姑娘毁尸灭迹了，你赶紧去顺天府尹告状吧，若觉着不够，还可去撞天钟，告御状！若不识路，我这就去叫门房给您备车马。"

说完这句，廖勇家的转身就走，留了一群粗壮婆子拦在路口。

康姨妈气了个踉跄。太夫人却劝她稍息怒气："你想想，若不是气得狠了，她未必会这般。这是穷途末路的气劲儿呢。"康姨妈仔细想想，便回去了。

又过了两三日，嘉禧居依旧无声无息，太夫人也察觉出不对劲了。其实逼迫纳妾这个招数并不高明，以她对明兰的了解，这样聪明达观的人，怎会为了这么件事生气这么久，却始终没有对应计策出来？

她心头一惊，连忙去康府传信。康姨妈也深觉不妥，便又来了一回。

"都这么些日子了，也不知她身子康健否，好歹叫我见她一面。"康姨妈强自按捺怒气，好声好气地说，谁知却引得面前一群粗壮婆子讥笑不已。

一个穿铁灰薄绸缎子比甲的媳妇尤其尖刻，只见她两眼翻了翻，道："这会儿来充慈母，早做什么去了？不是自己亲生的，就是心狠！"她身旁的妇人笑道："谁说不是，当日把好好的黄花闺女硬是丢下，那会儿怎么不顾着死活了？"更有那躲在后头的冷言冷语道："还主子呢，拿闺女来攀高枝，便是我们乡下的癞头婆娘也比她要脸面些！"

声音虽不大，传过来听见了却是极为刺耳，康姨妈几乎又要拂袖而去，叫向妈妈拦住了。

太夫人从后头缓缓走来，面露微笑，眼底却隐含威势："到底是康家闺女，便是卖身进府的丫头，人家父母要见，难道不让见不成？"

对着她，一众下人却不敢放肆。廖勇家的恭敬却坚定道："夫人说了，若康太太实在想女儿想得紧，便把康姑娘领来。不过，丑话说前头，这儿可不是茶楼酒肆，想来想走地变卦，夫人更不是什么亲近的长辈，没有留人姑娘长住的道理。待康姑娘来了后，就请康太太把人领走吧！侯爷尚未回府，满府中的成丁主子也只三老爷一个，想来也坏不了康姑娘的名节。"

康姨妈一阵犹豫，转头去看太夫人。太夫人也是决议不下，她几乎能肯定，康兆儿已经不在顾府了，可若这其中有诈呢？会不会是盛明兰故意泄出去的风声？

待会儿若康兆儿好端端地出来了，叫不叫领走？若不领走，岂非自打嘴巴？若领走了，整场纳妾风波无疾而终，自己直成了个笑话。

空城计当前，司马懿举步不敢，城中有诈否？太夫人迟疑了。

"若康太太觉着好，就请挪步往门房，我们这就把康姑娘送过去，待母女相逢，身体无恙，您起车便可回府了。"廖勇媳妇笑得恭谨有礼。

太夫人一咬牙，不成！哪怕留康兆儿在那儿，只气气盛明兰也好。

康姨妈再次铩羽而归。

又过了两日，一封短短的字条从盛府送到明兰手里。

明兰见字而笑，几日来的郁气一扫而空，朗声道："来，给我收拾收拾，咱们去萱芷园。"

太夫人正在里屋逗贤哥儿玩，满面慈爱俱是发自肺腑，叫人全看不出胸膛底下是怎样一副诡谲心肝。她见明兰含笑而来，愣了愣，笑道："你身子大好了？快坐，快坐。"

一旁的朱氏颇有些不安，但还是快步上前来扶明兰。明兰捧着偌大的肚子稳稳坐下，看着罗汉床上的小男孩清秀可爱，略赞了几句，然后开门见山道："我来给您报个喜信。"

"什么……喜信？"太夫人隐隐觉着不安。

明兰仔细盯着她的表情，缓缓道："康家表妹终有了好归宿呢。"

"你什么意思？"太夫人立刻放下脸来，"姑娘家的名声要紧，你不要胡说。"

明兰笑得冷淡："康表妹已叫家人接走了，以后，您就不必为她操心了。若您不信，大可使人去问康太太，不过……"她讥讽地笑了笑，"她这会儿大约忙得很，没空见您。"

太夫人霍地站起，神色惊疑不定。

"还有一句话。"明兰慢悠悠地站起来，扶着丹橘往外走，"康太太以后大约都不会上门了。我身子又重，以后再有什么姨妈、舅母或表妹、表姐的亲戚要来，您就不必叫我了。"

"你……"太夫人受气，指着门口怒视。

明兰冷冷地看了她一眼。事到如今也不必装了，撕破脸也好，开战就开战，谁怕谁！

她丝毫不惧地出了门，往外走出几步，忽回过头来，仰头看着门梁上方巨大的匾额。油亮光洁的百年红木雕着繁复精致的吉祥如意麒麟三回头，当中凝重端正的笔墨，楷书两个大字——萱芝。哼，这种蛇蝎妇人根本配不上这样美好的两个字！

明兰短促地冷笑两声——她下次再来之时，便是把这主屋大院里外拆洗一遍之日！

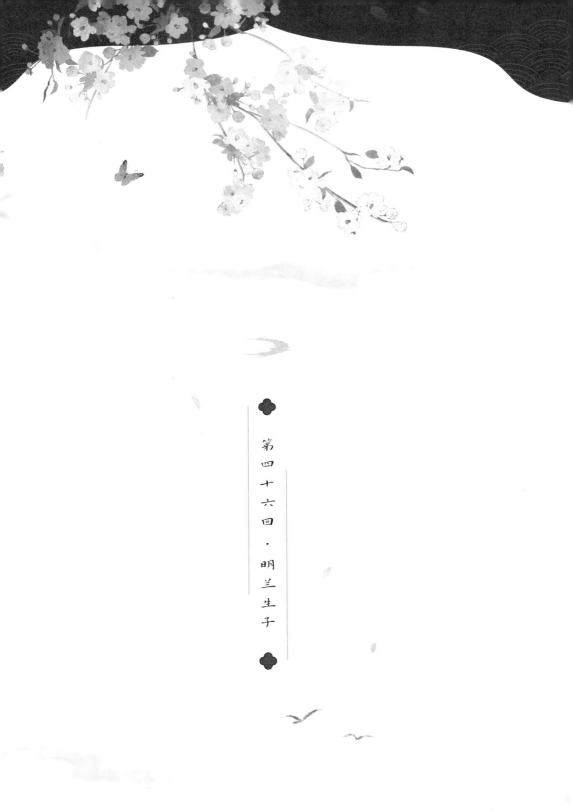

第四十六回·明兰生子

　　一个身着宝蓝色斜纹绣团薄绸衫的中年男子，疾步往里屋走去，院中的丫鬟婆子无不露出惊讶神情：这些年来，若非太太有请，老爷是绝不踏入主屋一步的。

　　康姨妈正端坐堂中和儿子康晋说话，她神色和蔼："你好好办差，我已与你舅舅说了，待你这任满了，就给你谋个外放。"康晋年近三十，面容白净敦厚，闻言便低声劝道："娘，您别再去求舅舅了。前阵元儿还来信说舅母的不是，您再这么着，舅舅又要为难了。"

　　"这你别管，只要你外祖母在一日，王家还轮不到你舅母做主。"

　　康姨妈还待再说两句，冷不防瞥见丈夫站在门口。她愣了半刻，康晋连忙作揖行礼，恭敬道："爹来了。"康老爷瞥了长子一眼，冷冷道："你先出去，我和你娘有话说。"

　　康晋素来敬畏父亲，当下也不敢多说，转身就出去了。

　　"真是稀客，哪阵风把老爷吹来了？！"

　　康姨妈冷眼看着直如陌生人般的丈夫，只见他明明已年近五十，却只如三十几许般儒雅文秀，思及自己为了家日夜操心，却早生华发、人老珠黄，不禁一阵气闷。

　　康老爷几步走进来，挥手把左右丫鬟都屏退，脸色随即沉了下来："我再不来，怕你把我的儿女都卖了还不知道！"

　　康姨妈心头咯噔一声，却强撑着道："家计艰难的人家，卖儿卖女倒也不稀奇。"

　　说及银子，康老爷也不禁面上一臊，随即喝道："你把兆儿弄哪儿去了？"

　　"她身子不好，病了几日，这会儿天热，我怕她染的是时疫，危及家人，便把她送到庄子里养病了。"康姨妈早有准备，说起来脸不红，气不喘。

"放屁!"康老爷不禁爆粗口,"到了今日,你还满口谎言!康家正经的姑娘,你当是丫头奴才,说卖就卖,说给人做妾就做妾?!你眼里还有我吗?!"

康姨妈知事已败露,便沉下一颗心,嘴里不饶人,讥道:"老爷如今倒像个做爹的了,还知道心疼闺女,只不知老爷这十几年来见过兆儿几回,怕是父女俩当面走过,老爷也未必能认出来吧!"

"休得顾左右而言他!"康老爷眼色发狠,"你只说,兆儿哪里去了?"

"想来老爷已知道了,何须多问!我给兆儿寻了个好前程。"

"你、你……"康老爷指着妻子,颔下三缕长须不住抖动,显是气极,"你居然叫兆儿去做妾!我们康家的脸都叫你丢尽了!"

"丢脸?"康姨妈冷哼一声,提高声音道,"丢康家脸面的怕不是我吧!老爷的好二弟,前年将庶出的一个闺女给人做小时,你怎么不去摆长兄的款儿,去责备他们丢脸?"

思及几个不敬长兄的弟弟,康老爷又是一阵恼怒。

"何况……"康姨妈语调一转,软了语气,"我这也是为了康家。前阵子,老爷不是正谋着起复吗?若顾侯能帮老爷一把,岂不事半功倍?"

早在决心蹚这浑水时,她就备好了说辞:"以前咱们和顾家只沾了个转折亲,还得看我妹子妹夫的脸色。你不是总瞧不上妹夫吗?说他圆滑,一味地钻营,丢尽了读书人的风骨,如今,只要顾家收下兆儿,虽名声难听些,但得了实惠。外甥女顾着亲戚的面子,必不会亏待兆儿,只要兆儿能生下一男半女,咱们也能和顾家直接来往,岂不两全其美?"

其实这只是一半理由,还有一半是存心给明兰难看,看那小庶女如今一副趾高气扬的模样她就来气,顺便出口恶气。

康老爷从头听到尾,脸色一阵青白,一阵红紫,似是有些心动,又似是恼怒非常,一把胡须抖个不停。"你……你做的好事!"憋半天,他才憋出这句话来,然后把一张纸甩在康姨妈面前,"你自己看看吧!"康姨妈狐疑不已,缓缓拾起那纸来看,才读得几行就脸色大变。

"成事不足,败事有余!"康老爷不住地在屋里走来走去,嘴里骂道,"我本托妹夫在都察院照应些,别像上回似的又是一纸劾疏坏事!本来好好的,谁知几日前有人弹我素行不检,昨日吏部驳了我的条陈!"

康姨妈心头一团乱麻,慌乱道:"不是说妹夫如今调任兵部管粮道了吗?兴许都察院的事弹压不住,也是有的。"这是她生平头一次替盛家人说话。

"什么调任，那是高升！"康老爷又妒又恨，火直上涌，"照常例，左右侍郎要三品才能任职，盛纮这才升至四品一年哪！还主管兵事粮道，肥差又是要差，你可知这是何意？"

他深吸了一口气，妒火中烧："这是上头要重用他！皇上把他当自己人呢，这才把他摆在要紧处！"至于皇帝为什么把盛纮当自己人，这个问题康姨妈倒没问。

"官场上的人都眼毒着呢，如今盛纮势头正好，又刚离任都察院，哪个不给他几分面子？倘若他有心弹压，怎会出事？！"

康老爷越说越气，走到妻子面前，恨声数落："结了这门贵亲，盛家如今正得意着呢，哪里肯分一杯羹给旁人！你还上赶着送个贵妾去分宠？这不是挖人墙脚吗？偷鸡不成蚀把米，没吃上羊肉，反惹了一身羊骚！"

康姨妈又惊又惧，拿在手中的纸张不住地颤抖，无话可说之下，只能道："你……你怎么不早说？你只说托了世交，又没说求着妹夫！"要是早知道，她也不会这个时候去撞枪口。

康老爷一窒，他素日瞧不惯盛纮出身科举皆不如自己，偏仕途比自己强，加之康王氏喜作势拿乔，便极不愿对妻子说有事托了盛纮。

康姨妈重重地喘了几口气，眼中阴戾之气更盛，切齿道："事已如此，既已得罪了妹夫，索性一不做，二不休，定要成了这事！"她忽想起太夫人的承诺，说，只要兆儿进了门，一定助她得宠生子。忆起这个，宛若溺水之人抓住了一根救命稻草，康姨妈喃喃起来，不停地说服自己："不怕，不怕。便是眼下难些，等个几年就好了。"

反正丈夫和自己不一条心，丈夫升官发财，只会助长那几个小妖精的气焰，不如图谋以后，等兆儿站住了脚跟，还能惠及自己的儿女。

啪！一个耳光重重落下，白皙的面颊上迅速浮起一个印子。

康姨妈捂着脸，不敢置信地看着康老爷，哑着嗓子道："你……你敢打我？！"

"愚不可及！"

康老爷脸色阴沉可怖，放下手掌："你当我是如何知道此事的！你那得意的好女婿适才来过了，说什么不忍妻妹为妾，若得我二人的许可，兆儿的婚事就包在他们夫妇身上。我直羞得一张老脸无处可放。"他也终于明白了盛纮为何忽不肯相助了，想到自己辛苦谋划的仕途再度泡汤，真恨煞人也！

"若非看在你为公婆侍孝期三年，我定一纸休书给你！"康老爷咬牙切齿。

“别笑掉大牙了！”康姨妈一个翻身站了起来，尖叫道，“你若有种，这会儿就休了我！别是舍不得我们王家的助力吧。你当我愿过这日子？没完没了地讨小老婆，偌大的宅子都快容不下了！趁早撵了我们娘儿几个，你和你的小妖精过好日子去吧！”

康老爷大怒：“男子三妻四妾乃常事，你自己善妒歹毒，就休说这那！妻贤夫祸少，就是讨了你这祸害，我才郁郁半生不得志！若非为着父母之命，我焉能娶你？！”

“康海丰！你只有三妻四妾吗？”康姨妈状若疯妇，上前扯着康老爷的袖子，“你这好色之徒！你当旁人瞧不出你那黑心肝吗？倘你是个长进的，能立事当家，叫我能安生度日，别为儿女前程和银子操心，哪怕你讨上百个千个小老婆呢，我绝不吭一声！偏你装得道貌岸然，全无能耐，今儿求告我哥哥，明儿托我妹夫，还要拿我的陪嫁来填窟窿！”

她用力捶打着丈夫，边哭边叫骂：“真没出息的，待我们娘儿几个好些也罢了，两头你好歹也落着一边呀！只会拿个大架子，见天算计我的陪嫁，我这一辈子全毁了！”

“不可理喻！”

康老爷叫她哭缠得心烦厌恶，一把甩开她，大步走出屋子，头也不回。

康姨妈委顿在地上，捂着脸呜呜哭了起来。她也不知该怨恨谁。

父亲慈爱，原也不固执与康家结亲，母亲是从来看不上这个浮夸自大的康氏世家子的，是她自己在屏风后头瞧中的。当初她嗤之以鼻的盛纮却日渐出色，愚笨没能耐的妹子却越发风光，疼爱妹妹的兄长有了妻儿后，也渐渐不那么有求必应了。

她直觉得天地无眼，明明自己容貌既美，又有手段，偏这般命苦。独自哭了半天，她忽想起一要紧事，赶紧收起眼泪，忍着心酸整顿妆容，又叫人备车要出门。

车行向北，过了大半个时辰，来到一所清静的宅邸门前。小小巧巧的三进院落，倒也布置得清雅干净，院中柳绿花红，正是盛夏好光景。

“太太，便是您不来，我也要去寻你呢。”一个婆子引着康姨妈往里走，“可出大事了，我们奶奶从今早哭至这会儿，饭都没吃呢。”

康姨妈心急如焚，不愿多说半句，只快步往里走。一进了里屋，却见康允儿神色萎靡，眼睛红肿如个大桃子，她顿时一阵心疼，揽女儿在怀里不住哄劝。

"自昨日半夜收了宥阳来的信后，他便不肯和我说话了，今日一早就出了门。我看了那封信，才知是怎么一回事。"康允儿泪如泉涌，直哭得气喘，"娘，你为何要如此呀？！"

康姨妈怒道："这糊涂小子不知亲疏吗？你是他的枕边人，又为他生儿育女，他竟要为了堂亲来恼你？待我去骂醒他！"

康允儿秉性柔善，她明知是母亲的不对，却也不敢过分责备，只哭道："我早与你说过，盛家这两房堂兄弟，直比寻常人家的嫡亲兄弟还要好，更别说叔祖母对大房是有恩德的。我今早问了报信的奴才，说我公公一收到叔祖母的信就勃然大怒，纭姑母连我也骂上了！你女婿是多孝顺的人哪，如何会违了亲长的意思！"

康姨妈心知这话一点儿没错，却忍不住破口大骂："不过是商贾人家，当初若不是你的年纪不好耽搁了，哪里轮得上他家！你别怕，我看盛家哪个敢找你出气！"

"娘！"允儿哀哀地叫了一声，哽咽半刻，才道，"信上说，婆婆叫我回宥阳！"

康姨妈一时没反应过来，呆呆道："叫你回去做什么？长梧的起居谁来照顾，京中官眷往来谁去张罗？"

允儿哭道："信上说，老家会另派得用的丫头来服侍的。叫我带着孩子回去，一来尽孝道，二来叫公婆瞧瞧孙儿孙女，三来，若父亲答应，还要给兆儿妹妹说亲。公婆说，他们到底隔了一层，要我这个亲姐姐过去，才好替妹子寻个亲家……"

"你又不是长媳，服侍什么公婆！"这话康姨妈自己也觉得无理取闹。

允儿泪如珠串，纷纷而下，直哭得泪眼婆婆："娘，我自嫁过来，就自己当家。原本婆婆就想叫我在老家规矩几年的，何况好些外放的官儿，原就是儿媳在家伺候公婆，男人携妾室上任。还是叔祖母说情，我才如此舒坦自在，又能儿女成双。如今婆母亲自开口了，我如何敢不从？我到底没在夫家长辈那儿尽孝过几日呀！"

康姨妈一时天旋地转。眩晕半晌，她才渐渐定住："女婿就什么也没说？"

"他只说了一句话。"允儿不断揩干泪水，伤心道，"当年祖母过世前，趁着人还清楚，再三拉着公公婆婆和纭姑母的手念叨，一定要孝顺叔祖母，否则她死了也不得安息！"

其实这道选择题对长梧而言，一点儿也不难做，一边是不怎么着调的岳家，另一边是至亲至恩的盛老太太，两房人情谊深厚，来往亲密（官商互助），外加一个正当权的堂妹夫，为着一个不知道能否有宠并且根本没见过面的妻子庶妹去得罪自小要好的堂妹兼顾侯正房太太，直如丢了西瓜去捡芝麻，而且不知能不能捡着。

不论从情感还是现实，他都会毫不犹豫地照父母信中所说去办。当然，老婆他还是喜欢的，不过盛家人的理智告诉他，官场上行走，不孝的罪名可不是闹着玩的。

直至这一刻，康姨妈才对女儿深觉歉疚。她喃喃了半天，说不出话来。允儿不忍心看母亲如此，反而出言安慰了几句。康姨妈便着了疯魔，赤着双目，嘶哑道："我绝不放过她们！等着瞧，等着瞧……"她连连咒骂，言下指的是盛老太太和明兰。

允儿一听，顿时尖声道："娘！你可千万别再糊涂了！虽然此刻公公婆婆盛怒，但只要我好好服侍，勤心本分，你女婿再求情，想来总有过去的一日。倘若娘你再有什么……举动，女儿怕是这辈子都不得和夫婿相聚了呀！"

其实盛维门风很好，长媳文氏几年未有所出，公婆都不曾叫纳妾。短期还好，可若要十几二十年，甚至要公婆过世才能夫妻团圆，那可就保不齐了。

听了这话，康姨妈仰头一倒，竟是晕厥过去了。屋里众人一阵慌乱，允儿又掐人中，又灌茶水，过了半晌康姨妈才悠悠醒过来，从牙缝里挤出声音："她们，竟敢，拿你来要挟我？！"

得了允儿要回老家的消息，明兰无端生出几分内疚来，低声道："祖母素来喜欢二堂嫂子的，如今为着我，竟连她也不顾了。"

崔妈妈心头痛快，劝慰她道："又不打她骂她，不过是叫她回去伺候公婆，做人媳妇的，哪个不是如此？况且母债女偿，天公地道，要怪，就怪她那个不为儿女积阴德的娘！"她素少这么口齿伶俐，连明兰也叫她说住了。

吩咐丹橘备些东西给允儿送去后，明兰依旧不曾开怀，心头总有一抹阴霾驱之不去。

太夫人到底想做什么？

此人老谋深算，绝非张扬浅薄的康姨妈可比，便是康兆儿进了门，难道一定就能得宠？更何况，这件事从头到尾破绽不少，倘若自己奋力一击，十有八九能破计。那老女人假仁假义，惯会装好卖乖，如今拼着撕破脸，只是为着这么不痛不痒地恶心自己一番吗？

明兰越发看不透了。

此刻，叫她看不透的那个人，却在不慌不忙地听人回话。

"这么说，康家那条路，是不成了？"

满室幽暗中，太夫人轻巧地点燃一炷线香，缓缓插入香炉中。前头案上供着一尊暗光沉淀的檀木弥勒佛。

"康太太已病倒了，是她身边的王妈妈出来跟我说的。"向妈妈垂头道。

"是个了得的，咱们是遇上对手了。"太夫人轻言细语的，仿佛半分不气，"好一招釜底抽薪，便是叫我戳穿了，人已送走了，一时半刻，我也拿不出第二个亲戚姑娘来闹。哼，那没用的东西，白费我许多唇舌，叫得嗓子响，却是个废物！"

"真看不出，二夫人年纪轻轻的，下手却这么利索，半点也没露破绽，瞒得严实。"向妈妈叹道，随意瞥了主人一眼，犹豫道，"不如就此罢手也好。"

太夫人摇摇头："来不及了，既开了锣，就得把戏演下去。"

"夫人……"

太夫人一抬手，叫向妈妈住了口，自己转过身，面对着那尊弥勒佛，眼神忽地迷离异常："这尊佛，还是那年，老侯爷从一位南海高僧处请来的，说是笑口常开，能使万事不留尘埃。你说，侯爷他整日在这儿参拜，求的是什么呢？"

向妈妈一愣，苦笑道："这，旁人怎么知道。"

"我告诉你。"太夫人声音冷若寒冰，"弥勒是未来佛，他是想下辈子和姐姐再续前缘呢。"

室内一阵窒息般的寂静，向妈妈抬头看着她一手奶大的姑娘，衰老的眼眶也红了。太夫人凝视着那尊不过半尺高的弥勒佛，淡淡道："其实侯爷心里清楚得很，姐姐绝非佳配，不好生育，不擅持家，还不长命，可他就是喜欢，旁的人，再好，再贤惠，也无用。"

说到这里，她忽地一笑，眼中闪出异样的光彩："这一年来，瞧着那边的热乎劲儿，我才知道，跟他老子一个样，老二也是这天生的犟种，谁也没法子。"

向妈妈心中酸楚，笑道："您别钻牛角尖儿了，老侯爷待您多好呀，对您喜欢着呢。"

谁知太夫人自嘲地哼了一声："喜欢？你不知道吧，其实他也喜欢白家那个风风火火的，也喜欢廷烟的生母，可这不一样，这都不是……"都不是爱。

"他对姐姐，是糊了心窍地着迷，是前世的债。再不会有一样的情分了。"太夫人怔怔地，语气异常苦涩。

忽然，她的眼中闪出一阵悚人的神采："你知道这些日子来，为何咱们处处碰壁，屡屡受挫？哼，不是因为那两人都聪明绝顶，而是因为他们夫妻同心，彼此信赖，无论外头人如何整治，都坏不了根子，这才是关口！"

"所以，这回，我只要盛明兰的性命！"太夫人仰视佛像，口气忽地炽热起来，"老二何尝不喜欢外头那个戏子？何尝不喜欢秋娘？哼，男人，不过为着心肝宝贝，什么也顾不得了！哪怕老二以后再续娶一个，也不会再有这样的情分了。哼，只要夫妻不是铁板一块，就好办！"离间、撺掇，哪怕明兰肚子里的孩子能活下来，将来跟后母也是场好戏。

向妈妈心里难过，哽咽道："可这么一来，您却不能全身而退了。不若等上一等，没准儿那边自己就出了事呢。"

"不过是两条路，要么叫老二用文火慢慢把我煮了，要么自己选个痛快的。"太夫人一脸轻描淡写，"只消拿不住把柄，他最多把我赶出去。等？哼，等那边儿女成群，长大成人？待到那时，便是那两口子出事，也轮不着炜儿了。"

"何况，以后还有这么好的机会吗？"太夫人想起自己的布置，不由得一阵兴奋，"南边要老二性命的多了去了，他以为自己隐秘，只要他的身边人沿途留些痕迹，看他死在哪拨人手里！就算他不死在外头，待他回来时，也只能见到盛氏的尸首了。"

顾廷烨这人恩怨分明，明知顾廷炜的确全不知情，绝对不会下狠手。如今多事之秋，战阵上刀枪不长眼，谁知顾廷烨能不能留下子嗣才死！

只要顾廷炜好好的就成。倘若这会儿不出手，以后就再难出手了！等到顾廷烨伤心完，再娶填房，那也未必如盛明兰一样难对付，到再生下嫡子，谁知要多少年。一个思念亡妻的丈夫，一个未必和睦的家庭，到时再使计挑唆（这个她很有经验），远胜如今无从下手。何况自己年纪也大了，顾廷烨夫妇却正青壮，若是这么咽气了，真是死也不甘心。

太夫人略略敛了气息，缓缓坐下："这几日，老二媳妇气色如何？"

向妈妈定了定神，清楚道："虽康家的事了了，但她依旧心事重重。我仔细看了，不像是装出来的。"

"这是个聪明人呢，知道事没这么简单。"太夫人笑了起来，"心事重重得好，多思，多虑，真是极好！可惜不能等了，不然叫她多烦扰一阵子才好……对了，那边如何？"

"您放心，一切都妥当了，有其女必有其母，一样的蠢货，做马前卒正好！"

这夜，明兰睡得极不踏实。

她向右侧卧，肚里的小浑蛋踢呀踢——好，她明白他的意思了，于是赶紧叫睡在侧榻的丹橘帮自己翻个身，改成向左侧卧，但小浑蛋依旧踢。明兰叹气妥协。好，现在你最大。明兰试着艰难地挪动几下，冒着巨大风险仰着卧，结果硕大的肚子差点没把自己压断气。大约小浑蛋也不喜欢这个姿势，更是咚咚乱踢一气。

明兰撑着床铺痛苦地坐了起来，一只手捂着肚皮，忍不住哀号出声。小浑蛋，你消停些吧，统共那么几种睡姿，老娘都给你试过了，你还想怎样？！难不成你想趴着睡？

深更半夜，在暖烘烘的屋内，明兰抚着肚皮托着腰，绕着如意小圆桌一圈圈地散步。以前，她还以为不懂事的小孩最大，现在她才晓得，胎儿才是最难缠的，你不能打他、骂他，甚至不能哄骗他、劝慰他、恐吓他，一切五花八门的人类伎俩在胎儿面前均告无效。他自己不舒服，就必定让你更不舒服，哪怕他并无不适，但他若想让你不舒服，你还是得不舒服。

敌人太强大了，明兰只能收起脾气，聊胜于无地跟他说好话："……对不住，这阵子妈妈没好好待你，饭也没好好吃，觉也没好好睡，老想些……呃……冒坏水的事，明儿……明儿开始，咱们就接着讲故事。上回到哪儿了？哦，三只小猪要盖房子，一只盖了稻草屋……"她也很怀念以前那种慵懒自在的日子呀，不用提心吊胆，不用疑神疑鬼，唉，真是越想越忧郁。

次日一早，明兰恹恹地醒来。崔妈妈瞧得心疼，打量着她的肚皮道："又下坠了些，怕是这几日就要生了。"明兰失笑："打七八日前，妈妈就这么说。"崔妈妈抚着明兰倦倦的面庞，喃喃劝道："以前日子没到，怕他不足月就出来，现下又怕他老也不出来。唉，这儿女就是前世的债，这辈子找爹娘来要债的。

待哥儿大了，定会报答爷娘恩，好好孝顺夫人的。"

明兰叹口气，小心地坐到桌旁，起手一筷子下去，插了块胖乎乎的荷香粟米糕在嘴里咬着。其实她要求不高，不指着将来小浑蛋如何出息，只要债务别利滚利就好了。这么辛苦还生了个败家子，那可真要吐血了。一边想着是否该找些道德文章来读读以做胎教，一边用着早饭，刚把一块圆头圆脑的粟米糕咬成上弦月形状，却见丹橘一脸莫名地进来。

"夫人，余家……来人了。"

明兰眨了眨眼："哪个余家？"

丹橘似乎在想措辞："就是嫣然姑娘家，也是……前头那位夫人的娘家。"明兰的筷子在半空中顿了半拍。她本能地起了戒备："太夫人呢？"这死老女人，又出什么幺蛾子！然后丝毫不意外地听到如下回答——"正陪着客呢。"

明兰一筷子把月牙粟米糕拍在桌上，瞪眼道："去说我身子重，走不动道儿，不便见客！"她就存心要无赖了，怎么样？丹橘脸色发苦："来传话的妈妈说，太夫人体谅夫人身子重，已将来客带在小花厅了，而且……"她万分为难，"来的是……是余四太太。"

这次轮到明兰为难了。

当初熊老大人兴建澄园之时，原就将临水望山、风景优美的小花厅建作内宅女眷宴客拜会之用，是以离主屋嘉禧居尤其近便。因这次要见的是原配娘家，加之余家四婶婶也在，作为填房的明兰忽觉底气不足，便叫足了人手，穿戴得整齐庄重，前呼后拥地去了小花厅。

一踏入花厅，明兰抬头看去，只见太夫人正陪着两个中年锦装妇人说话，两溜雁翅的丫鬟婆子站在一旁服侍着。众人闻听通报声，俱是转头来看。坐在太夫人右侧的一位身着藕荷色对襟夏衣褙子的妇人站起走来，拉起明兰的手，喜悦道："这不是明兰吗？快叫我瞧瞧，哎，都长得这么高了，人也长开了，更好看了。"

明兰见她，也倍觉亲切，笑着福身道："给四婶婶请安了，余四叔的清塘乐谱可修编好了？弟弟妹妹们可好？说起来，嫣容妹妹快及笄了吧。"

余四太太眼眶有些发红，似是连日哭泣的痕迹。她泣笑道："好，都好。你四叔那是瞎忙，哪日有个消停，难为你还记得容丫头，这孩子也常念叨着你和嫣然。"

"嫣然姐姐前阵子还与我来信，说又诊出有身孕了，还抱怨段家再不许她去茶园了，拘她在家养胎呢。"明兰拉着余四太太的手，边说边走。

"谁说不是。嫣然这孩子是个有福的，如今儿女成双，使去的婆子回来都说，段家待她极好。"余四太太满脸欣慰，白净清秀的面盘满是笑意，"这孩子也是，明知她四叔是最爱走动的，还没口地夸大理好，说什么茶花遍地，云霞满天，处处可入景，民风淳朴和善，说得你四叔都动了游兴，直嚷着想去瞧瞧呢。"

按着余家堂房辈分算，余四叔其实行六，不过，明兰随着余嫣然一道叫他四叔，没想这些年过去了，他还是老样子，明兰不禁好笑。

余四太太出身书香门第，十岁就能打上百套棋谱，能吹笛弹筝，擅画鱼虫鸟兽，后嫁了气味相投的余家老四，夫唱妇随，好不和睦。很长一段时间内，余四太太都是明兰对古代才女认知的指标。她虽才高爱文，但不会目无下尘，料理登州老宅的庶务，照顾公婆，教养侄女嫣然，基本能囫囵周全。她虽出身名门，却亲切和气，从不曾对位卑之人白眼。

有时兴头来了，还会指点两下明兰那手狗爬毛笔字；随夫婿去乡野时，见着有趣的小玩意儿，也会多带一份给明兰。明兰来到这个世界后，得到的第一个小泥人、第一架小风车，甚至第一个草编蝈蝈笼子，还有第一只小长毛呆兔，都是她给的。

幼年时的余家，是明兰内心深处的乐土。余阁老威严明理，余老夫人慈爱和祥，嫣然待自己如亲姐妹一般，有时在余府花园里玩，还能远远看见湖中亭里，余四夫妇或对弈，或箫琴合奏，一家人言笑晏晏，让小明兰心里好不羡慕。

明兰许久未见余家人，还待寒暄几句，那头的太夫人已高声笑道："明兰，还不快过来坐？你自己身子重不说，也不当冷落了客人。"

明兰听了这话，也不辩驳，只携着余四太太一道走近前去。

"这是余家大太太，快来见礼。"

太夫人一副热络状地拉着余大太太。明兰笑着福了福，一旁的丹橘牢牢扶着她，抬头间不着痕迹地打量对方，顿时一愣。那余大太太保养得极好，出乎意料地年轻貌美，吊梢眼，斜翅眉，颧骨偏高，皮肤白腻，竟有一番泼辣凌厉的成熟艳丽，看着不过三十上下的美妇人。

那余大太太也不住眼地打量明兰，从头上金闪的五凤朝阳赤金红宝钗，到明兰胸前的九节赤金璎珞葫芦项圈，下头缀着的水头极好的明玉，最后到明兰隆起的硕大肚皮，她的眼神瞬时一戾，然后大剌剌地坐下，受了明兰的福礼。

她也不与明兰说话，只转头与身旁的余四太太道："你适才说得是，嫣然是个有福的，公爹亲自给她找的婆家，能没福气吗？"余四太太顿时意识到自己刚才的话得罪了长嫂，只好笑着不说话，默默坐下。

"家里的姑娘个个都有福气，单我的嫣红命相单薄了。唉，也不知她走后这么多年，还有没有人给她上炷香。这孤魂野鬼的，可怜……"余大太太气势逼人，径自说着。

"嫣红姐姐这不埋在顾家的坟茔中嘛，"明兰忍不住插嘴道，"何来孤魂野鬼之说？"

余大太太被当中打断，十分不悦，眼神锐利，盯着明兰缓缓道："……连个骨肉都没留下，离孤魂野鬼也不远了。"

明兰心头一沉，坚决不接这个话题，从丹橘手中接过暖盅，轻轻吹着里头的汤水。

余阁老一生强悍能干，外能执掌朝阁，内能安家平事，老伴儿纯善，儿女基本听话，连几个儿媳都是老头儿自己出马挑的，家庭氛围单纯简单，这位填房余大太太泼辣厉害，估计是整个余家的例外，偏偏儿子还就吃儿媳这套，几乎言听计从，余阁老未免抑郁。

太夫人一见冷场，不慌不忙地笑道："亲家母说的什么话，嫣红这孩子虽在顾家日子不长，我却是极喜欢的，说话爽利，人又大方。哎哟哟，说句不中听的，比我自己闺女还喜欢呢，亲家母把闺女调教得这般好，却是顾家对不住她了……"说着，忍不住声音哽咽了。

明兰冷眼看她，腹诽着，这么好的材料，不去当演员可惜了。

余大夫人听着心酸，也泣道："早知道她跟顾家没缘分，我也不叫她嫁过来了，平白害了性命，这才几岁的年纪呀……"太夫人格外善解人意，一口一个亲家母，不住地自责，表示没照顾好余嫣红全是顾家的责任。她一边摁着帕子，一边哽咽着："别说亲家母心里受不住，便是我，想起嫣红那孩子的好处，也是心里堵得慌。也是廷烨的不是，成亲没多久就往外跑，留着嫣红独个儿孤零零的，这才一病不起……"

啊呸！你个老妖婆，你干脆直说是顾廷烨害死余嫣红的好了！什么"成亲没多久就往外跑"，那些武将家眷呢？人家男人一出去就是几月几年的，那还不得死个百八十回呀！什么"独个儿孤零零的"，你上有公婆，下有妯娌，老公出门没两个月你就挂了，说好听了叫夫妻情深，难抑思念；说难听了是按捺不住寂寞，离不开男人！

　　根据顾廷烨第一次婚姻的火爆程度，前一条显然不适用于余嫣红。你个老妖婆，你到底是在替余嫣红说话呢，还是在埋汰她呀！

　　——明兰满心的腹诽，却只好打肚里官司，默默忍气听着。

　　"没法子，女婿当初求的是嫣然，由是不喜嫣红，冷落也是难免的。说句不孝的，既如此，公爹又何必硬要从中作梗……"余大太太越说越没遮拦，连素来好脾气的余四太太也忍不住皱眉。明兰总算逮着个机会，赶紧插嘴，半调侃道："您这话就不妥了，怎么叫从中作梗呢？那是余阁老早年说好的呀。余阁老几十年前就'有言在先'，怎么也比余大人几个月前的'有言在先'再先上那么些吧。"

　　此话一出，余四太太忍不住莞尔，忍着不敢发笑。

　　余大太太无语，足足瞪了明兰半盏茶工夫，才被太夫人的一声轻咳转回神来。她对着明兰，语气硬邦邦道："我们今日前来，实有个不情之请。近年来，我公爹身子越发不成了，特意来京城寻医，几日前起已不省人事……"

　　明兰大吃一惊："余阁老病了？"她转头看向余四太太。

　　余四太太含泪点头："自上个月起，便时不时晕过去，这次尤其凶险。那日，爹爹刚吃了药，人瞧着略清醒些，他说……他说……"她为难地看着明兰，似是难以说下去。

　　余大太太嘴角含着讥诮："你若说不出来，便由我来做这恶人了。那日，老爷子人略有些清醒，道他一生无憾，如今儿孙绕膝，唯独嫣红早夭，可怜连个子息都没留下。后来，咱们又请了清风观的玄元真人，真人说，若是冲冲喜，不定就好了。"

　　明兰慢慢睁圆了眼睛，心不住下沉。

　　"……这便有了念头，给我那没福的女儿过继个儿子，一来以后有人给她坟前供碗饭吃，二来叫我公爹有个慰藉，倘若就此能醒过来，你也是功德一件；倘若……"余大太太便如事先排练了许多遍一般，说得十分流利，"也能叫老人家走得安心些，一举两得，你说呢？"

　　她直直地盯着明兰，似想立刻就得了答复。

　　明兰一时吃惊，脱口而出："那要过继谁？"她转头去看太夫人。

　　"不是贤哥儿。"太夫人优哉地摇着团扇，含笑道，"自年前廷烨与我说，贤哥儿是老三唯一的儿子，哪有出继给人的。我深觉有理。本也没法子的，偏巧了，恰有个绝佳的人选。来人，把他们带上来吧。"

一茬接着一茬，明兰有些目不暇接，转头间，却见向妈妈带着一大一小两个身影进来。向妈妈身后的年轻妇人进屋后，便盈盈跪下磕头，口里清脆道："曼娘给诸位请安了。"她又拉着身边一个六七岁模样的男童一道下跪。那男孩似是惧怕，低声道："昌儿给长辈请安。"

这么多日来，明兰头一次真吃了惊。他们是怎么从顾廷烨安排的地方出来的？

太夫人笑着转头对众人道："老二那会儿糊涂，说来也是年少不懂事，在外头置了个外室，后有了一儿一女，姑娘就在老二媳妇那儿养着呢。"

余大太太得意道："这昌哥儿我瞧着乖巧伶俐，与其留在外头，不得认祖归宗，还不如就记入嫣红名下。"言下之意，暗指明兰善妒，才致使昌哥儿不得归宗。

明兰倒吸一口凉气，心中如火烧般愤怒起来。她不顾身子不灵便，忽地站起来，提高嗓音冷笑道："诸位好周全的想头！"她先对着太夫人，毫不掩饰眼中的蔑视，"您真是个大能人，就没您不知道的。别说家丑不可外扬，以侯爷今时今日的身份，年轻时的事家里人遮掩还来不及呢，您只差满京城嚷嚷去了。"

太夫人有些端不住脸了，冷声道："我也是为了……"

明兰利索地打断她："您是为了谁，为了什么，顾家上下都清楚，就不劳您多说一遍了。"然后不待太夫人发怒回嘴，她又转向余四太太，柔声道："我是个什么人，四婶婶是知道的，今日我对事不对人，若有得罪，万请恕罪。"

余四太太起身，脸上又是歉意又是为难，连声道："我知道你的难处。"顶着不孝的大帽子，还有个六神无主的病弱婆婆，她明知这事不妥，却也不敢不来。

明兰微微点头，然后才转向余大太太，一字一句道："嫣红姐姐是侯爷的原配，这不用您提醒我也知道。若嫣红姐姐身后留有子息，这世子之位定无二选！可嫣红姐姐并无一男半女！"余大太太神情大变，警惕地盯着明兰。

只听她继续道，"今日诸位说要过继……"她冷笑一声，高声道，"这昌哥儿若记到嫣红姐姐名下，以后又该如何算呢？是庶出呢，还是原配亲子？"

余大太太被堵了一下，随即讥道："说这说那，还不是怕昌哥儿抢了你肚里这个的世子之位？你还别不服气，填房就是填房，不是原配！"她这话一出口，立知自己失言了，深恨自己气晕了，说话口不择言。

明兰顿时笑出声来，她忽而正色道："明兰受教了。不过承嗣大事，乃宗族根本，明兰只是做媳妇的，不敢置喙。只问大太太一句，嫣然姐姐嫁人后，嫣然姐姐的生母也是无有后嗣的，倘若叫过继一个孩儿，为余家长子嫡孙，您是否答应？"

余大太太怒声道："你敢放肆！"

"是谁放肆？"明兰针锋相对，"许多年前，侯爷年少轻狂，曾想叫这曼娘进门，老侯爷和太夫人因她出身戏子，咬死了不肯。如今倒好，老侯爷过世了，他的话没人听了，一转眼，竟叫个戏子生的来做宁远侯世子，敢情余家是存心来和顾家过不去的！"

这话一出，门口跪着的曼娘迅速抬头一瞥，明兰也正好转头去看，视线一对，却见曼娘眼神犀利怨毒，并无初见自己的惊慌，明兰立刻知道她早就知道自己的。

明兰不去理她，这个时候没工夫怜悯，只有敌我。

余大太太气得浑身发抖，半天说不出话来，忽地眼神闪烁了一阵，然后咬牙道："我姑娘死时还不到十七岁，你们顾家总得给句话吧！"

余四太太见此情形，忙拉着明兰道："世子什么的，我家绝无此念头！"

其实余阁老也是那么一说，她内心深处颇觉那只是老人家眼见满堂儿孙时的感慨之言，只是如今长兄如父，自己夫婿又不是官身，说话未免弱了些，外加那什么玄元真人一通忽悠，好似不听从余大太太的吩咐便是不孝，这顶大帽子太厉害了。

"咱家只是想着嫣红青春夭折，实在可怜，想叫她有个后，绝无掺和顾家立嗣的意思。"余四太太满心发自肺腑，连声道，"你们若是信不过，待顾侯回来后，召集众族人说个清楚，写下字据。可是……"她泣声道，"能否先把事儿办了，爹爹他……他……怕是撑不住了。娘说，倘若你不愿意，明儿她亲自来求你，去求盛老太太，给你们下跪！"

她再忍不住，掩面哭出声来。余老夫人一生和顺弱质，此时只能终日以泪洗面。

明兰深吸一口气，这才是她最怕的。

她敢于向任何敌人宣战，打得过就打，打不过她可以跑，还可以耍赖装蒜，可她没办法对余四太太锋利尖锐，更没法子对那个抚着自己鬓发叨叨关怀的余老夫人尖刻厉害。

电光石火间，心念一闪而过。

"哎哟！我肚子疼！"明兰忽捧着肚子叫了起来，满脸痛楚地弯了腰。

余四太太大惊失色，连忙来搀她，叫她小心坐下。一旁的丹橘十分配合地上前扶住她，连声叫人。外头等着的众人听见了，顿时一股脑儿地拥进屋内，扶的扶，抬的抬，有问病痛的，有连声哎哟的，还有低声责怪的。还没等太夫人反应过来，崔妈妈已领着人将明兰带走了。

旁人一阵错愕，余大太太气愤至极，追到门口大声道："只消你们夫人不是要生了，明日我还来！"余四太太又慌又急，忙劝阻道："还是别了吧，别弄出事来！瞧她肚子这么大了，委实是要生了！"余大太太一把甩开妯娌的胳膊，冷哼道："要做好人你去做！老爷子这半口气还吊着呢，这不孝的罪名我可不敢背！"

屋内，太夫人依旧坐在位置上，一动不动，好似看着满场好戏，只微笑着喝茶。

明兰面色紧绷，在屋里走来走去，烦躁至极。其实她肚子一点儿都不痛，只是适才脑袋发晕，实在不知怎么办，这才使了她素日最不屑的招数——装晕。

可这招数不能老用，难道明天还装？

怎么办？怎么办？怎么办……明兰心乱如麻。她不愿就范，却又难以拒绝余老夫人和余四太太。肚里不住地骂那老妖婆，前头是康姨妈，这会儿是余家，硬的完了，便来软的，这还没个完了。足足走了好几圈，明兰都没想出个主意来，实在不行，要不……溜吧，她想到了走为上计，干脆让屠二他们护着自己回娘家生孩子，丢不丢人也无所谓了。

——还是不行，明兰仔细一想，哀号着委顿。估计那一根筋的余老夫人会追去盛府，哀声去求祖母，要是为着自己，让这两个老人垂暮绝交，那可真是罪过了。

她不是傻子，乐观地认为能一劳永逸。

别说太夫人在一旁虎视眈眈，就是那个阴冷的曼娘就够她头晕的了。若真叫昌哥儿入继余嫣红，不论是否事先说明或立下字据，都是后患无穷。倘若自己的儿子有点本事还好，若是个软弱好脾气的，昌哥儿纠结些势力，伙从些族人，到时闹起来，真是无宁日了。

明兰抱头坐倒在桌前，一筹莫展。

想得脑门发麻之际，她忽觉得好笑，很多对闹翻的怨侣，都会恨恨地来一句"死了也不放过你"，不过，大多不可能实现。如今余嫣红却是把这句话实打实地兑现了。明兰又好气又好笑，哎，也不知这位女士是怎么死的。

——对了！余嫣红到底是怎么死的？

明兰慢慢地直起身子来，在桌上撑着胳膊沉思，眼前一幕幕闪过，一张张面孔宛如影片般闪过，最后定格在太夫人嘴角那浑浊的笑意上。

不对，这事处处透着不对劲。

根据她对余家的了解，余大人素来热衷仕途，所以丧妻后，硬是娶了父亲并不满意的上峰家的庶女为填房，至于余大太太……哼，她今日也见到了。这样的一对爱钻营又不肯吃亏的厉害夫妻，为何到如今才来登宁远侯府的门？

余嫣红嫁入顾家，不到一年就死了，无论怎么说，都是顾家对不住余家，若是如此，当后来顾廷烨飞黄腾达之时，余大夫妇为何不来要求续娶余家之女呢？

余四太太的女儿嫣容今年要及笄了，嫣然曾提过，她还有个恰比嫣容堂妹大一岁的庶出亲妹，也就是说，那女孩去年刚好及笄。如果说，亲生女儿舍不得，可滔天富贵在眼前，余大太太不至于善良到连庶出女儿也舍不得吧，更别说余家堂房还有许多女儿。当时连彭家都敢厚颜无耻地来顾家攀亲，为什么更有资格更有底气的余家不来呢？

非但没来求亲，顾、余两家，连日常走动也一概全无。原本明兰认为这是余家跟顾廷烨生了怨气，拒绝往来，可如今看来，似乎又不是如此。

那顾廷烨对余家，对早逝的原配妻子又是什么态度呢？就算曾经是怨偶，人死了，也该有几分歉疚或不忍吧。明兰苦苦回忆起来。

还是不对。顾廷烨的样子，不像是有任何歉疚不忍之意。

成婚这么久以来，夫妻俩心意相通，从朝堂到居家琐事，几乎无话不谈，便是曼娘这个敏感话题，顾廷烨也偶尔会提及几次，自嘲年少轻狂，可是独独对余嫣红，顾廷烨只字未提，似乎是有意避开。顾廷烨并非凉薄寡恩之人呀，为何会这样呢？

那么，结论只有一个了。

明兰思绪渐渐清晰，可这个假设太大胆了，她不敢贸然下赌注。思忖片刻后，她叫来丹橘，低声吩咐："你去找常嬷嬷，不用她过来，只要她说句话……前头那位余夫人到底是怎么死的，她可知道？"

丹橘用力点头记下，又迟疑道："若常嬷嬷也不知呢？"

"若她也不知……"明兰攥拳在嘴边，缓缓道，"那就问她，余夫人过世后，侯爷当时情状心绪如何。若叫她来猜，她觉着那位余夫人是怎么死的呢？是否顾家有对不住她？"

丹橘细细咀嚼了一番，心里明白明兰的意思，赶紧出门而去。

萱芷堂内。

向妈妈在太夫人耳边低声说了几句。太夫人听后，微微皱眉："又去找那老货了？"

"您说，那老货可知内情？"向妈妈忧心道。

太夫人思量许久，才缓缓摇头："应该不知道。若是知道了，咱们就得变动计划了……"

"那红绡呢？"向妈妈依旧担忧，"倘若她漏了口风……"

太夫人笑出声来："除非请北镇抚司动大刑，否则，她是绝不会说的。"

一上午过得硝烟四起，明兰提着筷子，对着满桌佳肴，头一次知道什么叫作食不知味，想着与其吃了消化不良，还不如少吃些。撂下筷子，明兰在屋里走来走去，捧着大肚皮又笨拙迟缓，焦躁不安得活像只扎了枚铁钉在肉垫上的肥猫崽。

崔妈妈瞧着扎眼，终忍不住将明兰按在榻上，板着脸道："天大地大，还有生孩子大吗？夫人且好好静养，实在不成了，咱们就躲到庄子上去，看哪个寻得着。"

明兰一愣，一想之后，顿觉大好主意，到时带着稳婆和一应人手，闷声不响地躲到温泉山庄去，等那老妖婆和余家的人找到时，估计她早生完了。想到此中妙处，明兰心头一阵轻松，遂依从崔妈妈的意思老实去睡觉了。

晚上没睡好的人，午觉总是特别香，更美妙的是，一睁开眼，隔着琉璃珠帘，只见常嬷嬷正坐在厅间的桌旁与崔妈妈轻声说话。

"常嬷嬷，你怎么来了？年哥儿如何了？"想起至今还在养胳膊的小常年，明兰一阵歉疚，一边问，一边抬手让崔妈妈给自己穿衣裳。常嬷嬷脸色凝重，说话却很黑色幽默："夫人说的什么话，老婆子又不是仙丹，年儿能看着当药吃？一时半刻也离不得？"崔妈妈顿时忍俊不禁。

新换过一身干燥清洁的夏衣，明兰屏退左右，又叫小桃和丹橘看在门口，崔妈妈坐到中厅。常嬷嬷见屋里只剩自己，才低声开口："夫人的意思，丹橘适才都与老婆子说了。"

明兰忍着心急，还得先表白一番："不是我不懂事，爱打听，可如今人家都打上门来了，偏那余家与我有些情分，忌着打老鼠摔了瓶子，迫不得已才开口的……"

常嬷嬷的两只手皱褶苍老，实实地盖在明兰的小手上，低声道："夫人是什么样的人，老婆子还不知吗？这么些日子下来，夫人半句都不曾问过侯爷的过往。"

其实她曾为难过，若明兰问起曼娘的事，她说是不说？顾廷烨没示意，她擅自就说，可不说又怕明兰不悦。好在明兰从来都不多问一句，叫她心里既松了口气，又是敬重。

"前头那余夫人的事……"常嬷嬷沉吟着，明兰手心攥紧，觉着自己的心肝都在抖，"老婆子委实不知。余氏夫人是怎么没的，侯爷半句都不曾提过。"

明兰心头掉了块石头，大眼难掩失望："侯爷连嬷嬷都不曾说？"

常嬷嬷缓缓抬起头，望着虚空，神情凝重："那时，烨哥儿跟老侯爷闹翻了，一口气咽不下，说走就走，我劝都劝不住。可才过个把月，他又慌忙从南边回来了，我问他怎么了，他却不肯说。没过多少日子，侯府就敲起了云板，说那余氏病故了。"

这么快？明兰一阵疑惑，轻问道："当时侯爷是个什么情状？"常嬷嬷缓缓摇头道："说不好，不大对劲。"明兰卖力鼓励她："嬷嬷想着什么，但说无妨。"

常嬷嬷点点头，细忆起来："原先我以为烨哥儿回得这么急，应是得了侯府的信，为着余氏病重才赶回的，可后头看着又不像。我因忧心烨哥儿在里头受欺负，常使钱叫人去侯府外头听消息。余夫人既病得那般重，可侯府不曾请过一位太医，老婆子当时就疑心了。"

明兰大是佩服常嬷嬷，握着她的手，用眼神鼓励她继续说下去。

"还有一处。"常嬷嬷语速更慢了，"记得烨哥儿回来第二日，吃酒大醉，又不肯家去，便来了老婆子处。我服侍他睡下，他牙关咬得死紧，半字不说。那会儿老婆子就奇了，哪有老婆病得快死了，男人还喝成这般。我家哥儿虽有些脾气，却不是那没心肝的混账，那余氏再不好，到底是夫妻一场，我家哥儿不会如此……"

"兴许侯爷是心存歉疚，是以喝得大醉。"明兰酸溜溜地推测。

常嬷嬷的一双老眼越发像对倒三角，继续摇头："样子不像。哥儿的性子我知道，他不是只嘴上说好听的人，若真觉着对不住人家，必会实心去偿。他的模样，倒像是满肚子的委屈、怒气说不出口，气极了，这才借酒浇愁。"

这评价说到明兰心坎上了。顾廷烨是个实在人，喜欢用实际行动来表示对恩怨的看法。因段成潜待他有恩，他就丢下大肚子的老婆捞他弟弟去了（这个大烂人，明兰忍不住暗骂两句）；又因自觉对不住余嫣然，害她远嫁云南，所以闷声不响地替段家弄了三年连份的茶引，被明兰发觉后，还勒令她不许告密。直到明兰拿嫣然的来信几次声明，嫣然是真的真的过得很好，他才考虑少干涉西南茶业的市场经济。

由是，倘若他真对余嫣红十分内疚，按照他的行为模式，应该日夜陪在床前以慰藉病人，或持械去劫两个顶级太医来，甚至去皇宫抢些千年人参、万年王八来，都还比较靠谱些。

"后头那余氏亡故了，烨哥儿连出殡都没等，便又走了。这一走，就是好些年。"想起往事，常嬷嬷不胜唏嘘，"统共十来日工夫，只在余氏没了后的儿日，烨哥儿说了些自己有眼无珠、错识了曼娘的话，此后再无多一句。"

照理说，死老婆是蛮严重的事，何况又是新婚妻子，还死得这么迅雷不及掩耳，哪个正常的鳏夫不想找人说两句呢？怕是连长柏都会多作几首五言，感叹一下结发夫妻却有缘无分。

"那么，依嬷嬷的意思……"明兰听得眼睛发亮。

常嬷嬷低下头，反复思量。

当初她不是没起疑过，也曾旁敲侧击过两次，说"年轻轻的，怎么说病就病，说没就没了呢"，可顾廷烨始终避过不谈。不过，依旧叫自己看出些蹊跷。顾廷烨脸上虽不露，但举止言行间，她能察觉出顾廷烨那似带着厌烦意味的回避，提也不愿提，仿佛最好完全没有这件事情。而顾廷烨的性格，不是逃避之人。

"那余氏之死，当与烨哥儿无有干系。"常嬷嬷一字一句地吐出来，神情郑重，"非但无干，且那余氏当是出了大过错的。"至于和顾家有没有关系，她却不敢下定论了。

明兰深深地出了一口气，有些轻松。说句事后诸葛亮的话，其实她也有这种感觉。

既如此，那么余家的反应就能对上号了。他们自觉有愧，所以不曾追究计较余嫣红之死，也不敢叫顾廷烨续娶余家女为填房，更不敢再摆岳家的架子常来常往。在今早之前，顾、余两家的行为都很符合这个推论。可又是什么给了余大太太包天的胆量，居然上门来寻衅？

明兰好生疑惑，一再苦苦思索，忽然，脑中一道灵光闪过。今早争闹，余大太太提及顾廷烨时，那阵不自然的眼神闪烁躲避，莫名叫明兰记了起来。

"……那余氏过身前后，侯爷可曾与余家打过交道？"明兰忽问道。

常嬷嬷呆了一呆，赶忙道："应当不曾吧。哥儿心烦得很，连丧事都没过去，就忙不迭地又走了。"

宛若一道裂缝，撕开混沌已久的黑夜，满腹的疑虑终有了一个最合理的解释。明兰用力地舒缓地吐出一口浊气，缓缓站起来，托着后腰走了几步，忽回头而笑。

"咱们且不论余家姐姐是怎么没的，反正应当是自寻其咎，余家有愧。这是件决计不好说出口的事，是以知情的人极少。这事在顾家，大约只有老侯爷、太夫人，还有侯爷知道，在余家，只有余大人和余大太太知道，余家其余人当时在登州，应是不知的。"

"那为何余大太太还敢……"常嬷嬷一阵糊涂。这年头做了亏心事的人哪来的胆子。

"因为有人从中作了梗。"

明兰站在当中，微微而笑："一直以来，余家大房都自认理亏，咽下苦水不敢声张，更不敢滋事。可有个人，最近忽寻上门去，对余大太太说，当初之事，侯爷并不知情。"

常嬷嬷眯缝的眼睛倏然睁开，神情大震。

"侯爷知道自己知情，我们也知道侯爷知情，太夫人更知道侯爷知情，可余家不知。当初事发之时，两家都猝不及防。之后的丧事，还有善后，定都是由太夫人办理。"明兰小心推敲着当时的情形，越想越合理，"出事时，余家又愧又惭，必不敢细问。"

常嬷嬷渐渐抓住重点了，随着明兰的思路，缓缓接下去道："然而，最近却有人与余家说，其实这事烨哥儿并不清楚，若是好好遮掩，不定能含糊过去。"

至于那人是谁，她们俩都心知肚明。

明兰缓缓坐到常嬷嬷面前，微笑道："不但如此，那人还许诺种种好处。余大人仕途不顺，余阁老却日子不多了，倘若能过继一子在余氏名下，那孩子必得认余家为外祖，将来兴许还有沾光助力的机会。"而这些种种，余家其余人是不知的。

"……这不是诈人吗？"过了半晌，常嬷嬷才回过神来，"骗得了一时，也骗不了一世呀。待哥儿回来，不都穿帮了？"

"余家，本就只是一枚棋子。"明兰的笑容有些冷，"一旦我松了口，由着他们到外头吵吵去，说是已得了顾家的应承，典仪以后再办，先紧着给余阁老冲喜，余家办上几桌酒水，叫昌哥儿人前人后拜见一番，弄它个木已成舟，倒霉的不过是余家和侯爷。"

到时，顾廷烨的难堪可想而知，不但年少时的轻狂要被重新提出来羞辱一番（搞不好还有言官来凑热闹），还有承嗣难题，除非他狠下心除了那孩子，不然真是后患无穷。

至于余大夫妇，就像康姨妈一样，一旦利用完了，那人又怎会管他们死活呢？

常嬷嬷倒吸一口凉气，失声道："好毒计！"

她呆了半晌，正待问明兰该如何对策，却见她怔怔地仰头出神，不由得出言相询。

"这件事，巩姨娘大约也是知道的吧。"明兰抬头凝思。

当初，余家陪嫁过来的人手，早已撵的撵，卖的卖，或发还给余家，只有巩红绡留着。她自小陪在余氏身边，应当一清二楚。到如今，明兰才终于明白，为何顾廷烨对这么个我见犹怜的女子总一脸厌恶——有个清楚自己不为人所知的隐秘之人在跟前，总是令人不快。

"这事，她一定筹谋了许久，光是空口白话，估计嫣然姐姐的爹也不会轻信，还需一个人证。"明兰思绪跑远了，嘴里喃喃着，"那阵子和四、五两房分家时，巩姨娘总爱往那头跑，那会儿我事多，懒得去管她，如今想来，那人定是那时寻机把巩姨娘带出去过，由她佐证侯爷的确是不知情的，如此，余大人才敢壮起胆子，这般造次！"

怪不得那老妖婆非要挑在这个时候发难，怪不得巩红绡在那之后就老实得不像话，她还以为自己霸气外露把人给镇住了呢。

常嬷嬷听得咬牙切齿："这贱人！这贱人！"她骂的是两个人，"夫人，旁的人咱们管不了，先把姓巩的这贱人捆起来！"

明兰苦笑："人家想做的都做完了，还捆她做甚。唉，也罢，亡羊补牢，为时未晚。"随即高声叫了崔妈妈来，低声吩咐叫人把巩红绡看管起来。崔妈妈应声而去。

"夫人，现下咱们怎么办？"这次，常嬷嬷着实有些慌了手脚。

明兰反倒镇定了。世上第一等恐惧就是不知情，现在她多少有了些底，反而不怕了。她笑道："还能怎样，以牙还牙呗，咱们也使一把诈术。"

常嬷嬷明白她的意思，惊疑道："倘若余家不入彀怎么办？又倘若咱们都想错了，怎么办？"

明兰歪头想了想，摊摊手："我已叫齐了护卫队，若真没辙了，我带上细软，嬷嬷带上年哥儿，咱们到山里的温泉庄子避难去。那里易守难攻，看哪个能打上去！"

常嬷嬷哑然，干瞪眼出气。

明兰叹息，不到真挡不住了，还是在府里生孩子比较稳妥，毕竟准备了几个月，一应物件人手都是齐备的，真到了山上，缺这少那的，就是紧急去找太医，怕都来不及。

美美地睡了一觉，伸着懒腰起了床，又连着扒了两碗饭，明兰抹抹嘴，斗志激昂地等了一上午，直到吃午饭了，还是没有人来踢馆，只好又去睡午觉。等到再次睁眼时，毫不意外地听到绿枝夹杂着咯吱咬牙声的通报："余家又来人了，还在小花厅！"

明兰颇有一种"渴战已久"的振奋感觉，十分霸气地一挥手："更衣！见客！"其实，她更想喊的是"关门，放狗"这句话。

再见余大太太，明兰有充分的时间把她从头到脚打量一番，是怎么样的胆气和脸皮，能够这么上门来闹（前提是自己推测正确）。余大太太叫她看得浑身发麻，却依旧能翻个很有气势的吊梢眼过来，然后威严道："怎么说吧，你应是不应？"

很有谈判的架势嘛。明兰左右看了看，笑道："我还当今日能拜见余老夫人呢。"

余四太太脸上颇带了几分倦意："娘本是要来的，可她身子不好，我们好容易才劝住了。"

"四婶婶至孝，难为您费心了。"明兰微笑得十分温和，然后转头对着一旁看好戏的太夫人和斗鸡般的余大太太道："若叫老夫人听了咱们的话，没准也得躺倒了。"

余大太太神色一凛："你什么意思？"

"没什么意思，只道，倘使我硬是不肯，伯母又待如何呢？"明兰慢吞吞道。

余大太太一肚子火气，冷笑一声，高声道："我那苦命的孩儿，嫁到你们顾家不到一年，就丧了性命，好歹给个说法吧！倘若觉着我不够分量，我这便请婆母或旁的耆老来！"

余四太太见气氛紧张，忙道："明兰，你别急，这不是为着我家公爹嘛，也就走个过场，冲冲喜，叫老人家高兴一下。"

"哎哟，我苦命的女儿哟，可怜你早死在顾家，连个捧瓦罐的都没有……"感觉上来了，余大太太竟还哭号起来，可惜没有眼泪。

"伯母先别哭，听我说件事儿。"明兰赶紧摆手道，"昨日您走后，恰好有人来看我，那是侯爷自小信重的一位嬷嬷，便是在外头那几年，也是这位嬷嬷照看的。"

明兰笑眯眯地说着，满意地看到余大太太止住了假哭，疑惑地听着。她继续道："嬷嬷见我满脸官司，便问我情由，我说了过继的事，嬷嬷大吃一惊，只拍桌子大骂'岂有此理，好厚的脸皮'，余伯母，您道这是为何？"

余大太太脸色渐变，直觉反应地去看太夫人。太夫人朝她微笑，以眼神示意。余大太太回过头来，强硬地瞪着明兰："我还真不知了！"

好个不到黄河心不死！明兰心中冷笑，开始下赌注，脸上却越发笑得温厚："听了嬷嬷的话，我犹自不信，嫣然姐姐何等的温良淑德，嫣红姐姐怎会如此？"

余大太太脸上开始泛青了，还用力咬唇死撑着。

"是以，我就将巩姨娘带了来问话。说起来，她也是余家人，伯母最近可见过她？"明兰轻飘飘地掷出这句话，细细观察余大太太的表情，只见她明显停了一拍呼吸，明兰笑了笑，继续道，"她说了好些事与我听，我这才晓得为何侯爷从来不愿提起嫣红姐姐。"

余大太太撑不住了，开始身形摇动。余四太太听得云里雾里，只看着妯娌发呆。这时，坐在那头的太夫人忽地轻笑一声，悠然道："红绡可不是多话的哟，难不成有人吓她、打她了？"

明兰连头也不转，笑眯眯地盯着余大太太："听说巩姨娘是在您跟前长大的，她的性子您最清楚不过。她是个聪明人，知道在府里也就这样了，余下的，无非是'前程'二字，有人能许她的，我翻个倍添上，您说，她会如何？"

余大太太呼吸粗了起来，无措地再去看太夫人。这次，连太夫人也变了神色，她只知巩红绡昨夜起已被看管起来了，再难与外头传消息，细里如何，她也不清楚。

"巩家老娘还在吧，我许她母女团聚，一辈子够用的银子，良籍、田庄，回头再招个赘婿，生个儿子，比什么不强？伯母，您说呢？"

明兰故意压低了声音，颜色温柔轻慢，凑到余大太太跟前，故意缓声缓气道。余大太太艰难地咽了一口空气，看着明兰，满脸惊疑不定，连自己嗓音发颤了犹自不知："……你……你是说，侯爷……他早就……"

"亲家母！"太夫人高声喝断，人已立起。

余大太太怵然住了口。

明兰从鼻子里哼出不屑来："这些日子来，我原先还觉着侯爷对余家不理不问，有些不好，自知了其中底细后，叫我说一句呀……"她忽地冷了脸色，面上尽是讥讽之意，"哼！还能叫嫣红姐姐依旧躺在顾氏坟茔中，受着顾家子孙的香火供奉，已是仁至义尽，全了两家的体面了！可叹人心竟还不足，竟上门羞辱，道是顾家好欺负吗？！"

余大太太似是连指尖都苍白了，坐在那里摇摇欲坠。余四太太也渐听出些门道来，观今日情形，竟是侄女在顾家犯了大错，说不好还是丑事，想起自家居然还敢上门来闹，这不是生生把顾侯得罪狠了吗？她顿时吓出一身冷汗来，慌张无措地望着明兰。

明兰转身坐向她，柔声道："四婶婶，我料你也是不知的吧。"

余四太太连连点头，苦声道："为着公爹的病渐渐重了，我和你四叔这两个月才从登州赶来的，如何知道。"

明兰微微侧了侧眼神，意有所指道："四婶婶，你是个明白人，可别跟伯母似的办糊涂事，叫人当了枪使，给余家惹下大祸。"

余四太太顺着明兰的眼神，看了眼太夫人，再看看自家委顿不振的大嫂，思忖片刻，心头渐渐敞亮，事已明白五六分了。

明兰斜眼看着余大太太，清楚地吐字："过继之事，万难从命。倘若余伯母依旧不肯饶过，便请使出手段来吧。我如今身子重，待侯爷回来后亲往余府一趟，将嫣红姐姐当初的事跟余大人另余家族人好好说道说道，论个明白！"

余大太太呻吟一声，不知真假地半晕了过去。

余四太太深吸一口气，已知此事实是个大大的笑话，今日越早结束越好，当下扶起妯娌便道："明兰，这两日是我家唐突无礼了，我们这就回去，侯爷若有气……"她自己也觉着难开口，只能深深地看着明兰，"万望你念着旧情，担待一二。"

明兰叹了口气，和气道："四婶婶，别说我和嫣然姐姐情同手足，便是您待我的情分，老夫人和我祖母的情分，也是在的。"

余四太太松了口气，赶紧叫了丫鬟来帮着扶住余大太太，跟太夫人都不多说一句，便低头匆匆告辞了。

"太夫人若是无有旁的训导，我这便歇息去了。"明兰看着她们离去，也慢慢站起身。

"慢着。"

太夫人目睹了全部经过，暗叹终遇上对手了，原本计划要拖延许多日子的计策，全都提早叫破了，好在她早有准备。

明兰缓缓地转过身，挑眉道："太夫人还有何见教？"

太夫人也不说话，只扬手朝旁边的丫鬟挥了挥。

侧边的三折紫竹门帘被轻轻卷起，一对母子低头而进，恭敬地站在当中，向明兰和太夫人福了福。女子的嗓音脆生生的，像戏台上的唱和。

"曼娘见过太夫人和夫人了。"

明兰再度缓缓坐下，好整以暇地等着，只是身旁的丹橘和绿枝两眼快冒火了。

太夫人笑得有恃无恐，依旧用她那不疾不徐的调子道："过继一事，既然那余家都不争了，我也就不多话了。不过，"她指了指昌哥儿，"这孩子到底是侯爷的骨肉，总流落在外也是不妥，是以……"

"是以，我这做嫡母的，应当宽大为怀，将这孩子接进府来，认祖归宗，是也不是？"明兰不耐了，肚腹有些隐隐作痛，下坠之感忽明显起来，她直接截断老妖婆的话，替她说完，"可昌哥儿不是侯爷不叫进府的吗？哦，是侯爷一时糊涂，拉不下面子，我这做主母的，当贤良淑德为本，好好劝说侯爷，是也不是？"

听着这一番连讥带讽，太夫人脸皮似乎抽搐了几下。明兰看得有趣，继续一溜串地说下去："还有，倘若昌哥儿进府了，自也不能落下曼娘。留子去母，太伤天理，有违人和，怎可叫人家相依为命的母子骨肉分离呢？所以，曼娘也当进府，是也不是？"

向妈妈见主子被连连抢白，沉声喝道："请慎言！夫人敬重长辈的礼数哪里去了？"明兰笑得很赖皮："原就是为着敬重，怕长辈累着，替她把话都说了不是？"向妈妈气结。太夫人沉着脸，她这把年纪了，总不好和小媳妇斗嘴，太失身份了。

"只有一事，明兰实在不解。"明兰笑嘻嘻道，"当初老侯爷可是坚不肯叫曼娘进门的。咱们不能因着老侯爷过世了，就不拿他的话当回事了呀。"

太夫人面无表情，似是也动了气："老侯爷的意思是，不可叫曼娘在正房太太进门前到府里，免得落了亲家的面子。也是嫣红年轻，性子躁，不肯容人，不然早叫她进门了。"

明兰大是佩服，也不留口德，笑道："昨日当着余家的面，您还把嫣红姐姐夸得跟朵花儿似的，这会儿就成'不肯容人'了？什么话都叫您说尽了，我可真见识了。"

太夫人大怒，拍案待骂，明兰嬉皮笑脸地连忙举手打住："是我的不是，我错了，说话没个遮拦，您是出了名的好脾气，想来也不会和小辈一般计较哦！"太夫人气息起伏了几个回合，生生压了下去，忽想起自己的台词都叫明兰给抢了，接下去该说什么呢？

明兰瞧她脸色变化，好笑道："既要叫她们母子进门，好歹让我问两句话吧。"

太夫人忍着气点头。

明兰去看下头的曼娘，却见曼娘也在看自己，她脸上颇有些惊讶，似是被自己刚才那番表现给惊到了。看她带着轻视的神情，大约是在想，这么个没教养的丫头，怎么哄住顾廷烨的呢？明兰很想替自己辩白一下，其实她平常绝对是温良恭俭让的五好青年。

"夫人，"曼娘已低下头去，声音哀婉，回荡在屋中，"曼娘出身卑微，原不敢有甚奢望，只幼子可怜，不能无父。请夫人垂怜，给我们母子一条活路吧！"说着便跪下，连连磕头，又拉着昌哥儿也跪了。

这许多年的东奔西跑，她的容貌早已不复光鲜，只一把好嗓子还在。

明兰四下看看，深觉四周观众委实少了些，可惜了这般大腕的角儿。曼娘此番是媚眼做给了瞎子看，自己根本没有感动，反而肚腹开始一阵阵轻轻地抽痛。

"那年在登州见着夫人，曼娘有眼不识泰山，冲撞了夫人，请夫人勿要责怪！"她磕头越发起劲，"那日听夫人替余家大小姐出头，哪知日后夫人会归了顾氏……"言下之意，暗指明兰行事不检，言行不一。

明兰一点儿都不气，只淡淡道："我没你聪明，婚姻大事只知听长辈的。长辈叫嫁，我就嫁了，哪里知道这许多计较。姑娘高看我了。"

曼娘一窒，一时停了哭求。

"听你说话，有副好嗓子呀。"明兰忽道。没头没脑的一句话，曼娘也没料到，愣了一下，反应迅速地哽咽道："奴家命苦，自小四处讨生活。"

"看你唱功、身段俱是上乘，只可惜托了女儿身，不能登台献艺。"明兰不听她表演，只微笑道，"听说你最爱唱的是《琉云翘传》，便是后来跟了侯爷，衣食无忧后，依旧时常在家里唱这支曲儿？一段段拆开了唱，尤其是那段'探花郎雪夜追佳人，琉璃女泣血表心迹'，于无人时，你更是一字一句反复地唱？"

曼娘完全愣了，掌心微微发凉。这是她心底的隐事。

"咱们都是女子，你跟我说句老实话。"明兰满脸的笑容，一副熟稔的口气，"你可艳羡那琉璃夫人？"曼娘张了张嘴，不知如何回话。

明兰替她回答，对着太夫人笑道："我真是废话了，自是艳羡了，不然怎么脱了贱籍后，还日夜唱这曲子，生怕人家不知道她原是做什么行当的？"

曼娘脸色煞白，狠狠地咬着下唇。

毛氏兵法有云，要打自己的仗，不能让敌人牵着鼻子走。敌人想打平原仗，你就逼他打山地战；敌人想正面对决，你就游击扰敌。所以，曼娘想谈身世可怜，明兰就谈艺术追求；曼娘想拿儿子说事，她就绕开这个话题。

"高学士舍下一身锦衣荣华，抛却恩师和双亲的期许，众叛亲离也要娶了琉璃夫人，真是羡煞我等一干平庸女子了。"明兰玩味地看着曼娘，"观你行事，也不像那贪图舒适安逸的，携子儿千里追随侯爷，是个有大志向的呀。莫非……"她笑了笑，"莫非你想效仿琉璃夫人，叫侯爷也不顾世人成见，明媒正娶了你？"

"不！"便是再日思夜想的念头，曼娘也直觉地否掉了，正想说"小女子出身卑贱，如何敢有这个念头"，却又被明兰打断，只听她玩笑道："你要小心哟，一样的话说多了，当心菩萨听见，就当真了。"

曼娘一咬唇，竟真说不出口了。一旁的太夫人听得瞠目，有心帮忙，却不知从哪里插嘴。

"这也没什么。"明兰忍着肚腹下坠的酸痛感，半调侃道，"人有上进之心，是好事。你不进侯府，不要安逸日子，只要侯爷这个人，正可见你有识人之明，知道侯爷是囊中之锥，他日必能破囊而出，远胜于那等狗眼看人低的！"

一边说，一边有意无意地瞥了太夫人一眼，直把人气了个仰倒。

曼娘不再说话，收敛了可怜模样，只沉着眼色，死盯着明兰。

"可到了儿到了儿，你还是没能成第二个琉璃夫人。"明兰不惧她的目光，越生气越好，只径自道，"你机关算尽，依旧没有名分，非但不能进门，连儿子都不能认祖归宗。"

"你！"曼娘的喉咙窜出满含怒气委屈的一声。

"你可知这是为什么？"明兰抢道。

曼娘一双怒目只瞪着明兰，宛如一只蛰伏的雌兽，蓄势待发要扑上去。

"我来告诉你。"明兰也不再笑了，神色认真，"你最大的错处，就是没明白，真喜欢一个人，就该为他着想。"

"侯爷心里仰慕父亲甚矣，嘴里说得再狠，也想父子和睦。若琉璃夫人是你，她早就离开侯爷，绝不叫他们父子因你而不断争执生隙。侯爷想要个贤惠的大家闺秀，若琉璃夫人是你，她早就扭头就走，绝不碍着侯爷的前程，而非如你，反去登州搅了亲事。侯爷想一双儿女平安康泰，若琉璃夫人是你，她定好好教养孩儿，让他们自立坚强地成人，而不是把稚龄女儿扔下，又拖着三四岁的儿子远走天涯。我问你一句，现如今昌哥儿识多少字了？读了多少书了？"明兰语气平淡，却字字句句如针扎。

曼娘粗粗地喘着气。她半生筹谋，尽皆归于流水，如何不恨，齿缝里却进不出一句话。她自小景仰琉璃夫人，处处想学她。她可以说明兰是富贵出身，是站着说话不腰疼，可琉璃夫人当时的处境只比自己更为艰难。

"从始至终，你只念着自己。不论侯爷愿不愿，你的儿女如何，你只依着自己的念头去行事。你这样，也配和琉璃夫人相比？！"明兰刻意露出鄙夷神色，"有你这番死缠烂打的工夫，人家早救助老弱贫苦无数，立起自己一番家业了！"

那是个神奇的女子，种种才能也就不细说了，每次读记载琉璃夫人的札记，明兰就觉着像在看《天方夜谭》，忍不住严重怀疑这是后人添油加醋的神话。其实活到琉璃夫人那个份儿上，有没有那位高大学士死命相爱，已不很重要了，套一句政治课上的话，她找到了自己的人生价值，并过得很快活。

曼娘双眼赤红，手指几乎把地毯抠出洞来，满心怨毒地瞪着明兰。

"自然了，"明兰最后补充，语气再度温和，甚至透着一股怜悯，"最最要紧的是，侯爷从来不像高大学士喜爱琉璃夫人那般喜爱过你，这便俱休矣……"

这句话成了压垮曼娘的最后一根稻草。那一瞬，曼娘浑然不知自己在做甚，只疯了似的要扑上去，却叫丹橘带来的丫鬟死死压住。旁边的小男孩已被吓坏了，瑟缩着发抖。曼娘嘴里犹自低低诅咒着："你这贱人……"

明兰转头看着太夫人，凉凉道："您还要叫她进门吗？"太夫人旁观得异常震惊，嘴唇动了几动，没有说话。明兰再次转过头，见曼娘已渐渐喘匀了气，道："放开她吧。"

曼娘漠然地抬起头，满脸都是泪痕。这次，明兰相信她不是装的了。

明兰看着那瘦弱的小男孩，心中不无难过，忽柔声道："你若还有心，也该替这孩子好好打算打算，莫叫他跟着大人受苦了。我听说他身子一直不好，扪心自问，男人讨媳妇，是要相夫教子的，你连个孩子都教养不好，哪个男子会敬重爱慕？！"

曼娘低着头，喘着粗气，一阵阵地仿若雌兽在咆哮。

第三阵酸痛袭来，明兰深觉不好了，便颤巍巍地站起来，脸上现出痛楚神色。丹橘慌了，连声问着。明兰在她耳边低声道："这疼得不对，大约是要生了。"

丹橘忍住惊慌，高声道："来人！抬软辇子过来！"旁边的丫鬟立刻应声出去叫人，丹橘则扶着明兰小心地走过去。明兰忍住一口气，道："没事，我走得动。"她的身体素质很好，不会这么脆弱。

看明兰这副模样，太夫人微微起疑，不知是昨日的狼来了剧情再现，还是真到了生产日子。她与向妈妈交换了眼神，犹自迟疑。

地上的曼娘咬了咬牙，忽地起了一阵狠意，一把抓过身边的儿子，抱着起来，看似往明兰身旁的柱子冲去，像是要撞头，嘴里还大喊着："不叫我们娘儿俩活命，这便都不活了吧！"

屋内众人皆慌，丹橘和绿枝双双拦在明兰身前。还是小桃机灵，身手敏捷之下，使足力气斜里冲过去，一下撞在曼娘身上，生生把她撞倒在地上。

"来人！把这居心叵测的押起来！"向妈妈抢先道。

明兰看了她一眼，此时肚腹发作起来，没工夫计较，只能先回去了。不过，今日基本大获全胜，还是很令人愉快的。至于曼娘和昌哥儿，不该由她来处置，等顾廷烨吧。

一回到屋里，崔妈妈早备好了一切，两个稳婆也紧张地等待着，明兰却意识模糊起来，便如躺在云端，忍受着一波波浪潮般的阵痛。凭良心说，这种感觉很奇怪，似乎并不怎么疼，只是酸胀得厉害，腰腹以下酸得几乎叫她想哭。他母亲的，怎么会这么酸？会酸到痛！

也不知过了几个时辰，汗水浸湿了衣裳，连睫毛似都是湿漉漉的。外头天色暗了下来，耳旁的声音犹自喊得起劲，以崔妈妈为首的婆子们宛如啦啦队，无非是"吸气""忍着疼""省着力气别喊""使劲""就好了"之类翻来覆去，就跟一部坏了的老录音机卡带了似的。

屋里点起灯来，星星点点如夜空，配上本已满眼的金星，倒也相映成趣。酸痛积累到临界点，明兰深觉自己快死了的时候，忽地外头一阵疯狂的呼喊，咦？不像是自己的啦啦队呀。

她鼓足力气将眼睛睁开一条缝去看，却见窗外竟然诡异地红映半天。

"走水了！走——水——了！"外头众人混乱地呼喊着。

明兰忽地清醒了，在诅咒遍大浑蛋、小浑蛋之后，她直想大喊一声：那老妖婆原来留着这手呢！能气死自己最好，气不死就请祝融来发威！顾廷灿、康姨妈、余家、曼娘，原来都是烟雾，人家根本预备了狠手！可恨自己防东防西，还是棋差一着。

她只是个法院小书记，本就不是宅斗专家，这些年学得勤勤恳恳、兢兢业业，居然还是不怎么够用！唉，现在只能指望屠二领着的护卫队能顶用了。

大约是太生气了，不知哪里生出一股力气来，明兰咬紧牙关，抵住一口气使劲，忽地褥垫间一阵湿热，近乎疯狂的痛感似乎找到了一个出口，瞬间张牙舞爪地奔袭而来。人世间所有的奇迹却在这一刻到来，激烈地宣告着新生命的到来。

外头震天的锣鼓声、走动声，还有嘈杂声，都掩盖不住稳婆几乎变了调的尖叫——

"出来了！出来了！是个哥儿，是个大胖小子！"

漫天红霞中，人为的恶意火灾现场，这个折磨了她大半年的小浑蛋终于肯出来了。明兰失去意识前的最后一个念头是——赶紧看看，是不是十个脚趾、十个手指的啊！

第四十七回·真爱代价

　　一股带着辛甘味的酸苦渗入齿颊，明兰悠悠醒转，此时，眼前映入崔妈妈忧心的面容。她正拿着一把铜胎珐琅细嘴小壶给自己灌着参汤，口中道："夫人，不要紧吧？"

　　明兰摆摆手。她之前满脑子思虑，想得头晕眼花，又老牛拖车般地使了近七八个钟头的力气，好似连日不休备战至奥数决赛，之后紧接着跑了全程的马拉松，身心俱疲到了极点，这才昏睡得厉害。此时，她努力坐卧起来，浑身无力，声音哑哑的："给我瞧瞧孩子。"

　　一旁的稳婆连忙将裹严实的襁褓送了过来，满面都是笑容，连声道："是个又白又俊的胖小子！恭喜夫人，贺喜夫人了！"

　　明兰手臂没力气，只能就着崔妈妈的胳膊去看，顿时苦笑不已，红红皱皱的肉团，哪来的又白又俊？！不过，倒的确肥壮，看着就圆头圆脑，胖鼓鼓的小脸颊，轮廓清晰的鼻梁，肿肿的眼睑下头是一条秀长弯弧的眼线，很瞧不清五官如何，只是不断发出小动物般的声响。

　　"适才哭得可带劲了，嗓门大得快把屋顶震翻了，是个健壮的哥儿！"崔妈妈笑得眼角都沁出了眼泪，"这会儿怕是哭累了。"

　　明兰虚弱地点点头，尽量镇定道："赏！大伙儿辛苦了，都重重有赏！"

　　屋里的丫鬟婆子纷纷躬身道谢。

　　明兰喘着气，背后靠着软垫子，艰难地把小东西揽到自己怀里，然后松开衣襟叫他试试吮吸。两旁的婆子有些发愣。哪有大家夫人自己哺乳的？可崔妈妈帮着在托住孩子。经过无数次的辩论，她早被说服了，乳母依旧请着，不过先叫明兰喂着试试。据说初乳好得不得了，既能健体，又能增强抵抗力，在这个婴儿夭折率普遍偏高的时代，一应抗生素、疫苗全无，明兰怎么也不能放过。况她上无公婆管束，下无妯娌掣肘，此时不行权，什么时候用？！

小家伙软得不可思议，蠕动的小嘴巴一触及母亲的肌肤，居然自动产生反应，挨挨蹭蹭地凑着吮起来。虽然吸力不大，却看得出他很是拼命。两边轮流试了好久，小东西依旧锲而不舍，除了中途停下来两次咧嘴哭几声，表示抗议做白工外，继续埋头努力空吸，秃秃嫩嫩的牙床用力咬着食物来源，圆滚滚的小脑袋不屈不挠地挨在自己胸前，明兰觉得又好笑又感动，亲着他秃秃的小脑门。这是个强壮坚韧的小生命呢。

在崔妈妈和两个婆子轮流说了十一遍"算了吧"之后，小浑蛋的努力终于出了成果，吮出了珍贵的初乳。看着小家伙闭着眼睛卖力吞咽的模样，明兰霎时间滚烫的泪水涌出了眼眶。为了这个小肉团，明兰忽觉得，吃再多的苦都是值得的。崔妈妈也背过身去偷揩着泪。

明兰累得几乎脱力，把孩子看了又看，从透明粉红的小手指、小脚，一直到他那皱成一团的小耳朵。新生儿吃不了多少，把孩子交给崔妈妈后，明兰这才又睡下，自始至终她都没注意到外面早没了冲天的火光，取而代之的是一片宁静通明的灯火。不过，就算注意到了，大约她也只会说一句"屠二爷好样的，回头大大地有赏"。

明兰这人，大约天生警觉性就奇差，这一觉睡得格外悠长，再度醒来时，已是天光大亮，屋内原有的那一股血腥污浊气不见了，也觉着身子清爽整洁不少，大约崔妈妈趁她入睡之时，已为自己稍稍清理过身上的汗污。床边坐着一个满脸胡楂的高大男人，正定定地看着自己枕畔的一个大包袱。他的一只手将伸未伸，仿佛想摸摸那包袱，却又不知如何下手。

明兰定了定神，住睛一看，顿时一阵火起。这些日子所有的辛劳艰难都浮了出来，一股脑儿地归咎于这个不顶用的男人。她不顾干涩的嗓子，莫名兴奋起来："你这无信的，舍得回来了？你走时怎么说的？这会儿天下太平了，你倒来了！你、你……"

屋里尚站着几个丫鬟婆子，崔妈妈一阵尴尬，连忙叫丹橘把人都带出去。顾廷烨倒脸皮颇厚，一点儿也不以为忤，还笑着把明兰压回榻上："你身子乏得很，别起来，躺着也能数落我。"

明兰只恨不能扑上去咬他一口，却看他一脸情意绵绵地看着那大包袱。明兰侧脸一看，却见小婴儿正躺在自己枕边，濡湿的小嘴动了动，噗出两个小泡泡，闭眼睡得正香。

"他生得真好看，胳膊腿壮实有劲，人也机灵。"

顾廷烨的眼神温柔得几乎能滴出水来，情不自禁地把这个红扑扑、胖嘟嘟的小肉团子脑补得天纵英才、文武双全、筋骨清奇，甚至还很体贴地笑嗔了明兰一句："咱们说话轻些，别吵了他。"明兰一口气没继上来，险些就笑了。

顾廷烨犹自入迷地盯着孩子，对明兰道："你不晓得，这小子多有劲儿，哭的声响连我在院门外都能听见，待大了，定是独当一面的人物。"

明兰直觉地想反驳"哭声嘹亮，顶多能当个歌唱艺术家，跟独当一面关系不大"，忽地心头一阵惊讶，便问道："你什么时候回来的？"

顾廷烨终于肯抬起一眼，脸上笑容倏地消失了："府里起火之时。"

明兰神色一敛，上下打量一番顾廷烨，发觉他身着一件半旧墨色衣袍，面带风霜，足下马靴处处破损，这才想起目前的处境，挣扎着又要起来："对了，外头着火了……还有，太夫人她……还有余家……"乱麻般地连开几个头，明兰都不知从何说起。

顾廷烨心生怜惜，帮着明兰坐起来，塞了只厚靠垫在她背后，低声劝慰："别急，我回来了，万事有我呢。叫你受委屈了，都是我的不是。"明兰鼻头一酸，眼眶就湿了，低头侧过脸去，让厚软的枕垫吸干自己脸上的泪水。顾廷烨见了，心里也是不好受。他素不会对女人说软话，只能倾身子过去，紧紧抱着明兰，轻轻拍着她的背。

要说不委屈是假的。

明兰窝在顾廷烨的肩颈上小声抽泣起来。老公跑得人影不见，还吉凶未卜，家里又端着个佛口蛇心的老妖婆，自己天天斗智斗勇，心力交瘁，又害怕又担心，要不是自己心理素质过关，熬了过来，换个旁人倒是看看！

崔妈妈瞧着不对，赶紧上前来劝："夫人，月子里头不好哭的，赶紧收住，收住。回头落了病可不是玩的！"顾廷烨心中着急，赶紧扭过明兰的脸来，忙擦一通，又连声哄劝别哭。他素来不会对女人说软话，想了半天，只能曲线救国："你哭有什么用，以牙还牙才是。待你身子大好了，我给你狠捶几顿出气如何？我定不还手！"

明兰叫他擦得面庞生疼，又觉得好笑，嗔道："你搓面团呢，还不放手！"她何尝不知道他在外头也不容易，功名难挣呀。

"南边的差事办完了吧？"明兰收了泪，接过崔妈妈递来的温水帕子擦脸。千万别说他是丢下工作跑回来的，她可不想儿子一生下来，老子就被皇帝狠削一顿。

顾廷烨俯下身子，亲了亲儿子熟睡的小脸。小家伙含糊地嘟囔了两声，依旧紧闭着眼，不舒服地扭了扭圆圆的小身子，还吐出两个泡泡表示不满。他老子摸摸自己脸上的胡楂，很不厚道地笑了。随后，他示意崔妈妈把孩子抱下去，转头对着明兰道："自是办完了正事，可若非萱芷园那位，我也回不了这么早。"

明兰微微松了口气。她有一肚子的疑问，一时理不出个头绪，只能先问近边的："这话怎么说？哦，对了，段小将军的案子了了吧，他回来了吗？"

顾廷烨笑道："成泳兄弟的案子不过小事。"

"你们不会屈打成招吧。"明兰玩笑道。到底是出了人命的，还是个良家妇女。本以为顾廷烨至少也得白自己一眼，没想到他居然长叹一声："当初事出蹊跷，又迫在眉睫，我原先还真有这打算——幸亏拖着公孙先生一道去了。"

顾廷烨虽出身不错，但年少受挫之下，倒也生了几分寻常富贵子弟所没有的自知之明。他擅行军，却并不擅断案，是以非得捉着公孙一道去不可。公孙白石号称精研刑名二十余载，以他看来，此中疑点有二。

其一，那枉死民妇是否为人所迫；其二，那酒楼是否一直向这户民家要鱼货。

明兰细细一咀嚼，大觉这两点极是切中要害，忍不住拍手叫好。顾廷烨着意将过程讲得跌宕起伏，引得明兰笑乐一番，无暇伤心忧愁。

一经到达，先去见了犹如困兽般的段成泳，问明经过，随即着人盘查。当下兵分两路，公孙先生由卫士护着去明察暗访，而顾廷烨则去会会大大小小的当地兵痞。既然吃酒在所难免，索性在自己地盘上设宴，不知出于何原因，从总兵到卫所指挥使，一直到游击将军，这些兵头的酒品好得出奇，都斯斯文文的，不肯多喝，酒席间有俏丫头穿梭，也绝不多看一眼。

"大约是怕侯爷照小段将军的案子，原样给他们来一场吧。"明兰听得有趣，掩口浅笑。顾廷烨也觉得好笑："真真小人之心。"他不过想缠住他们，好叫查案子无有掣肘。

微服私访外加堂审供词，短短几日，就叫公孙白石看出了端倪，迅速破案。

首先，那女子虽是货真价实的良家妇女，那酒家却是一直向城中某鱼行要货的，恰就在那几日，额外向这户渔家要了货。再次，明明那民妇家中的公爹、丈夫、小叔等所有男丁都好好的，为何要叫一女子去抛头露面收货钱，而且是酒楼这种地方。

从这两处疑点下手，进而打开供词的缺口，接下来便是一番顺藤摸瓜，细细盘查。封建大老爷办案，自少不了威逼利诱，再来些杀威棒吓唬，真相终是浮出水面。

竟是有人拿住了那民妇的一双儿女，并许以重金，要挟她以命行讹。一经事成，孩子即被放回，又送上银两，那渔家心知攀诬官员乃死罪，更不敢说出真相，只能一口咬死。

"末了，只一个守备出来顶罪。"顾廷烨暗含讥讽，"说是忿成泳兄弟对地方卫所的将官们不敬，原只想戏耍他一番，没想那民妇性烈寻死，这才酿出大祸来。哼，可惜拿不住他们一意逼死民妇的实证，最后也只好将那人撤职罚罪了事。"明兰心头一阵难过："只可怜那渔家，无端地天降横祸，家破人亡。"

顾廷烨也摇头叹道："公孙先生叫他们拿着银子去外地谋生了。"他瞧明兰神色，探手过去，揽她一道坐在床头，轻声道，"你不气我了？"

明兰躺在他怀里，鼻端满是尘土与汗水的味道，低声道："我知道你也是不易。你……你不曾受伤吧？"她直起身子，去摸他的臂膀胸膛，"我不过想，你若能早些回来便好了。"顾廷烨默了半晌，才道："去了才知，两淮官场，竟已糜烂如斯。"

经过近二十年的仁宗太平，地方上不但官商勾结，且文武串联，小及市井帮派，大及京城勋贵，竟无不有关联的！不论查哪一处，最后牵丝绊藤总能扯出一大片来，饶是钦差大人是皇帝精挑细选出来的钢筋铁骨，也是烦不胜扰。原本捞出段成泳后，顾廷烨就想回京陪老婆，却叫钦差一再恳求多留一阵，以助打开局面。

"侯爷为国为民，真是叫人钦佩。那怎么又回来了？"明兰口气酸溜溜的。顾廷烨很理所当然地说道："我得来瞧儿子呀。"明兰大怒，撑着胳膊用力推开男人："你儿子在隔间呢，赶紧去吧！戳在我这儿做什么！"顾廷烨朗声大笑，搂着明兰不松手，不住亲她脸颊。

崔妈妈正轻轻拍着婴儿哄睡，闻听隔壁传来的笑闹声，顿时欣慰而笑，莞尔地摇摇头。除了新找来的乳母颇有些诧异，满屋的丫鬟婆子倒也见怪不怪。

"两淮着实不成样子，必得狠狠整顿一番。我原本是想多待一阵，先叫人回京报个信，谁知……"顾廷烨把明兰圈在怀里，缓缓叙述着，"萱芷园那位，给我提了醒。"

其实很多人不知道，自初掌兵那日起，顾廷烨就有排查细作的习惯。那时新帝甫登基，帝位不稳，里外不知多少别有用心的，明枪易躲，暗箭难防，坏事的往往就是身边人。这回去两淮，从军中陆续查出三四拨通风报信之人，幕后之人无非就是那些明暗势力，这毫不稀奇，谁知最近捉出一人，审问之后竟供认是宁远侯府指使。

再问这细作，却又说不出出面指使之人是谁。其实不问，顾廷烨也知道是谁，若那人都算计到自己身边了，那明兰……他当时就吓出一背的冷汗。一思及此，他便一意回京，反正皇帝要求的差事他已办完了，几次密旨上奏盐务查办情形，皇帝都是连连夸奖。

钦差大人倒也通达，想着情势已受控制，就不强留顾廷烨了，只把段成泳留下，说是"与其叫不明情状之人来，还不如叫已吃过亏的小段将军留着的好"。段成泳自是满心愿意，想他好容易派一次差事，寸功未建却吃个闷头亏，正想着怎么找回场子。

顾廷烨无奈，只得好生叮嘱段成泳一番，又把公孙白石抛在后头慢慢走，自己则领一队护卫快马加鞭地起程了。

说来惊险，连日赶路，刚至宁远街口，就见自家府邸上空黑烟滚滚，街头巷尾人潮拥挤，争相奔跑呼喊"侯府走水了"。顾廷烨心急如焚，当下不管三七二十一，驱马直入澄园，才知明兰正在里头分娩。总算屠二等护卫家丁还算得力，牢牢护着嘉禧居周围，是以火势不曾蔓延过去，他这才松了口气；再看萱芷园那边，风平浪静，只澄园闹得一片狼藉，他顿时怒火攻心，一怒之下，他就……又放了一把火。

"你居然去放火？！"明兰大惊失色。老婆在生孩子，老公却跑去放火，这种天才的创意不是一般人能想出来的。顾廷烨笑着把明兰按回去，拿锦被裹好，起身从桌上的紫砂小炉里倒了杯温水，递到明兰面前："渴不？"

明兰一口喝掉半杯，呆呆地把茶盏还回去。顾廷烨接过去一口喝干。

"这些日子的事，郝管事已略略与我说了。"顾廷烨放下茶盏，坐到她身边，轻轻抚着她的背，"一拨接着一拨，那贱人是存了心要折腾你。焉知这场大火后头，她就消停了吗？若还有后招呢？是以，我也要叫她手忙脚乱。"

"人家精着呢，怎么会叫你烧着？"明兰心有余悸。如今她对太夫人的评价已上了一个新的台阶。顾廷烨失笑："谁说我去烧她？我是去三弟那院放了把火。"

彼时尚未夜深，火势一起，满院子的人都安全逃了出来，只可惜损毁财物不少。眼见自己的亲骨肉有事，太夫人心神大乱，再顾不得其他，一边忙着去救火，一边查看儿子是否无恙，又抱着孙子孙女好生哄着。

明兰轻轻叹了口气，攻击才是最好的防御，这她也知道，不过，自己总是缚手缚脚——恶意纵火属于刑事案件欸！若有人命伤亡，最高可判无期甚至死刑的！

"人没事就好。"明兰低低道。

顾廷烨冷笑道："你也替他们担心？！"

澄园大火，明兰挣扎在分娩的生死关头，顾廷炜、朱氏夫妇却正在悠闲地逗弄孩子！想起这些，顾廷烨心头就一阵狠戾，直想刀刃上沾些血才好。明兰低着头，除了叹气，什么也说不出来。

"倒是娴丫头这孩子还有几分良心。"顾廷烨总算脸上微露笑意，"小小年纪，竟敢跟大嫂争论，责怪自己母亲不来瞧你，一见这里起了火，硬是顶撞大嫂子，把屋里大半人手派了来救火。这会儿，蓉姐儿也在她处。"自己那阴暗险恶的冤家大哥，满肚子发了霉的烂计，居然能产出这等光明磊落的好笋，倒叫他惊奇了一番。

明兰终于长出了一口气。这个世界总算还没那么令人绝望！她喜滋滋道："我本也不指望大嫂子如何尽心，她一个寡妇人家，到底顾忌诸多。我早说了，我只是喜爱那孩子。"

顾廷烨微笑着抚摸她的长发。这不是物以类聚嘛。

说了半天话，明兰又觉着乏了，加之心情完全放松，眼皮愈加发沉。顾廷烨轻轻拍着她，直待她沉沉睡去，才慢慢起身离去。

门外早有人候着，郝管事笑道："禀侯爷，人已安顿好了，不知是否去见……"顾廷烨淡淡地看了他一眼。郝大成顿时满头大汗，连忙敛去笑容，低头道："是，侯爷请这边。"

分花拂柳，澄园后山有一处整齐结实的排房，因为顾家人口少，这里便俱空着，偶尔堆放些杂物。郝大成在前头引路，顾廷烨缓缓跟着，走了约一盏茶工夫，来到排房东侧角的一间屋前。门口有四五个粗壮婆子看着，见顾廷烨来，赶紧躬身下拜。

郝大成低声问："里头可还好？"当头一个婆子回话："禀侯爷，已请大夫瞧过了，没什么要紧的，曼姑娘受了些轻微的皮肉伤，哥儿则惊吓了些。"

郝大成又看了顾廷烨一眼，挥手让婆子下去，上前去开了门，请顾廷烨进去，然后自己守在外头，距五步而站。

屋里的布置很简单，只一桌四凳，另一副床榻，一副镜台盆架，洗漱器具俱全，桌上有茶水点心，屋角还设了冰盆。曼娘正抱着儿子坐卧在榻上，听见门开响动，立刻抬头去看，一见是顾廷烨，顿时喜出望外，一边去拢鬓边的头发，一边站起身来，哽咽道："二郎！"

顾廷烨站在那里，静静地看了她一会儿，然后拉过一张凳子坐下。

曼娘赶紧把儿子推过去，连声道："昌哥儿，叫爹，快叫呀。"小男孩怯生生的，挪着脚步，不住打量眼前的男人，却喅嚅不前。曼娘朝顾廷烨笑道："这孩子腼腆，在家里时总想爹，这会儿倒不会叫了。"

顾廷烨凝神看了会儿男孩，放柔声音道："近来还咳嗽吗？"

昌哥儿不安地抬起头，看看父亲，又看看母亲，结结巴巴道："……有时咳，有时又不咳……娘叫我吃药……药很苦……"

听他回答得七零八落，顾廷烨不由得皱起眉头。这都七八岁了，连话都说不清。他转头对曼娘道："不是给请了先生吗？如今读什么书了？"

曼娘心头发慌，但她反应极快，立刻垂泪道："是我没能耐，大字不识几个，怎么教养得好？这才厚着脸皮，上门来求夫人收留孩子的。"

"胡说！"顾廷烨当即斥道，"多少不识字的娘，不照样养出读书的儿子来？难道那些两榜进士，个个都有个识文断字的娘不成？"

他久居上位，统率军伍，早已积威于内外。他这么沉声一喝，昌哥儿立刻吓得躲到曼娘背后去，一副瑟缩害怕的模样。顾廷烨看得更是皱眉："特意给你们选了个风物和暖的庄子，不是叫昌哥儿多去外头跑动玩耍吗？怎么还这般怕见人？"

曼娘拿帕子揩着泪，泣不成声："没爹的孩子，出去也是叫人欺侮。他自幼又性子老实，何必出去现眼呢？！"

顾廷烨没有说话，只定定注视着曼娘。只见她哭得眼红气喘，声声如诉，便是火眼金睛，也很难分辨真假。可他知道，事实不是这样的。那庄子是他细细挑的，先不说周围原就有许多父亲阵亡于军中的孤儿寡妇，单说那是在昌哥儿名下的产业，又有谁敢欺负他们母子？

可是曼娘就有这个本事，稍有不察，就会叫她的眼泪和辩解给绕进去。

"来人。"他忽地提高声音。郝大成开门进来，低头等吩咐。

顾廷烨道："把孩子先带出去，叫婆子好好照料。"郝大成心知主子要和这曼娘单独说话，便赶紧叫婆子带了昌哥儿出去。昌哥儿本不愿意，叫曼娘哄了几句，才依依不舍地出去了。

门再度合上，屋里只剩两人。

曼娘一脸惶恐地站在当中。顾廷烨指了指一个凳子："坐吧。"

她才缓缓坐下。

"当初……"顾廷烨露出疲惫的神情，"我可曾强逼你委身于我？"

曼娘一惊，几乎又要站起，过了片刻，才眼眶泛红道："二郎怎么这么说？当初若非二郎怜惜我孤苦，我早不知道死在何处了。是我……我自己愿意跟着二郎的……"

"结果，却是笑话一场。兄长根本不曾弃你而去，是你给他银子，叫他到外头去立业的。"顾廷烨心头泛起一阵苦笑。当初年少气盛，还觉着自己英雄了得，救茬弱少女于火海。

"不不……"曼娘急辩，"这是谁人污蔑，明明是哥哥卷了二郎给的银子，丢下我自管跑了，数年后才回的。二郎你……"

顾廷烨伸手打断她，漠然道："三个人说的。你兄长、单妈妈，还有原先你身边的那个丫头。就在你说兄长音信全无的那两年，你们还时常互寄物件。"

曼娘脸色发白，没想到连这个也叫他查出来了。顾廷烨看着她，心头竟是一片平静："嫣红死时，我就和你说过了，我是不会拿空口白话来定人罪过的，何况，是你。"

他又何尝愿意相信自己看错了人？相信自己多年来生活在谎言中，相信自己多年便如个傻子般地叫人玩弄于股掌之间？当老父指骂曼娘时，当所有人都说曼娘别有所图时，他一次次地替她辩解，为她的人品、性情作保，没想到头来，反是自己全错了。这是何等屈辱！

"我许过你什么吗？"顾廷烨继续追问，目光如针，将曼娘钉在座位上，将谎言钉在真相上，"我说过要娶你为妻吗？我骗了你吗？"

汗水流下曼娘的额头，再次沁花了适才上好的妆容。

"起初，我就说过，我没法子给你名分。你说，只要能跟在我身边，无名无分也是甘愿。"回忆起当初，字字句句俱是荒唐，可笑自己还全信了，还真以为遇着了个真心真意的红颜知己，"后来有了蓉儿和昌儿，你又说，不为自己，也为着孩儿们，求进府为妾。我为着怕你们受欺负，打听到余家大小姐是个贤惠女子，便央了父亲去求娶，谁知……"

顾廷烨自嘲地笑了笑，对曼娘道："你还瞧不上。"

"二郎！"曼娘哀声呼了一声，扑到顾廷烨跟前，牢牢地抱着他的腿，仰头含泪道："去余家，那是我一时糊涂。我心里头害怕，怕那余大小姐不容我，这才迷了心窍的！"

"你从来没糊涂过。"顾廷烨连手指都没抬一下，只冷冷地往下看着，"一步步，一招招，你都算得清清楚楚。我终究如了你的意，背父离家。若非我对你存了疑心，若非嫣红之事，我就该如你算计的那般，带着你远走江湖，然后以你为妻，对吧？"字字如剑，只说得曼娘哑口无言。

"……那，有什么不好？"

曼娘眼中漫起一层奇异的光，把脸柔柔地蹭着顾廷烨的膝盖，声音柔美轻缓如吟唱曲段："当初，满侯府的人都欺侮你，只有我待二郎是真心真意的。我不稀罕侯府的荣华富贵，我只要二郎，咱们远远地离了这儿，自己立起门户。二郎有的是能耐，到时候，咱们一家四口，和和美美地过日子，做一对神仙般的快活夫妻，有什么不好？"

"说得好。"顾廷烨看着曼娘枕在自己腿上，伸手把她的头缓缓抬起来，"你的盘算很妙。可你有没有问我一句，我是否愿意过这样的日子？"

曼娘呼吸陡然急促，眼神躲闪起来。顾廷烨扭过她的脸，认真注视着她，一字一句道："我今日把话跟你说清楚，我从未有一日，想过要娶你为妻！"

便是在当初两人最和乐之时，他最大的愿望，也不过是想好好对待这个可怜女子，叫她以后的日子能安享富贵，不再受人欺负。

曼娘瞳孔急张，嘴巴开合几下，鼻翼收缩，猛然间，她尖叫一声："你不想娶我？那你想娶谁？那些只会家长里短、自命高贵又琐碎无知的平庸妇人？！"

顾廷烨听了，居然笑了笑："你说对了，我还就想娶这样的平庸妇人，能相夫教子、能妥善理家、关照族人、里外应酬、温善平庸的妇人，而非你这般了得的奇女子！"

听出话中的讥讽之意，曼娘几欲窒息，心中恨得想抓出把血来。她艰难地吞咽了一口，缓过一口气，顿坐在地上，哀戚道："你不过是瞧我人老珠黄了，新夫人美貌，你变心就变心吧，说这许多做什么？！天下男子多负心，只可怜我，一颗心全给了你，只落得如此下场。"

顾廷烨忍不住又笑了。他常想，倘若曼娘是个男子，定是个棘手人物，每当他下决心想把话说死、说绝之时，她总能把话题岔歪，不让谈话继续下去。

"一颗心？呵呵，为着你的这颗心，我始终觉着负疚于你，处处为你着想。"顾廷烨站起身，双手负背，面窗而站，"可这几年，我细想着，若当初我不出手，那你会是何等光景？"

曼娘拿帕子捂着脸，心头却惶急。当初若非顾廷烨相助，自己兄妹的境况将何等不堪。

"为了你，我多番筹谋，想给你们母子好的生活；又几次忤逆长辈，连父亲的最后一面也没见着。"顾廷烨在屋里缓缓走动，然后停在曼娘身前，"我对得住你，我始终都对得住你。"

初入江湖那些日子，他手头再紧，宁可自己吃穿粗糙简陋，也定要省出银子寄去京城，给曼娘母子花销，直至今日，他终于可以理直气壮地说这句话了。

曼娘听顾廷烨的声音越来越冷，心知今日不妙，得想法子圆回来，便哀声祈求道："当初之事，算是我错了，只求二郎瞧在孩子的分儿上，可怜可怜他……哦，蓉姐儿……她好久不曾见昌哥儿了，他们姐弟自小要好，怎好分开他们？！"

"他们姐弟既已分开这许多年了，也不见活不下去。"顾廷烨淡淡道，"况且，蓉姐儿又有弟弟了。"曼娘猛然抬头："新夫人，生了个……儿子？"

顾廷烨眼中浮起戾气："没如你的意，他们母子均安。"

曼娘宛如被抽干了力气，忽地直起身子，死死抱着顾廷烨的双腿，尖声道："二郎有了嫡子，便不要可怜的昌哥儿了吗？你忘了，他小时候，你也抱过他、亲过他的呀！"

顾廷烨面无表情，声音冷硬："我要过他的，你忘了吗？娶盛氏前，我与你好声好气地商量过，我把昌儿接来，明兰会好好待他，我也会好好教他，是你自己抵死不肯，这你也忘了？"

"二郎好狠的心，便是新人胜旧人，也不能生生拆散我们母子呀！"曼娘哭得声嘶力竭，"既然那盛氏夫人这般好心肠，为何不能容下我？"

"是我信不过你。"顾廷烨冷冷道，"你已叫我做了一次鳏夫，还想叫我做第二次吗？你这次进府来做甚？还敢抱着孩子去撞夫人，当我不知你的用意？"

曼娘无话可说，只能哭道："实实是盛夫人要烧死我呀！"

"要烧死你的，是秦氏太夫人！"顾廷烨断声喝道。要不是他在顾廷炜院处放了把火，太夫人自顾不暇，估计他们母子就叫烧死了。

"你明明看见向妈妈带人过去放柴薪的，这当口了，居然还不忘栽赃别人，真是蛇蝎心肠！"

"二郎！二郎！"曼娘扯着顾廷烨袍服下摆，苦苦哀求，"我是不好，可昌哥儿到底是你的亲骨肉呀，你忍心叫他流落在外？我不进府也成，叫昌哥儿认祖归宗吧，我只要每月，不，每年见他一次，不，不见也成呀！"

"不行。"顾廷烨背过身去，斩钉截铁地拒绝，"如今你闹了这么一场，叫明兰再如何教养昌哥儿？"而且他也信不过昌哥儿，七八岁的男孩子，想闹怪容易得很，自己七岁时已会往顾廷炜小床上丢苍耳棘了。况且他此时性子也定了一半，若有仇恨，怕也埋下了，待他一日日大了，如祸患在卧榻之侧。说句凉薄的话，他是不会拿嫡子去冒这个险的。

曼娘不哭了，一把抹干眼泪，冷笑道："张口明兰，闭口明兰！她如今可是你的心肝宝贝了，你又怎知这回没瞧错了人？没准儿又是个能做戏的！"

顾廷烨笑着转过身来："你以为我还是当年的二愣子？我是怎么查你的，就是怎么查明兰的。我信她，不是因她三言两语，是看她行事。要论聪明，她不在你下。端看这阵子，其实她有的是法子整治那帮贱人。"

想起明兰，他不由得心头发暖，深吸气道："非她不能，而是她不愿。她跟你不一样，她心底有根线拦着，知道什么能做，什么不能做！似你这般伤天害理？哼！"

早在成婚之前，他就细细查探过盛家内宅。对明兰而言，最有想象力的阴谋，大约就是在父亲面前装装哭，或者趁人不备扔块猪油在姐姐座位上。这样的品性，也许迂腐牵强了些，可是正直可敬，叫人满心信任。

听男人的言语之间满是情意，曼娘又妒又恨，心头火熊熊燃烧起来，正想发几句狠，顾廷烨忽蹲下身子，对着她道："当初，是你替昌哥儿做的决定。你是知道我的，说出口的话，就不会收回。此生此世，昌哥儿都不会入顾氏族谱，叫他自己另立门户吧。"

"你，预备怎么处置我们？"曼娘木木道。

顾廷烨站起身，思忖片刻，道："京城你们不能再待着了，我会着人将你们送回你徽州老家。到那里，你们可以置办田产，重新过日子。我会跟地方官吏打招呼，不会有人为难你们母子的。昌哥儿，便当没我这个父亲吧。"

"那……我呢？"曼娘泫然欲泣，"我这辈子，就这么完了吗？"

顾廷烨面带讥诮："当初我叫你把昌哥儿给我，然后自去好好嫁人，可你说自己都这个年纪了，也嫁不了什么好的，若连儿子都没了，就再无依靠了。为了这句话，我才留昌哥儿在你身边的。怎么，又变卦了？"

曼娘抬起头，怔怔地看着男人："你就这般厌弃于我，连见都不想见我了？"

"说实话，"顾廷烨看了她一会儿，静静道，"我是怕你。"

心机、耐性、坚忍，曼娘就好像常嬷嬷故事里的蜘蛛精，织下一张张又黏又密的网，锁定目标后，便将之活活困在其中，怎样也挣脱不得。若再叫她纠缠下去，他甚至觉得，只有杀她一途。离开她，仿若逃出生天。

"我今日撂下句话，"顾廷烨走到门边，忽回头，看着犹自坐在地上的曼娘，"你若有急难之事，可叫人来通传于我。昌哥儿到底是我的骨肉，我不会坐视不理。但倘若……"

他面冷如霜，目含戾气，缓缓道："你再敢踏入京城一步，或借故寻上门来，不论何事，一次，只要有一次……"我就叫你永生永世也见不到昌哥儿！

后面一句话他没说出来，但曼娘知他甚深，深知若真到了那步田地，带走昌哥儿之后，就是他处置自己的时候了。

说完这话，顾廷烨用力打开门，一脚踏出去，头顶是耀眼的日头，后山林子吹来的清风，怡人醒脑。他深吸了一口气，沉声道："明日要早朝，叫备好车马。"

郝大成恭谨地应下："小的领命。"

顾廷烨微微转头，远远望向萱芷园方向，冷笑着，也该收拾他们了。

听到曼娘已叫人送走的消息，明兰默默亲了亲儿子的小脸。常嬷嬷坐在一旁，欢喜地把孩子接过去，又哄又逗，连日的发愁苦闷一扫而空，笑得春风满面。她身旁站着蓉姐儿，不言不语，不哭不笑，木愣愣的，眉头锁着愁思。她这两日一直如此。

那日，曼娘眼见回天乏术，叫着死活要见女儿一面，顾廷烨冷笑着答应，急忙赶来的常嬷嬷亲自把蓉姐儿领来。母女离别数年后相见，情形却只能以"诡异"二字来表：一边是驱动全身力量，鼻涕眼泪地来表达母爱之深，以及当初的情非得已，而另一边却是木木地不知所以。

不出常嬷嬷所料，唱念做打一番之后，曼娘便哭着叫女儿向父亲求情，又拉出儿子来叫相见，要是姐弟俩能互抱着痛哭一场，外加一个心碎的母亲，那就更煽情了。

　　可惜蓉姐儿叫送进侯府时才四五岁，昌哥儿就更小了，姐姐看着弟弟觉得陌生，不知说什么好，而弟弟压根儿认不出姐姐，场面冷得可笑，根本煽不起情绪来。

　　"快来瞧瞧你弟弟。"

　　常嬷嬷笑着把孩子托过去些。蓉姐儿伸脖子来看。婴儿发出咿咿呀呀的声音，圆滚滚的大眼睛黑白分明。小女孩笑了笑，脸上有些凄然的意味。明兰心有不忍，柔声道："今儿你也累了，回去歇歇。娴姐儿来过了，说明儿个先生要查功课的，你去温书吧。"

　　蓉姐儿低低地应声，轻抬脚步出门，转身时连裙角都未动，只腰上系的翠色薄锦如意绦子微微扬动优美的弧度——她已早不复当年那个倔强不驯、毫无礼数的野丫头了。

　　明兰望着蓉姐儿出门的背影轻轻叹气。常嬷嬷瞧了，便安抚道："夫人放心，这两年蓉姐儿的书不是白读的，她晓得是非好歹。"

　　母女相见，蓉姐儿从始至终都低头不说话。曼娘从楚楚可怜的哭求，到愠怒，到用力拉扯女儿，常嬷嬷认为，若非旁边有人看着，她大约还会掐几下。眼见盘算落空，曼娘只能绝望地质问顾廷烨，忍心叫他们骨肉三人分离吗？

　　这时，蓉姐儿忽地开口了。她道，若娘愿意，她这就离了侯府，随母亲和弟弟到山村去——这话便如正中了靶心，饶是曼娘口舌再灵便，也一时回应不出。

　　过了好半晌，曼娘才凄凄楚楚地解释，当初是为着蓉姐儿的前程着想，才叫她留在侯府的，并一再叮嘱蓉姐儿千万莫忘了自己和昌哥儿。谁知听了这话，蓉姐儿竟怔怔地反问："那弟弟的前程呢？你当初又为何不肯了？"曼娘答不出。蓉姐儿神色木然："你留我在这儿，可是想给夫人添堵？"

　　这是她见到生母后，说的所有话。

　　曼娘当时就要扑上去打她。常嬷嬷一把抱着蓉姐儿躲过，两边婆子们赶紧把曼娘制住了往外拖走，她犹自不甘心地疯狂大骂"没良心""忘恩负义"云云。

明兰不敢置信："她真这么说？"

常嬷嬷轻轻哦声哄着孩子，转头对明兰笑道："那蜘蛛精也就那么些能耐了！我领姐儿过去时就对她说了，她那没心肝的娘找她，也就两样，不是叫她帮着求情，就是叫她……那话怎么说来着……"她皱眉想了想，"哦，叫蓉儿身在曹营心在汉。"

就是说，要蓉姐儿一边受着明兰的种种照料和关心，一边要永远记得自己那可怜的娘，要多在顾廷烨面前提起他们母子俩，若能给明兰再使些绊子那就更好了。

常嬷嬷育儿经验丰富，手法更是娴熟，才两下哄过摇过，适才还十分活泼的婴儿，已是东倒西歪地昏昏欲睡了。常嬷嬷轻手轻脚地将孩子交过去，由崔妈妈抱着去了隔间。

她目送丫鬟婆子们出去，才转头与明兰笑道："还没恭喜夫人呢。哥儿真是好模样，浓眉大眼的，人也壮实有劲。瞧他适才吃奶的样儿，又吞又咽！能吃能睡就是好！"

明兰苦笑着摇摇头。自己存量不够，小家伙吃得几口就告罄了，只好求助外援。

"夫人，"常嬷嬷看着明兰怔忡的面容，小心翼翼道，"您莫要再想那贱人了，她老家在徽州一个偏僻地界里，山高水远，水路不通。她这回去了，想是也不会再回来的。"

明兰愣了下，笑道："嬷嬷想左了，我不是在想这个。只是……"她略叹了口气，"当初，侯爷到底是怎么遇上她的？"事到如今，她若再一句不问，就显得虚伪作假了。

提起这个女人，常嬷嬷真是满心感慨，时至如今，也没什么不好说的了。她抬手捋了捋鬓发，思忖一下，才开口："那是我家上京的第二年，自得知顾、白两家结亲的前因后果之后，烨哥儿和老侯爷越发不和了。"

若说之前的顾廷烨还只是半自卑半自暴自弃地生闷气，那在得知真相之后，他定是悲愤难言，明明是顾氏上赶着求来的姻缘，却人人嫌弃地看着自己；明明是白家救顾氏于危难，可那些自命高贵的顾家人却用鄙夷的口气谈论亡母。

常嬷嬷很是伤感："烨哥儿一口冤枉气无处可说，只能照旧地打人生事。

那年，他和一个恶少别苗头，牵连了一个模样俊俏的戏子，眼看那对戏子兄妹要遭难，烨哥儿看不过去，便出手救下了他们。"

明兰轻问："那唱戏的，就是曼娘的哥哥？"

常嬷嬷无奈地点点头："那会儿，我们一家住在京郊乡下，待哥儿来告诉我时，他已收留了那对兄妹。我跟哥儿说，戏子到底是下九流，不要多沾，免得叫人说闲话，赶紧给些银子，叫他们走就是了。烨哥儿虽性子冲了些，人却不糊涂，立刻应了。谁知……"

她的口气充满了嫌恶，咬牙道："那戏子竟撇下妹子，卷了银子自己跑了！"

"真的？"明兰讶异。世上竟有这么狠心的哥哥？！

"假的！"常嬷嬷朝天翻着松弛的眼皮，"后来烨哥儿才查清，是那贱人演的一场好戏，叫她哥哥拿了银子去外头做生意，她好留下来缠着哥儿。"

明兰有些发愣。这女人可真敢想敢做呀。

"如此，一个孤苦的弱女子，无亲无故，无依无靠，谁也不知该如何办，只好先把她安置在一处宅子里。烨哥儿还提议，叫老婆子收她做干闺女，我却是不愿。不知为何，我就是不喜这女子。"常嬷嬷凝思回忆，"老婆子总觉着，她那双眼睛看着就不老实、不本分。"

对于一个在家计最艰难时都不愿卖身为奴的有志老年妇女来说，她的理想是稳健地走在良民的道路上，然后大踏步地朝更高的目标前进，她怎么肯收一个戏子做义女？

明兰微笑道："老人家就是有眼力见儿。"

常嬷嬷只是苦笑摇头："早知后来的事，还不如让我收了她，免得哥儿遭罪。"她颇有悔意，"那贱人手腕厉害，时时生些事端，一会儿装病，一会儿说那恶少又来寻人了，引得烨哥儿时常去看望她。唉，哥儿那时才十来岁，少年郎血气方刚的，那贱人又惯会狐媚诌人，这一来二去的……"她为难地看了明兰一眼，接下去的话十分难说。

谁知明兰竟一脸十分理解，还劝道："嬷嬷放心说，多少年前的事了，我不会小心眼儿的。"这有什么稀奇，大约就是某卖唱姑娘勾搭上某贝勒爷的桥段翻版。苦闷的侯府公子，无人可诉说身世冤屈，遇上个善解人意且长得也不错的姑娘，小酒喝着，小琵琶抱着，小曲儿唱着，然后酒酣耳热之际，帘子一拉，油灯一熄……事就成了。

常嬷嬷脸色难看至极，好似被生生灌了一坛子酱油，继续道："我劝烨哥儿，这事做不得。别说他尚未娶妻，单以曼娘的出身，也难进侯府的，不如给些银子，叫她另去嫁人吧。哥儿本也不见得多喜欢那贱人，没什么舍不得的，当下也同意了。这回，老婆子跟着一道去劝说那贱人，谁知那贱人竟要寻死！又是投井，又是撞头的，好一番闹腾，最后拿簪子抵住咽喉，跪在地上哀求，她说，她说……"老年人记性差，一时想不起来。

明兰很好心地接上道："她定是先说，嬷嬷把她看成何许人了！当她是能用金银收买的女子吗？寻死觅活之后，又一番表白，说她不求名分，不要钱财，什么都不求，只盼侯爷垂怜，能时时记得她……"想了想，明兰又很恶趣味地添上一句，"就把她当作小猫小狗好了，扔在一边不用理睬，想见时来说说话就成，是这样吧？"

常嬷嬷脸色讪讪的："叫夫人说中了。"具体的话她记不得了，不过，大概意思还真是如此。

明兰几乎要翻白眼了：怎么连台词都一样呀？

"这么一闹，老婆子也不敢过分逼迫，怕出了人命，想来想去，也没个妥当的法子，这便一日日拖了下去。"常嬷嬷越说声音越低，"何况，我想与其叫哥儿在外头闯祸，还不如和那贱人说说话，好歹能排遣些郁气。我又想，待哥儿娶了位贤惠大度的太太，兴许能容下她也说不定。现在想来，真是老婆子错得厉害！"花白的脑袋低低垂下，越说往事，她就越觉无颜面对明兰。哪个好人家的小姐愿意这么"贤惠大度"。

"可还没待我转过念头来，就出大事了。那贱人，有了身孕！"

常嬷嬷磨着牙齿，恨声道："这次，老婆子才觉大事不妙！哥儿年纪轻，哪经过这些，一时也慌了手脚。"她不自觉地提高了声音，"那贱人死活不肯打胎，我也没法子，心惊肉跳几个月后，她生了个闺女。说句实话，老婆子真是松了口气！"

原来蓉姐儿是在这种情形下出生的，明兰轻轻叹气。

"没过多久，这档子事叫侯府知道了，一时间，又是闹得厉害。置外室，生孩子，加上那起子黑心肝的煽风点火，老侯爷把烨哥儿吊起来用家法打。"常嬷嬷忍不住哽咽了，"哥儿的性子，夫人是知道的，真真倔脾气，正跟老侯爷置着气呢，老子越叫他赶紧处置曼娘，他就越是不肯，越要好好安置她。老侯爷气得几乎要把哥儿送宗人府了！"

这世上最麻烦的两种人群：更年期的老男老女和叛逆期的少年少女。明兰可以想象当时老侯爷的心情，莫名同情了一把。

常嬷嬷揩着眼角，无可奈何道："哥儿那时执拗得很，谁也劝说不下，那贱人又一副可怜样儿，这事只好这么胶着了。我跟哥儿说，置气是一回事，可不能不顾将来呀。这回运气好，生了个丫头，到时候陪份嫁妆也过去了，要是个儿子……那烨哥儿还能寻着什么好亲事？哥儿也觉着不妥。可他一个少年郎，那贱人又会作媚，万一把持不住……于是，我亲自去寻了个汤药婆子来，安在那宅子里以防万一。"

想起这事，她尤其咬牙得厉害："谁晓得，好容易宗人府那阵子风波过去，烨哥儿才去看了那贱人两三回，她就又有身孕了！"

这件事很严肃，也很严重，可明兰直想发笑。曼娘威武，效率真高。

"我赶去责问，曼娘只哭着说她是老实吃药的，那婆子也说自己是照规矩送药的。"出了这么大的纰漏，当时常嬷嬷几乎气晕过去，"一阵盘查之后，发现那婆子常爱吃酒，大伙儿便只好以为，大约是她吃醉了酒，胡乱购置药材，或熬药时偷工减料了。"

"这事就又不了了之了。可我始终存了疑心。那婆子虽爱吃酒，可办事从不含糊的。"可那时顾廷烨十分信任曼娘，她又没证据。

常嬷嬷起身把侧边两扇门都关了，又把窗口微留出寸余宽来透风。她咬着腮帮子道："当时我就给哥儿跪下了，舍下老脸去哭，说大约那曼娘身子太好了，寻常汤药对她不管用，只能求哥儿别再糊涂了，可不能再生孩子了！"

明兰扑哧，险些笑出来。常嬷嬷也是位妙人，居然这么给曼娘下绊子。

"大小姐就他一个骨肉，倘若他一辈子没出息，岂不叫那起子黑心肝的看笑话？老婆子就是到了地下，也没脸见大小姐的。哥儿若不答应，老婆子也要寻死去！"

这是常嬷嬷的得意之作，她说得十分开怀："哥儿果然听进去了。后头几年里，烨哥儿虽也常去瞧她，却是只说说话，看看孩子们，不大与她亲近。那贱人惯于扮乖，不好反驳，只说是那汤药婆子的过失，我就说，万一不是那婆子疏忽呢？"

明兰大乐，这招真是损极了。若曼娘总是做出一副深明大义样，用理解顾廷烨、支持顾廷烨作为卖点，她就不能在这件事上让他冒险不是？不论那几年里顾廷烨有没有和曼娘保持纯洁的男女关系，至少定是少去了许多次，且曼娘再没生出第三个孩子过。

常嬷嬷这招算是成功了。

"其实那贱人又不是千娇百媚，烨哥儿原先屋里的丫头，生得比她好的不知几个！她还真当自己是天仙了，男人见了就迈不动道儿？！就她那点子姿色，狐媚的本钱且不够呢！不过是仗着一张巧嘴，趁着哥儿苦闷，一意逢迎讨好，又装出一副可怜样来，引着哥儿不忍心弃了她！"常嬷嬷恨极了曼娘，越说越刻薄。

明兰笑了，其实她听得出，常嬷嬷想为顾廷烨开解过往，这才话里话外地极力抹淡顾廷烨和曼娘的情分。不过，她不用担心，自己不是爱钻牛角尖的人。当初，她之所以和贺弘文死活计较曹表妹，是因为这位表妹不但是现在时，而且要成为将来时，这就很讨厌了。

可曼娘呢？不论她以前和顾廷烨感情怎么样，甚至顾廷烨是不是对她有真感情，这有什么关系？重要的是，她已经是过去时了，现实的生活才是最重要的，干吗放着好好的日子不过，去追究那些有的没的。这是她这辈子学到的最重要的一点。

说得现实一点，只要所谓的真爱没有引起现实变化，其实真不真爱，并不很重要。假若今日顾廷烨打算分一半家产出去，或要把爵位给昌哥儿之类的，那明兰当然很不满意了。但现在，顾廷烨把家产都交在她手里，决意叫她的儿子承袭爵位，又每夜睡在她的床上，还一有空就黏在她左右，那他到底真爱是谁，有什么必要去追究呢？

再现实一点，像戏文里的那样，出于某种原因，或是江山社稷，或是野心权位，男人不得不另娶他人，离她而去，那就算是他的真爱，又有什么用呢？

好吧，她是自私自利的现代人，十年的职业培训，只空装出一副温良贤淑的壳子，骨子里却丝毫不具备古代女性的传统美德。

"瞧嬷嬷说的，我还当曼娘的两个孩儿是侯爷有意要的呢。"明兰半玩笑道。

常嬷嬷心头一紧，叹息道："夫人真是……哎，叫我说什么呢。夫人倒是想想，侯爷又不是糊涂的，哪个清楚明白的世家子，会在未成婚时，急吼吼地想着生儿育女呢？"

这句论调很有说服力，明兰点了点头。

"昌哥儿出世后，不咸不淡地又过了两三年，烨哥儿好容易决心与余家做亲了，谁知半道上竟换了人。"常嬷嬷气愤道，"不是我爱说死人坏话，嫣红夫人实是太……"她咂吧了下嘴唇，端起茶杯喝了口，继续道，"还不如不娶！

娶她之前，烨哥儿好歹还能囫囵过去，可娶了她，反倒鸡犬不宁，日日地吵闹打骂，没一天消停的。过不多久，哥儿就跟老侯爷狠狠闹了一场，只身一人，出去闯荡了。"

说到这里，常嬷嬷眼眶又湿润了，泣声道："可怜我的烨哥儿，自小锦衣玉食，连吃杯茶都要人伺候的，却在外头风餐露宿，不知吃了多少苦头！"

明兰从床上坐起来，伸手轻轻拍着常嬷嬷，轻声劝着："嬷嬷别哭，所谓玉不琢，不成器，好歹老天有眼，叫侯爷出了头不是？"常嬷嬷抬起头，双手合十虚拜几下，念佛道："大小姐在天有灵，没叫哥儿一辈子不顺。"

两人又说得几句，外头忽有人高声叫着："侯爷回了！"

常嬷嬷揩揩眼角，起身站了。只见侧边门帘掀起，顾廷烨抱着襁褓进来，后头跟着愁眉苦脸的崔妈妈。他笑道："不过瞧他睡得香，多看了几眼，这小子就醒了。"

"别堆词儿了，定是你把他闹醒的。"明兰笑着吐槽。

顾廷烨身上还穿着大红朝服，刚下朝连衣裳还不曾换过，就急着去看儿子，抱在手里就不肯放手。经过崔妈妈的调教，姿势还算标准。他看着婴儿，自管自笑道："才几日工夫，就好看多了。当初刚生下来那会儿，又红又皱，跟只红皮崽子似的。"

明兰皱眉道："那你那会儿还直夸他好看！"

顾廷烨笑着顶回去："便是红皱，也比旁的孩子红皱得好看！"

这话说得大家都笑了。常嬷嬷伸头过去看，只见婴儿已是醒了，也不哭不闹，五官轮廓越发清晰，只半眯缝着眼睛四下看着，似是还有些发困。

"生下来时越是红，待大了越是白胖的！不知取了名没有？"

顾廷烨苦笑着："这阵子委实太忙了，回头待公孙先生回来了，请他帮着看看。"他对自己的文化水平没什么信心，又疼孩子得厉害，不愿随意取名。

常嬷嬷道："大名不妨慢慢取，先起个上口又吉利的乳名吧。"顾廷烨很觉有道理，转头问明兰道："叫什么好呢？"

明兰玩笑道："我听小桃说过，她老家最常叫的，什么狗剩、狗蛋、小狗子这类的。"

顾廷烨失笑，瞪了明兰一眼："乱七八糟！还有狗腿子、狗崽子呢，你舍得这么叫儿子？"

常嬷嬷笑道："侯爷这就不知了，越是贱名儿，孩子越是康健。便是大户人家，若有孩儿身子不好，还叫人写了名字，贴了四处让人叫着呢。"

"是吗？"顾廷烨一脸怀疑。

明兰抬头看了那肉团子一眼，甚觉他白胖可爱，软乎乎的就跟只糯米团子一般。

"不如就叫团哥儿吧。"

顾廷烨一听，喜道："是团圆的团？这个字甚好！"

屋里众人听了，都觉得好，既好兆头，又不与旁人流俗，叫着也上口，这便定了下来。

又聊了一会儿，常嬷嬷起身告辞。顾廷烨把团哥儿交给崔妈妈后，自去梳洗，又换了常服，这才回屋来。约是朝中之事累心得很，他一下坐到床边，一边疲惫地捏着鼻梁，一边对明兰道："往里头睡过去点儿，用饭前，我好歇会儿。"

明兰陪着常嬷嬷坐了半天，也觉着腰酸，正想平平躺下歇息，闻言不满道："不是给你另置了屋子吗？外头还有软榻，与我来挤什么。"

顾廷烨懒得和她废话，自己动手平抱起明兰，连人带薄毯稳稳放到里边去，然后仰身躺倒在她身边。他长长地松了口气："总算把两淮的事跟皇上禀清了，圣上到底是心急了，沉疴多年，如何能一朝痊愈，慢慢来吧。"

听他声音里都是疲惫，明兰伸手帮他揉着太阳穴。顾廷烨反手一把捉住她的手，覆在自己的脸颊上，侧过脑袋，直直地看着她道："对不住你了，没能早些回来。"

明兰想了想，促狭道："崔妈妈说，其实我生得蛮顺当的，若是没有前头的闹事，没有后头的放火，其实你不来也不要紧。"顾廷烨侧躺过去，把头埋在明兰怀里，低声道："以后定不会了。"明兰抚着他粗硬的浓发："常嬷嬷也这么说呢。"

"你们都说了些什么？"顾廷烨闭着眼睛，鼻息平稳。

"说了曼娘的事。"明兰静待着男人的反应。

果然，顾廷烨的睫毛动了动，缓缓睁开眼来，沉静道："说到哪儿了？"

"到你只身一人，离府出走。"

顾廷烨慢慢转过身，和明兰头挨头，并排躺着："那我接着说吧。"

明兰也平平躺好，洗耳恭听。

"其实，曼娘去余府之事，我是有些不快的。可是，一如既往，她总能把故事说圆了，我还是信她。"顾廷烨双手平平交握于小腹上，声音十分平静。

彼时的宁远侯府是场噩梦，不理解自己的老父、佛口蛇心的太夫人、享受着白家银子却鄙夷自己的叔伯兄弟，哪怕回到自己屋里，也满是别有用心的俏婢艳仆；处处不得志，时时憋屈，只有在曼娘处还能受些软语安慰。曾经的一段日子里，他真的非常信任曼娘。

人是惯性动物，一旦信任了某人，那么她的许多行为，就自发地合理起来。

"直至那日在广济寺，你的那番话，很有道理。"

说来可能没人相信，明兰是除曼娘之外，他唯一好好交谈过的女子。那个小小的女孩子，皱着眉，斜着眼，满脸的不满，却不曾拿空话、虚话来胡骂一气，而是认真地讲逻辑、摆事实。他回去后反复思索，怎么想，都觉得明兰的话没错。

若曼娘真是只想当个姜，那实在没理由去余府闹。

人会受骗，其实只是没往那处想，若真查起来，很多人、很多事，其实是经不起查的。

"曼娘有个服侍多年的丫头，后来由曼娘出嫁妆，远远地嫁了人。我费了许多功夫寻到她，一番吓唬，威逼利诱，她终是开了口。"大凡有了丈夫、孩子的女子，很少能忠心到底的。

"那丫头说的，俱是匪夷所思。先是曼娘的哥哥，压根儿不是他弃妹而逃，而是曼娘苦劝兄长走的。直到曼娘生下两个孩儿后，她兄长才假作懊悔地回来。曼娘一番苦求，兄妹俩做得好戏，叫我宽宥了她哥哥，我却还当她秉性善良。"

明兰没有说话，只呆呆地看着床梁顶。

"再来是孩儿，还真叫常嬷嬷说中了，是曼娘叫人去引那汤药婆子吃酒，又在药材上做了手脚。"顾廷烨语气涩然，仿佛叙述着一幕荒诞剧，"可我还是不大信，回京拘了曼娘宅里的人来拷问。这一问，竟又有旁的事。"

"她又做了什么？"明兰也开始心生厌烦了。

顾廷烨去握她的手，牢牢握住，才道："她打听到嫣红的陪房家人常去的酒馆，叫人把自己的住处透了过去，又说了些招摇过分的话，嫣红听了传话，自然气急败坏地打上门去。她布置好了一切，只等我'及时赶去救下'她们母子，再和嫣红反目。"

明兰深深叹了口气，挪过身子，侧身抱着男人的臂膀，把脸贴上去。

"得知这些，我一时竟是呆了。"顾廷烨翻身抱着明兰，手心冰冷，"我去与她对质，她辩无可辩，这才说了实话。她始终都是想做正房太太的，之前种种敷衍，都是哄我的。"

那日，当着两个孩子的面，他抓着曼娘的头发，把她拖了出来，一顿逼问痛骂。曼娘见躲无可躲，便直言不讳了。他气得怒火攻心，重重地扇了她好几个耳光。她面颊紫红肿起，却依旧淌泪而笑。他清楚地记得，那日斜阳昏黄，曼娘匍匐在地上，双手抱着他的腿，楚楚可怜地仰头哀求，还如做戏般地表白，说她是一片真心，望君垂怜，盼君珍重。

却不知，他心头已一片冰凉。人人都骗他、欺他，连这个他一直深信的人都不例外，那还有谁是可信的？这世上还有人可信吗？

"那夜，我回府又和老爷子吵了一架。我越说越不像话，直把老爷子气得吐了血，他骂我是'自甘堕落，无药可救'。我再不愿待在这儿了，当夜就走了，一直到了南边，才给常嬷嬷去了封信报平安。"

明兰心里难过，贴着他的胸膛，轻轻叹了口气。

"我走后，老爷子一直寻我，好容易寻到了我，给我送的第一封信，便是叫我速速回府，说嫣红有身孕了。"顾廷烨道。

"啊？！"明兰大惊，"有这事？怎么从来无人提起过？"

顾廷烨露出一种奇特的笑容，仿佛是在嘲讽："因为这是一件大大的丑事，上不可告天地，下不能告至亲。"

明兰已经猜到了些许，却不敢乱说。

"老爷子十分高兴，拉着我的手对我说，以后就做爹了，要懂事，好好做人，不能再惹事了。可我对他说，嫣红肚里的孩儿，大约也姓顾，但不是我的。"

老侯爷当时又惊又怒，连声责骂他乱冤枉人，他离家一个多月，妻子怀孕两月有余，岂非正好？顾廷烨漠然回答，自那次因为曼娘，和嫣红闹翻后，他们就不曾再行房。

老父脸上当时的神情，顾廷烨一辈子也忘不了，那种震怒，那种惊慌，那种深入骨髓的愧意和歉疚，真是无法用语言形容。可当时，他只顾着自己的心情，狠狠地把顾家上下嘲讽了一番，直骂顾家是个污糟的烂泥潭，没几个人是干净的。

至于给他戴绿帽子的到底是谁，他既没兴趣，也懒得问了，反正侯府之中，没一个人是好的。

"那，嫣然姐姐的妹子，到底是怎么死的？"明兰闷闷问道。

顾廷烨黯然："堕胎不顺，血崩而死。消息传来时，老爷子正和余大人理论着。嫣红虽是错了，可我也有不当之处，我从未想过叫她以命相抵。可我们赶去别院时，她已断了气。"

明兰一阵心头发凉，这种死法真是够报应了。

"所有人都以为嫣红是心急堕胎而死。顾家为着遮丑，对外头说是病逝，余大人也不敢多声张，此事便了了。"顾廷烨忽地眉头一皱，"只我一人觉出不对来。"到底夫妻一场，余嫣红不是笨人，既知会被戳穿，为何不早堕胎，还让顾家人把自己叫了回来？

"那是怎么了？"明兰道。

"我有个叫平贵的长随，曼娘对他甚是笼络，他也常为曼娘说好话，当时我并不以为意。自我离京后，已久不见他。"顾廷烨笑容里满是戾气，"谁知我离去时，别院的门房却说，就在半日前，平贵来过，说是替我传话的，可我并不曾叫人传过任何话！"

明兰惊问："难道又是曼娘？"

曼娘最神奇的地方就是，每次顾廷烨不过想问些芝麻，最后总能得了西瓜。顾廷烨森然道："我捉了平贵拷问，他就一股脑儿地吐了出来。"

自打顾廷烨离京后，杳无音讯，曼娘如热锅上的蚂蚁，常嬷嬷不肯说，她就只好时时叫人盯住宁远侯府，尤其是嫣红的陪房家人。很快她就有了收获。一日，嫣红借口回娘家，马车半道改路，嫣红戴着帷帽偷去见了位郎中。

曼娘随后就去找了那郎中，反正不知主顾是谁，看在银子的面上，那郎中毫不犹豫地说，那位蒙面夫人已怀有两月的身孕。曼娘大喜过望，立刻盘算起来，既要让顾廷烨能赶紧回来，又不能叫嫣红瞒住了，然后偷偷解决掉问题。

平贵的妹子在顾府内宅为婢，全府上下都知道烨二夫人是吃不得莲藕的，她就趁机在嫣红的饮食中丢了些藕粉，分量很轻，只叫余嫣红起了些小红疹子。但贤德的太夫人不肯让老侯爷以为顾廷烨一走，自己就怠慢他媳妇，坚持找了大夫来瞧病，这便瞒不住了。

事发后，嫣红又惊又怕地缩在别院里，等待着对自己的处置。就在这个时候，平贵来了，他说顾廷烨不愿张扬丑事，只要她把孽种堕了，待此事风平浪静后，便跟她和离。

这个饵，实在太诱人了。顾廷烨本就恶名在外，如今又弃家出走，若两人和离，全京城的人都会以为顾廷烨不好，而她也能全身而退，待过个几年，让宠爱自己的父母再寻一门亲事就是了。平贵又强调，一定要快，否则事出有变，就不好了。

嫣红哪会不从？当下赶紧让人去抓了副虎狼之药，为怕药效不强，她还一气吃了两帖，胎儿是打下来了，但也送了性命。

明兰听得全身冰凉，张口结舌："……都那份儿上了，曼娘何必还……"

"曼娘说，她只想叫嫣红吃些苦头，出口气罢了。"顾廷烨冷笑道，"谁知反叫我看出了端倪，我当夜就跟她摊了牌，说清了，从此一刀两断。"

此事后，老侯爷内外交困，又气又病，很快就病故了。顾廷烨没能赶上见老父最后一面。

前因后果，明兰俱是明白了，却说不出话来。两人久久无语。过了半晌，顾廷烨忽地翻身伏在明兰身旁，目中满是歉意："你怪我吗？我没处置了曼娘。"

明兰一愣，失笑道："怎么处置？"

"要了她的性命吗？"她缓缓地坐起身来，顾廷烨也起身，和她对面而坐，"说实话，倘若侯爷取了她的性命，我是决计不敢叫蓉姐儿再留在身边的，非得远远送走不可。蓉姐儿再怎么明白道理，到底是母女连心，我不敢赌这侥幸的。"

"可若真杀了她，又有些罚过了。"这事明兰早就在肚里过了几遍的。嫣红的死，曼娘只能算作恐吓欺诈，而向自己撞过来的那一下，属于未遂，这两样罪，都不足以判处死刑。

"那就要罚了，可该怎么罚呢？"明兰苦笑道，"说实话，以曼娘的性子，再打她、骂她，甚至动大刑，她也不见得能悔过的。"她还不像康姨妈，至少康姨妈爱她的孩子，有了软肋，就能拿住她。可似乎连孩子的安危都不能使曼娘却步。其实，对于这种潜伏伤害性的精神病患，最好的处罚就是终身监禁，但这话她不能说。

明兰把两手一摊，笑道："侯爷把她远远送走了，倒也是个法子。"

顾廷烨怔住。他实没想到，此时此刻，明兰居然还能这般理智冷静地分析，说得头头是道，丝毫不带半分情绪，他心头忽然涌起百种滋味来。

"还有朝堂之上，府邸之外，这事越快了结越好。"他忍不住辩解一二。

"这事原本就是不好闹起来的。"明兰立刻表示同意，并且道，"曼娘一不是你的妾，二不是府里的奴婢，人家正经的良民一个，咱们凭什么要打要杀的。若是良民犯了过错，也不该以私刑了断，要过堂审问，然后定罪，到时候，公堂上一闹，咱们的脸还要不要了？夜长梦多，若耽搁久了，叫你的对头拿住，就没完没了了。"

倘若她是顾廷烨的政敌，一定会拿这件事做由头，非把事情闹大了不可。若真叫人参了私德不修，那顾廷烨没准儿也得和沈国舅一样，在家思过了。两位心腹一起思过，皇帝可要烧眉毛了。

顾廷烨定定地看着明兰，神色复杂，默了半晌，才道："在绵州，我给昌哥儿置了百亩田地，又叫人看着，只盼她能念在儿子的分儿上，就此消停。"说着，他脸色倏然一变，厉色道，"再有一次敢作恶，我就顾不得了，立时取了她的性命。"

明兰点点头，随即又挥挥手，叫起来："哎呀，其实这不是关口啦！要紧的是那一位。我说你到底想出辙来了没有？"她满面惧色，"我可再不敢和她一道住着了。"

名义上的长辈，打不得，骂不得，真是处处掣肘。

看她才一副镇定自若的模样，转眼又如只受了惊的小兔子一般，顾廷烨不由得莞尔："放心。便是你敢跟她住着，我也不敢。我已经布置好了，这就分家！"

第四十八回·顾府分家

分家，可说是古代家庭生活中仅次于婚嫁的第二大命题。

照官方口径，自商鞅颁《分异令》，明令"民有二男以上不分异者，倍其赋"，日积月累，既能促进小农经济，又能减缓家庭矛盾，分家已经成了深入人心的观念。

照宗族耆老的说法，树大根深，枝繁叶茂，分支以旺根苗，同族同心，共同进步。

若是管不住儿孙的老父老母，他们会叹着气说，人心散了，队伍不好带呀。

轮到顾廷烨了，他的理由更简单，他后娘要烧死他媳妇——为了避免局势进一步恶化，防止内部分裂继续扩大，保持仅剩的骨肉亲情，还是用距离换美感吧。

头日进宫面圣，顾廷烨虽是一身干净朝服，但面颊鬓边还有手背都有火灰烟燎的痕迹。汇报完两淮的工作情况，作为一把手的皇帝当然会问两声，顾廷烨十分有技巧地把火灾现场描述了些，然后略带阴郁悲愤地表示了一句，大约他家要分了。

宁远侯府的家事，皇帝在就藩时就有耳闻，他原以为顾廷烨一袭爵就会驱逐继母，没想到他倒心存厚道，硬是过了半年多，还为弟弟谋了个好差。谁知那继母依旧贼心不死，顾府大火，半个京城都看见了，皇帝也是广布耳目，焉能不知？

忠心的臣子为自己跑了一趟远差，任务圆满完成，谁知老婆孩子差点没了，这点子正义皇帝还是要主持的。当下，他温言宽慰道："朕时闻逸事，民间子孙分支，继母亦多随亲子，卿之念头，并无不可。"一番谢恩，顾廷烨顺带再次表了忠心。其实皇帝就喜欢这种臣子，又能干，又忠心，时不时有些烦心事，需要向自己求些半轻不重的恩典帮助。唉，不过百姓还能分家，话说他何时能把压在自己头上的那个二妈从宫里给分出去呀！

既给上头通了气，剩下的就好办了。略做了两日准备，这日一下朝，照例先去亲亲老婆和儿子，结果被刚吃饱的儿子吐了一口奶在衣襟上。顾廷烨原本打算穿着朝服去谈判的，却叫小家伙搅了乱。刚会看人的小肥仔尚不知情，只睁着一双无辜滚圆的大眼歪头看着。

顾廷烨笑骂了句"臭小子"，小心翼翼地托着儿子的脑袋，交到明兰怀里。他轻声道："我去那边了，很快回来。"明兰自知何事，她接过褓褓，低头亲亲儿子，抬头轻道："犯不着和那起子人置气，侯爷定心办了就好。"顾廷烨摸摸明兰的脸，低低"嗯"了一声，换衣出去。

金乌西坠，萱芷园里一片寂静，草木无声，暑气灼人。那日，澄园起火之后，便是再迟钝的仆众也依稀觉出不对了，偏一连数日，顾廷烨始终不曾有分毫发作，澄园作息一概照常，反叫人生出"山雨欲来风满楼"之感。终到了这日，眼见顾侯领一行侍卫随从，俱是乌鞘灰衣，沉面肃穆地径直而来，园中仆众都各自缩回屋去。

作为元凶罪魁的那人反倒不惊不慌，听人传报后，便径自端坐于正厅上座，淡然地翻着佛经。见顾廷烨进来，她微微掀动嘴角："侯爷现今是大忙人了，屈尊来此，不知有何贵干。"

顾廷烨只身而进，四下一环顾，见屋内空荡荡的，甚为清冷，只向妈妈一人在旁侍立。他淡笑了下，道："有件事，和向妈妈要紧的，来与您商量下。"

太夫人似是早有准备，一脸镇定："何事？"

"前几日家里走水，有人说，瞧见向妈妈领人抱着柴薪。"事到如今，也不必遮着掩着了。顾廷烨冷眼瞥过去，却见向妈妈依旧低头垂首，神色丝毫不变。

太夫人轻讽地笑了两声："家奴纵火，兹事体大，若是坐实了，非同小可。不知是哪个眼尖的奴才说瞧见的呢？"

顾廷烨扯动嘴角："是曼娘。"

太夫人当即放出两声尖厉的冷笑，转头对向妈妈道："你可认罪？"

向妈妈面无表情："绝无此事。若侯爷信不过，不论是见官，还是族中各位老爷，老奴都敢与曼姑娘当面对质。"

"呵呵……"顾廷烨似是遇到了什么滑稽之事，一手撑在扶手上，一手掩口，不住地发出笑声，直笑得身仰背拱，满屋皆震。

面前这老妇端的是心思缜密，纵火一事谋划得极是周严。当时天色渐暗，众奴仆都翘首静待主母生产，不免松了些管辖，尤其澄园，地广人少，本就空置着许多院落。当时，先是一偏僻处起火，于是一部分奴仆过去救火，不待须臾，四处零星火起，众奴仆平日在明兰手下虽很规矩，但到底时日尚浅，眼见事出骤然，情势不免乱起来。

这时，危机蔓延至嘉禧居。一片人来人往的慌乱中，好些穿着顾府奴仆衣裳的人往嘉禧居冲，亏得屠二机警，领一帮护卫牢牢守住主屋，不论周围如何个乱法，坚不离步，这才没叫人惊了里头生产的明兰。

无论是当时逮着的两个形迹可疑的，还是事后盘查出来的，人人都咬死了当时是去澄园救火的。事实上，他们当时还真抱着水桶。彼时天黑事乱，人人奔走，仓促之间，竟无人注意他们。顾廷烨冷眼一看，这些人都是太夫人当初带来的陪房，身契家小都在她手里。

他们心里都门儿清，纵火一事，若咬死了不说，谁也没个证据，还能有条生路；若松了口，别说自己家小要遭殃，自己也未必能脱罪。

即便是顾廷烨真拷问出些什么来，太夫人指着那些伤痕累累的奴仆，反咬一口是屈打成招，只消其中有一个死士反了口，顾廷烨这"逼害继母，栽赃陷害"的名头就有的说了；倘若太夫人再哭哭啼啼地弄条绳子去寻死觅活的，那就更有趣了。

可偏偏曼娘亲眼看见了向妈妈，这是为何？

顾廷烨慢慢止住笑声，定定地看着眼前这个养尊处优的中年妇人。他这小半辈子的坎坷有多少是拜她所赐，这女人暗藏何等龌龊的心思。

向妈妈老迈，况且纵火之事，何须她亲自领人去做——她是故意叫曼娘看见的。

"瞧您说的。"顾廷烨站在当中，满是冰冷的温和，"这阵子京里天干物燥，偶有走水也是有的，自家人何必彼此相疑？那贱人害人不成，又来挑拨，我已把人打发了。"

这妖妇是有心把曼娘闹出来的，是特意引自己拿人去对质的。倘他怒急杀伤，大约她会立即去寻外头的对手来。但若自己两厢都不中计呢……

太夫人也不意外，微笑如湖上薄冰，冰上已是冬日暖阳，冰下却依旧水寒刺骨："我就知道你是个心软的，到了今时今日还这般。你护着曼娘，也不怕你媳妇心寒。"

"不劳您费心。"顾廷烨笑得比她还温和，心中却莫名起了一阵淡淡的苦涩，"我已和明兰说了，她都晓得。"他微一敛神，转头道，"我今日来，是为着另一事。"

他忽提高声音道："来人，带上来！"

还不等太夫人和向妈妈回过神来，两个昂健的侍卫已押着一人进来。只见他们把那人重重地摔在地上，那人发出呻吟呼痛。向妈妈已是失声道："彪儿，怎么是你？！"

那人抬起头来，一头一脸的瘀青。他冲着向妈妈哀声道："娘，救我！"

向妈妈顿时慌了手脚，无措地转头去看太夫人。

太夫人冷冷道："你这是什么意思？"

顾廷烨从袖中抽出两张纸，缓缓地放在太夫人身旁的小几上："这几年，他仗着侯府的势，在外头为非作歹，强占民田，如今已逼出人命来了。人家告上衙门，人证、物证俱全。"

太夫人拿起那几张纸来看，既有供词，又有花花绿绿的票据和画押。她越看越喘得厉害。

顾廷烨盯着这两个老妇的脸色，不疾不徐道："向彪是家里的奴才，顺天府尹卖我个面子，叫我自行清理门户。您说呢？"

太夫人似是哽住了，艰难地喘出一口气，强自笑道："这事不宜声张，真闹大了，你面子上也不好看。"御史最喜欢告权贵们"纵奴行凶"这一条了，例证繁多，证据又好找。

顾廷烨朗声大笑，半响才收住："您真多虑了。这向彪的不法之事，俱是两三年前所为。"那会儿，他还不知在哪儿刀口舔血呢，顶多坏了父兄的名声就是了。

太夫人脸色发白。其实，自顾廷烨袭爵之后，她也自知不妙，当即着紧约束下人，不许再惹事，是以向彪的作为怎么也和顾廷烨扯不上干系。

"你想怎样？"太夫人不用转头，也知向妈妈必是六神无主。她忠心服侍自己多年，全然顾不上自家，统共只这么一个儿子。

顾廷烨宛若逗鼠之猫，静静地盯着她俩："向妈妈，你说呢？"

向妈妈手足颤抖，听着儿子一声声的呼救，心痛如绞。她转头看了看太夫人，猛然一咬牙，硬起心肠，怨毒地看着顾廷烨，哑着嗓子道："这小子败坏侯府名声，该怎么处置，侯爷就怎么处置吧。"

"好！"顾廷烨笑道，"两条人命，怎么也顶上一百大板吧。来人，动刑。"

两个侍卫早有准备，应声而出。随即从外头又进来两个粗壮家丁，手中提着碗口粗的棍棒。侍卫们把向彪牢牢压在地上，那两个家丁便一下接一下地打了起来。落棍实心，棍棍着力，落在人身上，发声浑浊沉重，向彪当即哭天喊地地叫了起来。

向妈妈眼看儿子受刑，顿时失魂落魄。太夫人脸色铁青，不发一语。这种棍刑，寻常人三十也受不住，六十便要致残，一百大板下去，显是要取人命。她清楚顾廷烨的性子，软求无用，威逼无用，怕反要被他数落一通大道理。

向彪初时还能呼喊，随着一棍棍落下去，叫声越发低弱。向妈妈摇摇欲坠，瘫软在地上，惨声叫道："侯爷！起火之事全是老奴一人所为，与太夫人全无干系！请侯爷取老奴的性命吧！"

顾廷烨坐在太师椅上，神色肃然淡漠："向妈妈糊涂了，我已说过，天干物燥，有个走水也是寻常。"京城夏日是一年中最湿热的，何来天干物燥，可他偏这么说。

向妈妈忍无可忍，纵身扑到儿子身上，哭叫道："这便打死了我吧！我替他偿命！"

那两个家丁训练有素，其中一人停棍，钳住向妈妈押在一旁，另一人继续落棍击打。向妈妈挣脱不开，只哭得气断声噎。

眼看那向彪出气多，进气少，向妈妈已半昏厥过去，顾廷烨忽地一笑，转头悠然道："我走南闯北这些年，也见了不少人，发觉一趣事——人心真奇，不论何等样歹毒之人，对别人能多么心狠手辣，一旦遇上自己的骨肉，便也与常人无异。"

太夫人直如木雕泥塑一般，不发一语，脸色青得几乎不似人色。

"不过这也不奇，便是牲畜也怜爱幼崽，何况人了。"顾廷烨继续嘲讽。

太夫人从牙缝里挤出一句："你要怎样？"

顾廷烨敛去笑容，只动了动嘴唇："分家。"

太夫人倏然转头，毒蛇般的目光盯着他。顾廷烨山岳般纹丝不动，冷冷地直视回去。他不等她反驳，又道："这次火势虽凶，但好在人都无恙，不但明兰平安生了孩儿，连三弟和侄儿也好端端的，真是天——佑——人——和！"

最后四个字刻意拖长，偏落于金铁之声，血腥之气张牙舞爪而来。

太夫人急促地喘着气，死死地看着眼前青壮高大的男人。顾廷烨看着晕厥的向妈妈，微笑着轻叹："真乃忠仆。若是寻常人，为着自己的孩儿，怕是什么都顾不得了吧。"

耳畔尚传来木棍落在肉上的声音，沉沉的，绝望的。向彪身下一片血污，已无声响。太夫人心头发凉，生平第一次，她觉着束手无策了。

因家事繁多，明兰索性省了洗三，不过，坐蓐期间，两边的亲戚也陆陆续续来看望过了。众人都听闻明兰生产那日恰逢顾府大火，神色言谈之间，不免有些疑心。

几位妯娌都是熟知内情的，尤其怀疑，却又不敢多问，躲闪着说吉利话。至于华兰，则直截了当道："你这婆婆，比我家那位还狠！"明兰立刻纠正她。严格来说，其实她的婆婆只有那块牌位。盛老太太也亲自来瞧了她，心疼地抚着她的头发，嘴里却只简短道："否极泰来，这哥儿，端是有后福的。"

没过几日，府里传来消息，向妈妈的儿子没了。自那日起，向妈妈始终缠绵病榻，连太夫人也大病一场。还没等团哥儿满月，分家事宜便被提了出来，太夫人居然也默认了。请出了族人耆老，外加四、五两房长辈，这就分起家来。

明兰不在场，只知最终的结果是，功勋田不动，祖业不动，侯府宅邸不动，其余产业分为两份半，按女儿以半男算，其中半份给娴姐儿，剩下的两兄弟均分。

这个议案，太夫人原不同意。按着顾门规矩，无论是否丧父，出嫁女只需陪份嫁妆即可。可顾廷煜毕竟是做过侯爷宗嗣的，他遗下的独女自不一般。顾廷烨很愉快地把当初太夫人用来抬高顾廷煜丧葬身价的话都还了回去，顺带拿顾廷灿的婚事做比。

太夫人无奈，只能认了。邵氏当时就喜极而泣。她自己娘家寻常，手上只有大秦氏的一些嫁妆，可这些年过了，也剩之不多。这下可好了，娴姐儿将来不用愁了。

其后，太夫人又以家底之事异议，认为顾廷烨隐没了许多，可无论如何查点，顾廷烨除了皇帝御赐的田庄，还真无其他产业，什么店铺、股息、田地，一概全无。

兄弟分家，总不好连皇帝的赏赐也分了吧，可顾廷烨到底有多少家私，除了明兰，旁人竟无有知晓的，太夫人只得悻悻作罢。

得知此事后，明兰忍不住跳下床，挪到里屋去摸了摸那把缠了精钢链子的双鱼锁，隔层里头还有砌在墙里的暗阁，然后她双手合十，感谢老天爷给她生了个慢性子。

顾廷烨当然攒了许多家底，南边刚转手的产业、军功的丰厚所得（打仗很赚）、抄家时的潜规则、皇帝的直接赏赐。规格相同的金条被她恶趣味地搭了积木，堆出个小巧玲珑的南美金字塔，银票厚实地捆成一卷一卷的，还有散在边上的契书账册，更别说澄园库房里的好些御赐奇珍古玩。明兰本也有心做些谋划，但因着新婚事多，又满脑子防备，里外的风声鹤唳，她根本来不及置办什么产业。

在这次分家过程中，煊大太太的表现很值得一提。由于她十几年来行为良好，口碑颇佳，说出来的话很有人信，澄园大火经过她的努力宣传和着力渲染，已成了众人皆知的秘密，以至于大家看太夫人的目光，不是躲躲闪闪，就是厌弃指责，再有那好心的，也忍不住用眼神表示"你做得也太明显了"，倒省却了顾廷烨去外头放风的力气。

当然，太夫人的宣传能力也不是盖的。她强有力地提出，自己儿子的院落也遭了火，所以她是清白的。可惜，人是定向思维的动物，经过这两年顾廷烨的努力，众人也渐渐相信这位后妈并不那么洁白如羔羊。根据这种思维来演绎，顾廷炜院落的大火就成了这位后妈在放火的同时，弄出来的掩盖罪行的烟幕弹。

何况，就算单凭脚趾来思考，顾侯年近三十，膝下犹空，再怎么讨厌继母，人家也不会在老婆生产当日，冒着失去嫡子的风险，紧着去放火栽赃吧。

分家那日，五老太爷什么都不想说，只端着一脸道学面孔做摆设。四老太爷还记得当初自己分府出去时太夫人是怎么待自己的，十分卖力地拆了几句台。如此这般，到团哥儿办满月酒之前，已是分家完毕，只等吃过满月酒，太夫人就带着儿子儿媳到别府去住。

满月酒席上，明兰特意熬了两夜不睡，把已经养白嫩的脸弄得憔悴些，再添上三分恍惚的神情，活脱脱受惊未定的柔弱模样。来赴宴的众亲朋瞧了，更觉可怜，人人温言慰问明兰，好生劝说。明兰努力挤出笑容，用哀弱的语调表示她很好，请大家不要担心。

一切效果良好。

稍嫌美中不足的便是那只吃了睡、睡了吃的小肉团子，白胖滚圆，啼声洪亮，人家看着他招人喜欢，多摸了两下，小小的人儿居然还生了气，用大大的眼睛去瞪人，精气活力十足，实在不像母胎里受惊的孩子。见此情形，太夫人气煞，强自端出笑脸，心中怨毒至极。

看着众人簇拥着恭喜巴结，明兰满身的富贵风光，墨兰强忍着，只酸了两句，就闭了嘴巴。如兰看着孩子，掩饰不住眼底的羡慕。王氏只瞥了几眼，就去开解如兰了。亲家母不给力，华兰作为长姐，只好帮着招呼客人，长袖善舞地待客说笑，倒得了不少夸赞。

顾廷烨是真心高兴，兴奋地把儿子抱出去献宝，对着一干交好的同僚好友，厚着脸皮把儿子从手指夸到鼻孔——小家伙连打个哈欠，都打得那么有型有款，与众不同。

终惹得沈国舅瞧不下去，决心捣乱，叫郑骁小将军带头起哄。众人拿起酒盏去灌酒，婆子这才得空把团哥儿抱了回来。

盛老太太尤其欢喜，抱着肉团子亲了又亲。团哥儿偏也喜欢她，在她怀里就呼噜着睡着了。看着熟睡的小脸，老太太眼眶湿润，好像她一辈子的缺口都圆满了。

明兰窝在老太太的怀里，其实她已经很满足了，大家都能幸福就好了。

太夫人搬家那日，朱氏来了明兰处，静静地吃了盅茶，也没说什么，坐了一会儿便要告辞。临出门前，她忽转过头，一脸怅然地低声道："做女子的，其实许多事都没法选。"

明兰晓得朱氏的意思。太夫人的所作所为她并非不知，可是出嫁从夫，她再不赞成，又怎能去揭发自己的婆母呢？便只能怯懦自私地装聋作哑了。

顾廷炜有差事，有一个虽不愿帮扶提拔但也不至于会害他的二哥，有宁远侯府的门第可以依仗，她自己有丰厚的嫁妆，太夫人也私房不少，搬出去好好过日子，别去惦记不属于自己的东西，未必不能太平幸福，只看人心怎么想了。

明兰微笑着起身相送。

朱氏站在院中，温雅恭敬地缓身福了福，两妯娌就此别过。

出了月子的头件事，当是把自己从头到脚连洗三遍，然后更是每日两洗，洗了再洗。想想这般暑热天，居然那么多天没洗澡，明兰立时头皮发麻，叫小桃搓得再大力些，弄得皮肤一片片发红。崔妈妈瞧得心疼。其实坐月子那会儿，她每日都会拿温水投了柔软的巾子，给明兰身上细揩几遍，哪里就臭成这般了？非要这般，生生把自己搓下一层皮来才高兴。

半人高的澡桶热气腾腾，以西南运来的香柏木和紫铜丝细细箍成，明兰舒展地坐在里头。水中的香精，被滚烫的水汽一蒸，顿时满室芬芳。上回宫里赐的香乳花露还留了许多，她当时怀着身孕，因怕有影响没敢用，这都攒了下来，这时也不知有否保质期，便索性往水里倒去。崔妈妈看得再度一阵嘴角抽搐。

卧榻之侧，暂无猛兽毒蛇酣睡，明兰前所未有地轻松，再不用隔几日去请安，每句话出口前都要想了又想，生怕着了道；每日睁眼起，就得思考防守反攻。往细里想，其实她本人与太夫人无冤无仇，本不用这般以命相搏，可那老女人够不着强大的正面对手顾同志，就只好拿同性同胞下手，于是自己成了重灾区，纯属连带灾害。

这份工真不好打——明兰忍不住又往澡桶里倒了两瓶御制香露，有价无市，真过瘾。

氤氲香氛中，崔妈妈又无奈又好笑，拿着洁净的细棉布巾子给明兰擦拭着，自己的面庞却瘦削得厉害，皱纹如浴桶边沿上的柏木纹路般蜿蜒。明兰一阵黯然。崔妈妈岁数也不小了，这阵子心力交瘁，活脱老了十岁一般，叫她家去好好歇息将养，她却死活不肯，只整日守着团哥儿，好似一个不留神，就会有豺狼恶徒把孩子叼了去。

经丹橘、小桃几个好说歹说，明兰又祭出绝招，哄道，将来她还要生十七八个孩儿，都指着崔妈妈照管呢，崔妈妈这才让了步。

洗浴毕，明兰披着雪绫缎子的里衣，在那半人多高的镜子前来回转了三圈，大眼睛，弯眉毛，白里透红的脸蛋，皮肤都粉扑扑的，托太夫人费心算计的福，吃不香，睡不好，因是都不怎么见丰腴，产后肥胖问题很快就解决了，很好，很好，明兰十分满意。

穿好衣裳，她走到床边抱起孩子，看着团哥儿满是肉褶子的短胖脖子，喜滋滋地用力亲了一口。小肉团子很有本事，把肉都长到自己身上去了，一点儿都没留给娘亲。

"夫人，郝管事使人来说，老鼎师傅已来了。"绿枝从外头进来，轻声禀着。

"叫郝管事领师傅去瞧房子，你和廖勇家的也跟着去。"明兰头也没抬，怀中的小肉团子蹬着手脚，发出咿呀声，"那几处烧坏的屋子，先不紧着修，要紧的是先把大嫂子要住的院子打理好，叫我知道偷省了木料，可不饶的。"

原本太夫人搬走，空出了主屋正堂，就该顾廷烨夫妇搬进去，奈何太夫人掌权数十年，那里的一砖一石都充满了旧主的印记，非但明兰不愿住进那气息阴冷的旧屋，连顾廷烨也心生忌惮。夫妻俩一合计，索性将府邸中心转移，将原侯府的主屋重新翻修，只作别院之用。

这么一来，偏居主屋的邵氏母女便也得搬了。不知是因前次起火之时不曾来救助，心生歉疚的缘故，还是娴姐儿平白多了半副身家的因由，邵氏此番特别好说话，明兰只提了一次，她考虑了一夜，第二日就同意了。

新居位于澄园西南，东临莲塘小池，西靠竹林，端的是景致风水俱佳。邵氏本还有些不舍亡夫气息，但瞧女儿一见了新居，便如脱笼的小鸟般快活，一会儿小大人般指着这里如何布置，那里怎样排整，一会儿又兴冲冲地去瞧新邻居蓉姐儿，她的些许伤感便也消退了。

其实在小孩子看来，旧居虽然气派高贵，但处处阴暗晦涩，她自小到大触眼都是死亡阴影，哪及新居阳光明媚，一开窗门便是满室的清新空气和鸟语花香。

母子俩笑着玩了会儿，团哥儿开始发困。明兰小心地轻摇着他，继续吩咐着："把上回伏家送来的那面苏绣的玳瑁屏风送去，蓉姐儿有的，娴姐儿也得有。丹橘，你回头与嫂子跟前服侍的人说，缺什么摆设物件，只管去库房取。"

她说一句，丹橘就应一声，绿枝忍不住笑了："瞧夫人说的，丹橘姐姐早就去说过了，偏大夫人小心，只说都尽够了。"

邵氏还算好相处的，属于不帮忙但也很少添乱的类型，时不时有些顾影自怜的哀怨，但很少表现出来硌硬人。不过，人家一个寡妇，不哀怨难道还整日地欢欣鼓舞吗？反正明兰也不打算跟她做好姐妹，只消彼此客客气气的，尽了面子情就好。

"再有，跟老鼎师傅说，这府里如今人少地多，空旷着地方显冷清，索性将山林那块地再圈大些，栽几片竹林，种些笋菌，另再单辟一片出来，我要建一座暖房，大嫂子定然喜欢。还有，把原先侯府后头的园子圈起来，回头养些鹿儿、兔儿、山鸡什么的，也显得生气些。"

这是昨夜明兰刚想出来的。顾廷烨一听，颇觉新鲜，自是赞成。其实，以明兰的意思，偌大一座府邸，空地这么多，空闲人手又这般多，就是划出田垄来栽种蔬菜也尽够阖府人吃了，可惜这样太失雅观，只能养些山菌野味，既丰富下菜篮子，又省些不必要的支出。

"府里这许多林子、园子，是以栅栏和里墙定要修严实了，叫老鼎师傅别惜了工力，做得好了，我总是有赏的。"

绿枝笑着一一应了，依旧不敢大声，怕惊着团哥儿，转身轻掀帘子出去。

走了劲敌，明兰整个人都懒散下来，看着怀中的肉团子已是呼呼不省人事，她居然也跟着打了个哈欠。这刚起没多久，事也没理几件，居然又惦记上枕头了。明兰素来宽以待人，当然更加宽以待己，当即不再挣扎，搂儿子小憩会儿。

待顾廷烨下朝回屋时，正见心爱的妻儿头挨着头睡着，看着两张一般白皙的面庞，他满心柔软。这些日子团哥儿有些大了，闹起来格外起劲，明兰惦记着孩子，夜里也睡不踏实，此时睡得正熟，一旁的小肉团子却是睡够了，不知何时已醒了，睁着滚圆的大眼到处乱看，一见到父亲，定住眼珠，便咿咿呀呀地发出声音。

一旁的乳母喜声轻道："哥儿能认人了呢。"

顾廷烨也是高兴，俯身小心地抱起褓褓，觉着自己的儿子是这世上最好看的婴儿，怎么看都不够，在团哥儿的小脸上亲了又亲。

"臭小子！"顾廷烨笑骂，团哥儿力气不小，居然在褓褓里蹬了两下腿，"这小子真有劲。"手上微微用力，轻轻掂了两下孩子，团哥儿顿时大乐，咯咯笑了起来。这一有动静，明兰便醒了过来。她揉着眼睛，依旧迷糊着："侯爷回来了，今儿怎么这么早？"

顾廷烨笑道："本不想吵你的，可也该吃午饭了，你先起来吧。"

明兰望望窗外，见日头已近正午，顿是脸上一红，颇觉不好意思。自己最近怎么跟个懒婆娘似的，怎么也睡不够。顾廷烨倒未注意这些，只瞧儿子小胳膊小腿上扎着的红绳皱眉，坐在床沿对明兰道："做什么要捆着他？"又不是抓坏蛋。

其实明兰也不甚清楚，只好解释："是崔妈妈说的。我们兄妹几个小时候都是这般，这还只是小捆，待再大些，还要大捆呢。我大哥幼时就是崔妈妈料理的。"依她推测，大约是为了防止罗圈腿或不让小手缩进袖子里去之类的。

顾廷烨想起盛长柏一派苍松挺拔的磊落，顿时对崔妈妈更多几分信心，再看团哥儿眉眼、脾气都酷似自己，他心里虽喜欢，但忍不住忧道："都说外甥肖舅，若能像你大哥，那便是再好不过了。"他素来欣赏盛家大舅子，便是稍显软弱的长枫和老实勤恳的长栋，人家至少规矩上进，又肯听老子的话，哪像自己，从会走路起，真可谓飞天遁地，无祸不闯。

团哥儿柔嫩的小嘴乳兽般微微蠕动，做一吮一吮的样子，谁知父母正说着话，根本没瞧见，他顿时嘤呀一声，卖力啼哭起来。一旁的乳娘早候着了，笑着上前来抱："这个时辰，哥儿大约是饿了，叫奴婢下去服侍哥儿吧。"

说是哭，实则半滴眼泪无有，只涨红了一张小脸在那里生闷气。顾廷烨看着有趣，笑着把孩儿交过去。看着敦实圆胖的乳娘转身离去，明兰微叹："这小子也忒能吃了，得两个奶娘伺候着，这若是生在寻常人家，怕不吃穷了？"

顾廷烨一边松开朝服的襟口，一边笑道："能吃能睡是大福气，你倒嫌了。当初钟兄弟的儿子生下来，吃什么都吐，便是如今大了，也病病歪歪的，钟兄弟愁得跟什么似的。"

说起这个话题，他又想起一事，沉声道："那妖妇好狠的心，连小小孩童也不放过，亏得老太太机警，不然岂不坏事？"

明兰披着中衣下床，起身边给顾廷烨宽衣袍卸玉带，边说着："这都过去了，这种污糟事别去想了，咱们如今不是好好的吗？"

早在几个月前，明兰开始挑选乳母，崔妈妈照例做了耳报神。盛老太太知道后，忽地莫名不安，便叫房妈妈暗中寻拣人选。盛家几处庄头上，正有媳妇刚生了孩子，其中两个乳汁充足，性情敦厚，人也稳重。挑定人后，老太太丝毫不声张，只叫明兰继续挑拣乳母，以作疑兵障目。到明兰生下孩儿后两日，再把两个乳母连人带身契送过来，而前头挑的人选则一概不用，发些赏银打发走了。

那时，明兰还觉得老太太疑心过头，为着孝顺才应了老太太的意思，可后来顾廷烨里外一番清查，竟发觉原先看中的那两个乳母还真有些说不清的。

一个乳母是宫里赏下的奴仆媳妇，和太夫人当是八竿子打不到的关系，可被刨地三尺后，竟发觉她那原已失去联系的前头男人和儿子又出现了，还被人安置在乡下，这位"好心相助"的人，影影绰绰地指向太夫人的陪房小陈管事。

另一个则是外头良家寻来的，崔妈妈和常嬷嬷查了又查，怎么看都没问题。那家人也十分实诚本分，收了定金后，决意好好当差，便常整些催奶的吃食给媳妇。此时，左近忽搬来一户邻人，十分热情，那家人自养了好些鸡鸭，亲戚处又有鱼塘，便常折低价将鲤鱼、鲢鱼还有鸡鸭等供给那乳母家，既能补养身子，又能省钱，乳母家自然愿意。

待明兰生产之时，那乳母已经吃用邻人家鸡鸭鱼肉近两个月了。前几日，常嬷嬷忽传来消息，说那乳母和她婆婆已一病不起，高烧不退，还浑身起斑抽搐。明兰请屠二去查看，其余一概没有问题，唯一可疑的，便是邻人家供来的吃食。

当然，此时那邻人早已搬得干干净净。

听完这些，明兰浑身发凉，打心底里冒出寒气来。那应该是一种慢性毒药，一开始吃着自瞧不出来，但当体内积累到一定量时，才会发作。大人尚且如此，若是甫出生的婴儿吃了中毒人的乳汁，又会如何？

那老妖婆果然算计周密，心思歹毒，不论是否能把自己整死，她都不打算放过孩子。

所幸那乳母家甚是孝顺，有好的吃食，只紧着乳母本人和常年体弱的老母，家中孩童和男人并未累及。明兰好生歉疚，着人请大夫去瞧，又送了许多银子过去，只盼望能转危为安。

顾廷烨犹自深恨，冷声道："天理昭彰，自有报应！"

他现在生撕了太夫人的心都有，颇有些后悔当初分家时太宽厚了："亏得老太太棋高一着，不然……"他简直不敢想象团哥儿小小的身子高烧抽搐的模样。

明兰低头解着衣带，什么也没说。

盛老太太对送来的那两个乳母还放过狠话，倘若她们伺候得好，就把她们家人的身契都送过来，让她们全家到侯府享福；倘若有个什么好歹，立刻发卖她们的家人，有多苦寒卖多苦寒，一个不剩！她们又如何能不老实？如何敢不尽心？

想到老太太是因年轻时的惨痛，才有今日这般谨慎周全，明兰心里苦涩难过。她低声道："回头咱们多开两处粥棚吧，但愿善有善报。"

明兰把朝服交给一旁侍立的夏竹："侯爷先去洗把脸，然后咱们好用饭了。"顾廷烨点头，径自往净房走去。待洗去一身汗尘再出来时，只见屋里已摆好了饭桌，屋角远远放着个冰盆，夫妻俩便坐下吃饭。

"这知了都不叫了，怎么天还这么热呀？"明兰素来苦夏，才喝了两口汤，额头上便沁出细细的汗来，脸颊也红晕湿润了。顾廷烨却是纹丝不动，淡褐面庞沉静一片："今年热得委实长了些，别误了农赋才好。"

明兰愣了下，赶紧道："要否减免些佃户的租子？"顾廷烨摇摇头，沉声道："这倒还不用，且看两淮那边如何了。若能整治出成效，年底前多收回些盐税银子，那便什么都好说了。"

如今朝堂上下都盯着两淮一处，明里暗里较劲得厉害。沈从兴总算是反省结束，重返朝堂理事了，顾廷烨算松了口气，压力骤减，他也不想一气把所有功勋贵戚都得罪完了。皇帝是男主角，但好歹给第一男配多留些戏份不是？

这个话题有些沉重，顾廷烨转言道："这几日府里可还好？若有那不省心的，就告我来处置，你且好好养着身子，别累着了。"

明兰放下筷子，亲给他舀了一碗汤，笑道："大佛都挪了，和尚还守着空庙念经吗？侯爷放心，如今府里的老人都老实多了。"

分家时，太夫人带走了好些仆众，不是她的铁杆亲信，就是可靠得用的，剩下的那些，大多是颟顸老迈的世仆，不但爱倚老卖老，还处处想着尊养揩油。明兰这才想出点子，索性把原侯府那一块全部抽空，该翻新的翻新，该收拾的收拾，只需留几个老实的看屋子便可。

这一下，那些平日吃五喝六惯了的全都落了空，既没了主子，又何来差事？倘若无有差事，又怎么去外头抖威风，怎么捞好处呢？

"要是……最近有场大赦就好了……"明兰咬着筷子，自言自语着。

顾廷烨目光一闪，挑眉道："也并非定要等大赦，先放出几家最不听话的，大抵也能收些效用。"明兰讪讪地："你怎么知道……"她是想放些人出去，但怕人说她凉薄，只盼着皇家或朝廷有什么喜事，她好浑水摸鱼，狠狠"恩典"一把。

"我们这种人家，府里难免有些家人跟着主子上沙场服侍过的，这算是卖过命的，有那么几家，惯会摆谱，很是讨厌。"顾廷烨微微而笑，"你寻些由头，不论算是示恩还是罚过，先发落一两家，余下的便会老实些了。"

明兰听懂了，事缓则圆的道理。她点头道："然后再瞧瞧是否还有冒头的，否则，以后等着机缘，一并放出去。"便是将来开辟园子、山林，养花、种草、育兽的差事，明兰也不想随意交托给人，搞不好敬爱的太夫人留了不少"粽子"在这些老仆里头呢。

用完饭后，明兰照例服侍顾廷烨午睡。她刚睡醒，实在不好意思再躺下了，刚想起身走开，却叫顾廷烨拉住了。满枕堆着浓黑的头发，男人神色慵懒，勾着手指扯住明兰的裙角，诚挚邀请她一同午睡。明兰义正词严地拒绝："你当我是你那宝贝儿子呢，吃了就睡。"

顾廷烨似笑非笑："那样挺好，快长多肉。"这说的什么话，好像饲养场口号。明兰嗔着反讽："你怎不去养猪呢？定然生意兴隆。"男人把脸埋在枕间，拖着明兰的一只手贴在脸上，吃吃地发笑："养了，两只呢，都肥着呢，长势喜人。"明兰奋力挣脱男人的铁爪，板着面孔道："我去瞧团哥儿，不碍着侯爷养猪了！"

顾廷烨捉着明兰不撒手，忽抬头敛了笑意："嫁了我，你可觉着委屈？"明兰被问得莫名其妙："委屈什么？"顾廷烨道："这乌七八糟一大摊子，险些累得你出事。"

明兰顿时笑了："男主外，女主内，这府里的事原就是我分内的，有什么好委屈的。"又不是嫁给凤凰男，既赔钱送车送房还得受婆婆小姑欺负，外带照管夫家一大家子。

"那些人口多的人家，媳妇要应付公婆妯娌、叔伯侄孙，四五层的亲戚住一块儿，整日算个不停、来回计较，未尝舒坦了。天道有偿，既老天爷叫我这块轻省了，自然得在别处给我补齐了。"嗯，以太夫人的战斗力，的确可以抵消人家一大堆亲戚了。

"你倒想得开。"顾廷烨失笑，迟疑道，"你……不怨我？"明兰坐到床沿，慢慢挨过去，轻声道："我明白你的意思。"是他给她引来了许多生死劫难。

"可你待我的好，我更明白。"说实话，让她在一堆小老婆、庶子女和一位巫婆继母之间选择，她宁可选择斗恶龙。

顾廷烨定定地看了她一会儿，忽地又埋头在枕间，好像孩子般的闹脾气，枕下传出闷闷的声音："你陪我睡会儿吧，不然睡不着。"手上依旧紧紧抓着她不放。

明兰为难，忽然灵机一动，道："团哥儿这会儿怕又睡了，要不我把他抱来，你们爷俩一道歇午觉，可好？"有头小猪放在男人身边，大小两个问题一起解决，大约她中午就能安生地看账了。顾廷烨再度笑出声来，抬头看着她，嘴角弯弯："也好。"

小肉团子是个很好的睡伴，只要睡着了，哪怕把他抬去烤着吃了怕是也不知道，且从不挑人，让他跟谁睡就跟谁睡。顾廷烨有时夜里回来，会去隔间把儿子抱来，明兰常是睡着睡着，身边就多了只软乎乎、香喷喷的团子。倘若半夜尿醒了，当爹的下床叫人换尿布，若饿醒了，当娘的那点不多的存货刚好给肉团做夜宵。

岁月荏苒，抚育小儿烦琐，却自有一番乐趣在心头。

待团哥儿渐能抬头了，明兰依自己上辈子的记忆知识，每日让孩子伏着趴几次，每次约一分钟。顾廷烨头次见儿子在软褥上趴成小狗状，吓了一大跳，赶紧把团哥儿抱起来，劈头就将乳母和婆子骂了一顿。明兰赶紧解释趴伏的种种好处，什么锻炼颈部肌肉，有利于大脑发育和四肢协调，将来不论读书还是习武都会很灵光哦。

当爹的将信将疑，不过，瞧儿子默默地趴着，没闹也没哭，只好由着明兰折腾了。有回明兰顽皮兴起，见顾廷烨仰躺在榻上看书，便把团哥儿摆好姿势，叫趴他爹胸膛上。

顾廷烨肩宽臂阔，胸膛厚实有力，小肉团子趴得十分平稳。一个是不敢动弹，生怕跌落了儿子，睁大眼睛紧张着，一个是绷着小脸趴得卖力，努力不让自己的大脑门贴地，父子俩就这么对望着，大眼瞪小眼。明兰在一旁瞧得乐不可支。

过了不多会儿，小肉团子觉出动静了，随着父亲胸膛肚腹的起伏，也上下微动，咯咯笑起来。小小软软的身子，就这么依赖地趴在自己身上，看着酷肖的眉眼，顾廷烨心中真是欢喜极了，双臂拢住儿子，朗声大笑。

明兰忽有些心酸。顾廷烨心底深处，对亡父的情感始终是复杂的。

太夫人搬出去的当日，顾廷烨便抱着儿子去了祠堂，屏退众人，独自在老侯爷的牌位前站了许久，直到怀中的团哥儿哭闹了，父子俩才出来。顾氏父子几十年的恩怨，早已烟消云散，如今故人已去，说什么都嫌多余。

只是，遥想当年，顾廷烨甫出世时，顾偃开已年近四十，一边是病恹恹半死不活的长子顾廷煜，一边是酷似自己、虎头虎脑、健康活泼的大胖小子，他会是一种怎样的心情呢？

他应该，也是高兴的吧。

也许，他也曾抱过、亲过顾廷烨，也曾欣喜非常，也曾自豪得意，就像现在顾廷烨对待团哥儿。养儿方知父母恩，生命画了一圈，又转回到原处了。

这日上午，明兰慵懒地躺靠在床头，逗着团子玩，外头报，小沈氏来了。明兰赶紧掠了掠鬓发，站起身迎客。

这阵子，小沈氏是常客，她这会儿正稀罕孩子得厉害，何况小肉团子圆头圆脑，十分讨人喜欢。自打满月宴后，她隔三岔五地来，一来散心，二来沾沾喜气，每回来也不空手。

上回带了两枚大鲜藕，上上回带了一小筐的甜樱桃，再上回是一顶虎头婴儿帽，上头的王字绣得歪七扭八，针脚也不十分细密。小沈氏扭捏了半天才拿出来，十分不好意思。明兰却很感激，知她确是一片真心诚意。

可这回来，小沈氏模样不大对，非但两手空空，且双目红肿，神情隐痛，一言不发地坐下，看到胖乎乎的团哥儿，就上前抱起来，然后扑扑地直掉眼泪。团哥儿脑门被打湿了，呆呆地抬起头，看着小沈氏，不明所以。

明兰大吃一惊，赶紧叫乳娘和丹橘把孩子带下去，急忙拿帕子去帮忙揩泪："你这是怎么了？哎呀，别光顾着哭呀。"

"可是皇后娘娘有事？"这是明兰第一个念头，可小沈氏哭着摇头。

"那是你嫂子训斥你了？"小沈氏还是摇头。

"那……是和小郑将军吵嘴了……他打你了？"明兰直接想到家庭暴力。

小沈氏扑哧一声，破涕为笑："你胡说什么呢，借他俩胆儿！"见她收了哭泣，明兰赶忙发问："那你倒是说呀，光哭算怎么回事？我心怪慌的。"

小沈氏幽幽叹了口气，泪光闪烁，哽咽道："我嫂子，她……有身孕了……"

"你嫂子有孕了？"明兰一边觉得匪夷所思，一边又有些羡慕，"大郑将军和你嫂子可真好呀。咦，可你伤心什么？"这都几岁了。

小沈氏哭笑不得，用力杵了一指头在明兰手背上，悲戚道："是我娘家嫂子！"

"是威北侯夫人？"明兰一愣，转而又疑道，"便是你娘家嫂子，你也用不着哭呀？"

"你知道什么！"小沈氏抑制不住眼泪，哭叫起来，"她与我哥哥情分那么淡，还能怀上，我和……却到这会儿还没有……老天爷真不开眼！"

明兰被吼了一耳朵，呆呆地坐了回去。

小沈氏扑在桌上呜呜哭了半天，明兰也不好劝，只轻轻抚着她的背。想来她也是憋屈得很了，沈张氏有孕，她不能生气，不能翻脸，人前还得做出一副高兴的模样，唯一的亲姐又在皇宫大内，轻易得不见，只能跑来明兰这儿发泄一番。

明兰轻叹口气，劝了一句："你跟谁不好比，非要跟威北侯夫人比。我只问你一句，你可愿与她掉个个儿？"

小沈氏渐渐止住了哭泣，只肩头还在一耸一耸的。明兰接着劝道："外头谁不夸你是有福的。刚及笄，皇上就登基为帝，姐姐是皇后，兄长是侯爷，公婆和善，小郑将军又与你鹣鲽情深，只一个嫂子严了些，为人却是没说的。可你娘家嫂子，唉……你也知道的……"

威北侯夫妇长年不睦，在京城里也不是稀奇事，坊间风传，沈国舅一个月也见不了张氏两回，反倒宠爱妾室邹氏。

这番另类劝说果然有效，小沈氏慢慢抬起头，犹自抽抽搭搭的，脸上却愤愤不平，便如小孩子赌气一般，连珠炮地开口："不是我小心眼儿，见不得她好，而是……她也太高傲了！我知她瞧不起我们沈家，她英国公张家是名门勋贵，是开国柱石，她给我哥哥做了填房，是天大的委屈！"

小沈氏哭得嗓子发干，喝了一大口茶，继续道："哼，可她也不想想，这亲事又不是我哥硬求来的，也是皇上的一番美意！她张家不敢违逆圣意，这便拿我们沈家出气！整日一副死样活气，摆出脸色来给谁看！"

既开了头，后面便越说越顺了。

"我也知道，她瞧邹家妹妹不顺眼，觉着我哥抬了这么个贵妾，是在下她的面子！可那到底是个妾，漫过了天，又能越过她不成？这两年来，我哥就跟没娶老婆似的，她门也不开，人家也不走，恨不能叫满天下的人都知道她受了委屈！"

关于这点，明兰有不同意见，忍不住插嘴道："这……话不能这么说，倘若小郑将军恰在婚前抬了个贵妾，你当如何？"

小沈氏被一口气噎住，倔强道："那不一样，我哥有苦衷。"

明兰调笑道："谁家没苦衷？嗯，我来想想，哦，对了，倘若郑家有位大恩人寻上门来，非要把姑娘许过来，你公婆推托不了，那你怎么办？"

小沈氏脸涨得通红，哽了半天，大声道："那我就不嫁了！"

"可威北侯夫人是非嫁不可的。"明兰淡淡道。

小沈氏忽如一只戳破了的气球，颓倒在椅子上，过了好半晌，才轻声道："其实……我大哥起先也觉着对不住张家，刚成婚那会儿，大哥本想好好待新嫂子，可她始终冷冰冰的，不论怎么跟她好声好气，她都不怎么搭理。去年，我小侄儿险些落水，邹家妹妹为着护他，自己却小产了，我大哥好生歉疚，可她依旧冷言冷语……"

明兰默然。估计小沈氏没少在张氏那里受冷遇。这两年，这位张氏夫人便如出家为尼一般，自顾自地礼佛过日子，既不管威北侯府的诸般事宜，也懒得敷衍各家亲朋，便是人家请她赴宴交际，她也大多借病推辞了，连娘家都不怎么回。

团哥儿的满月酒，她就没来。想来，那位张氏应是个心高气傲的名门贵女，自小父母疼爱娇宠，一时半刻转不过弯来，也是有的。

两人东拉西扯了半天，明兰看差不多了，便叫人打盆水进来，亲自投了帕子，让小沈氏净面，又叫小桃捧出她的镜匣，服侍小沈氏敷脂描眉。

"你这胡粉极好，又贴面，香气也好闻，比之宫里的不遑多让呢。"小沈氏对着镜子照了又照。明兰笑道："这不是胡粉，是云南的山茶花制粉后，再掺米粉和珍珠粉，另好些香料。是我先前闺中姐妹的夫婿，闲来无事捣鼓出来的。"

她见小沈氏喜欢，索性叫小桃装了一小盒给她带回去，反正她平日是不大涂粉的。

"你才几岁，没事少涂粉，没得打扮得跟个妖精似的，回头你大嫂定不给我好脸色看。"明兰忍不住道。她看小沈氏拿着那粉盒，十分热心的样子。

小沈氏翻了一眼过去："你倒怕我大嫂！"

"你大嫂人多好呀，我眼红你可不是一两日了！"明兰故意打趣，"我只问你，你大嫂可有跟你提子嗣之事？"

小沈氏低声道："从来没有，还叫我好好将养，总会有的。"

郑将军府的大房子嗣繁茂，嫡出的有四子一女，庶出的也有一子两女，是以从郑家两老到大郑将军夫妇俩，都不曾催促过什么。只是小沈氏自己，因夫妻恩爱，深觉对不住丈夫，徒生压力罢了。

“这话说得是。”明兰坐到小沈氏身边，温言相劝，“你成婚这才两年呢，且放宽心，别把身子愁坏了。”说着说着，又忍不住吐起槽，“你想呀，你这般事事顺当，倘若再三年抱俩，十年生八个，还叫不叫我们这些不容易的活了？老天爷也太偏心了吧，想我生团哥儿那日，还险些叫人给活活烤了呢。”

小沈氏忍俊不禁，指着明兰恨声道：“活该！叫你贫嘴，吃苦头了吧。”

随即，她故意上下不错眼地打量明兰：“你别说得自己多可怜，当我瞧不出来的呢！说，一大清早，怎的一脸都是疲态？”

明兰直觉去摸脸，讪讪地笑着：“没法子，团哥儿整夜地闹，是以我……”其实不是。

“你再给我装蒜？！”小沈氏一拍桌子，笑骂道，“你当我是瞎子吗？瞧不出你这是为什么累的？真一夜没睡好的，哪是你这副娇媚模样，啧啧，都快滴出水来了，怕是折腾了一夜……”说着，她自己也脸红了。便是自小在山野放肆惯的，她也说不下去了。

明兰大窘，瓷白水润的面颊绯红一片，连耳朵根子都烧起来了。

话说，哺乳真是一份高危工作，衣衫半解之际，夫妻俩不免动手动脚就上了火。往往是刚喂饱了一个，还得接着喂另一个，一夜身兼两职，着实辛苦。

“你个没羞没臊的，什么都敢说！”明兰恼羞成怒，恨声道，“看我不告你嫂子去！”

小沈氏大乐，着意调侃：“去告呀，去告呀，我看你敢跟谁去说。”

“你……你……”明兰又气又羞，平常端庄模样全无，孩子气地侧背过脸去，怒道，“我不和你好了，以后也不和你说话了！”

她脸颊红得火烧一般，偏皮肤底子极白，便如西域殷红的葡萄酒，在雪白的丝缎上晕开了一片，水汪汪的大眼恼怒地瞪着人，好似前日皇后赐下的琉璃灯盏，只一点萤火的光泽，却是晶莹剔透，琉璃的颜色很艳，每盏都点上灯火，便是艳若桃李的绚丽华彩。

小沈氏看明兰这副模样，颇有些叹为观止，心里暗道，难怪顾侯喜欢了。又见明兰真恼怒了，她也不敢造次，好声好气地赔礼道歉。话说明明是她来求安慰的。

“对了，我这儿有些白茶，还有些零碎的土仪，你顺道替我带回去吧。”明兰没好气道。

小沈氏笑道：“你也忒客气了，我只爱吃龙井的。”

明兰十分无奈："不是给你的，是给你大嫂的。我要谢她荐来的那班子泥瓦匠。"

"你上回不是已谢过了吗？"

明兰叹了口气，轻声道："你不知道，我当初谢你嫂子，不过是为着面子情。这回，才是真谢。你嫂子荐的那班师傅确是好的。"虽名气不大，但低调实干。

她斟酌了下语气，道："这回起火，旁的屋舍都多少烧着了，只那新砌的墙栏和几处排屋却好好的，我家侯爷亲自去看了，一层砖瓦一层木料，泥灰里掺足了米浆，还是上好的糯米，这才又牢靠又避火，端是真功实料。唉，这年头，这般靠谱的，不多了。"

"哦，是以你们这回的生意，又关照他们了？"小沈氏眼睛很尖。

明兰点点头，一脸敬佩。想起自家大嫂，小沈氏也是全身无力，只能叹服："我嫂子那人，有一说一，最是稳重可靠。姐姐也常夸我嫂子，叫我跟着学学，别整日淘气了。"

明兰赞道："皇后娘娘明鉴。"

"可大嫂叫我多礼佛行善，这样才会佛祖保佑。"小沈氏闷闷道。

明兰奇道："你不是常拜佛的吗？"

"嫂子说我是平时不烧香，临时抱佛脚，满肚子求帮忙的意图，忒功利了。"小沈氏低头道，"要时时处处做起，怜老恤幼，积德行善，无论有否所求，都要时常存了善心。"

明兰被说得一阵脸红，貌似……她好像……也是这样的。现代人的境界果然不高。

一番反思后，待顾廷烨回屋，明兰正要开口，表示以后要多做好事，将来才能多子多福，升官发财（还是很功利呀），谁知顾廷烨先发话了。

"余阁老好得差不多了。"

明兰一愣，直觉反应道："你去问林太医了？"

顾廷烨点点头，双手搭太师椅的扶手，面色发沉："趁这回，都料理干净了，省得没完没了。"余阁老自半月前开始清醒，一直延医吃药将养着，近日显见是好多了。

明兰默然，坐到男人身旁："别……太过了，余阁老应是不知情的。"

顾廷烨冷哼一声，道："姓余的欺人太甚，先前的我不计较，他竟还敢由着婆娘来逼迫你！哼，这都欺上门来了，咱们还怕什么！"

他看了明兰一眼，放缓了语气："你放心，余家其余人与我并无过节，不会牵连过多的。"

余阁老本为贫家子弟，然天资聪慧，少年即受恩师赏识，许爱女，频提携，他自此平步青云，虽也曾起伏磨难，但最后到底全身而退，风光致仕。然而，饶是他一生见识极丰，但当被侯府送回来的巩红绡和盘托出那段往事时，他也不禁心惊身摇，不敢置信。

他余某人居然会有愚蠢到这般发指的儿子、儿媳？！

"老太爷明鉴，顾家太夫人在侯府里头，那可是只手遮天呀！我性命都握在人家手里头，要叫我说什么，我哪敢不从？"巩红绡跪在地上，一把鼻涕一把眼泪，"没能把实情托出，叫大太太吃了冤枉亏，都是我胆小畏死，只望老太爷慈悲为怀，饶过我吧！"

当着父母弟媳的面，被道破自己女儿背夫偷人，那余大人面皮一阵青，一阵红，臊得连头也抬不起来。一旁的余大太太只狠狠地瞪着地上的巩红绡，目中直欲喷火，只碍着公婆在，不敢放肆。余大人偷眼窥老父的面色，只见他胸膛起伏厉害，当下便小心道："都是儿子不孝，叫父亲操心了。千错万错都是儿子的不是，万请父亲息怒，好歹保重身子要紧。"

余阁老瞥了儿子一眼，讥诮道："这会儿你倒知道孝顺了，连道士都敢买通，黑的颠倒成白的，我一辈子的老脸都叫你们夫妻丢尽了！你还是行行好，给我碗砒霜，让我早些合眼，也省得见你屋里那些腌臜事！"诚如顾廷烨所料，余家老爷子宦海沉浮几十载，早炼得精滑似老狐，除了谋反、抄家这种殃及全族的滔天大祸，已鲜少有事能叫他惊慌失措，自也气不坏身体，如今骂起人来，更是中气十足。

余大人面红过耳，不敢分辩什么，扑通一声跪下。余大太太见状，咬牙跟着跪下。见长兄、长嫂如此，三房、四房俱是双双跪下。余阁老面上波澜不惊，对着犹自如筛糠般抖个不停的巩红绡道："顾家来信上说，这些年来耽误你了，如今将你发还，好好安排个人家嫁了。"他又转头对余四太太道："老四家的，待回登州后，这事你来办。"

余四太太看了眼跪在前头的长嫂，犹豫道："父亲，这……"她话还没说完，余大太太已是满脸愤恨地抬起头，怒视巩红绡，骂道："天下哪有这么便宜的事！这小贱人用心歹毒，害我们不浅，便是杀头也轻了！怎么能……"

余阁老一掌拍在案上，冷冷看下去。余大人赶紧用力扯妻子的袖子。余大太太转头，一接触到公爹寒冰般的目光，便打了个寒战，不敢再说话。

巩红绡何等机灵，见此情形，立刻连连磕头，泣不成声："都是我的不是，请老太爷千万别动气，身子要紧呀！我自知是饶不得的，只惦记我娘老迈衰弱，为人子女的，怎好舍了老母不管？！只求老太爷开恩，放我一条生路，叫我侍养母亲终老呀！"

余阁老缓缓地转过头，淡淡道："你虽是府里长大的，却是大太太生母那头的亲戚，非奴非婢，余家怎能处置了你？不过看你如今没着落，仗着长辈一场，替你寻门亲事罢了。"说到这里，他嘴角忽浮起一层奇特森冷的笑意，"当初叫你随嫣红出嫁为媵妾，本就是委屈了，应是余家对不住你——才——是。"

最后两个字特意放重，意有所指。巩红绡心中猛地一跳，满心惊惧地抬了下头，只见室内灯影恍惚，老人那布满皱纹的面容直如阎罗判官，令人不寒而栗。她忙不迭地低下头，再无半分做戏，货真价实地颤抖起来，心道，这老头好生厉害，居然看出来了。

是的，有些事，她确是……故意的。

当初她得知余嫣红偷汉，明知十分不妥，绝是身败名裂的丑事，却不曾如何强烈阻拦下去；后来，顾府太夫人叫她帮着去诈余大太太，虽有威逼利诱在其中，却是她也想坑害余大太太一把的。可这，都是为什么呢？

她父亲是个乡下秀才，家有薄田数十亩，阖门小康和乐，身为独女，她是父亲抱在膝头上疼大的。谁知一朝慈父亡故，族叔伯欲侵占田产，逼嫁寡母，亏得忠心的老仆机灵，叫她母女连夜收拾细软逃出来投奔亲戚。七拐八弯地，最后投在了余大太太处。为着日子好过，她拼着命地讨好大太太和余嫣红，百般做小伏低、逢迎谄媚。

可是，结果呢？一朝有事，余大太太担心宁远侯府水深，宝贝女儿支应不来，便毫不犹豫地叫她随媵。非她清高，不倾慕侯府富贵，而是顾家二郎那般的名声在外，她又能落着什么好？况且……巩红绡微微侧目，看了看跪在右前方的三老爷和三太太，怅然地收回目光。

她心底，早另有期盼。

她是寄人篱下的孤女，他是三房不受重视的庶子，少年男女，两情相悦。

那年，那日，黄昏落梢，他满头大汗地跑来见她，欢喜得连发带散了都不知，无限欣悦地告诉她，三太太已瞧出他们的苗头了，虽暗示要避嫌，但并无不愿，只怕贸然提出，叫大太太多心。只要大太太肯开口说和一句，三太太就成全他们。

　　当时，她直如做梦一般喜悦。她是多么喜欢余家呀。余家男子大都品性端良，从无恶嗜，余家女眷，从老太太到三太太、四太太，均温厚宽容，不以她孤女为嫌。她当时就下了决心，倘能得偿所愿，她一定加倍讨好长辈，将来揽些差事，接来老母，一家人好好过日子。

　　可惜……她永远忘不了余大太太彼时脸上的神情，那样的自私断然，那样的理所当然。她再了解这妇人不过了，在自己的利益面前，什么情分都是假的，她再求也是枉然。她不再多说，只机械地笑着，应承好好"照顾"余嫣红，顺手从大太太那里狠狠刮了笔银子。

　　那年嫣红事发，她慌忙往余府求助时，凑巧闻知一事。余阁老有位同窗挚友，年过花甲，膝下却只有一孙女，眼看要香烟断绝，见余家男孙繁盛，便诚恳开口，央求赘婿。余家父子一番商议，定下了三房的这位庶子。待她知情时，他已远走琼州，入赘高门别家。

　　那时，她忽心如死灰，什么顾府，什么余家，管他天王老子，她再也懒得管了。

　　也许，此生再不能相见了，也好，也好。

　　巩红绡陷入恍惚回忆中，浑不知余阁老又说了些什么，只知两边有婆子将自己搀起来，拖着往外走去。外头月明星稀，朗夜如昼。一口清冷的空气沁入胸腔，她脑袋一个激灵，顿时醒潋过来。她摸了摸裙摆里侧，那里有个暗囊，藏着她积蓄的三四张小额银票，其余金银首饰、散碎银两，她早已偷着送到母亲处。

　　她又伸手按了按胸口，那里有张五百两的银票，是今日出来时，顾侯夫人给她的。

　　"你会变通，又有能耐，无论老天亏待过你什么，你也不曾客气。"那位年少貌美的侯夫人眼中有一种奇特的悲悯，"这银子你拿去，便当我是个伪君子，既逐你出门还来卖好。我只送你一句，昨日种种，譬如已死，以后好好过日子吧。"

113

巩红绡悲喜难辨，一片茫然中，跌跌撞撞地往外走去。

她走后，守在屋门外的老嬷嬷再次把门关严实了。四周远远站着几个随侍的奴婢，只留余氏一家在里头。"你们先起来。"余阁老指了指，他声音不重，却无人敢违背。余家三个儿媳便都轻手轻脚地站了起来，地上只留着余家三子。

余阁老道："老四家的，巩氏就交给你了，到乡下地界，寻个踏实人家，叫她消停地好好过日子，务必把事做利索了。"

四太太敛衽低头，恭敬道："媳妇一定尽心。"

这么多年，几个儿媳早习惯了不问世事的天真婆母和彪悍强大的全能公爹，从嫁来那日起，四太太就是直接向余阁老禀事的，是以话回得十分顺口。

余大太太心中不忿，忍不住再次异议道："咱家供她吃喝这么多年，竟养出个白眼儿狼！爹，这也太便宜那贱人了！您再想想……"

"还不给我住嘴！"余大人一声暴喝，瞬时阻断大太太的话，"有爹在，也有你说话的份儿？！一点儿规矩也不懂，也不看看弟妹们，你怎么做长嫂的？！"

余大太太耳膜嗡嗡作响。她诧然地望着丈夫，他从来没有对自己这么凶过。

一旁的三太太弯了弯嘴角，缓道："大嫂子别气，爹这么做，自是有道理的。嫣红侄女这事，搁哪儿都是丢丑。人顾家厚道，本已抹干净了的，可大嫂您偏来那么一出。"

她说话斯文，却句句暗藏凌厉。"顾家能不提防些吗？倘哪日您又上了兴头，愣说侄女死得冤，要人赔命，索这要那的，宁远侯府岂不吃得哑巴亏？总不能叫顾侯满天下嚷嚷自己老婆偷人吧。所以呀，红绡这孩子，就得留着。"

这事没闹出来时，一切都含糊着，可一旦闹出来，作为仅剩的人证，巩红绡反而不能死了。

首先，她不能留在顾家，否则将来的话，有顾氏逼供授意之嫌，不足叫人取信，是以，只能让余家自己把人接回去。如今，因怕有抵赖之嫌，余家非但不能让巩红绡死，相反，为表示坦荡，余家还得让她好好过着日子，一切自然坦率。

这么简单的事，余大太太竟到如今也没想明白，还有脸发脾气。

"适才你大哥还夸弟妹懂礼，你倒这般与大嫂说话？！"

其实余大太太并没怎么听懂，但这并不妨碍她发飙。只见她竖起一双吊梢眼，当即开火。三太太丝毫不怯，面色丝毫不变，只轻巧道："瞧大嫂说的，我这不是着急嘛，嫣红侄女的事，只消在外头冒出点滴风声，咱们余家的姑娘还能做人吗？"

余大太太顿时如熄了火的引擎，哑了声音。

三太太说话如针扎皮肉，明明痛入心扉，却连半滴血也不见。她犹自柔声细气道："别说嫣容、嫣清，就是已嫁出去的嫣然、嫣巧，叫她们怎么在婆家立足？我说嫂子，您别不当回事，别看嫣玉侄女现下还小，可若叫人知道她嫡亲姐姐这么一出，以后怎么说婆家呀？！"

余大太太哑口无言之余，想到这事会牵连心爱的小女儿，顿生一腔惊惧。这话一说完，三太太便恭恭敬敬地退下一步，站到丈夫身旁，再不发一言。

余阁老微微叹了口气，讨这个大儿媳妇真是他人生中的败笔，心思既不正，人又愚蠢。初闻此事时，自己好半晌没说出话来，一阵天旋地转，与其说是气的，不如说是匪夷所思。

想他一生精明，家门里怎么会有这样轻信张狂的蠢货！

他与老妻共有四子，除却次子夭折外，其余三子均长大成人，娶妻生子。

四子生性淡泊，喜好丝竹书画，经济仕途于他便如西天取经路般遥远，亏得四儿媳还能持家；三子倒是聪慧有才，偏不知哪里学得一身名士习气，最瞧不上钻营功名之辈，连身上的虱子也带着几分风雅清高；只有长子，倒承袭了他血脉中的进取，偏又志高才疏，能耐有限，读书既不成，为官也不见得高明，始终徘徊在五六品之流。

余阁老素习道家之法，深知为官也讲究"天分"，有些人教得会，有些人再怎么教也枉然。既然儿子们都不是这块料，他也不强逼，倘老天有眼，叫孙辈能出两个才俊，那余氏便兴盛有望，否则，仍旧平安是福。反正，凭自己的余荫以及官身的长子，儿孙们在老家过个闲散富贵日子还是有的。

"千里江堤，毁于蚁穴，家门之治，重在子孙，根在家室。"余阁老倚在太师椅上，身形愈见苍老，叹道，"若平日好好教养孩子，塑其品性，定以正道，又焉有今日之祸？好在盛家老太太和顾侯夫人与我家多少有旧。倘若宁远侯府记恨，两家就此结怨，待我死了，以后扑门而来的灾祸，你们可挡得住？"

三个儿子听得老父之言，均是磕头应声。尤其是余大人，已是满面涕泪。

他跪行至余阁老身前,抱着父亲的腿,泣道:"父亲的教诲,儿子定然刻在心口,以后再不敢妄为了!儿子不孝,没管住媳妇,听旁人两句撺掇,就……就……办了糊涂事,还让弟弟们跟着担羞辱,儿子……儿子……实没脸做这个兄长了!只万望父亲保重身子,让儿子改过尽孝呀!"

说着,连连磕头,脑门撞在地上青砖上,砰砰作响。余三爷和余四爷也陪着将头抵在地上。三个儿媳见状,只好又跪下了。余阁老抚着儿子的肩头,见他已是额头青红一片,血迹隐隐,心中不忍,只得长叹一声。

余大太太虽无大智慧,听人话头却是灵光。她听出公爹是在隐隐指责自己,虽跪得老实,却心中不服,便抽出条帕子,装模作样地捂在脸上,哭道:"都是儿媳不孝!明知顾家是个豺狼窝,还逼着嫣红出嫁,年纪轻轻的,却害了一条性命!也罢了,总算嫣然如今过得好,这命苦的孩子,就算替她姐姐挡这一灾吧……"

余阁老听得脸色铁青。这话竟是直指他偏心,只顾着嫣然终身幸福,而罔顾嫣红死活。余大人再也忍耐不住,霍地跳起来,扬手劈下一掌,响亮地打在余大太太脸上。只听他怒骂道:"你这贱人!怎敢这般胡言乱语?!顾家的亲事明明是我猪油糊了心揽来的,与父亲有什么相干?那孽障辱没家门,死有余辜!便是不死在顾家,回来也该一条白绫了断!"

余大太太捂着脸,当即被打傻在地,说不出话来。

余大人犹自骂道:"你还敢说嫣然!倘若是她,岂会才冷落了几个月,就不守妇道的?以我儿嫣然之敦厚贤淑,便是暂受了委屈,也能忍让过去,只消过个三四年,待姑爷回来,岂不圆满?还不是你,养女不教母之过,如今却还不悔过!"

其实他想的是,若嫣红不出岔子,哪怕夫妻再不和,瞧在独守空闺数载的分儿上,那正房太太的位置定是牢牢的。想如今顾廷烨手握权柄,平白一场富贵擦肩而过,正是满腹懊恼!

知子莫若父,看着长子青筋四起的侧面腮帮,余阁老焉能不知他心中所想?心中半是讥讽半是苦笑,懒得多说什么,便挥手道:"罢了,你们都回去吧,身边人都嘴上把严实些,免得害了自己闺女。"

众人见老爷子疲乏得厉害,便一众行礼后齐齐离去。跨出门槛时,余三爷和三太太对视一眼,一同瞥了瞥前头的余大太太,然后夫妻相视一抿嘴,低头走过。

余大太太是余大人在任上时续娶的填房，在公婆跟前服侍的时候不长，并不知余阁老的厉害，可他们夫妇二人俱是极聪明敏锐之人，心知兄长这会儿是气糊涂了，没想到这上头，眼见余大太太如今闯下这般大祸，若余阁老狠狠罚上一顿还好，偏偏老父责问了大半宿，却不曾发话如何处置余大太太……大房，怕是要有大麻烦了。

众儿女出去后，余阁老疲惫地起身，走入里屋。只见余老太太坐在床边无声垂泪，他挪步坐过去，柔声道："这事你就别管了，你身子不好，别是我还没咽气，你倒先不好了。"

余老太太哭得双眼红肿："都是我不贤，不会教孩子，叫你这把岁数了还要操心。"

余阁老说笑道："世间父母，能生儿的身，又怎生得了儿的心？孩子大了，有自己的打算，咱们做父母的，尽了本分也就是了。"

余老太太哽咽道："这事……可能善了？我听那顾侯可不是善茬。"

余阁老抚着老妻的背，尽力劝慰着："你放心，若那宁远顾二有意跟余家翻脸，便不会送回巩氏了。"余老太太素来信任丈夫，丈夫的话既说出口，便不作他疑，拿帕子摁干脸上的泪水，笑道："也是。你不是说段亲家的茶引还是他给办的吗？我瞧他是个明白的。"

"哼！明白？还要人家怎么明白？！给人戴绿帽子，人不计前嫌，已够厚道了，他们居然还敢上门去行诈！"余阁老站起身来，缓缓在屋里绕着圈子，只恨自己年老体弱，不然定要亲自操家法，痛打长子一顿，"当初，我知道顾侯替段家办茶引时，还觉着心安理得，如今却是臊得慌！瞧瞧人家这事办的，多干净，多利索，仁至义尽，便是将来事情捅开了，也指摘不出半分错处来！这走一步，就得想到后头三步，再看看咱那不成器的孽障……"

余阁老越想越气，胸口直冲气涌，忍不住埋怨老妻："你也是，怎么就听信了老大家的话，居然容她上顾家去闹事！"

余老太太手足无措，羞愧道："是我糊涂了，可……"她低声道，"那道士一口咬定，定要冲喜才成。只要你能好，便是叫我去撞阎王殿，我也不怕。"

余阁老不忍朝老妻发脾气，在桌旁连连顿足，骂道："老大家的心思我清楚，不就是瞧那孩子的生母是个戏子，想那孩子若真能袭了爵位，必得认她这门亲戚来充场面！"

余老太太也是诧异:"她也太糊涂了,这种事怎能胡来?难道顾侯是好糊弄的?倘若惹急了他,还不连根拔去,轮得着她沾光吗?"

余阁老大声称是,不由得加倍破口大骂:"内宅妇人糊涂也就罢了,咱们那孽障尤是个蠢货,只知听婆姨的话!我当初就说过,他耳根子软,遇事犹豫,心性不坚,更兼辨事不明,那就根本不是为官的料!他那会儿还不服,埋怨老子不肯助他。就他这点出息能耐,若真办了大差事,担了大责任,还不是叫人吃得骨头渣子都不剩?!"

长子再有千般不好,却没有胡作妄为一条,自己之所以放心他外任,也是想他胆小唯诺,再配个知书达理的好媳妇,纵是政绩不显,也不会闯大祸。可惜嫣然的生母福泽不厚,早早过世了,而替补的填房儿媳却是残次品,不但心胸狭隘,脑筋蠢笨,还爱挑唆丈夫!

"回头就把嫣玉接到你屋里,你来好好教养。"余阁老立定,沉声吩咐着。

余老太太抬头,目光惊疑不定:"你……那老大家的……"她纵算天真了一辈子,丈夫行事之凌厉风格,她还是知道的。余阁老淡淡道:"她是个祸害,不能留了。"

决议落定后,余家便迅速行事起来。先是余老太太挑了个凉爽的好日子,备了份厚礼去见盛老太太,一番恳切赔罪。盛老太太清楚她的性子,性子既软,人又绵弱,一生只知仰仗夫婿过日子,再责备也责不出什么结果来。一番哭天抹泪之后,老姐妹只能和好。

又过了两日,四太太再备厚礼上宁远侯府,见了明兰,便是一通告罪。

四太太本是风雅淡泊之人,素不爱纠缠这些,碍着余阁老的吩咐,只好来上门赔罪,说得结结巴巴的,难堪得几乎要掉泪了。明兰本也不打算怨恨这些不知情的,为着阻止四太太继续道歉下去,赶紧叫人把团哥儿抱出来救场。

团哥儿刚吃了奶,满身都是奶香,因刚从被窝里挖出来,在乳母怀里东倒西歪的。一见这只迷迷糊糊的白胖团子,四太太顿时破涕为笑,抱着又亲又哄,抬头对明兰道:"多好看的娃娃,到底好人有好报,你是个有福的孩子。"把孩子交给奶娘后,她从裙下解出一枚赤金貔貅,"这是你四叔年前上云霞山礼佛时,请高僧开过光的。给孩子戴,讨个吉利吧。"

明兰接过来看,笑道:"四婶婶的美意,我是从不客气的。"一边叫丹橘去拿锦囊来装金貔貅,一边又笑着说,"我还记得小时候,四婶婶拿上好的窝丝糖，溶了给我们做糖浇樱桃吃，嫣然姐姐老抢不过我。"四太太笑出来："你们两个呀！若是爱吃，便带些回去又何妨？偏是两个都淘气，就爱抢着吃！"明兰嗔笑道："婶婶不知，抢着吃才香呢。"

这一番说道，气氛才缓和下来。四太太又说起嫣然，明兰笑道："上回嫣然姐姐来信，说起养茶花，那是一套一套的，俨然大家了。"四太太扑哧一声，道："这可难得了。公爹怕她学得她四叔的样儿，到时不通庶务，不会理家，从不许她沉迷花鸟虫鱼的，如今可白费功夫了。"

"其实嫣然姐姐顶崇敬四叔的，不过碍着阁老在旁盯着，不敢学罢了。"

两人一阵大笑。说起余阁老，四太太方想起今日的任务，肚里转了好几转，强自咬牙开口："我那嫂子，前日，已叫公公休回娘家去了。"

明兰吃了一惊，脸上神情古怪，似惊非惊——不会吧，真叫团子爹说中了？

四太太为难地说："落的罪名是七出之不孝，于病中服侍不力，还忤逆长辈。"

这个大帽子可是无敌，由嫡亲公婆亲自出告，真是连辩驳都难了。唐婉女士的婚姻就死在这条上。明兰结巴道："这怎么……那余大人……岂不得罪亲家？"

四太太静静叙述起来："起先大哥不肯，可公爹是铁了心的，大哥只能从了。至于亲家，唉，亲家老爷过世后，大嫂早不大和娘家来往了。"

余大太太是庶出，因生母得宠，才被父亲许给余大人的，可如今她娘家当家的是嫡长兄，兄妹不睦已久，这次被休回去，真是要了命的。

"公爹这回是真气急了，连参奏大哥不孝的折子都写好了。"四太太低声说。这几日，余家可谓风险浪急，波涛万丈。

余阁老是说一不二的性子，几十年来里外一把抓，对内宅管束也从不手软。余大太太终于尝到了公公当年对付政敌的手段，当场就吓瘫了，趴在地上哭号得震天价响，又是告饶，又是寻死。余阁老连眼皮子都没抬一下，只叫婆子把余大太太捆了抬进马车送走，叫她要死也死到外头去。然后，余阁老又把余大太太所生的孩子叫来，浑似无事发生般地笑容可掬，温言吩咐他们，以后就在祖父母屋里了。

这一子一女，一个十五岁，一个十二岁，刚想开口为母亲求两句情，只听得余阁老淡淡说了句"凡余家子孙再有不守家规、忤逆尊长的，一并逐出门去"，两个孩子的贴身婆子就赶忙把他们扯了下去。须知余家嫡庶男孙加起来，足一打有余，实不缺了他们俩。而此时，余大人已是手足无力，只会哆嗦了。

"这会儿，爹正叫三嫂把大嫂的嫁妆单子理出来，一样不少地封存起来。若大嫂来要，就送回去，否则，就给侄子侄女。"贸然把嫁妆送回，估计一下子就叫余大太太的兄长吞了。

想到余阁老这么周全，也不知预先在心里盘算了多久。四太太心有余悸，没想到平日和气慈祥的老人家，这一出手，就是绝路。

明兰一阵默然。在登州时，明兰曾羡慕地夸嫣然祖父如何和善，庄先生笑说了一句"越是修炼得道的，越是不着半分烟火痕迹"，想想也是，官场上混得开的，有几个是吃素的。

"……都是我家的事，才叫余家这般不安宁，真叫我过意不去。"其实，她一点儿也没过意不去，不过话总得这么说。

四太太忙劝道："你别乱猜，只有咱们余家对不住你的！爹说了，大嫂不贤，怕大哥再受撺掇，做出祸害全家的事来。大哥替大嫂只辩了几句，说大嫂也是为着他能步步高升什么的，爹气得厉害，索性请出了家法，狠狠……"她赶忙住口，为着怕明兰多心，是以她拼命辩说，这一时嘴快没收住，就连大伯子挨打的事也吐了。

明兰微笑道："官大福大，干系也大，官小福小，干系也小。阁老一片慈父心肠，余大人以后会明白的。"所谓不是金刚钻，不揽瓷器活，那余大人连青铜钻都算不上，充其量算个新石器，要真办砸了大事，闹个抄家杀头，可不是好玩的。

"对对，爹也是这个意思。"四太太喜道，"当初爹病好没几日，一听大嫂来你这儿的事，便气得什么似的，罚大嫂跪了一夜，打算待身子好些，就上门来给顾侯赔罪。可后来知道了内情，才觉着实不能再饶的！"

两人又聊了会儿家常，四太太道："过段日子，咱们就回登州了，红绡的事，爹托付给我了，你放心吧。"明兰微微颔首："四婶婶办事，我哪有不放心的，只不知阁老身子可好利索了？若不好，还是在京城里再养养吧。"

四太太面上尴尬。这些事情她实在不愿说，可偏余阁老示意，一定要叫顾家知情，她只得边咳边道："喀喀，这个……爹和娘不回登州了，说两老本就该由长子奉养，以后要随大哥放外任，呃，待过阵子，喀喀，再替大哥再娶一位大嫂。"

明兰抽了抽嘴角，忽觉肚里无话了。

送走四太太后，她自回屋子，见团哥儿醒了，乳母正举着拨浪鼓逗他戏耍。小肉团子伸着手努力去抓，笑得直淌口水，黑白分明的大眼一转，见到母亲，顿时咿咿呀呀地叫了起来。那乳母起身行礼，一张圆脸瞧着十分老实，又笑道："哥儿会认人了，知道娘来了。"

明兰抱孩子坐在床头，笑着去亲小胖脸，结果糊到一嘴的口水，拿帕子揩揩，她叹了口气，有些沮丧。昨夜团子他爹跟她说，余大太太的下场，大约不是"被病故"，就是被休弃，且余大人会迅速续娶。

当时，明兰很自然地发出崇敬的感叹："公孙先生真是了得，连这也洞若观火。"

顾廷烨纠正道："非公孙先生所说，我料想如是。"

明兰摆出只认牌子不认质量的恶劣嘴脸，板着小脸道："那余大太太再不是，也进门多年，为余家生儿育女了，不看僧面看佛面，况且余大人又护她得紧。当初她算计嫣然姐姐，阁老就想休她来着，末了，还不是不了了之？侯爷是将才帅才，哪知这内宅里的门道。"

顾廷烨挑眉，逗她笑道："用兵之道，在乎一心；谋划策算，料敌先机。连千里之外的事都得算到，何况区区小事尔？"

男人最近脾气甚好，明兰嘴皮子放肆，笑着打趣道："回头我给侯爷扎把羽毛扇，扮着就更像了。"哼！转两句文就想冒充诸葛亮了？

顾廷烨也不多辩，只笑笑撂下一句"夫人且等着瞧"。

很好，现在瞧着了。从结果反推过程，余阁老起初还能容忍大儿媳，是以重罚一顿，打算亲自登门赔罪，可当他得知丑闻后，且大儿媳还敢上门使诈，便知不能与顾廷烨当面把话说开了，只能女眷私下了结。这时，光嘴上赔罪就不够了，余家还得出点血。

当然，只观那祸首的行径，也的确是留不得了，待余大人娶了新夫人，哪怕将来余家二老去世了，余大太太也没法"官复原职"了。何况余大太太的魅力也不见得那么持久吧，耳根子软的人，谁的话都能听进去，等新夫人进门，就不信余大人还对余大太太忠心耿耿。

顾廷烨正值壮年，而余家却青黄不接，是以余家要么不赔罪，倘要赔罪，必得叫顾家满意不可。只要明兰还惦着以前的情分，待过个十年八年，顾、余两家，兴许还有交好的可能。

经过公孙先生的专业培训，团子爹明显越来越上道了。明兰抱着小肉团子扑在枕头上，贴着小胖脸，轻声商量："团子哎，你说，你娘这丁点儿小错，你爹这会儿早忘了吧。"

肉团子吐了两个口水泡泡，表示鄙视。

当晚，她特意整治了一桌好菜，殷勤服侍顾廷烨卸朝服，脱朝冠，又抱出胖乎乎的儿子来哄他开心。因为一下午吃饱睡足，此时团哥儿精神头极好，在父亲怀里扭来扭去。顾廷烨手臂壮硕有力，抱得稳稳当当，也不怕他乱动。

顾廷烨不动声色地看了心虚的某人一眼，脸上不笑不怒，很镇定地把几乎快伸进他嘴里的小胖手拔出来，然后拉着小手指去摸自己的胡楂。短短的胡楂触觉刺刺麻麻的，团哥儿似觉着有趣，摸得咯咯直笑。他的小手如今渐渐灵活，抓握的力气不小，明兰抱他时从不敢戴耳坠，生怕他一摸到就拽。当他用力拽着亲爹垂在肩上的头发时，明兰分明捕捉到顾廷烨脸上一闪而过的吃痛，不过为着保持威严，依旧摆着一张淡定的扑克脸。

明兰低头暗笑——叫你装！

待饭桌布好，明兰吩咐乳母把团哥儿抱下去，好让顾廷烨吃饭。可团哥儿玩得正欢，一手拽着顾廷烨的一束头发，一手扒着顾廷烨的衣襟，涨红了小脸，死活不肯离开。若是平常，掰手指的角色自然由明兰担任，可如今她正缩着脖子装老实。乳母没胆量，当下僵住了。

团哥儿这时很像没断奶的小动物，认人更认气味些，顾廷烨气息浓烈，团哥儿与他特别亲。看着儿子小乳狗般直往自己怀里钻，顾廷烨顿时慈心泛滥，一手抱儿子，一手持筷。明兰则谄笑着布菜舀汤，十分捧场。

顾廷烨喝一口酒，就拿筷子蘸着两滴给胖团子吮吮（明兰抽了抽嘴角，努力忍下）。他吃一口菜，就匀小半勺汤给胖团子尝尝。明兰另拣些软细易克化的芙蓉豆腐和嫩鱼肉，碾碎了喂着，胖团子居然吃得津津有味，有时还会咂吧着小嘴讨吃的。

乳母在旁笑着凑趣道："哥儿这阵子大了，都能吃米粥了，胃口越发好了。"

这顿饭足吃了半个时辰，亏得菜盘底不时添加热水保温，好容易吃完，团哥儿不知是玩累了，还是酒醉了，开始打哈欠犯困，乳母终于顺利地把孩子抱走。

洗手净面，盥洗换衣，顾廷烨一身松墨锦棉织就的中衣，端坐在书桌前看书，故作不在意的模样："听说，今日余家来人了？"

明兰望了望屋顶，结结巴巴地把余四太太今日的话简单复述一遍。

"哦，是吗？"顾廷烨持书的姿势很端正，垂发缓披，颇有一种先秦佩剑书生的优雅，可惜看了半天，书也没翻过去一页。

明兰看看更漏，小声道："该歇息了，侯爷还看书吗？"

"便是我这般行伍的粗人，也识得几个字。多看些书，免得夫人去扎羽毛扇。"顾廷烨眉峰不动，嘴角却微微上翘，声音中透出几分戏谑。

明兰一嘟嘴，大步走到顾廷烨跟前，一把扯下他手中的书，坐到他膝上，狠狠地咬了他的耳垂一口，娇媚地眯起眼来，喘息般低声道："书有我好看？"

雪绫里衣的襟口已松开，露出一抹鲜亮的葱绿缎子抹胸，上横着一条沉艳绞绣墨绿镶边，衬着丰盈雪脯中间那一道微颤颤的沟，平添几分旖旎情色。

技多不压身，之后的发展，充分证明了当初她那十个 G 没白看……和谐，关灯。

"夫人还没扎羽毛扇呢。"男人撑手侧卧在枕边，嘴角含情，眉目舒展。其实明兰早累得腰酸腿疼，不过输人不输阵，趴到他胸前，嗲声嗲气道："就怕扎了，你也摇不动。"顾廷烨没想她还敢挑衅，猛地一个翻身把明兰压住，低笑着："那就摇摇看。"

亏得这大床是宫廷御匠的手艺，小叶紫檀，四柱四栏，经得住。一阵昏天黑地，浑不知外头几更几漏，明兰累极了，迷迷糊糊中还想着，这男人现在是越来越不好糊弄了。

第四十九回 · 非黑非白

次日一早，打发两个女孩上学出门后，明兰才吩咐开早饭。年轻母亲的清晨是很忙碌的，可因昨夜父母忙着妖精打架，小肉团子等了半天，发觉无人来理睬自己，鼓着小肚皮生了气，和乳母闹了大半夜还不肯睡，是以这会儿反而睡得熟。

乍然早晨空闲，明兰百无聊赖，咬着羹匙，拿筷子把面前的酥炸软糕戳成了蜂窝，面前的粥碗都微微发凉了，她还没吃完。此时外头来报，来客了，明兰这才醒神，赶紧起身。

"……真是稀客，五姐姐，可盼着你来了，快来坐下。大姐姐常来的，就别客气了。"

明兰讶然望着眼前簌然一新的如兰。甫是初冬时分，寒意尚不显，她却已穿上大红百蝶穿花的银鼠缎袄，繁复的双翅凤髻上压着一枚大大的嵌红宝累丝赤金钗，耳畔是咣当叮咚的醉绿翡翠珰，腕子上挂着一对重重的嵌珠大金镯，一时间，满室俱是她的珠光在晃动。

恍过神来，明兰赶紧吩咐丫鬟去取贡茶来待客。

如兰轻嘟着嘴道："你是金贵的侯夫人，不敢叫你上我那草窝，只好自己来了。"明兰一挑眉，含笑道："上回不是你叫我少上你那儿吗？说是省得和你婆婆妯娌打麻烦。"如兰反应迅速不减当年："人家客气几句，你倒当真了，在这儿拿话堵我呢。"明兰毫不客气："你拉倒吧，你那会儿可赌着咒说是当真的。"姐妹俩过招，十分熟稔。

华兰赶紧出来制止："都给我打住，这还没坐下呢，就斗上嘴了！你们多大了，都是当娘的人了，还跟丫头时似的。"

她转头向如兰身后的一个年轻媳妇道："喜鹊，赶紧的，把贵姐儿抱来叫她六姨母瞧瞧……那边的，丹橘也别愣着了，赶紧叫人把团哥儿抱来。哦哟，可怜见的，这小表姐弟俩还没见过呢。"

如兰这才不情不愿地坐下，指着喜鹊把孩子抱过来。明兰笑笑也坐下了。

比起华兰，如兰几乎不曾登过顾府的门，上她家做客吧，她嫌自家宅子简陋，就怕被比较，不愿明兰多去，可邀她来澄园吧，看着侯府堂皇的气派，富贵的摆设，她又心头不适，嗓子眼儿冒酸气——很微妙纠结的心态呀。

喜鹊从身后的婆子怀里接过孩子。那小女孩颇有几分脾气，大声道："我自己走。"喜鹊笑吟吟地扶着她走过来。只见她晃晃悠悠地挪着，啪啪地小鸭子似的，走得虽有些歪，但步子还稳当，难得的是，乍见许多生人，也不怕不羞，落落大方。

今日如兰偕女上门，明兰本无准备，一边笑着，一边朝丹橘打眼色。丹橘会意，去屋里寻了个簇新的明红荷包，往里头装了枚温润名贵的白玉蟾，想了想，又拿了锭小小的金锞子，拿个海棠堆云的填漆小盘子捧着，去了外头。

此时，明兰已抱着小女孩坐到小杌子上，正温和地问话："你长得真好看，叫什么名字呀？"小女孩生得眉清目秀，小脸白皙粉嫩，眉心点着红豆大小的朱砂记，端正地坐在小凳子上，便如泥娃娃般可爱。只听她口齿清楚地道："我叫贵姐儿。"

明兰摸摸她吹弹可破的小脸，接过丹橘捧上来的东西，和蔼道："这是给你玩的。"小女孩乖巧地转头，歪着脑袋去看她母亲，见如兰点点头，才伸出一对白玉般的小手接过，憨憨道："谢谢六姨母。"语音童稚可爱，明兰心里喜欢，叫人拿点心给她吃，又问她平日和谁玩，爱吃什么，爱做什么。贵姐儿还组织不好长句子，咬字却十分清楚。

"到底是表姐妹，这孩子倒有几分庄姐儿的模子，又乖巧又懂事。"明兰转头感慨。

华兰正吹着茶，忍不住叹气道："庄丫头这般大时，我日子且不好过，她祖母又不待见，她是生生学出来的机灵，哪及得上这孩子，爹娘当心肝肉般疼着，满府里都端着、供着，祖母婶婶更不敢小瞧，却还这么懂礼大方。"说着连连摇头。

那边，如兰正抱着团哥儿不住地亲他的小脸，闻言抬头，嗔道："瞧大姐说的，我那婆婆哪里是好打发的，今日抠一些，明日搓一点，恨不能从我处多刮些过去。若不是我提防得紧，还不知剩下多少呢……哎哟，这小子，还睡呀，这么着都不醒。"

她自己生的是女儿，便十分稀罕男孩，只觉得团哥儿虎头虎脑，哪儿都和精致细巧的女孩不一样，抱在手里沉甸甸的，活似个软绵绵的秤砣，又压心又踏实。

　　明兰笑道："昨夜闹得厉害，半宿没睡，这不，瞌睡上了。"

　　团哥儿睡品好，不论怎么抱来抱去，都歪着脑袋睡大觉。华兰伸脖子看了几眼，见那红艳艳的襁褓里，白胖娃娃睡得昏天暗地、东倒西歪，不禁好笑："这孩子倒是个踏实的。我那两个小子是一动就醒，妈妈们都说，这样的哥儿不好养，得时时当心。"

　　大凡已婚女子聚会，就那么几个话题，明兰也不免落俗，待乳母把团哥儿抱下去后，又叫小桃把贵姐儿领下去玩，三姐妹关起门来，絮絮叨叨了半天育儿经和家长里短。边说着话，明兰边不住眼地打量过去，只见如兰衣饰华贵，气色红润，想来过得甚好。

　　不过，却还比不过华兰。

　　这位已年近三旬的仨孩子的妈，却愈见滋润，但见她皮色莹莹，唇畔含春，眉目间化不开的娇态几欲盈出。都说三十多岁是女人的分水岭，倘若这个坎儿没过好，之后便会迅速凋零，往衰老干枯发展，但若此时调适好了，却会如长春花卉般，此后愈见香气深浓。

　　一件简单的白底绣靛蓝花团的褙子，素色的挑线裙，也不见佩戴什么首饰，衬得华兰整个儿风采光华莹然若灿，赛过满身珠光宝气的如兰几条街。

　　"……不单鼻子、眼睛，这丫头哪儿都像她爹，识字背歌，两遍教过就会了。唉，人倒是聪明了，却没半分随我，叫人好生气闷。"该说的都说完了，聊得差不多时，听到如兰第 N 次得意地卖弄，华兰插嘴道："好了吧，还不说正事。"

　　如兰被打断，却也不生气，反是脸上得意之色更盛，对着明兰道："你姐夫，怕是要外放了。"明兰一怔，不曾多想，脱口而出："可是放往福建？"这次轮到如兰怔了："你怎么知道？"明兰反应极快，摆手笑道："我听侯爷说起过，福建近来出了件不大不小的弊案，皇上免了不少官儿，想来空出好多缺吧。"

　　华兰颇意外地看了明兰一眼："妹夫倒是什么都跟你说。"明兰反唇喷笑着："哟，姐夫又有什么事会瞒着大姐姐？"华兰笑着横了她一眼："淘气！"

　　如今两淮官场的矛盾已达白热化，两派人马拉起了场子，直斗得日月无光。

大凡战斗惯例是，当主战场暂时僵持不下时，通常旁处就会产生炮灰。最近刚被摘了乌纱帽的福建布政使便是如此，偏他在福建为官多年，亲故门生牵连甚广，大炮灰带出许多小炮灰，簌簌纷纷，闽南官场一时尘土飞扬得十分厉害。

能离开婆母，自己自在地当家主事，如兰掩饰不住地欣喜雀跃："说约是福建那块，还不能落定，不过也罢，大哥大嫂在那荒僻地界儿也过来了，咬咬牙，我也能挨过去。"

明兰真诚地贺喜："能去外头走走，见见天南地北的风光，这是大好事，五姐姐，妹妹这儿先恭喜了。"

如兰心里高兴，也大大方方地受了，笑道："也是托了大家的福，回头我给你带些闽南的土仪。"说着，又俏皮地皱起鼻子，哼道，"亏得你姐夫主意定，不然那老virtue……"见华兰一眼瞪过来，她连忙改口，"我那婆婆还想留我下来伺候呢！"

明兰轻咬唇，坏坏地笑道："还是姐夫思虑得周到，这儿子还没生呢，怎能和五姐姐分开？"如兰面红，一阵娇羞，笑着去捶打明兰。华兰笑着打趣："这回觉着生闺女好了吧？倘若是个哥儿，不是婆母非留下长媳，就是做祖母的要留下大孙子！"

如兰娇声道："我何时觉着贵姐儿不好来着？姐姐真是的！"

"可不许把这事说出去了。"笑闹了一会儿，如兰揪着明兰的领子反复叮嘱，"还不知成不成呢。若不成，回头反叫人笑话！"明兰直把头点成了啄木鸟，如兰才肯放过她，她又转头去瞪长姐："大姐姐也不许说！你妹夫说的，凡事要慎行。"

华兰故意不答话，反逗笑道："啧啧啧，妹夫好本事呀，把个孙猴子压在五行山下，我家刁蛮的五妹妹，如今也这般听话了。"

如兰羞恼得不行，眼看又要扑过去，明兰赶紧抱住她的胳膊，连声哄劝道："别理大姐姐，她最可恨了，近来仗着和大姐夫好得蜜里调油，便来笑话妹妹们！"开玩笑，丹橘这个实心眼的，这回端上来待客的茶具，可是松溪御窑刚出的顶级珍瓷，满府里统共就这么一套，叫如兰鲁莽地摔上几个，她哭都没地儿哭去。

华兰见妹子真恼了，这才笑着来哄："好了，好了，别气姐姐了哦，昨日你姐夫弄到些口外的鲜蘑，熬汤入菜，都是味儿极好的，回头给你们尝尝。"

如兰见长姐服软，这才悻悻然地松了劲道。明兰却想起一事，疑道："咦，前几日大姐夫不是才跟着太仆寺主簿，替五城兵马司挑马去了吗？这么快就回来了？"堪堪三日前，华兰还一脸思春少妇状地跑来哀叹"夫妻分离之苦"。

"也没什么，昨夜你姐夫回了一趟。"华兰极力做出不在意的样子。这次，懵懂如如兰也听出不对劲来了："那太仆寺的牧场离京城很近吗？"

华兰嫣然一笑，白皙的面庞便如染上了一层胭脂，轻声道："有几个口外的贩户在那儿做买卖，你大姐夫瞧那些口蘑极是上乘，便购置了些送回来。"

明兰心里明白，故意怪声怪气道："叫个小厮押送回来就是了，何必自己跑一趟。"

"我也这么说，可你姐夫……"华兰又是羞涩又是得意，但她生就磊落性子，什么话都说得大大方方的，"他一夜驱马赶了来，也没说上几句话，又得赶紧奔驰回去，就怕误了差事。"说着，她自己也笑了。

"马上赶路几个时辰，就为了见你一面？"如兰匪夷所思，"姐夫没见过你呀？"

华兰的声音宛若飘在云中，轻得几不可闻："他说，突然，就想见我一面……"

作为已经听过不少的明兰，此刻很镇定地捧茶杯看屋顶——华兰果然是王氏的女儿，炫耀的天性磨灭不去。另，中年人谈恋爱，确如老房子失火，一发不可收拾。这对婚龄已届十年的夫妻，忽然双双坠入汹涌爱河，属于比较罕见的偶发性大型火灾。

如兰却是头一次见识，瞠目结舌得不行。前几次，王氏跟小女儿抱怨大女儿的种种不肖时，她还觉着王氏无理取闹，这下她算是明白了。话说，华兰眼下这副爱得旁若无人、天上地下难分难舍的模样，确是蛮欠揍的。

"我和你妹夫也是恩恩爱爱的好夫妻，也没姐姐这样的，羞死人了！"如兰想了想，又疑道，"那你还给姐夫纳小？"

华兰横过去一眼："你姐夫常要往口外跑，天寒地冻的，没个人烧热饭端热水，成吗？挑个老实本分的跟着路上伺候，我才放心。当人人都似你一般醋性大？一听妹夫要收通房，挺着肚子就跑去雨中哭，亏得你身子骨硬，才没出事！"

"哦，还有这事？"明兰精神大振，八卦来了！

如兰恼羞成怒："别听她胡扯！"

三姊妹连说带搡，推推拉拉，笑闹了好一会儿。明兰又请出了邵氏，整治一桌席面，烫上些好酒，四个女子一道吃吃笑笑。直到未时半，华兰和如兰才起身告辞，贵姐儿已困得不行，伏在喜鹊背上，不住拿小拳头揉着眼睛。

姐妹一上了车，华兰便赶紧靠到垫子上。这几日，她心里高兴，便是喝了不少，这会儿酒劲上来，絮絮叨叨起来："妹子呀，听姐姐一句话，回头跟妹夫到了外头任上，一定要谨守本分，别在公事上指手画脚呀。那会儿你还小，不知道，娘在这上头吃了大亏，听了人家的好话，拿了人家好处，逼着爹办这办那……"

如兰靠着车壁，随着车辚辘摇晃的节奏，轻轻晃动，似是已睡着了："姐姐放心，我不会走娘的老路的。"这句话很轻很轻，也不知华兰听见了没。

邵氏孤寡清冷了许久，忽然热闹，华兰、如兰又是开朗爱说笑的性子，这顿酒吃得十分适意，她嘴里不住念叨着"你们盛家的姑娘真是没话说，常邀来坐坐"云云。

明兰笑着陪半醉的邵氏一路散酒气走回去，才回了自己屋，却见团哥儿在炕上睁着大大的眼睛仰躺着，十分清醒的样子。明兰很想装作没看见，赶紧转身去午睡，可小肉团子眼亮得很，一见了母亲，立刻咿咿呀呀的，张开小手臂要抱。

明兰抱着儿子一道躺到床上，满身的酒气，居然也熏不退小肉团子。她只好边拍边逗他："叫你睡时你不睡，不该你睡时倒睡得沉。难得你五姨母来了，你眼都没睁，现下娘累了，你倒活泛了……小表姐好看不好看呀？人家多乖呀，就你个小浑蛋不听话……"

想起适才姐妹间的私房话，她思绪慢慢散开去。

也许华兰才是古代贵妇的正常想法，给丈夫纳个小妾，帮着伺候服侍，既圆了自己的名声，又显派头。这年头，讨几房小妾就跟买车似的，有头有脸的男人，没辆上十万的车，都不好意思出去见人，只要不出头、不生事，完全无关痛痒。好比郑大夫人，和郑大将军也算是少见的和睦夫妻了，可屋里还是有两三个妾室，三五个庶子女。

盛家有些特别。

由于林姓女士曾在盛家兴起的巨大风浪，导致盛家女眷从骨子里对妾室这种生物就有强烈的防备。当初袁夫人塞过来的那些女子，如今已叫华兰清理得一干二净，能留下的，不是纯摆设性质的次品，就是她能牢牢控制的。

而如兰和华兰还不一样，她出生前后，正是林姨娘在盛家要风得风、要雨得雨之时。亲娘每日咬牙切齿呈巫婆状，还有个和自己差不多大的庶姐，美貌才华样样胜过自己，有父亲疼爱，有得宠的生母，几乎夺走了属于她这个嫡女的一切风光。

没有人知道，小小的她，曾经多么受伤。今日姐妹三人聚会，嬉笑闲聊，惬意至极，可始终无人提及墨兰半句，包括明兰自己。她们愿意忘却，但不能轻易原谅。

但如兰也是幸运的。豆蔻年华的一次次碰壁和挨批后，她终于学会了收敛脾气，还有——思考。文家那个丫头，本就是自小伺候文炎敬的，当如兰有孕时，文老太太以儿子无人服侍为由，提出收那丫头为通房，这原也是顺理成章的。

但如兰顷刻惊醒，并当即意识到绝对不行。这种自小服侍的丫头，就算主子对她没有产生过爱情，但自小的情分也是很客观的。重点是，她很难完全控制。

如兰前所未有地冷静，没有闹腾，而是出了哀兵。

从王氏身上，如兰学到娘家的威势可以震慑任何人，甚至婆婆妯娌，但永远不能用来逼迫丈夫；而从林姨娘身上，她学会了示弱，谈感情，一定要谈感情。

雨中哭泣，她只是个吃醋而茫然的小女子，深深爱恋丈夫不能自拔，因害怕丈夫变心而不知如何是好，什么规矩礼教，都忘诸脑后，只能像孩子一样，躲在雨中偷哭。

文炎敬果然大受感动，深觉自己三生有幸，怎么也不能辜负这般深情厚意，次日便亲自动手发嫁了那个丫头，之后连如兰从自己陪嫁丫头中挑了人出来作通房，他也没去碰。

如兰此役大获全胜。在丈夫心目中，她是深爱自己的贤惠的妻子，虽是心中百般酸楚，却因心疼丈夫没人照料，强自忍着痛苦，给丈夫纳小；在外头人眼里，这不是给丈夫纳小了吗？怎么能算是妒妇呢？

文老太太对新通房的相貌稍微有些意见，盛家陪嫁去的婆子媳妇也不是吃素的——纳妾，一是为着子嗣繁衍，二是为着伺候主子，以康健厚道为最好，要那貌美浮浪的，能迷住男人的做什么，怎不到青楼去挑？分了大少爷读书进取的心，也不知老太太安着什么心！

文氏本是务农淳朴之族，风言风语传到族里，连老妯娌、老叔婶们也愤愤不满（族里出个读书人容易吗），都议论文老太太是老糊涂了。文老太太气得不行，却只能偃旗息鼓。

而一个被捏着身契的通房，父母兄弟的性命都握在如兰手里，又怕她翻起什么浪花来？！

这么多年的磕磕碰碰，记忆中那个涨红了脸，攥紧了拳头，却永远斗不过聪明庶姐的鲁莽丫头，那个只会霸道逞能的笨拙女孩，如今，也悟了，知道怎么用心计了。

明兰有些怅然，仿佛那最天真未凿的一部分，也渐渐失去了。

父系社会，男人制定出条条框框，约束成一具繁复的模子，女子想要在其中生存，并生存得好，就必须放弃上天赐予自己的原先模样，一道道打磨，一次次锤炼，或圆滑，或娇嗔，或世故，或风情，把自己扭曲成适合这副模子的形状。

想着想着，明兰忽然笑了。

想想这世上，不单女子如此，男子又何尝能随心所欲呢？

顾廷烨也是斩断了那个火爆任性的二郎，才成就今日的顾侯。

还有那个温柔俊美的少年，喜欢拿花瓣做书签，迎着绵绵春雨朝自己微笑的男孩子，听说也快做父亲了，如今行事越发老道，很得几位老大人的赏识。

此时的他，再经过垂花枝下，怕是连一步都不会停吧。把少不更事的、犹豫的、彷徨的那部分，生生切除，断然拂去飘落肩头的花瓣，坚定地往前走。

官场堪如修罗道，妖魔遍地横行，赤身蹚过炼狱之火，不是烧成灰烬，就是百炼成钢……

迷迷糊糊地醒转，眼前却是顾廷烨淡褐的面庞，眉角处的棱骨似一痕冷月般的锋气，凝重如墨。他不知何时进来，单腿跪在地上，双臂半圈着自己，静静地注视着，眸子幽深。

“吃酒了？”男人的声音沉沉的，好像小时候祖母的沉香木鱼发出的敲击声。

明兰点点头，脑袋还晕晕的，直觉地转过头，却见小肉团子玩累了，小胳膊摊成投降状，呼呼睡得极香，还踢掉了一只厚袜子，露出胖胖的小脚丫。

“梦见什么了，哭得这么伤心？”他的指尖拂过她的面庞，带着湿漉漉的水分。

明兰望着精美雕绘的床顶，忽地无端生出一股闷气，转过身去，拿背对着他，低声道："我忘了……"

顾廷烨愣了愣，贴背抱过去，压在她颈侧，温热湿漉的气息扑在她的肌肤上："可是身子不适？"

明兰不想说话，自顾自地把身体蜷成一只虾米："没有不适。"

顾廷烨拧紧了眉头，伸手扳过她的脸，犹自追问："你姐姐们来吃酒，她们说什么了，惹得你不高兴？"

大约是酒壮怂人胆，明兰烦得不行，一把扯开下巴上的大手，使起性子："你打什么砂锅，你吃醉了酒回来，我何时问个没完了？"他心烦的时候，她从不问这问那，只静静倾听，或温言开导，是多么的善解人意呀。

顾廷烨眼中却冒出些兴味，双臂箍得越发紧了，一迭声地温言发问。

"你们姐妹吵嘴了？"

"没有。"

"你大姐姐训斥你了？"

"侯爷叫我清净会儿吧！"

"你五姐欠你银子不还了？"声音已带着笑意。

"你真讨厌！"

她什么时候因为人家借钱不还就哭鼻子了？明兰气得头昏脑涨，酒气往上涌，脑袋越发拎不清，只恨不能一脚把他踹下床去！

一个气得浑身发抖，一个乐不可支，床角的小肉团子依旧睡成大字形，小肚皮一起一伏的，酣然好眠，完全不知道发生了什么事，真是天生好命。

夫妻俩这一闹脾气，就闹到掌灯时分，明兰都不记得是怎么吃晚饭的，就稀里糊涂被攥上床，胡天胡地一番后，顾廷烨又捉着明兰去沐浴，之后居然还有力气把小肉团子抱了来。

夜深人静，梆子敲过丑时，明兰精疲力竭地抱着只枕头，瞧着身旁的顾廷烨饶有兴致地逗儿子玩。白天睡得太多，这会儿团哥儿又是精神抖擞，蹬着小脚丫闹得十分欢实。

"到底做什么哭了？"他居然还记得。

此刻明兰已全然清醒，组织好思路，言简意赅道："姐妹们都大了，渐渐着圆滑了，还不若小时候，大家胡乱打闹呢，那才是真性情。"

顾廷烨把快要伸进他嘴里的儿子的小胖手拔出来，笑道："你这傻丫头，人自是要大的，难不成小时候胡来嬉闹才算真性情？"

他轻巧地托起怀里的小肉团子，举到明兰面前，戏谑道："倘若这小子三天两头闯祸，今儿打了东家的儿子，明儿抽了西家儿子的嘴巴，你觉着这就是真性情了？"

小肉团子乐得咯咯直笑，露出光秃秃的粉红牙龈，上头几个刚冒出来的白点点，浑然不知此刻自己正被当作反面教材。明兰脑海中立刻浮现那些纨绔子弟的经典形象，皱起精致的眉头："那怎么成？"

"你知道就好。"顾廷烨刮了刮明兰的翘鼻子，"所谓真性情，乃为该为之事，行当行之举，疾恶如仇，明辨是非。何时不懂事地胡闹，也算作真性情了？"

明兰哑了半刻，小声道："我不是那个意思，我是说，不必藏着掖着，做想做之事……"

"别扯。"顾廷烨打断，正色教训起来，"人生下来，本是懵懂无知，渐渐大了，学道理，懂是非，明世情，自然就知这世上本有许多不可为之事。三岁小儿，稀罕人家好吃的，伸手就拿，尚觉着有趣，倘七尺男儿，见人家财帛动心，也开口就要，这便是真性情了？明知人家隐疾伤痛，开口就说，毫不顾忌？"

这么说的话，人家西门庆也很真性情，偷人媳妇，多么雷厉风行呀。明兰点点头，心里豁朗了不少，忽想到一事，要笑不笑地道："那……打人抽嘴巴，不会是侯爷儿时的丰功伟绩吧？"

"献丑了，过奖。"顾廷烨一点儿迟疑都没有。

好磊落，好光明，明兰扫兴地翻翻眼。

婴儿精力的爆发时间持续不长，被父亲抱在强壮的臂弯中，又蹬又颠地疯闹了半天，小肉团子开始发困了。顾廷烨小心地把儿子放平在床上，轻声道："言教不如行教，做长辈的，自己先得把身子端正了，孩子们才能学好。"

明兰怔了怔，立时对他肃然起敬，眼前的男人忽然高大起来。谁说只有母爱伟大，那些为了孩子，早早开始戒烟戒酒，努力锻炼储蓄的爸爸们，也很了不起呢。

"你别钻牛角尖儿，外头怎么圆滑世故，都别放在心上。"顾廷烨抚摸着小肉团子柔软的胎发，抬头看着明兰，定定道，"只要咱们一家人在一起，心在一处，就比什么都强。"

一家人。

明兰眼眶发热，低下头，轻轻"嗯"了一声。

揣度 BOSS 的心思几乎已成明兰的习惯，可最近她有些吃不准顾廷烨了。

她温驯柔顺，他不见得如何高兴；她闹脾气，他也不怎么生气。好几次，她明明言行无可指摘，面面俱到，他却一脸她欠了他二吊钱不还似的臭脸；有几次，她近似无理取闹地使小性子，他反而会很耐心、很体贴地开导她，哄她开心。

真怪，以前这男人明明是很欣赏她的深明大义的呀，难道他改了口味，不再喜欢贤良淑德型，开始嗜好刁蛮重口味了？明兰顿时感到，与时俱进的重要性。

时日飞快，眼见一日赛一日地发冷，屋里烧起了地龙，丹橘叫人搬出库房里的各色熏炉、暖笼，一件件打磨锃亮，搬进屋内，又亲自擦拭明兰爱用的珐琅五彩小手炉和白玉手炉。

针线上的做好了府里的新冬衣，仆妇杂役俱是一件厚棉冬袄、一件细棉薄袄，另两条厚棉袄裤。众人一摸到那喷香松软的棉花和布面，即知这是上好的料子，造价怕是要抵过寻常冬衣两三件。外院的管家、内宅的管事媳妇，俱定做一身京城名店祥云斋的里外缎袍；伺候主子的丫鬟，包括伶仃阁里的那位，按着各自的等分，另有鲜亮簇新的绸缎袄子发放。

总管事郝大成特意到嘉禧居院中来道谢："众兄弟托我来给夫人磕头，夫人待咱们下人厚道，咱们心里都念着呢，以后定然加倍用心办差。"

过年前后的差事，最是油水丰厚。前段日子，单银丝细炭一笔，采买处就购置了上百斤。明兰早早留心耳目，果然不负众望地逮住了几只硕鼠，或有贪了好处的，或有收了回扣的，其中手笔最大的有两个，一个私自昧下许多公中货物，另一个则指定几家店铺购买，什么次货都敢进来，银子更是顶了天地虚报。

这两个管事的父祖俱是顾氏经年的世仆，底气足，派头大，稍有慢待，就嚷嚷着要去"哭太爷"。明兰张了许久的网，等的就是他们。屠二爷牛刀小试，两三下查了个底儿掉。明兰挥挥手，笑容可掬地吩咐去拿人。

趴在炕上的小肉团子还以为发生了什么好事，大眼睁得亮晶晶的。小桃很怜悯地搂搂团子。他还不了解他亲爱的娘——当年，明兰蹲在池塘边，笑眯眯地等着肥鱼上钩，活脱脱也是这副模样。当然，那鱼还是被吃掉了，熬汤、红烧、酥炸……

先直接问供，前头那家很快认错，服罪态度良好，一家老少趴在地上鬼哭狼嚎了半天，老人家举着棍棒亲自痛打了儿子一顿，苦苦求饶。明兰决心大度地原谅他们，并狠狠"恩典"一番，赏他们笔银子，然后全家放出府去。另一家却是伶牙俐齿，装着老实可怜，实则句句狡辩，还搬出伺候过顾廷烨祖母老太太，要死要活。

直待明兰出示人证、物证，那家辩无可辩，方才软下去。对于这种刁奴，明兰不再客气，新罪旧错一齐发作，或发卖，或打罚。因京城人多口杂，他们又多少知道顾家内情，为免后患，明兰多留了个心眼儿，没有贸贸然地撵人出去，都发落去了庄子。

都曾是威风八面的大管事，一家还能到外头去开间杂货铺，置几亩良田做小富之家；另一家却是一撸到底，家中财物细软都搜了个干净，不知以后如何了。两种迥异的处罚，明软实硬，旧府的仆妇下人俱是一震，越发不敢小觑这位年少的当家夫人。

天气越冷，团哥儿越不快活。如今他正学着翻身，上半身已能扑转，双腿也蹬得有劲，偏小屁股生得特别圆胖，沉甸甸地往后坠，小脸涨得通红，最后还是没翻过去。现下天冷，又被裹得严实，鼓鼓囊囊的，活脱一只小肥猪，不好动弹，难度加倍，当然更难翻了。

小肉团子倒颇有几分韧性，这日，他吭哧吭哧地卖力半天，可叹革命依旧只成功了一半。恰好小沈氏来串门，后头还提着个大篮子，说是叫明兰瞧个新鲜玩意。原来小郑将军为怕娇妻烦闷，特意弄了只刚断奶不久的小乳狗，不过巴掌大小，淡黄的绒毛，微红的花点，爪子软软的，连牙都还没长利索，摇头晃脑的，十分可爱。

别看人家腿短身小，打滚却很利索，一翻一个滚，再翻两个滚。趴在炕头的团哥儿本来得正乐呵，瞧了这幕，莫名小嘴一歪，哇的一声，哭得十分伤心，倒把小沈氏吓了一跳，捂着胸口，讶异道："这孩子是怎么了？"

明兰默默地——应该是，伤自尊了。

晚上顾廷烨回来，发觉儿子蔫头耷脑，闷闷不乐，便问怎么回事。明兰笑着跟他学了一遍，没想顾廷烨居然愤慨起来——小沈氏怎能这样呢？太伤害孩子的感情了！她是不是成心的？

明兰不禁苦笑：坑里也中枪呀。

小沈氏的报应很快就来了。因被吓了一跳，回去后就觉着胸口发闷，闻着饭味吃不下东西。郑府请大夫来瞧，竟被诊出已有两三个月的身孕。小郑将军顿时乐成了尊弥勒佛，父母兄嫂也是松了口气，小沈氏悬了好些年的心终于落到实处，朝着天际，合掌连连拜了几下。消息传入宫中，皇后乐得当即赐下一大堆赏物，派嬷嬷、遣太医的，好一番热闹。

不过也不全是好事，明兰去瞧她时，小沈氏略带忧郁地告诉她：她的喇叭花叫抱走了，说怕对孕妇不好，现下成了她小侄女（蓉姐儿、娴姐儿的同学）的爱犬，已改名为爆菊（某人大惊）。

后来才得知，原来是怀抱的抱。抱菊——明兰默了半晌，还不如喇叭花呢。

腊月翩翩而至，絮软如鹅毛般的大雪纷纷扬扬，裹得京城一片晶莹雪白。偶然一日放晴，明兰叫人放出几只小鸡小鸭，抱着团哥儿站在檐下笑看，雪地上果然成两行竹叶梅花。

银装素裹的帝都，几家欢喜几家愁，镇抚司都尉刘正杰大人亲率卫队，拿了上百斤的油炮炸开京津渡口的冰面，让两淮的船队靠岸，然后亲自护送车队一路上京。

足足四十条大船，装成两百辆银车，八百多万两银子，车队绵延数十里，最前头的车到户部时，最后头那辆还没进城门——整个京城都沸腾了。

两淮盐案，皇帝大获全胜，钦差手段凌厉，一气摘了几十顶乌纱帽，近百家盐商受牵连，不但收齐了今年的盐税银子和去年亏空的两笔款子，还起出了多件陈年大案，待次年开春，皇帝再署专案审理，想来还能刨出不少银子。皇帝治国，与百姓家过日子也差不太多，手中有钱，心中就定，不论是充备武库，还是整顿吏治，就都有底气了。

月前，顾廷烨提早得了谕旨，一待银子下拨，即可重操军伍，补齐缺饷。

皇帝大宴群臣，雄心勃勃，立意明年要做出一番大成绩来，满朝文武自是歌功颂德。皇后宣召京中三品以上的诰命夫人进宫赴宴，三品以下的众恭人、宜人等，也各有赏赐。

满室的权贵内眷，来与明兰攀交情的也不少，这个要应酬，那个得结交，这顿饭直吃得胃疼。亏得英国公夫人颇看顾明兰，方顺利应付过来。

"瞧你的年纪，怕比我女儿还小些，却要当起一大家子来，真是不容易。"英国公夫人生得面目白净，说话温和端庄，"那腌渍青梅的方子，我叫人照着做了，我那丫头吃着极好，又开胃，又舒坦，还没谢你呢。"

明兰道："是我自个儿爱吃的，也不知张家姐姐是否吃得惯。"

英国公夫人微微一笑，无形就生出一种贵气："你若空了，常去威北侯府走走吧。我那丫头性子闷，不爱说话，不过心眼儿倒实在，怕要烦你开解开解。唉，说起来，顾侯与我家姑爷要好，你和我那丫头也当亲如姐妹才是。"

明兰听得头皮发麻，只得统统都应了。她再傻也听得出英国公夫人的潜台词：听说你和小沈氏蛮要好的，麻烦你帮着调解下她们姑嫂，OK？

翌日是皇室家宴，就没外臣女眷什么事了，不过，小沈氏事后报告，圣德太后笑得很勉强。

"哈哈哈，皇上的位置越来越稳了，她如何笑得出来？"公孙先生朗声大笑，吹着稀疏的胡须不住抖动，间杂着几声轻轻咳嗽。入冬前某日，这老头儿的老毛病又犯了，学嵇康光着膀子又唱又跳，结果风寒入体，缠绵病榻至今。

顾廷烨坐在床前，眉头轻皱："是皇上洪福齐天……先生，今后万请当心身子，您岁数也不小了，若有个好歹，岂不叫我等悔之莫及？"

公孙白石以拳头捂唇，又笑又咳："仲怀自打做了老子，越发没趣了！人生几何，对酒当歌。当初你行军至皖地，天热酷暑难耐，你带头跳入白茂河洗澡，沿河几个村子的小媳妇大姑娘……"话说到一半，生生打住，瞥了眼正在桌旁滤着药汁的明兰，老头儿心虚地住了嘴。顾廷烨也轻咳一声，有些不大自在。

几百上千个青壮年，赤条条地露天洗浴，好壮观的情景，不禁叫人心向往之。明兰装作没听懂，端着药碗轻轻吹着，岔开话题："皇上倒是洪福齐天了，只可怜那位钦差大人，便是我等妇道人家，也听说如今外头人人都要参他呢。"

顾廷烨道："那也是个书生意气的，把两淮官场搅了个底儿朝天，三四品的大员他说拿就拿，砍头抄家，天王老子也不怕，手段未免有些过，犯了众怒。"

公孙白石眯着眼睛，摇头道："先帝爷在位时，前后也派过几拨人去清查盐务，倒是和风细雨，不欲多得罪人，下场又如何？两淮官场盘根错节，早已烂污成泥潭子了，他又要赶在年前给皇上一个交代，不用霹雳手段，何以捣破这糜烂。"

顾廷烨苦笑："这个我如何不知？前次我去两淮，光天化日之下，就有死士敢来截杀钦差。唉，只是可惜了忠臣……"言下之意，颇有几分唏嘘。

"你当他是董安于，我瞧他却是主父偃，或许更聪明几分。"公孙白石捋须笑道，"他原不过一小小言官，科举不显，学问不出众，在朝中全无根基，偏心怀壮志，那该当如何出人头地呢？只能兵行险招！明知这趟差事风险极大，得罪人甚，也知事后定会遭人参劾，此人赌的就是帝心圣意！"

顾廷烨凝神一思，随即透亮："只要皇上记着他的委屈，念着他的忠心，何愁起复无望。"当今天子性子强悍，他就算沉寂一段，只要仕途顺了，连升几个品级也不是没有可能。

明兰听得入神，连手中的药碗烫手了都不知，插嘴道："请教先生……倘若那位大人真是忠心为国，不计个人荣辱生死呢？"她自觉这话没什么不妥的，谁知引来老头一通大笑。

顾廷烨眉宇间透着淡淡的自嘲，温言道："是又如何？不是又如何？"对于行走官场的人来说，怎可一味把人往好处想？也太天真了。

公孙白石笑着连连摆手，边咳边笑道："夫人磊落正道，是我等把书读歪了，落了下乘。"

明兰红着脸，端着药碗慢慢走过去："先生就别取笑我了，先请吃药吧。"

"劳烦夫人了。"老头苦着脸，壮烈就义一般，一仰脖子喝干了药，直把老脸皱成了核桃仁。顾廷烨执子侄礼，起身托了碗水来让他漱口。

三人又闲聊了会儿，催着公孙老头儿躺下歇息，夫妻俩便告了辞。外头满目白雪，两人沿着回廊，慢慢走着。顾廷烨沉默了半晌，忽道："有件事，怕要你来办。"

明兰侧头而听。顾廷烨继续道："公孙先生已年过半百，可怜膝下犹空，咱们挑个服侍周到又好生养的丫头，与先生为妾吧。"

"这是……侯爷自己想到的？"明兰眨眨眼睛，怎么听都不像。

顾廷烨微叹道："先生豁达，从不将无后之事放在心上……是师母来信了。"

公孙白石夫妇曾有一子，可惜早早夭折，偏又逢大哥早逝，留下体弱的寡嫂和一堆年幼的侄儿侄女，是以公孙夫人只得接过家务，身兼数职，既要侍奉公婆、照料寡嫂，还得教养侄儿侄女，不得离家与丈夫相聚。

公孙夫人几次提议丈夫在外头可自行纳妾，好延续香火，可彼时还不算老头儿的公孙老头儿已开始游历四海，极少长期居于某处，当然顾不上生孩子。此次她见丈夫随顾廷烨上京，似有定居之意，又怕他推三阻四再生变故，索性叫公孙猛直接带信给顾廷烨，请他代为物色人选。

"便是要纳妾，也该师母自行挑人，送上京来才是。"明兰幽幽道。

顾廷烨微微一哂："信上只说，乡下地方没什么出挑人才，怕先生不喜。回头我去问问先生，现今服侍的丫鬟中，可有他中意的，总要合先生的心才好。"

明兰囧，觉得自己像拉皮条的，一个爱裸奔的糟老头儿还恁挑！

顾廷烨次日就去游说，起先老头儿还不愿意，他立志做个梅妻鹤子的绝代雅客，本不愿有家室之累。到底耐不住顾廷烨的来回劝说，从师母可怜一直说到不孝有三，老头儿才半推半就地答应了。

如此已是腊月中旬，薛先生预备返乡过年，明兰特意提前去送了年礼，又叫两个女孩拜了个早年。回来后，明兰便宣布放了寒假，可以暂时不用读书了。两个女孩欢呼着跑开去。

秋娘在后头紧张地追着，好似一只周到的母鸡护着小鸡崽："慢点儿跑，慢点儿，外头还积着雪呢，仔细摔了！"

明兰微微而笑，她终于知道为何顾廷烨会说秋娘人还不错了，凤仙姑娘偶尔还扑腾些小花招，什么半夜唱歌、装病要死之类，秋娘却统共只有两招：做针线、拦路堵截。

几次三番触了霉头后，她终于明白，顾廷烨是真的对她没了心思，她也只好认命，渐渐断了念想，转而向着蓉姐儿。秋娘若真心待起人来，倒是实心实意的，替蓉姐儿缝衣制鞋、陪她写字、背书、做功课，手把手地教她女红，还翻着花样给小姑娘打扮。人心都是肉做的，天长日久地关心爱护，两人倒也有几分真母女味道。

明兰觉得这女子拎得清，是以巩红绡走后，她就做主将她抬成姨娘，又给置办了几桌酒席，叫她自请要好的姐妹来庆贺。那日中午，蓉姐儿特意赶回来一趟，只为敬秋娘三杯酒，又拿自己积攒的月钱，给秋娘打了一枚沉沉的金钗，亲自递到她手上，秋娘顿时泪盈眼眶。

邵氏身边的邱姨娘素与她要好，揽着她的肩膀，低声道："姐儿是个有良心的，会念着你的好。你放心，有她在，你下半辈子算有靠了。"

这消息传入明兰耳中，很是暗暗高兴了一番。不过眼下，她还有别的烦心事——让年轻的女孩给个老头儿做妾，她总觉着实在不人道，纠结了几日，心里还是抗拒，谁知与崔妈妈说了此事后，却被对方连笑三声。

"夫人想什么呢，又不是逼良为娼，有什么于心不忍的。公孙先生学问、人品都极好，岁数不算很大，主母又不在身边，只要生下儿子，以后就是按嫡子算的，先生的家底都是他的，岂不比嫁个小厮下人强？您且等着瞧，待放些许风声出去，看看有多少丫头想着攀这个高枝。"崔妈妈铁口直断。

明兰一愣，很觉得有道理，便照这番提议，往公孙先生住的小院里放了些风声。根据崔妈妈的说法，倘若不愿做妾的，这个当口就会尽量避开些；若是愿意的，就会加倍往前凑。

结果喜人。虽不是人人前赴后继，却也有几个明显殷勤了许多。值得一提的是，其中还有两三个没了男人的年轻媳妇，尤其表现脱俗，肥而不腻，风而不骚。

事实摆在眼前，明兰只得承认，这年头，妾室属于再正当不过的职业，靠本钱吃饭，按本事取酬。好吧，那就寻一个你情我愿，成就好事。只不知公孙老头儿喜欢什么口味，明兰又全无经验，她此刻颇埋怨公孙老头儿素日行止太检点，倘若他跟某个小丫头已煮出锅熟饭来，这会儿只需补上票就成了，岂不便利？

纠结了两三日，明兰渐有了定夺。浆洗上潘大娘的孙女，如今在公孙老头儿院里端茶送水，规矩老实，相貌清秀；打理林子的金嫂子，她的四丫头幼时读过几日书，最是善解人意；还有连妈妈的大外甥女，沉稳周到，姿色中上……这些都是废话，重点是崔妈妈已去探听过，这些都是愿意的。

明兰正咬唇凝思之时，只听一声轻轻脆响，丹橘一脸心事，第四次打翻了炕几上的茶盅，紫金丝錾的粉彩小盖碗滴溜溜地滚动着，茶水都洒了出来。

"你今儿究竟怎么了？魂不守舍的，问你又不说。"明兰叹气道，看着丹橘手忙脚乱地收拾着，"有什么事便说吧，在我跟前，你有什么好遮掩的。"

丹橘从腰间抽出条帕子，揩着炕几上的水，扭捏了半天，终于支吾道："那……夫人，您……是在忙公孙先生纳妾之事吗？"

明兰点点头，正待打趣两句，却见丹橘脸蛋上飞霞一片，羞涩难抑，她心头猛冒出一个古怪念头，大惊失色道："莫非你想毛遂自荐？"

丹橘愣了愣，正想问"毛遂自荐"是什么意思，只听门外传来一个清脆冷静的声音——"不是她，是我！"然后帘子掀起，一个窈窕俏丽的女孩挪步进来，不是若眉又是谁？

明兰眉头一皱，沉声道："忘了规矩吗？哪个叫你听壁角的？"丹橘慌忙跪下，连声道："都怪我，她……她……我叫她来的……"她本就心乱，此刻更是语无伦次。还是一旁的若眉镇定，轻轻跪下，朗声道："夫人要怪就怪我吧，是我缠着丹橘妹妹，求她替我来说项的。只请夫人听我把话说完，回头我自去领手板子。"

明兰睐眼审视她，过了片刻，才道："你说。"

"谢夫人。"若眉轻轻磕了一个头，抬头道，"左右不过一句话，我……我……"她一咬牙，"我愿去伺候公孙先生！"

明兰慢慢沉下脸色，然后轻抬了抬手，一旁的丹橘早脸红成猪肝了，立马一溜烟地闪了出去。屋里便只剩下她们俩了。

"这究竟是为何？"明兰语气少见地严肃，"我尚记得，那年你亲口说决不做妾的。"

若眉直挺挺地跪在地上，文秀的面庞苍白得吓人，漆黑的眸子里似是两团火在烧："奴婢敬慕公孙先生的为人，仰佩先生的学问，愿与先生为奴为婢，牛马一生。"说着，又重重地磕了一个头，"望夫人成全。"

明兰握住椅子扶手，踌躇道："你可知我早就在为你们几个打算婚事了？"若论寻常丫头，至多不过嫁个上进的小厮或某管事的儿子，与主母陪嫁过来的，完全不能同日而语。

若眉极力抑制住声音中的颤抖："夫人待我们的好，奴婢心里都知道。奴婢食了言，甘愿折寿，受老天爷的罚，只求夫人成全。"

屋里静了下来，只听得紫金铜炉里哔剥作响的炭火声。过了良久，明兰才道："你先听我说两件事，再做决断。"

若眉抬头望着她，秀目中满是希冀地等待着。明兰看看她，接着道："先生的夫人，贤德淑慈，为公孙家操劳吃苦甚矣，可怜与夫婿分离半生，且膝下空空，是以，待定了人选，第一，我会将新姨娘的身契送往先生老家，交到夫人手上。"

明兰几乎能感觉到若眉停了下呼吸。她继续道："第二，听猛少爷说，他大哥快讨媳妇了，过几年，待嫡孙媳妇进门，夫人兴许会上京来，与先生夫妻团聚，待生下孩儿，姑娘也还罢了，哥儿定是由夫人抚养的……"

若眉额角抽紧，一阵阵地疼痛。她是水晶肚肠，怎么会想不明白？

她是顾侯夫人的陪嫁丫鬟，明兰怕她仗侯府的势，将来不把乡下来的主母放在眼里，才有了那第一条；而第二条，当是公孙先生愧对妻子，怕孩儿将来不敬嫡母吧。

她忽然苦笑，纵是豁出来求的，原也存了些指望，想着以明兰的大度，兴许会放她身契，给她正经风光地办一场——她一时有些患得患失。

"夫人，奴婢明白您的意思。"若眉几乎将嘴唇咬出血来，神情倔强，"奴婢会敬重先生的嫡夫人，绝不敢放肆不敬！倘有逾越，愿天打雷劈！"

明兰听她这般口气，心知再说无益："我知道你的心思了，你……先下去吧。"

若眉又是重重磕了一个头，倒退着走出门去。又过了一会儿，丹橘轻手轻脚地挪进屋来，满面都是羞愧之色，嗫嚅着不知说什么好。

明兰瞥了她一眼，说："她不肯跟我说实话，你来说吧，她可是真心的？"

丹橘大松一口气，赶紧连声道："您放一万个心，她实是真心愿意的！咱们都以为她是看上外院哪个书生了，其实她根本瞧不上他们。"

"公孙先生可做得她爹呀。"明兰失笑，"那她就看得上？"

丹橘一脸迷惘："若眉倒是曾说……说过，公孙先生像她过世的慈父一般，和蔼得叫人暖融融的……"其实她根本没明白。

明兰倒有几分明白，不欲再多说什么。既然若眉想嫁，那就嫁吧。根据那几次送东西传话，貌似公孙先生对若眉的评价也颇高，也好，也好。

待顾廷烨回府后，明兰就把这事与他说了，顾廷烨听着倒觉得有趣。

公孙先生虽才高八斗、见识卓越，但到底其貌不扬，那稀疏的胡须，那半秃的脑门，还有那若隐若现的老人斑——真爱居然说来就来？

明兰也不胜唏嘘，自觉还不够淡定。

因公孙先生还未痊愈，便将纳妾之礼定于次年开春，一枝梨花压海棠，别喜事没办成，倒把老命给送了。顾廷烨提议将若眉先送过去，有个贴心人细细伺候汤药，他也放心些。于是若眉就像只快乐的小鸟一般，红着小脸儿，扑腾着翅膀，欢快地飞走了。

"她究竟喜欢公孙先生什么呀？"小桃百思不得其解。

明兰觉着有趣，不答反问："别说若眉了，说说你自己吧，你喜欢什么样的，可有想过？"

"想过的。"小桃点点头，很老实地有一说一，"我娘常说村口的姚屠户家好，叫我将来定要嫁个卖肉的，每杀一头猪，就能赚半斤下水。"口气坚定，一派雄心壮志。

明兰顿时啼笑皆非。

爆竹声中，小肉团子迎来了他人生中的第一个新年。顾廷烨抱着儿子站在外头。震耳的隆隆声划破黑夜的寂静，漫天的烟花五彩绚烂，把夜空点缀如白昼。团哥儿一点儿没吓着，还兴奋地手舞足蹈。此次过年，顾廷烨立意要热闹大办，不但府内扎彩披红，装点一新，还给满府的下人赏双份月钱，还有在过去一年中，做事得力的，另有重赏。

明兰又兑了满满三四箩筐的铜钱，赏给府里的孩童做压岁钱，一人一把，谁都不落空。

虽说此次过年，比之去年人更少了，但顾廷烨明显心情好多了，站在祠堂中，亲手为数十座牌位上香，以四张大桌拼合为一，上摆十六道全席，隆重祭祀。待邵氏走后，屏退众人，他一手搂着明兰，一手抱着团子，对着老侯爷和白氏的牌位，站了许久才出来。

初一拜父母，初二拜岳家，邵氏娘家路远，不便回去，明兰一大早去与她道别，才与丈夫儿女出了门。团哥儿在乳母怀里兴奋得很，圆脑袋直想往车帘外去瞧。蓉姐儿却是脸色发白——每每此时，她总觉得自己多余。明兰好言安慰着："记得大姨母吗？待你很和气的，上回还给了你一枚小金钏。她也有个姑娘，与娴姐儿差不多大，回头你与她玩吧。"

蓉姐儿硬硬地点点头。

其实她多虑了。

作为嫁得最好的姑奶奶，明兰带去的庶女，哪个婆子丫鬟敢怠慢。整个盛家可能会给蓉姐儿脸色看的，大约只一个王氏，不过，她今日有两个女儿和许多外孙要看，没工夫来理她。

四个女婿一道来拜年，盛纮大觉面子风光，不住地捋须微笑，显是真的高兴。上首的盛老太太也是频频点头，只王氏看向顾廷烨的眼神有些复杂。

拜岁后便要发压岁钱，华兰家最有赚头，独得三份。小团子这回也落了个盆满钵满。明兰举着他的两只小肉拳，好似小狗狗一般给长辈作揖。众人瞧得有趣，都是大笑。

盛纮长篇大论的训诫，说到"阖家美满，子孙昌盛"时，王氏终于忍不住了，对着明兰板脸，插嘴道："几个姑娘里，只你没婆婆在身边，别仗着是自己当家的，没有长辈管束，就任性胡来。若是乱了礼数，就是别人不说，我也要责骂的。"

明兰懒得分辩什么，很好脾气地听着。王氏却越发起劲："身边也没个老人提点，看着你是轻省自在了，可实则不成体统。你才多大，能知道什么，偌大一个家怎么料理得过来？到时闹了笑话……"

竟当着众人的面数落起来，顾廷烨渐渐敛了笑意。华兰细心瞥见了，心知不好，正要出来岔开话题时，却听一声轻响，原来是老太太把手放在茶几上，腕子上的佛珠与桌几相叩。盛纮一回头，瞥见嫡母脸色不妙，连忙打断王氏："你胡诌什么，明丫头何时闹过笑话！"又笑着对顾廷烨道："你岳母是操心的命，想多了些。"

王氏咬牙暗恨，一转眼瞧见墨兰，又故作关心道："墨丫头呀，你们姊妹出嫁这些年，如今只你还未有子息，真叫我放心不下呀。"

墨兰站在最侧边，不声不响地抬起头，斯文微笑："劳太太挂心了，不过太太的话，女儿不敢苟同，只要是夫君的骨肉，哪个不是我的儿女？"

盛纮望着爱女连连点头。王氏被顶下，皮笑肉不笑道："话虽如此，可到底以嫡出为好。我说姑爷呀，你可别冷落了我家姑娘呀。"

一旁的梁晗站不住了，脸上不豫。墨兰不急不忙地微笑道："太太说的什么话，夫君待女儿极好，实是女儿三生有幸。至于儿女之事……"她微泫地望了眼梁晗，低声道，"大约是女儿没福气吧。"梁晗心生感激，满怀怜惜地看着妻子。

王氏还待再说，盛纮重重地拍了下桌子，沉声道："你还有完没完？好好的年节，你非要闹出些不痛快来！"王氏眼眶一红，又要反唇。文炎敬心明眼亮，心知岳父岳母不和已非一日，赶紧出来打圆场，笑道："岳母心疼闺女，看女婿总是不顺眼的，岳父莫怪。便是如我这般难得的好女婿，岳母还时常数落呢。"

如兰抿嘴嗔笑道："好不要脸！你算哪门子好女婿？自吹自擂吧？"

众人哈哈一笑，王氏这才缓了神色，盛纮也吐出一口气。老太太冷眼看着，淡淡发话道："我是清净惯了的，你们头也磕过了，年也拜了，这就出去吧。"

盛纮连忙起身告罪，连声道不孝。待众人从寿安堂出来后，盛纮领着四个女婿往外院去，女眷们则往内堂去吃茶。

华兰一坐下，便叫庄姐儿与蓉姐儿相见。两个女孩相互敛衽行礼，抬眼一看，一个秀气天成，端庄甜美，一个浓眉大眼，英气勃勃，两人顿生好感，便挨着坐到一处说话。

庄姐儿比同龄女孩心性更为成熟些，十分友善和气，听蓉姐儿说起薛大家课堂上的事，甚为神往，听得津津有味。两人你一言，我一语，越说越投机，过不多会儿，便手拉手走去庭院了。余下几个孩子，都由刘昆家的领到厢房去玩要。

柳氏挺着大肚子站在一旁，替王氏和四个大小姑子张罗茶水点心。明兰心有不忍，便道："嫂子赶紧坐下吧，你都有身子了。"

王氏撇撇嘴："哪个又没生过孩子了？这金贵的，多站会儿也不见得要紧。"

明兰回头讶异道："太太大肚子时，也常站着伺候祖母吗？"眼神很真诚，很崇敬。

王氏被噎住，还不出嘴来。华兰仰天叹息。这虽是自己的亲妈，但她真的不想帮她呀。明兰也不乘胜追击，只有些奇怪地略看了眼墨兰——她也没出言相帮。

还是柳氏出来笑着解围："大夫说，站站走走也好，别过度了就成。对了，我正要谢六妹妹呢，上回你送来的鱼鲞，我吃着极好。就着它，我能吃几碗饭呢。"

明兰欠欠身，笑道："是祖母说嫂子想吃些重重的海味，我才想起它来的。南边人自己晒制，风味颇美，嫂子若喜欢，我那儿还有。"

"你怎么不送我呢？"如兰歪着头，有些不悦。

明兰转头白了她一眼："少来！你那会子一点味儿也闻不得，可怜姐夫为着你，在屋里都不敢研墨。我若真送了鱼鲞过去，你还不得刷洗整间屋子呀！"

如兰心中甜蜜，便不还嘴。

没聊上几句，王氏就气闷得不行，想数落柳氏吧，人家早炉火纯青，全当没听见；想数落墨兰吧，人家技术高超，基本讨不到便宜；想数落明兰吧，华兰又护得紧。她一横脾气，索性硬拖着华兰、如兰，到里屋去说私房话了。

目送着那母女三人离去后，柳氏笑吟吟地回头道："两位妹妹，不如去我那儿坐坐，我娘家送来几品好茶，你们尝尝，若有喜欢的，带些回去。"

明兰笑道"恭敬不如从命"，便起身随行。墨兰挑了挑嘴角，也跟着去了。

由于某些可知的原因，明兰小时候倒是常去长柏处，送双鞋子顺本书什么的，可长枫的小院她从未来过，今日一见，觉着里里外外都透着清雅端庄，景致大气，毫不矫揉造作，不知是长枫的品位本来就好，还是柳氏的功劳。她们三个去时，正好碰上从外头回来的长枫。因柳氏有孕，他今日只好自己去岳父家里拜年，磕过头后，说了会子话就回来了。

"爹娘身体可好？"柳氏微笑着望着丈夫。

长枫习惯性地去扶柳氏，安顿她坐下："都好，娘的风寒已大好了，与我聊了两盏茶的工夫，一声都没咳；爹爹要捉我下棋，亏得大姐夫解围，我才得以脱身。"

"爹爹也是，就他那臭棋篓子，还就爱找姑爷喂招。"柳氏的声音忽然变了，既俏皮又温柔，春风拂面般的，叫人舒泰。

明兰转头看看墨兰，她的脸色不是很好看。

"若不是应了你要早些回来，陪爹下几手也无妨。"长枫一如既往地温存体贴。不过似乎有什么变了，明兰说不上来。

长枫转头道："四妹，六妹，你们来了。"

墨兰轻哼了一声："你才瞧见呀，还当你眼中只有媳妇一个呢。"

"浑说什么呢。"长枫笑着，不以为忤。

"既然哥哥嫂嫂都在，那正好，我有一事要说。"墨兰忽然正色，目光逼视着长枫，缓缓道，"如今爹爹对哥哥越发满意了，老太太也喜欢嫂嫂，既如此，哥哥嫂嫂为何不想个法子，把姨娘接回来？难不成哥哥只顾自己过得舒服，就不理姨娘死活了？"

长枫面红过耳，张口结舌的，言语不出，求助的目光往妻子身上靠。柳氏不慌不忙地笑了笑，道："瞧四妹说的，倒像你哥哥是个无情无义之徒了。"

墨兰冷冷一哼，撇过头去："我可没这么说。不过，姨娘生了我们兄妹，焉能忘却？我是出嫁女，没有法子，可哥哥是男子汉，为何无有作为？"

字字句句，咄咄逼人，长枫无言以对，只能去看妻子。

"相公是男子汉，可正因是男子汉，就更知道，有所为，有所不为！四妹妹饱读诗书，怎么连这个道理也不懂了？"柳氏扶着肚子站起，自有一种威严。

"姨娘对相公有生恩不假，可在姨娘上头，还有老太太、老爷和太太。难不成为着姨娘一个，就罔顾对老太太、老爷和太太的孝道了？！"柳氏侃侃而谈，朗声辩驳，"自我进盛家门后，每季均往庄子上送衣裳吃食，来人也时时回报，姨娘的日子虽寂寞了些，可并未吃苦！这又何来'不理姨娘死活'之说？"

墨兰霍地站起："嫂子好辩才！那般死气沉沉地熬日子，与死了有什么分别？！"

柳氏轻轻一笑，直视着墨兰："姨娘做了错事，当然得受罚。"

墨兰怒目："你——"又转头怒瞪长枫："你！"

长枫微微一缩。柳氏抢上前一步，柔声道："当年之事，相公已与我都说了。唉……说句不恭敬的，姨娘确是不当。四妹，你也是为人妻、为人母的，难不成你觉着姨娘做得对？"

她缓缓抚上自己的肚子："妇人，以夫为天，女儿，在家从父，这是漫了天也能说过去的道理。我不如四妹妹读书多，只知我与孩儿，一切尽要仰赖相公，听从相公的。"

这话对着墨兰说，目光却看着长枫。

明兰侧头望去，只觉得柳氏的目光充满了信任和依赖。便是个武大郎受了这目光，怕也自觉成了伟丈夫，何况长枫这等怜香惜玉的。

墨兰面色阴沉，愤愤瞪眼过去。过了半刻，她忽而忧伤道："嫂嫂深明大义，就算姨娘错了，这处罚也该有个头吧，总不成，此后我们母子三人，永不得相见了？"她忍不住轻声泣道："哥哥，你不记得小时候姨娘多疼你了？哥哥好狠的心呀！她纵有千般不是，万般不好，我们也是她的骨肉，怎么这般弃她不顾？！"

长枫被她哭得心里难受，急急道："怎么会不顾呢？你嫂子早与我说好了，如今老太太、爹和太太都在，姨娘是不能回来的。若有一日分了家，我和你嫂子自会尽孝的。"

墨兰心头一冷，顿时火冒三丈。似盛氏这样的官宦人家，必是要等父亲亡故，子孙才能分家的，可盛纮身体素来康健，待几十年后，还不知谁熬得过谁呢。

她抬眼去看柳氏，只见她微微而笑，长枫在她身边亦步亦趋，便如儿子依恋顺从母亲一般，墨兰顿时气往上涌："嫂嫂真是驯夫有道，如今哥哥什么都听你的！怕比爹还灵呢！"

这话有些过了，长枫顿时脸色一沉："你也知道我是你兄长，这是该对兄长说的话吗？！没规矩！都怪姨娘当初溺爱，没好好教你！"

墨兰生平头一遭被同胞哥哥骂，眼眶一红，又要哭出来。

柳氏慢慢挪过去，拉住丈夫的手："相公跟四妹妹置什么气，四妹记挂姨娘，说话冲了些，也是有的。好了，你赶紧到前头去吧，待会儿吃起酒来，爹爹一个，可应付不来四位姑爷哦，相公可要挡着些。"

"那我吃醉了倒不要紧？"长枫含笑道。

柳氏软软道："回来我给相公熬解酒汤。"

长枫笑得温柔，转头对明兰道："六妹妹多坐一会儿，陪你嫂子说说话。"最后瞥了墨兰一眼："你嫂子有了身子的，你也懂事些，不可惹她生气！"说完这话，转身便走。

墨兰几欲气厥过去，一双染了凤仙花汁的纤手，死死扯着帕子，恨不能撕碎了眼前的嫡亲兄嫂，忍了半晌，最后愤而奔出去，也不知去了哪里。

明兰低头吃茶，全然当作没看见，只和柳氏说了几句无关痛痒的家常。柳氏言语颇妙，谈兴也好，始终不提长枫与林姨娘一句，只乐悠悠地聊着生活中的琐事趣闻。说了会子话，明兰便借故告辞，柳氏也不挽留，笑吟吟地起身相送。

脚下的细沙石子路再熟悉不过，左一拐，右一弯，明兰连抄三段近路到了寿安堂，然后大摇大摆地往里走。到了里屋，只见盛老太太正坐在炕上，慈祥地看着熟睡的婴儿。

听见有人进来，她头也不回，依旧注视着孩儿："瞧这小子睡得沉哟……这不像你，你小时候，便是风吹帘子动，都会醒过来。"

明兰笑嘻嘻地挨过去，哈巴狗似的蹭着老太太："这小子像他爹，只要放心睡了，抬去丢护城河里，也是不知的。"

老太太缓缓转过身来，看着明兰，含笑道："都说完了？"

"可不得说一圈嘛，真恨不能飞过来。"明兰也坐到床边，头靠在老太太的臂上，叹道，"祖母，我想你了。"随即又左右看顾，"全哥儿呢？我给他带了东西。"

老太太伸手揽着明兰，轻抚着她的鬓角："本想叫他留下等你，可华兰的那小哥儿俩在门口伸头缩脑地一张望，他就坐不住了，这会儿那三个小子不知野到哪儿去了。"

"全哥儿听话吗？"明兰摆出长辈派头，"可有我小时的一半乖？"

老太太清寡的面容也不禁露出笑容："哥儿不比丫头，刚能跑那会儿，房妈妈得领着三个丫鬟才能把他拿住。不过，背书写字起来，那板着的小脸，倒和你大哥一模一样。"

"也不知大哥哥现下怎么样了。"盛纮虽嘴里不说，但瞧着今日阖家团圆热闹，单缺了长子长媳，到底有些可惜。明兰想起一事："大嫂子上回信里说有身孕，算算日子，也就这两个月了。别的也还罢了，只怕那儿缺医少药，未免不便。"

"我也正忧心这个呢。"老太太微微蹙眉，"我和你爹商量着，预备送两个得力的婆子过去，就是路不好走，既荒僻又难认道……"

明兰拊掌笑道："我也想到这个了，前阵子与侯爷商量了下，他说年后兵部要押一批兵械粮草往那边去，路经哥哥处，不如叫家里的车队随着一道去，既牢靠，又不怕走失了，您想送多少药材补货都成。"

"我也不说麻烦姑爷了。"老太太虽语气淡淡，却透着一股真心高兴，"你老子心里约也是这个主意呢，只是爱装模作样，不肯自己开口。"

"那是爹爹聪明，他知道祖母怕是比他更记挂大哥哥，就乐得省下这功夫。"

老太太半讥半笑："你老子什么时候不聪明了？"

祖孙俩打趣起盛府当家老爷来，毫无压力。

"三哥哥倒是娶了个好媳妇。"聊着聊着，明兰就说起适才的见闻，"适才四姐姐又跟三哥哥提林姨娘了，说得可厉害了，不过，都叫三嫂挡了回去，三哥还斥责了四姐姐呢。"

老太太脸上不知是喜是忧，轻轻抚着明兰，叹道："你三哥人不坏，就是没个主心骨，当初听林氏的话，如今听媳妇的话。哎，好在你三嫂比林氏强多了。"

明兰如猫儿一般枕着祖母的腿："看四姐姐这般心心念念着林姨娘，也是不易。"

老太太沉默了片刻，才道："有件事……"她顿了顿，"入秋那会儿，墨丫头曾滑过胎。"

明兰一惊，撑着半抬起身来发愣。老太太道："墨丫头和姨娘们斗，成日地机关算计，连有了身子都不知道……唉，也是思虑过甚。"明兰默了半晌，什么都没说，或者说，她不知道说什么好。

"年前那阵子，墨丫头曾来找老爷，求给她姑爷在仕途上帮个忙。"屋里的地龙烧得正旺，融暖如春，老太太的声音低沉缓慢，犹如沉香炉里袅袅的熏香，"老爷心软之下，原本预备答应的，可后来还是没成。"

明兰又枕回去靠着，幽幽道："爹爹素来疼爱四姐，这回没答应，定是力有不逮。"

"隔行如隔山，老爷的手够不着那儿。"老太太轻哼一声，"他来与我说过几次。他的心思我知道，想看看能否叫六姑爷帮忙，我没去理他。"

明兰苦笑不已："爹爹好面子的。"哪怕女婿再显赫，他也得摆出老泰山的架子来。

"后来，菊姨娘又吹了些风，老爷便回绝了墨兰。"老太太道。

明兰一时没记起来："菊姨娘？"

"就是那年林姨娘房里的菊芳。"老太太轻撇了下嘴角，"她至今未能再孕。"

明兰的心慢慢沉下去。盛老太太的话乍听只是家常，其中深意却厉害。

墨兰急要林姨娘回来，到底是母女情深，舍不得亲娘受苦，还是因为她发觉娘家非但无人替她说好话，还有人说坏话，她讨不着半分好处，因此生出来的计策呢？

人心难测，谁也说不好。

"现在看来，还是五姐姐过得好。"明兰低低道。

说起如兰，老太太终收起满脸冷峭，忍俊不禁道："我们这位五姑爷，却是个妙人。这回不是要外放吗？文亲家母想留下如丫头，好立一立规矩，谁知自己儿子却早反了水，暗地里来寻丈母娘。这里外一合计，太太便去把文家闹了个仰翻，五姑爷一味装可怜，只可怜亲家母，哪里还摆得起谱来。"

"他倒聪明，叫太太出头做恶人！"明兰咋舌。

"算了，这般也不容易，能待如兰好就成。"这回老太太却异常宽容，笑着叹气，"如今看来，你大姐夫也是个好的。唉，你老子做丈夫平平，做儿子也不过尔尔，不过当爹却还不坏。他挑女婿、媳妇的眼光，大都不错。"

明兰想了想，也忍不住笑了："当初爹爹一个劲儿地说侯爷不坏，好歹他亲眼去瞧过的，只差没赌咒了，可祖母那时只是不信，直把爹骂了个臭头。"

老太太一板脸，骂道："哪个人牙子不说自己卖出去的地儿那是极好极好的？"

听把盛纮嫁女儿比作人牙子，祖孙俩搂着笑作一团，好半晌才停下。明兰把头靠在老太太柔软的腹部，低声道："唉，要是您能住到我那儿去，就好了。"

老太太轻轻拍着明兰，柔声道："我如今儿孙绕膝，满堂殷富，若住去你那儿，岂不打了你老子和你大哥的脸？哎，不成，不成。"她又叹了口气，"不单如此，你也不可学那轻狂的，老往娘家跑。侯爷现下身份尊贵，你又一头独大，里里外外多少双眼看着你，千万不可叫人拿了话头说嘴……知道你过得好，我就知足了。要好好过日子，记下了没？"

明兰像鸵鸟一样把头埋在老太太胳膊里，心里舍不得极了。

待开宴时，也不知王氏与华兰、如兰说了什么，加上先前哭过的墨兰、刚哭过的明兰，四个女儿俱是眼眶红红的。与里头女眷的舒缓气氛相比，外头男席上却热闹多了。

看着一桌荣华，盛纮既高兴又得意，端着酒杯不免上了兴头，愣头青的四女婿梁晗已与长枫互拼倒了，他笑眯眯地把目光移向余下的三个女婿。

袁文绍是知道顾廷烨酒量的，当下向对面一努嘴角，眼神意思：猛男，打个先锋呗。

顾廷烨老神在在，只眉头一挑，意思是：你是老大，你先上。

文炎敬一见情形不妙，当即把身子一歪，伏案撑着脑袋，肢体语言解说：此人已醉，有事自理。为了增强说服力，还颤声呻吟，延绵起伏。

事后，顾廷烨对明兰道，饶他纵横酒场这许多年，也鲜少听过这般音效逼真的装醉呻吟。

这顿酒直吃到哺时末，四个女婿才七倒八歪地陆续告辞。明兰左边挽着醉醺醺的丈夫，右边领着依依不舍新朋友的蓉姐儿，后头乳娘抱着团哥儿，浩浩荡荡地回了侯府。这日大家都累了，回去就是狠睡一顿，到天黑才醒过来，略略用了些清淡的晚饭。

顾廷烨酒意未散，梳洗完就往明兰颈项处亲吻，沉沉笑得暧昧。明兰正侧头擦拭湿发，刚"啊"了一声，就被按倒在床榻上，翻江倒海吻到了她头上、脸上、身上。

褪下衣裳，明兰只觉得男人肌肤滚烫，喷出的气息都是炽热的，一时也觉着激荡缠绵，柔顺地依着他。最后两人都累得酣畅，才沉沉睡去。

直到天色微亮，明兰才缓缓醒转，却见丈夫撑手侧躺着望她，眼神温柔深邃。明兰甫睡醒的面颊如孩童般可爱，还留着粉红的睡印。看她拙拙地揉着眼睛，极力清醒，顾廷烨只觉得胸口柔软，忽老着嗓子道："孩他妈，今儿吃什么呀？"

明兰歪头眨着眼，笑着："孩他爹，先去把东头二亩地犁了，才能吃饭！"

顾廷烨板起脸骂道："好狠心的婆娘，大过年的叫男人去干活儿！"

两人互瞪半晌，同时笑出声来。顾廷烨咬着明兰的耳垂，凑在她耳边笑道："咱们……"

话还没说完，却听外头一阵急急的脚步声奔过来，男人兴致正浓，顿时脸色不悦。

隔着门，丹橘气结地慌声道："侯爷，夫人，适……适才五老太爷使人来报，说是……说是炀大老爷怕不成了，问咱家可有老参，年头越长的越好……"

顾廷烨和明兰相顾愕然——顾廷炀要死了？这是怎么说的？

这当口，也顾不上问东问西，到底是分家才一年多的堂房兄弟，不能冷漠得不闻不问，夫妻俩立刻起身，迅速穿戴整装起来，然后顶着蒙蒙晨光出了门。

驱车策马，约莫半个时辰才到五老太爷的宅子。明兰记性颇好，一眼认出停在外头的那辆马车，应是煊大太太的。此刻，五房府里已乱作一团，还是煊大太太的随行小厮叫人来引路，然后引着顾廷烨夫妇一路进去。到了正堂，顾廷煊夫妇果然已在那儿了。

抬眼一看，只见五老太爷双手撑膝坐在上首，脸色颓败灰黄，神色枯槁，蓬乱着一头花白头发，便如生生老了十岁一般。此刻顾廷煊正在旁不住地劝慰他。他见顾廷烨来了，迟钝地看了半天，才微微抬头点了点，失魂落魄地不发一言。

顾廷烨和明兰先上前见礼，之后才问："家里正有一支老参，已叫来人带了过来，只盼用得上。"随即，他又道，"只不知这好好的，炀大哥怎么……"

五老太爷动了动嘴唇，没有说话。顾廷煊见场面尴尬，便讪讪地笑了几声，出来解释："是炀兄弟不好，犯错惹怒了叔父，叫……叫叔父打了一顿板子……"个中原因，他也不甚清楚，只能解释到这个地步。

煊大太太眼珠一转，笑道："你们怕也没用早饭，叔父也是滴水未沾，不如咱们去弄些米粥来，别炀兄弟没事，倒叫叔父扛不住了。"说着便来拉明兰。明兰笑着答应了。

两人一走出厅堂，煊大太太就迫不及待地说起来。

五房府邸明兰不熟悉，煊大太太却是常来串门，两边下人也多有交好，兼之今日他们夫妇来得早，煊大太太赶紧叫贴身的媳妇婆子出去转了一圈。因五老太太病倒了，炀大太太昏厥了，炳二爷夫妇又得留在里头看顾，此刻府里正是三不管之时，连封口令都没来得及下，是以煊大太太迅速打听到了消息。

"你道是怎么回事，真真说出来也脏了嘴。"煊大太太压低声音，边走边跟明兰咬耳朵，"……这等不肖子孙……连亲爹屋里的也不放过……"又不是自家的丑事，煊大太太乐得卖明兰人情。

其实说来毫不稀奇，不过是顾廷炀贪花好色的老毛病又犯了，偏这大半年来老父拘得紧，不得出去排遣，屋里的媳妇丫鬟摸了个遍，不觉趣味索然，居然把主意打到父亲的美婢身上。

五老太爷是文士做派，素爱红袖添香这等风雅之事，屋里两个伺候笔墨的通房丫鬟，很是清丽动人。不过，两人性子迥异，一个被顾廷炀逼奸成功，几个月后竟发现怀孕，她不敢声张，只好偷偷堕胎。因她此刻正养着身子，顾廷炀便又盯上另一个。

没想到这个却是个刚烈性子。昨日初二，顾廷炀吃醉了酒，强拖她去奸污，她当即就发作出来，披散头发，凌乱衣裳，怀中揣了把剪子，扑到五老太爷跟前告状，当着众人面把话说了个清楚，随即刺穿咽喉自尽。

大年节的喜庆，没想亲近之人却血溅当场，五老太爷当场就气蒙了，绑了顾廷炀就要行家法，却叫五老太太拦住了。这时，另一位丫鬟得了消息，不顾身子蹒跚赶来，见到情同姐妹之人死于非命，想着五老太太大约也不会放过自己，她豁了出去，当下一五一十地全抖了出来。

五老太爷再不肯听五老太太的，立刻叫捆了儿子上家法，自己监督，同时又叫人把顾廷炀的贴身长随也绑了要活活打死。这一打，就真出了事。

那长随眼看自己要死了，又听五老太太在旁一边哭一边咒骂是他带坏了主子，便怒喊了一嗓子——当年老侯爷屋里的幽莲，也是炀大爷逼奸自尽的！

"那奴才喊得满院子都听见了。"煊大太太轻咳了声，神色有些躲闪。

那个叫幽莲的丫鬟是太夫人送给老侯爷的，据说还颇得喜欢，她投湖后，众人都以为是顾廷烨所为不轨，当时太夫人尤其哭得厉害。

本来儿子偷了父亲的通房，虽是忤逆丑事，但女人为轻，子嗣为重，也罪不至死，狠狠教训一番就是了，可五老太爷对亡故的长兄极为敬爱，此时他才知道，竟是自己的孽障侮辱了兄长，思及往日亡兄的慈祥照顾，五老太爷愧悔不已。

这次再打，他便亲自上阵，抢起棍棒没头没脑地一顿暴抽。他虽老迈，但身体一直保养得很好，加之前头顾廷炀已不轻不重地吃了一顿棍子，多年来又被酒色掏空了身子，这一下便被打了个半死，半夜里起了高热，须臾就要送命。

明兰听得发愣，半天没反应过来。

找到府里的管事婆子，叫她们去张罗吃食后，明兰随着煊大太太慢慢走回了厅堂，见到三个男人依旧是刚才的姿势——五老太爷颓然坐着，顾廷煊在旁叹息，而顾廷烨独自坐在另一边，面无表情，仿若一尊盐岩雕塑。

说实话，顾廷炀倒霉，其实明兰并不惊讶。

据她所知，顾廷烨早在暗中留意顾廷炀外头的丑行，打算哪天捅到五老太爷跟前，可没承想，事情会来得这么快，甚至不用他亲自动手。

众人静静地坐着，只顾廷煊偶尔不合时宜地说上一句，随即会挨妻子一记瞪眼，他又不好意思地呵呵傻笑几声。屋里没烧地龙，只屋角的铜炉里烧着些微弱的炭火，粥点又始终不见人送过来，明兰觉得又冷又饿，只能忍耐。

不知坐了多久，厚厚的棉帘子被大力掀起，带进一阵刺骨的寒风，一个满脸惊慌的婆子连滚带爬地奔进来，扑通一声跪在地上："禀老太爷，大爷他……他……他殁了！"

不远处的院落里，已是震天哭喊，顺风传来，仿佛是早已预知的结果，空落落的凄凉，溢满厅堂，众人一片静默。

明兰留心去看顾廷烨。男人的侧面冷硬异常，如同青灰色的天际，用钢刃切割出线条。

他是早就想教训顾廷炀的，不但可报自己父子的仇，也免得顾廷炀继续在外头胡来，脏了自家的名声——可是，他想过要他死吗？

佛曰，善恶到头终有报，只是来早与来迟。这是佛祖的意思吗？

过了良久，五老太爷才动了动，发出嘶哑干枯的声音：

"办丧事吧。"

不论顾家多显贵，正月里死人终归是丧气事，是以众人都劝五老太爷待出了正月再出殡，反正这会儿寒冻，滴水成冰，也不怕尸气发散。可五老太爷执意要尽快了结此事，叫次子顾廷狄赶紧操办，诸事从简，十日后即出殡落土。

灵堂上冷冷清清，只顾氏族人和素日交好的一两户人家来稍事祭拜，坐了会儿便告辞。除了四老太爷身子不适没来，四老太太得留下服侍，余下的三房人倒都陪坐着。

五老太太哭得几欲昏厥过去，跳着冲顾廷狄夫妇一通痛骂，直指他们俩不悌不孝，顾廷炀生前处处为难，死后也不给好好操办，叫人走得不安心。

夫妇俩被骂得面红耳赤，狄二太太早吃惯了婆母的无理取闹，倒还能忍着，狄二老爷却是愤愤不平，被骂得狠了，索性扑通一声跪倒在五老太太跟前，脖子涨得老粗。

"……娘是不当家不知柴米贵，大哥一个便抵过爹、娘、众位姨娘和我们整房人的花销！他到底是在读书考举，还是在经商挣钱？家里老老小小十几口人，看病抓药，吃饭穿衣……铺子田庄的出息都在这儿了。廷灵妹妹和大侄子（顾廷炀的庶长子）已在议亲了，嫁妆彩礼在哪儿？余下几个小的，眼瞅着一个个大了，这哪一桩不要钱？"

顾廷狄越说越气。平素五老太太便处处偏疼长子，在侯府群居时一切由长房兜着，他懒得计较，如今分了府，便是一根线也要自家出了。

"包戏子，逛窑子，在外头一掷千金，到如今，大哥外头欠下的花账还没还清呢，难不成咱们全家都去喝西北风，就紧着大哥一人痛快了便成？"顾廷狄连磕了几个响头，额头敲在青砖上砰砰响，"娘要是还觉着儿子不好，便请了家法，把儿子打死了吧！"

一通话说得又急又快，直把五老太太生生撅住。她浑身发抖地看着次子，半晌说不出话来。太夫人坐在上首，拿碗盖缓缓拨动着茶叶，不动声色。其余众人都面面相觑，有的不想管，有的管不了，最后又是老好人顾廷煊过去把顾廷狄拉了起来，说了几句圆场话。

五老太太仍旧气愤不过，一想起心爱的长子惨死，泪水便滚滚而下，既不敢责备丈夫，又不好再骂次子，只能寻旁人来出气。她起身冲到大儿媳跟前，边哭边骂："都是你这丧门星！我儿好好的，偏你没用，拢不住男人，叫他只好去外头胡闹！当初就不该迎你进门哟……"

炀大太太遍身裹素，这阵子越发蜡黄干瘦，瘪皱的两颊，形如枯槁，不论婆母如何辱骂，只木然地低头，忍着不发半声。灵堂正中，跪着她的独子顾士循，十几岁的少年，披麻戴孝，低垂着眼，不言不语。

煊大太太凑到明兰身边耳语："若要我说，循哥儿还不如没这个爹呢！倘他将来金榜题名，有这么个爹成日在外头花天酒地、丢人现眼，啧啧……你说是不这个理儿？"

明兰本就厌恶顾廷炀为人，深觉同感，不假思索地点了下头，旋而记起这是人家的葬礼，又连忙摇头。煊大太太见她拙态可爱，低头掩住嘴角："我的傻妹子哟。"

五老太太哭骂得声嘶力竭，不住地推搡拧打炀大太太。眼见闹得不成样子，一众女眷有些坐不住了，想要去劝。此时，始终静坐如木像般的五老太爷好似从梦中惊醒了一般，忽地起身走过去，拽住五老太太，扬手就是一个耳光。

掌掴声响亮，便如在灵堂内响起个闷雷，场内众人顿时惊呆。只一个顾廷烨依旧镇定自若，静静地看着这场闹剧。

"养出这等畜生不如的败德子，你还有脸哭？！"五老太爷仿若变了一个人，不复素日的儒雅风度，双目赤红，身躯伛偻，齿间森冷地挤出字句来，"我休了你！"

五老太太被打了个跟跄，亏得身旁的婆子扶住。她此刻吓得竟忘了哭，愣在当地。太夫人抢先一记断喝："狄儿媳妇，还不扶你婆婆回去歇着？！"

狄二太太这才反应过来，赶紧连拖带搀地把五老太太拉了出去。狄二老爷也连忙托着父亲坐下。太夫人刚动嘴皮："五叔叔，不是做嫂子的说你，咱家可不兴打骂媳妇的，如今儿女都这么大了，你叫弟妹的脸往哪儿搁……"

五老太爷肃然打断："兄弟家事自会料理，既已分家别府，嫂子就别管这许多了。"

太夫人脸色瞬时变了，冷笑道："倒是我多事了。若非顾着你大哥，我也懒得替你们一个个兜着、拦着。"这话一语双关，五老太爷面上闪过一抹痛苦，哑声道："谢大嫂了。"

谁都听得出，这话并非字面意思。

煊大太太不知想到了什么，脸色也不甚好，拉着明兰到角落低语："……怨不得五叔生气，明明是个大疮疤，若挤干净了脓血，兴许能好也不定，偏遮着掖着，一日日烂进了骨头，才致不可救的。唉，我家那位二叔叔，也是死性不改，这不，又闯祸了。"

顾廷炳？都快流放到火焰山去了，还能闯什么祸？明兰一愣，忙问怎么回事。煊大太太道："这几日刚到的信，那么大老远的，又有人伺候着，还不安分，这个不消停的，瞧着边贸红火，居然想做生意，不知怎的生了争执，打死了人。"

"这我怎半点不知？"明兰一愣。

煊大太太连忙道："你煊大哥也是犹豫了两日，才告知侯爷的。隔着这般远，其实那边早将二弟落了罪，瞧在侯府的面上，旁的也罢了，只怕要多流几年了。"

明兰静了片刻，道："可怜炳二嫂子，一家团圆怕又要耽搁几年了。"

"谁说不是？这几日她哭闹个不休，把爹也闹病了。"煊大太太叹了口气，其实她内心深处，巴不得顾廷炳晚些回来，且隐隐有个不孝的念头，最好到四老太爷过世后，再叫顾廷炳回来。长兄能辖制弟弟，却抵不住糊涂的老父受次子撺掇——只这话谁都不能说。

煊大太太瞥了瞥堂中的太夫人，压低声音道："若非有人'好心'地兜了多年，二弟未必会这般不知天高地厚，戴罪之身还不老实。唉，罢了，只是多吃几年罪，已是好的了。"

明兰宽慰了她几句，心道，这两桩可不一样，顾廷炀闯祸，是瞒着五老太爷的，顾廷炳闯祸，怕是四老太爷主动要求太夫人帮忙兜着的吧。

这一下，闹得不欢而散，太夫人领着儿子儿媳提前离场，此后几日便托言身子不适，不肯再来。顾廷炜浑然不觉尴尬，依旧笑容爽朗，拉着顾廷狄夫妇堂兄长、堂嫂短地"若有需相助之处，定要开口"。顾廷煊却是坐卧不宁，两边团团地说好话，只盼全家和睦。

顾廷烨冷眼旁观，并不置一词，却也每日必到，坐上一小会儿便拉着明兰离去。

发丧后几日便出了正月。余府过完了阖家团圆的年节，余阁老即刻打发两对儿子儿媳及巩红绡回登州老家，自己老夫俩则随长子往外地赴任去。临行前，余四太太又来见了明兰一回，絮叨了些琐事。短短几个月，余阁老凭着旧日的人脉情面，迅速替长子谋了一个外任，更加迅速地了结与前任余大太太娘家的纠缠，又加倍迅速地寻好了下任余大太太的人选。

明兰十分感慨，余阁老身手敏捷，不减当年。

"是钦天监洪主簿的侄女。"余四太太十分平静地叙述，"……刚嫁人便守了寡，夫家容不下，只好回了娘家。是个长情的姑娘，生生守了七八年都不肯再嫁，见老父身子越发不好了，这才松的口。爹说，娶妻娶贤，德行好是最要紧的。"

这个年纪还只是个八品主簿，大约仕途不是很顺，不过，崛州洪家总算是名门，家世倒也相配。余家休妻再娶，到底不是什么光彩事，所以预备到外地去办婚事了，且那洪姑娘能扛住家人劝婚达七八年之久，想来是个主意很定的，用来规束不着调的余大人，正好。

明兰不禁暗羡，这种上朝堂能指点江山社稷，回内宅能料理琐事庶务，无所不能又情深义重的男人，到底是哪里找来的——余老夫人攒了几辈子的人品呀。

又过了些日子，只见冰雪融去，春光渐好，湿润的枝头绽开初春的花蕾，明兰很惊讶地迎来如雪花片般的邀约帖子，有赏春梅的，有做寿听戏的，有满月酒周岁宴的，零零散散，甚至还有些诗社的——这个，她当然敬谢不敏。

明兰粗粗一算，倘若她每处都去，大约头牌花魁都及不上她忙碌。内宅妇人结交，也是门学问，该回绝哪些，该去哪些，该怎么应对，都需指点。

顾廷烨宠溺地摸摸明兰的脸："你若喜欢，都去。"这是不通内宅的男人的废话。

盛老太太皱眉冷脸："若不喜欢，都别去！"这是寡居半生又鄙薄人情冷暖的切身体会。

邵氏的专业领域是如何照料长期卧病之人，于其他的，却一问三不知了。

王氏不好问，华兰的社交圈子不同，明兰叹口气，只好另寻帮手，遂提着大包小包另胖团子一枚，去看望小沈氏及其嫂子——后者才是重点。

小沈氏正闷得发慌，见明兰母子来访，自然乐开了花，见明兰颇奇怪自己陡然间怎么人缘好了几倍，便口无遮拦道："你傻呀，彼时你家是个什么情形？那些只想邀你的，总不好落下你家太夫人；帖子请你家太夫人的，你又不愿去，好容易你俩一道去，不是她一人做戏，就是你一脸木头相，跟个竖着倒刺的刺猬一般，活似前头有坑要你踩，你当旁人瞧不出来？"

明兰恍然大悟，为感激小沈氏解惑，便把胖嘟嘟的儿子放在炕上滚来滚去，很大方地表示"随便玩"，然后跑去请教郑大夫人了。郑大夫人素日虽不大言语，可到底在这权贵圈里十几年，说起来条理规整，非小沈氏的八卦功力可及。

哪几家门风刚正的，值得一交，哪几家子孙出息的，不可怠慢，哪几家是绣花枕头的，麻烦又多，只需敷衍一二，还有哪几家内宅不和，要当心避讳……云云总总，明兰只恨没有四只耳朵，又不好意思掏出笔记本来写。

一番比对计较，明兰只挑了几家去，余下的各家只细细吩咐了送礼，并叫管事客气带话：最近家中繁忙，望各位见谅。如今顾家是一个堂兄弟死了，一个堂兄弟要延长刑期，两位堂嫂哭的哭，病的病，乱作一团——这个借口颇好。

堪堪十八岁的顾侯夫人，不疾不徐地来到众人跟前，倒叫众贵眷眼前一亮，直如一枝玉兰娇嫩清艳，竟是个极少见的美人。众人想起外间关于顾侯夫妇的传闻，颇觉应有此理。

有时顾廷烨陪她一道去赴宴，若只是女眷聚会，但凡他得空，也会来接她。明兰上马车后，他大多会问一句："可有人欺负你？"

明兰笑嘻嘻的："夫君威名在外，哪个吃了熊心豹子胆？"

值得一提的是英国公夫人，无论是何场所，是何人家，但凡她在，定然携着明兰一道说笑，又和煦地拉着她到处认人，颇是看顾。受着国公夫人别有深意的眼神，明兰哪敢不心领神会？当下再也不拖了，翌日便去探望在家养胎的国舅夫人张氏。

这一看，却是吓了一大跳。

张氏撑着硕大的肚皮，吃力地起身迎客。明兰胆战心惊地看着张氏微颤的身形，一个离临盆不远的孕妇，竟瘦得皮包骨头！她有心想劝两句，却不知从何说起；刚说了两句"多顾着些孩子"，便被张氏绕开话题，一会儿说京城风物，一会儿说诗词典故，直听得明兰叹气。

"这两株梅树脾气倔，好水好肥供着，偏不开花。年前花匠烦了，不再理睬它们，如今倒反自开了花。你瞧，多艳呀，像是西山长春崖边的云霞，浮着层雾气，好看得叫人心里发疼，仿若你眨眨眼，就会不见了似的。"

张氏微微侧脸，颈项曲着望向窗外，面色黄黄的，还起了好些斑，脆弱单薄的皮肤包着耸出的颧骨，颊上如吃醉了酒一般，现出两团不正常的红晕。

这云里雾里的一番话，明兰直想把自家小姑子顾廷灿拉来，叫她看看什么才是大家小姐的傲气，什么才是才女清高。面对如斯情形，张氏仿佛全不在乎，只自顾自地生病虚弱。

明兰默了半晌，本就不很熟悉的两人，对方又有心避开，就更难打开话头了。

"人终究非花非雾，有父母亲长，有小儿无辜，如何能如花露、如朝雾，说没就没，了无牵挂？姐姐是聪明人，千不念，万不念，也念着父母慈爱养育一场。"明兰握着张氏的手，句句发自真心。张氏不禁有些微动容，低声道："我就是念着父母养育之恩，才……"

话还没说完，屋外响起一声高亢尖厉的娇呼。

——"你们这些奴才，顾侯夫人来了，怎的不禀我一声？！"

听见这个声音，张氏的神色慢慢又冷了下去，挣脱了明兰的手，往后靠向枕垫。

进来的是个娇小玲珑的女子，过于浓艳的妆容，笑容甜得发腻。明兰见过几次小邹氏，每次都被她满身的金碧辉煌耀花了眼。这般成熟艳妇的打扮，实则她也不过才十七八岁。

张氏淡淡道："早与你说过，我的院子你少来。"

小邹氏当即垂泪道："我实不知哪里错了，叫姐姐这般厌弃。我服侍姐姐本是应当应分，怎能不来？"揩了揩眼角，她又转身朝着明兰，含泪楚楚微笑："倒叫盛家姐姐笑话了。"

面对这番场景，别人如何，明兰不知道，但有林姨娘的珠玉在前，小邹氏的这番做作实在不够看的。明兰笑笑道："我正打算告辞了。"

小邹氏连忙道："姐姐身子重，不堪劳累，不如盛姐姐去我那儿坐坐？"

明兰很清楚地看见张氏眼中的讥讽——堂堂正一品的顾侯夫人，跑去一妾室屋里吃茶说话，这事若传了出去，明兰以后就不用出门了。

"原就是顺道过来的，家中还有事。"明兰客客气气地拒绝。小邹氏无奈，只坚持定要送明兰出门。两人一路走，她就一路说，独个儿喋喋不休，一会儿自夸自赞沈国舅如何待她好，一会儿又暗示无人敢瞧不起她，为何不肯去她屋里坐坐。

明兰忽立住了身子，定定地瞧着小邹氏，道："我儿时读书之时，先生曾与我说过一个故事，不知妹妹是否愿听？"小邹氏愣了愣："……姐姐请说。"

"许久许久之前，有两位贤惠的公主，分别招得两位世家子弟为驸马，偏这两位驸马都不喜公主，只偏疼妾室。因两位公主仁善，便对外处处隐瞒驸马的冷落，如此几年，其中一个妾室越发恃宠生娇，霸着驸马一步不许离开，公主稍想召见驸马，她便做出种种把戏，要死要活。仗着驸马纵容，小妾得意嚣张，那公主却寂寥病弱。另一位妾室恰恰相反，不论驸马如何宠爱，始终不敢逾越一步，恭顺地服侍公主，又常劝着驸马去见公主。两位小妾有时见面，前头的那个风光无限、前呼后拥，便嘲笑后头那个蠢钝不堪。"

小邹氏听得发怔。明兰缓了口气，继续叙述："后来，前头那位公主不堪伤心，郁郁而终。公主的乳母借着进宫谢恩的当口，把一概缘由吐了个干净。皇帝一番盘查后，震怒不已，遂把驸马家革了爵，驸马流放三千里，终生不得返还，而那小妾……"

明兰看了看小邹氏微微发白的脸色，缓缓道："千刀万剐，凌迟处死，她所生的儿女，也尽皆被贬为宫奴，任人践踏欺辱。"

"那，还有一位呢？"明兰讲故事的技术不错，小邹氏忍不住追问。

"另一位倒是个有福的，公主感她柔心可亲，虽与驸马不睦，却待她如姐妹，待她所生之子如亲子。后来。她的儿子读书小成，公主亲去求皇帝恩荫。再后来，公主和驸马都过世了，几个儿女侍生母至孝，那位妾室享尽人间福贵，活到八十多岁才寿终正寝。"

故事讲完了，小邹氏死死咬着唇，才道："她张家虽显赫，却也算不上公主吧。况且还有皇后，还有青萍姐姐（小沈氏），我不怕……"

明兰叹了口气："青萍每每与我说起你姐姐，常是满眼泪水，哽咽不能言语，是以我今日才多了这些话。如今，只盼张家姐姐能顺当生下孩儿，否则，张家若非要交代，谁来做这出气的呢？自不会是国舅爷。"更加不会是皇后和小沈氏。

小邹氏脸色转了几转，冷冷笑了几声："看来姐姐是站在张家那头了。也是，英国公府势大，谁人不忌惮。可我也不是那等贱妾，任人揉搓，我是有诰命在身的！"

明兰静静地看了她好一会儿，才道："青萍说，你身子一直没好利索，还是该紧着早些调理，否则久了，落了病便不好治的。还有，别擦这么多粉，对身子不好。"

小邹氏愣在那里，嘴唇动了几动，终究什么也没说。

出了国舅府，走到半道，正遇上来接她的顾廷烨。夫妻俩坐在马车里，明兰抢先道："无人欺负我，侯爷放心吧。"顾廷烨见她神色郁郁，微皱眉道："怎么了？"

那两位小妾，固然下场迥异，但反过来，何尝不能说前头那小妾待驸马是真心，不容旁人分去半点，后头那小妾却是假意，为着自己的安全，宁可叫心上之人去亲近公主？

愚蠢和聪明，真心与假意，该如何分辨？

明兰沉默了一会儿，才道："没什么。"想了想，又编了一句，"国舅夫人身子不大好，我有些担心。"

顾廷烨凝视着她，深深地，久久地，仿佛想望进她内心深处去，探究一二。

他们很幸福，很美满，无话不说，心性相投，这都是真真的，可他们之间，依旧隔着一层静默，一处小小的、隐秘的禁区，藏在他心爱女子的心底，他无论如何也进不去。

第五十回·人非草木

　　很长一段时间，公孙老头在顾府的身份都很囧，所谓"西席"是也。缘是新帝甫登基时，内外暗潮汹涌，作为跟新帝进京的近臣，表现得好，人家不过撇撇嘴，稍微行止不检，朝臣不免暗中议论"瞧瞧皇帝亲信的都是些啥人呀"（老耿同志为此中枪无数）。

　　公孙白石规劝顾廷烨不要一上来就广置幕僚门客，一小小武将，显招摇了。是以，尽管当时都督府明言"尚无子息"，尽管顾廷烨本人并不习文，尽管公孙老头从未见过蓉姐儿一面，这主宾二人依旧厚着脸皮对外宣称——此（我）乃顾府之西席也。

　　之后，忙碌烦扰不尽，谁也不曾再想及此事，待团哥儿出世之时，公孙白石这西席的名头才算是坐实了。可惜，自打小肉团子能抓东西起，就表现出对揪公孙老头胡子的兴趣明显大于握笔——然而，公孙白石至今对外的名帖，上书仍是"顾侯西席"。

　　当然，这种公然作假，并不能欺骗广大群众的雪亮眼睛。待公孙老头纳妾将近，贺礼足足堆了三个屋子，尺余高的珊瑚树、璀丽夺目的明珠耳珰、成匹成匹的贵重锦缎……公孙老头倒也来者不拒，一概收下，还边打趣顾廷烨，边抚须自嘲："果然一人得道，鸡犬升天。"

　　行礼那日，若眉身着簇新的桃红春袄，双腕佩着四枚龙凤金镯，头插一支朝阳三翅衔珠斜鬓金钗，被一众来贺喜的媳妇婆子拥在屋里，左一句"眉姨娘好福气"，右一句"眉姨娘早生贵子"，她只勉强笑笑，脸色发白。公孙白石病愈后，顾廷烨便提议纳妾明礼，老头儿倒也中意知书达理的若眉，但他生性淡泊乖张，厌恶俗礼，并不愿如何操办，还是明兰坚持，方才许了几席，叫府中众人一道吃酒庆贺。

这么一来，若眉不免心上怏怏。每个新嫁娘于婚礼，难免有些期待，她忍不住跟贴身丫鬟抱怨两句，却叫几个心存阿谀的媳妇打听了去，托家中男人去外头店铺置办些贺礼。这么一来二去，公孙白石纳妾之事竟传到了外头，引来了一干热情的"仰慕者"争相送礼。

老头十分不痛快，若非碍着明兰的面子，几乎就要作罢婚事。

"不求你如何贤德，不想连区区口舌也守不住。果是藤木不堪为梁柱，如此不堪重托，以后生下孩儿，还是由夫人教养吧！"——公孙老头儿的性子何等乖狂，当下，毫不客气地直言斥责。若眉不免又伤心地哭了几日夜，既悔又羞。

明兰知情后，除了摇头叹气，别无可行。

公孙白石此人，往好了说，叫洒脱不羁，往坏了说，叫自私自我。这种人，要搁现代，必定是铁杆的独身主义，可惜古代有父母之命，他只好老实地娶妻生子。对原配夫人，他兴许还有几分愧疚敬重之情，至于若眉……

之后，公孙白石便只叫若眉服侍起居，连书房也不让进去了，风声须臾便传出。明兰得知这事后，却只轻轻"哦"了一声，不再过问其他，倒叫府里众人吃了一惊。

原先众人因见公孙先生极受侯爷信重，若眉此番飞上枝头，纷纷巴结示好，可如今见主子这般不冷不热的架势，也都渐渐和若眉淡了来往。

人情冷暖，本是如此，明兰微微叹息，倚在炕几旁静静看书，身边躺着熟睡如小猪般的团哥儿，胖嘟嘟的面庞嫩白红润，似乎还生着细细的绒毛。屋中宁静，只一旁小杌子上坐着的丹橘，似有些心神不定，手上连连出错，一条简单的镶边却已拆过两遍了。

"把针线放下吧。"明兰忽轻声道，"手指头都快戳出窟窿了。"

丹橘不好意思地低下头，嗫嚅道："回头我重做。"

明兰瞥了她一眼，道："今早又去了，这回又是何事？"丹橘缓缓放下针线撑子，犹豫地看了眼团哥儿。明兰道："说吧，这小子且醒不了呢。"

丹橘赧然道："是若眉身边的小幺儿来寻我的，说她身子不爽利。"

"哦？若是有喜了，倒是一桩好事。"明兰头也不抬地继续看书。

"不是，前两日刚换洗过。"丹橘越发轻声，"她只是胸口发闷，说是想见旧日姐妹了。"

明兰不再言语，只轻轻一笑。丹橘见她微笑中颇带几分讥嘲，便忍不住低声道："若眉也是不容易，进门才一个月，先生便不大搭理她了，连院中的婆子丫鬟都有些轻慢……"

不待她说完，明兰打断道："这是若眉来叫你说的？"公孙小院里她留了不少耳目，那些丫鬟婆子并不曾慢待若眉，不过是不像以前那么巴结罢了。

丹橘连忙摆手："不是的，她每回都吩咐叫我别跟您说的。"

明兰听了，险些笑出声来，连忙忍住去看身旁的小肉团子，却见这小子依旧轻轻地打着呼，熟睡成大字形，憨憨得可爱。她忍不住嘴角弯了弯，然后放下书卷，缓缓挪到炕沿，拉过丹橘的手，边叹息边轻声道："你我相伴十几年，肚里有几根肠子怕都是清楚的。我来问你一句，你给我说老实话，这件事，你到底怎么想？"

丹橘望着明兰凝视的眼睛，竟不敢直视，侧头低声道："她叫我去吃点心、喝茶、赏春梅，每回都与我说了好些话。虽然她口口声声说叫我不要告诉夫人，可我知道她的意思，她是盼着夫人替她去先生面前美言几句。"

明兰点点头，这丫头也不算真傻。

"那我该不该替她去说呢？"

丹橘满脸为难，咬唇了半晌，垂首道："……我……我不知道。"想起若眉一脸病色，她心有怜悯，但又不愿明兰为难。

明兰看了她一会儿，长叹一口气："我已给你物色了门亲事。"

话题突转，丹橘又惊又羞，全然愣住了。

明兰继续道："是你姑父的外甥，你叫他大表兄的那个。"

丹橘全家人原都是盛老太太的陪房，当年丹橘姑父嫁妹时，老子娘求得了个恩典，聘到外头的殷实人家做了娘子，这几十年下来，家业越发兴旺，膝下有一子，比丹橘大四岁。

明兰看着丹橘涨红的面孔，继续道："房妈妈说，你表兄是极能干的，能料理田庄，也能照看铺子，家里人口又简单，还沾亲带故，实是个好人家。"

丹橘脸红得连脖子都涨粗了，梗了半天，才直挺挺地跪下道："我不嫁到外头去，我一辈子都要陪在夫人身边！"

明兰微微苦笑。丹橘不比秦桑，有父母兄弟依靠，不比绿枝泼辣强横，更不比小桃扮猪吃老虎，尽管她处事细致、能干周全，可心肠始终太软。崔妈妈在外头寻了许多人家，可怎么看都不放心，看着老实的，担心他窝囊无能；看着斯文的，担心他败絮其中；看着伶俐的，又担心他心思灵活非良人；好容易人选不错了，可家人又复杂难缠。

挑挑拣拣了半天，竟难以抉择。每每想到丹橘以后若是不幸悲惨，明兰就觉得负担很重。

"从小到大，你们小姊妹几个玩闹，争糕饼衣裳、环儿佩儿，回回都是你退让，息事宁人；有了委屈，你也从不与人说，只自己吞下。你这性子呀……我原也想将你留在府里配个管事，就近身边，我也好看着。"明兰叹道。当初在王氏底下讨生活时，遇到难缠的管事妈妈，都是丹橘去赔小心、说好话。

丹橘脸色涨紫，眼中尽是决然倔强："我不愿外嫁，我愿陪着夫人。"

"易得无价宝，难得有情人。"明兰悠悠道，"你表兄等了你这许多年，怎么都不肯说亲，连他爹娘也拗不过，实是不容易了。"

听得这句话，丹橘紫得快发黑的脸色才又缓缓转回正常。明兰看得颇觉好笑。

"你也喜欢他，对不对？"明兰柔声道。

丹橘涨红了脸，嗫嚅了半天，实在挨不过明兰的目光，才道："小时候，在姑姑家里时，大表兄来做客……待我很好……"

明兰心中了然。这家人的底细房妈妈再清楚不过，都是良善之人。在资讯阻隔的古代，能这么知根知底很不容易。在这种简单厚道的人家里，丹橘就是老实些也无妨，便点点头道："我瞧着也很好，就这么定了吧。"

丹橘犹自跪在地上，一脸惊愕。她记得自己明明是来说若眉的事的，怎么就变成了定下自己的终身大事了？她丈二金刚地茫然转头，却见炕上的小肉团子犹自睡得喷香，滚圆的小肚子一起一伏。

"你如今已无双亲，便由你姑姑、姑父代为送嫁吧。"明兰拖了双软底鞋，在屋里走来走去，自言自语道："问名、纳吉、下聘礼……房妈妈说，你那未来公公近来刚没了大伯，太快办亲事不妥，得过些日子……也好，你姑父有工夫给你打副齐全的家什，银子我出……"

"夫人……"丹橘轻泣，"我不……"

明兰歪歪侧头："怎么，你不听我的话了吗？"

丹橘抽泣着住了声。明兰静静道："我早说过，只要你们不负我，我必不负你们。这次，我便要你三书六礼、龙凤红帔，风风光光地嫁出去！"

"夫人！"丹橘满脸泪水，纳头拜倒，"我自小没有父母缘，到了姑娘身边才知道什么叫真心实意。姑娘待我的恩情，我下辈子结草衔环也报答不完……"说到后面，已是泣不成声。

小肉团子挪动了几下，咂吧咂吧小嘴，似是睡得不大踏实。明兰走到炕边坐下，轻轻拍着他："罢了，也就是你们了。以后，怕再也不会有了。"最初的感情，总是最真最美好的，"你去把乳母叫来吧，团哥儿也该醒了，不然夜里又该闹了。"

丹橘默默地站起身来，拭干脸上的泪水，正要缓缓出去，明兰忽又道："以后若眉再找你，你便与她说一句话。"丹橘愣了下："……夫人请吩咐。"

她禀性纯厚，想到自己终身已定，幸福可期，便更觉若眉可怜。

"你去说，我与她到底主仆一场，以后不论是先生还是公孙夫人，倘有打骂欺侮，刻薄吃穿，我必为她出这个头。"若眉好歹是自己身边过去的，事关侯府面子，打狗也要看主人。

丹橘有些反应不过来，结巴道："打骂？这……先生怎会……"

"你这么说就成了。"小肉团子开始眯缝着眼睛扭动了，明兰不再解释，挥手叫她下去。

丹橘摸不着头脑，满心发愣地出了门，先叫小翠袖去唤乳母，又捧着针线篓子回了自己屋，却见绿枝正在熨尿布，又缓缓揉软了。她不禁微笑道："你倒心细，这活儿也自己来做。"

绿枝把火斗重重地踧在一旁的小铁架上："这群小蹄子，有什么好吃的、好穿的，便脚底跟抹油了一般，叫她们办差，却一个两个装傻充愣！"婴儿的尿布要又干燥又绵软，这阵子雨水足，怎么能晾晒好。

正嘴里喋喋埋怨着，抬头便看见了丹橘满脸心事，她眼珠一转，戏谑道："今早我看你又被叫去，若眉又跟你诉苦了吧？"还不等丹橘点头，她又笑道，"她现下就知足吧！以后，怕是日子更难过了！"

丹橘微微一惊："这话怎么说？"

绿枝用火钳子添了两块炭在火斗里，得意扬扬道："猛少爷说他大哥要娶亲了，近日他要离府几个月，回老家吃喜酒去，呵呵。"

"这有什么……"丹橘还没笑完，绿枝又抢过话头，"猛少爷说待长嫂进门后，他婶婶便可卸了侍奉照管之责。还说，可怜他婶娘操劳几十年，若是一切顺当，猛少爷兴许这回便把她一道接来京中呢！"

丹橘心头一惊："那若眉……"

公孙先生到底是男子，就算和若眉有些不睦，也碍不着若眉日常起居，可一旦公孙夫人来了，就如来了个顶头上司，到时候晨昏定省、端茶送水，可真是……丹橘不禁可怜起来。

绿枝却是一脸快活，熨尿布熨得行云流水，边熨还边嘲骂道："她还有脸诉苦？先生是打她了，还是骂她了？不过是没像戏文里说的体贴地描眉吟诗罢了。想叫夫人替她出头？我呸！做她的春秋大梦去！她是给人做妾，不是去做祖宗，还想多舒坦？！"

丹橘没去睬她，只自己怔怔地思量：侯爷对公孙白石几乎是执半师礼的，那公孙夫人便是半个师娘，想到要明兰觍着脸去跟公孙白石说情——这她是无论如何也不肯的。

绿枝越说越开心，举起火斗指着丹橘，大声道："你可别再滥好人了！以后少去她那儿，当心惹祸上身！"

丹橘微微皱眉："我何曾滥好人过？不过是你们几个，到底十年姊妹了。"

绿枝用力来回熨烫，直把熨架摇得晃动，嘴上还不停："这十年来，她何曾瞧得起我们过？我晓得，她是小姐出身，我们是奴才丫头来的嘛！现在想起姊妹了。"

丹橘微微叹气，转身倒了杯茶给绿枝，接过她手中的火斗，道："你且歇歇，我来吧。"

绿枝端着茶碗走到窗边，一脸惬意。

丹橘边动手，边随口问道："这些细碎，你哪儿听来的？"

"我亲去打听的。"绿枝低头对着茶碗微笑，欣慰道，"知道她过得不好，我就放心了。"

房妈妈自被托了大媒后，就一直等着答复，一俟明兰点头，不待两日，便带着丹橘的姑姑、姑父和那陆家后生来叩头。明兰隔着帘子仔细看了，但见这人生得大手大脚、康健厚道，心中便又高兴了几分，再看身旁的丹橘喜不自胜的羞涩模样，便不再多耽搁，当下说定了婚事。

那后生显是高兴极了，磕头连厅中的地砖都敲响了，倒惹得屋里丫鬟们一阵哧笑，绿枝尤其笑得大声，边笑还边往帘子里头丹橘处张望。

小户人家做亲，本没那许多繁文缛节，慢则半年，快则一个月，又因陆家后生年岁大了，不好耽搁，便将吉日定到五个月后。那陆家父母原想给儿子聘一位门当户对的小家碧玉，但如今见明兰这般手笔，又见丹橘出落得这般贤惠貌美，心里原先那点子遗憾也烟消云散了。

之后诸般事宜，便由丹橘的姑姑、姑父逐一筹办，明兰将银子交给房妈妈。在她眼皮子底下，想他们也不敢在家什上做耗。待一整匹上好的大红亮缎送进府来时，明兰便慢慢减少丹橘的活计，只叫她专心绣嫁妆，从鸳鸯枕套、龙凤喜服，全新的中衣、亵衣、绣鞋乃至婚后给夫婿和公婆妯娌的荷包鞋面，都要新嫁娘一针一线慢慢做得。

因为丹橘素日宽厚，院内众丫鬟都替她高兴。碧丝最是艳羡。不过，其中最欢喜的却是绿枝。自丹橘慢慢从第一把手上退下来，她颇有一种"终于轮到我了"的豪情，随着明兰日渐重用，她便是走路也似带着风，被翠微说了好几顿，才降下温来。

"待打发了丹橘，便该轮到你和小桃了。"翠微故意打趣道。

谁知绿枝生来性子泼辣，毫不羞涩地把头一抬："不瞒姐姐，我早就打定主意，绝不往外发嫁的，还能服侍夫人好几年呢。"若是府内婚配，内院的大丫鬟多可留至二十岁，有那受器重的，主家舍不得放，留到二十好几也是有的。

翠微多少吃了一惊，随即又笑道："你这蹄子，如今嘴硬，待以后夫人给你找了个好人家，看你变不变卦。"

绿枝道："姐姐是知道的，我那兄长老实木讷，如今有我在，尚有那不长眼的时不时欺负他呢，倘我外头去了，还不知哥哥会如何。"说着，叹了口气，"我爹娘早亡，只剩我们兄妹二人，我不照看他，谁照看？如今我只盼着好好服侍夫人，将来得了恩典，给我哥哥说个和善体贴的好嫂嫂，我也算对得起爹娘在天之灵了。"

翠微颇为动容，道："好妹妹，真难为你了。"

几人欢喜几人忧，闻得丹橘好事将近，若眉也来贺喜，看见桌上摆着红艳艳的红绸锦盒，还有挂在立架上那刚裁剪缝制了一半的大红喜服，顿时觉得刺眼得很。自打那日丹橘将明兰的话与她说了，又好生劝说了一番，她反倒意气消沉了好几日。

眼见丹橘微红的面庞羞赧妍妍，眼角眉梢说不尽的喜悦幸福，若眉更觉心中扎刺了一般，聊得几句后，便告辞去了明兰处。

"许久不曾来给夫人请安，见夫人康泰依旧，不胜欣喜。"行完礼，若眉干巴巴地说完场面话，便不知该如何说下去了。

明兰的目光在她身上溜了一圈，穿戴倒还光鲜，就是气色不好，眉心一团晦暗。

"坐吧。小桃，去沏碗兰安毛尖来。我记得你爱吃的。"

若眉小心翼翼地挨着圆凳的边沿坐下："难为夫人还记得。"

须臾，小桃便端着小茶盘进来了，圆圆的脸庞笑嘻嘻的："姐姐许久不见，倒是越发好看了，整个人都金闪闪、亮堂堂的！"语气何其诚恳。

若眉端茶的动作停滞了片刻，面露尴尬。明兰无语望屋顶。话说——若眉的首饰诚然戴多了些，这些首饰也诚然金子多了些……不过，要不要这么诚实呀？！

说完这话，浑然不觉的小桃迈着轻快的步伐走出梢间，到外间候着去了。若眉缓缓敛去尴尬，低声道："丹橘妹子已同我说了，奴婢这里谢过夫人的提点和爱护了。"

明兰静静地看着她，见她嘴里说谢，可身形丝毫未动，连个半福也欠奉，便知她其实并未明白，依旧是原先那个孤芳自赏的若眉。

"你知道就好，以后好好服侍公孙先生，早日为先生开枝散叶，我和侯爷都有重赏。"

若眉心中苦涩，适才她是故意自称"奴婢"的，还以为明兰会说些什么，谁知……她只好道："奴婢晓得。"顿了顿，鼓起勇气道，"可奴婢蠢笨，时时惹先生不快，望夫人指点一二，奴婢究竟应该如何行事才妥当。"

能拉下面子问这句话，说明还可救药。明兰笑了笑，指着适才小桃出去的门口道："记得我们刚来那会儿，小桃曾到外书房服侍过一阵子。"

若眉不知明兰何意，便点点头道："是，先生也说过，小桃很是得用。"当初，她还酸过一阵，暗中不快为何不选自己，明明自己最识文断字的。

"其实，小桃并非伶俐之人。"明兰缓缓拨动茶叶。

这事并不稀奇，只怕从暮苍斋到嘉禧居无人不知。若眉睁大眼睛，等着明兰说下去。

"尤其是她从未在书房服侍过。那阵子侯爷和先生委实吃了不少苦，叫她烫壶酒，不是太热就是太冷；叫她整理文稿，她能一页一页给你拆散了叠好。"想起那段日子，顾廷烨回来的抱怨，明兰还不禁暗暗好笑。

"记得刚到房妈妈处，一件事，丹橘吩咐一遍就记住了，她得说个两三遍才晓得。"明兰悠悠而笑，"派如此鲁钝之人去服侍，我原先还怕先生埋怨我呢。谁知，后来先生却夸她好。"其实公孙白石倒是蛮中意小桃的，有意延长聘用期，可惜小桃对书房没有任何好感，对师爷这种生物尤甚，一到有人接手，便飞也似的逃了回来。

若眉干干一笑："先生说，小桃是忠婢。"

"先生目光如炬。"明兰点点头，"我曾吩咐小桃，凡书房内所见所闻，不可有分毫透到外头去。你跟她打探书房光景好几回吧？便是你都恼了，她可有吐露分毫？"

若眉黯然。彼时她仰慕书香，不过打听些无干紧要之事，可便是她问先生爱吃什么茶，小桃也半个字都不肯说，两人闹翻了，足足半个月没有说话。

"对你尚且如此。那采买上的安婆子向来疼小桃，那日懒得亲去查点，便偷问她书房内的银丝炭可用完了？她竟也不肯说。"明兰紧紧盯着若眉，"其实你是什么样的人，压根儿不要紧，要紧的是，先生要的是怎样的人。"

若眉身子微微一震，抬头望着明兰，半晌说不出话来。

望着若眉离去的背影，明兰摇摇头。

若眉是个聪明人，公孙要怎样的姜室，她如何不知？不过是"乖巧懂事，安分守己"八个字而已，最要紧的，别整日想些风花雪月的幺蛾子。这几日，若眉羡慕的其实并非丹橘亲事好，而是丹橘那满心满怀的幸福感。

"要是日后觉着不好，便常想想当初你是为何要嫁过去的，兴许能好受些。"——这是自己给若眉的最后一句诚语，以后便看她自己的造化了。

此后的日子，丹橘着力教导小丫鬟们，时时叮嘱，小心吩咐，细心地逐一解释事物。时光飞快，一个多月后，她姑姑、姑父上门来接丹橘回去备嫁，说是家中房舍已翻修好了，尽可体面地办亲事了。同来的房妈妈也表示，家什打造情况良好。

明兰赏了丹橘一副赤金头面、数匹上好料子，比照翠微另给了三十两嫁银，又叫小桃偷偷在丹橘的箱笼里放了两张各一百两的银票。小桃脑子虽慢，手脚却利索，办这种事最是可靠。随后，邵氏凑趣赏了一对虾须金镯，秋娘也跟着给了一根小小的扁金簪。

屏退众人，明兰当面烧了一张身契，又将一个扁盒塞到丹橘手里，柔声叮嘱："里头是你的户籍，府衙那儿事已办妥，以后好好地过日子。"

丹橘跪在地上放声痛哭，明兰劝了好久她才止住泪水。丹橘慢慢站起身，正要转身时，忽回过头来，满眼都是泪水："姑娘，那会子你老爱坐在廊下的柱栏上看书。"

明兰忍泪笑道："你怕我跌下去，便拿碎布连夜做了个布兜子，系在栏杆上。"

"那兜子做得不牢，裂开了，害姑娘摔得好大一跤。房妈妈要罚我，说主子不对时，我不但不劝着，还尽出馊点子。"

"我在床上躺了三天，你就在我床边哭了三天，待我好了，你倒病了。"

"姑娘就答应我，以后再也不坐栏杆了。"

"你还定要我拉钩来着。"

丹橘再也忍不住，"扑通"一声跪在地上，哭道："姑娘，叫我再给你磕个头吧！"然后重重地一头磕下去，起来时已是满脸泪水，她抱着明兰的腿，哀戚道，"姑娘，我是真舍不得你！"

往事涌上心头，明兰心酸不能自已，泪水滚滚而下，半面掩袖，硬着心肠将她推开："去吧，去吧，以后你要生儿育女，阖家美满，长长久久！走吧，走吧……"

看着丹橘一步一回头地缓缓朝门口挪去，明兰忽记起初见时的情形。当时，自己身边只有一个什么也不懂的小桃，房妈妈领她到自己跟前，她当时也是这般频频回头。

"六姑娘，我去拿点心给你吃。"

"姑娘，你好好坐着哦，这儿空屋子多，可别乱走。"

"奴婢很快就回来。这位小桃妹妹，你要看好姑娘哦。"

小小的女孩，奶声奶气的，满脸超越年龄的温柔周到，絮絮叨叨个没完。明兰心头伤感难过得不能自已，用力别过头去，不看丹橘出门。

小桃一路送丹橘到路口，几乎要跟着到她家去，回来后两眼就肿得像个大桃子，进屋后埋头在被窝里，再不肯出来。

夜里，顾廷烨回屋时，明兰尚是神情萎靡。顾廷烨不觉心疼，便道："既这般舍不得，何不将橘子留在府中？给配个有出息的小子也就是了。"

明兰拿布巾子帮他擦着湿漉漉的头发，低声道："她们是最早跟我的，只愿她们好好的，也不枉这十几年的缘分了。"

顾廷烨怀里抱着儿子，正不住地将他轻轻一抛一接，逗得团哥儿不住地咯咯而笑，听了明兰的话，颇觉诧异。在他心中，主子恩典奴才，哪来什么缘分不缘分的。

把儿子放到床上让他自己爬，然后，他拉过明兰，细细巡视她的面庞，却见她两眼红肿，不由得面色微沉："你素日待她们不薄，既见主子这般舍不得，就该自请留下才是。如此看来，也是个没良心的！"

明兰用力掰开他的大手，带着哭腔不悦道："你别胡说！"

顾廷烨微微一怔，失笑道："好好好，我不胡说。"随即又打趣道，"这么多丫头，倘若每个出嫁，你都来这么一遍，可哪里吃得消？"

明兰轻轻拭泪，闻言，便自嘲道："也就她和小桃了，其余的……唉，也罢了。"

顾廷烨缓缓朝后靠去，兴味道："因为这两人最早跟你？"

明兰沉吟片刻，才道："……因为那会儿，我们三个，都是真心实意。"

听了这话，顾廷烨有些动容，忍不住问："难道后来的丫头，服侍你都不真心？"

小桃是自己最倒霉时的意外奖，丹橘是自己前途未明时的鼓励奖，到后来，老太太越来越宠爱自己，自己在盛家也站住了脚，情感就开始掺杂了。明兰仔细想了想，组织好，才答道："待我是顾侯夫人后，是不是真心，也不甚要紧了。"

顾廷烨静静地看了她一会儿，忽怅然道："我若是也那时遇到你，就好了。"

明兰听了，大眼眨了两眨，面上忽现十分古怪的神情，盯着男人，脸也渐渐红了。顾廷烨初时不明，片刻便想到了。明兰幼年刚能跑时，自己已能打马游街，胡作非为了。

夫妻俩面面相觑了半晌，不知互相在想什么，却同时笑了出来。明兰一扫之前的愁云，笑得唇瓣微颤，歪头回忆幼年情形："小时候，有一回，我跟着爹爹、祖母也上街看花灯，有几个锦衣华服的少年骑快马从街上飞驰而过，房妈妈就紧紧搂着我，小声与我说，'喏，喏，姑娘看看哦，这是坏人呢'！"

这个场景太写实了，顾廷烨抽了抽嘴角，把正往自己头顶爬的团哥儿抓下来，面孔有些发黑。

明兰见他面色不善，连忙补救，岔开话题道："今儿齐国公府送来了份帖子，说不日老公爷就要办寿宴。人生七十古来稀，老公爷这般高寿也是难得。今年办了这六十九的寿宴，以后再不办了，是以，定叫咱们去呢。"

话说，王氏认识平宁郡主这么久，明兰倒还一次都没去过齐国公府呢。

"原来是河东府！"顾廷烨听了这话，一挑眉角，黝黑的眸子露出几分玩笑来。

明兰愣了下："什么河东府？"

"夫人博闻强识，岂不闻河东狮吼？"

同为开国功臣授爵，齐国公府与宁远侯府素有交情，然齐家开窍的比顾家早，许久之前就发现与其让子弟继续刀口舔血，还不如转文弄墨混饭吃来得容易，是以开国甫一甲子，齐家便出了一位同进士、两位举人、三个秀才，虽质量有待进步，但精神可嘉。

齐家向文之心日月可鉴，媳妇却多娶自军伍世族，遂导致齐家男儿一代比一代文弱，媳妇倒一个比一个彪悍，如此，惧内便不可避免。

不过，真正传出"河东狮吼"之名，却是因如今齐府这位老公爷。

具体为何惧内，年代太久远已不可考，只知当年武皇帝的妃嫔们恃宠生娇，静安皇后紧闭宫门隐居之时，这位齐老夫人不但将丈夫看得如同蹲班房一般，还常替静安皇后愤愤不平，勒令丈夫不许与那些"狐狸精"的家族往来结交。齐老公爷惧妻如虎，竟然照办。

时人戏称"忽闻河东一声吼，门前行人抖三抖"。

为此，齐家当时没少受刁难冷落，不过，待静安皇后薨逝之时，连顾廷烨祖父母这般老实厚道之人也扫到了台风尾，险些失爵，齐府却安然无恙。

未几，先帝仁宗继位，赞誉齐家门风敦厚，借着这股势道，齐家二老为两个儿子挑选了当时首屈一指的名门贵女为妻——至此，三只母老虎齐聚河东府。

婆婆已然叫人十分吃不消，没想两个儿媳更加不省油。一个是将门虎女，据说双手能开两百石的强弓，一个是权爵独女，于宫闱之中圣眷颇厚。老夫妇俩哪个也惹不起，只能闷声发大财。不过，总的来说，平宁郡主的名声比齐大夫人好些。

这日，顾廷烨下了朝后，便来带明兰一道前去。下了车轿，顾廷烨将缰绳一扔，直往前院去了，另有婆子引软轿来抬明兰往里院走去。

迎客厅里女客尚不多，平宁郡主一见明兰进来，便离开先前攀谈的几位妇人，笑着走来道："哟哟，我道是哪位，才几天未见，气色越发好了，我都不敢认了！"

其实，之前她每次见明兰都很尴尬，毕竟明兰叫了她好几年的"伯母"，眨眼间世侄女成了同族弟妹，以后该如何称呼，着实叫她烦恼了好久。

"郡主，您快别笑话我了……您再这般打趣，我……我以后不来了。"明兰红着脸福了福，心中无数次感激先帝爷给平宁郡主这个封号。

见明兰依旧老实腼腆，平宁郡主越发说笑自在，又领着明兰往里屋走去。只见屋内正中罗汉床上，坐着个鬓发皆银的老妇，几个或老或少的妇人围着她说笑，申氏也在其中。

"老祖宗，快来瞧瞧，这就是我常提起的宁远侯府的弟妹。"平宁郡主高声道。

那老妇人道："快过来我瞧瞧。"

明兰心知这便是齐老夫人，赶紧过去行礼，道："给老祖宗请安了。"

齐老夫人眼神明亮，显是还硬朗，偏说话又不大清楚，好似老年人易乏的样子。她上下打量明兰一番，连连点头："嗯嗯，是个整齐的好孩子。"

平宁郡主又指着老夫人身旁的一个中年妇人道："这是我大嫂子，你随着我叫便是。"

那妇人跨四奔五的年纪，身形高大，面如满月，双目有如金刃锋光。明兰赶紧福了福，恭敬道："给大嫂子问好。"

齐大夫人淡淡一笑，神色也算和蔼："都出了五服了，怎么称呼都好。远近亲疏，又不是光看叫什么的。"

平宁郡主神色一僵，知她是在暗讽自己攀附权贵。一朝天子一朝臣，自先帝过世后，自己的父亲和丈夫是大不如以前了，而两宫太后，她原先和圣德太后倒有些情分，于皇帝亲母圣安太后却是平平，现下还不知如何是好呢。

这时，齐老夫人忽对着身边的申氏和另一个年轻媳妇道："这是老二家族兄弟的新媳妇，论辈分，该你们妯娌俩去见礼。"

申氏上前一步，温婉道："给舅母请安了。"

齐大奶奶似有些踌躇，慢了一拍，才道："见过顾侯夫人了。"

还不等明兰开口，平宁郡主又咯咯笑道："哟，老祖宗呀，我那族兄弟的儿子都快周岁了，您还叫她新媳妇呀！"

齐大夫人面色冰冷，不悦地瞪了眼儿媳妇，齐大奶奶畏缩地退后几步。明兰偷眼看了下她的身形举止，非但不似生育过，仿佛还未破身。难道齐大公子的身子，真这般孱弱？

平宁郡主犹自不肯罢休，对着明兰笑道："说起来，我那玉丫头和翰哥儿，跟你儿子只差几个月，以后倒可一块儿玩了。"

几月前，申氏产下一对龙凤胎，齐家两房，一房生不出，一房却一气生俩，简直冰火两重天，怪道这般刀光剑影。

这时，齐老夫人打了个哈欠，困倦地挥挥手："人老了，不中用了。你们别都团在这儿，别怠慢了外头的客人，除了我那几个老姐妹，旁人你们招呼吧。"

齐家两对妯娌忙道不是，又说了好些恭敬话，众女眷这才退出来。到了外头厅堂，只见已来了不少女客，齐大夫人冷冷地看了平宁郡主一眼，领了自己的儿媳去招呼客人了。

平宁郡主目送齐大夫人婆媳走开，才转过头来，对明兰赧色道："你且坐坐，我去去就来。"明兰微笑道："我们是亲戚，郡主不必客气，别怠慢了旁的客才是真的。"

这种场合，来的不是皇亲国戚就是权贵阁员的女眷，合该是好好结交笼络的时候。见明兰这般理解，平宁郡主很是高兴，赶紧也领着儿媳申氏走开了。

明兰也不拘束，自找了个通风暖和的窗边坐下，随即便有两个小丫鬟来奉茶果。她一边吃着茶，一边四下打量厅中布置，却见厅堂敞亮，布置文雅秀气，干干净净的，只以深色木榫搭起窗棂隔架，墙壁粉白，疏落地挂着几幅字画，四角是以青瓷大盆养着翠绿君子兰，不闻芬芳，反叫人觉得雅致脱俗。人群中穿梭的丫鬟仆妇，井然有序。

到底是大户人家，明兰暗暗点头。

"顾侯夫人。"

平淡安静的一声称呼，明兰赶紧回过神来，却见永昌侯梁夫人站在她面前。明兰连忙起身行礼："许久不见伯母了，这一向可好？"

梁夫人还是老样子，清清冷冷的神情，只是眉间略带疲惫，两人也没什么话说。

"你家哥儿，如今可会走了？"

过了良久，梁夫人才问了一句。明兰赶紧道："只能挪几步，不过爬得倒十分利索，哪怕放他在地上，也能顺着侯爷的腿爬上炕，小猴儿似的。"

明兰没有卖弄的意思，只是日常所见，顺嘴就说出来了。梁夫人莞尔，柔声道："你是个有福气的。"随即又轻叹道，"是我家没福气。"

梁夫人如今不是很好过，永昌侯府终于渐渐摆脱之前的阴霾，皇帝也召见了两回，可惜，在其中出了大力的却是梁家的庶长子。如今外头皆夸永昌侯长子得力，却没几个人提起梁府嫡长子，梁夫人心情可想而知——长子有劲敌，次子读书还未得功名，幺子的房中依旧争奇斗艳，妻妾们闹得欢腾，却至今无有子嗣。

这个"妻妾"中的妻，就是明兰的姐姐墨兰女士。

"若是有空，常去你姐姐处坐坐，与她……说说话。"梁夫人斟酌着字眼儿。

明兰沉默了片刻，才低声道："我的话，四姐姐是不会听的。"

梁夫人轻轻叹了口气，面上忧色更浓。明兰耷拉着脑袋，死活不说话。这时，有人走过来，笑道："说什么呢？人家大好的日子，你们一个两个愁眉苦脸的，当心主家拿扫把撵你们！"

明兰抬头一看，英国公张夫人笑妍妍地走来。她惊喜道："伯母来了！我还正想您什么时候来呢，快请坐，请坐。"救星来了！

张夫人挨着明兰的位置坐下，笑道："你来得倒早。"明兰谦逊道："今儿是老公爷寿辰，我们做晚辈的，本该早些来的。"张夫人又对梁夫人道："妹妹也坐，咱们好久不曾说话了。"谁知梁夫人摇摇头，黯色道："你们自说话吧，我去给老夫人请个安。"然后缓缓走开去。

明兰见情形有异，便试探地问道："伯母与梁夫人是旧识？"

张夫人怔怔地看着梁夫人的背影："我们二人的娘家是世交，住得又近，我们俩便如亲姐妹一般长大的。后来，她……算了，陈谷子烂芝麻的。"又转头笑道，"我还没谢你呢，你到底与邹姨娘说了什么？自你走后，她闷闷不乐好几日呢！我那没出息的傻丫头，胃口也开了，笑脸也有了，哎……"说着，连连苦笑。

明兰微微一愣，颇觉始料未及："也没什么，不过与她说了个故事。"然后，便把那驸马与妾室的故事又简单说了一遍，略去最后几句不提。

张夫人沉默了许久，叹道："你一片良苦用心，若是邹姨娘能体察你的好意，与我女儿和睦相处，倒也不失为一桩好事。"

明兰点点头，恐怕事情没这么容易。

这时，厅堂上首一阵欢笑，两个婆子分别抱了个襁褓而来。只听平宁郡主座旁的一位贵妇笑道："我的天老爷，跟你姐妹这些年，想见见你孙子孙女也不可得，如今终于肯抱出来了？！"

平宁郡主连连赔罪道："好姐姐，是我的不是。还没长开的娃娃，也没什么好看的。"

另一贵妇则道："难得一对金贵的龙凤胎，不拿出来显摆显摆，怎的连满月酒都没请我们吃？！好你个抠门的！"

平宁郡主道："是我家老爷子，说小孩儿别太招摇，自己家中吃顿薄酒便罢了。"

那妇人又道："什么薄酒？！宫里赐下两副金锁片吗？这般恩典，你也好意思关门独个乐！"

平宁郡主交游广阔，这些交好的女眷，虽未必能雪中送炭，却不吝于锦上添花，这便左一个右一个地夸起来，直把两个孩儿夸得天上有，地上无的。平宁郡主连连谦辞，半句托大自满都不曾有。可即便如此，一旁的齐大夫人也已是脸色铁青。侍立在她身旁的齐大奶奶手足无措，泫然欲泣。明兰心中暗悯。

张夫人纹丝未动，笑得颇有深意："当初，本以为齐家要摆满月酒的，我连礼都备好了，谁知只在襄阳侯府吃了顿酒，也没请外头人，还当就这么无声无息过去了，呵呵……还是申家有面子。"颁赏赐之时，口谕中特意提了申老狐狸过去所做的"卓越贡献"。

明兰也知这事，只笑了笑，并未接话。

细想来，平宁郡主实可算是脂粉堆里的英雄。她虽生来尊贵，却从未被眼前富贵迷住心窍而狂妄自大，她清醒地意识到将来的危机——皇帝老了，生父老了，自己没有亲兄弟，老公只是次子，还有强势的大嫂，不论是齐国公府还是襄阳侯府，都很难依靠一辈子。

于是，她早早开始打算，无论是当初的嘉成县主，还是如今的申氏，其实她都没选错。

她若是个男子，想来也是个了得的人物。

"最近京中好事频频，算算张姐姐也快生了吧。"明兰随口拉着家常。

张夫人眉头蹙着一抹忧色："是快了，就不知是男是女。"明兰张口就道："定是位哥儿！"张夫人诧异："你怎么知道？你会看不成？"

明兰抿嘴而笑："先讨个口彩再说！叫伯母高兴高兴，而且……"她故意拉长调子，"便是个闺女，难道谁还会不喜欢？"

张夫人顿时失笑，忍不住拧了拧明兰的脸蛋："你个促狭鬼！倒会讨巧！"

想到只要女儿好好的，其实男女都在其次。但凡女子，做了母亲的，大约以后也能想开些吧，不至于会如眼下这般拧巴倔强。

待客来得差不多了，齐大夫人便邀众人入席。众女眷推杯换盏，纷纷劝酒，饶是有张夫人助阵，明兰依旧推托不过，硬着头皮吃了好几杯酒，一张俏脸蛋染得红晕晕的。

这顿酒直吃到未时三刻，明兰瞧着差不多了，喝过茶后，翠袖附到她耳边说顾廷烨已起身了，明兰便也要告辞。谁知那申氏非要送她出门。明兰只好忍着眩晕，有一句没一句地和她扯着，只盼快些到二门口。

"……有了这双孩儿，我才知道什么是过日子。只消他们好好的，旁的什么我也不在乎了。"申氏不缓不急地慢慢说着。明兰也只好半死不活地应和着。

"舅母可知，我那一双孩儿，起了个什么名字？"申氏忽停住脚步。

明兰扶着额头，努力回忆："仿佛是叫……玉姐儿、翰哥儿？"

"那是小名。"申氏微带惆怅，"还有大名，是相公起的，一个叫玉明，一个叫翰明……是明白的明。"然后，一双眼睛慢慢盯住明兰。

明兰愣了半刻，才明白申氏在说什么，顿时酒醒了一半。幸亏她反应快，当下镇静道："果然好名字！明智通达，宁静致远。愿这两个孩儿，能一生顺遂。"

申氏看看她，明兰凶悍地瞪回去——你们夫妻发神经，请离自己远一些！

两人互看了半晌，最后申氏软了下来，收回目光，轻轻叹道："是好名字。"

其实，她心里也明白，丈夫年少俊美，才高勤恳，出身豪门贵族，将来前途不可限量，又不贪花好色，便是自己在孕期，齐衡也不曾收过通房，除了一颗心不知飘在哪里外，实在无可挑剔。比起家中一干姐妹，自己已是幸运太多，何必得陇望蜀呢？

可若不叫明兰知道，她又觉着憋得难受。

之后，两人也无话，默默走到二门。

与申氏告别后，明兰决意一路走回大门："不用轿子了，我要走两步，散散酒气。"小翠袖见她脸色不好，也不敢多问，便与几个婆子跟在后头。

有爵之家的格局都差不多，沿着窄窄的内巷，一路到大门口便是，适才来的时候，她便记得了。此刻，明兰心中升起万丈怒火，恨不能立时将齐衡捉过来暴捶一顿。

——那个白痴不知哪根筋搭错了，好好过着日子，非要找不痛快，还要连累自己！舒心日子过久了是吧？想找抽是吧？明兰越想越气，越走越快，脚步又急又重，仿佛是满心不快。后头众人也不敢紧跟，只留出一段距离随着。

走到拐弯处，明兰一脚踏出，险些和来人撞上。那人急急收住势头，两人猛地打了个照面，俱是大吃一惊。

齐衡似乎刚送完客人，也是满身酒气，双颊通红，白皙的肤色宛如透出胭脂一般，更映得人品俊美如玉，秀丽若芝兰玉树。

"……六妹妹……"他双目尚带着迷离，习惯性地叫道。

当爹了还不消停！这会儿，明兰心中没有半分旖旎，只想揍人，当即恶狠狠地断喝了六个字——闭嘴！你个二货！

然后，错身就走，须臾，又回转身子，目露凶光，补充低喝道："快给你儿子闺女改名！"

这间隔不过十秒钟，齐衡目瞪口呆，完全没有反应过来，明兰已迅速走开，大踏步地往前过去。后头追上的丫鬟婆子急急给齐衡行了个礼，然后又去追明兰，并不知中间发生了何事。

短短几十步，再拐个弯，便是门房。只见顾廷烨已在那儿等着了，深蓝湖绸袍服上隐隐传来酒香。男人面色未改，神色淡淡的。

明兰放下扶着额头的手，笑着迎上去："劳驾侯爷久等了。"

顾廷烨微微皱眉，盯着她这个动作："你吃酒了，头疼吗？上了车，怕颠得你更不舒坦，不如歇会儿再走。"

明兰愣了下，不禁笑道："这还使得？不妨事的。还是别耽搁了，这便走吧。"

顾廷烨盯着她看了一会儿，简短道："你等等，我去叫顶轿子来。"

不等明兰拒绝，便转身走了。

大约是安逸久了，警觉性不如以前，隔了两日明兰才觉出不对来。

顾廷烨似是越发阴阳怪气，前一刻尚与她说笑，后一刻便沉默不语，用意不明地盯着她看上半天，叫她心头发麻。倘有空了，也不似之前那般与她玩闹，常是一个人抱着儿子出神。

问他怎么了，男人淡淡敷衍一句："无事。"

公孙先生近日洒脱空闲得很，学古人击鼓作乐唱曲，瞧这样子也不似朝堂有事。明兰心下越发惴惴，细细想了，赫然是那日赴齐国公府寿宴起不对的，顿时心惊不已。

这日，待顾廷烨上了朝，明兰把顾禄叫来，也不如何隐瞒，直接道："瞧那日侯爷在齐府不甚痛快，到底出了何事？"顾禄素来记性好，可想了半日也不觉有何不妥。明兰便叫他将那日顾廷烨入齐府之后的诸般事宜一一说来。

"侯爷先与老国公拜寿，说了会子话，后来英国公、辅国公几位都来了，大伙儿便说起旧年老事，几位大人都夸侯爷是千里神驹……入了席，韩国公老是挨过来与侯爷说话，侯爷便一个劲儿地劝酒，后来，韩国公醉倒了。不知是谁又说老国公有福气，四代同堂什么的，老国公一高兴，便叫人将两位曾孙抱了来，当众给各位大人看……"

明兰强自按住心头乱跳："老国公可曾有说起那两个孩儿的名字？"

顾禄想了想，答道："只说了那哥儿，是叫翰明的。老公爷心疼这唯一的曾孙，还将名字写了好些张，贴到外头让人叫呢。"

明兰默然，不再多问什么，只温颜夸了顾禄几句，然后叫小桃送出去。小桃照例揣了满怀的果子点心给他，然后领了出去。

春风拂面，竟生生沁出冷汗来，摊开湿漉漉的掌心，明兰伫立窗前，懊恼不已。真是越怕什么越来什么，此刻，她便是将齐衡海扁一万遍的心也有了！

她与齐衡的事，顾廷烨原就知道，话说她俩第一回见面，他正是她和齐衡演活戏的唯一观众。后来，时过境迁，齐衡娶妻—戴绿帽—考科举，顾廷烨娶妻—戴绿帽—混江湖——就是打死她，明兰也不曾料到自己会嫁给在京城纨绔界闻名遐迩的顾二叔呀！

是以，当初她介怀的反而是贺弘文，毕竟他们俩才是认真考虑过婚嫁的对象，谁知他十八代祖宗不积德的齐元宝会脑袋抽风至此？！

现在该怎么办？他又不是今天才知道她和齐衡的往事的，干吗现在还介怀呀？

明兰抱头哀号，在榻上翻来滚去也想不出个主意来，便把刚睡醒的团哥儿捉到面前，双手固定住他的小脸："你也替娘想想办法呀！"

可惜小胖子听不懂，还不住地往她怀里拱，胖胖的脸蛋直蹭她的胸脯，张开小嘴到处乱找。明兰恼羞成怒，用食指顶开他的大脑门："你个吃货！"

——还是个笨蛋小吃货，她早断货了好不好！

问题查明了，接下来该如何解决才是个难题。素来明快决断的明兰也一时呆滞了。仔细想来，她上辈子固然是只菜鸟，其实这辈子也没怎么好好处理过这种事。关于齐衡、贺弘文，甚至顾廷烨，与其说是感情问题，不如说是生存问题。

明兰看着斜倚在床头的丈夫，鼓起勇气微笑，找话说："今儿回得这般晚，是否要用夜宵点心？"顾廷烨却摇摇头："已经不早了，吃了便睡，容易积食。"很简短，然后将怀中已经东倒西歪的团哥儿交给乳母，自己去案头寻了本书看。

明兰忍不住在心头破口大骂：没工夫吃夜宵，倒有工夫看书！不吃拉倒，饿死你最好！

想想又觉得不对，这会儿不是赌气的时候。明兰努力东拉西扯说起今日的家常琐事，谁知男人只是随意"哦"了几声，敷衍之意溢于言表。

明兰束手无策，只好去净房，待盥洗回来，发觉顾廷烨依旧是那个姿势，披着中衣，散着长发，靠在床头看书。明兰眯眼去看，还好，书不是倒着的。

爬上床后，她照例挨到里边，却见男人没有任何放下书本的意思。又过了半晌，明兰终于忍不住："侯爷可要歇息了？"顾廷烨默了半刻，才低低"嗯"了一声，熄灯，撤帐。

无计可施的某人，黑暗中窸窸窣窣地去摸男人，纤细的手指越过锦被，伸入男人的襟口，缓缓探索了一阵。胸膛上的肌肤渐渐发烫起来，某人赶紧将身子挨过去磨磨蹭蹭——倘若这招再不行，她可真技穷了。还好，男人并未有柳下惠的意思，粗重的喘息未及，便翻身压住，毫不客气地享用起来。

次日，腰背酸痛的某人暗自窃喜技已售出，谁知待男人回屋时，又恢复原状，神色淡淡的，不爱多说话，很有一种"糖衣吃掉，炮弹打回去"的意思。

面对着这种半死不活的态度，明兰忽想起一句话——狗咬王八，无处下嘴。

苦思冥想了几日，不得明白，明兰颇觉心疲，见天气一日日热了，便叫人采摘了些池塘里的菱角，又捉了几条肥鱼，前去郑将军府串门，也算散心。

小沈氏肚皮也渐渐隆起，她这胎来得不易，婆婆、长嫂和丈夫都不肯叫她到外头去，正闷得发慌，见明兰来访，顿时喜出望外。

"……这几日，我觉着身上都快养出虫来了，连去园子里多走一会儿，嫂嫂都不肯呢……"小沈氏大吐苦水。明兰细细端详她，只见她面盘圆润，气色甚好，就是一脸无聊。

小沈氏压低声音道："我觉着嫂嫂也是太小心了，当年皇上还在藩之时，我见过那儿的妇人，肚子老大了，还到处跑呢，不照样生出活蹦乱跳的娃娃来？还有二三品的诰命妇人，快临盆前半个月，还在游园呢！偏京城规矩多！"

明兰正色教训："人家夫人出门、游园，都规规矩矩地端坐吃茶，你是猢狲投的胎，一出了这门，能老实得了？你嫂嫂这是摸清了你的秉性呢！"

这话倒也有七八分真。小沈氏小叹了一口气。明兰瞧她懊丧的样子有趣，伸手指点她的额头，打趣道："你且老实待着吧，何况这肚里的孩儿，又不是你一人的，哪容你使性子！"

小沈氏粉面微红，小声道："我晓得，为了这孩儿，相公也是……"

明兰故作惊愕："我是说你婆婆和嫂嫂，为了你能有孕，拜了多少菩萨，念了多少经书，又许了多少香油钱……你想到哪里去了？嗯，不过，小郑将军也的确出力不少。"

小沈氏羞不可抑，向明兰丢了一个软垫，又想扑过去掐她的嘴。明兰连忙求饶道："别动，别动，你如今可金贵着，倘掉了根头发丝，我就是剃成个秃子，怕也还不起！"

小沈氏拿她没办法，又不敢轻举妄动，只能抖着手指："你、你……"

郑大夫人在外头听见里面的笑闹声，微笑着摇摇头，迈步进来道："你们俩多大了，我才出去半刻，也能玩成这样。说什么坏话呢，还把左右都屏退了。"

小沈氏连忙坐好，不敢乱动。明兰见郑大夫人身后跟着一位中年妇人，便温和地问道："嫂嫂，这位是……"

郑大夫人指着那妇人道："这是我娘家表姐，早年是在外地的，如今儿女都在京城落了户，便接了他们老两口来享福。"

小沈氏似是认识的，笑着叫了声表姐，却并未起身。明兰点了点头，客气地连声道"快请坐"，再有侍婢来奉茶。

那表姐穿戴并不起眼，长相甚至还有些土气，但举止倒落落大方，毫不露怯，嗓门也不小："瞧这话说得，你们是富贵人，我们是乡下人，小户人家那点子嘟当，在几位贵人眼中，还不够笑话的呢。"

郑大夫人似乎并不讨厌这位表姐，还十分和气道："不论大户小户，对父母的孝心才是首要的。表姐的儿女都孝顺，再有福气不过了。"

表姐咧嘴笑道："这倒是，几个小子都还算有良心，没忘了爹娘吃的苦，便是几个女婿，也是孝顺的。这不，我才来替他们跑这趟腿。"

明兰注意到，她身边地上放了个小竹篮，盖头撇在一边，里头露出好几十枚红蛋。

郑大夫人转头笑道："这阵子，他们齐家是攒足了福气，老国公几月前刚得了一对龙凤胎曾孙，前几日过了古稀大寿，如今族亲又添丁进口。"看明兰一脸迷茫，又补充道，"我这表姐的闺女，嫁了国公府的旁支。"

明兰一听齐国公府，顿时眉头跳了一跳，脸上笑着："真是恭喜了。"

心里却道，大家族的旁支和大家族的一表三千里联姻，倒是门当户对。

小沈氏连忙追问道："已经生了？是男是女？"

表姐阔阔的面庞上满是笑容："是个哥儿，足有七斤六两，沉得很！小户人家没什么好东西，送些红蛋来，小夫人吃了，回头保准也生个大胖小子！"

这话小沈氏最爱听，因顾着害羞，不敢接话。郑大夫人替她道谢："亏表姐这么记得我们，你们家儿孙满堂，能沾沾这多子多福的喜气，可不是好嘛！"又回头朝明兰道："你别光笑，今儿我借花献佛，回头你也拿几个去。"

明兰一时错愕。小沈氏赶紧抓住机会："生一个便想交差吗？赶紧回去多生几个！"

众人一齐大笑。郑大夫人又对那表姐道了一番谢。

表姐笑道："大夫人快别说了，几个红蛋值得什么钱了，要说呀，还是多亏了您，不然，观明两口子哪有今日！待出了月子，他们亲自来给夫人叩头。"

郑大夫人微微一笑："是你女婿自己争气，我当不得什么。便是他那小兄弟思明，听说也是很得先生夸奖的。"

明兰心中一动，脱口而出："观明？思明？"见她们微惊的目光看来，她连忙遮掩地笑道，"前几日去吃齐家的寿酒，老国公的曾孙，仿佛也叫什么明的。"

小沈氏指着她笑道："你这人，自己名字里有个明字，便不许旁人也叫这名儿吗？"

明兰一阵尴尬。

郑大夫人笑了笑，并不以为意，还柔声解释："你不是京里长大的，不知道这个，他们齐家原来是一代单名一代双名排的，到了如今这辈儿，该是双名明字辈。"回头又笑斥小沈氏道："你也是外头长大的，又知道什么了？一知半解便爱卖弄。"

小沈氏淘气地冲长嫂笑笑。

屋里众人还在说笑，明兰也努力跟上搭话，心中却是万丈波涛——

齐衡儿女名字中的那个"明"字，和自己根本没有关系！

这件事她不知道，申氏是知道的，她是故意的！

自己被阴了！

申氏的日子并不坏，唯一美中不足的，不过是丈夫的心不在她身上，她自己不痛快，也不想让别人痛快。她说那么一番话，非但无中生有，且难抓把柄，倘若自己知道内情，还能抵挡一二，偏自己全不知齐家排辈，兼之心虚，便一脚踏了进去。

说到底，申氏只是想叫明兰知道，她很憋屈，顺带让明兰也憋屈一把——好个清风拂面、端庄大方的齐申氏，她算认识了！

可接下来，另一个疑问也浮上水面，一个更大更麻烦的疑问。

直到吃晚饭，明兰还在怔怔地看顾廷烨，头疼这个问题，犹自出神中——顾廷烨是京城长大的，连河东府的陈年典故都知道，岂会不知齐家的排辈？

既然齐衡儿女名中的"明"字，并非因为自己，那他为什么生气？

难道是"玉"字和"翰"字，合起来像"遗憾"二字的谐音？不对。

比如今日碰上的表姐，她的女婿两兄弟，一个叫观明，一个叫思明，难道是为了看自己思念自己？而他们的老爹给儿子们起这个名字，难道也和自己青梅竹马了？

既然齐家排辈中有"明"这个字，便避免不了类似含义。顾廷烨是豁达之人，不至于心胸狭窄到这个地步——明兰直觉，他并非因为名字之事而跟自己赌气。

思绪乱走之间，明兰突然发现自己冤枉了齐衡。难道要齐衡为了避嫌，非得给自己儿女取名叫"聪明""发明"什么的，才算撇清？希望他继续保持脑袋清楚，可千万别给孩子们改名字呀！

顾廷烨觉着今日吃饭明兰特别安静，似乎魂不守舍，脸上一会儿苦苦思索，一会儿皱眉犹疑，表情十分纠结，并且光吃白饭，也不知在想什么。他颇觉有趣，伸手点下她唇角的饭粒，微笑道："想什么呢？饭也不好好吃。"

明兰惊醒，发觉自己面前饭粒掉了一地，很是不好意思："不是，是……"这个话题怎么说？貌似也没什么可说的，随即摇摇头道，"没想什么……侯爷，今日这甲鱼汤极好，你多喝一碗吧。"

顾廷烨的笑意一点一点，慢慢敛去：她永远都是这样。

余下用饭时间，两人默默无语。刚吃完饭，外头便有人来报，却是气喘吁吁的二门房婆子。她站在外头，报说是四老太爷不好了，叫赶紧去看看。

夫妻俩面面相觑，又怎么了？

第五十一回·且行且思

　　匆匆赶去四老太爷宅邸，却见五老太爷及顾廷狄夫妇俩已坐在屋中，正和神色茫然的四老太太说话："四嫂别急，且把心放宽，我们都这般岁数了，生死有命……"

　　顾廷烨携明兰上前见礼，并为迟来道罪。五老太爷缓缓摆手，神态慈和："我们住得近，自是来得快些，你们也算早了……先进去见你四叔吧。"

　　煊大太太引他们进里屋去。顾廷荧另几个丫鬟婆子正在床边服侍汤药，见明兰和顾廷烨来了，便微微侧身而站，不住唉声叹气："……大夫说了，性命是无碍的，但是风瘫了，如今非但不能动弹，连话也不得说了……"说到这里，声音哽咽了。

　　明兰探头去看，见四老太爷直挺挺地躺在床上，双目半开半闭，仿佛既睁不开也闭不上，四肢僵硬，面部扭曲，嘴角歪斜成一个奇怪的角度，喂进去一勺汤药，倒要漏出一半来。

　　这种情形，也没什么好说的，明兰说了几句"四叔父，你好好养病"之类的废话，顾廷烨面无表情地也意思了两个同义句，然后二人便与煊大太太退了出来。

　　在中厅坐定了，众人开始叙话。

　　顾廷烨先问："这究竟是怎么回事？好好的，怎么说倒下就倒下了？"

　　很简单的问题，顾廷煊却支支吾吾了半天："……是今儿下午来了封信，说……说二弟在西北，又出娄子了……爹一听，就急得病倒了。"

　　明兰转头去看煊大太太："年后大嫂子不是才说炳兄弟出了些小纰漏吗？这是同一回事吗？莫非那儿的衙门还不肯罢休？"

　　煊大太太连连苦笑："是两回事。原先那桩，已差不多打点好了，谁知二弟也太不消停了，身上还没干净呢，又惹是非。说是夜里与人争闹，将人打死了，二弟也叫打断了一条腿！旧账未清，新账又来，被打死的那人还是良籍，统领恼了，说是这辈子不叫二弟回来了。"

明兰默默转回头来。这时，炳二太太开始从低音抽噎到高音，冲着五老太爷哭哭啼啼道："我早就说过，西北地方荒芜凶险，人也大多凶恶，您侄儿老实巴交的，若非被欺负得狠了，怎会与人争执……"

她话还没说完，顾廷烨便打断道："炳二哥是住在流放所里的，因使了银子人脉打点，日常连劳作也不用，衣食等均有小厮仆役打点，便是白日闲了，出去逛逛，夜里也该回去了，怎会夜里打死了人？"

这情由一点明，五老太爷刚刚张开的嘴又合上了，摇头捋须。炳二太太难以辩驳，讪讪道："许是有什么要事，非得出去……"

四老太太忽然冷冷哼了一声："他是去流放，能有什么要事？！家里人为他提心吊胆，他倒好，只知胡闹，还连累了他爹！"越想越火大，好容易给女儿说了门颇不错的亲事，眼看议论得差不多了，倘若这时老爹挂了，顾廷荧便得守孝三年，那岂不等成了个老姑娘？且别说对方肯不肯等，就算肯等，大约等女儿嫁过去，恐怕什么庶长子、庶长女都已生下了。

她素来温文无争，但这会儿，捏死顾廷炳的心都有了。

一个"孝"字压下来，炳二太太急了，脱口道："这也不能全怪他呀，这阵子爹的身子原本就不好，都怪新纳的那个……"

顾廷煊大声咳嗽起来，脸色涨红，炳二太太这才惊觉自己说错了话，赶紧闭嘴。

"说得也是。"顾廷烨缓缓道，"适才我也觉着奇怪，四叔父素来身子硬朗，炳二哥这事也非立即致死的，缘何会重病至此？"

这话一问出来，四房众人俱是垂首。四老太太是疲惫中带着灰心，顾廷煊夫妇却是羞愧兼尴尬，缩坐在一旁的炳二太太则不住地骨碌着眼珠。

良久，五老太爷抚须道："都说家丑不可外扬，今儿都是自家人，没什么不可说的。"叹气继续道，"当初大哥大嫂在，四哥还能约束一二，自分家后，日益胡闹。近日，四哥竟纳了个扬州瘦马，终日嬉乐，大侄子忧心，曾央我来劝，奈何四哥不听，才致如此。"

这话说得隐晦，但屋内何人听不懂？

明兰低下头，自行翻译成吐槽版：一把年纪的人了，还自觉金枪不倒，日夜沉迷，若只找家里的婢女也就算了，毕竟是良家的，花样有限，谁知弄来了个职业人士，搞不好还用了药——连续奋战好些天，已掏空了身子。昨夜兴许刚奋战了三百回合，中午又加时赛，然后下午就听见心爱儿子的噩耗，当然就抵不住了。

顾廷煊也许还想替老爹遮掩一下，但煊大太太一点儿护着这老不羞公爹的意思都没有。

五老太爷转向他们夫妻，慈和地劝慰："四哥糊涂，你们做儿女的，又能如何？不顺着他，还得算你们忤逆。大侄子，大侄媳，大伙都是明眼人，不会怪你们的。"

顾廷煊垂泪道："多谢五叔父体恤，我……我……我们也是无计可施了……"

"生死有命，到了我们这个岁数，阎王早就惦记上了。"五老太爷微笑道，"大夫既说性命暂时无忧，便好好将养着，慢慢也就回过来了。"

这话说得温和豁达，淡然清明，明兰终于忍不住去看了五老太爷一眼。

不过数月未见，五老太爷便如换了个人一般，往日那清高倨傲之态全不复见，虽是苍老依旧，精神却甚好，说话和气诚恳，十分通情达理。

顾廷烨似也有些疑惑，侧侧瞥了明兰一眼，又附和道："五叔父说得有理，只要有救，好好将养便是。"然后又转头道："若是缺什么，大哥大嫂尽管来说便是。"

煊大太太拭泪而笑："这里先谢过二兄弟了。"另一边顾廷狄见状，也站起来道："倘若有用得着的地方，也请嫂子哥哥千万别客气。"

顾廷煊夫妇又是感动又是一番道谢。

炳二太太见众人你一言，我一语，仿佛把顾廷炳的事给忘了，大为着急，眼珠一转，低声对身旁丫鬟吩咐了几句，那丫鬟随即点头离去。

顾廷烨转回头来，对五老太爷微笑道："多日不见叔父，叔父气色风采俱胜往昔，小侄不胜欣喜。"明兰暗喊一声——你不就想问"老叔，您咋忽然转型了"吗？

五老太爷笑道："你不问，我也要说的。"顿了顿，叹道，"自那孽障去了后，我夙夜深思，惘然后惊觉，这一生碌碌无为，竟是虚度了，学问不成，仕途不济，家业不兴，便是几个孩儿也不曾教养好。唉，白活了，白活了……"

顾廷烨默然。私底下，他不知多少次嘲讽过这位以文士自居的叔父，大约也是这个意思，没想到临老了，这位叔父终自己想明白了。

"叔父别这么说……"顾廷煊插嘴，忽又停住，大约想说"您比我那老不正经的爹强多了"，中途刹车。

五老太爷浑不在意众人的反应，豁达地摇摇头："我已打定主意，再过几个月，待天气凉了，廷狄两口子在京城看家，我和你们五婶领着循哥儿母子俩，到定州去。"

此言一出，厅中众人皆讶然。

煊大太太是急性子，率先道："定州？那可不近呀，叔父去那儿做甚呀？"

顾廷煊一头雾水，完全摸不着头脑。顾廷烨沉思不语，明兰略略一想，轻声道："久闻定州山清水秀，文风素著，其中摩尼山书院更是天下驰名，莫非叔父……"

庄先生当年就在那里深造过。

五老太爷点点头，笑道："亲家翁比我强得多，不但儿子们个个成器，闺女也教养得有见识。"笑完，道，"我昔日有一同窗，现在摩尼山书院为教席，我欲去投他，这点子学问，教不出举人进士来，可与童子启蒙还是成的，也好为循哥儿寻一名师，两相得宜。"

"可……可叔父年事已高……"顾廷煊讷讷道。始终沉默的顾廷狄也开口道："堂兄说得是。父亲，三思呀。"

"不必多说了。"五老太爷边笑边摆手，"我这辈子，一事无成，倘若如今再不做，才真是蹉跎一生。"

这事来得突然，众人无语，反倒五老太爷情绪十分高昂，说说笑笑，仿佛年轻了十岁。

正在此刻，忽然一声凄惨的哭叫传来，却见刘姨娘披头散发地倚在门口，满脸涕泪："求各位叔伯兄弟，救救我家炳儿吧！"说着，就跪在地上。

刘姨娘老态毕露，却也顾不得了："我知炳儿惹出祸事，好歹看在同出一宗的分儿上，莫要不管他呀！"

兀然被打断，众人一愣。五老太爷见不惯刘姨娘，皱了皱眉："休作这番丑态！赶紧起来，廷炳到底是顾家子弟，我等自会奔走。可他这般冥顽不灵，也该吃些苦头了！"

刘姨娘冲着顾廷烨连连磕头："炳儿以前不懂事，得罪了侯爷，求侯爷大人有大量，饶了他吧，瞧在过世的老侯爷分儿上，好歹救他一救！"

——干吗要看在老侯爷分儿上，难道顾廷炳是顾偃开生的？明兰几乎要笑出来。

这话说得不伦不类，来来回回就这么些陈词滥调，众人也听烦了。煊大太太正要叫人将刘姨娘拖走，却听顾廷烨冷冷开口："四叔父房里，什么时候有奴婢说话的份儿了？！"

刘姨娘自进门起，因为四老太爷宠爱，满府的人对她都是客客气气的，连填房进来的四老太太也吃过她的苦头，她还从未这般被人说过，顿时愣在当场。

"炳兄弟如何，自有五叔父和我等兄弟拿主意，与你有什么相干？仗着四叔父心慈，居然敢来这里放肆！"顾廷烨目光冷淡，不落痕迹地扫了四老太太一眼。

刘姨娘被气得摇摇欲坠，却不肯罢休，当即把腿一盘，竟坐在地上号啕大哭起来："我虽是下贱人，好歹在这房里熬了三十年了，也为顾家开枝散叶，如今老太爷还没咽气呢，就有人这么来糟践我呀！我不活了！我不活啦……"

煊大太太见太不像话了，赶紧叫人把刘姨娘捉出去。

这时，四老太太忽然站起来，冷声讥讽道："生出这等上违国法、下忤父兄的不孝子，还不如不生呢！那孽障给家里惹出祸事不断，怎么，如今咱们还得谢你刘姨娘的功劳了？你再敢放肆一声，我就请侯爷将他逐出宗祠，一了百了！"

众人皆惊，不想素来温和的四老太太竟会如此。不过，效果倒好，刘姨娘立刻不敢再哭闹了，瘫在地上瑟瑟发抖。

炳二太太见形势不对，赶紧站出来，冲煊大太太哭道："你们这是要逼死我们呀！莫非看着廷炳死在外头，再等老爷子一咽气，你们就好随意摆弄我们了不成？"

这时，顾廷烨忽然道："炳兄弟之事，我会去奔走。"

炳二太太连眼泪也顾不得擦，喜道："当真？"

"可丑话说在前头，炳兄弟是戴罪之身，又打死了良民，纵是天大的面子，十几年是跑不了的。嫂子和刘姨娘再想更轻，就另请高明吧。"顾廷烨悠悠道，"可炳兄弟一再闯祸，便是天王老子也没法子的。我想不若叫人去西北，就近陪伴，一来照顾，二来可以提点。"

众人听顾廷烨肯帮忙，有人惊，有人喜，又听至少要十几年，要人过去陪伴，便缓缓将目光投在刘姨娘和炳二太太身上，直瞧得她们俩心头发毛。

炳二太太适才的气焰不知哪儿去了，瑟缩道："都说长兄如父，廷炳听大哥的，不若大哥去。"

煊大太太险些气笑了，上前一步道："弟妹把肚肠捋捋清楚再说话！如今家里老的老、病的病，剩下都是女眷孩儿，倘若连廷煊也去西北了，这家谁来撑？所谓夫妻一体，反正父母有我们伺候，弟妹这就收拾收拾，去西北陪二弟吧！"

炳二太太连连摆手，吓得脸色都发白了："孩儿还小，西北穷山恶水的，哪能过日子，也请不到好先生，耽误了功课。"

"百善孝为先！"四老太太满面鄙夷，骂道，"人家一品二品的大官，为着守孝，连官儿都不做了，到底功名要紧还是孝道要紧？哼，就是你这种不知礼数的娘，好好的孩儿都教坏了！"她目光转至刘姨娘："既然如此，母子连心，不如请刘姨娘过去！"

刘姨娘倒有几分胆色，一咬牙，道："成！我们去，我们带着孩儿一道去，但此去不知何时能回，不如先行分家？"四房的银钱生意原本都握在顾廷炳手中，自他被流放后，这两年，顾廷煊夫妇几乎都已接过手去，趁现在自己还清楚底细，赶紧分了家，免得以后两眼一抹黑。

"放肆！"四老太太今日威猛异常，似乎要着意打压她们，骂道，"老爷子还好端端的，竟敢提什么分家，你咒老爷子快死吗？！"

五老太爷也骂道："你这贱婢，分家这种大事什么时候轮到你置喙？！三年之内分家两次，你想叫人家戳顾家脊梁吗？"

四老太太又道："待老爷子百年之后，想分家也成。要么廷炳回来，要么德哥儿（顾廷炳长子）及冠，我就做主分家！否则……"她冷冷一笑，刺骨鄙视的目光扫过炳二太太，"孩儿还小，不能自己做主。有个不肯陪夫婿吃苦的娘，一分了家产，还不知会如何呢。"

这话十分难听，只差没指着对方鼻子骂"水性"了，炳二太太立刻哭了起来。四老太太冷冷地看着她，也不把话说透，等着以后慢慢当话柄。

顾廷煊厚道，似有些不忍，正想去说两句，却被煊大太太扯了下袖子，以目光制止。炳二太太犹自哭哭啼啼，不知如何是好。刘姨娘跪在地上，看着这满屋的人，却渐渐明白了——四老太爷这一病倒，自己祖孙几个，却是要受人拿捏了。

威风的姜室做了大半辈子，竟到老了要受罪，刘姨娘心里一片茫然。

明兰默默看完这一幕戏，一言不发地跟着顾廷烨回了府。此时已是月上柳梢，两人各自更衣，沐浴盥洗，然后屏退众人，关上房门。

床头的雕花四方小翘几本是墨色的，可在昏黄的烛火下，隐隐透出一抹暗红来。几上放着一把白瓷染青花的小矮壶，精致的壶嘴微微翘起，烛火轻轻一晃，在几面上留下高低起伏的阴影。明兰裹着薄缎中衣坐在床沿，静静地看了好一会儿，方才抬起头来。

顾廷烨躺坐在床头，月白绫缎的宽袍松松铺在床沿，漆黑的散发长长垂至赤裸的胸前。今夜他没有拿书本做幌子，就这么直白地盯着她，看她满心疑惑、欲言又止。若是平常，他早主动替她解惑了，可今天……他要看看，她究竟会不会问。

男人嘴角露出一抹微不可察的讥意，近乎自嘲。

他就这么静静地看着她，看着她挣扎在问与不问之间，等着。

"余……余嫣红……"明兰竟觉呼吸困难，对面黑影幢幢的帐幕下，男人幽深的眸子仿若锁链缠着自己，"……是顾廷炳？"

可怕漫长的沉默。

男人收起闲散，声音冷硬如冰岩："至少三十年，他别想回来了。"

明兰脑海中一片空白，结巴道："可……这是为何？"她设想过很多人，总觉得应是个风花雪月、色胆包天的人，没承想竟是整日钻营于权势钱财中的顾廷炳！

"为了银子。"顾廷烨异常平静。

明兰的心沉了下去，真相竟然远比预料中的还要丑陋，起因甚至连逢场作戏都不是。

"余家的陪嫁丰厚，除却田庄铺子，嫣红手中至少有两万两现银。嫣红死后，退还余家嫁妆时，这笔银子不见踪影。自然，以当时的情形，余家也不会追问。

"……顾廷炳早垂涎嫣红的嫁妆，奈何没有名目，待我出走后，人人都说我不会回来，他便动了心思。

"可惜东窗事发得太早，他只吞没了现银，那些铺子田庄还没法动……"

平静叙述的语调，仿若一出残忍的闹剧。

明兰胸口压抑得难受："这件事，四老太爷……知道吗？刘姨娘呢？"

顾廷烨缓缓道："起初便是他们母子谋划的。待第一笔银子弄到后，老子也知道了。"

"四叔父没有制止？"明兰气愤难言。

顾廷烨没有回答，只嘲讽地笑了笑。

一个念头在脑海中一闪而过，明兰脱口问道："四叔父的病可与你有关？"

"有关，也无关。"男人似笑非笑，"我叫人去给那群狐朋狗友传话，我和四叔虽分了家，但还是一家人，可不许怠慢了我家长辈。"

过了半晌，明兰又问："四婶婶……为什么肯帮你？"

"她不是帮我，她是帮她自己，帮她女儿。"

"廷荧妹妹的亲事……"明兰惊觉。

"那门亲事，是我去请托的。"

看明兰一脸惊愕担忧，男人笑了笑："放心，是户好人家。说起来，以分家之后四房的情形，还是廷荧高攀了。"

——那么，今日四老太太反常的举动有解释了。

"既然妹妹出嫁在即，你还……你还……四叔……"明兰急得说不下去。

顾廷烨微微蹙眉："这倒始料未及，四叔也荒唐得太过了，亏得没出人命。"

一开始的计划，是待顾廷荧出嫁后，四老太爷才日积月累地"病"倒，谁知那老色鬼猴急太过，提早出了状况，估计四老太太被吓得不轻。

"待妹妹出嫁后，想来四婶婶更无工夫好好'照料'四叔。"男人兴味盎然地微笑起来。

明兰知道，就像那些风瘫十几年的病患，四老太爷大约永远也好不了了，直到去世。

从今日来看，顾廷煓夫妇起先是不知情的，但随着事态发展，煓大太太显然很快意识到了问题关键：一旦四老太爷不能动弹，四房最大的长辈就是四老太太，顾廷煓夫妇倘若想完全压制住顾廷炳那一房，就必须联合四老太太。

父亲的多年老姨娘，做儿子的不好处置，但正房太太是尽可以动手的；庶弟远在西北，兄嫂总要体恤孤苦的弟妹及其孩儿，但四老太太尽可以长辈身份教训之。而同样地，没有儿子的四老太太，以及出嫁的顾廷荧，也需要顾廷煓夫妇来撑腰。

正是互利共赢。

到时候，四老太太想怎么"照顾"四老太爷就怎么照顾，而经过今日，她甚至还有了管束顾廷炳媳妇的把柄——只要她一不老实，就让她去西北陪丈夫去；至于刘姨娘……儿子不在，男人瘫了，四老太太尽可以出气了。

明兰心头一阵害怕："西北那边，不会出事吧？倘若叫人知道是你……"

"你以为我做了什么？"顾廷烨哈哈大笑。

"顾廷炳流放西北时，他大哥给带了四个仆役、两个婆子，我又给补了两个护卫。这些日子，我时常叫人去叮嘱那些仆役、婆子好好服侍，千万要听主子的话，不许怠慢违逆，一定叫主子过舒服了，回来重重有赏；又吩咐那两个护卫，西北民风彪悍，定要好好护卫主子，不许叫人伤了去，如此而已。"

明兰呆呆地看了顾廷烨好一会儿。

对，他的确什么都没做，他只是顺着每个人的性子，缓慢地拉好蜘蛛网。

四老太爷贪花好色、荒唐昏聩，整日厮混的也是这么一帮人，顾廷烨传了话后，人家为着巴结顾侯，自然把最好的货色拿来招待四老太爷——可是，那句传话有什么问题吗？

四老太太一旦入了戏，就只能照着顾廷烨的意思做下去，什么也不能说——不过是做堂兄的关心妹子，替妹子寻了门亲事而已，旁的什么也没有。

至于顾廷炳，顾廷烨太了解他了，他是那种酒色财气得寸进尺的贪婪小人，一旦生命没了危险，又有一众人好吃好喝地伺候着，难道他会每日老老实实地待在流放所里？

不，他必然是耐不住的。以顾廷炳之前在京城的行径——霸占人家祖产，贪图人家买卖，逼死人命，难道他在西北就会安分守己吗？本性难移，兼之有两个了得的护卫，只有他打人，没有人打他，他不横着走才怪。

蜘蛛网拉好了，顾廷烨只需说些似是而非的话，然后耐心等待，便会有满意的结果出现。

"当初我潦倒，他们不顾骨肉血亲，肆意侮辱欺凌于我，那么今日，就该受了这报应。"顾廷烨阴沉了神色，掩饰不住眼中的戾气。

杀人不过头点地，这是奇耻大辱，又是受亲人背叛，当时的他该是怎样一种屈辱悲愤的心情？

想到面前的男人居然能隐忍至此，明明知道四房父子对自己做的事，可这两三年间，他竟不露半分声色，暗中布置筹划——明兰背心发冷，环抱着被子，颤声道："我、我……我没有……从来没有……"她的下巴被捏住了。

顾廷烨俯身捧着她的脸，笼出一片阴影在她的脸上。

"你嫁给我后，一直待我很好，体贴周全，聪明伶俐。该你做的事，你做得滴水不漏，不该你问的，或是你觉着会叫我不痛快的，你一句都不会问。"

阴暗中，他的眉角棱骨越发显得凌厉森然。不知为何，明兰莫名地害怕。

"不论你面前有多少难题，你只自己揣度，有多少疑惑，你都死死忍着，从不主动提起。嫣红的事，你心里藏多久了？嗯……说呀，你生团哥儿那日，那般凶险，可醒来后，你依旧不曾问起半句……你是怕我难堪吧。可在我心中，有什么是比你和团哥儿要紧的？区区难堪算什么？！"

男人越来越重地喘气，似是渐渐无法抑制怒气。

"这几年来，你想做的事，你想知道的，哪一桩，哪一样，我没有依你？可你就是不放心，防着我，戒备着我，暗中揣测我，一言一行半点错处都不肯落下！好好好，我果然讨了个好媳妇！"重重一拳击在床上，明兰顿觉天摇地晃，眼角淌出一片湿热。

见她泪流满面，目露惊吓，顾廷烨方才渐渐安静下来，抹掉她的泪水，把她连人带被子抱在怀里，搂得死紧死紧。

明兰侧头轻抬，这个角度，只能看见他微微鼓起的侧腮，紧紧绷着，咬牙切齿一般。

次日起，顾廷烨便搬去内书房睡。明兰默默地替他备好玉皮凉席和铺盖，更贴心地配上一幕天青绣姜黄蝈蝈的软纱帐，另两尊白玉艾草熏炉，好驱蚊虫。

顾廷烨站在书房的侧厢，看着屋里整齐周全的摆设布置，更加气不打一处来。

严格来说，这不算正常意义的夫妻吵架，不过是一个配偶单方面发飙，另一个老实地听着，还吓哭了，其结果却很符合正常步骤，吵架——冷战。

世界上最麻烦的问题就是，知道是什么问题，却无法解决这个问题。

面对丈夫吃人的脸色，讨债般要她拿真心意出来，明兰头痛得很。

倘若顾廷烨是个寻常男子，明兰自信唱作哭泣一番，必能过关，偏这男人阅历丰富，惯会识人，这两年把明兰的性子摸透十之八九，糊弄不了。

若明兰这会儿跑去痛心疾首地表示"啊，我已经认识到错误了，请你原谅我吧，其实我是真心爱你的"，估计人家眼皮子都不会抬一下。

明兰懂得那夜顾廷烨话里的意思，可至亲至疏夫妻，本就不能处处实言，她深觉最近过得太舒服了，少了以往的细致体察，以至疏忽了丈夫的心情，真真不该。

她决心反省。

一个要对方认识错误的根源，对自己真诚以待，属于感情问题；

一个却觉得感情没问题，是方式出了纰漏，需要改进策略，属于技术问题。

前者觉得妻子不诚心，老想着要小聪明；

后者觉得丈夫太麻烦，太太平平过日子不就完了嘛，真心个毛呀真心，能当饭吃吗……

顾廷烨不肯自动回来，明兰又没想出解决办法，只能照常理家务、管孩子，夫妻俩闷声不响地对面坐着把饭吃完。倘若男人脸色实在太难看，以致影响了胃口，明兰过后再吃一顿。

时日长了，明兰居然很没出息地觉得这种日子也不甚难过，要是能再生几个孩子就好了，可惜男人不肯回来睡觉。

见此情形，顾廷烨越发气得厉害，越发不肯回屋就寝。可他又想念儿子，便晚上常抱儿子去书房睡，如今他哄孩子睡手熟得很，倒也不为难。

若他回来晚，就深更半夜把睡眼迷蒙的明兰推醒，从被窝里把团哥儿裹着抱走，然后明兰就会失眠。若他次日有早朝，会在离开前，满屋黑漆漆的，将儿子塞回她的被窝，明兰就会被再度推醒，然后抱着呼呼沉睡的肉团子睁眼到天亮。

对于这种前半夜和娘睡，后半夜和爹睡，闭上眼时是爹，睁开眼时是娘的生活，小胖子没有任何不适。有时半夜醒了，还能跟顾廷烨玩闹一会子，累了，刚好就一觉睡到天亮——摸着儿子刚剃好的肉秃秃的脑袋，明兰无力地叹了口气——

你知不知道你爹最近在深夜报复社会啊。

这几日夫妻冷战，府里也不是没有动静。

冷战第三日，秋娘蠢蠢欲动，端着盏燕窝想去书房"探望"顾廷烨，结果不知说了什么，反惹得顾廷烨不痛快，连碟子带燕窝摔在门外。秋娘回去大哭了一场。

冷战第五日，翠微将常给庄子里的彩环送东西的一个婆子，连同她的干女儿重重地罚了，每人打二十大板，然后一道罚去了那庄子。

冷战第八日，王氏的娘家人进京了。

王舅父外放数年，如今任期已满，近日要回京述职，家眷先行一步回来，王氏早就想家人想得厉害，早早来告知明兰，说是过两日待王老夫人安顿好后，阖家去拜见长辈。明兰为难了好一会儿，只能期期艾艾地去跟顾廷烨说了，然后眼巴巴地望着他。

顾廷烨面上故作淡然道："后日我早些回来，我们一道走。团哥儿太小，先不过去了。"

"多谢侯爷。"明兰就等着他这句话，她原就不想把团哥儿抱过去，可又不想自己做坏人，这句话他来说再好不过了，想着，便欢欢喜喜地过去抱着他的胳膊，把脑袋挨了过去。

顾廷烨看了她一会儿，侧过头，心中暗叹一声：她便如一个孩子，很诚恳地认错，老老实实地受罚，很可爱，很乖巧，可她心里并不知道错在哪里，甚至也不愿改正。

肩臂上柔软馨香，她笑靥如花，他心里很喜欢，不自觉地就伸臂揽过她的腰。忽然，他很没出息地想——这样也好，就这么过吧，较什么真儿呢？

到了后日，明兰照旧又去邀了邵氏，她也照旧摇头，歉然微笑道："你与二弟去吧，待那小姐儿俩放学回来，咱们三个一道吃饭。"

大约在小秦氏手中过惯了低调日子，又或者深知顾廷煜兄弟俩的素日恩怨，邵氏在澄园里十分本分。年轻寡妇是非多，平素除了自己娘家，她几乎是大门不出，二门不迈。加之明兰生产那日，她不曾施以援手，之后见到顾廷烨夫妇更是惴惴，越发谦和小心。

明兰一叹，柔声道："那两个丫头便托给嫂嫂了。"

其实她并没有怪她，这世上有几个无私的，大多是先考虑自己罢了。

顾廷烨换下朝服，明兰特意为他挑了一身绣暗纹海棠的墨蓝蜀锦缎袍，然后自己也着意打扮精致，夫妻俩才出门。

王家老宅虽不大，但地段比盛家还要好一些，离皇城不过半个时辰的车程，是以很快便到了。门口的老仆吊着脖子等了许久，一看马车上的玄漆徽记，便知是宁远侯府的盛家姑爷，赶紧恭敬地迎他们夫妇二人进去。

进去时，发觉盛家众人已到了，盛老太太坐在一个白发老妪身旁，老爹盛纮恭敬地侍立一边，满面笑容地说着话，周围或坐或立了一圈人。

上前磕头行礼后，那老妪连忙抬手叫明兰和顾廷烨起身。盛老太太笑眯眯道："说起来，老姐姐这还是头回见六丫头呢。"

站在一旁的王氏不自然地挪了挪脚尖。王老夫人不以为意,拉明兰到身边,仔细看了:"嗯嗯,果然是个整齐的孩子。老妹妹真是好福气。"

这个所谓的外祖家,其实明兰一个都没有见过,这回初见,侧过脸细看,发觉王老夫人虽年事已高,却鼻梁秀致笔挺,眉目端庄,与康姨妈甚像,想来年轻时是个标致的美人。相比之下,一旁的王舅母便逊色许多,神态严肃,不苟言笑。

王表兄,单名一个佑,生得倒和王氏颇像,四方面孔,口鼻皆阔,蛮敦厚的一个年轻人。自然还少不了明兰的老熟人——嫁作王家妇的康元儿表姐。

此刻,康元儿正用倨傲的目光挑剔着明兰的打扮,从她腕子上的青金双环翡翠镯,一直看到她头上的白玉镶金丝偏凤钗。这支凤钗是以七八片羊脂白玉用赤金丝攒成,不论价值,光手艺便非同小可,要将整块羊脂白玉打磨成如蝉翼一般薄,据说是已失传的前朝技艺。

康元儿心口泛酸了好久,才努力控制住不开口。

明兰不去理她,转身朝允儿道:"表姐,你回京了?"盛长梧真是个好老公,也不知怎么找的借口,才把老婆从老家弄回来的。

康允儿看了眼前头的康姨妈,上前握住明兰的手,满面羞愧地低声道:"好妹妹,年前那事……都是我娘的不是,你……你……别往心里去。"

明兰微微一笑,转言道:"今日梧哥哥怎么没来?"

允儿道:"这阵子他被调派西郊大营,每半月才能回来一次。"她见明兰不肯接她的话,知她还在生气,心里十分难过。可生母再错,那也是生母。

"五姐姐也来不了。"明兰知道她的心事,但她不打算因为康允儿而原谅康姨妈,便又扯了个话题,"近日文家一位伯父过世了,她跟着去乡间吊唁了。"文炎敬的外放基本定下了,最近如兰对婆家十分乖顺,就怕出个意外,她又走不了了。

王老夫人对顾廷烨柔声道:"我托大,叫侯爷一声外孙女婿,以后也是自家姑爷了。"

顾廷烨坐着侧身,双手轻轻一抱:"老夫人安好。"

王老夫人微微不悦,适才见礼时,他叫盛老太太为"祖母",见了自己却叫"老夫人",分明见外;侧目过去,见儿媳妇目光一闪,然后朝自己的长女看了一眼。

康姨妈正气愤地站在那里。

王老夫人心中暗叹，她自然知道长女与侯府的纠葛，从进来到现在，明兰与顾侯连声"姨母"都未曾叫过。她实在不理解自己的女儿，这种并无血脉相连的亲戚，两边更要客客气气的才是，否则，人家何必非得理睬你？

那边盛纮十分兴头，笑道："敢问岳母，舅兄何时能回？"

当初他去王家求亲，众人皆不看好自己，只这岳母待自己十分和蔼，王舅兄人也厚道，初入仕途那几年，格外照顾、提点自己。

王老夫人慈爱地看着自己满意的小女婿："最多一个月，快则半月，手头的事总得交托清楚才能离身。我只念着你们，多少年不见老妹妹了，便提早过来了。"

盛老太太笑道："说起来，柏哥儿两口子也快回京述职了，到时咱们一家子吃顿团圆饭。"

王舅母眼神一闪，关切道："要说柏哥儿就是争气，年纪轻轻已为一方父母官，我家佑哥儿却还在读书。对了，上回不是说他媳妇有了吗？如今可生了？"

盛老太太越发高兴："三月初二生的，母子均安。"

王氏也高兴得很，忍不住夸口道："回来报信儿的几个婆子都说是个大胖小子，又能吃，又能睡，有劲得很！胸口这儿还生了颗福痣，一辈子的聪明富贵！"

王舅母凑趣笑道："可真恭喜老太太、姑太太了，又得一男孙，儿孙满堂。"虽说她一句意指都没有，但康元儿和康姨妈已坐卧不安了。

这时，华兰从门口进来，边走边将平卷起的袖子，身旁还跟着一群孩子，嘴里道："……如今果子也吃了，可得老老实实待着了……"抬头一看，笑道："哟，六妹妹，妹夫，你们来了。"

"大姐姐安好。"明兰上前笑道。顾廷烨也起身作揖："大姐夫近来可好？"

"好好，家里都好。"

明兰着意说些高兴话："听说近年口外马场繁衍极好，如今可不少人等着姐夫的马呢。"

"他呀！"华兰一摆手，掩饰不住得意，"这几日都是一早出去，半夜才回，家里也不得消停，日日都有人来。"

王舅母指着笑道："怪道你今儿一早就来了，原来是躲清闲来了！"

华兰挨着王舅母诮笑："哟，从今儿一早到这会儿，我帮着舅母搬搬抬抬，可曾闲过一刻？没有功劳也有苦劳呀。舅母这么说，可是怕我要工钱？"

王舅母装模作样地想了一会儿，才道："好吧，待会儿也分你果子吃。"

华兰一咬唇，转头笑道："外祖母好本事，也不知哪里寻来的舅母，啧啧，这般会当家的儿媳，王家可不一日日兴旺吗？"

一屋子女眷已笑得前俯后仰，王老夫人尤其笑得欢喜，指着华兰笑骂道："猴儿！猴儿！长辈也敢消遣！快叫你老子捶你！"

便连几个男子也不禁莞尔。盛老太太，乃至王氏和盛纮，看向华兰的目光俱是慈爱。只康姨妈和康元儿母女脸上的神色阴晴不定。见庄姐儿领着慧姐儿端庄地立在一旁，全哥儿和实哥儿兄弟俩都摇摇晃晃地挨在王老夫人身旁亲热。

康姨妈忽转头对明兰道："今日喜气，外甥女怎么不把你家哥儿带来？"

明兰微微一愣，她心中厌恶康姨妈至极，却做出为难的神态去看顾廷烨。

顾廷烨替她答道："孩子还小，待他大些了，再带出来。"

康姨妈面露冷笑。康允儿一瞧不对，忧心地去拉母亲的袖子，谁知康姨妈不肯罢休："侯府公子金贵……"

"谁家孩子不金贵。"王老夫人忽然出言打断，"没满周岁的孩儿，带出来做甚？！"又沉声教训道，"你也生了几个孩儿了，连这点道理也不懂？！"

康姨妈不甘地闭上嘴。

明兰站到后头，冷眼看着王老夫人——多年远居外地，却这么清楚团哥儿的齿龄。

众人吃过午饭，便陆续告辞，康姨妈说自己上无婆母，要与生母住几日，康姨父甩袖便走。王氏本也想照样，却叫盛纮给拽走了。王老夫人说要午歇，叫王舅母自去忙，便与康姨妈回到里屋，屏退旁人，方才说起私房话来。

"你这臭毛病，何时才改得了？！"王老夫人叹道，"你明知顾侯如今势头大，何苦非要去惹那丫头！"

康姨妈不屑地一嘬嘴："有什么了得，不过是个贱婢生的……"

"住嘴！"王老夫人喝道，"你管人家是怎么生的，如今她比你位高，比你风光，你就得敬着、让着、客气着，否则，有你苦头吃的！"

康姨妈不服气："不过是她如今年轻貌美，待顾侯不宠她了，她有苦头吃的！不过……呵呵，也快了，近日这贱丫头和顾侯闹翻了，顾侯都搬到书房睡去了。瞧今日的样子，两人的确不若往日亲了……"说着呵呵笑起来。

谁知王老夫人却不在意，反骂道："叫你少闹些歪门邪道，你就是不听，这又是哪里打听来的？顾侯和她不亲，难道和你亲？你乐什么，你没瞧见今日顾侯看你的神色吗？你到底做了什么，叫人家这般鄙夷你？"

康姨妈抿抿嘴，不肯说出自己当初和小秦氏的密谋，只微微可惜。

那彩环虽叫明兰罚去了庄子里，却笼络住了府中的一个婆子，那婆子的干女儿是在嘉禧居外院洒扫的。彩环一得了信儿，赶紧通报自己。可惜，只传了一次话，就让庄头察觉了。

然后那条线就断了。

康姨妈疑心明兰早就怀疑自己身边还未全干净，故意等在那里，不然哪那么巧。

王老夫人忽想起一事，道："我听说一事，仿佛你家中的一个庶出姑娘给安阳王为妾了？那老王爷今年都七十岁了，那孩子才十几，你也下得了手？"

这次康夫人真笑了："娘，这次可不是我，是你那好女婿自己动了攀附安阳王的意思，我不过出个主意罢了。"

"你就不怕那丫头得了宠，回头来制你？"

康姨妈得意地笑道："那丫头的娘和弟弟，都捏在我手里，怕什么！"

"难怪你底气硬了，原来是搭上了安阳王。"

王老夫人好说歹说，见女儿依旧冥顽不灵，不禁气馁，叹道："罢罢罢，我岁数大了，你的事我也管不了了。可元儿的事，我要说说，到底是王家的传嗣大事。"

康姨妈心头一紧，女儿至今未生育，王舅母早已不满多时。她颤声道："娘，元儿可是你嫡亲外孙女呀，你可不能……"

"佑哥儿也是我嫡亲孙子！"王老夫人怒声道。

"……元儿顶撞婆母，忤逆公爹，连我身边的妈妈也敢打，疯疯癫癫，就差没拎刀子捅人了！若非是我亲外孙女，你当我会容她至今日？！"

王老夫人深深吸了一口气："一年，我最多再等一年，倘若元儿还未有孕，你嫂子便要给佑哥儿纳通房了。你也别急，孩子生出来后，记在元儿名下，也是一样的。"

康姨妈尖叫一声："我大姑爷的大哥，就是盛家妹夫的大侄子，他老婆也是多少年没有身孕，可人家不也等着吗？如今终于生了个……"

"那是因为人家有两兄弟！"王老夫人一语道破，然后语重心长道，"可咱们只有佑哥儿一个呀。他身子又弱，这风险可冒不得。倘若有个万一，我怎么对得起你死去的爹？！"

康姨妈尖利的牙齿几乎咬进嘴唇，最后狠狠道："行，再一年。倘若不成，就纳通房，但——"她定定地死盯着生母，"要留子去母！"

王老夫人心头一震，看着女儿与自己酷似的面容，心又软了，缓缓点头。

回府后，顾廷烨见明兰兴冲冲地抱着一个黄泥小坛子进来，满脸孩子气地傻笑，他也装不出冷淡表情来："可是承德带来的土产？什么好东西？这么高兴。"

明兰抬头笑道："是吉祥菜。"见男人不甚明白，补充道，"就是蕨菜。"

"你爱吃这个？"顾廷烨惊讶。

"不是我，是威北侯夫人，张家姐姐。"

明兰缓缓掀开油布，看着里头盐渍的青嫩蕨菜，盐水清澈，干干净净的，她忽然对那王舅母有好感起来了。适才和小桃吃了两口，虽然很咸，但的确脆爽。

"寻常蕨菜都是晒干的，自己用水发开后再吃，好是好，可惜少了些鲜味。这坛蕨菜虽是腌过的，瞧着却是新鲜的，似摘下来不久，回头拿泉水析淡了，便可以吃了。"

顾廷烨见她说得眉飞色舞，控制不住微笑出来："叫你说得我都馋了。"

"有两坛呢，咱们自己留一坛。"明兰笑嘻嘻的，"你想怎么吃，回头我给你做，不论煲汤、炒菜，哦不，现下凉拌最好。"

顾廷烨微微笑了。

她身上有一种愉快乐观的气质，健康向上，仿佛天大的事情都能揭过重新开始，每一个日出都是希望，每一个明日都有幸福在前面等着。

"坛子给我，我快马送过去！"他忽然觉得自己也年轻了。

明兰皱皱鼻子，调皮地笑道："八百里加急呢？别叫人笑话了，侯爷的快马且留着吧。这会儿还早，我套车过去，再跟张家姐姐说两句话。"

张氏也快生产了，送些她爱吃的，顺带再开解开解，就算做产前最后一次心理辅导，希望她顺利生产，也算回报张夫人好几次照顾她的情分。

"快去快回。"顾廷烨满目笑意。

明兰用力点头，嘴角蹦出两颗小小的笑窝："回来一道吃晚饭。"

庭院里，海棠花的芬芳溢满一地，男人坐在廊下的大藤椅中，怀中抱着肉团子摇来摇去，微笑着目送她出门——他从来没办法对她生气很久的。

可惜，直到掌灯时分，她才回来，裙角还带着几滴淡淡的血迹。

一踏进威北侯府，明兰就觉出气氛不大对，下意识想溜，当即笑道："近日我舅母送了坛蕨菜，便给张姐姐送来。也无甚要紧事，这便告辞了吧。"

出来迎的是张氏陪房妈妈中的一个，姓樊，明兰见过几次，最是稳重的，此时却眼眶微红："顾侯夫人是贵客，倘若这么走了，夫人还不怪我们不懂礼数？"

明兰无奈，只好跟着往里走，边走边问："张姐姐身子可好？"

樊妈妈哑着嗓子："有些不妥。"顿了顿，又道，"国公夫人也来了，已去请国公爷了，我便是在外头等着的。"

听到连英国公也要来，明兰脑中警铃大作，可前头已是张氏院落，此刻再回头离去实在太过无礼，只好往里走去，心里一万遍痛骂自己背运，早知道让顾廷烨来了！

进得中厅，里头却是空无一人。樊妈妈径直将明兰引到主屋西的偏厢，院里满是丫鬟婆子进进出出，人人匆忙，端水端盆，却没什么声响。接着往西走，还没进门，已听见里头的说话声，连带着低低的哭声。

"……你惦记着前头太太，我不怪你，十几年夫妻情义，也是人之常情。"这是张夫人的声音，"可我女儿也是三书六礼聘、圣上赐婚的，难道是我张家的闺女没人要了，非要你沈国舅来可怜？！"

然后一个低低的男子声音："岳母息怒，此事实是意外……"

明兰尴尬极了，转头看了眼樊妈妈，低声道："今日贵府事多，不若我改日再来……"话还没说完，站在门口的丫鬟已掀门帘朝里头报："顾侯夫人来了。"

——嘴真快，明兰暗咬牙根。

屋里一片安静，过了片刻，里头传出张夫人的声音："快快有请。"

明兰硬着头皮走进去，里头已挤满了人，张夫人坐在一把太师椅中，拿着帕子不住地摁眼角，威北侯沈从兴侍立在一旁，脸色极难看，小邹氏缩在一角低低哭泣。

沈从兴见了明兰便垂垂手，艰难地出声："顾家弟妹来了。"

明兰忙给张夫人福了福，又道："伯母安好，国舅爷安好。"

沈从兴其实生得不错，三十五六岁的年纪，依旧腰板挺直，身形高大，容貌端正英挺。明兰早先见过几次。此时，他满脸乌云密布，见了明兰，眼神中竟有松口气的意思。后来明兰才知，在自己来之前，张夫人已哭了好一会儿，当着众人的面，训得沈从兴好生为难。

屋内气氛尴尬，明兰只好先开口："今日得了坛子蕨菜，想着姐姐爱吃，便送过来。张姐姐她……可还好？"她觉得自己问得真二，看这情形，能好得了吗？

张夫人垂泪："好孩子，你这般记着她，我记得你了。"又哽咽道，"桂芬她……要生了……"

明兰其实也猜到了一些，但还是微惊："不是还有大半个月吗？"她清楚地记得长枫的妻子柳氏比张氏的预产期早半个月，如今柳氏还没生呢。

听了这话，张夫人顿时怒火万丈，狠狠瞪了角落里的小邹氏一眼，又捂着帕子哭道："我苦命的女儿呀……"

沈家人口单薄，既无母亲嫂子，也无旁系年长女眷，此时张夫人哭得伤心，沈从兴不好上前，竟无人能去劝慰。明兰四下看了一圈，只好过去扶住张夫人，柔声道："伯母莫定一定，如今姐姐生产，正是要您撑住的时候，您可千万不能乱呀。"

张夫人听了进去，渐渐息了哭泣，倚在明兰身上，慢慢揩泪。沈从兴心头微松。

可惜，还未过几时，一个衣衫沾血的婆子慌里慌张地冲进屋来，扑通一声跪下，哀叫道："夫人快去看看吧，姑娘她……不成了……"

明兰脑中轰的一声，张夫人已经蹒跚着冲了出去。因她就近扶着张夫人的胳膊，也无意识地跟着走了过去。

穿过半个庭院，来到一间厢房门口，只见屋外站满了丫鬟婆子，一盆盆血水往外送，别说女子，便是沈从兴也是心跳不已。

屋里传出一阵阵虚弱的痛呼声，张夫人隔着窗栅叫道："芬儿，你可不能有事……"说着便要进去。就在此时，一个精干打扮的小厮火急火燎地冲进院子，手上还攥着马鞭。他跪在张夫人跟前的青石板上，大叫道："夫人，国公爷来了！"

张夫人停住脚步，忙朝屋里叫道："好孩子，你爹快来了！你要撑住呀！"

张氏似是听见了这话，痛呼声稍稍停了片刻。不过须臾，屋里的婆子忽惊呼："不好！快拿帕子！"随即，一声凄厉的惨叫，撕心裂肺，仿佛穿透了每个人的心头——

"爹，女儿尽孝了！"

"国公爷！"庭院中跪着的那小厮忽叫道。

众人转头去看，只见一个满身尘土的戎装老者扶廊柱而站，身形微微发颤。……

小沈氏面色惨然，紧攥着帕子的手指根根发白："嫂子她……真这么说？"

明兰抹抹脑门上的冷汗，虚弱道："我从未听过这般的叫声，回去后半宿没睡着。"

她看小沈氏面色十分吓人，又安慰道："总算是生下来了，母子都保住了性命，你别太往心里去了。"

昨日惊魂得厉害，最后连太医都来了，张氏总算在傍晚时分生下一个男孩。明兰一见情形松动，赶紧溜回家去。见了顾廷烨，直呼倒了八辈子的血霉，这种人家阴私也能叫自己撞上，然后将所见所闻说了，夫妻俩唏嘘了好一会儿。

明兰忧心是否会有碍，不会被杀人灭口吧。

顾廷烨失笑，想了想，道："我估计此事张家是闹开来了。"

因夜里没睡好，次日，明兰狠狠睡了半日，待到午后，郑将军府就来人请她了。

"好好的，怎么就闹成这样呢？"小沈氏也是昨夜得了信儿，可郑家人不让她动，遣了几个婆子过去询问，回来也答得不甚清楚。

明兰叹了口气："也是小事闹出来了。"

自打有身孕后，给张氏诊平安脉的大夫每旬就要来一趟，小邹氏每回都要头痛脚痛一番，扣留那大夫半盏茶工夫，然后放人，虽不很耽误事，但给张氏添添堵她也舒服。

张氏性子冷淡，懒得与她啰唆，她身边的妈妈却是不忿久了。

昨日一早大夫来了，小邹氏照例又装病扣了会儿人，谁知恰巧邹家大舅爷夫妇来了，知道这大夫是城内名医，还是来给张氏诊脉的，顿时大摆架子，让那大夫给夫妻俩从头到脚看了一遍，顺带开了好些名贵药物（账自然记在国舅府）。

这么一耽搁，就是大半天，这回别说那些妈妈，连张氏也暗暗动了气。长久以来，她和小邹氏几乎达成默契，平常不过扣留一会儿，这次却是久久不来。

张氏便让身边人去叫，过了片刻，回来个小丫头哭着说，邹家舅爷说来人不敬，叫仆役把人捆起来打了一顿。张氏终被激起了气，不顾众人阻拦，捧着肚子亲去理论。

那邹家舅爷夫妇甚为嚣张，说了不少难听话，当面给张氏下不来台。张氏气极，两边人便推搡起来，小邹氏看情形不对，赶紧出来打圆场。混乱中，张氏不知如何被推倒在地上。随后场面大乱，那舅爷夫妇趁乱跑回家了。

明兰之所以知道得这么清楚，是昨日她被吓得两腿发软，坐在角落吃杯茶定定神时听来的。

"怎么这么早就生了呢？"

——她当时不过随口问了句，谁知身旁侍立的樊妈妈居然毫不迟疑，立刻一五一十地把经过都说了，倒把她吓了个够呛。事后想来，张夫人陪嫁过去的妈妈怎会是轻率之人？既然她敢说，看来此事张家不打算轻了了。

精彩的在后面。

张氏生下孩子后，张夫人进去安慰了几句，待女儿睡过去后，她忽跟魔怔了一般，疯狂地怒骂小邹氏。沈从兴刚辩解两句，便被张夫人指着鼻子骂"有眼无珠"。

然后一个妈妈跪下大声道："侯爷当邹姨娘是好人吗？不知她欺瞒您多时了。"

接着，指当初小邹氏为救大邹氏的孩儿下水，全是诬骗。原来，她当时胎相已不稳，大夫早说胎儿是保不住的，于是邹家人商量，索性做一出戏，让沈从兴永远记住小邹氏的好处。

小邹氏当然不肯认，张夫人说，她女儿早就查了个一清二楚，为着家宅宁静才没说出来，如今到了这步田地，她什么都不顾了——当初为小邹氏诊脉的大夫、落水后小邹氏看的大夫，还有前前后后的药方，还有哄骗孩子到池边去的婆子……

明兰就是趁张夫人去传人证、物证的时候，赶紧脚底抹油的。

小沈氏嘴唇颤抖得厉害："……邹家……竟敢这般诬骗我们？！"

明兰安慰地拍拍她的手："你也是惦记着前头那位嫂嫂，才会这般厚待邹家，怨不得你。"

小沈氏呆了半晌，脸上神色变了好几变，忽然扑到床头失声痛哭。明兰吓了一跳，忙问为何，她才抽泣着说了。

"我……我不是因前头嫂嫂才厌恶如今嫂嫂的！我故意待邹姨娘好，是因为……在我们来京城之前，张家已和郑家在议亲了，因先皇过世才耽搁，相……相公原本要娶那张氏的！"小沈氏哭得脸上通红，似乎无限羞惭，"……过门之后，公婆兄嫂都是再好不过的人，相公待我又是……每每想到嫂嫂过得不好，我便觉得如同做了贼一般，心里硌硬得厉害……"

明兰张大了嘴，脑中混乱了半晌："你个没良心的，既然如此，你更该待她好才对呀！"

"我知错了，知错了呀！我以后一定好好待她……再不使气了……"

小沈氏哭得说不出话来，扑在明兰的胳膊上不断抽泣。明兰无奈，拍着她的背安慰了半天，小沈氏才渐渐缓过来。

郑大夫人走进来，后头跟着两个端着汤碗的婆子，将碗盏放下后，她将人屏退，坐到小沈氏的床边，柔声道："你这孩子，叫你别打听，你非要问个明白，如今既都知道了，以后可不许再牵肠挂肚的了……还哭了，真是个孩子……"

小沈氏依在郑大夫人怀里，轻声道："让嫂嫂操心了，我会好好保养身子的。"

"这就对了。"郑大夫人摸摸她的头，转而对明兰笑道："叫你看笑话了。"

明兰连连摆手说不会，心里却想到那个苍白虚弱的女子，唉，若非造化弄人，此刻依偎在宽厚长嫂怀里、安心养胎的，应该是张氏。

回到府里，见顾廷烨已回了屋，坐在藤椅上逗小胖子玩耍，明兰换过衣裳，倚过去坐着，才慢慢说起今日之事。顾廷烨听了，不甚赞成地摇摇头，道："闹了这么一出，老公爷也病倒了，今日未来早朝。"

英国公本就岁数不小，为博得新皇帝信重，加倍卖力。

那张氏是英国公夫妇的老来女，素来宠爱得厉害，留到十七八岁还挑不下女婿，嫁与沈从兴实属无奈。昨日老国公从西郊大营快马上百里赶回来，一脚踏进女儿的院子，又听见那么凄厉的一嗓子，加上连日辛劳，回去就病倒了。

"皇上遣太医去看，说是老人家多日操劳，又骤闻噩耗，是以血不归经，伤了本里。"

顾廷烨把儿子放在腿上颠来颠去，小肉团子乐得咯咯直笑，张着两条胖乎乎的胳膊去圈父亲的脖子。明兰举帕子抹去儿子脑门儿上的细汗。

"皇上下朝就去了皇后寝宫，不过两个时辰，宫里就给国舅府下了懿旨，褫夺了那邹姨娘的敕封，还被两个宫里的嬷嬷掌嘴五十，勒令她以后安分守己，不得放肆。"

明兰轻轻一叹："我听郑大夫人说，其实国舅爷已将邹姨娘关起来了。"五十个巴掌打下来，估计脸也破了。

顾廷烨道："皇上最近欲用兵，正是用得着英国公的时候，偏沈兄此时出了纰漏，皇上焉能不恼？"他本就不赞成沈家对邹家的态度，恩情归恩情，道理归道理，抬举得一个妾室比正房太太还体面，是乱家之源。要报答大邹氏，有的是法子，走这条歪路，既害了小邹氏，又连累了自己，搞不好还会牵扯大邹氏的孩子。

"宫里传出消息，皇上似是训斥了皇后一顿。"

皇宫内外都长满了耳朵，大凡权贵人家，都或多或少留了心眼儿，顾廷烨自也不例外。

"前头那位邹夫人，真这么好？"明兰忍不住道。

顾廷烨叹道："是个贤德女子，待人至诚至真，肯把心窝子都掏出来。她过世时，沈兄险些没熬过来。"

明兰挑起一边秀眉，轻嘲道："不还是熬过来了嘛。如今身居高位，娇妻美妾。"

——有本事扛住呀，别管什么光宗耀祖、荣华富贵，下半辈子别娶呀！切，装深情，谁不会呀！她就不信，若沈从兴不肯讨老婆，皇帝就会砍他的脑袋。

顾廷烨定定地看着，她微微噘起小嘴，皱着眉心，不自觉露出嗤之以鼻的神气。

"情深缘浅，终是憾事……"他感慨道。

"可情浅缘深，便是怨偶。"明兰一时口快。

顾廷烨顿时怒目："世间也有情深缘深，白头偕老！"

明兰连忙道："是是，这倒是。"光认错还不够，她还卖力举例，"好像余阁老夫妇，不就恩爱一生吗？"

顾廷烨气结，竖起浓眉瞪了她半天，倏然又泄了气，无奈地揉揉明兰的额发，然后将这不懂事的母子俩一齐揽在怀里——怨偶就怨偶吧，只要能一道活到老。

此刻，需要开解的怨偶不止一对。

威北侯府，正院侧厢，屋内还隐隐残留着生产过后的血腥气味，张夫人稳稳地坐在床前的一把太师椅上，脸上已无半分昨日的伤痛哀怨。

"这回连你爹都病倒了，你若再不清楚明白些，也枉为张家的女儿了。"

张氏刚换了一身干净里衣，听了适才一番话，嗫嚅道："娘又何必……"

"我又何必？！"张夫人勃然大怒，伸手一指床边一个妈妈怀里抱着的婴儿，大声道，"你是我们张家的女儿，侯府的正房太太，府里的奴才居然也敢动手，可见姓邹的已把手伸到哪里了？今日他们敢推搡你，明日就敢要了这孩儿的命！"

看女儿低头不语，张夫人冷笑道："你放明白些！你到底是嫁出去了，娘家能帮你多少？再怎么使力气，还得看你自己的。如今我和你爹尚在，倘将来我们去了，你哥哥嫂嫂当家，那又隔了一层，这孩儿的前程该如何？"

张氏抬起头来，神色略有所动。

张夫人苦口婆心："女子虽弱，为母则强，你若只自己一个人，死了便死了，不过是我们两个老不死的伤心一场。可如今你有了孩儿，你忍心看他窝窝囊囊地活着？因不受父亲待见，看他受兄姐欺负，被下人慢待？！"

那婴儿仿佛听懂了，发出小奶猫般的咿呀声。张氏连忙把孩子抱过来，看着他红皱皱的小脸，她纵有万般清高、千样心气也没了，统统化作一团母爱。

她将婴儿小脸亲了又亲，垂泪道："娘说得是，是我想左了，可如今……"

原先抱着婴儿的妈妈连忙替她擦泪，又接过婴儿："我的好姑娘，月子里可千万不能落泪。今儿宫里来人掌嘴，把那贱人的牙齿都打落了几枚。只要你有这个心，旁的都好说，就邹家那种破落门户，也敢跟咱家斗？哼，活腻味了！"

张夫人见女儿转了心意，这才露出淡淡的笑容："我们也非歹毒之人，本来想着邹夫人死得早，你与她妹子好好处着，也不是不成。谁知这贱人居然敢拿姐姐的孩儿来做戏，那时我便知这贱人心不好，非得收拾了……"

张氏忽抬头道："娘，当初我要告诉侯爷，你为何不叫我说？"

"傻丫头，当时说顶什么用。到底她是失了孩儿，没准儿国舅爷还心疼呢。这种把柄，就要留到要紧关头，方能一击即中！"

望着母亲冰冷的面庞，张氏心头一凛。

那妈妈见张氏满脸茫然，对张夫人恭敬道："姑娘是我奶大的，生来是个纯厚性子，哪里知道这些，夫人您慢慢教。"

她一边拍着婴儿，一边道："沈家也太欺负人了，给那贱人敕封不说，还处处抬举，姑娘非但不能动她，还得受她挟制，能不气吗？这下可好了，以后看那贱人还敢不老实？！"

张夫人肃穆道："便是如此，你们以后谁也不许动她！"

那妈妈奇道："夫人，这是为何？"

"真死绝了，国舅爷又该心疼了。"张夫人连连冷笑，"我就要留着邹家，让那几个舅爷不停惹事，时时牵连侯府，一件件叫侯爷收拾烂摊子，你还得力劝姑爷相助。哼，我倒要看看，姑爷的深情厚谊能被磨到几时！"

那妈妈笑道："奴婢明白了，咱们定不给夫人添乱。"顿了顿，又道，"哼，夫人和姑娘都是心慈的，姓邹的居然还敢踩到张家头上来，也不打听打听，亏得夫人早有预备。"

张氏低声道："娘，我身子早没事了，叫大夫们都回去吧。"

其实当初那一下撞得并不厉害，生产时也没有性命攸关，只疼痛难忍之际，觉得自己命苦，绝望到了极点，才大喊出来——如今才知都是母亲的安排。

"姑娘，这可不成。"那妈妈忙道，"既做了戏，便得做十足。那位大夫是自己人，哪怕不治病，也该好好保养身子。回头姑娘再多生几个哥儿，老奴还给你带。"

张氏看着乳母满面慈爱，心头酸涩。

"你和姑爷这般冷着，也不是个法子。你又脸皮薄，不肯低声下气，我得给你寻个台阶，不是那日，也是别日。"张夫人正色道，"这次是个极好的机缘，不但除了一半祸患，姑爷此刻必对你心存歉疚，这回，他再来瞧你时，你可不许再给他冷脸子瞧。为着孩子，你也得服软，该哭就哭，该说委屈就说委屈，该柔弱就柔弱，把人给我拢住了，听见没有？"

张氏脸上发红，觉着十分难堪："娘，女儿怕是不成……"

"不成也得成！"张夫人提高嗓门怒道。

张氏身子震了一震，婴儿也被吓哭了，妈妈赶紧连声哄着。

张夫人缓下气势，低声道："芬儿，你还记得永昌侯府的梁夫人吗？"

张氏点点头："娘说过的。"

张夫人想起往事，异常怅然："唉，那是我打小要好的姊妹，真真跟你一个性子。当初，她也是嫁了不中意的人，便使起了小性子，三天两头冷着脸，夫妻生了嫌隙，叫通房钻了空子，赶在她前头生下儿子。唉……我去劝她也不听，闹到如今庶长子爬到他们母子头上。"

　　其实大户人家里有庶长子并不稀奇，可既有了亲生儿子，正室就该早做打算，要么把庶长子拢到身边，养出亲情来，要么索性把他养废，以绝后患。似梁夫人这般冷眼清高，袖手旁观，结果养出个隐忍记恨、精明能干的庶长子，也算少见了。

　　永昌侯府的事张氏自然有耳闻，如今听了内情，心头别有一番滋味。

　　张夫人站起身来，坐到女儿身旁，抚着她的背，慈爱道："芬儿呀，世上哪有事事如意的。好日子要过，坏日子也得过下去，还得过好了。"

　　张氏忍着泪，点点头。

　　张夫人抱着女儿的肩，悠悠道："娘当年觐见静安皇后时，她对我们几个小姑娘说了句话——不要总说都是命，你不压在命头上，命就要压到你头上。"

　　张夫人素日的温文柔和全不见踪影，目光果断，沉声道："静安皇后多好的人，可惜遭奸人暗算，天不假年。但她那句话，娘至今都还记得，一辈子都不忘！你，也要记得！"

第五十二回 · 君心我心

　　短短数日，关于国舅夫人分娩遇险之事，明兰已听到四五种不同版本，或有说邹姨娘为扶正而谋害正室，或有说国舅冷落正室致使张氏积郁成病，还有说前头邹夫人留下的忠仆因怕张氏之子威胁小主子地位，便暗中动了手脚……林林总总，明兰直听得脸皮发绿。

　　不过，总体来说，舆论倾向张家。

　　此时就能看出门第名望的作用了，半个京城都是张家的姻亲故旧。

　　一方是屹立数代的开国功臣之家，军功卓著，素有贤名（每年定期布施舍粥），一方是靠后宫发家的暴发户，进京至今好事没做几件（张氏自闭，小邹氏资格不够），坏事倒没少做（邹家的贡献），明兰扪心自问，乍闻这两家之间发生家务纠纷，寻常人会怎么想？

　　顾廷烨告诉明兰，皇帝这阵子颇冷落皇后，又以嬉戏怠学为由斥责大皇子与二皇子。

　　明兰吃惊道："英国公不是已病愈返朝了吗？皇帝还不肯罢休，莫非张家……"

　　虽说皇帝也纳了几个嫔妃，但念着患难夫妻，三不五时便去皇后寝宫，帝后感情始终不错。如今该罚的罚了，该贬的贬了，小邹氏还关着，张氏与沈国舅的关系缓和了，怎么还……

　　顾廷烨道："这倒不是。于此事，老公爷半句追究之意也无，反还谏言皇帝不必挂怀。"

　　英国公病愈后上朝，皇帝一看老人家身躯伛偻，苍老了不止十岁，不免心中歉疚，便打算好好抚慰几句，谁知英国公却道："陛下乃天下之主，便是要张家血战沙场，以命死搏，儿郎们哪个又会皱下眉头？无论何时，陛下意之所向，老臣剑锋指向，本是臣子应尽的本分。何况区区儿女婚嫁之事，陛下莫要为妇人哭啼所扰。"

这番话说得铁骨铮铮,皇帝十分感动,连连道:"爱卿乃国之磐石,寡人之幸。"

感动完了回宫,皇帝慢慢回过味来。

同样一桩婚事,人张家不乐意,但还是好好履行义务,英国公府的嫡出小姐被个小妾骑在头上,张家居然也一声不来抱怨,强自忍耐,这是为何?人家这是在尽忠!

而沈家恰恰相反。

和张家结亲是皇帝的意思,报答邹家是沈家的意思,现在你们姐弟几个处处抬举小邹氏,慢待张氏,到底是什么意思?莫非是对圣意不满,不能公然抗命,所以私下报复?

"……老国公,好本事……"过了半晌,明兰才讷讷道。

顾廷烨道:"姜是老的辣。"看英国公一副忠厚长者样,和蔼宽仁,居然能说出这么犀利的话——直接把儿女家事,上升为忠诚度问题,这样就不妙了。

冷落皇后,斥责皇子,仿若一个信号,众御史闻风而动,参沈从兴"私德不修,内闱不端,伤嫡庶规度,害人伦礼法",更有那灵光的言官,跳过沈从兴,直接去捉国舅府亲家的小辫子,一气参了邹家十几道"抢占民产,祸害百姓"之类。

威北侯府上空再度乌云密布。

顾廷烨眉头紧锁,他与沈、段、钟、耿、刘几个俱是皇帝旧臣,荣辱利害相关不浅,此次群官参奏来势汹汹,说不得里面有些猫腻了……

就在京城热议沈、张两家的话题之时,王舅父和海氏前后脚回京了。海氏手上抱着个胖嘟嘟的男婴,正是在任上出世的纯哥儿。

"大哥哥怎么还不回来?"明兰左瞧右瞧,见不到长柏。

海氏嗤笑:"县里那条水渠这几日就快好了,你大哥不放心,非要亲眼看着封土,便叫我和你侄儿早几日回。"

"为山九仞,就怕功亏一篑,好,好,柏儿这般很好。"盛纮心中得意,却不肯露分毫。

"舅兄这回政绩卓著,不但治下百姓安居,还修通了数十里长的水渠,我听闻吏部考绩已核定了'上'。"顾廷烨道。

明兰欣喜道："大哥哥真了不起，那……会否有万民伞呢？"

"欸，那都是虚名，不足挂心。"盛纮摇头笑道，"为官一任，最要紧的是能造福一方百姓，上为天子分忧，下为黎民解困，也不枉读圣贤书了。"

明兰看了看自家老爹，默然——好久没听到这么冠冕堂皇又义正词严的话了。

然后她的脑袋自动翻译成真相体：万民伞都是虚的，不足挂心——这句是真心的，下面应该是——为官一任，最要紧的是能考绩得优，上能升官晋爵，下能发财增产，也不枉十年寒窗苦逼了。

这阵子王氏最高兴，刚对着多时不见的兄长喜极而泣，随即又抱着小孙子乐开了花，可惜不过几日，风头就被人抢去了。

六月初四，柳氏生下个女孩儿，因头胎不是儿子，她颇有些不快，谁知长枫却十分喜欢，抱着初生女儿赞个不停，见谁都要自夸一番，倒把他岳母柳夫人感动得一塌糊涂。

柳大人拍着长枫的肩膀，慈爱道："贤婿呀，好好读书，明年春闱为妻儿博个功名回来。"

待女孩儿眉眼渐长开了些，众人惊觉，她长得极像华兰，也是一般的浓眉大眼，英气大方，连脾气也像幼时的华兰，不哭不闹，还爱冲人笑，竟比华兰的亲女庄姐儿都还更像华兰三分。

洗三礼上，华兰抱着孩子喜欢得不得了，便连对林姨娘的宿怨也淡了几分，连着送了柳氏两份厚礼，由是不免引得王氏不悦，冷言冷语了几句"丫头片子，有什么好张扬的"。

盛老太太见她又小心眼儿了，便私下与她道："你只想想华兰刚降世时，她爹何尝不是这样。真说起来，只怕那会儿宠得更不像样子呢。"

王氏默然。那时盛纮多么疼爱华兰，因舍不得牙牙学语的女儿，甚至还抱她去过衙门，想起初婚时的旖旎时光，她不禁怅然——倘若没有林姨娘，那该有多么好呀。

见长枫渐与华兰和好，亲姑姑墨兰反受了冷落。她只恨柳氏算计得厉害，撺掇巴结，弄得他们兄妹不和，随即又和长枫吵了一架，然后愤愤离去，再不肯多来看一眼。

国事家事，似乎都是这般此消彼长，当明兰在小胖子的牙龈上摸到第五颗糯米牙冒头时，朝堂上的"参沈"已告一个段落。

邹家这回是倒了大霉，被查出两条人命，侵占百姓田产许多，御史们口口声声说要杀人偿命，沈国舅又想去说情，可听闻宗人府扣了他为长子上报世子的条陈，便犹豫下来。

沈皇后原先还到圣安太后处啼哭，可当传出风声，说皇帝有意停了中宫谏表，她才陡然惊觉，如今的丈夫已是九五至尊，而非在藩地时的王爷了。

不过，沈皇后还是有两把刷子的，一意识到事态严重，就立刻放下身段，去凤冠，脱凤袍，素服跪在乾清宫门口请罪，只说"管束娘家无力，都是臣妾罪过"。

皇帝其实很念旧情，毕竟是一道熬过来的，看见发妻这般痛哭，想起当年艰难时日，便心软了，当夜留宿坤宁宫。随即英国公上奏，荐两位当世名儒为大皇子、二皇子之师，皇帝欣然准奏，并加封英国公为太子太保，张氏所生之子加封轻车都尉二等衔。

风向标再度转了。

最后妥协的结果是，邹家大舅爷流徙西南三千里，二舅爷三十大板，另罚没泰半家产以作赔偿；沈国舅受圣旨申斥，罚俸一年，并闭门思过三个月。

其间，明兰去看过小沈氏两回，只见她也吓得如同惊弓之鸟，肚皮硕大，身子却消瘦得厉害。郑大夫人十分不安，只恐将来分娩艰难。

如此这般，待张氏之子双满月时，张、沈两家着意要大办一顿满月酒，既扫晦气，又振气势，同时向外头表示——两家已和好如初了。

满月酒前几日，张氏请明兰过府，好询问满月酒的琐碎事宜。那来人顿了顿，又说了句"多时不见，国舅爷十分惦记顾侯"，另送陈年花雕两坛。

顾廷烨苦笑不已，回头对明兰道："沈兄怕是在家闷得狠了。他是奉旨闭门思过，一干老兄弟也不好多上门。也罢，今日我与你一起过去。"

作为威北侯府主母，幽居许久的张氏此次决意独自筹办酒席，借此重新亮相人前。酒水、饭菜、如何招待宾客等烦琐事项，由亲母张夫人指点，张氏概已了然，只是沈从兴那帮兄弟的家眷，她一个也不熟，便提前请明兰来说道说道。

明兰一一说来：段家家底如何，段夫人出自蜀中名门，小段将军正在说亲事；钟夫人与耿夫人在"贤惠"问题上的理念略有不同；刘正杰大人的女眷为何瞧起来这么老，不是刘老夫人，是刘夫人，千万别弄错了，因为她是童养媳出身啦，十八新娘三岁郎……

张氏认真听着，间或凑两句，说些京中的陈年往事，算是有来有去。张氏是仕宦大家出身，惯能将阴私之事隐晦表达，半点痕迹不露；明兰是庄老高足，擅长将不入耳之事以经卷典故之乎者也出来，两人倒是棋逢对手，说到有趣之处，不禁相顾一笑。

正说着话，外头进来个婆子，恭敬道："禀夫人，侯爷要与顾大人吃酒，说将先前东瀛送来的竹叶青取两坛子出来。"

张氏道："侯爷说那酒存的日子越久越香，埋到库房的地下了，你请樊妈妈叫人去掘，下锄小心些，别都弄碎了。"

那婆子福了福，又道："侯爷还说，要给顾大人看那柄新得的龙泉宝剑。"

张氏道："侯爷每早必要舞剑的，大约又挂到哥儿屋里去了，我自叫人送去吧。"

那婆子应声出去。

张氏转头吩咐几句，两个丫鬟从隔壁的婴儿屋里捧出一把宝剑，很快走出门去。张氏回头，见明兰静静地看着自己，她不由得面上一红，没话找话道："那酒是不错，酒色碧青，香气浓郁，还一点不上头，回头我与你带两坛子回去。"

明兰很老实地"哦"了一声，继续看她。只见她气色健康，面色红润，虽眉头还隐约郁郁，但往昔的那种苍白单薄，已被说一不二的端庄能干取代了。

张氏佯怒道："你要说便说，做什么这般盯着看我！"

明兰道："没什么，不过觉得国舅爷这习惯真好。孩儿打小就熟刀剑，将来必然也是个小将军，真好，真好。"

张氏怒目，明兰回以很纯良的目光，张氏很快就泄了气，苦笑道："恁是九天玄女，到了这凡尘世间，怕是也当不成仙女了。"

产后第四日，丈夫头一回踏入屋里，夫妻俩俱是死过一回一般，身心俱疲，两人默默地对坐了许久。也顾不上妈妈的告诫，张氏扑在丈夫怀里狠狠哭了一场——不知是在哭自己无可奈何的妥协，还是在哭天下女子的宿命。

明兰沉默了半晌，道："是呀，这世上，哪有真的仙女。"

从张氏屋里出来，明兰沉沉地往外走着。

适才张氏与婆子短短几句对答，透露的内容十分丰富——沈从兴现在每夜都歇在张氏处，早上起来到院子里舞剑一回，然后拎着宝剑去看儿子，边哄边逗之际，随手将宝剑挂在儿子屋里的墙上。夫妻和睦，父子情深，如此，皆大欢喜。

比起在傲气的坚持中枯萎凋零，还不如在圆滑的妥协中好好生存呢。

明兰嘴里发苦，都不知道自己在郁闷什么。

走到一扇垂花门口，忽闻前头一片争吵怒骂声，仿佛声音还有些熟。在明兰身旁引路的婆子有些尴尬，笑道："前头有些不干净，咱们往这边走吧。"

明兰点点头。她也不欲多事。

刚挪转了脚跟，呼啦啦的一群人拥到跟前，当头一个衣衫凌乱的年轻妇人似是想往前头冲，后头一群婆子丫鬟卖力拦着她。

"……你们谁敢拦着我，我就死在这里！"那年轻妇人拿一根簪子对着自己的喉咙，发出凄厉的呼喊，"我要见侯爷，你们谁也不许拦我！放开……放开我……"

明兰定睛一看，竟然是小邹氏。

不能怪她眼力不好，以前的小邹氏总是浓妆艳抹，本就看不大清本来面目，而如今她不但头发散乱、满身狼狈，嘴角也破了，原本娇嫩的脸颊上浮着两大片紫色疤痕，有点像青春痘挤破后结下的硬硬的疤。不过明兰知道，这应该是脸颊被严重打肿打破后的痕迹。

样子十分难看，算是毁了一半的容。

"顾……夫人……"小邹氏终于辨认出了来人，随即扑上去，大声嘶吼道，"顾夫人，你救救我家哥哥吧！他们要弄死他呀！"

明兰的胳膊被箍得生疼："不过是流徙和杖责，何曾要他们性命？"

"那西南瘴气遍地，哪里不要人命呀……"小邹氏还待接着说，明兰连忙打断道："邹姨娘慎言，顾家与邹家非亲非故，便是该做什么，哪里轮得到顾家？传了出去，岂不叫人耻笑顾家越俎代庖、不懂礼数？"

小邹氏也发觉自己乱说话，又扯着明兰的胳膊道："……我家侯爷当顾侯

225

如亲兄弟一般……请顾夫人帮我说几句话吧！"

跟在明兰身边的翠微拼命想推开小邹氏，一众婆子也拉的拉，扯的扯，可小邹氏便如生铁般死死拽住明兰的手臂，倒把明兰弄疼了。

小邹氏一只手还捏着簪子，挥舞着，十分危险，眼看自己要遭池鱼之殃，明兰连忙叫众人都停手，对小邹氏道："邹姨娘，你可还记得当日我与你说的那驸马、公主和妾室的故事？"

小邹氏有些茫然。明兰道："我早说过，倘有个万一，倒霉的必然是你，你怎么不听？"

"可那日……"

明兰干脆道："别那日这日的了，你若有心退让，就事不至此。"

小邹氏缓过神来，如抓救命稻草般扒住明兰的胳膊："昔日姐姐一番好意，苦心提醒我，显见姐姐是心疼我的，如今便请……"

"你弄错了。"明兰再次打断她，"我不是为你，是为了沈家。国舅爷乃国之重臣，操劳国事，可如今为了你，终日烦扰于家宅琐事，为了邹家，三天两头受弹劾。"

小邹氏被说得张口结舌。

明兰板着脸，毫不留情："还有，别叫我姐姐，你是沈家的姨娘，不是顾家的。一个不好，传出去又不知多少闲言碎语，听得我瘆得慌！"

小邹氏大怒："你！"

就在这当口，明兰瞅准机会，一下把胳膊抽出来。小邹氏顾着发怒，捏簪子的手松了，周围婆子们赶紧一拥而上，夺簪子的夺簪子，拧胳膊的拧胳膊，抱腿的抱腿，终于把人拿住了。

当前一个管事打扮的婆子道："邹姨娘，侯爷都被你累得闭门思过三个月，我说你也消停些吧，这成日地闹，不是连累我们吗？"有几个婆子趁乱还在小邹氏身上狠狠拧了几把。

"我不回去！我不去……你们又想把我关起来……"小邹氏疯狂地挣扎，仰着脖子尖声哭叫，"……侯爷，侯爷……你对得起我姐姐吗？我姐姐为你吃了多少苦……你便是为着她也不该……我要见大哥儿、大姐儿，你们快来呀，你姨母快叫人作践死了！"

那一边，翠微心疼地替明兰揉着胳膊，几个婆子连声赔罪。

明兰轻轻挥手，颇觉好笑地转头道："邹姨娘可知，原本国舅爷请立世子的批文已快下来了，因此一闹，宗人府却将此事给扣住了。你真要把大哥儿叫来？你也有脸见他？"

小邹氏顿时哑了。

明兰喟然道："倘若令姐地下有灵，知道兄弟姊妹不利她的孩儿，你说她是会怪你们，还是怪国舅爷？"

小邹氏慢下了挣扎，目中满是绝望，颓软了身子，任由婆子们将她往里拉扯。眼见堵路的总算走开，明兰再度往外走去，刚走出几步，后头又传来小邹氏凄凉尖厉的哭叫声——

"……姐姐呀，你若活着就好了！天底下都是没良心的，人一走，茶就凉，哪个还记得你的情义！你若不是为着照料皇后母子，怎会落了快足月的孩儿，又怎会送了性命？！如今侯爷有了新媳妇和小儿子，哪里记得你坟冢凄凉？他早把你忘了……姐姐呀，你为何要对姓沈的掏心挖肺呀……倘若你留着性命，如今荣华富贵，还不由着你享……"

声音渐渐轻了，想来人已被拖远。

明兰脚步滞了下，心头仿佛闷得喘不过气来。

翠微见她面色不对，轻声道："夫人，可觉着不适？"

一旁的婆子也十分机灵，道："大约天日太热，夫人叫暑气给冲着了，不如去前头亭子歇会儿，我给夫人端个冰碗子来。"

明兰只觉得胸口烦闷欲呕，挥手道："不必，我还是家去歇着。"

快到门房时，顾顺上前几步道："夫人，侯爷还在里头陪国舅爷吃酒……"

明兰不耐烦道："我先回去了，你们等着侯爷吧。"

顾顺见明兰面色不善，也不敢多问，只一路快跑去前院厢房，见顾廷烨还在与沈从兴推杯换盏，便凑上前小声道："侯爷，夫人似是闷热得厉害，先回去了。"

顾廷烨一点头，顾顺退下。

沈从兴听到几个字眼儿，指着他笑道："瞧你如今这样儿，哪有半分当年横刀立马顾二郎的气概！如今人家都说，顾侯夫妇是同进同出的，不论吃酒还是串门，你都要送夫人回府，好好好，我知道，温柔乡是英雄冢……"

顾廷烨脸皮颇厚，淡淡道："倘若邹氏嫂夫人还在，怕沈兄也是如此。"

沈从兴默了半晌，忽然惨声道："我对不住她，她在世的时候，没跟我享过半分福气，操碎了心，吃尽了苦头，如今……我却……连她家人也护不住！"

顾廷烨拿起桌上的双龙入海青玉大壶，缓缓给自己斟酒："爱之适以害之，沈兄若真是为邹家好，就不该再放纵下去。如今是保住了性命，可总有你护不住他们的时候。"

沈从兴怔怔道："我如何没有劝过，可他们……只要一提你嫂子，我就没有法子了。"

"沈兄倒是越发斯文了。"顾廷烨端起酒杯，嘴角一抹嘲讽般的笑，"劝不听就罚，罚不听就打……如今邹家上下不事生产，除了沈兄，还有旁人可以倚仗吗？"

酒色湛清，宛如高山清泉般澈然。缓缓喝尽杯中酒，顾廷烨只觉得酒气清香，沁人心脾。放下酒杯后，他盯着沈从兴："适才沈兄说我已无当日顾二郎的气概，我却要说，自打沈兄封了侯，也越发缩手缩脚，哪里还有当年蜀边五虎之首的威风！"

说罢，将酒杯重重摔在地上，在冰冷坚硬的青砖地面上，砸出一声短促清响。

沈从兴静了半晌，缓缓抬起头来："自入京来，我处处错，步步错，亏得有你们一帮兄弟，皇上体恤，否则，早不知死过几回了。"

他端起面前的酒杯，一仰而尽，沉声道："阿琴过世后，我未能迎娶她妹子为正室，此乃第一错；既不能娶为正室，就该待之以亲妹，给她好好找个人家，我却纳妻妹为妾，这是第二错。至此，我每回见了邹家人，便觉得无地自容，羞愧不已，不能力行约束！"

说完，他也重重地将酒杯摔在地上，碎瓷四溅，在青砖上留下一道白色的痕迹。

顾廷烨看了他一会儿，将面前的两只汤碗倒空，分别斟上酒："沈兄也不必过于自责，依我看，邹家本就是这个打算，仗着这个，变本加厉，如今沈兄想明白了，什么都好说。"

沈从兴举起酒碗，抿了一口，皱眉道："只怕皇上如今也恼了我。"

"未必。"顾廷烨拿起一根筷子，轻轻敲击碗盏，"倘若只臣子私宅之事，皇上未必有闲情逸致过问，此回，张老国公将一个'忠'字拿上了台面，而沈兄你，明知此时正是要用张家的时候，却还放纵内宅，丝毫没将圣意放在心上，皇上如何不恼？"

沈从兴歉然："是我疏忽，辜负了圣上……"

顾廷烨晃着酒碗："咱们在京城，都是无家世、无根基的浮萍之人……"

还没说完，沈从兴便失笑："你算什么无家世、无根基，堂堂侯府公子……"

顾廷烨摇头道："有家不如无家，有亲不如无亲。"

沈从兴知道顾家内情，暗暗替他难过，不再多说。

顾廷烨接着道："六年前，段兄弟来京城找远亲安国公府投帖子，谁知连门房都没能进去，可如今，安国公府哪个不争相巴结段兄弟？咱们几个平步青云，一展所长，靠的是什么？不过是皇上的信重而已。"也许过个十年八年，他们也能建立自己的基业，可如今根基还太浅。

沈从兴凝重地点点头："兄弟这话说得好。老泰山肯与我家结亲，为的不就是这个吗？"

"不只。还有……以后。"

沈、顾二人微一对视，便知彼此意思——从目前来看，皇帝对大皇子、二皇子还是满意的。

"那……以后，我该当如何行事？"沈从兴替顾廷烨斟了碗酒。

"什么都不必做。"

沈从兴愕然："你说什么？"

顾廷烨拾起两支筷子："沈兄这回看似凶险，实则安稳。其一，皇上还是要用沈兄的，不过是想敲打敲打；其二，英国公府不会真看着沈兄出事，否则，且别说女儿不好过，倘若以后大皇子……"后面的话，两人心知肚明，不必多说。

"是以，沈兄如今的确什么都不必做，只需在家修身养气。"顾廷烨先放下一只筷子，"皇上是重情之人，沈兄毕竟在潜邸陪皇上风风雨雨十几年，待时日一长，皇上必会记起旧日之事，反会怜惜沈兄心软，受邹家拖累。"

何况皇帝还要用你。

沈从兴点点头，低声道："这回皇后娘娘也是受我之累。"

顾廷烨再平平放下另一支筷子："英国公府煊赫一甲子，有声望，有根基，有人脉，独缺新帝信重，又如何肯折了沈兄这条臂膀？只要沈兄肃清内宅，旁的事情，自有张家摆平。"

桌上平行放了两支筷子，顾廷烨又将一只碗扣在筷子上："如此，沈兄便稳当了。"

其实，如果沈、张好如一家，皇帝也不见得高兴，但若真闹翻了，皇帝又会怒其不恭。沈从兴娶张家女，当初看来这好那好，实则为"双刃剑"。自己当初娶明兰，皇上得知只是个中等文官的庶女，便是既可惜，又放心。

沈从兴看着那只稳稳当当的碗，沉默良久："肃清内宅？"

顾廷烨静静道："张家之所以能气势如虹，胜在理直气壮，沈兄理亏在先。如何决断，沈兄心里不清楚？"

一个是圣旨赐婚的正房太太，一个只是姜室，却能把持大半个国舅府，张夫人若有心替女儿出头，有的是由头，偏偏人家就是忍着，忍到京城内外连同宫里都知道邹姨娘跋扈、沈国舅偏袒，才将事情闹出来。这并非诡计，而是阳谋。张家就是要明白地告诉所有人，他们对皇帝是全身心的配合，没有半分敷衍塞责的意思。

沈从兴端起酒盏，手指竟微微发抖，颤声道："阿琴过世时，只眼睁睁地看着我，什么都不曾说，我知道，她只担心孩子们……"

顾廷烨道："大侄子也还罢了，到底是男儿，可几个侄女呢？将来可是要嫁的。"

只要邹姨娘在，张氏永远不可能代行母职，将来说亲时，只一条沈家女儿是由姜室抚养长大，那些门当户对的好人家便要退避三舍了。而从邹姨娘这些日子的行为来看，她的确品行不端，又能养出什么好孩子来？

倒不如从现在开始让张氏抚养，将来也能出面替女孩儿议亲——能跟自己丈夫赌气这么久的女子，本质上应该不屑于那些鬼蜮伎俩。

沈从兴站起来，背着手在屋里不停地踱步，忽停住脚步，沉声道："我欲予邹氏切结书一份，给她好好找个人家嫁了。"

你做初一，我做十五，以后谁还会再说他宠妾灭妻？倒有不少人会私下揣测张氏善妒，张家仗势，不肯容人。至于邹家，反正捏在他手里，以后好好管束便是。

"沈兄家事，当自行决断。"顾廷烨浅浅抿了口酒，夫妻相疑，彼此算计，沈、张两家也算登对了，"邹家子弟里若有上进的，沈兄教他们读书习武，也能慰藉嫂子在天之灵了。"

下了这个决心，沈从兴仿佛抽干了力气，颓然坐倒。

顾廷烨缓缓走过，低声道："听兄弟一句话，八王爷，他已经是皇上了。"

沈从兴神色黯然——皇上如今春秋正盛，小皇子一个接一个地出来，以后的事，谁也说不好，自己的确得小心了。

"而我们，也不是以前的我们了。"顾廷烨站直身子，轻轻喟叹，"老耿是怕了言官了，如今他每说一句话，都要想上三遍。"

八王妃成了皇后，从此丈夫不再是丈夫，而是君王；沈从兴也成了国舅，从此姐夫不再是姐夫，而是主上。从边疆到京城，从王府到皇宫，昔日草泽兄弟，如今都手握重权，每个人都要转变自己的角色。

沈从兴怅然回忆："你可还记得那年，咱们几个跑去青崖山顶吃酒……"

"还是十文钱一壶的劣酒。"

"呵呵，正杰弄来的，还能是什么好酒！"沈从兴笑起来。

"足足醉了一夜，次日在山顶醒来，大家伙儿头痛欲裂，却都不肯回家。"顾廷烨笑道，"便是自诩大丈夫的成潜兄弟，也不敢回去见婆娘。最后还是划拳了事。"

"我背运，只好领着你们回我家。阿琴见了我们那副模样，熬了一大锅解酒汤。"

想起当日情形，顾廷烨依旧忍不住抽冷气："嫂夫人好狠的心，叫婆子拧着我们的鼻子挨个儿灌下去。说实话，我们都是被烫醒的。"

"是呀……是呀……"沈从兴喃喃道，想起往日夫妻情深，忽然哽咽起来，"阿琴，你为何去得那么早……"说着，伏案痛哭不已。

顾廷烨一手搭着他的肩，劝慰道："沈兄想开些，以后与张氏夫人好好过，天长日久，也能阖家美满的……"

"不会的，再也不会了。"沈从兴惨淡地摇头道，"夫妻之间，是否真心真意，骗不了人的。世间的好夫妻，多的是自欺欺人罢了。"

顾廷烨定在那里，许久许久，方才挪动脚步——自欺欺人吗？

酒入愁肠最醉人，未过多久，沈从兴便彻底醉了。

顾廷烨缓缓驱马回府，此时天色已黑，风冷星稀，迎面寒意，倒散去了大半酒气，默默地回屋，却见屋内漆黑一片。他也没叫人，自己动手燃起烛火。

"怎么灯也不点？"

明兰坐在窗前，侧头看着天空，缓缓转头道："侯爷可要用些吃食？"

顾廷烨摇摇头，撑着手臂坐在桌前，看那跳跃的烛火，一只飞蛾抖着颤颤的翅膀，柔弱却又坚定，慢慢逼近火苗。

"你过来，我们……说会儿话。"

明兰点点头，挪步到桌旁坐下："好，侯爷先说吧。"

顾廷烨盯着烛火："你很是瞧不惯沈兄，是吗？"

明兰翻着眼："沈国舅不但身为社稷梁柱，命还生得好，升官发财死老婆，多少人盼都盼不来的好运气，我哪里敢瞧不惯了。"

顾廷烨转过头看她。明兰自顾自地拔下鬓边短簪，轻轻拨动烛火。

他道："今时今日，许多波折麻烦，俱是因沈兄软弱犹豫而来，你的看法也不无道理。可是……你不曾见过以前的沈兄。"

明兰微一停动作，放下银簪："何时的以前？"

"未进京封爵前。"

寸许圆的羊脂白烛上的火苗渐渐明亮，顾廷烨目光沉郁："我初入蜀地，最早识得的就是沈兄。彼时，他是王府侍卫统领，与段、钟、耿、刘四位兄弟并称'蜀边五虎'，名动西南。他虽岁数最小，却为五虎之首。"

"王妃娘娘的兄弟，怎能不是虎首了？"明兰酸溜溜的。

顾廷烨不去理会她的吐槽："你若见过那时的沈兄，绝难想到他今日会这般优柔寡断，便是彼时的邹家，也不若今日胡作非为。那时，有邹夫人在。"

明兰沉默许久："……那定是个了不起的女子。"

顾廷烨一点头，继续道："邹夫人诚挚大气，比寻常男子更有见识，不但决断家事，便是王妃娘娘也对她言听计从。那时，沈兄果毅豪勇，利落干脆，于大处，能辅佐王爷经略边地，于小处，待兄弟们仁厚宽体。邹氏子弟虽无什么出息，但也能安分守己，或读书，或领些小差事，依附着沈家过日子。"

"有这么尊河东狮镇守，自是什么妖魔鬼怪都进不来的。"明兰的吐槽似也欠了威力。

顾廷烨忍不住笑了。

记得头两次见到她，她还是个双鬟垂髫的小姑娘，嘴里却很不饶人，半分娴静也无。明明是尖酸刻薄得厉害，他却很喜欢，没有故作端庄的矫揉造作，那么的坦率明快。便是她叉着腰，板着脸，数落人的样子，他也觉得像只白胖瓷娃娃般幼拙可爱。

他不自觉地柔和了声音："沈兄与邹夫人成婚十余年，却还若新婚夫妇般如胶似漆，片刻不舍分离。我在沈家叨扰时曾亲眼见过，沈兄一个眼色、一个神气，邹夫人连问都不必，就知道夫婿要什么；邹夫人皱个眉、转个头，沈兄也当即知晓妻子在想什么。我们一道闲话时，他们时常异口同声，相视会心而笑，夫妻俩无话不说……那是真正的鹣鲽情深、心意相通。我……从不知道，恩爱夫妻也能如此。"

明兰听他声音有异，抬头看了他一眼，知他又想起亡父和大秦氏——他们的爱情是几乎伤害所有人的孽缘。与之不同的，沈邹夫妇的恩爱却是健康的、积极的，有助于所有人的良缘。

"那年，京城陡生变乱，三王爷被矫诏赐死，逆王事败身死……"

明兰忍不住插嘴道："皇上的藩地远在蜀边，与京城相隔何止迢迢，你们得消息倒快，如此看来，当今也是早有雄心的。"

顾廷烨看了她一眼："那消息是我送去的，水路快些。"

明兰不料，"啊"了一声。

"消息传到，王府的几位幕僚便说，六王爷被贬斥，五王爷残暴，素来不得先帝喜爱，排序之前的皇子俱已亡故，这天子宝座怕是要轮到圣上了。可公孙先生却说，如今局势未明，先帝属意尚不得知，藩王无诏不得离藩地，若有异动，叫有心人一挑拨，好事也成坏事了。我们兄弟几个也不敢闲着，或戒备，或整军，人人如拉满的弓弦，只等京城消息。"

明兰问道："那……侯爷彼时，在做甚？"

"我暗中守在京城外。未过多久，先帝册封圣上生母为后，我知大事已定，兹事体大，便亲自南下报信。为抄近道赶路，什么险滩激流、山路陡坡都得走。一路上，溺死了好几个舟子兄弟，毙了十数匹良驹，只十余天工夫，就赶到了。"

明兰艰难地咽下口水："那是……以前跟着你的……是漕帮的？"怪不得这两年账房里陆续向几户人家支出银钱，都是车三娘使人来取。

顾廷烨面露惨色，点点头——那几个都是跟了他许多年的好兄弟。

"待先帝召见入京的旨意到蜀边时，果然不轨之徒四下蠢动，刘正杰三天便擒杀了四五拨刺客，段家兄弟护着皇后和几位小皇子，半座王府血流成河。可彼时，皇上早在路上了。我与沈兄兵分两路，一明一暗。他做了十几年王府侍卫统领，知道他的不在少数，便领着兵马侍卫走明路，而我与老耿护着皇上暗中绕开官道，另走一路。"

他紧拧着眉心，似是想起了那段惊心动魄的岁月："沈兄那路，不知碰上多少次劫杀，明着是盗匪，其实就是勾结谋逆的卫所军队。沈兄几乎送掉了性命，钟兄弟没了二弟和一个侄儿。快到直隶地界时，我们这一路也遮掩不住了，老耿拼死殿后，一条胳膊一条腿差点就残了，还赔上耿夫人两个兄弟的性命。我护着皇上杀出一条血路，直到看见城门，九门提督领兵出城来接，才算平安。"

明兰听得心惊肉跳，掌心一片冷汗。

犹记得那时整个京城都等着储君，偏左等右等，八王爷过了好几个月才到，当时，自己还腹诽过几句古代交通落后，没想竟有这许多波折。

难怪皇帝这么信重他们几个，这种拿血肉性命换来的忠诚度，果然不是京城权贵哭一场或表白一段忠心能抵过的。

这些根深叶茂的权爵世家，都水深得很，各方势力盘根错节，谁知道骨子里头是什么，而顾廷烨他们几个，却是真正把身家性命都押在皇帝身上的。什么叫心腹？昔日楚霸王项羽横扫天下，最信任的还是他的江东子弟。李自成几降几反，最核心的就是最初起事之众，只要这帮老兄弟在，他投降几次、失败几次，都能东山再起（这帮人后来大多坑在一片石）。

难怪老耿再怎么出错，顾廷烨每天打家务官司，沈从兴一天到晚犯浑，皇帝还是要用这些人。只要能办事，能完成任务，并且绝对忠诚，其余都是细枝末节。

"好一把九五至尊的宝座，不知染了多少人的血！"明兰轻声道。

顾廷烨摇摇头，也叹了口气，继续道："我们离去的那段日子里，皇后和几位小皇子忽染了急症……"

明兰怀疑："急症？"

顾廷烨道："也不知是真的病了，还是有人投毒。总之，那会儿王府里人心惶惶，段、刘二位兄弟，虽能抵御强敌、擒杀刺客，却对内帷之事束手无策。于是，邹夫人只好亲自入王府照料，那会儿，她已身怀六甲。"

"后来，皇后娘娘和几位小皇子都好了，邹夫人却……"明兰颤着声音。

顾廷烨面露惋惜之色："待沈兄赶回去时，只见了邹夫人最后一面。"

"……难怪，皇后娘娘那般抬举邹姨娘。"

"沈兄大病一场，险些也跟着去了。"顾廷烨低声道，"自邹夫人故去之后，沈兄行事越发没有章法了。"

两人沉默许久，明兰忽笑了一声，道："这世上之事，就是这么有趣。倘若当初皇后娘娘没能好转，那么如今邹家之忧，便成了沈家之忧。这位邹夫人，倒的的确确是一心为了夫家。"

顾廷烨默了会儿，缓缓道："公孙先生与我说，你是他生平仅见的明白女子。"——现实往往就是这么丑陋和无奈。

明兰苦涩道："有些事情越是明白，心头便越是荒凉。"

顾廷烨看了她一会儿，道："旁人的事说完了，现下来说说我们的事吧。"

明兰漠然道："好。不知侯爷打算从何说起。"

"就从齐国公府那日的寿宴说起。"

明兰按捺下心慌，只听顾廷烨道："那日回来后，我时常不快。你一直猜测，以为是因着齐家那两个孩儿的名字吧？"

对上男人黝黑深沉的眸子，明兰无可抵赖地点点头。

"你素来聪明，遇事不乱，在这件事上为何会如此？"顾廷烨静静道，"心虚而已。"

明兰辩无可辩，垂首坐着。

顾廷烨道："你甚至没有多问小禄子几句，你可知后来怎样？那日，我在门房等得不耐烦，便往里多走了几步，听见了你和齐衡说的话。"

明兰心头一阵乱跳，张口欲辩，却什么也说不出来。

顾廷烨细细睃巡她的神情，淡淡道："瞧，你又心虚了。童年伙伴，就是说上两句又如何？况且……"他笑了笑，"也不是什么好话。"

"那你究竟在气我什么？"

这句话明兰纳闷了许久，既不是因为名字，也不是因为她和齐衡说话，那么，这个男人到底在发什么神经。

"你从不曾用那般口气与我说过话。"顾廷烨平静道，"你端庄守礼，便是对着太夫人也不曾失过半分礼数。除了齐衡，你从来不曾跟任何人用那种口气说过话。"

明兰犹记得自己骂了齐衡两句很不好听的，难道这个男人在嫉妒这个？她不禁错愕，脱口而出："为何不能？我……我又不靠他过日子……"

"因为你需要靠我过日子，所以才对我礼敬有加？"

明兰慌道："不，不是……"她急得涨红了脸，"侯爷这是断章取义！"

顾廷烨满目深沉，倏然站起身子，高大的身躯在屋里走了一圈，停在明兰面前："齐衡那小子对你的心意，我早就知道。便是他真为孩儿取了你的名字，那又如何？旁人心里怎么想，与我们有什么相干？我在乎的，是你心里怎么想。你……是否……"

下面的话，他自己也难以启齿。可笑他勇悍半生，此时竟怯了阵。

"没有。我知道侯爷想问什么，这句话我已问过自己许多遍了。"明兰抬头看了会儿窗外，似是凝神思索了片刻，又道，"……没有，我从来未对齐衡有过男女之情。"

"这般肯定？"过了片刻，顾廷烨才道。

明兰淡然道："很早之前，我就知道我与齐衡绝难成姻缘，既然如此，何必还啰唆许多？我不是话本子里那柔情多意的小姐，我断不会叫不该之事发生的。"

顾廷烨冷笑道："夫人倒明智，枉费齐衡一番痴心，倘叫他听见这番话……"

"我之前对他说过更难听的话。"明兰直截了当。

顾廷烨怒目过去，明兰坦白直视，两人对视片刻，顾廷烨挪开目光。

明兰昂首道："就因为有人喜欢我，我就一定要喜欢他吗？哼！天下哪有那么简单的事！"这番话她闷在肚里十几年，此时也顾不得什么，索性都说了出来。

"我六岁没了生母，家中姊妹，太太宠爱五姐姐，父亲喜欢四姐姐，若非祖母垂怜，我还不知会怎样。似我这样的，何尝能有半点行差踏错？！"

明兰越说越气，霍然站起，直立在窗前："平宁郡主连盛家嫡出的女儿都看不上，何况我？齐衡明知如此，还想要我如何？与他花前月下互诉衷情，还是私相授受？等到他日他另娶名门淑女，而我暗自伤怀、感痛一生？"

——别做梦了！她绝不会为了不值得的缘分和人伤心的！

顾廷烨默了半晌，才道："早先，我就听说齐衡与郡主为婚娶之事吵过许多次了。"

"那又如何？"明兰尖厉地反问，"在登州时，老太太带我去乡间避暑，我见过用来沉塘的笼子，见过被族里祠堂关起来的女子。齐衡若真有本事，就别叫我担惊受怕，顺当地把我娶过去。倘若不成，他还非把事情闹出来，一个'私相授受'就能要了我的命！"

说到后来，明兰一抹面颊，竟湿了一片。

顾廷烨被她眼中深深的沉痛惊住了。

明兰蓄着泪水，一字一句道："顾侯爷，这世上男子与女子是不同的，不能男子付出多少情义，也叫女子回报一般。你可以荒唐十几年，然后浪子回头，功成名就，可是女子呢？只要一步踏错，这辈子就算完了一半！又叫慈心抚育我的老太太如何自处人前？！"

胸膛剧烈地起伏，她冷笑道："是以，侯爷大可放心，任怎样的青梅竹马，都叫那阵子的惊惧担忧给淹过去了。我怕还来不及，哪有工夫想什么男女之情？这种金贵玩意儿，我一个小小庶女，消遣不起！"

顾廷烨心中一阵酸涩苦痛，甚至不敢抬头看她，只缓缓坐倒在躺椅边沿。

明兰坐回春凳上，摁住眼眶中的湿润，强自忍着："你适才与我说了邹夫人的事，我知道侯爷的意思，可我并不赞成邹夫人之举，难道皇后不保，国舅爷就会有性命之忧？何况皇后吉人天相，没准儿也能熬过去。真爱一个人，就该为了他好好保住自己！"

从好处想，大邹氏豁出性命去照料皇后，是为了骨肉情深；从现实看，眼见八王爷登基在即，大邹氏是想拼命保住沈家的荣华富贵以及沈家外甥能顺利立储。

"邹夫人以自己一条命，换来了如今沈氏荣光，我倒想问国舅爷一句，这到底值不值？"被泪水浸透的大眼睛，仿若水中明月，冰凉凉的，直刺入顾廷烨心底，"侯爷先别想知道我是否愿学邹夫人，不妨先问问自己，若你是沈国舅，会不会要我用性命去换夫婿的前程？"

"我怎会如此？！"顾廷烨怒吼一声，一拳重砸在躺椅上。只听哗啦一声，躺椅首部以花梨木雕绘的一簇海棠花已是碎裂了。

屋中一片沉寂，两人都半晌不说话。顾廷烨鼻翼微张，粗粗地喘着气。

明兰哀伤地望着他："忽见陌上杨柳色，悔教夫婿觅封侯。若是我，只要夫妻俩平平淡淡地过日子，便心满意足了。现在，没了邹夫人，沈国舅难道快活得很吗？"

顾廷烨怔怔地看着对面的女子："我……不是有意怪你，只是每回提起齐衡，你总是莫名心虚……"

明兰仿佛被触及心底最深处的地方，心中隐匿的那一处轰然塌方，被掩藏住的丑陋无处躲藏。她一手撑着桌子，哀戚道："……我心虚，是因为，当一个人待我真心真意时，我却只想着自己。"

顾廷烨倏然抬头。

明兰泫然欲泣："他待我很好，不计较得失脸面，没因我是庶出就瞧不起我，只是想待我好，并真心想娶我，为此辗转耗力。可我……我只顾着自保。只要自己能安安稳稳的，我从不曾顾惜过他半分。"

大颗的泪水滚下精致的面庞，她泣不成声："你疑我的没错。这辈子，我从来只爱自己。"

顾廷烨看进她悲伤的大眼中，恍惚间，竟不知她说的是对齐衡的歉意，还是对自己的。

他站起身，抬手想抹去她脸上的泪水，却忽然踉跄一步。

心头一片沁凉。

明兰抬起头，满面泪水，哀哀道："我对不住你待我的好，我确是个没有心肝之人。"

是呀，她就是这样的人，他能有什么办法。

顾廷烨只恨自己天生一副追根究底的性子，倘能糊涂些该多好，好些夫妻不都是这样白头偕老的吗？她说得很明白了，她永远不可能像邹夫人那样掏心挖肺，那他又能怎么办呢？

他活了近三十载，便是少年时，也是任性桀骜、肆意妄为，从不肯独自咽下屈辱，到后来，翻覆江湖，游走朝堂，都不曾这般无力过。直至今日，他才知道，自己竟这样软弱，舍不得，抛不下，却又不甘心。她的眼泪好似利刃，看似柔弱，却是刀刀见血，一声声低低的抽泣，仿佛针刺在他心底最柔软的地方。

他忽地起身，疾步离开屋子，回到书房，随意从架子上抽出一本书，烦躁地翻了几页。门外顾全探头探脑地进来，轻轻叫了一声："侯爷，公孙先生有事寻你。"

顾廷烨坐在昏黄灯光中，一动不动："先生可说是什么事了？"

顾全道："先生没细说，只把一份卷宗放在左边架子上，叫侯爷回来就看。"他瞄了主子一眼，小心翼翼道，"像是侯爷又多了份差事。"

顾廷烨侧过身子，从左边架子上拿起一份细白绢纸的文卷，匆匆看了一遍，沉默良久，才道："你到外院去与先生说，这事我知道了，我明日一早就去寻他。"

顾全低头，躬身退下，轻轻带上门。

不知又坐了多久，直到珊瑚灯座上的半支明烛燃尽了，屋内一片黑暗，四肢都僵直了，他才缓缓起身，却没有往这阵子就寝的侧厢房去，而是茫茫然地走回了嘉禧居。

四柱大床已放下了帐幕，层层幔幔，轻纱薄绸，是明兰喜欢的湖碧色，由深至浅，好像江南湖畔的垂柳。外头淅淅沥沥地下起了雨，夜里更添几分凉意。

明兰和衣蜷缩在床角，细致柔密的长发散了一枕头，流瀑般垂在床边，长长的睫毛还沾着水汽，像个委屈伤心的孩子，左手在侧颊边团成一个小小的拳头。

他的心像被拽住一般，陡然紧了一下。

当天夜里，他便叫人把书房侧厢的铺盖收了起来，一应物事都搬回主屋。

那夜的争执，两人都很乐意忘记。某人本性如此，现实如斯，既无法改变，只能无可奈何地接受。此后数日，明兰依然贤惠，顾廷烨也照旧顾家。

某日，他下衙时路经酒肆，闻到熟悉的香气溢出来，一时意动，便买了对胖胖的水晶肘子回家。翠绿的荷叶包裹，酱红熟透的肉香味，原本窝在乳母怀里昏昏欲睡的小胖子，陡然清醒，睁着一对黑白分明的大眼睛，直直地看着那肘子。

明兰心起恶作剧，端着一脸诡异的笑容抱他去啃，可怜胖团子至今只冒了六七颗糯米头，门牙全无，如何啃得下那油光溜滑的皮肉。

待顾廷烨沐浴完出来，正瞧见儿子盘着小胖腿，委屈地坐在躺椅上泫然欲泣，他那没安好心的娘则笑嘻嘻的："……你要讲道理呀，不是不叫你吃，你自己咬不下来呀……"

然后，她笑得东倒西歪，拿满脸油花的儿子取乐，一转头，见丈夫站在几步处，立刻又一副怯生生的老实模样。见此情形，顾廷烨不禁叹了口气，讨了这么个鼹鼠般的老婆，掘了捧土盖在脑袋上，就自觉天下太平了——他果然不是一般的有福气。

侯爷与夫人和好，府中几人欢喜几人忧。崔妈妈和翠微几个，自是欢喜的，只小桃心里有些纳闷。那夜，她守在外头，模模糊糊地听见两人的争吵声，她原本惴惴不安，谁知侯爷半夜自己爬上了夫人的床——为何夫人前几日做小伏低，侯爷却拿谱不肯回来？这么吵了一大架，反倒乖乖搬回了，还是吵架管用吗？那要是把男人打上一顿，岂非更妙？

小桃小小地叹了一口气：夫人老实柔弱（她这么认为），怕是不敢打侯爷的，兴许将来自己可以试一试。

风声传开后，秋娘来请安时便有些哀怨。过了几日，她畏畏缩缩地拿出两件新做的月白衫子。"天热得厉害，给夫人和侯爷各做了件夏衣。我粗手笨脚的，夫人别嫌弃。"

明兰将衣裳拿到手上细细看了，男式那件明显精工细做，女式那件倒也不坏，柔软平整，但叫有经验的翠微一看，就知是赶工出来的，针脚有些急。

看秋娘这副死样子，明兰就气不打一处来。这位大姐估计是属王宝钏的，笃信十八年苦守寒窑，终有一日盼得君归，哪怕带位公主回来她也不介意。

虽然那日叫顾廷烨摔了汤盅，她依旧不恨不怨地做起了衣裳，可惜没等她缝上袖子，顾廷烨就搬回嘉禧居了，于是，她只好边抹泪边再做一件。

当晚，明兰将秋娘的心血交给丈夫。顾廷烨拎着那件衣裳在她跟前抖呀抖，满眼俱是"你不稀罕我，有的是人稀罕"。见明兰嘟起了嘴，他还装模作样地问："夫人为何不快？"

明兰闷闷不乐："不怕贼偷，就怕贼惦记。"

"惦记夫人的也不少。"顾廷烨淡淡的。

明兰哑了，暗自恨恨——这就是摊牌的结果。

直到更衣熄灯，她依旧郁郁的。顾廷烨将热乎乎的胳膊枕在她脖子下："怎么了？"

"我在想一件卑鄙的事。"

"何事？"

"自己吃不下，也要吐口口水在碗里，不叫别人吃。"

帐幕里陡然静了两拍。顾廷烨无声而笑，翻身压到她身上，伸手摸索进她的里衣，哑着嗓子道："你多吃几口，别人就吃不着了。"

……

不过，那件夏衣，顾廷烨终究一次也没穿，叫小桃收掉，之后不知去向了。

绿枝精神大振，特意去找蔻香苑的婆子闲聊，不经意间漏了嘴，秋娘得知后，抱着枕头又哭了半天。翠微得知此事，戳着绿枝的额头："叫我说你什么好？就不能稳重些吗？"

绿枝倔强道："夫人往日待她不薄，可前阵子不过和侯爷拌了两句嘴，她就急匆匆地贴上去，不叫她吃些苦头，我心里不痛快！"

入了七月，到丹橘成婚那日，明兰特意叫小桃、绿枝、翠袖三个去吃酒。女孩们回来之后，七嘴八舌地好一番渲染，如何喜气热闹，如何敲锣打鼓放鞭炮，喜服珠钗如何红艳鲜亮……翠微听得两耳都满了。一屋子小丫鬟或羡慕，或惊叹，叽叽喳喳了大半天才安静下来。

待人散去后，碧丝才幽幽道："丹橘姐姐可是寻了个好归宿，也不知我们将来会如何。"

绿枝瞧了她一眼，道："夫人自有主意。不过……你这么爱替自己打算的，大约早有思量了吧！"虽是一道长大的，可她始终瞧不惯碧丝好吃懒做的性子。

碧丝立刻脸红："你浑说什么呢！"

未过三四日，丹橘领着新婚夫婿来侯府磕头，明兰见她面色红润，眉间化不开的娇羞喜悦，也放下了心："明年可得给我送喜蛋来。"

屋里屋外挤满了昔日的姐妹，声声轻笑不绝于耳，丹橘羞得要钻到地下去，最后几乎是夫婿搀着才出得门去。

大约这阵子吉日较多，四房的顾廷荧也要出嫁了。四老太太怕夜长梦多，紧着把喜事办在年内。明兰在翠宝斋里订了一副嵌翠赤金头面，另三百两压箱银，忝作添妆，算体面了。因顾廷荧是嫁往京外，只好长兄顾廷煊亲自送嫁，好在夫家路也不远，半个月就能来回。

唯一的骨肉嫁了，四老太太这阵子就没断过泪，说不得明兰只好去探望，顺带瞧见了被使唤得灰头土面的刘姨娘，以及被"照料"得极好的四老太爷——什么都知道，就是没法动弹。

明兰生不出半分同情来。风流快活了大半辈子，该还了。

风水轮流转的不只这家，还有两个女子，一个变好了，一个变糟了。明兰严重怀疑这两人八字对冲——以前是张夫人老叫明兰去开解张氏，现在却是郑大夫人常来请她去跟小沈氏说话。张氏振作起来，如今行权管家，悉心育儿，过得有滋有味，而小沈氏却始终未从前阵子沈家的低压期恢复过来——肚皮越来越大，人却越来越瘦，兼之精神萎靡，情绪低落，惶惶不可终日，直叫人看得心惊肉跳。

"她这样子怎么成？"等人睡下，明兰走出门外小声道。

郑大夫人叹道："前阵子也不知哪里歪传，说皇帝要废了皇后，还要革了国舅爷，把这孩子吓得，每天都要哭上几顿，还总说胡话……"

明兰默然。她知道，小沈氏是担心若沈家败了，郑家会不要她——就这么点心理素质，还敢跟张氏女子别苗头，真是不知死活。

不等明兰叹过几声，张、沈风波的余韵早就漫及自家了。

自打沈从兴禁闭思过，本属他的差事再次落到顾廷烨头上，顺带还要分担一部分张老国公的事务，时不时在外头连住几日，短则三五日，长则七八日，有时是西郊大营，有时是兵械司，有时还得去口外的马场校营。

"今日钟太太来串门了，说起侯爷如今忙碌，还羡慕呢。"明兰收拾着换洗衣裳，一件件打进包裹，"钟将军很空闲吗？"

顾廷烨坐在镜前束发："养兵千日，用在一时，一旦用起兵来，就不得空了。"

"我倒情愿侯爷平日忙些，也别上阵打仗。"

垂紫白嵌双色金丝冠戴于头，顾廷烨侧头朝她微微而笑，这句话他相信她是发自真心。临出门前，抱起她亲了又亲——其实不去深究什么，这样过一辈子，似乎也挺好。

慢慢地，明兰开始习惯独自掌理侯府的日子，闲时空了，隔三岔五去郑将军府、煊大太太处走走，偶尔再去国舅府踩踩点，生活也蛮充实的。

这日，从外头回来，却见翠微正仰着脖子，等在嘉禧居门口，一见了她，便急急上来道："夫人，您总算回了，老太太来了。"

明兰又惊又喜，快步走进屋子，只见屋里正中坐了一个精神矍铄的老妇，正逗着崔妈妈抱着的团哥儿。她拿着枚红丝线吊着的碧玉蟾，在手上一晃一晃的，团哥儿伸出小手奋力去抓，碰到了就兴奋得咯咯笑，没碰着就气鼓鼓地皱起小包子脸，直把老人家乐得喜笑颜开。

明兰扑到老太太腿前，撒娇道："祖母今日是特意来瞧我的？多日不见，想我了吧。"

盛老太太一指头戳在她脑门上："想你个鬼！"然后将碧玉蟾挂到团哥儿脖子上，对崔妈妈道："把丝线换了红绳，拴紧了，仔细别叫哥儿吞了。"

"祖母，这么贵重的东西……"嫁给顾廷烨这些年，她算见过不少好东西，眼力大有提高，这枚碧玉蟾温润翠绿，剔透无瑕，显是难得一见的好东西。

"闭嘴。"盛老太太板脸道，"我做曾祖母的，给哥儿东西，干你什么事。"又对崔妈妈和翠微道："你们先下去，我要跟这小冤家说几句话。"

明兰呵呵傻笑几声，乖乖坐到一边。崔妈妈忍着笑应了，然后抱着团哥儿出去。看到门被掩上，盛老太太才回头道："你老实与我说，你是不是跟姑爷闹气了？"

"……祖母这是哪儿听来的呀。"明兰张口结舌。

盛老太太脸黑如锅底："还说姑爷如今不和你一屋睡了？"

"早睡回来了呀！"明兰急得口不择言。

盛老太太深吸一口气："这么说，是闹过气？姑爷也搬出去过？"

明兰红着脸，支支吾吾道："夫妻哪有不吵架的，可是……"她忍不住提高音量，"大半个月前他就搬回来了呀。"哪儿的消息源，这么滞后！

她忽心头一动，忙问："莫非是康姨妈跟祖母说的？"

盛老太太没好气道："是你那没出息的太太！不过，也少不了她那姐姐。"松口气后，老人家又疑道，"这事怎么传到外头去的？"

明兰一脸晦气："还不是太太给我的那个彩环！我把她放在庄子上，本想着若无什么事，今年就放还给她老子娘去自行婚配，谁知她买通了我府里的一个婆子，时时探着消息呢。"

"这贱婢！"盛老太太怒道，重重地拍了一下扶手，"你打算怎么处置她？"

明兰犹豫了："还……没想好……"其实，她不擅长下狠手处置人。

"把人交给我。"盛老太太肃色道，"我给她寻个好去处。"

明兰连连摆手："不用，不用，我该学着如何处置下人了。她到底是太太送来的，祖母亲自收拾，太太面上不好看。"

盛老太太一哂："她面上从来没好看过。你大嫂子回来后，我把家里的事交到她手上，别提你太太的脸色多难看了。不是我信不过她，如今王家回来了，这姊妹俩越发黏在一块儿，我也不好说什么……"顿了顿，她顿足道，"哼，早晚没好事！"

明兰无奈道："没有康姨妈，太太其实也还好啦。"

"谁说不是！"盛老太太怒道，"尽学些阴毒伎俩。前阵子不知又被撺掇了什么，竟叫栋哥儿他姨娘在毒日头底下跪了一个时辰！"

明兰大惊："这是为何？香姨娘素来老实本分呀。"都十几年了，香姨娘年轻貌美时王氏没发作，怎么反而现在闹呢？

"还不是你四弟过了县试。"盛老太太呷了一口茶，"我们那位好姨太太说，要趁早压下威风，免得将来难治了！"

"这才第一场呢，太太真是。"

盛老太太愤然道："你荐来的那个叫常年的孩子，倒是聪明，考得极好。你老子正叫栋哥儿读书奋进的当口，却来了这么一出，你老子也是气得不得了！"

祖孙俩沉默半晌，双双叹气。

"不理这些烦心事了，你倒是跟我说说，怎么跟姑爷闹气的。"老太太神情慈爱。

明兰垂下头，不好意思道："他嫌我不够真心。"

老太太不解。

明兰只好拣要紧的说了些，然后愤愤道："你说这人怪不怪，好好的日子不过，尽纠缠些枝节！难道也要我寻根究底他每日做了些什么，过去见过多少人，经过多少事？男人不是最烦这个吗？"

盛老太太笑得前仰后合，指着她道："你呀，你呀！真真是个不懂事的。"

好容易停了笑，她抚着胸膛道："天下事哪能尽走偏锋，你不用追根究底，好歹也要多问几句！你去外头打听打听，哪家婆娘不爱问男人，再骂两句'死鬼'的？你倒好，凡事不问，客客气气，你当那是你男人呢，还是你上官呀？！"

明兰本想说，真被你猜中了，我还真当他是 BOSS 来着。

笑话了半天，老太太也懒得纠缠这些夫妻琐事，道："也罢，如今姑爷是叫你吃住了，这是你的福气。"又皱眉道，"就是这武官常要离家不好。"

明兰摇摇头："文官也不好嫁，有厉害婆婆。"

盛老太太转笑为叹："如丫头倒是性子好了不少。"

越临近文炎敬外放，文老太太越事多，一会儿要去乡下避暑，一会儿要回老家看亲戚，时时拖着如兰，如兰倒也忍住了。只王氏跑去放过一次狠话，倘不叫如兰跟着夫婿去任上，看她不闹得天翻地覆，搅黄女婿的差事也不在话下。

"五姐姐长大了呀。"明兰感慨。

盛老太太拧了下她的鼻子，满目宠爱："你自小就懂事，小大人似的，如今反而往小了长。"忽一阵伤感，目中露出欣慰，"女子嫁人后，能越活越小，其实是福气。"

生活不顺，才会被逼着快快长大，有人呵护疼爱，才会往天真娇憨了发展。像余老夫人，活到这把岁数，还是昔日闺中的小姐性子。

明兰默然，她懂这个意思。

自嫁给顾廷烨，她几乎不用讨好任何人、忍让任何事，执掌偌大侯府，银子随她花，人手随她换；爱出门就出门，爱赖在床上就赖着，人人争相巴结她，再无人对她颐指气使、给她脸色看。关上侯府的大门，就没她不能做的事——顾廷烨几乎给了她一切权力和信任。

当然，她自己也很努力谨慎。可跟以前那个处处小心的庶女相比，日子真是好过太多了。这种日子，虽很辛苦，但很自在。

想到这些，她越发思念好日子的来源，也不知他现下在干什么。

如此郁郁了两日，这夜，明兰刚哄团哥儿睡下，绿枝从外头急急进来，后头跟着已嫁了人的翠屏，她一见明兰，就哭着跪下了："姑娘，快回去看看吧，老太太不成了！"

明兰仿若心跳都停了一拍，厉声道："你说什么？！"

翠屏哭道："本来好好的，从下午开始就闹不舒服，老太太起先还不让叫大夫，可刚摆上饭，老太太就昏死过去了，如今……如今……"

明兰跌坐在床上，心头如一团乱麻。得镇静、镇静……她对绿枝猛声道："拿我的帖子，去请林太医！快，快！备上马车，叫人直接去盛府！"

第五十三回 · 妖魔鬼怪

　　夜黑如墨，花梨木雕葫芦藤蔓的隔扇稍开了一半，丝丝凉风吹入屋里。七月初的暑热天气，此时竟凉得叫人心悸。寿安堂的里屋，或坐或站了好些人，盛老太太平躺在床上，双目紧闭，眼下是深深的黑晕，面色青白中泛着一丝焦黄，平日康健的双颊也深深陷了进去。在明兰记忆中，仿佛从未见祖母这般衰老病弱过。

　　房妈妈颓然立在一旁，失魂落魄得不知所措。

　　盛纮焦急得如热锅上的蚂蚁，直直站在床前三四步，眼眨也不眨地盯着正在诊脉的林太医，等了好半晌，终忍不住道："林太医，家母……这个……"

　　林太医缓缓收起右手三指，起身转头道："老人家得好好休养，屋里不宜待太多人。盛大人，借一步说话。"

　　盛纮连忙跟林太医出去。明兰迟疑了一下，看了一眼在床畔服侍的海氏，只见她微笑道："妹妹也去听听吧，我就在这儿。"明兰感激道："劳烦嫂嫂了。"说完，赶紧出去。

　　到了外头堂上，只见长枫正扶着盛纮坐到上首，柳氏亲手给林太医奉上一碗茶。王氏连声问道："到底如何了？"

　　林太医迟疑道："……这个……不好说。"这时，他见明兰出来，目光微微闪烁，支吾道，"总之，如今暂且是稳住了。"盛纮大大松了口气，满脸感激道："多谢费心。不论需要何物，太医只管开口，尽吾之所能。"林太医笑笑："大人孝心可嘉。"

　　明兰缓步走过去，轻声道："我祖母自来身子硬朗，平素好好的，怎么忽然说倒便倒了？林太医，这好歹有个说法吧。"王氏皱眉道："这么晚找了林太医来，已是十分叨扰，你怎可无礼追问？！太医自有计算。"

　　林太医微笑道："不妨事的。医者父母心，这是本分。"然后，他微侧身子，似若无意地挡住王氏等人的视线，对上明兰的眼睛，轻缓道："老人家年纪大了，康健自不如年轻人，身子骨总有这样那样的毛病，这个一时也说不清是哪里不好，得再慢慢看了。"

明兰凝视着林太医，缓缓道："太医说得是，都说病来如山倒……"她轻轻拭着眼角，"祖母到底是年纪大了……"

王氏满意道："正是。老人家的身子，原本就保不齐的事。本来预备明儿一早再去报你的，谁知下人这般嘴快，连夜把你叫了过来，还显得我们不会照顾了。"又转头对林太医笑道："连带闹得林太医也不得消停，真是……"

盛纮见王氏越说越不成话，低声喝道："少说两句！孩子一片孝心，你还说嘴！"

柳氏见堂内气氛尴尬，轻声细气道："如今虽还不太晚，但妹妹难得来一趟，不若就歇在家里吧。我备了厢房，回头就可安置了。"又转头对林太医道："还有太医您……"

林太医摆手笑道："我们这行夜里被叫去是常事，少奶奶不必费心了……"

这时，明兰忽开口道："祖母如今虽稳住了，但还未醒过来，只盼太医能多待一夜，也好叫我们安心，否则，倘若祖母夜里又发作了，我等可如何是好……"

王氏一皱眉，正要开口，盛纮抢先道："正是。还请太医多费心些。"起身拱手，竟是要行礼。林太医忙起身回礼。他虽也有六品官级在身，但盛家满门官宦，姻亲又显赫，他不敢托大："不敢当，不敢当。"沉吟片刻，道，"这样，我留下给老太太扎几针瞧瞧，先叫童儿回药堂去取些药来。"

明兰轻声道："谢太医，我叫人护送童儿过去。"

林太医拱了拱手："我去写个方子。"柳氏早有准备，忙叫人端上笔墨。林太医行笔如风，须臾便得。盛纮取其方子一看，大多是些温和药物，并无太针对之效，不由得皱眉，再看林太医，一脸四平八稳，他踌躇片刻，忍下不开口。

待童儿拿着方子出去，林太医又转身进里屋去看盛老太太。

明兰道："今日夜深了，老爷、太太还请尽早歇息吧，三哥哥也回去吧。"她又过去握着柳氏的手："三嫂嫂才出月子不久，可不能累着身子。"

盛纮道："你也歇着吧，老太太有你大嫂照看……"

明兰忽泣道："我自幼蒙祖母悉心教养，恩深海重，可到底是嫁出门的，不能日夜陪护，何况大嫂嫂还要照看小侄儿，今夜便叫我陪着祖母，也算尽尽孝心吧。"

盛纮思忖片刻，道："也好。今夜，你就照看老太太吧。"又扫了一眼王氏，"以后，由太太服侍老太太汤药，你尽可放心。"

王氏脸色难看，咬了咬唇——婆婆有病，首当服侍的，确该是儿媳，而不是孙媳。

盛纮又进了里屋，对着昏迷的盛老太太说了好一会子话，嘱咐房妈妈等好好照料，絮絮叨叨没个完结。明兰笑道："老爷还不去歇息，明儿不上朝了？"盛纮捋须而笑："便是告假一日，也没什么不成的。"

明兰神态柔婉，孺慕之情溢于言表："爹爹也有年纪了，有事弟子服其劳。老太太这儿有我呢，爹爹是家中的顶梁柱，可别累着了。"

盛纮听得十分悦耳，心中颇是受用，又被明兰柔声催了几遍，才领了王氏等人回去。

眼看着一众人浩浩荡荡离去，明兰缓缓收起笑容，目色冰冷，面罩寒霜，沉声道："房妈妈，把寿安堂里外关严实了，别叫人走动打听。"

房妈妈低声应了。明兰径直走进里屋，盯着林太医，一字一句道："林太医是我们侯爷信重的，我也不绕弯子了，只问一句，老太太到底是怎么病倒的？"

林太医似也等着这句话，闻言起身站着，低声道："夫人明鉴。老太太……的确病得蹊跷。自下午起，肚中剧痛，呕吐，腹泻，身子时不时地抽搐，这……"他一阵迟疑。

明兰道："太医但讲无妨。"

"这不似病状，倒似……倒似是……中毒。"

明兰心痛如绞，努力深吸一口气，扶着椅子慢慢坐下："先生可能确定？"

"这个……"林太医为难道，"虽有七八分把握，可也不能保准。若能搜检老太太今日所进的吃食，又能确认几分。"

这时，房妈妈也进了来，听见这些话，大吃一惊。明兰问道："今日祖母吃了些什么？"她在盛老太太膝下十年，熟知其习性。自打守寡，盛老太太礼佛数十年，日常作息饮食极为规律克制，从不贪食贪凉，这方面并不难查。

房妈妈恨恨道："我也觉着这症状来得奇怪，老太太这么硬朗的人呢，怎么说不成就不成了？！"寿安堂里外就这么几口人，且伙食采买几乎都是独立，房妈妈心里再清楚不过，"今日老太太只吃了早饭和午饭，用得不多。如今天热，吃食容易坏，我不叫下人吃剩下的，都倒了泔水桶，现下都还在。只是……那味道……"

明兰抬起一只手，沉声道："祖母日常用饭，都是咱们自己弄的，这个先慢慢来。除了两顿饭，今日祖母还吃了旁的吗？"小厨房的几个妈妈都是盛老太太几十年的老陪房，身家性命都捏在盛老太太手里，先暂缓怀疑这帮人。

房妈妈凝神想了想，道："老太太近年越发嗜吃甜的，聚芳斋有位经年的老师傅，做的芙蓉莲子酥是京城一绝，老太太爱得很。偏这老师傅每月只亲自动手做两次，老太太每回都叫人等着去买……"说着说着，她泛生惊惧。

明兰急道："快说，快说！"

房妈妈汗水涔涔而下："今年初，老太太说全哥儿大了，该识礼了，便叫他每日去给老爷、太太请安。太太见了孙子，喜欢得不得了，便主动把这差事接过去，每回天不亮就差人等在聚芳斋门口，买热腾腾的点心来孝敬老太太……"

"是以，这回点心也是太太叫人送来的？"明兰的声音微微发颤。

房妈妈慌神道："好些个月了，没见出什么事呀！"

明兰呆了半晌，赶紧叫丫鬟把吃剩的点心端来。

那莲子酥果然馥郁浓香、甜糯酥脆，便是这会儿已冷了，还是散发着金黄烘烤的诱人色泽。林太医拿了根银针细细挑开酥皮，从外到里地细查。最后，在馅料里戳来翻去，灯光下，只见银针闪亮，未有丝毫变色。明兰松了口气——她也不愿意是王氏下的毒。

谁知林太医越发神色凝重，拈着银针把馅料戳得稀烂，还伸着鼻子不住地嗅着，明兰再次提起心来。过了片刻，林太医放下银针，走到榻边，翻起老太太的眼皮仔细查看，又从药箱里翻了根细绒羽毛出来，放在老太太鼻端下，查看病人呼吸。

细毛抖动急乱，且间隔很不规律，还发出嘶哑的鼻息声，显是病人呼吸困难。

一会儿捏捏手足，一会儿敲敲关节，忙活了好半天，林太医终于停下手，长嘘一口气，道："好厉害的心计。"

"太医……"明兰滞住呼吸。

"的确是毒。"林太医面色发白，"可非砒霜之类的一般毒药，而是从银杏芽里提出的汁液，数十斤芽汁炼成浓浓少许，便可致人性命。"

银杏可食，可生芽不可食，理论上，这属于食物中毒，是以银针验不出来。林太医指着那剩下的一大半点心道："亏得如今天热，这点心甜腻，老太太未吃下许多，倘若再多进些，便是大罗神仙也难救了。"

明兰颤声发问："可还有得救？"

"先以药物催吐，再扎几针，随后才能缓施以汤药祛毒。"林太医斟酌道，"可老太太到底年纪大了，身子不如年轻人壮实，未必熬得过去……"

明兰紧紧攥着拳头，额头止不住地冷汗沁出，她忽然躬身福礼："一切拜望太医了！"

尽管眼前的顾侯夫人比他女儿都小，但林太医还是忙不迭地回礼："这是本分。"为了谨慎起见，他还主动提出去看看泔水桶里的食物，房妈妈便叫人陪着去了。

一步步从里屋出来，明兰梗着脖子站在堂中，后头跟着已是泪流满面的房妈妈："……这狼心狗肺的……姑娘，咱们……可……可怎么办呢？"

明兰撑着发抖的身躯，对着翠屏柔声微笑道："翠屏，你素来心细，这几日劳烦你就近看着老太太，给林太医做个帮手。"

"六姑娘放心，我晓得。"翠屏抹抹眼泪。

这几日，如兰又陪着文老太太去乡下走亲戚，喜鹊把大姐儿也抱了去，如兰便放她和喜鹊几日假，好回娘家看看。翠屏老子娘本是盛老太太的陪房，是以她必来寿安堂请安，顺道见些昔日的姐妹，叙叙旧。

谁知碰上这种事，一屋子人骤然慌了手脚。还是房妈妈镇定，说她已不是盛府中人，出去不用对牌，叫她赶紧去侯府报信。

见翠屏轻手轻脚地进了里屋，明兰转身道："房妈妈，请把寿安堂所有人都看起来，这里头的情形，丝毫不许透出去。"

房妈妈目露恨意，沉声道："哪个敢，我立刻铰了他的舌头！"说着，转身出去。

明兰从袖中拿出一个小小的牌子，在手心缓缓摩着，对小桃道："这府里有几扇门，你都知道吧？"

小桃咽了口口水，点点头："知道。总共五处，前大门、后大门、前门旁的侧门、西边走车马的侧门，哦，后头池子边的花园子，尽头处还有一处小门。"她是乡野出身，从小活泼爱动，众人见她年纪小又憨傻，便由她满府乱走，怕是盛府里有几处狗洞，她都清楚。

明兰把牌子递出去，小桃愣愣地接过，不明所以地看着她。

"去找屠家兄弟。"明兰面沉如水，一字一句道，"领上府里的侍卫，先叫开大门，从里头把盛府给我堵了！一个人都不许放出去！"

小桃素来胆大憨直，挺起胸膛道："夫人放心，我这就去！"

待小桃出去，绿枝怔怔地流出泪来："夫人，难道是太太……"她不敢往下说。

明兰站在罗汉床前，双手撑上床几，呆呆地看着几上陈旧的桃木念珠，旁边放着发亮的紫檀木鱼。这是老太太心爱之物，用了几十年的。

她缓缓将之翻过来，果见木鱼底部有数道浅浅白痕——那是她七岁那年寒冬，伏在这小几上写字，手短脚短的小人，下床时叫褥子绊了，连人带小几摔下来。老太太吓得面色发白，不及去看旁的，只一把抱起她，拍着哄她莫怕。

明兰看着小几上的白瓷茶碗，只觉得满心愤恨，一股郁愤之气直欲冲出胸腔。

意动手动，她立刻把茶碗重重地摔了出去，一直撞到墙上，摔得粉碎，她才重重吐出一口气——"王八蛋！"

这一夜，明兰服侍在病榻前，擦身，催吐，甚至料理秽物，俱毫不躲让地帮手。房妈妈在一旁含泪，林太医瞧了，也好生感动——这般品级的诰命夫人，实是难得——让他惴惴不安的心绪，又平复了几分。

昨夜林太医刚查完厨房，赫然发觉两个形貌凶恶的彪形大汉站在寿安堂门口回话，只把他吓得一颗老心扑扑乱跳。做他们这行，尤其混到太医院份儿上的，总能碰上些权宦人家的阴私，是以每每拜药师菩萨时，除了祈求医术精进、药到病除之外，总要自审，戒多言多问，口风须紧，行事须小心——免得遭了池鱼之殃。

换过童儿带来的干净衣裳，房妈妈有礼地请林太医去侧厢房歇息会儿，明兰则在老太太房里的躺椅上和衣歇了会儿。未到卯时，天色犹黑，明兰悠悠醒来，听得屋外一阵争执。

"……六姑奶奶这是什么意思？不叫进也不叫出，还敢打人……老爷要去上朝……"

明兰微微笑了，起身让绿枝替自己换了身新衣，再梳了个简单的头，方才不慌不忙地走出去。与房妈妈争吵的，正是王氏身边的钱妈妈，她见了明兰，立刻道："哎哟，六姑奶奶，夜里来了好些吓人的歹人……"

明兰挥手作势叫她轻声，才道："不必多说，我这就与你去见太太和老爷。"说着，便大步踏出去。绿枝拿了个小包袱紧随其后。钱妈妈呆了呆，连忙跟上。

一路上，钱妈妈喋喋不休："……太太可是气得不轻，原本要亲自来质问姑奶奶，好歹叫我劝下了。老爷叫我来请您，说免得惊扰了老太太……"明兰一声不响，只径直往前走。钱妈妈见她面色隐隐有冰霜之气，讪讪地住了口。

到了王氏所住的正院，明兰叫钱妈妈留在屋外，自己走了进去。王氏一见了她，急不可待地骂道："你这死丫头！发什么疯？！居然叫人将家里团团围住，不许进出！稍有不肯的，居然还打人……"

盛纮穿着官服，烦躁地在屋里走来走去："你究竟在想什么？这要是传出去，以后我们家如何在外头立足……"被自己女儿围了府，真是旷古奇闻。

明兰竟觉一丝好笑，无论什么时候，自家老爹最担心的总是这个。她微笑道："爹爹放心，我叫侍卫从里头将门堵住的，大门紧闭，外头人怎会知道里面怎样了？"

盛纮急中发昏，一时被绕开了思绪。

明兰道："何况爹爹昨日不是说，告一日假也无妨吗？"

盛纮被自己的话堵住，竟忘了问其他。

王氏站起怒道："老爷还要上朝呢！"

明兰走近几步："爹爹不必担忧，适才我已叫人去给爹爹告假了，说家中长辈急病，爹爹忧心如焚，在家侍候祖母。爹爹素来勤勉，从无一日告假，这若传了出去，人家只会说爹爹侍母至孝，至纯至善，于爹爹官声大大有益。"

盛纮擦擦脑门上刚逼出来的急汗，竟觉得女儿这话颇有理。老太太生病是真，最近又无甚要事，何不告他一次假，实打实地做他一回孝子呢？

王氏见明兰始终没有搭理自己，更加大怒："你把我们一家老小都关了起来，到底想做什么？"盛纮缓缓摘下官帽，端端正正地放在桌上："你说说看。"

"也无甚事，不过是防着有人去通风报信罢了。"明兰依旧笑得文雅。

盛纮皱眉道："什么通风报信？"

"下毒。"明兰敛去笑容，目光直直地看向王氏。

王氏心头咯噔一下，扶着桌沿慢慢坐下。

盛纮一头雾水，低声喝道："你浑说什么！"刚说完，忽地反应过来，大是惊骇，"你是指老太太……"明兰点点头。盛纮心头大震，跟跄坐倒，定了定神，大声道："你莫要胡言乱语！这府里都是自家人，怎会……"

明兰朝上首的长桌指了指，绿枝立刻把手中一个小包袱放上去，轻轻解开，里头是一个青花白瓷莲座碟，盛着数块金黄清香的点心。

王氏一见这个，顿时脸色煞白。盛纮发颤地指着碟子道："这是老太太的……莫非……砒霜？"这是如今市面上最流通的毒药。

"倒不是砒霜。"明兰道。

王氏抚着胸口，用手抹额头上的冷汗，松下肩膀，随意出口："我就知道，明明只是……"她肃然惊觉，连忙住口。

明兰冷冷道："只是什么？太太莫非知道内情？"

盛纮也惊瞪着妻子。王氏支吾道："明明……明明只是病了。"

明兰冷冷一笑："这点心里的东西，虽不是砒霜，却能致命。"她朝盛纮道："爹，你可知白果生芽，即为有毒？"

盛纮点点头："自然。这谁人不知？只那无知孩童贪食，才易中毒。"

明兰道："有人将白果芽汁炼得极浓，注入这点心的馅料中。我问过房妈妈，老太太的习惯，总是先趁热吃两块点心。林太医说若真吃下两块，老太太如今已在阎罗殿了。天可怜见，这阵子天热，老太太不耐甜腻，只吃了一块，这才留下了半条命。"

盛纮冷汗沁透了背心，襟口处已是湿了。

"最有趣的是，昨日中午，太太身边的人去寿安堂讨要剩下的点心，说是我那大侄女吵着想吃。亏得房妈妈见老太太吃得不多，万一回头又想吃，便留了些下来，不然，还真是天衣无缝。"明兰盯着王氏，细查她神色变化，"下毒之人，实是心思缜密。"

王氏心头发慌，见面前父女俩都盯着自己，嚷嚷道："你们瞧我做甚？！"

明兰道："这点心不是太太送去的吗？孝媳给婆母买点心，当初多少人夸过太太。"

盛纮心头火起，也不顾女儿在面前，怒道："快说！你到底做了什么？"

王氏咬牙，索性光棍一条："只凭区区几块点心，就想定我的罪，可没这么容易。焉知不是老太太身边的奴才起了歹心，算计老太太？"

盛纮大骂："蠢材，蠢材！寿安堂的人，跟老太太几十年了，为何要下毒手？"

王氏昂着脖子顶嘴道："谁知道老太太是否面甜心苦，暗地里苛待下人呢？！又或者，是那什么林太医胡乱诊断，自己瞧不好病，就胡乱说一气，也未可知！"

盛纮见她一脸胡赖，气得说不出话来。明兰毫不在意，微笑道："这不妨事，可以多叫几位太医来瞧瞧，老太太到底是中毒，还是生病。"

"这个不成！"盛纮急道，"此乃家丑。昨夜你发问林太医，已是太过鲁莽，倘若传出风声去，咱家还有何脸面可言？这会儿，岂可再叫其他人知道！"

明兰丝毫不奇怪父亲的反应："爹爹不必担心，林太医是我家侯爷信重之人，他知道的多了去了，人家口风紧着呢。至于请旁的太医……这不是太太信不过林太医嘛。"

说完，还摊摊手。

盛纮气了个仰倒，对着王氏连连跺脚："你……你还不认错！"

王氏心头邪火乱窜，胡搅蛮缠道："老太太年纪大了，越发贪嘴，吃了生芽的白果，身子不好，倒拿几块糕饼来冤枉我！我告诉你们，要我认了，除非我死！"想了想，又骄傲地补充一句，"你们当我娘家无人了不成？"

盛纮想到王家如今就在近侧，顿时哑了嗓子。

明兰以袖掩口，笑得满眼泪水："太太怕是不知吧，这银杏芽汁，若只少许是无大碍的，要吃生芽的白果直至昏迷不醒，至少得吃下一两麻袋呢！不过……"她摁干蓄在眼眶中的泪水，"太太倒不必寻死觅活的，若太太觉着我和老爷不公，咱们不妨上公堂，请府衙大老爷审上一审，不就成了？"

此言一出，盛纮和王氏皆是大惊。王氏骂道："你个死丫头！你不要脸，盛家还要脸呢！"盛纮暴跳大吼："你敢！"

明兰站在当中，漠然道："老爷倘若不愿将事闹大，就请好好劝说太太吧，否则，我就一纸状书递到有司衙门去。再不然，老爷大可叫齐府内家丁，和我那些侍卫狠狠打上一场，把证据和老太太都藏起来，叫我告无可告。"

盛纮急得直跺足。倘若真在自己家里打起来，叫四邻知道，那自己是不用见人了。

"好孩子，你要为老太太出气，我也体谅你的用心。"他只能好声好气地劝说，"可都是一家骨肉，何必非要把事闹绝呢？咱们关起门来慢慢查。"

"一家骨肉？"明兰眨眨眼，"爹爹不说，我倒忘了，这满府里，个个都是骨肉，是至亲。"滴答一声，一滴泪不知何时落到袖子上，"我和爹爹是父女骨肉，和兄姐是手足骨肉，太太和几位嫂嫂生了盛家的骨肉，我们一家子都是骨肉——只除了老太太。"

不知不觉间，滚烫的泪水奔涌出眼眶，明兰重复道："只除了老太太。她没有亲骨肉，爹爹、大哥哥、大姐姐，还有我们几个，她一分半点血脉都没留下。想那下毒之人，也是料定了这点。太太有娘家人出头，老太太早跟娘家断了干系！是呀，如今咱家势头正好，何必为了这点小事，就闹翻了天呢？"

盛纮瞧着女儿嘴角边明显的讥讽之意，太阳穴猛地抽搐几下，伸手一耳光便甩过去。明兰生生受下这一掌，脸颊上火辣辣的一片，疼得她直抽冷气，却依旧不依不饶。她抚脸冷笑道："老爷，我昨夜调派人手把府里堵了个严实，你当是为何？"

盛纮收起手掌，森然道："你一意孤行，可要想好后果！"

"我早就想明白了。"明兰满腔悲愤，"按着父亲素来息事宁人的性子，为了自家人的脸面，这事必然又会大事化小，小事化了。旁的事，我依了老爷也未尝不可，可此事断断不可！"

盛纮冷笑连连："看不出，我倒生了个能耐的女儿，如此忤逆生父。我也没你这个女儿！"

明兰抑制不住眼泪往外流："我知道。过了这回，父亲兴许再不愿认我，大哥哥与我生了嫌隙，大姐姐再不理我，更别说大嫂嫂和五姐姐，便是侯爷，怕也会怪我不懂事。我是将所有人都得罪干净了，将来再无娘家可依靠，我今日说句明白话吧——"

她狠起心肠，嘶哑着嗓子道："为了给祖母讨回公道，我、父亲、兄弟、姊妹，乃至如今富贵尊荣的安逸日子，都可以不要！"

说出这句话，就什么都豁出去了，明兰傲然道："此事只两条路。要么，太太把事情交代了；要么，我去顺天府击鼓鸣冤！老爷看着办吧。"

盛纮气得浑身发抖，手脚冰凉，瞪着女儿的目光愤愤不已。可事已至此，只能退而求其次，他转头去瞪王氏："到了这个田地，我也顾不得脸面了。你若还犟嘴，我只得休书一封，大不了得罪王家，从此不再往来就是。"此事若能捂住还好，可一旦闹将出来，立时就是大事，小则受贬，大则丢官，甚至吃上官司。

王氏也被吓住了。

这十几年的印象中，明兰从来都是小聪明、小乖巧，知情识趣，懂得见好就收，从不与人为难，可今日她如疯了一般，咬死了不肯放手，还敢跟生父作对，说这么狂悖的话。她抖着手指，道："你敢……竟敢忤逆尊长……"

"待这回事了了，太太尽管去告我忤逆。"明兰淡淡道，"倘若那会儿太太还无恙的话。"

王氏噎住了，转头去看盛纮，目露祈求道："老爷……"

盛纮懒得理她，指着明兰身后的绿枝道："去取笔墨来，我立刻就写休书。"

王氏傻了眼，捂脸大哭："我怎么命这么苦，在盛家门里熬了这么久……"

盛纮转头冷笑道："你这蠢妇！也不看看现下情形如何，有太医给老太太的诊断，有这下了毒的糕饼，这糕饼又是你买来的——有这三样，这丫头早攥住了你的性命！"

人证物证俱全，外加她们婆媳不和，外人知道的也不少，恰构成一条完整的证据链，若真闹到公堂上，王氏是铁板钉钉，死路一条，自己赶紧跟她做了切割才是正理。

他再补上一句："你害婆母性命，说破了天，我也休得了你！"

王氏呆了，暂时停住了哭。这时，旁边一声轻叫传来——"太太！"

众人转头，只见刘昆家的掀起侧屋的竹帘，低头走进来，轻轻跪在王氏跟前："太太，事到如今，您就别犟了，再不说实话，柏哥儿和两个姐儿，都得叫连累了！"

她抬起头，盯着王氏："您若有个好歹，两个姐儿将来如何在夫家立足？还有大少爷，如今他可仕途正好呀！"

王氏悚然打了个寒战。倘若自己被休了，两个女儿可怎么做人？还有儿子……

明兰看着刘昆家的，轻轻冷笑："我倒忘了你，刘妈妈，如此要事，怎么少得了你？"

刘昆家的跪着转向明兰："当年老太太吩咐，不许康家姨太太再上门，我做奴婢的，虽不敢置喙，可也觉着极对。我原是王家来的，可今日也要说一句，如今姨太太是愈来愈不成样子了，偏我们太太耳根子软，受不得撺掇，容易做错事。我也时常劝说太太，别再与姨太太来往了，可太太念着姐妹情分，总不肯听，每每和姨太太说话，总打发我出去。"

"这么说，刘妈妈是全不知情了？"明兰站得腿发软，缓缓走到椅边坐下。

刘昆家的道："虽不知情，可适才听了姑奶奶的话，我也能猜个七八。"

她抬头看着明兰，"姑奶奶不也是心存疑惑，才一个劲地叫太太说实话吗？否则，凭着太医的说法和这碟子点心，姑奶奶昨夜就该发作起来，如今已和老爷商议如何处罚太太了。"

明兰生出几分敬佩："王家老夫人把你送过来，真是用心良苦。"

刘昆家的又磕了个头，恭恭敬敬道："适才姑奶奶说的什么银杏芽汁，什么提炼浓了，我是一概不知。我自小服侍太太，太太的性子我再清楚不过，她虽性子急了些，可是个老实人，哪里想得到这种阴毒算计人的法子。"

盛纮见女儿态度缓和许多，也不急着写休书了，气呼呼地坐着，闻听此言，不由得点头。自家婆娘连字都不识，就算知道银杏芽有毒，又怎么知道芽汁是可以提炼成浓汁的？这得是认字会看书的人才能想到的高端技术——他心头一动，联系刘昆家的话，已想到一人。

刘昆家的又转回去，握着王氏的手，柔声劝慰："太太，您就说了吧，不为着旁人，也得为着几个哥儿、姐儿呀。"

王氏终忍不住，哭道："是……是我那姐姐……她……她说，我叫老太太治得死死的，动辄斥责受罚，如今连儿媳妇也能踩到我脸上，实是活得窝囊。偏……偏老太太身子硬朗，我不知得熬到猴年马月，所以……所以……"

"所以你们姐妹就合伙要毒死老太太？！"盛纮也怒了。

"不是！不是！"王氏连忙摆手，哭得更大声了，"……她说，只要叫老太太身子虚弱些，三不五时地缠绵病榻，没力气管这管那，那家里还不是我做主了……"

"糊涂！糊涂！"盛纮懊恼地骂道。适才和女儿对骂，气急攻心，也没时间想这么多，总以为事有旁的蹊跷，没想到真是王氏起了歹念。

王氏哭得越发厉害："姐姐说那点心没什么大事的。昨夜那太医不也说老太太情形稳住了吗？我怎么知道……"

刘昆家的道："太太，你好糊涂！你也不想想，全哥儿养在老太太处，倘若老太太一时起意，掰了一块点心叫小孩子尝尝，那岂非糟糕？"

王氏骤然醒悟，挂着满脸涕泪："……天哪……她怎么敢？"

"那是太太的孙子，又不是姨太太的，她哪里会放在心上。就算全哥儿出了事，难道太太还能去与她对质不成？只有姨太太拿捏您的份儿。"刘昆家的连连摇头。

盛纮还想到更深一层——待老太太亡故后，王氏全面执掌盛府内事，而康姨妈拿捏着这把柄，时不时要挟一番，不论是人，还是钱，怕王氏什么都得答应了。

他切齿怒道："这贱妇！我待康家不薄，她居然敢这般算计我家？！"

王氏抱着刘昆家的胳膊大哭。盛纮拍腿大怒，绿枝已端来了笔墨和一壶新茶。明兰站起身来，在屋里缓缓踱步，思量着：康家庶女入了王府为妾，王家又回来了，正直强势的长孙长柏还没回来，顾廷烨又和自己吵翻了（康姨妈这么认为），现下又出门不在家——还有比此时更好的时机吗？

白果芽汁本非砒霜类毒，银针验不出来，只消老太太咽了气，尸身僵硬，如手脚抽搐、腹泻、呕吐等症状俱无从可查，到时候，她和王氏把持诸事，把剩下的点心搜干净，然后毁了，哪怕自己再怀疑，也是死无对证，就算出了什么岔子，所有疑点都落在王氏头上，康姨妈只要一口咬死，自可撇得干净。明兰心头冷笑：好歹毒凉薄的妇人！

过了片刻，外头一阵吵嚷声传来，众人转头去看，只见一个面貌狰狞的汉子把个披头散发的婆子一把推了进来，自己立在门廊下。后头跟进的是小桃，她进门就叫道："夫人，钱妈妈适才偷偷给小厮塞钱，叫他钻狗洞溜出去呢！"

明兰朝那大汉微微点头："屠二爷，辛苦了。"

王氏一见屠虎那可怖的相貌，已是抖得厉害。盛纮还好，他知道自家那位女婿有不少江湖中人替他看家护院，这屠家兄弟便是其中两个领头的。

他冲地上跪着的钱妈妈道："你要出去做甚？"

钱妈妈满脸泥痕，哭天抢地："老爷，我冤枉呀！我家中有急事，这才叫人回去呀！"

盛纮道："你家中何事？"

"……我那八十岁的老娘病了……"钱妈妈号啕大哭。

小桃立刻指出错误："你老娘不是早没了吗？那年我还送过份子钱呢。"

"是……是我干娘，她身子不好……"钱妈妈继续狡辩。

绿枝连忙道："适才我去拿笔墨，见她不住往屋里张望偷听呢。"事实上，王氏屋里的媳妇婆子都有这个习惯，她本也没在意，但别人没有出去报信。

盛纮大怒："你这狗奴才！还不说实话！"

钱妈妈趴在地上，只又哭又号地说自己冤枉。

盛纮一时也问不出来，又担心此事外泄，不敢叫家丁来施板子。

明兰皱眉："我可没这许多工夫。"她朝门外微一颔首："有劳屠二爷了。"

屠虎豪气地笑道："这有何难？！"

他大步迈进屋里，从腰间扯下一块汗巾，一捏钱妈妈的下颔，塞进她嘴里，然后左膝顶住她的背脊，左手扣住她的肩，右手捏她一掌，不知他手上如何使力，只听一声沉沉的骨头碎裂声，钱妈妈发出杀猪般的叫声，只是被堵住了嘴，叫不大声。

众人去看，只见她右手小指弯曲成奇怪的样子，指根往后压，几乎贴着手背，指尖却往外弯成九十多度。王氏死死盯着那指头，吓得簌簌发抖，魂不守舍如痴呆。刘昆家的也脸色不好看。盛纮沉着脸，一语不发。

钱妈妈疼得脸色紫红，眼白翻起，半昏厥过去。小桃赶紧把绿枝刚端来的茶倒出一碗，哗地泼在钱妈妈脸上——虽然电视里大多用冷水或冰水泼醒犯人，但事实证明，热茶水效果也很好。钱妈妈悠悠醒转，眼前就是屠虎那张让人鬼哭狼嚎的脸。

只听这男人阴森森道："再有半句胡说，咱们就再来一回，反正你有十根手指。"钱妈妈吓得几欲死过去，连忙点头。

屠虎松开手臂，抽走那块汗巾，然后退出去，再度立到门外廊下——到底看在这是顾侯夫人娘家的分儿上，他没下狠手，也没见血，不然大约还得吓昏几个。

明兰冷漠地盯着钱妈妈："说吧。"

这回钱妈妈是竹筒倒豆子了，她捂着手指，哆哆嗦嗦全说了："……康姨太太给了我银子，叫我把府里的事跟她说。昨日，她又给了好些，叫我盯紧了，待老太太病倒后，但有半点风吹草动，立刻去报她……"

明兰笑了笑，转头道："爹爹，现下你知道我为何要封府了吧。"

盛纮气得不行。倘若昨夜明兰没有假作一番，先哄走了众人再细细查探，而是当场发作起来，那么自家的内贼已通了外鬼了。

明兰叫屠虎将钱妈妈拖了下去，看着渐渐发蓝发亮的天色，自言自语道："就叫康姨妈以为家里风平浪静吧。"——这个时候正好。

她转头对刘昆家的道："刘妈妈，快快起来，这回怕是要辛苦你了。"

刘昆家的站起身，硬着头皮道："请六姑奶奶盼咐。"

明兰分外和颜悦色："这么多年，你时常劝着太太别犯糊涂，我就知你是个好的。如今出了这么大的事，太太也叫连累得不轻，只能烦劳你去趟康家，去把姨太太请来，到时候咱们坐下来好好说道，兴许事情就清楚了呢。"

刘昆家的糊涂："去请姨太太？"这会儿六姑奶奶活剥了康姨妈的心都有，还请什么呀。

明兰点点头："你要做出神色慌张的样子，只说老太太挣扎了一夜，如今终于不好了。太太胆子小，也害怕了一夜，这不，天一亮就来请姨太太过来，请她好歹帮亲妹妹壮个胆，出个主意，帮把手什么的。"

刘昆家的明白了，心头发冷，道："这……姨太太肯来吗？"

明兰饶有深意地笑了笑："她为甚不肯来？倘她问起太太是否通知了几位姑奶奶，你就说，最先就报给她听了，几位姑奶奶有夫家，待天色大亮再去请。"

刘昆家的细细一咀嚼，就明白了，康姨妈的确会来的。

钱妈妈没去报信，说明一切正常，自己再装模作样一番，康姨妈自会以为王氏见出了人命，如今怕得半死，正需要她，她也需要来探听消息，顺带收拾掉一些证据。

刘昆家的心中暗叹，这六小姐好生厉害——只能低声应了。

"刘妈妈，"明兰缓缓道，"你是知道我和老太太的情分的，倘若这回我不能朝正主讨回这个公道，那我只好找旁人撒气泄愤了。听说九儿如今嫁得很好，刘妈妈的几个儿子也是大有前程，所以……"她微笑着拢了拢鬓发，"做得像些，别露了马脚。"

刘昆家的彻骨寒冷，跪下磕了一个头，道："奴婢定把姨太太请了来！"

待刘昆家的也出去了，绿枝搀起吓得半死不活的王氏回了里屋，盛纮才皱眉道："何必诓人？直接去与康家理论就是了。"

"倘若事情属实，一切证据落实，康家……哦不，王家肯把康姨妈交出来，任我们发落？到时候，难道我们领着家丁打上门去，还是真的告到衙门去，求个明正典刑？"明兰亲手倒了碗茶，奉到父亲面前，"把人捏在我们手心里，要杀要剐，还是毒酒白绫，自可我们说了算，谅王家也不敢去告。"她放低声音，"爹爹，若是可以，我也不愿毁了大哥哥的前程，毁了盛家的脸面。"

盛纮大骇："你要康王氏的命？！"

明兰道："爹爹放心，我不会给爹爹惹麻烦的，我会把人提到外头去杀。"

盛纮捧着茶碗，半天反应不过来。

十几年来乖巧可爱的小女儿，怎么忽然变成了个母夜叉？不但忤逆生父、威逼嫡母、用刑、诓人，眉头都不皱一下，这会儿还口口声声说要杀人？！

他喃喃道："你生母早逝，墨兰要划破你的脸，亲事一波三折，许许多多不容易，你是多么顾全大局，从不计较什么，为何如今……"

明兰低低苦笑："是呀，这是为何？"

说完这话，她就转身出去了。

"……爹爹歇息会儿吧，女儿再去看看老太太。"

盛纮看着小女儿单薄的背影，忽然发觉，他从来没认识过这孩子。

小桃扶着明兰，鼻腔浓浓带着哭音："夫人，我们真的能为老太太报仇吗？"

明兰疲惫道："你记住一句话，这世上，人与人之间往往是看谁比谁豁得出去。爹爹、太太，还有王家、康家，他们谁都不敢真豁出去，可是我敢！"

顿了顿，她轻轻道："不为至亲至爱之人报仇，有时不是不能，而是不愿。怕这怕那，不过是顾忌太多，这也舍不得，那也舍不了。"

小桃抬头道："夫人，那你都舍下了吗？"

明兰神色很奇特，回了一句："若是没有祖母，我又有什么可以舍的？"这个肉身，原本不是她的，就不用感谢盛纮和卫姨娘的生育之恩了吧。

进到里屋，明兰道："我和祖母说会子话。"

房妈妈看了看明兰侧脸上的红肿，含泪领着众人退了出去。

不过短短半日，盛老太太瘦了足足一圈，皮肤干涩皱褶，焦黄枯瘦，依旧昏睡不醒，但已止住了呕吐和腹泻。明兰坐在床边，把头慢慢贴到老太太胳膊上，就像小时候那样。

她心里默念——谢谢你，在我最彷徨无依的时候，养育我，保护我，教我长大，让我有勇气面对这个讨厌的地方。

她一直是个很会装的。

装作无所谓，装作丝毫无惧，其实她心底怕得要命。这个纯然陌生的世界中，倘若没有这个老人的关怀和温暖，那她会是什么样？盛老太太像一块坚固的磐石，稳稳立在她身后，让她依靠。无论何时何地，发生什么事，她永远都记得，自己回头时，有一处安全的避风港。

"我绝不放过她们。"她轻轻道，"您不该这样死。"老太太应该活到一百多岁，儿孙都孝敬她、爱她，然后，在睡梦中安然离世。

"您孤苦半生，没有骨肉，没有家，所以她们欺负你。放心，你还有我。"

她忽然哀哀地哭起来，"便是众叛亲离也罢，就当我白来这世上走一遭吧。"

明兰挨着老太太静坐了半晌，林太医才皱着眉头进屋来。明兰侧身拭干眼角，才转头道："烦劳太医了，不若再歇息会儿。"

林太医适才在厢房睡了个把时辰，精神振了许多，他对着明兰拱手道："夫人客气了。老太太尚未醒转，老朽也睡不踏实。"他见明兰面上忧色甚浓，劝慰道，"夫人宽些心，昨夜我施针后，老太太的脉象已见平稳。"

明兰道："终归早些醒来才好。"她对医理所知不多，却也知这么长时间昏睡十分不妥。

林太医道："这倒是。醒转来，方能好好诊治，吃药敷灸也便利许多。"

两人又说了几句，房妈妈拖着明兰去用早膳。恹恹地吃了半碗紫米粥，又咬了几口清香扑鼻的火腿丝荷叶烧卖，明兰就落了箸。此时天光已然大亮，绿枝疾步从外头进来，面带喜色道："夫人，人都来了。"刘昆家的低着头，跟在她后头。明兰嘉褒道："刘妈妈辛苦了。"

刘昆家的面色有些白，眼见四下无旁人，低声道："康姨太太独个儿往太太屋里去了。她领来的人已叫扣住了，小桃姑娘正看着呢。"

明兰道："来的那几个，怕都是姨妈的心腹吧。"

刘昆家的抬头，目中一闪佩服，道："夫人所料不错，统共跟来了四个婆子媳妇，门房处还有六个家丁。这四个中，两个媳妇原是姨太太的贴身丫头来的，两个是她信得过的管事婆子。不过……"王家两姐妹整日混在一道的好处，不单是康姨妈熟知盛家事务，王氏身边的人也对康家知之甚清。

明兰问道："有何不妥？妈妈快请讲。"

到了这般田地，倘若康姨妈不倒，将她诓来的自己也吃不着好果子，刘昆家的道："有一位祁妈妈，她原是姨太太的乳母，王家叫陪房过去的。"

明兰眉头一挑："她今日不曾来？"

刘昆家的点点头，补充一句道："祁妈妈年纪大了，始终是姨太太最最贴心的。"言下之意，康姨妈若要做些隐秘之事，就算旁人不知，祁妈妈定然知道，她又道，"不过，祁妈妈素来小心谨慎得很，怕不好诓骗出来。"

明兰站起身，在屋里踱了几步，忽俯身到刘昆家的耳旁低语了几句。刘昆家的心头一惊，愕然道："正是，两个都是……这……夫人怎么知道？"明兰低头思忖了会儿，又在刘昆家的耳边轻声吩咐一阵。

刘昆家的愣了下："夫人，为何你不……"忽地住口，她本心思机灵，又办差多年，一转念间，立刻明白了。

明兰微笑道："刘妈妈是聪明人，替我办成了这事，我定然重重有谢。"

刘昆家的额头冒汗，一咬牙道："我这就去。"

明兰摇了摇手，笑道："也不必这么急。妈妈先去用些吃食，歇口气，回头我请屠大爷与你一道去，只消妈妈出个面，旁的事都不用操心。"

刘昆家的应声下去。明兰又叫人去请屠大。

屠龙虽面上有疤，但这几年太平日子过着，身子越发富态，性子也渐和气，神情已与凶神恶煞的屠虎天差地别，不过，还是依旧稳重能干。明兰如此这般吩咐了一阵，他呵呵笑道："夫人放心，这有什么难的。"

明兰叹道："请屠爷这般人物行此小伎俩，实是出于无奈。"

屠龙正色道："夫人说的什么话！侯爷从死人堆里把我们兄弟扒出来，如今我们哥儿俩有妻儿、有家业，能过上富足安耽日子，全仰仗侯爷大恩。夫人只管安心坐着，瞧好吧。"

目送屠龙离去，明兰放下半颗心，这才领着绿枝缓步往王氏院落走去。

往年夏日，清晨的盛府总是热闹的，采买上的已从外头买回新鲜的蔬果鱼肉，几处厨房上空飘着清淡袅然的炊烟，然后丫鬟们就会或提或捧大大小小的食盒笼子往各主子处送早饭。粗使婆子们已然洒扫完园子，说笑着往下人厨房里领吃食，自己也眯着眼睛被丹橘拖下床。

可今日，一路上冷冷清清，不见半个仆妇。下人们都乖觉得很，见各处大门都叫堵住了，侯府来的护卫下手无情，老爷身边的来福大管事又来传话，说一概不许妄动，加上盛老太太骤病，人人心头都各有嘀咕，只不敢出头来探问。

刚到正院，只见几个丫鬟缩头缩脑地聚在门口，她们一看明兰来了，都肃然而立，不敢说话。王氏身边的一个大丫鬟轻声禀道："姑奶奶来了。适才姨太太也来了，太太叫我等出来待着，说她们有话要说。"

明兰道："你们是聪明的，太太叫你们等在外头，自有用意。别学那不安分的，凑过去听主子说话，反害了自己。"

几个丫鬟都忙不迭地点头，然后纷纷让开路。她们只听说钱妈妈叫打得半死不活，缘故就是偷听老爷太太说话。

明兰接着往里走，绕过短短的一条回廊，离正屋尚几步之遥，就听见屋里传出激烈的争吵叫骂声——"你说什么？居然是真的？！我是你亲妹子呀，你这般害我……"

明兰微微一笑，脚下不停，径直往里走，在门侧站住，稍斜身子往里看去。只见王氏气得满面涨紫，扯着康姨妈的领子直嚷嚷，康姨妈却笑嘻嘻地去掰她的手："妹妹慌什么，姐姐这还不是为你着想嘛，那老虔婆总也不肯死，压在妹妹头上，妹妹何时能出头？"

王氏额头上青筋暴起，歇斯底里道："姐姐的心肝可是黑的？那到底是一条人命呀！老太太千不是，万不是，怎能谋人性命？！"

康姨妈用力甩开她的手："这会儿你倒来装孝顺了，既如此，当初你何必答应？"

"我不过想叫她病上一场！以后就好好教养全哥儿，不也能安享天伦吗？"

"下什么药不是害人？"康姨妈冷冷道，"你还是赶紧把事情捂住了，待那老虔婆咽了气，神不知，鬼不觉，以后这府里谁还敢给你脸色看？！"

王氏喘着粗气道："……还有我那全哥儿，你明明知道他也在老太太身边，倘若那点心他也吃了，你想害死我孙子吗？！"

康姨妈道："你不是说老太太怕全哥儿不肯吃饭，不叫他吃点心吗？"

王氏眼睛发直："这事哪有保准的，你下了这么厉害的东西，倘若哥儿吃了呢？"

康姨妈笑得左摇右扭，边搡王氏边哄道："哎哟，就算是姐姐的不是了，没替孩子想周到。全哥儿不是没事嘛，由此见得，老天爷也保佑妹妹呢！"

王氏咬牙切齿："原来你是存心的！好好好，我算是认识你了……"

康姨妈见王氏目含恨色，当下把脸色一冷，语带威胁道："你对婆母居心不良已久，如今就少跟我装模作样吧！事已至此，难不成你还想把事情闹出来？我告诉你，别自讨苦吃，我大可撇得一干二净，你可跑不了！"

王氏气呼呼地瞪了她半晌，颓然坐倒在椅子上："……现下谁也跑不了了。"

康姨妈心中大奇："什么意思？"

"意思就是说，你既落到了我手里，也别想撇干净了。"明兰笑吟吟地站在门口。

一见了她，王氏犹如兔子般跳起来，颤颤地站在桌边，不住地往门外眺望，就怕明兰背后再跳出那个凶恶的汉子来。

康姨妈阴沉了脸："你来做什么？"

明兰惊奇道："这是我娘家，我祖母病重，我为何不能来？"

康姨妈心中暗气，转头对王氏道："也不管教管教你闺女，有这般跟长辈说话的吗？"

王氏心想，你别忙着摆谱，待会儿别脱层皮就很好了。她把头一别，索性不说话。

康姨妈只好转回头，瞪着明兰道："我与你母亲有话说，忙得很，你先出去。"

明兰笑笑道："我也忙得很，只跟姨妈说两件事就成。"她把笑容一敛，"第一，姨妈果然学识渊博，博览群书，那白果芽汁真是用得极妙。"

康姨妈脸色一变，阴阴道："你说什么？我全然不知。"

明兰不理她，接着道："第二，太太已把一切都说了。"

屋内气氛冷了下来，康姨妈转头去看王氏，只见她懊丧着点点头，康姨妈心中转了无数念头，随即装出笑脸道："这孩子说的什么，真把我闹糊涂了。"

明兰点点头道："姨妈糊涂不要紧，回头待审问后，就什么都清楚了。"

"审问什么？难道你敢审我？"康姨妈傲然而笑。

王氏嗤笑，语气颇有几分幸灾乐祸："你以为你今日还出得了盛家的大门？"

康姨妈脸色大变，不敢置信地瞪着明兰："……你敢？"

明兰笑了笑，转头对外道："人都来了吗？叫进来吧。"

等在门外的绿枝高声应道："是，我这就去叫。"

片刻后，只见前头两个婆子先踏进屋来，后头跟着两个侍卫打扮的人，手上拖着个半昏厥的人进来。把人重重地往地上一扔，两个侍卫恭敬地退了出去。

康姨妈心跳剧烈，凝神去看，只见那人缓缓抬起头来，赫然便是钱妈妈。

钱妈妈挥着两只血肉模糊的手，哭叫道："太太，姑奶奶，饶了我吧，我……我什么都说了呀！"她一见康姨妈在旁，连忙指着她道，"都是姨太太，是她！她对我说，太太有眼无珠，不会用人，只信刘昆家的，叫我不得重用。她许我银子，又许我买卖，叫我把太太身边的事，哪怕是针头线脑也告诉她！"说着，她连连磕头，满脸不是血就是鼻涕眼泪，"太太，是我猪油糊了心，眼红刘昆家的，您念在我这些年来的服侍，就饶我一条贱命吧！"

王氏气得浑身发抖，指着钱妈妈道："你这贱婢，我居然养了你这么条白眼儿狼！"

明兰挥挥手，叫侍卫将钱妈妈拖走，才转回头来，轻轻道："姨母说我敢不敢呢？"

看着地上残留的血迹，康姨妈的身子也开始轻颤了。

"这是我姨妈，两位嬷嬷手下轻着些哟。"明兰吩咐。

那两个婆子齐声应了。两人上前一步，一左一右挟住了康姨妈，动作十分娴熟，康姨妈立刻动弹不得。

她们原是先帝四王府的罪奴，平日里替王府里的掌刑嬷嬷做做帮手，后来逆王谋反，事发后自尽，全府获罪，她们这些小鱼小虾也没逃得了。

她们这种人，无儿无女，又没什么品级，被押了一年多，又病又弱，谁知一道圣旨将她们赐给了新贵大将。因为她们来历敏感，平常也没什么人理睬，亏得新夫人厚道，给她们请大夫瞧病，好吃好喝养好了，又给拨了些差事，叫调教新进府的小子丫头们规矩，她们还顺道认了几个干儿子、干女儿，想着能如此到老，也是福气。

此回夫人领着她们来盛府，这等内宅阴私，她们在王府见多了，当下就抱定了不问、不说、不听，好好办差，不但报了顾侯夫人一番恩情，以后日子也能更好过些。

康姨妈两边被挟住，也不知那两个婆子如何拿捏，只觉双臂酸软，挣扎也使不出劲来，只能奋力地左右扭动身子。两个婆子反向把她胳膊一拗，肘部顿时传来钻心剧痛。康姨妈"哎哟"痛呼出声，疼得几乎淌泪，抬头正见明兰嘴角一丝冷笑，她愤而朝王氏大叫："妹子，好歹我是你亲姐姐，你就由得这死丫头这么折磨欺侮我？"

王氏站在椅子旁，木木地说道："大哥别说二哥，姐姐也别说妹妹了。"刚才还想着抵赖到底，让自己背黑锅呢，这会儿她倒想起姊妹之情了。

明兰忍不住想笑，很少听王氏说出这么押韵又含义丰富的话。

康姨妈还待大叫，一个婆子迅速伸手在她下颌捏了下，康姨妈闷闷呼痛一声，下巴立刻脱了臼。她半张着嘴，嘶哑着叫不出来。

目送两个婆子将康姨妈押走，明兰转头道："爹爹哪儿去了？"

王氏扶着椅子缓缓坐下："老爷气得很，回书房去了。"事实上，盛纮狠狠训斥了她一顿，直言此事若不能善了，他必定休妻。

"再过会儿，我就叫堵着大门的侍卫撤了。"明兰道。

王氏惊道："为什么要撤了？"

"该买菜做饭了呀。"

王氏被堵得肠子都麻了："不……不是说，怕人走漏了风声吗？"

明兰笑道："该拿的人我已拿到了，还有几个，应也差不多了。家里老关着门，无人进出，与往常情形迥异，四邻瞧了岂不生疑？"

王氏想想也是，不由得默然。

明兰走近她几步，缓声道："太太，这门禁一开，老太太病了的消息，还有康姨妈在我们府上的消息，总是要流出去的。"

王氏愣愣的，不甚明白。

明兰放低声音："王家老夫人若早知道了，那会儿康姨妈还没被审出来，那这档子事只能落在太太一人身上了。若晚些知道，我已查了个一清二楚，太太就能脱去一半干系。"

王氏心头一阵害怕，她知道明兰的意思了："我……我过几日再告诉王家吧。"

明兰笑了："康家主母一夜不归，总会叫人知道的，太太只瞒住这一日就成了。再说……"她笑了笑，"也用不着这么久。"

后半句话里的意思，再想想适才遍体鳞伤的钱妈妈，叫王氏心头打了个寒战。

明兰又道："既如此，怎样约束下人、简省口舌，就要看太太的本事了。"

从她派侍卫封门到现在，不过半夜加一个清晨，府中下人犹自不知何事发生。从长远来看，一旦传出流言蜚语，头一个倒霉的定是王氏，第二个就是盛纮，接着才是正在官场的长柏和几个出嫁的女儿，哦，即将踏入官场的长枫怕也少不了。

王氏也想到了这点，思量了片刻，有气无力道："就说家里遭了贼，是里外勾结，不但失了贵重物件，还惊病了老太太，这才请姑奶奶帮着查找失物呢。"

明兰表示满意："这样说很好。"家里出了内贼，的确不是光彩事，如此要求下人集体封口，不许议论，也不算十分突兀。

"那……内贼是谁呢？如今人都撤了，总得有个说法呀。"王氏如学生见了师长一般，询问得十分客气——她如今怕明兰怕得很。

"当然是钱妈妈。"明兰不假思索，"不但窃取财物，还偷听主子说话，正好一并发落了。"

说起钱妈妈，王氏迟疑了下，小心地看着明兰："这老货的确该杀，可……到底在府里几十年了，不如……饶她一条性命，罚她苦役吧。"总归朝夕相伴了几十年，她见钱妈妈和刘昆家的两个，比见儿女和丈夫的时间都多，真要人死，她又心软。

明兰正要走出去，闻言就停步在门口，转头来看王氏，脸上露出很怪异的神情。

王氏被她看得心里发毛，讪讪道："若你觉着不妥，就当我没说。"

明兰静静地盯着她，缓缓道："小时候我曾问老太太，太太心胸狭窄，又自私糊涂，您当初干吗挑她做儿媳？老太太说，太太纵有千般不是，却有一个好处，她是个心软的，没那歹毒阴狠的肚肠，纵是给她把刀子，她也想不到取人性命上去。"

后面半句还有，当年的事，王氏想，反正卫姨娘结实好生养，就让林姨娘兴风作浪，卫姨娘吃了苦头，或没保住孩子，将来两人必然斗成死敌，她好从中取利。

待卫姨娘真死了，王氏也稍稍内疚了一阵（她认为自己责任极小），每回盛府去庙里捐长明灯，她总也老实地给卫姨娘多出一笔银子。

"老太太还说，只可惜太太性子轻信，容易叫人撺掇。有康姨妈这种心地邪恶之人在旁，她总也不放心。将来太太明白了，不和康姨妈来往了，她就放手都交给你，也叫太太摆摆做婆婆的款儿，一家人舒舒坦坦地过日子。"

说完这话，明兰心头一阵酸涩，眼眶发热，难过地摇摇头，走了出去。

王氏怔怔地坐在那里，心乱如麻。她怎么会落到这个地步？

小时候住在小镇上，虽非大富大贵，但叔叔婶婶待自己如珠似宝，便要天上的星星，叔叔也装模作样地去搬梯子，逗得自己哈哈大笑。冬天夜里她怕寒，婶婶怕汤婆子烫着她，每夜把她的小手小脚焐在自己胸腹上睡。

直到十岁出头，父母才接了自己回家。家里那么气派，来往的客人非富则贵，还有个几乎不认识的姐姐，那么美丽，气质那么高贵，学识又渊博，她不禁自惭形秽。

其实，她一直很想念那个山清水秀的小镇，还有疼爱自己的叔叔婶婶，爹娘也很疼自己，但总是很忙。身边的妈妈对她说："你叔婶只是买卖人，你爹是皇上器重的大臣，你娘是能进出皇宫的诰命夫人，你是要回下九流做商户人家的姐儿呢，还是做官宦高门的千金？"

从那时起，她努力端起架子，学着姐姐的样子，决心做个让人人高看的大家闺秀。

这两年也不知怎么了，刘昆家的劝，华兰劝，儿子儿媳劝，那些好好的话，自己一句也听不入耳，反倒是康姨妈说些不三不四酸不溜秋的，自己却爱听得很。

渐渐地，她满肚子都是怨气，越来越觉得全天下人都对不住自己，时时想着要找人出气，就跟入了魔似的。

　　想起和善慈爱的叔叔婶婶，那么好的人，若叫他们知道自己现在变成这样，该有多么伤心呀！她还可以去找女儿倾诉求助，可若叫她知道母亲做出这种事，华兰会用什么眼光来看自己？还有长柏……她有什么脸去见儿子呀。

　　怎么就落到这个田地呢？王氏悲从中来，伏在桌上放声痛哭。

第五十四回 · 左右相顾

　　盛府占地虽不足百亩,然人口更少,自三个女儿出嫁,长子外放,统共盛纮夫妇和数个姨娘所居的正院、长枫夫妇所居院落及寿安堂一处,三个婴孩均附居亲长。

　　便是因长栋年齿渐长,盛纮将墨兰原先所居小院拨给了他(要动明兰和如兰的院子,得看老太太和王氏的脸色),空落房屋依旧许多。是以明兰欲寻个人迹少至的僻静地方做审问之用,倒是不难。

　　康姨妈被两个婆子叉着拖行了好一段路,头昏眼花间到了一处排屋,依稀记得这儿原是堆放杂物的。两个婆子提着她转了几个弯,然后缩在屋里一处小隔间内。康王氏直恨不得破口大骂,痛打这两个婆子一顿,可下颌脱臼,半身酸软,既喊不出,也挣脱不出,正满心怨毒之际,只听一阵响动,抬头一看,只见她的死对头步履悠然地进了屋来。

　　小桃端了把杌子放在空地上,明兰缓缓坐下,几个彪形大汉拖着四个仆妇从外头进来,押着她们并排跪在明兰跟前。这些仆妇衣衫凌乱,手上、脸上颇有几处伤痕,显是之前挣扎过。当前一个口气泼辣的婆子被制住了手脚,愤愤嚷道:"我们是康家的人,姑奶奶不知什么意思,便是与我家太太不和,也没的道理拿我们出气……"

　　屠虎啪地一记耳光扇过去,吼道:"叫你说话才许开口!"

　　那婆子的面孔立刻肿起半边高,嘴里咯了一声,吐出半口血,其中还掺杂了几枚牙齿,她眼泪都出来了。旁边三个仆妇噤若寒蝉,缩着不敢挣扎。

　　明兰抬头道:"有劳屠二爷了。"这个下马威甚好,他果然懂得审问诀窍。

　　屠虎沉色一抱拳。

　　明兰转回头,直截了当道:"我家老太太病了,是你们太太下的毒。今日请几位来,便是说说这事。"

这四人一齐面色大变，两个惊得真些，两个惊得假些，眼珠转了几圈。在里头小隔间的康姨妈也是面色大变。这四个仆妇俱是她的心腹，其中两个的确知道下毒之事，另外两个想来也影影绰绰能摸到些梗概。

四人面面相觑了半晌，一个面目和善的婆子受到同伴的眼色鼓励，便强笑着："我的佛祖，亲家姑奶奶别是弄错了吧，这么天大的事，我们太太怎么会……"

屠虎又是一个重重的耳光下去，那婆子立时满口是血，捂着脸呜呜低泣。屋里门窗都关得严实，只透了几束光线进来。幽暗中，映得屠虎一张脸犹若鬼怪般可怖，只听他冷冷道："听不懂吗？叫你说话，才许开口。"

四个妇人吓白了脸，身子抖如筛糠，再无人敢随意开口。

明兰心如铁石，半点不为所动："盛家将要与你们太太对质，是以麻烦众位了，但凡与此事有关的，一针一线也好，都请说出来，回头我重重有赏。"

四人一片安静。过了半晌，一个年轻媳妇慢慢挺起腰杆——迄今为止，四人中最镇定的，她傲然道："太太待我们恩重如山，粉身难报！你要我们贪图银子诬陷太太，却是万万不能！"

明兰轻轻鼓掌，笑道："好！好！好一个忠仆！"然后提高声音，"来人，带上来。"

两个侍卫提着半死不活的钱妈妈进了来，随手摔在地上。四个仆妇一齐去看，只见钱妈妈两手各有几个指头血肉模糊，顿时心头扑扑乱跳。

屠虎指着钱妈妈道："拔了四片指甲，什么都说了。"

明兰冷声道："盛家叫人欺负到头上来了，我老实说一句，你们太太是别想再回去了……"听到这句话，里面的康姨妈重重一惊。

"你们倘若肯好好说了，我叫你们全须全尾地回去，另有银子赠赏，也算压惊；倘若不然……"明兰语调一变，转头道："屠二爷，别弄太粗手，拎出去不好看。"

屠虎咧嘴大笑："夫人放心，不伤皮肉，俺也有的是法子叫她们死不成，活不了。"

四个仆妇怕得瘫软。

——这时，外头忽传来个低低的男声："夫人，我等回来了。"

明兰听出是屠龙的声音，赶紧让人开门。只见屠龙另几个侍卫扛着三个不住扭动的麻袋进来。他们将麻袋往地上重重一掼，然后弯腰去解捆在袋口的绳索，慢慢露出麻袋里面的人。屋里众人看去，只见这三个人俱被捆得结实，嘴里塞了布头。

那年轻媳妇惊呼："祁管事！祁二管事……宋管事……"

明兰笑道："屠爷好身手，这么快就回来了。"

屠龙指着那个宋管事道："我打听了两句，这厮在康家太太跟前，也是数一数二的红人，索性一道捉了回来。"

按着明兰的吩咐，刘昆家的前去行诈，直接去门房寻祁妈妈的两个儿子，只说王氏已昏死过去，盛家如今乱作一团，康姨妈可信的人手不够使唤，特叫她来叫祁家兄弟去帮忙。

盛家丰厚殷实，混乱之际，随意揩一把油也是美差，众人俱是心动。刘昆家的却道，康姨妈只要最信得过的，加上屠龙几个假扮盛家家丁做戏，便哄了他们相信。

祁家兄弟并这个宋管事刚出了门口，就叫一口麻袋当头罩下，然后运上马车。

明兰指着这三个人，对她们四个道："你们不说，他们也定然会说。"当下便有两个婆子相互看了一眼，面色转闪不定。

"成了，你们去忙吧。"明兰神色淡淡的，又转头对屠龙道："一日可够了？"

屠龙瞥了一眼缩在地上的几个人，笑道："三两个时辰就得了，管保他们什么都吐出来！"

明兰指着适才那傲气的年轻媳妇，对屠虎道："这个忠心的，就请二爷亲自动手吧。"越是忠心，大约知道得越多。

屠虎哈哈一笑，一把提起那媳妇："为着自己个儿的黑心肝，毒害良善老人，我呸！贪官污吏的狗腿子还忠心呢！成！我倒要瞧瞧，是我老屠的手段硬，还是她的骨头硬！"

那媳妇面如死灰，满面痛楚，死死地咬着嘴唇。地上几人都是惊惧交加，有个媳妇已是两眼一翻，吓晕过去，然后侍卫们陆陆续续将人拖出门去。

待人走干净，康姨妈才被那两个婆子从小隔间里拉出来。一个婆子伸手将康姨妈的下颌托上去，另一个帮着活血松动几下，明兰起身笑吟吟地看着。

康姨妈倚着椅子，半张脸都疼麻了，半晌才嘶哑道："好，我算是小瞧你了！没想到盛家门里还有你这么号人物，这回算我栽了！"她做梦也想不到，明明是上门来验收胜利果实的，却成了肉包子打狗——有去无回。

明兰恨她入骨，掌心里抠着指甲："早在姨妈送表妹来侯府那会子，就该想到了。"

康王氏气得浑身发抖，心中又恨又悔，恨的是此人如此难缠，悔的是自己为何不多小心些。其实，她也不是没料过若叫人察觉后会如何，不过，她算着时间，应先是王氏受疑，再是牵连到自己，接着一通质问扯皮……怎么也该至少一两日才发作起来。

不承想方短短一夜，这死丫头下手如此之快，布置如此周全，迅雷不及掩耳，处处抢先，绑票诓骗，无所不为——实在胆大包天至极，打她个措手不及。

这哪是深门闺阁的大家小姐，分明是办案老辣的陈吏！哪个会想到？！

"你别以为拿了几个奴才，就了不得了！"她恨恨道，"屈打成招，没什么人会信！想要我招认，做梦！有本事，就对我用刑吧！我倒要看看，你如何对王家、康家交代！"

明兰轻轻笑了起来："谁说我要你招认，你招不招，有什么要紧的。"

康姨妈怔了下："不要我招认？那你想怎么处置我？"

"是不是你做的，你我都清楚。"明兰面上阴戾，缓缓道，"我只恨自己顾忌太多，念着兄姐的情分，念着盛家养育之恩，若真能豁出去，直接将你三刀六个洞，倒吊在梁下慢慢放干了血，叫你吃尽痛苦而死，然后套条麻袋丢了乱葬岗喂狗了事！"

康姨妈听得心头发凉，一阵害怕，旋而冷笑道："好，把我除了，再把余下的人灭了口，我妹子就择干净了，你对嫡母倒孝顺！"

明兰挑眉道："谁说我要放过她了？"至于康姨妈手下那几个知情的，用不着她动手，估计有个人会更急着封口。

康姨妈一愣，然后疯疯地大笑起来："哈哈哈，傻妹子呀傻妹子，你以为把姐姐供了出来，你就无事了？你不知你养了头狼崽子呀！"

明兰不欲再听她的疯话，只淡淡地吩咐："两位嬷嬷，动手吧。"

两个婆子得令，立刻从地上一个大包袱中取出一团布料，轻轻一抖，却是半尺宽、十几丈长的灰黑粗布。康姨妈看得发慌，忙爬起来要跑，被一个婆子一把拿住，压在椅子上。

然后两人手上不停，左左右右地缠绕起来，宽阔的布条先平平绑住她的手脚身躯，然后继续不停地缠绕，连人带椅子缠起来，最后缠在柱子上，足足绕了几十层。

康姨妈被牢牢缚在椅子上，背贴着柱子，周身便如一只蚕蛹。这粗布十分结实，她连根手指也动弹不得，不由得惊叫道："你想做什么？你……你，莫非想对我用刑？"嗓子喊得高，心下已是怯了。

明兰满意地左看右看："恰恰相反，是怕姨妈想不开，自己伤了自己。"若这死女人豁了出去，来个撞头或是自残，下面的戏就不好演了。

她转头微笑道："辛苦两位嬷嬷了。王府的手段果然了得。"

一个婆子道："这原是宫里传出来的把戏，专伺候那些不懂事的贵人，防她们自戕自伤。"

康姨妈气急败坏，张嘴又要大叫，她身边的婆子迅速塞了团破布在她嘴里，便半点声音也发不出来了。

明兰点点头，吩咐道："每一两个时辰给她灌些汤水，吃食就不用了，拉撒由她在身上吧。"只要不脱水，饿一天也不算什么。

两个婆子应了声，然后送明兰离去。门口留了两个侍卫看着，她们就能轮换歇息了。

此时已近中午，各处厨房杂役均动作起来，经王氏严厉约束，没一个人敢多说半句，也无人敢接近后府的排屋。王氏又惊又怕，哼哼唧唧躺回屋去，只海氏忙碌个不停，既要张罗府内诸事，又要给侯府来的人准备歇脚处和饭食。

她生性谨慎，对昨夜开始的种种异常竟一句疑问都没有，对着凭空而来的许多侍卫，仿若自家小姑子带来串门子的家丁，一派和蔼可亲，温煦斯文。

忙了好半天，直到日头偏西，她才回自己屋里，预备用些吃食。早等在里头的一个媳妇赶紧走出来，凑到海氏耳边，低声道："人已送出去了。"

海氏松了口气，又不放心地多问一句："可是我娘家带来的那几匹黄风驹？"

那媳妇道："大奶奶放心，一人两匹轮换着骑，这些路程，大半日可到。"

海氏双手合十，念了句佛："老天保佑，家里横遭变故，只盼大爷快些赶到！"

这一日的盛府分外安静，府后僻静的一处排屋，隐隐传来些惨叫哀告声，顺着风向，若有若无地传了些到府西侧的院落。

长枫伸着脖子往窗外眺望，喃喃道："怎么半天没声响了？"

柳氏坐在床上，轻声逗弄着孩儿，闻言抬头道："相公真真有趣，有声响时坐卧不安，没声响了也惦记着。"

长枫苦笑一声，走到床边坐下："我这心头猫挠似的。"

"怕是已审出来了。"柳氏掖了掖襁褓，将女儿抱起来哄着，低声道，"相公别多想了，这事咱们知道得越少越好。到现在爹爹都没有半句话给相公，想来也是这个意思。"

小婴儿发出咿呀的声音，粉红的小手肉团团地摇动，大大的眼睛直直地看着父亲。长枫满心喜欢怜爱，伸手抱了过来，轻轻道："娘子说得是。"

日落月升，一夜过去，天方微微亮，一个婆子急急忙忙地跑到寿安堂，跟房妈妈低声说了两句。随后，房妈妈走到里屋门口："姑娘，王家来人了。"

明兰从躺椅上起来，伸了伸懒腰："康家没来人吗？"更加妙了。

房妈妈低声道："康家只来了一个晋少爷，王家却是来了不少。"

明兰走到老太太床前，见她面色渐渐褪了灰败，似有几分血色，心中宽了些。她心里高兴，觉着浑身都有力气，提高声音道："给我更衣。"

想起昨夜小桃来报的话，她声音中带着笑意："给我那好姨妈也更衣。"

叫她满身屎溺地过了一夜，先出口恶气，今日就了结了她。

穿戴收拾好，明兰没有直接去见王家人，而是略拐了个弯，在通往书房的小径上兜住了昨夜独睡的盛纮，对老爹黑如锅底的脸色视若不见，笑吟吟地边走边说："爹爹，你说奇不奇，康姨妈一夜未归，康家不急，王家倒急了。"

盛纮低头走路，不肯搭理她。自那日争执后，他的嘴角和眼角始终处于下垂三十度状态。

"照我看来，这是老太太中毒的缘故。"明兰也不等父亲答话，"不过，爹爹观事明了，不消我说，定也明白此中因由的。"

盛纮哼了一声。小女儿笑容可掬，他不好当众斥骂，心里闷得很，暗道，那日你获知老太太中毒，几欲当场吃了王氏，今日却没事人一般——如此翻脸如翻书，倒是混官场的好料子。

明兰悠悠道："依女儿愚见，此回康姨父不曾来，不过两个缘由。"

盛纮强力忍住询问，只言不发。

"要么是康姨父知道了这事，但漠不关心，不愿替姨母出头；要么是姨父根本不知道，王家不欲姨父知道。"夫妻感情已经那么差了，还是别给康家更多厌恶康王氏的理由比较好。

"待见了王家，爹爹可问一句姨父为何不来，不过嘛，我估计晋表兄只会说两种缘由……"明兰狡黠微笑，"姨父身子不适，无法前来；或者，康家有事，姨父抽不开身。"

盛纮欲笑，连忙扯直嘴角，板住面孔——赋闲多年的连襟有什么可忙的？除非又多纳了两个美婢，累坏了身子倒有可能。

明兰也笑了笑："倒是今日王家来人，想来不过三种情形……"盛纮不自觉地慢了脚步。

"第一种，王家不知康姨妈恶行，此次上门只是关怀老太太病况；第二种，王家知道内情，今日是来与父亲求情商量，如何放姨妈一马……"

盛纮捻着颔下短须，心中暗暗点头，心想，小女儿见事倒明白。

"第三嘛，有人存心不良，想将此事一概推到太太头上，推在盛家门里。"

盛纮倏然停住脚步，直直看着女儿，面色冷肃。

明兰轻声道："此事如何，片刻后父亲即可分明。"

父女俩不再耽搁，疾步往正院走去，甫踏进厅堂，只见王氏正伏在王老夫人膝头痛哭，王舅父和王舅母在旁边劝边叹气，康晋愁眉苦脸地立在王老夫人身后，他侧边站着一个仆妇打扮的老妪，形容颇是精明干练。除此之外，只刘昆家的侍立在屋角，旁的丫鬟婆子俱被打发出去，厅堂门窗五米开外不许有人窥探，院门口着人把守。

王老夫人一见盛纮来了，欣慰而笑："贤婿，你总算来了。"

父女俩一前一后，拜向长辈行礼方才起身。盛纮看见康晋，忍不住问："你父亲呢？"

康晋脸色一僵，支吾道："我爹……他……他近日身子不适。"

盛纮忍住不去看小女儿的脸色，又对王老夫人问安道："岳母这般大年纪，还累得您奔波劳累，是晚辈的不是了。"

王老夫人悲叹："王家出此不孝女，我哪里有脸来见你！"说完，还恨恨地瞪了王氏一眼。王氏当即跪倒哭道："娘，女儿知错了！"

王老夫人指着女儿骂道："出嫁前我是如何教你的？孝乃天地立身之本，为人子媳的，持家理事或相夫教子，在这个'孝'字前都得退一射之地。你倒好，行此禽兽不如之事，我们王家的脸都叫你丢尽了！"

王氏大哭道："娘，女儿确是错得厉害！给爹娘兄嫂丢人了。娘，您要打要骂都成，只求能宽宥了我！"

王老夫人心酸得厉害，抱着女儿哭道："我的儿，你怎么这么糊涂！我宽宥你容易，可姑爷家怎么说得过去？！"她又抬头对盛纮道："好姑爷，她害了亲家老太太，实是罪过大了，你预备如何处置此事？"

因小女儿的提醒，盛纮多留了个心眼，此时越听越疑惑："岳母……言下之意，全是柏哥儿娘……"他踌躇不前，转头去看明兰。

明兰肚里大骂这个便宜爹拈轻怕重，索性直言道："老夫人明鉴，前日我家老太太好端端的，忽然病倒不醒，我等原以为只是天热骤病，谁知经太医细细诊断，竟是中毒。"

她与王家本来井水不犯河水，可进门至今，王老夫人只一个劲儿地说自己女儿如何如何，没半句问到祖母安危，可见此行目的，索性直截了当说出来好了。

王老夫人面带惭色："我已知晓了，王家真是万万无脸见亲家。"说着，又重重打了王氏背上几下，骂道："都是你这糊涂的，怎么这般不知事？！"

这次连王氏也听出不对劲了，挂着泪水诧异道："娘……你……"她们母女从一见面就激动万分，一个说，一个骂，然后抱头痛哭，也没把事情说清楚。

明兰嘴角噙笑："看来老夫人以为，我祖母之事全是太太所为了？"

王老夫人听出这话有异，再看女儿女婿神情，或惊或怒，心中疑惑，便转头去看康晋身边的那个老妪——不是说，王氏对婆母心生怨愤，所以下了些致病之物吗？

见此情形，盛纮和明兰已确定一半，父女俩迅速对视一眼。

那老妪丝毫不慌，轻轻推了康晋一下。呆呆静立的康晋恍若骤醒，连忙朝盛纮拱手道："姨父容禀，我娘已一日一夜未归，家中心急如焚，可否先请我娘出来一见？"

盛纮心中恼怒，沉声道："明兰，先将人带出来！"

明兰走到门边，遥见绿枝已等在院门口，远远地挥了挥手，然后自回到屋里。

绿枝后头跟着两个婆子，中间挟着康姨妈迅速走来。进到屋里，众人只见康姨妈一身姜黄薄绸夏衣，身上头上倒无不妥，只腮帮子发红，明兰知道，这是刚扯去塞嘴的巾子所致。

王氏看着姐姐身上自己的衣裳，闷声不响。她想起刘昆家的来报康姨妈被绑坐了一日一夜，身上屎尿便溺，臭不可闻，着实狠狠吃了番羞辱痛苦，心中对明兰更畏惧几分。

康姨妈受了一番罪，本来神情萎靡，一见母亲、兄长和儿子，顿时精神一振，用力挣开两个婆子，跌跌撞撞地扑到王老夫人腿前，号啕大哭："娘呀，你总算来了！女儿可被折磨得狠了！盛家……呜呜……他们欺人太甚，女儿真恨不得死了的好！"

康晋也跪到母亲身边，母子俩一顿痛哭。明兰扯扯嘴角，挥手叫那两个婆子先下去。

盛纮看见她就有气，原本自家好好的，父子儿女共同奔在繁荣盛家的道路上，今日会闹到这般不可开交，全是这个毒妇的缘故，如今还有脸和母亲、儿子哭，当下冷笑道："我母亲尚在病榻挣扎，大姨姐可千万活好了！"

王老夫人缓缓拭泪。这个小女婿素来谦和孝顺，今日口气这般，恐怕内中另有隐情，正犹豫间，康晋身旁的老妪哀哀哭道："我可怜的姑娘，自小到大何曾这般委屈过！"

受了这个提醒，王老夫人沉下面孔："不知我这女儿有什么不妥的，做大姨子的，莫名叫扣在妹子夫家，这事着实旷古未闻！"

盛纮被当头骂了一通，正欲辩驳，明兰抢先一步，看着那老妪，微笑道："这位便是祁妈妈吧，果是姨妈身边第一得力之人。不单妈妈能干，妈妈的两个儿子也极得姨妈重用。"

王老夫人脸色不悦。康姨妈满心仇恨，赶紧大骂道："长辈说话，有你什么事？！随意插嘴，小妇养的，果是没有规矩！"

盛纮一听"小妇养的"四字，心头怒火万丈，冷冷道："连个外家奴才都能插嘴，我女儿在自己家倒不能说话了？也不知这是哪儿来的规矩？！"

王老夫人被不轻不重地连带了一下，强自忍住，同时拦着大女儿不让再说。

祁妈妈心中大震，心道，儿子果然被盛家捉去，这下麻烦大了。

她抬头看着明兰，道："看来老婆子那两个不成器的儿子也在亲家姑奶奶手里了。真不晓得，一家人有什么事不能好好说，姑奶奶非要行那下作手段，当街掠人，禁锢嫡亲姨母，说出去，真不敢叫人相信这是书香门第的盛家作为。"

好厉害的口齿，三下五去二就把重点引向手段问题，绕过了事发根源。

明兰丝毫不以为忤，微笑道："这点子手段与那下毒之人相比，还是小巫见大巫了。何况，用些非常手段，也是为了几家人的脸面。真像祁妈妈所言，都摊开来好好说，恐怕王、康、盛三家，以后都别出去见人了……王家尤甚。"

王舅父始终皱着眉头，闻言问道："此话怎讲？"

明兰冷笑两声，从袖中取出厚厚一沓纸，先取头两张叫刘昆家的交给王老夫人，同时娓娓道："大约两个月前，康府的祁二管事经掮客尤大引路，识得了城西一个偏僻道观里的老道。这名老道最擅长的便是炼制各种下作的丸药汤剂，平素专给那窑子青楼供货。"

从春药、迷幻药、避孕药、堕胎药，甚至伪作处子的凝红丸，货品齐全，种类繁多，更兼服务周到、质量上乘，生意甚是红火。

明兰指着王老夫人手中的纸道："这是那掮客尤大和祁二管事的供词画押。"

王老夫人年纪虽大，但眼睛、耳朵都还很灵光，供词上写得十分清楚。王舅父夫妇也凑过去看了，王舅母侧脸看了祁妈妈一眼，不掩鄙夷之色。

祁妈妈脸色难看至极，瘪嘴道："这不争气的东西……"

王氏大喝一声，骂道："你给我闭嘴！怎么做奴才的！让主子把话说完！"她再糊涂，这会儿也明白过来了，只希望明兰加把劲，把康姨妈的罪钉死了，否则自己便得当替罪羊！

她边骂边瞪着自己的姐姐。康姨妈别过脸去不看她。

明兰接着道："此后大半个月，祁二管事常与那老道吃酒套交情，终有一日，祁大管事亲自出马，叫那老道制一种毒药，既不能叫银针试出来，又是快发作的。那老道一开始不肯，被劝说些日子后终于答应，献上个土方，以上百斤出芽银杏炼出极浓的芽汁，只消吃下少许，片刻即可致命。"

她又将手中纸张拿最上头的两三张，让刘昆家的递过去："这是那老道的供词画押。"

王老夫人看着供词，手指开始微微发抖。王舅父方看了几眼，就心有不忍地连连摇头。康晋凝视母亲，不敢置信。

"祁大管事付过两百两定金，那老道就立刻动手。因要购入大批生芽银杏，零散农户不能供足，老道就寻了四家偏远的小生药铺子，将其陈年废置的存货一购而空。"

明兰再拿过去几张花花绿绿的纸："这是从那四家铺子出货单上抄来的，还有当时经手掌柜的证言。短短七八日，那老道共买了一百一十二斤生芽银杏。"

"那老道日夜赶工，终炼得三瓶毒药，祁大管事再付八百两银子，那老道交付两瓶，自己偷留了一瓶。"明兰朝绿枝做了个手势。绿枝小心翼翼地取出一个小小的白瓷瓶，这次却是交给盛纮。"我已请太医看了，这瓶中的毒药与老太太点心中的毒是一样的。"

盛纮看着这小瓶子，脸色铁青。

"康姨妈得了这两瓶毒药，又过了好些日子，到了前日清早，我家太太未如往常那般使人去买老太太爱吃的点心，反而康府一个叫金六的小厮去聚芳斋买了第一炉出来的芙蓉莲子酥。一个多时辰后，祁大管事亲自护送善全家的将点心送来盛府，交在太太手上。"

明兰把手上最后几张纸递了过去："这是祁大管事和那媳妇的供词画押。"看着王老夫人等人读那供词时，她还补了一句，"那善全家的，原是姨妈的贴身大丫鬟。"

话说到这里，已十分清楚明白了。

康姨妈脸色惨白发青，不敢去看母亲兄嫂的脸，只半遮在袖子里轻声抽泣。盛纮愤而去瞪妻子，王氏羞愧地低头哭泣，不住地喃喃道："我真不知那是毒药呀……"

明兰跟绿枝吩咐几句，绿枝连忙走出门去。不过片刻，两个侍卫押着个遍体鳞伤的人进来。康姨妈一看，几欲昏厥过去。

那人跪在地上，哭叫得震天价响，冲祁妈妈道："娘，娘，快救救我吧！咱们熬不过去了。大哥不知还活没活着，快救我一条命吧！"

祁妈妈看着嘴破齿落的小儿子，半边衣裳染血，心疼如绞，却咬着牙别过脸去。

那两个侍卫拖着祁二管事出去。明兰对祁妈妈笑了笑："妈妈放心，祁大管事好好的，都是皮肉伤，歇上半个月就好了。"其实屠虎表示，他还没来得及展现实力，所有人就都招了，主要祁大性子属于闷声讨饶型，惨叫效果不如祁二好。

她又对王老夫人道："若您还有疑虑，可亲自问这些人，那老道也被扣住了。"

那名爱好制药工作的出家人，原本正在道观里勤奋"修行"，谁知半夜天降一群蒙面人，把他当头罩入一只麻袋，他吓得死去活来，不等拳脚上身，就十分配合地都说了，还主动提供目击自己跟祁大、祁二吃酒作乐的证人，以及数张银票。

屋里再度恢复安静。王家众人面面相觑，不知如何是好。康姨妈慌了手脚，祈求地一会儿看看母亲，一会儿看看兄长。

盛纮渐渐上了气，冷声道："敢问岳母和大哥，此事该如何了断？"

对着自己的儿女，他先想如何把事捂住了；可事情一旦扩散到姻亲家，他就非做出一个气愤孝子的模样不可；倘若是对着外人，他还得更激愤悲痛，捶胸号啕才好。

王舅母忽开口，和和气气地微笑道："这事的正主本是康家和盛家，我婆母年事已高，如何经得住？妹夫可别冲着我们来呀。"

盛纮想起多年前王老夫人和大舅子的种种扶助，心头一软。

明兰听着，轻笑一声："舅母说得是，可惜……这事从一开始，康姨妈就打定主意要拉王家进来了。"

王舅母皱眉道："外甥女这话怎么讲？"

明兰看了看缩在角落装死的康姨妈，道："祁二管事四处结交会制毒的人，恰是王家传信说要举家迁回京城之时；祁大管事下定金给那道士时，正是老夫人和舅母回京之时；康姨妈决议下毒之日，正是舅父回京后聚芳斋那老师傅第一回亲手开炉。"

至于康姨妈最早起这个念头，大约是康家庶女成了老王爷爱妾之时吧。

王老夫人抚着胸口，灰心地看着长女，满是痛心。

"好！好！"盛纮微一思忖，立刻明白康姨妈选择行凶日期的含义，一掌重重拍在桌上，声声冷笑，"王家是高门望族，我们盛家是无名寒门，便是我母亲受了暗算，我还得忌惮着王家，不敢声张追究了？！"

王舅父忙道："妹夫千万别这么说，咱们是一家人，彼此顾着脸面，怕伤了和气，哪里有什么'忌惮'不'忌惮'的！这……"他连连摆手，"亲家老太太如今重病在床，我也十分挂心，今日，我娘特意带了支上百年的老参来，只望老太太能转危为安，康复身子。如果不然，王家……"他竟带了泣声，"罪过实是大了！"说到后面，他满面惭色，语气诚恳，半句没有替妹妹求情。明兰暗道，这个还算有些良心。

眼看情势不对，祁妈妈赶紧上前扶起康姨妈，辩驳道："这些供词也未必可信，重刑之下，屈打成招，也是有的。"

康姨妈受了提醒，精神一振，站起身来大声道："没错！哥哥，盛家想把妹妹择干净了，便一劲儿地污蔑于我！捉了我左右之人，重刑拷打，这样的供词如何可信？"她转身，再次扑在母亲膝上，哀哀恳求："娘，你可要为我做主呀！"

王氏一下跳起来，气急攻心地去推搡姐姐："你什么意思？什么叫把我择干净！难不成你想全栽在我身上？！"

王老夫人面露为难。

明兰等的就是这一刻，拍手微笑："我知道姨妈会这么说。不过嘛，说得也是，谁知那些子小人会否为了逃脱罪责而攀诬姨妈呢？"

她这话一说，满屋皆惊诧。今日，从头至尾，明兰都对康王氏步步紧逼，一砖一钉敲死她的罪名，这会儿却转了口风。

"可是……"明兰脸色一转，肃穆道，"我祖母中毒是真，点心有毒是真，点心是太太给祖母吃的也是真，那老道炼的也是同一种毒，落到末了，不过在于，到底是太太害了祖母，还是姨妈害了祖母。"她说一句，王家众人和康家母子的脸色就难看一分。

"都是王家的骨肉，知女莫若母，供词在这桌上放着，一干犯事人在后院押着。"明兰从这帮人脸上缓缓掠过，淡淡地抛出一句，"我祖母至今生死未明，总得有个说法，请老夫人拿个主意吧。爹，您说呢？"

盛纮沉声道："谋害亲长，天理不容！在我盛家门里，敢对我母亲下毒手，欺人太甚！怎么也得说个清楚！"赶紧快些了结此事，将家丑捂在盛、王两家内，还不算糟糕，顺带还可推卸责任。他朝王老夫人一拱手道："就请岳母定夺了。"

王老夫人陡然成了关键，康姨妈和王氏双双去扯母亲的胳膊——

"娘！您得救救我！这些年来我受了多少罪，您最晓得，我心里的苦，哪个能体谅！您一定得救救我！"

"是姐姐说那只是叫人生病的药，我哪会想到是毒药……娘呀，我哪里有这个胆子？也想不到这种害人法子呀！"

王老夫人难以抉择，左右牵挂，哀求地去看盛纮。盛纮别过脸去。她想这等弑母大罪，女婿如何肯罢休？忍不住老泪纵横，摇头痛哭起来。

王舅父也难过至极，却又无力消解，只能跪在母亲脚下垂泪。

王舅母缓缓后退几步，不动声色地看了明兰一眼，心道，这小丫头好厉害的心计。

她明明恨透了康王氏，也恨极盛王氏，连带也怨上了王家，可偏偏不疾不徐地慢刀子杀人，最后，无论谁抵了罪责，做出选择的王老夫人都会心碎痛苦一生，兄长也会伤透心。至于那两姐妹，抵罪的固然会深深怨恨娘家，而脱罪的，至此之后，也很难如前般母女相亲。

一石三鸟，她不只要惩罚那作恶的，还要折磨纵容她的娘家。

康姨妈脸色潮红异常，忽一把扭住王老夫人，眼神发直，喘着粗气道："娘！盛家不会为难妹妹的，妹妹儿子了得，女儿也嫁了高门，她顶多吃些苦头，不会有大事！可我不成，那个没良心的早厌弃了我，满屋的狐狸精都恨不得我死！我若被休了，我的孩儿们可怎么办呀？这是爹给我定的亲事，娘，您不能撇下我不管！不能叫我随人家处置呀！"

康晋扑在母亲裙边，痛哭起来。

王氏怒极，双目泛红，指着她："你！"

眼看自己的骨肉反目，王老夫人心如刀绞，眼前一片模糊，肺中如火烧般疼痛，大女儿还不住地摇晃自己，一遍遍哀号祈求"救我"。

她渐渐聚焦了视线，眼前出现长女那酷似自己的面庞，再看看又急又怒的小女儿，然后下定决心，抬起胳膊，用尽力气一巴掌打下去。

康姨妈一下被打得偏过脸去，不敢置信地瞪大眼睛，布满皱褶的眼皮翻得像隔夜的千层饼。她捂着脸颊："……娘，你……"心中升起一股强烈的不安。

王老夫人含泪道："你自小随我们在任上，被捧着夸大的，便瞧不起这个，看不上那个，你哥哥嫂嫂、你妹子妹夫，还有旁的亲戚……你觉着人人都该顺着你、依着你，但凡有一丁半点儿不顺心，就生出怨愤，总念着要讨回口气，事事睚眦必报。仗着我和你爹的宠爱，胆大包天，一步步走错，到如今，竟做出这等天理不容的禽兽之事！将骨肉至亲一股脑儿地连累进去了，我……我护不了你了……"老人泣不成声，苍老的面容满是痛苦。

王氏大大地松了一口气，万分感激地看着母亲。王舅父心有不忍，似想说些什么，被王舅母扯了下袖子，又闭上了嘴。

盛纮心中放下一块重石，处置姨姐总比处置自己老婆好。他转头看明兰，却见小女儿站着一动不动，静静地望着王老夫人，面上现出很奇特的神色，好似有些失望，又似隐隐敬佩。

"娘！"康姨妈终于回过神来，凄厉地尖叫一声，"您要舍弃女儿吗？！"她心中惊惧至极，语音调子都颤了起来。

不会的！不会的！这么多年来，母亲说归说，骂归骂，最后总是肯帮自己的。那年，丈夫最宠爱的小妖精和她肚里的孽种一起见了阎王，丈夫几乎要请族长写休书了，母亲还不是护着自己顺当过关了吗？这么多年大风大浪都经过了，眼前这关也必然能过去的！

她伏在母亲腿上哭道："我的婚事是父亲定的，这几十年来女儿过得生不如死，如今母亲却想撒手不理，天下哪有这么狠心的父母呀？！若是爹爹在世……"

"休得辱没你父亲一世清名！"王老夫人勃然大怒，"三个儿女中，你爹最对得住的就是你！在西北任上许多年，你大哥寄住成大学士门下读书，你妹子托付给你叔父，只有你，始终养在我们身边！可这些年，你一桩桩、一件件，对得起你爹在天之灵吗？！这回，我再不能替你遮掩了，不然怎么对得住亲家的情分！"

想起长女自小言语伶俐，在父母跟前卖乖撒娇，比老实木讷的儿子聪明，比直来直去的次女机灵，老夫妇不免多疼了些，没想娇宠成患，酿出今日大祸，她不禁又流下泪来。

盛纮心下感动，忍不住道："小婿谢岳母主持正义。"又朝王舅父拱了拱手。

明兰心中翻了个白眼。

康姨妈面色惨白，眼中生出异样的光，一日一夜的捆绑和羞辱，恶臭和饥饿，她早是头重脚轻，此时再一受激，脑子不甚清楚，混乱中只知母亲这回不肯再帮自己，脑中回响着"亲家如何如何"的话。

她霍地站起来，朝母亲兄嫂冷笑："好，好！我不如妹子嫁得好，女婿儿子个个都出息，夫婿也风光，在娘心中自然不同。我如今落魄了，夫家又没本事，怨不得娘家瞧不起，如今连骨肉至亲也来踩我一脚……我……我还不如死了好……"说着，就往墙边冲过去。

此时屋内并无许多婆子丫鬟伺候，眼看康姨妈要撞上墙，只见刘昆家的斜里刺出，堪堪堵住康姨妈，双臂死抱住不放。她自小在王家内宅服侍，对这位大小姐的习性十分了解。王氏出嫁时她并未立刻陪去，是以亲眼看见康姨妈婚后回娘家哭诉的几场好戏，无非一哭二闹三上吊。从王老夫人说出那番话后，她就暗暗注意着康姨妈的一举一动。

刘昆家的被撞得胸腹生疼，艰难地吐出一口气："姨太太怕是累了。"

王舅妈上前几步，一把拽住康姨妈的另一条胳膊，急声道："说得是，大妹妹糊涂了，先下去歇歇吧。"连那种话都说出来了，只差没指着娘家骂嫌贫爱富，攀附讨好有权势的小女婿家，再说下去也不会有甚好话，还是赶紧拉下去的好。

康姨妈被挟得动弹不得，只能嘴里断续号着"我要死，让我死"之类。

祁妈妈脑子甚是灵光，赶紧道："舅太太说得是，我家太太又惊又疲，说了冲撞的言语，万请莫要见怪，不如叫我先伺候太太回去歇息吧。"先逃出去再说。

王老夫人心中一动，正要点头，明兰笑呵呵道："盛家虽不如康府根深叶茂，可供姨母歇息的屋子是不少的，祁妈妈可以陪姨母到厢房歇歇。"

祁妈妈搀着康姨妈的胳膊，笑道："叨扰了这许久，哪好意思再麻烦呢？再说了，到底是自己家里歇得舒服。老夫人，您说呢？"

王老夫人也希望大事化小，总得先把这火药桶闷住了才好，便对盛纮道："好女婿，你大姨姐如今是糊涂了，不若叫她先回去，旁的事，咱们来说。"

盛纮正要点头，已听见明兰抢话道："这断断不成！"

王老夫人被明兰三番五次抢白，言语逼迫，早是心头不快。盛纮见岳母神情不好，忙喝道："休得无礼！"

明兰笑道："爹，非我无礼，丑话总要说在前头——"她转身朝王老夫人道："叫康姨妈回家，倘若她跑了，怎么办？"

王舅母差点笑出来，连忙忍住。王老夫人十分不悦，沉声道："我念你年纪小，又为祖母重病而急昏了头，这才胡言乱语。什么叫'跑了怎么办'？你当我王家是市井小贼吗？都是高门大户的，什么不能好言好语地说？！"

明兰语带讥讽："这可难说得很。下毒都做得出来，还有什么不能的？倘若姨妈真跑了，难不成还叫我爹击鼓报官，满天下张榜通缉去？"

王老夫人面上一阵黑气，转头对盛纮道："姑爷，你这闺女倒是有规矩得很呀！对长辈咄咄逼人，我这把年纪了，她一句都不肯让！"

盛纮却并未立刻答话，而是若有所思地看了女儿一眼。

适才明兰的话与其说是给王家人听的，不如说是给自己听的。如今女儿一心为老太太讨公道，倘若不能叫康王氏受惩，她必不肯罢休。这死丫头亲爹都敢顶，娘家都敢封，真叫康王氏跑了，没准她立刻就"击鼓报官满天下张榜通缉"去，到时才是丢脸丢大发了。

两害相权取其轻，他避过岳母的目光，淡淡道："大姨姐还是在府里歇会儿吧。"想了想，再补上几句场面话，"我母亲如今还昏迷不醒，就这么叫祸首轻巧离去，我也枉为人子了。"

要说官场上混的，话就是说得漂亮，明兰都想给老爹鼓掌了。王老夫人却是满脸失望，原盼着小女婿看自己面上能网开一面，看来也不成了。

她只好对着长女板脸道："你先下去吧。旁的事，我来说！"

这时，绿枝已把两个掌刑嬷嬷叫了进来，她们俩一边一个，捉住康姨妈往外走去。康姨妈挣扎不脱，想起明兰种种狠戾手段，只能尖叫着："娘，你要看着我死吗？盛家要我给他家老太太抵命呀！好狠心的娘，一味踩着自己亲骨肉去卖好、攀高枝……"

求到后来就成咒骂了，恶毒言语不堪入耳，王老夫人见女儿半疯癫状，拭着泪道："你先下去好好思过，我……总会向你妹夫求情的……"

可惜做女儿的听不出母亲言下之意，一个劲儿地咒骂道："这父女俩一个唱白脸，一个唱红脸，他们是决计不肯放过我的！娘，你都不肯怜惜女儿了吗……"

盛纮暗自苦笑，这回真是冤枉他了，他实是诚心唱白脸的，可惜情势所迫，这种情形下如何仔细分说？康王氏不知禁锢她并非盛纮主意，只当这父女俩同声同气。

咒骂哀求声逐渐远去，之后戛然而止，想是两个嬷嬷再度施展手段叫康王氏闭嘴了。祁妈妈不放心，想了想就跟着一道出去了。

王老夫人望着门口远去的身影，心疼难忍，强定了定神，站起走到盛纮身边，然后双膝一软就要下跪，把盛纮吓得不轻。他连忙起身去扶："岳母快快起来，小婿如何敢当？"

王舅父和王舅母赶紧过去搀扶，王氏也扑通跪在母亲身旁不住哭泣。

王老夫人拉着盛纮的手，哀哀道："我的两个闺女不成器，我有何脸面见你、见亲家！你我虽是岳婿，但情分可比母子，那年你来我家，我一见就万分喜欢。好些人劝我说你家世单薄，可我觉得这后生人品贵重，干练有为，比我自己的儿子都还强上好些。后来，你开口提亲，我说不出的高兴，人都说我闺女是低就了，可我觉着，依女婿你的才具人品，才是低就了我那糊涂丫头……"

其实，当初王盛联姻，绝对是盛纮高攀了，王老太爷十分犹豫，可王老夫人喜欢盛纮，排除众议，最终将女儿嫁给了他。为此，盛纮多少年来都是感激的。

王老夫人絮絮叨叨讲下去，从婚礼讲到婚后，从家里讲到官场，都是她如何欣赏爱护盛纮，如何处处帮扶，一番款款慈爱情义，直说得盛纮越发伤感，泪水滚滚，岳婿俩泣不成声。

明兰冷眼看着，一句嘴也不插，只听王老夫人继续鸿篇巨制的感人肺腑发言渐渐进入主题——"……我与你母亲虽一起时日不多，可她的品格我是再敬佩不过了，一听得她受了大罪，我只恨不得能以身相替。你母亲是多么慈善的人，想来也不愿为着此事，叫咱们三家从此反目，亲戚也不成亲戚，骨肉也成了仇人……"

盛纮边拭泪边感动，差点就要点头说"是呀，是呀"，忽闻侧边传来一声轻轻的冷笑，只见明兰缓缓走到康晋身边，微笑道："康家表兄好。"

康晋生性老实，还带着几分懦弱，自母亲被拖出去后，他始终缩着站在角落暗自垂泪，闻言不由得一怔："盛……表妹也好。"

"我年纪小，不知往事。"明兰幽幽道，声量却清脆高亮，"今日听老夫人说的这些，好生感动……"她忽讥嘲一笑，"差点以为将我爹爹抚养长大、延请名师指点、教以科举中榜、聘妻生子的，不是我祖母，而是你外祖母了呢。"

盛纮脸上一红。若说岳母待他慈厚，那嫡母对他更是恩深如海，自己不为受害的嫡母讨回说法，却因着岳母的情分而放过害嫡母的凶手，到哪里也说不过去。

他一张脸皮早在官场上练透了，情感转换十分流畅，立刻收敛起感动，长叹一声："岳母待我好，我如何不知？可人伦纲常，万万没有放过害母之人的道理，只盼岳母见谅。"

王老夫人冷不丁被狠狠讥讽，还一言正中关键，眼见盛纮刚有些动摇，却功亏一篑。

她咬了咬牙，继续投入感情："好女婿呀，那两个糊涂的实是犯了滔天大错，可她们到底是我身上掉下来的肉，千不看，万不看，看在我的老脸上，你好歹宽宥一二。往后的日子，她们吃素斋戒，青灯礼佛，替你母亲诵经祈福，你说如何？"

盛纮迟疑："这个……怕不妥吧……"这个提议他们父女早就讨论过了，被明兰一口否决。

明兰心中鄙夷，铿声道："倘若祖母能恢复往昔康健，我也愿意至此之后吃斋诵经。我盛氏满府子孙受祖母深恩厚德，只消祖母能好，我爹、我兄长、我姐姐和嫂嫂们，哪个不愿吃斋念佛？就不劳烦姨母了！"

盛纮连忙挺起肩膀："没错。孝乃立家根本，盛家子弟个个心中牢记，茹素诵经替母亲祈福，这是本分。"

明兰添上一把柴："更何况，适才姨母离去之前，满嘴怀恨之言，天晓得在菩萨面前她会求些什么！别咒我盛家满门不得好死就好了！"

盛纮也道："尚未赎罪之人，有何颜面侍奉佛祖？也不怕污了佛门清静之地！"姿态一定要高，他可是做了几十年孝子的。

听父女俩你一言，我一语，王老夫人怒气暗生："那你们说，到底该如何处置？"

盛纮捋须不语，一脸沉痛地侧过脸去。明兰当仁不让："我家太太不知其中隐情，还可另论，可姨母找人制毒，诓人下毒，端是要人性命的狠毒之举。人证物证俱全，再无推脱抵赖之理。处置简单得很，三尺白绫，或是一杯鸩酒，拿命抵了就是。"

王氏缩在刘昆家的后面，小小地松了口气。王老夫人却吓了一大跳："你要取她性命？"

"欠债还钱，杀人偿命，天经地义！"明兰断然道。

王老夫人两眼一翻，身子一软，立时半晕过去。王舅母赶紧去掐人中。王舅父怒道："你这孩子怎么如此厉害？！开口闭口要人性命！便是你姨母死了，你家老太太也不见得能痊愈！得饶人处且饶人，你姨母已认了错，何不网开一面！"

明兰不肯放过躲死的老爹，用力拽盛纮的袖子，大声道："爹，你倒是说话呀！"

盛纮只得板起脸："舅兄此言差矣，你妹子的命是命，难道我母亲的命就不是命？照舅兄的说法，只消认错即可，那菜市口何必杀那么多人犯的头？！"他实不愿和岳母作对，便道，"岳母身子不适，此事就由舅兄做主吧。我母亲总不能白叫人害了！"

王舅父口才不如妹夫，两句话就叫问住了。王舅母帮丈夫出言，温和道："何必这般剑拔弩张，到底亲家老太太还没不测不是？"

明兰点点头："我们盛家亦非蛮横无理的，倘叨天之幸，老太太活了下来，我爹也不会要姨母抵命。不过太医说了，那白果芽汁很是厉害，就算救回一条命，也难保手脚不瘫麻。若真如此……"她冷笑一声，"就请姨母拿手脚来抵！"

王舅母倒吸一口气，没想到这小姑娘这么心狠，加上她本来就不诚心替大姑子说情，当下便没了言语。见儿子儿媳都没用，王老夫人只能"悠悠醒转"。

既然求情无用，她便沉下脸来："姑爷如今出息了，家业越发兴旺，不把老婆子放在眼里了！好，你是个孝子，非要拿我们王家成全你的好名声，我却不能不顾骨肉之情，我今日问一句，倘若我不依呢？"

盛纮深深看了王家众人一眼，道："既不能私了，那就公了吧。"

这些时日，终叫他想明白了一件事，其实盛老太太中毒之事，一旦传了开来，于盛、康、王哪家都是丑闻，不过影响却有大小之分。

明兰是出嫁女，受影响最小；盛家是受害者，受影响次之，但出于王氏的缘故，自己免不了一个"糊涂失察"的罪名，要受人指摘嘲笑；康家大些，但难保康连襟不会断尾求生，一纸休书解决了康王氏。

"我家世代清白，如何能容此等毒妇，我早想休了，瞧在岳家面上才容忍至今"——连台词盛纮都替那位连襟想好了。

而其中影响最大的，其实是王家。

谋害亲长，是何等重罪！王家两个女儿都牵涉其中，一个是糊涂执行，另一个更是主谋策划，居心恶毒，从此以后，王家父子的官声会怎样？说不定连王老太爷供奉在奉贤殿名臣祠里的牌位都会被撤下。李阁老不就是因儿孙不肖，过世二十年后被撤了牌位吗？

王氏夫妇还有两个大女儿，均出嫁名门为妇，一旦此事传开，她们俩在夫家的日子还好过得了？何况还有众多王氏族人。

盛纮又看了王舅父夫妻一眼，暗道，到时就算岳母肯豁出去保大女儿，旁人也未必肯。

其实，他也想为老太太讨回公道，要是成本能小一些就好了。

事到如今，既不能把事情抹平了，就定要鼓足底气，不能叫人反咬一口，看出他原本心思，说他"不念嫡母恩德，不思图报"，他要报恩，还得大报。

何况，说到底，错的是王家女，又非盛家人，要出血也该王家出血，凭什么叫盛家打落牙齿和血吞？！最好快点处置了康王氏，明兰出了气，王家也默许了，接着三家一起把事情捂下，之后，天下太平！阿弥陀佛！

明白个中道理，盛纮立时满脸痛苦，带着隐隐愤怒，又有些深切灰心，道："我素以诗书传家，家中儿女皆教导德行，没想将至天命之年，出了这等事……"他长长叹了一口气，"我实是疲乏得很，岳母若实在不能体谅，就报官吧！"

王舅母狠狠地跳了下眼皮，正想说话，王老夫人已冷笑出声："我知道你的心思，打量王家不敢把事情闹大。你好好想想，他大姨母到底只是姻亲，你母亲未死，他大姨母撑死了只是受刑流放，我们再打点一二，总能得个轻判，可你媳妇是嫡亲的儿媳妇！儿媳谋害婆母，该是什么罪？你比我更清楚！她的孩儿又该如何？"

盛纮一怔，心里凉了半边。

王氏不敢置信地看着母亲，呆呆道："……娘，你为着保住姐姐，竟要我死？"她从小就觉得母亲最疼姐姐，没想是真的。

王老夫人哪里想要小女儿死，不过是在和女婿拼谁更狠，谁更豁得出，逼得盛家退上一步，两个女儿便都能保住了，此刻又不能细细解释，只能硬起心肠，一眼都不看小女儿，只对盛纮冷笑道："姑爷是进士出身，熟读律法，儿媳谋害婆母，该是什么罪呀？"

盛纮额头涔涔落汗，双手扶膝——到底几十年夫妻，终究不落忍，何况还会连累自己最重视的长子仕途。

王老夫人见状，气势更足，大声道："真把事情闹大了，谁也不落好！贤婿还是好好想想！"威吓完，再放柔声音，"这事本是一本糊涂账，你母亲是福大之人，定能化险为夷。此事就这屋里咱们几个知道，待你母亲醒后，连她也不必告诉，免得她伤心，病又不好……唉，回去我一定重罚他大姨母，再叫你媳妇好好孝顺亲家，以后咱们还是和美一家不是？"

盛纮动摇得十分厉害，不住眼地去看明兰。明兰气得手指微微发抖，胸中气血翻涌，一股恶心冒上喉头，真想吐在王老夫人那张可恶的脸上。

王老夫人顺着盛纮的视线看过去，知道此时关节在明兰身上，便装出一脸慈爱道："好孩子，我知道你孝顺，想为祖母要个说法，可你太太到底抚育你十几年，你忍心见她不得好死？还有你大哥哥、大姐姐，骨肉血亲，你执意要将事情闹大，又叫他们如何自处？"

这番话说得半劝求半威胁，明兰心中冷笑，她若怕就不会闹到这个地步了，大不了无父无母、无兄无姐，惹得她火起，一出这门，拿簪子一下捅死了康姨妈算完！

她深吸一口气，正要狠狠讥讽嘲骂这老太婆一顿，却听一个熟悉的年轻男子声音从门口传来——"自处何难？妹妹莫要担心。"

只见长柏一身半旧青袍，鬓发凌乱，满面风霜，显是一路紧赶而至。他后面还跟着一个朱红蟒袍的高大男子，不是顾廷烨又是谁？

盛纮霍地站起来。王氏一见了儿子，既羞愧又觉安心，哭道："我的儿，你来了！"此时此刻，她真心觉得儿子最可靠。

明兰见到丈夫，却不知是喜是悲，短短分别几日，惊涛骇浪般起伏数回，再见他，倒似隔了一世。想到自己没经同意，便肆意指使侯府侍卫，又是封府，又是捉人，闯下大祸，她低下头："侯爷不是在西郊大营吗？"

顾廷烨先向盛纮抱拳行礼，又跟王老夫人和王舅父作了精简版的揖，三步两步走到妻子身边："公孙先生报信与我听，我赶紧告了假过来。"

"不碍事吧？"明兰内疚，害他放下正事赶过来。

顾廷烨笑道："只消不打仗，武将总比文官得空的。"

王老夫人嘴角含笑，只见王氏拉着儿子又哭又笑，心里一喜——外孙来了，更没人敢为难女儿了；再瞥过几眼，看见站在那里的顾廷烨，眉头微微一皱，思忖片刻，就决意先将这位位高权重的外孙女婿撇出去。

那边顾廷烨正皱眉打量明兰："你脸色怎么这么差？"自己出门时还是个红润水灵的胖苹果，才三两天工夫就苍白消瘦成了把小白菜。

王老夫人赶紧道："明丫头这阵子为了照顾亲家老太太，实是累得很了，顾侯既来了，就将她带回去好好歇歇吧。"

明兰冷声道："老夫人先别忙着撵人，事还没完呢！"

王老夫人看了长柏一眼，目带威胁："你是出嫁女，娘家的事少操些心吧！"

明兰气愤至极，面前横里斜出一只手，拦在她身前。

"出嫁女与娘家无关？"顾廷烨神色淡淡的，"那老夫人在这里做甚？"

明兰一愣，几乎笑出来。这家伙歪曲命题。

王老夫人冷哼一声，指着明兰道："这丫头以前还算恭敬孝顺，嫁入侯府后，就不把娘家放在眼里，居然三番五次顶撞长辈！想来是仗了顾侯之势！"

"哦，是吗？"顾廷烨面无表情，"我也觉着明兰恭敬孝顺。老夫人做了什么把我媳妇这么好脾气的人给气着了？"

明兰张大嘴瞪着男人，屋里一片安静。盛纮的脸色好似挨了一棍子，王舅父的嘴角抽搐，连王氏也停了对儿子的絮叨，满屋的人都是一脸错愕。

王老夫人怒不可遏，拍着扶手大声道："一个妇道人家，开口闭口要打要杀的，居然还敢拘禁她姨母，动用私刑，这是什么道理？！"

顾廷烨正色道："明兰素来胆子小，连杀鸡声都不敢听，见血就要怕上半天。敢问老夫人，姨母为何将她逼迫至这个地步？！"

说完还摇摇头，神情十分沉痛，似乎很遗憾这年头为什么长辈都没有长辈样儿了。

明兰仰头看着男人，他高高的个子将近午射进屋来的日光遮蔽出一片阴凉，替她挡风遮雨，让她无比安全。她心中酸涩温暖，想哭又想笑。孤军奋战的感觉并不好受，现在，她终于知道，自己并不是一个人。

顾廷烨将王家人一个一个看过去。康晋触及他的目光，忍不住退了一步。

只听他冷声道："姨母做出那等天理不容之事，老夫人心绪不好，我能谅解，可也不该找老实人出气，莫非欺我顾家无人吗？"

王老夫人从未见过这般颠倒黑白，从自己进盛府，一直都是你老婆在逼迫王家人呀！她被气得浑身发抖，脸色忽青忽紫，一时说不出话来。

顾廷烨居然还转头对明兰笑了笑："没吓着吧？"

抹去满心酸涩感动，明兰暗爽到无以复加，直恨不得扑上去狠狠亲他两口！

——然后，她垂下长长的睫毛，蹙着细细的眉头，苍白无力的小手拈着帕子，哀伤无助，小小声道："我从不知……这世上竟然有这般恶毒的人……"

顾廷烨一脸怜惜，好似老母鸡看着绒毛稀疏的小小雏鸡，眼神温柔得都快化出水来，叹道："可怜见的，连杀鸡都没看过，如今居然见着下毒杀人了。"

这对夫妻……

众人几乎要吐血了——你那可怜的、柔弱的、胆小的老婆，刚才还满脸横肉地跟人吵架，要杀康王氏抵命，要断她手脚呢！

第五十五回・俗世夫妻

　　这般唱和犹不足，顾廷烨居然还似模似样地扶妻坐下。明兰轻挨扶手而坐，一副娇弱虚浮状。王老夫人转头，努力不看他们的作态，好容易压下气恼，正要说话，长柏先开口了："儿媳谋害婆母，属十大不赦，按律例，轻则斩首，重则凌迟。"

　　王氏吓得几乎跳起来，儿子说这个做甚？

　　王老夫人愣了下，笑得言不由衷："你外任几年，你娘多时不见你，可想得厉害，这会儿说这个干什么？"细看这个最像亡夫的外孙，发觉他白净的面庞晒得有些黑红，不如往日俊秀，不过精神却极好，大约是在外独当一面数年，顾盼间自有一股做主当家的威势。

　　长柏道："哦，适才外祖母不是对父亲说，倘若此事闹开了，姨母兴许有活路，我母亲却是在劫难逃吗？我先给娘说说律例，心里有个底。"

　　王老夫人脸色一变。王氏死死攥着儿子的衣袖："……你……你都知道了？"

　　长柏瞥了母亲一眼，淡淡道："都知道了。"

　　明兰心中大奇，自己将消息封得也算严实了，长兄怎会这么快知道？

　　正想着，手心微痒，却见坐在身旁的顾廷烨朝自己点点头，以口型无声说"公孙"二字。明兰微一沉吟就明白了。自己用来封府、捉人，甚至拷打的一干侍卫，先前都是公孙先生使出来的。审问结果如何，旁人不知，公孙白石岂能不知？他遣人去寻顾廷烨，自将内情一五一十地说了，又在赶往盛府的路上，妹夫撞上大舅子，长柏自也都知道了。

　　王老夫人目光触及顾廷烨坐处，心中不安，笑道："你长途赶路，这么会儿工夫，道听途说的，怕有些不尽不实之处。"

　　长柏轻轻"哦"了声，道："外祖母说的不尽不实，是指姨母寻人制毒，还是姨母诬我娘下毒？"

王老夫人僵硬了笑容："你姨母和你娘也是糊涂了，才闯下这样滔天大祸。"

长柏摇摇头："我娘确是糊涂，以为骨肉至亲总能信的，谁知亲姐竟会哄骗暗害于她。至于姨母……这一步步点滴不错，这会儿不还有我娘顶着吗？我看她清楚得很，哪里糊涂了？"

王老夫人不悦，轻拍扶手："你渐渐大了，越发有自己的主意了，长辈的话也不用听了。"

长柏抬头仰视："外祖母希望我听您什么话？"

王老夫人看着酷似亡夫的严厉面孔，一时窒住。

"姨母毒害我祖母，哄骗我娘，好端端的一个家，被她搅得天翻地覆，外祖母还希望我莫要追究吗？"长柏站在厅堂中央，沉声而言，"我父不肯放过姨母，外祖母居然以我娘和我相要挟，逼我父就范，难道我和我娘不是王家的骨肉？"

王老夫人脸上发热，艰难道："好孩子，你不知道，这事若闹开了，对你尤其不好，你爹也是怕耽误了你……"

"那就别闹开。"长柏冷冷地看着她，"姨母此事，纵然国法能容，家法也不能，要么告知姨父，请康家祠堂处置；要么请外祖母给个交代，关起门来处置，谁也不知道。"

王老夫人额头冒汗："你打算怎么处置？"

长柏毫不犹豫："杀人偿命，天经地义。"

王老夫人捂着胸口，泣泪道："她是你嫡亲姨母！你们才是血肉相连……"她倏然住口。

明兰知道她要说什么，心中气愤难言。

长柏转头看了看难掩焦急的盛纮、一脸心虚羞愧的王氏，还有王舅父夫妇，这才回过身子，悠悠道："这世上亲或不亲，也难说得很。老爷并非祖母亲生，我等兄妹更与老太太没有血缘干系，可这些年来，老太太为这个家穷尽心血，一片慈爱纯然肺腑。而姨母呢，她和母亲同胞所出，这些年来，只见她拆盛家墙脚，未见她半分关怀母亲，明知此事骇人听闻，还依旧撺掇母亲给祖母下毒，更有甚者，还要拉我娘当替死鬼，这是亲骨肉会做出来的事吗？"

王老夫人被说得哑口无言，只得道："……你姨母也是被逼无奈，急疯了才拉上你娘的。"

长柏轻哂一声，嘴角流露嘲讽的笑："外祖母是明白人，何必说糊涂话？

姨母不是急出慌乱才如此，而是一开始，她就预先打好了埋伏，一旦事发，叫我娘顶了罪过。"

王老夫人心知长柏是自己孙辈中最敏慧聪颖的，这种事如何能瞒过他的眼睛？辩无可辩，只能闭上嘴。

长柏缓缓道："姨母这样歹毒地算计我娘，我还能当她是骨肉血亲吗？是以……"他顿了顿，重重道，"自今日起，我等兄妹与康王氏再无半点亲缘情分！不论国法家法，康王氏都必得受惩！外祖母倘若非要保姨母，那就对簿公堂吧。"

王老夫人的心直往下坠，她深知长柏秉性，一旦想定，绝难变动，心乱如麻间，她大声叫道："好个孝顺的孙儿！开口就要对簿公堂，你就不管你娘死活了？"

长柏转身对王氏道："娘，依六妹妹手上的东西来看，你确是受人欺瞒，并不知那是毒药，真见了堂官，大致是忤逆之罪，既不会斩首，也不会凌迟。"

王氏抽抽搭搭道："……可那活罪也不少呀。"

长柏丝毫不为所动，淡淡道："娘的确对老太太不恭，受些活罪，也是应该的。"

王氏一下扑在桌几上，哭得更大声了。她还以为儿子会拉自己一把，没想儿子心性刚硬如斯，连自己亲娘也一并要罚。

王老夫人气得胸膛剧烈起伏，连声冷笑道："好一个大义灭亲的孝孙！你娘犯了忤逆大罪，我倒要看看，你这做儿子的又能独善其身吗？！"

这句话十分之狠，谁知长柏接下一句就是："自然不能。在路上，我已草拟了一份辞呈，预备述职之日便递上去。"

明兰心中一紧，随即听见一片抽气声。盛纮惊得直了脖子，根根青筋暴起。王氏瞬即止住哭声，愣愣地看着儿子。长柏看着王氏，轻缓的声音中透着一抹哀恸："母亲做出这等事来，我还有什么脸在官场立足？开口道德，闭口忠孝，待这事了了，我就去请辞。"

屋中静若落针可闻，王舅父面露羞惭之色，不住摇头叹气。王舅母倒似很感动，不满地看了自家婆母一眼。

过了好一会儿，王氏霍地站起，扑到儿子身上，一边拉扯，一边连哭带号："你不能辞官，不能辞官呀！我的好孩子，你四岁就启蒙了，从南到北，哪个先生不夸你聪慧用心？早也用功，晚也用功，不曾辍下一日！大暑天热出了痱子也不肯多动一下，数九寒天手上长了冻疮也不肯少写一个字，娘心疼得什么似的……十几年寒窗博得功名，眼下你前程正好，不能叫娘害了你呀！"

这番话字字慈母心肠，只听得人人感慨，王舅母和刘昆家的转身拭泪，明兰心头酸楚。长柏扶着王氏，也不禁红了双眼。

王氏激动至极，不顾体面地以袖抹泪："都是娘不好，是娘错，是娘黑了心肝！我去认罪，我去伏法……"她对着上首的王老夫人冷笑道："从今往后，母亲就只一个女儿了！既不顾我死活……上公堂就上公堂，要杀要剐，我都领了！"

王老夫人心头剧痛，强自撑住，对王氏泣道："你这糊涂东西，你是我十月怀胎生的，我怎么能不顾你死活？"

王氏冷哼一声："娘为了保住姐姐，要挟把事情闹出去，连哥哥的官声、王家的体面，乃至两个侄女在夫家的日子也全然不顾了！又何况区区一个我？"

听自己亲生女儿出言讥讽，王老夫人眼前一黑，几欲晕倒，拍腿大哭："难道你们非要我死不可？叫我给你家老太太抵命吧！"

长柏扶着王氏坐下，转头道："这如何能相提并论？我家老太太如今生死不知，是被恶人算计毒害，外祖母若有个闪失，那是被不孝的姨母气的。"

明兰低头拭去眼角的泪珠，嘴角弯起——长兄这辈子，从没受过情感要挟，类似于"你要是敢如何如何，我就去跳河撞墙"的妇女招数，对他全然没用的。

王老夫人不死心，哭道："养不教，母之过，我替她死还不成吗？就饶了那糊涂东西吧！"

长柏道："若能替死，历朝严禁人鸭，又所为何来？"

王老夫人哀哀哭了半晌，正待再相求，忽听一声重重的拍桌，盛纮满脸铁青地站了起来，沉声道："不必多说，康王氏非受惩戒不可！若岳母非要将事闹大，好保全大姨姐一命，那就闹大吧，盛家也不是好欺负的！"

适才妻儿的一番话，他越听越气，脸色一阵青，一阵红，黑气灌满额头。

想他这辈子，本分为官，诚恳为人，内宅基本摆平，儿女大多出色，既不盘剥压榨百姓，也不参与党争夺嫡，更不轻易得罪一人，这么谨慎了几十年，好容易混到今天，眼看盛氏兴旺可期，却出了这么档子事，要毁了最器重的长子仕途，真是是可忍，孰不可忍！

他招谁惹谁了？冤死他了！这坏事又不是他做的！

"我自问对康家连襟不薄，不论银钱还是官司，凡我所能，无不竭力相助！"盛纮愤然慷慨，"大姨姐就这般回报于我？！我母亲不喜她，她就要杀我母性命。敢问岳母，大姨姐将盛家当作什么了？！想下毒就下毒，想栽赃就栽赃，这般肆无忌惮，打量姓盛的好欺负吗？！"

王老夫人脸色铁青，她这辈子还没被人这么奚落过，还是被原本最讨好孝敬的二女婿。

缓口气，盛纮冷笑道："大姨姐有恃无恐，我如今才明白，原来是有岳母擎天护着！看来岳母是瞧扁我！料定我是个软弱可欺的，看死盛家门第微薄，便拿我儿仕途和盛家声望来威逼。好好好，你要上公堂便上吧！"

他忽地一指王舅父，胡须吹得老高："这么多年来，大姨姐手上的人命怕不止三条两条，舅兄替她遮掩了多少，封了多少人的口？到公堂上咱们一股脑儿摊出来，我倒要看看，几罪并罚，大姨姐还能否保下性命！"

这话一出，王舅母脸色骤变，用力扯丈夫的袖摆，做了个狠狠的眼神。王舅父汗水涔涔而下。盛纮精滑似琉璃球，那几件阴私他虽也帮过几手，却大多是出银子、说好话，不沾点滴是非，而自己却涉入颇深。如果那些陈年往事都抖出来，不但康王氏要玩完，怕自己的官位都有麻烦，想及此处，他赶紧去看王老夫人："娘……"

王老夫人岂能看不出儿子满眼的祈求？她心头冰凉悲哀，颓然往后靠倒，扶着椅子的双臂剧烈发抖——话说到这份儿上，再无可说，至此一败涂地。

明兰暗暗观察她的神色，知道这老人心中已举了白旗，不由得暗暗高兴。

——她在看旁人，顾廷烨却始终在看她，细细留意着她的一蹙一颦、一笑一泣。

这时，外头匆匆忙忙地跑进来一个媳妇，明兰微讶："翠屏，你怎么来了？"

翠屏欢喜得满脸是泪，扑通跪倒："老太太醒了……房妈妈叫我赶紧来禀报，老太太醒了！"

这话便如晴天响了雷，众人倏然站起——

盛纮大大松了口气：不用丁忧了。

王氏浑身发软：不用杀头凌迟了。

王老夫人从椅子里直起背来：至少不用赔命了。

明兰笑得哭起来，双手合十朝天上用力拜了好几下，嘴里念念有词："谢谢老天爷、如来佛祖，还有观音菩萨，我以后一定多吃蔬菜，不挑食！不吃活宰的……蹄髈也不吃了！"

站在身边的顾廷烨："……"

满屋只有一人例外。

长柏依旧面无表情，见桌上没有空的茶碗，就拎起茶壶，直接对嘴灌了一大口——快马赶来，继而吵架，直渴得嗓子冒烟……死罪免了，活罪该怎么量刑呢？

两年多来，断百姓官司，这县太爷也不是白当的——放下茶壶，他很快有了主意。

纵是各自念头不同，众人依旧一齐拥往寿安堂，王老夫人尤其热心积极，一马当先走在前头，紧随其后的是她的好女婿盛纮老爷。

醒是醒了，盛老太太却虚弱异常，只能艰难吐几个字。房妈妈怕她抵受不住，未把真相相告，老太太只当自己是人老骤病，见了王家人还道是亲家特意来探病，极力抬起身子道谢。

王舅父心头歉疚，无颜受老人的谢意，退几步站到人后。王舅母扶着王老夫人立在床头，眼中微露嘲讽——自家婆母拉着盛老太太的手，关怀备至地说了好些话，若非林太医事先警告，怕就要在病床前替女儿求情了。

盛纮的表演也不遑多让，捶着胸膛痛哭流涕，满京城的孝子约能排上前十。反倒是王氏，修为不足，满面羞愧地站在兄长身边，低低垂头，不住拭泪。

好一通或真或假的问候，老太太勉力支撑过，直至见到明兰和长柏才真正喜悦溢胸。

"……知道……你在任上……绩优，做得好……祖母高兴……"她看着晒黑结实的长孙，满眼骄傲，又见明兰伏在床边轻泣，艰难地反慰道："……傻孩子……年纪大了……总免不了的……"明兰好像喉咙里哽了块石头，死死忍住不敢放声痛哭，还努力扮出笑容。

大病初愈之人，精力不足，没说几句，盛老太太又昏昏沉沉地睡过去了。林太医顶着两个黑眼圈和新熬出来的鬓边白发，领众人到外头厅堂上，兴奋异常地表示，适才老太太已能自行吃药进食，只消好好调理，就能康复。

顾廷烨长身鞠躬，笑着道谢："此番吾家老人能好转，多亏太医尽心，这份情义我记下了。还望以后太医再多费些心，帮着指点调养才是。"

林太医躬身还礼："顾侯多礼了，调养之事自当尽力。"他等的就是这句话，然后又表示多日未回，祈告先叫回家，好翻查一下医书典籍，再备些调理药材送过来。

此事自获应允。盛纮千恩万谢地亲自送林太医出门，还叫管事恭敬地奉上一份厚厚的银封，他很想叮嘱几句"我老母中毒之事可千万别往外说呀"，却怎么也说不出口。

林太医何等老到，见盛纮欲言又止，便知其中隐意。其实，他很想说，三十年前，崇王府众王孙争世子之位，都出动鹤顶红、蝮蛇胆了，他不都含糊过来，好好活到了今天？你家不就内宅女眷给老太太下毒，这点事有什么好大惊小怪的，活像谋反了一般，真真没见过世面！

不过，林太医面上不露分毫，捋须微笑："都说老小孩，老小孩，这话一点儿不错，这越是上了岁数的人哪，就越贪嘴。贵府老太太以后可要节制口腹之欲了，什么甜的、生的、辣的，尽量少吃。"

盛纮喜出望外，连连拜谢，暗道，这高素质人才就是不一样，既专业能力过人，又通人情世故，还怼会说话。

送走林太医，盛纮脚下生风，一身轻松地回到厅堂，刚到门口，听里头又有争执声。

只听王老夫人焦急道："……亲家老太太既已康复，为甚非要揪着你姨母不放呢？不看僧面看佛面，外祖母求你了，那慎戒司是什么地方？！是人待的地儿吗？你要送你姨母进去，不是要她的命呀？！"

盛纮心头一震，当即停下了迈进屋的脚步。

慎戒司受内务府所领，原只用来看管处罚皇亲国戚的女眷，后来业务扩大，那些权贵人家中犯了大过错的女子，虽罪不至死，却再不能叫现身人前，便统统送去此处。慎戒司可不比寻常流放女眷的庵堂，一旦进去，非有皇命，终生不得再出来。

那里便如一个活死人墓，位于皇城一处极偏僻荒凉的角落，不论外头曾闹出多大的丑闻风浪，所有是非都随着人一道进去，就此掩埋于无形，再无可探听。

因事出隐秘，至今他只听说过两宗。一是那年仁宗皇帝选妃，晋阳侯夫人为自己女儿能雀屏中选，暗地使人给已内定入宫的锦乡侯嫡长女下了疱面花，使其毁容；二是武皇帝在位时，成国公老夫人亲自将两个儿媳送了进去，具体原因却不得而知。

迄今为止，还没听过哪家女眷进去后有活着出来的，多是终老后将尸身抬出给家人安葬。说句不好听的，以康、王、盛三家，想把人送进去还不够格，大约要宁远侯府出面了。

他心神一散，屋里的话便漏下了些，赶紧竖起耳朵静听。

"……好孩子，外祖母求你了，求你了……我知道你恨你姨母至深，我叫她到庵堂里念佛吃斋还不成吗？我叫她带发修行，不然落发为尼也成呀，再不让她出来害人了。"王老夫人老泪纵横，苦苦恳求，"那慎戒司真不能去呀！里头要操持苦役，舂米、浣衣、劈柴，吃的都是粗茶馒饭，你姨母一辈子养尊处优，哪里撑得住呀……"

长柏道："慎戒司每年可叫亲属探视两回，外祖母多去看望，想来里头的人也不会太为难姨母。至于苦役……做出这等天理不容之事，姨母还想安享尊荣富贵不成？"

顿了顿，他讥诮道："还说庵堂？记得七八年前，姨母不是被送入康家家庙过吗？才半年工夫，外祖母就耐不住姨母哀恳，亲自上康家，求着逼着叫把姨母又放了出来。"

康姨妈对付老母亲本事一流，每每总能说得母亲心软，还是国家强制单位可信些。

王老夫人恚怒道："你好狠的心！你祖母不是没死吗？你何必非要咄咄逼人？"

长柏针锋相对："祖母幸留性命，一是苍天有眼，佛祖保佑；二是林太医悉心医治，跟姨母有什么相干？姨母可是铁了心要置人死地的！"

"可究竟活了下来呀！"王老夫人挣扎道。

这时，顾廷烨插嘴道："老夫人此言差矣。人有百样活法，吾家老太太素来硬朗康健，令爱下毒后，生生弄垮了身子，掏空了底子，原本能活到一百一十八，现下只能活到一百零八；原本能听戏看舞、爬山走庙、喜笑颜开地安度晚年，现下却离不得汤药，兴许还终身病痛相伴。这折损的寿数、几十年的欢悦，请问老夫人，姨母该如何赔？"

长柏一脸苦大仇深："妹夫说得是，还有全哥儿，祖母以后怎么含饴弄孙？"

"正是。"顾廷烨拍掌而笑，"到底欠了多少，实算不清楚，咱们又不知姨母能活几何，总不能提前数年请姨母下黄泉。或是老太太行动不便，总不好真去打断姨母的手脚吧，索性送进慎戒司，三家恩怨就此勾销！"

王老夫人目瞪口呆，愕然不已——盛家哪里找来这么神奇的女婿？

明兰呆望自家老公的侧脸，嘴角抽搐。

"表弟处置我娘这般利落……"始终静默的康晋忽然开口，脸上带着悲愤，"那令堂又该如何呢？"

王老夫人其实也想这么问，但小女儿对自己已生了怨恨，不敢说而已，乍闻大外孙开口，只见原本自觉已脱了身的王氏顿时怒火万丈，对着康晋怒目而视。

长柏不慌不忙道："我娘对祖母不敬，生了不孝忤逆之心，自然也该受罚。我娘将会礼佛诵经，替祖母祈福。"

王氏松了口气，微笑道："正是。我打算在后屋辟出间佛堂来……"

"不是在家中。"长柏迅速打断。

王氏愣了下，尴尬道："是了，我过错不小，正该在京中寻一处清静的庵堂……"

"也不是在京中的庵堂。"长柏看着母亲，定定道，"娘要回老家宥阳去，在盛氏家庙里修行，吃斋，念佛，悔过。除了逢年过节，娘都不得离开家庙。"

王氏"啊"了一声，直直站起来，尖叫道："这不是坐牢子吗？！"

长柏一字一句道："倘若娘不肯，我就辞官去。有母如此，错了还不知悔改，不肯服罚，我绝无颜继续做官了。"

明兰低头沉思。

王氏素来不喜宥阳，嫁入盛家几十年，在老家待的时日加起来不足一个月。在那里，她无亲无故，只能依靠大伯父一家。鉴于王氏跟堂嫂的关系，想来大伯母很愿意严厉督促她"悔过"。另外，两堂房毕竟亲厚，大伯母又不会疏忽了王氏的衣食起居。

长兄的这个处罚方式极好。

王氏急了，慌忙道："……你这孩子，你要挟谁呢？！家里不成，我在庵堂里礼佛不行吗？非要回老家去，我那里人生地不熟的……"

"娘离了家人，独自在盛家祖宗灵前好好思量，想想祖母，想想家里每一个人，想想这几十年来，到底哪里错了，到底该不该。"长柏走过去，轻轻扶着母亲坐下，"娘是知道儿的，儿子说得出，做得出。"

王氏慌得满头大汗，结巴道："那……我得去多久？"

明兰在袖中掰起手指来——从犯谋杀不算，但故意伤害他人身体成立，林太医说祖母会康复的，那么，算一半未遂吧，至少得……嗯，五年有期徒刑……

"十年。"长柏淡淡道,"十年后,母亲想明白了,就回来侍奉祖母吧。"

明兰暗吸一口气,咬住牙关——可以偶尔出来过年过节呢,不算量刑过重,不算,不算。

王氏险些背过气去,愤然一跃而起,指着儿子骂道:"你这孽障!"然后,一阵风似的奔出屋外,一路捂脸大哭,竟也没注意到门边的盛纮。

屋里霎时安静,王老夫人看着长柏,久久无语。康晋彻底闭嘴了。

盛纮又在屋外听了半响,祖孙继续争执不休,王老夫人一忽儿哀求,一忽儿怒骂,奈何自己儿子纹丝不动,坚决不肯退让半步。盛纮想了想,觉得还是绕开前厅,到里屋嫡母病榻前尽孝,端端碗盏、尝尝汤药什么的,才是正理。

最后,王老夫人恼羞成怒,拂袖离去。王舅父提出,是否可以将拘禁在后屋的康姨妈先带走,受到长柏的严词拒绝,只好领着另一个外甥康晋快快而去。

明兰尚不放心,想看着老太太能说能坐才走,顾廷烨看出她不欲此时回家,便十分豪气地向岳父提出,是否能叫他们夫妇多住几日。

盛纮嘴里发苦(当着女婿,还得多扮几日孝子),但脸上努力做出欢迎之至来。

这时,海氏满脸贤惠地来请众人用午饭,仿佛什么事都没发生过,只是小姑子偕姑爷来娘家小住,长嫂细心张罗一顿可口的饭菜,笑语晏晏地布菜派汤。

对着不孝女儿、腹黑女婿、面瘫儿子、装傻儿媳,盛纮这顿饭直吃得喉噎胃疼,勉强撑过饭后清茶,就忙不迭回书房去了。

寿安堂空房甚多,房妈妈按着明兰的旧日喜好,迅速布置整理出一间干净雅致的屋子,记得明兰有午睡的习惯,连明兰喜欢的白草簟也铺好了,又见此时炎夏,怕明兰夫妇出汗不适,还抬了两大桶温水在侧厢房。

二人俱是累极,此时对浴,也生不出旖旎念头。盥洗后,顾廷烨站在屋中看了几圈,对妻子笑道:"的确舒适,夫人便乐不思蜀了。不知夫人可还记得,家中尚有一小儿否?"

明兰趴在床上铺薄毯,闻言就重重丢了一个竹编枕头过去,笑骂道:"你别讥我,我也想团哥儿,每日睡在祖母屋里,梦里都是儿子!"

顾廷烨被扔得很开心,捧着竹枕头乐呵呵地爬上床铺。明兰替他解开束起的发髻,轻轻打散开来,低声道:"这回真对不住儿子了,可……唉,实在没法子,只能顾一头。崔妈妈和翠袖定会好好照看他的。"

顾廷烨听出妻子话里的酸楚,轻轻抚着她的背,道:"你这回真把我吓着了。看你平素老实温暾的样儿，还真没想到会这般豁出去，就跟变了个人似的。"

读了公孙白石的信，他当时几乎无法相信自己的眼睛——围封娘家，怒斥生父，强行捉人、诓人、审问、拷打，桩桩件件，都是不顾己身的奋死一搏——这还是那个聪明狡黠、明哲保身、永远不会做错事的盛明兰吗？

这一路奔来，他忽喜忽忧，竟说不出心里的念头，只觉得——要帮她，要护着她。

见明兰低头不说话，顾廷烨轻叹一口气："你还是不愿意同我说，算了……"说着，便要躺倒睡下。明兰忽一手撑住他的胸膛，抬头注视他："我说——"

顾廷烨盘腿坐在床上。

"祖母这桩无妄之灾，归因究底，其实是我的缘故。"明兰神情肃穆，"太太行事不妥，从来如此，祖母睁眼闭眼都几十年了，彼此相安无事。康姨妈也不是这两年才闹出来的，从我们搬至京城，她就常来寻太太说话，那时也撺掇，也挑拨，也不见老太太如何发作。"

外头沉哑的蝉鸣一声声传来，午后炎热的日光慢慢渗入，寿安堂四周种了好些高大树木，掩映出斑驳的枝叶在细白的纱窗上，浓黑的，浅黑的，还有淡如眉黛尾的细枝。

屋角放了两盆冰，渲出薄薄的水汽，透着凉爽。

顾廷烨静静地听着。

"祖母从不告诉我，但我知道，是那年康姨妈要送小妾到府里来，才真正惹怒了祖母。"明兰拿起一把芭蕉叶编的蒲扇轻轻摇着，又朴素又雅致，"祖母气急了，顾不得多年的婆媳脸面，大发脾气，当众斥责太太，居然还罚她跪在寿安堂门口，人来人往地看着。从那时起，太太心里就生了怨恨。"

凉风顺着扇叶缓缓入帐，一丝丝拂动她细碎的发丝，带在男人手臂上，痒痒的。

"那以后，祖母总担心太太受姨母撺掇又会对我不利，对太太的管束越发严厉，甚至夺了太太的管家之权，叫嫂嫂们理家。太太这辈子最要强好胜，连对老爷尚不肯服软呢，祖母这么当众叫她下不来台，心结自然愈来愈深，才叫康姨妈有了可乘之机。"

明兰的口气，淡然中带着一丝哀伤。

"祖母这么做，不对。太太到底是有儿媳有孙辈的人，起码的体面是要给的，祖母大可以关起门来，好好教导，细细分说……以前，每回太太犯了糊涂，祖母就是这么做的。"

泪水盈满了眼眶，她似全然不知，继续缓缓诉说："祖母干吗要替我出气？我已经嫁出去了，会照顾好自己的。她都这把年纪了，受儿孙的敬养，安稳舒坦地享享福，不好吗？干吗一听我受了委屈，就心急上火地要发作呢？大哥哥到底是太太生的，她就不怕大哥哥因此跟她生了嫌隙，致使她晚景不好吗？"

长长的睫毛终于撑不住泪珠，落下一滴、两滴……在柔软的细棉薄毯上，形成一颗颗深色的小圆。明兰拿帕子摁在脸上，缓缓吸干温热的湿润。

"祖母是真心疼我、忧我，才给自己惹上了这遭劫难……侯爷的心事，我晓得，可我没法骗自己。那年，我生团哥儿，太夫人要烧死我，曼娘要撞死我，后来，侯爷来了，一桩桩、一件件，都安排得妥妥帖帖，我心里就知道了。"

"因为……我没有……重罚曼娘吗？"顾廷烨嗓子干涩，竟难说全一个句子。

"是否重罚，根本不打紧。"明兰缓缓摇头，眼眶红红的，"那回，侯爷说，齐衡怎么样，你根本不在意，你只在意我心里怎么想。今日，我也回侯爷一句，曼娘如何，我压根儿没放在心上。我在意的，是侯爷做的、想的。"

凉气渐渐蔓延进帐子，明兰放下蒲扇，轻轻摩挲着上头的蕉叶纹路。

"于曼娘的处置，平心而论，侯爷做得极恰当，既绝了外头人的闲话，不叫那有心人借机生事，又不使我为难。便是事后我反复思量，也觉得没有比这更妥当的安排了。可是，你知道吗？心里真惦着一个人，就会急中出错，所谓关心则乱，像祖母那样……"她抬起头，湿润的大眼望着他，"一听到曼娘要撞死我，侯爷有没有慌了手脚？有没有乱了方寸？哪怕知道我无恙后，是否依旧怒不可遏，恨不得立刻替我报仇出气？"

顾廷烨心头茫然一片，沉默无语。

明兰泪盈于睫，以袖揾面，哀哀道："我知道，这么说不该，可是……我总觉着，真心所爱，不是看他做了多少聪明事，而是看他，做了多少傻事。"

顾廷烨不是齐衡，不是贺弘文，不是任何轻狂无知的少年，他经历过欺骗、背弃，几乎灭顶，正因如此，他的"关心则乱"，才更显难能可贵。

像盛老太太，半生凄苦，受尽薄待，可她依然愿意去全心爱护一个完全没有血缘关系的孩子，正是这驱使她奋不顾身，虽千万人吾往矣。

放下袖子，她满面泪痕，眼中竟是哀求："我们会白头偕老，一生互敬互爱。我一定做个好妻子、好母亲……就这样好好过吧。"

说完这句，明兰就朝里侧身躺下，闭上眼睛，不再说话。

顾廷烨倚床栏而坐，怔怔地看着她。蜷曲的身子柔软如柳，静静地埋在薄毯中。

忽记起很久之前她说的一句话——俗世夫妻，纠缠太多容易伤，平静含糊地过完一生，才是最好的。

他拾起床边的蒲扇，轻轻替她摇起来。

【未完待续】

目录

105
……
第三十八回
宅斗老师

133
……
第三十九回
国事家事

161
……
第四十回
好事将近

187
……
第四十一回
幸福生活

我要你，在这府邸之内，在你闺阁之外，凡尽我所有，以我所能，事事皆要如你意、顺你心。

关心则乱　作品

第三十四回·田庄风云

　　前日因是夜里到的，不曾看清，可这日一早，一众庄头来给屏风后的明兰请安时，明兰立刻觉出不对了。总管事吴光一个举动、一个眼色，后头众管事齐刷刷地下跪磕头唱喏，向明兰问好；安静时，周围无一人插嘴，回明兰话时也大多有条有理。

　　这种情况只有两种解释，要么好像以前姚依依单位迎接领导莅临或卫生大检查一样，古岩庄众人事先排练过，要么嘛……

　　甚至适才她提出要丈量田土，吴光也神色自若地应声，还备了相应的鱼鳞册和庄户名册，下头一众庄头立刻张罗着帮忙。

　　明兰垂下眼。

　　世上没有不透风的墙，她在黑山庄那样宣日朗朗的动作，随便一个小厮或佃农都可能说出去，同样的招数不能老用，黑山庄可以叫她打个措手不及，但古岩庄就不成了。再说了，她原本也没想防着。

　　和黑山庄不同，古岩庄是多年前就被查抄的罪臣家产，没产为皇庄业已十来年了，这块产业为御派的管庄太监掌管。皇字当头，庄里不论出了什么事，也少有人过问。

　　明兰倒想看看这古岩庄的水有多深，这太平景象能被粉饰得多好。崔家兄弟照老样子下去丈量土地，公孙猛受命去遍访佃农，明兰则拖着总管事吴光说话。

　　"……原来吴管事是管庄司吴公公的族亲，真是失敬，失敬。"明兰微笑和煦如春风。

　　"小的岂敢，不过是九拐十八弯的亲戚，沾着个名头，好混口饭吃。"吴光恭敬地躬身回道，"皇上赏了这庄子后，原本公公叫小的司里当差，可小的在这庄子里前后许多年头了，里外也有了情分，便想着若夫人和都督瞧得上小的，小的愿留下效劳。"

"这怎好意思呢？吴爷到底是吴公公的族亲，说出去未免不合规矩，若外头有个言语，便不好了。"明兰露出一抹迟疑。

吴光目光闪烁，语意圆滑，道："小的算哪门子爷，不过……我那老叔爷与宫里的诸位公公都甚有交情，都说都督素来豪迈大方，不拘小节，大家伙儿都乐意与都督结交，想来也不会有什么言语。"

这段话深深浅浅，说得很有水平。明兰笑了笑，端起茶杯："吴管事说得有理，我一介妇道人家，这事儿还得和老爷商量着办。"

三天查点下来，崔家兄弟和公孙猛来细细禀报，还有屠家兄弟派撒下去的耳目暗中打听来的消息，明兰听罢，眉头拧成一个结，只短促地吩咐去叫吴光来。

寒暄几句后，明兰温和道："这事儿我前后细想了，所谓国有国法，家有家规，不但顾家从没有叫外头人管理庄务的道理，且满京城去打听，又有几户人家敢使唤原皇庄的管事？说来说去，到底于理不合呀。"

吴光青白的三角脸陡然阴暗下来。

"……我若真留了吴爷，不说外头人怎么笑话顾家没规矩，便是顾家亲长怕也要立时来骂了。"明兰微笑着打趣，透着鲛绡纱屏风细细看他的神色。她赌他总不肯卖身为奴吧。

吴光脸色沉了沉，很快恢复，叹道："夫人说得也有理，可是这五六十户佃农如今还欠着庄上的租子和债钱呢，前账未清，小的不好向上头交代呀。"

明兰心中微惊，她没想到这厮的胆子发育得这么健壮良好。这时，厅堂侧边隔扇后头微有响动，她侧眼看了下，又道："总共欠了多少？"

吴光早有准备，张口道："佃农们历年拖欠的租子，约有两万两。人吃五谷，总有个头疼脑热的，佃农家里支领不开时便要借钱，算起来也有一万三五千两。"

明兰吃了一惊："这么多？！"

"唉……"吴光故作大声叹气，"别的也就罢了，那些借出的款项才要紧！小的哪有钱呀，多是上头贵人的银钱；况且，细论起来，年前这庄子才赏赐下来，那些拖欠的租子也是皇家的！"

明兰手指握得死紧，咬得牙根都发疼了，缓过气来，一副为难的口气道：

"这事可难办了，吴管事也帮我想想辙吧……"

吴光心里一松，果然是妇道人家，年纪轻，胆子小。他这几日观察，知道顾廷烨不大管庶务，又极宠这位少夫人，诸事多有依从。想到这里，他忙殷勤道："夫人放心，只消有小的在一日，这些拉里拉杂的事总能给夫人办得妥妥当当！"

明兰微笑着打发他离开，摊开手掌，俱是指甲痕。

接下来，她也不声张，依旧继续叫人查点庄务，便是屠虎和公孙猛气极了，要去寻吴光等庄头的晦气，也被她拦了下来。

又过了两日，这日下午，顾廷烨忽地回来了，换下赘重的袍服甲胄，沐浴过后，身着常服坐在炕上，轻松惬意地端着茶碗："……兵械归拢，军操整齐，虽不能与当年薄老帅的军纪严明相比，却也能见人了，今日歇息半日，明日皇上就来校阅。"

明兰亲自拿井水湃过的果子过来，闻言轻笑道："这不是面子功夫吗？皇上若真以为军中事事顺利，要用起兵来，岂不糟糕？"

顾廷烨略略苦笑："就这么几日工夫，我们又不会仙术，皇上如何不知底细。"不过，新皇头一次校阅军事，做门面也是要紧的。

"如此说来，老爷现下可以松口气了？"明兰微笑着给他剥枇杷果。

顾廷烨吃着甜甜的果子，见明兰嫩白如椰乳般的纤细手指，在金黄清香的枇杷果间灵活翻飞，便似手指也香喷喷的好吃一般。他静静地看了她一会儿。

"庄子里出了什么事？"

明兰抬眼看着顾廷烨，鼓着脸颊闷闷道："原想等你忙完了再说的。"

"说吧。"男人拧她的脸蛋，温言道，"有多了不起的事，说来听听。"

明兰咬咬嘴唇，终于把这几日所见所闻以及来龙去脉都说了。顾廷烨越听脸色越沉，渐渐不可忍耐，怒不可遏地重重一拳捶在炕几上，上头的枇杷果齐齐跳了跳。

明兰赶紧敞开胳膊拢住想往下掉的圆果子，侧头看了眼门外，好在谢昂领着亲卫把这几间屋子都围住了，不然就这地方，她还怕隔墙有耳。

"……我本来也没定主意的，直到阿猛他们陆续报来消息，我真气极了。"明兰把枇杷果一颗一颗捡回白玉竹梗编的小篮里，"不但田租比旁的皇庄高出两三成，姓吴的还动辄役使佃农们给他干私活儿，逢年过节索钱要人，遇上由头还要加租，一干庄头仗势肆意凌辱人家妻女，真正禽兽不如！区区一个管事，竟然不顾天理，盘剥至此，我，容不得他！”

“他们说的那些事，我听着都瘆得慌。”明兰丢回最后一颗果子，面带不忍，“数九寒冬，一家人没柴火，只靠几件单衣御寒，小孩子冻病而死的有；因为租钱繁重，老人舍不得吃，生生饿死的有；便是如此，有劳力的男人、妇女还得一日不辍地下地干活——”

病得咯出血了还得干，冻烂了脚还得干，孩子在屋里冻饿哭得撕心裂肺还得干……佃农们何尝不想奋起一搏，可上有通了声气的巡检司衙门，下有狼豺虎豹的打手庄头，佃农们被看得死死的，又不知道去寻御史言官告状，几次闹起来被压下去后，反叫迫得更狠了。

明兰眼眶渐湿，她无法想象这种情景，心中油然而生怒火。来古代这么多年，她从来没有这么厌恶痛恨过什么人，那些内宅的女人做幺蛾子，还可说是生存所迫，社会和制度的缘故，可像吴光这样丧心病狂的呢？明兰好想枪毙他们，一个一个的！

顾廷烨面上疾风骤雨，阴沉戾气。他对明兰道：“我曾略有耳闻，也不知到底如何，没腾出手来料理这帮畜生。我留了人手给你，便是叫你发落他们的！绑了送有司衙门就是。”

发了顿脾气，顾廷烨深深吐息几次，冷笑道：“居然还敢要挟主子，这泼皮东西，怕是活腻了！舒坦日子过久了吧！什么司里的、宫里的，天下哪儿来这么多贵人！不过是仗着先帝爷仁慈，个个拿耗做大，摆谱逞凶，一座一年出息就三五千两的庄子，不过十二三年光景，居然有两万两的欠租？！这些年，这里闹灾了吗？我怎么不知？看谁敢出来理论！”

明兰低着头，久久不语，轻轻叹息着：“若能这般爽快发作，我早发作了。”

“你顾忌什么？”

“不是顾忌，只是……”明兰轻轻地叹道，“多年前，爹爹有位姓邱的同年，邱伯伯认定了三王爷能登大宝，可便是独具慧眼又如何？没等三王爷被立储，邱伯伯就被人弹劾下狱，后死于军流。三王爷没有皇帝命，邱伯伯白白死了，到如今也没人替邱家翻案。”

顾廷烨渐息了怒气，当年的夺嫡争斗几乎闹翻了半个京城，牵连在内的文臣武将不计其数，连日累年的互相攻讦，哪怕是站对了边的也未必能落好下场。

他心有所感，安静地听着明兰说话。

明兰越发低了声音："宁得罪君子，不得罪小人。先帝虽崩了，但那些太妃和公公未必一点儿势力都没了，这会儿他们兴许没法子抗争，但只要打蛇不死，长年累月，若他们怀恨，念着报复，逮着机会在背后来一下，便难说得很了，毕竟，撕破脸和不怎么来往是两回事。"

在盛家，这种提点的话大多是盛老太太规劝盛纮的，可惜顾廷烨没有可以倚靠的长辈。

顾廷烨闭了闭眼睛。窗外的大槐树上细细鸣着蝉声，一声长，一声短，便如明兰的心跳，不安又惶惑。过了良久，顾廷烨才艰难地呼出一口气："你顾虑得有理。如今你想怎么办？"

"我不知道。"明兰脸上迷茫起来，"那些可恶该杀的坏东西，我真恨不能砍他们的头，可惜处处掣肘，又不好动他们，我也不知道该怎么办。不过，我想，最起码，总得把他们撵走，这庄子才真算是咱们的。不然养着这帮渣滓，还要整日担心替他们背黑锅，我连觉都睡不着，是以……"

"如何？"

明兰咬了咬牙，一口气说完："咱们能不能替佃户们还了这笔债，一次了结清楚，把那些人送走完事？"

话一说出口，明兰就赶紧去看他的脸色，只见他似是先吃了一惊，但又沉下神色思索起来。明兰心下惴惴，自己也知道这个提议蛮败家的。一般程度的钟鸣鼎食豪门之家，一年花用也不过五六千两，现在却要顾廷烨一口气拿出三四万两的银子！

不是买官，不是疏通，甚至不是享受，这个素质要求委实高了些。

顾廷烨没再说话，只缓缓从篮里拣出一颗特肥硕的枇杷果，骨节分明的手指慢慢剥着果皮，不一会儿，一颗坑坑洼洼的枇杷果肉被拈在男人修长的指尖。

明兰眼前一花，嘴里就被塞了颗果子。顾廷烨好笑地去戳明兰鼓鼓的脸颊。

"这主意好极了。"他展眉微笑，神色舒朗，"这钱，我出。"

明兰正讶异还没回过神来，他已转头高声吩咐小桃去叫人，明兰只好进里屋去旁听。

"郝大成。"

"小的在。"一个中等身材的管事上前一步，躬身而立。

顾廷烨一手搭在炕几上，身姿沉岳如山："你领上一队人，把吴光他们八个看起来，好吃好喝供着，好言好语劝着，不许他们出屋子，不许和人接触；阿猛，你也去，若有人敢硬闯，把你的功夫拿出来亮亮。总之，给我看严了！"

郝大成拱手，朗声应了。公孙猛兴高采烈地跟着出去了。

顾廷烨点点头，转头朝向屠龙，沉声道："你回府请公孙先生写名帖，去请顺天府的吕通判派两位县丞和书吏过来，并请小夏公公派两位公公来提人，还有这地方上的州巡检司也要请人来做中。三日可够？"

屠龙素来稳妥，当下抱拳应了。

"爷，那我呢？"屠虎早等急了。

"老虎，你领人把庄子上下看好了，若有人敢闹事……"顾廷烨捡过炕几上的素丝帕子，轻轻擦拭手指，"我顾某人可没雇过打手帮闲，别弄出人命来就成。"

男人手中的洁白绢帕，染上浅金色泽，还泛着淡淡的果香。

"……果真如此？顾家二郎真长进了。"老人缓缓道。

"儿子细细打听了，确实如此。"长椅边上站着一个微微发福的中年男子，低声回道，"顾都督一把火烧掉满箱子的欠条借据，庄子里的吆喝声便是几里外也能听见。最了不得的，都督还给那几个混账东西一笔丰厚的遣散银子。"

十丈见宽的方形兵器房内，三面大墙上竖着高高的榉木架，上头悬挂着刀枪剑戟、斧钺钩叉等各式兵械。外头日光明朗，顺着高窗照入屋内，直映得满屋的兵器刃锋精光耀眼。

薄天胄今年已六十有七，却依旧身形魁伟，筋骨强健，少年时养成的习惯，一日不摸兵器便难受得紧。此时，他坐在临窗长椅上，用清油和绒布反复擦拭着一柄两尺余长的百锻钢质斩马长剑，身旁立着一位微微发福的中年男子。

"校阅三天，他竟半点不露声色，真也沉得住气。"薄天胄放下绒布，一手抚须而叹，"怪道能于草莽之际混出名堂来。如此，把你二小子放他帐下便是不错的了。我这把岁数也不求什么，只望着儿孙平安，若能在闭眼前给你们再留个袭封，便是死也值了。"

"父亲千万不要这么说！"薄钧"扑通"就跪下了，双目含泪，"都是儿子无能，文不成，武不就，叫父亲偌大年纪还要为儿子操心！如今天下太平，父亲便好好在家将养享福，莫要再劳累了！父亲这么说，岂不折煞儿子了？儿子……儿子……"他低头垂泪得厉害。

"罢了，罢了，起来！"看着一把年纪的儿子哭天抹泪，薄天胄忍不住瞪眼，"没考个功名回来，倒学了一肚子酸规矩！世上谁人不死？你老子难道不是人？难道不会死？死前多捞些好处给自己骨肉有什么不对？大老爷们儿动不动掉金豆，闭嘴！起来！把脸抹干！"

薄钧堪堪收住眼泪，抽搭着匀平了气息，压低声音道："……父亲刀枪血海五十余载，二弟、三弟连媳妇都还没娶就死在了边关，咱家若论功劳，早该封个袭爵了……"

薄天胄想起英年早逝的两个儿子，心头一酸，不去理大儿子，又拿起绒布细细地擦起剑来，自言自语着："先帝温厚仁和，在他手下当差，虽无大封赏，但也平安，便是有些过错也能含糊过去，可当今天子不一样……"

薄钧怔怔地看着父亲，小声揣测道："所以父亲急流勇退，早早解了兵符与皇上……"

"急什么流！勇什么退！真退了还怎么挣袭封？前儿申首辅要致仕，是人家儿孙女婿都得力，我有什么？不过有你这么个愣头青的杠头儿子！"

薄天胄吹胡子瞪眼睛，却见敦厚鲁钝的儿子连句讨巧的辩解也不会说，只呆呆地站在那里挨骂。老头子瞧了，无奈地叹息着："你要记住，有时候退不是真退，也有以退为进的，如顾二郎这回的作为，便是极好的例子。"

薄钧是个老实人，不懂就是不懂，也不会装。老头子看儿子一脸不屑，长长叹口气，耐心地教导起来："那顾小子明面看起来，不但吃了大亏，而且窝囊，你也这么想吧？"

"正是。"薄钧点点头，到老父身边拖了把小杌子坐下，替父亲轻揉着积年的老寒腿，"先帝仁慈，早给所有皇庄下了'不加赋'的明令，那几个庄头却敢那般为非作歹，三五千两赋的庄子，不过十年左右，不但弄得佃农不得聊生，还落了三四万两的租钱和借款，哪有这般荒谬的事！天理国法俱是难容！"

"废话！"薄天胄暗叹总算儿子虽不机灵，但也不糊涂，他干脆道，"这点子道理你能想明白，难道顾家小子会想不通？人精着呢！"

老头子觉得口干，抬手从一旁的小平案几上提过一把隐泛光泽的紫砂茶壶，对着壶嘴长吸了一口，才接着道："这事儿确实经不住推敲，蒙谁都不成。顾小子自然可把这事抖出去，叫巡检司或州衙门来审，或叫管庄太监来问话，可这样一来，难题就推给皇上了。皇家有多少庄子，因仗着先帝爷宽厚，又有多少手伸在里头？若别的庄子也闹将起来，那皇上该怎么办。彻查？严惩？牵枝连叶的，有多少人呢，如今还早！"

薄钧接过老父手中的茶壶，轻轻放在一边，听老头子继续道："这官司皇上不能明打，只能慢慢地一拨一拨换掉先前的人手。一朝天子一朝臣，从前朝到后宫，再到其他地界儿，皇上有自己的人要安置，先头的人也该挪位置了。"

"顾小子叫那几个不长眼的当场报账，又一口气抬了三四万两的银子出去，顺天府的、地方巡检司的，还有宫里的人可都眼睁睁地瞧见了。"薄天胄抚着手中长剑，剑锋森然，泛着青光，他布满苍老皱纹的面容上浮起一阵奇异的笑意，"一来，这事传扬出去，人们把账一算，谁都知道庄子里原先多黑了，一个庄头能有什么胆量，自是后头有人了；二来，这事就此打住，那些后头的人也不敢得罪了；三来，还能博个体恤慈厚的美名，真是一箭三雕。"

"是以前几日校阅之后，皇上在例行颁赏后，又暗赏了顾都督五万两银子，想来皇上心里都是明白的，便抚恤顾家一二。"薄钧这才明白了些。

薄天胄朗然笑出声，威严粗重的眉毛展开来："顾小子不声不响地把那些皇庄管事的黑心账抖搂出来，皇上心里这会儿不定多痛快呢！以后皇上要裁换人手也容易些。"

薄钧全明白了，暗自惭愧自己愚笨。过了会儿，他又忍不住道："只便宜了那几个歹毒的庄头，就这么叫他们走了！唉……不过那些佃农总算熬出头了，我听闻顾都督的夫人是极仁善的。她说庄里的老人家辛劳了一辈子，不能叫老无所养，便下令以后凡庄上佃农的直系亲长过六旬的，每年都能发些银米衣裳。"

"二郎那小媳妇是没说的，你娘很是夸过几次，就是听说年纪轻轻的，性子却有些疏懒，不大爱走动。"薄天胄想起老妻的话，轻轻点头，目光微闪间，喃喃低语，"便宜了那几个吗？怕不见得。"

西山不是一座山，是一片绵延数千里的山岭群落，春绿满山，夏夜月荷，秋赏红枫，冬日晴雪，这般好景致却不是人人都可以来踏青游春的。西山偏东最好的一处山头便建有避暑行宫，其他丛丛落落的山丘小岭便零散分布着不多的几处庄子，只那些有头脸的皇亲国戚或达官贵人才能在此落户。

那日和顾廷烨商议完事后，他就叫明兰先来这温泉山庄。

一路上，明兰揭开车帘偷偷看了几眼，满眼俱是明媚景致，已是心醉一片；待进了庄子，见四处风景幽美，远望前后山丘起伏缓和，宛如忽至桃源，且屋内布置也颇高雅精致，明兰便十分喜欢，很是夸奖了庄里管事一番。

这管事原是顾廷烨军帐内的一员老勤杂，随军多年，素来办事周全，忠心勤恳，后在乱军中落了残疾，偏家无恒产，满屋子俱是病弱孱幼，一时家计没了着落，他就索性投了顾廷烨。

自进了这温泉山庄，明兰生平头一次脱了拘束的常态，不是乘着凉竹轿子满庄子观赏景致，就是戴着帷帽去后庄采摘新橘；日常吃的是现摘的蔬果和刚打下来的山野风味，各种连名字也叫不齐全的林中菌菇，翻着花样地入菜；重点是，庄中共有三四处泉眼，常年不歇地咕嘟冒着泉水，在温腾腾的水面上漂一个木质托盘，放上用冰凉凉的井水湃过的水果和蜜酒，她每日去泡上半个时辰，真是通体舒畅。

不用管家理事，不用摆样子撑场面，没有时不时上门拜访的贵妇亲眷，几天下来，明兰只觉得天上人间，全身的骨头都松散开了，心想就这样过下去倒也不错。

可惜，这样的好日子只过了四天，顾廷烨来了。

刚处理完外事内情的男人很疲倦，校场检阅不是小事。这次皇帝是下决心查点全军，便是只检阅一天也要骑马奔上百多里，别说此次校阅副总指挥使的顾都督，前后差不多每日都要奔马三百里，更别说还要和一帮老兵油子磨耐性。军中门道不比官场上少，明刀暗枪，处处机心，累心得很。

明兰瞧着男人脸上的疲态，低头对手指：所谓好男人不是用嘴吹的，就这样每日忙得连轴转，他还坚持每晚回庄子过夜……心疼之余，她也打起精神好生服侍。

见男人筋骨疲惫发僵，明兰便自告奋勇地要给他按摩。

当年姚依依有个死党是SPA按摩的爱好者，不但常去美体馆做，还自己研习，耳濡目染之下，明兰也小有精通。在她看来，古代内宅那种小拳头捶捶或美人锤敲敲的按摩根本是隔靴搔痒，完全没有真正祛除疲劳的效果。按摩真正的精髓在于手指和手掌，用戳、按、揉、推、摩、揪等几个基本动作来完成，捶和敲这两个动作只是辅助。

后来跟着贺老夫人学了些人体穴位后，明兰更有信心了，盛老太太便对小孙女这手上功夫赞不绝口，谁知到了顾廷烨这儿，发生了意外。

男人比女人皮糙肉厚是不用说了，常年习武，从肩臂到腹部到修长的双腿，俱是健硕结实的淡褐色肌肉，全身匀称得无一丝赘肉，密度高，硬度强。明兰揉按得满头大汗，也不顾技术含量了，只用尽了吃奶的力气又打又捶，顾廷烨依旧眉目不动地表示"没什么觉头"。

明兰黔驴技穷。

这时，男人忽道，他在岭南地区曾见过船上人家的小孩子踩在大人背上按摩。

明兰拿帕子揩汗，没好气道："你闺女在京城呢，你儿子我不知道。"

顾廷烨默默地趴回枕头堆里，过了会儿，发声表示明兰可以代劳。

"这怎么成？"明兰愕然反对，并认真表示她是个恪守妇道的好妻子，让她踩在丈夫的身上，要是叫老太太知道了，是要被罚抄《女诫》的。

"咱们偷偷踩，不让别人知道就成了。"

"我可不是小孩子，你倒不怕被踩死。"明兰眯眼吓唬。

顾廷烨立刻起身抱了抱明兰，掂掂重量，表示完全没有问题，一边催促着，一边还动手帮明兰脱鞋袜。明兰露出两只白胖粉红的小肉脚，十只肉秃秃的小脚指头，咬牙扶着床顶的栏杆，战战兢兢地踩上男人的背。

明兰起先只敢放一只脚，男人又说轻，明兰恼羞之下便把两只脚都放了上去，心想他要是再喊不够力，她就在他背上跳兔子舞！

男人的背部很宽阔，背肌平整有力，明兰踩得很稳，脚趾戳戳，脚掌按按，脚跟揉揉。顾廷烨眯着眼睛，很是惬意。

药草沐浴，温泉泡澡，适宜初夏的各种温补炖品，还有野生蜂蜜和新鲜果肉酿的清凉饮品，一日三餐仔细调配着，什么参芪红枣炖乳鸽、龙井虾仁鱼皮、竹荪燕窝合鸡盅、海蜇凉拌莴笋丝、白菜牛百叶汤……口味或清淡，或浓厚，不一而足，闻之便舌上生津。

不过三两日，男人便原地满血复活，这段日子以来的疲乏一扫而空，不但再度龙精虎猛，精力充沛更胜平常，随即两眼直冒绿光，饱含暗示的目光看着又委顿恹恹了的明兰。

明兰的耳朵无端抖了三抖。

顾廷烨正值盛年，又茹素颇久，这会儿再度开荤更是没个节制，天还未全黑便紧着把明兰往床上撺。起初明兰也热情了几天，但男人的反应惊人，她深深觉得，若不是为了循环使用，估计他会把她连皮带骨吞下去。随后她便告吃不消，再次开始哭天抹泪的讨饶生涯。

总算他从皇帝那里要来的假不长，过得几日，两人就打道回府了。

严格说起来，这次他们看过山水花鸟——家养的，爬过半座小土坡——后庄的，顾廷烨答应带她去看山顶日出也泡汤了，但好歹也算手拉手一道游玩过了，呃，算是蜜月吧。

明兰忽然想起她上辈子的表姐，婚前兴冲冲地策划了豪华完美的海南岛六日蜜月，结果回来后急着找姚依依帮忙 PS 一套照片——蜜月期间，他们"忙"得几乎没去什么景点。

想来大多数蜜月都是如此吧，明兰终于了然了。

一路上，顾廷烨骑在马上春风满面，指着沿路景致时不时地说几句，明兰躲在马车上装死，躺在垫褥中，一句话也不想说。直到马车穿过澄园大门，换过乘轿时，明兰抬头，见他站在垂花门下，正似笑非笑地看着自己，她莫名地心虚了下，陡然脸红，像滴出了血一般。

刚回屋子不久，明兰还没替顾廷烨卸下金镶的青玉冠子，门口就有人急急来报，来的人竟然是向妈妈。只见她神色有些发急，但还算镇定，只道宁远侯府请他们俩过府一叙，十万火急，请赶紧过去。

明兰一脸不解，身旁的顾廷烨却半句没问，只稳稳道："想来是有急事，我也不问了，向妈妈请先回去，我们换过衣裳就去。"

向妈妈安安地行了个礼，应声出门。

明兰转身进里屋换贴身衣裳时，秦桑轻悄悄地钻进屋来，脸上带着急。她凑到明兰耳旁道："夫人可知，你们出门没两日，官差就去了侯府提人问话了！"

明兰额头一跳，心口紧了起来，第一个反应就是去看顾廷烨：隔着竹帘缝隙，只见他定定地坐在床沿，神情自若，抬脚让夏荷和夏竹替他脱换靴子。

"这么要紧的事，你怎么不来报我？"明兰转回头，低声质问着。

"报了的。"秦桑惶恐，低声道，"老爷出门时，把外院的事托了公孙先生。先生说，这事要紧，便打发顾全先去营里报老爷，再去报您。谁知晚上顾全那小子却回来了，说是老爷吩咐了，说您正忙着呢，不叫拿这些事烦您。只这样回侯府那边的人——说皇上校阅是大事，老爷忙着军务，离不开，您虽急得很，但也没法子。"

明兰心头一松。这男人很有良心，把她择干净了，不枉她这几日床上床下累死累活的。

穿戴妥当后，明兰也没工夫再问秦桑两句，只好赶紧跟着顾廷烨出门。刚走出两重垂花门，在一条浓翠嫣红夹的白石小道上，却见蓉姐儿正站在小道那头，低着头也不知在想什么，小脚在地上画来画去，身旁只站了一个不住劝她回去的小丫头。

她一看见顾廷烨和明兰走过来了，立刻躲闪着往树荫里靠。顾廷烨微一顿足，见她依旧是一副瘦弱畏缩的样子，不由得眉头一皱，再抬头向上看了一眼，沉声道："你怎么在这儿？有工夫多学几个字，外头乱跑什么。"

明兰见蓉姐儿身子一瑟缩，面上灰暗沮丧，连忙柔声道："这时辰的日头最毒，你爹爹是怕你晒着了，现下我与你爹爹有事，你先回屋去，晚上来我屋里说话。"

蓉姐儿深深垂着小脸，一声不吭。

顾廷烨的眉心有些刻了进去，也不知说什么好，"嗯"了一声，便往前走去。明兰转身给丹橘打了眼色，自己赶紧跟着顾廷烨走过去了。

丹橘立刻上前拉着蓉姐儿的小手，笑道："这回去了趟山里，老爷和夫人一直惦记着蓉姐儿，给姐儿带了好些东西，有两只巴掌大的小白兔，一只会唱歌的百灵鸟，还有好些好吃的果子……"

当明兰和顾廷烨快消失在路口时，蓉姐儿忽然飞快地抬头，直直地盯着那边。

丹橘见了，轻轻叹了口气，蹲在蓉姐儿面前，越发和气道："姐儿呀，这半个月，老爷和夫人去办要紧事了，不然不会丢下姐儿的。姐儿回头把这几日练的字给老爷瞧了，老爷见姐儿长进了，不定多高兴呢……"

不等她说完，蓉姐儿就猛地推开丹橘，飞也似的跑掉了。丹橘慢慢站起来，叹道："到底是亲爹，终归惦记着，就是不知有没有念着夫人这些日子的好。"

后头的绿枝走到丹橘身边，撇撇嘴道："好吃好穿供着，三不五时地过问起居，丫头婆子们但有半分慢待，转眼就叫打发出去，夫人也算尽心了。这么多日子，连声'夫人'都叫得不情不愿的，说来不过是个……"忽记起明兰的脾气和规矩，她连忙咬住嘴唇。

说话间，夫妻俩已一前一后乘软轿往宁远侯府而去，甫到门口，还没下轿，明兰就觉出府邸冷清来了。顾廷烨先下了轿，隔着轿门，低声道："待会儿你什么也别说，只随着我应和便是。"明兰正惴惴着，听了这话正中下怀，连忙应声。

一直到了内仪门，也只出来两个寻常打扮的仆妇候着。向妈妈站在那里，正伸着脖子等着，见顾廷烨夫妻俩来了，赶紧把人往里迎。

"二老爷，二夫人，大家伙儿都在萱宁堂等着呢，请随我来吧。"

明兰囧了下，脚步一滞，跟着前面的"二"老爷继续往里走。

一路往里走，四处噤声，人丁冷落，小径上残叶枯枝落了好些，池塘上浮着许多青黄的萍藻，明兰越发觉出一股深深的萧索之气。顾家几代下来，那些有门路的或积攒了余财的下人，不是自己跑了，就是求主子赎身出去，剩下的也人心惶惶，生怕受主家连累，到时候发卖流放也未可知，又哪有心思打理宅院。

明兰心里惴惴，偷眼看顾廷烨英挺的侧脸，却见他神色自若，依旧阔步慢行。

来到萱宁堂，却见里头已坐了不少人，除了体弱的顾廷煜起不了身，满府"廷"字辈的几乎都在了。最上首坐的是太夫人，次座上是四老太爷和五老太爷两对夫妇，以下的各房男丁依齿序而坐，厅堂里侧的雕花红木大隔扇后头坐着几个女眷。

一见顾廷烨来了，他们忙起身寒暄起来。

"二哥来了！这下可好了。"

"烨二弟总算来了，大家别烦了，这便无事了！"

"二兄弟，这回你可一定要帮忙，全靠你了！"

……

顾廷烨居然没有不耐烦，态度温和地拱手和诸兄弟一一回礼，明兰则往里侧走去，却见那里坐了五个妯娌，加上自己总共六妯娌，每房两个。她们似乎脸色不大好，又不敢叽叽喳喳，只以眼色来示意。朱氏似是想对明兰说什么，嘴唇动了动，却也没说什么。

煊大太太算是最镇定的，笑着拉过明兰，坐在自己身边："听说你这阵子去京郊整理庄子了，如何？一切可好？"

"是呀，都说烨兄弟的那几座庄子大得吓人，理起来怕是不容易吧，弟妹若有个支使不过来的，我这儿倒有几个得力的，都是多年知根知底的。"狄二太太笑道。

"谢两位嫂子惦记了，二嫂子这话我可记下了，说不准什么时候就来要人呢。"明兰微笑着欠了欠身。狄二太太满意地笑了笑。

当初顾老太公分家后，按说每房都有自己的产业了，但五老太爷一味附庸斯文，五老太太也是自诩高雅，夫妻俩都不善打理庶务，偏长子顾廷炀又是个花架子，炀大太太更不用说了，便如个锯嘴葫芦。有这么三座大山在，实际管事的狄二太太也不好周转。

是以不论是田庄还是铺子，都不如长房和四房经营得好。日子久了，家中的管事难免少了差事，僧多粥少，人员冗置，油水又薄，就算那些管事的自己不说，家中的妻小难免不满，渐渐有些埋汰抱怨起来。

明兰如今正缺人用，早就留心顾家下人的情况，平日也常着人打听一二。若真有可用的，明兰倒不介意招几个过来，天下没有不变的忠心，找几个底细干净的，肯干能干的，总比外面再去买的好，怎么说也是知道人家三代祖宗的。

但明兰也不明着答话，只转过话题，自嘲道："以前娘家老太太和太太老捉着我看田亩册，每年还叫我听庄头管事的回报。那会儿我只觉着烦得很，不若学些女红诗词，既清净，又风雅，这会子轮到自己了，才知道长辈们的一番苦心。"

煊大太太轻拍了下自己的大腿，应和道："谁说不是！做姑娘那会儿，哪知道做媳妇的名堂这么多，还当一本《女诫》、一根绣花针就能顶事了呢。"

炳二太太听她们说了半会子话，掩不住焦急，插嘴道："弟妹可真是个大忙人，咱们使了多少人去寻你，见不着人也就算了，我说你到底跟烨二兄弟说了没？咱们这儿都火烧眉毛了，你还装不知道似的，敢情不关你的事！"

明兰很想说她的确什么都不知道。煊大太太立刻接上道："弟妹也是个妇道人家，外头的事儿怎么晓得？这几日他们俩一个在营里忙，一个在庄子里忙，怕是连话都说不上几句，弟妹哪有工夫过问！还是听听爷们怎么说吧。"

女眷们想想也是，赶紧竖起耳朵去听。

"烨哥儿，你说这事该怎么办？"太夫人的声音还是斯斯文文的，只含了几分焦虑。

顾廷烨侧身，轻描淡写道："想来只是问两句罢了，把话说清楚了，便也无事了。"

四老太爷最是焦灼，听了这不冷不淡的话，怫然道："你这说的什么话！那日刘正杰领着一队禁卫如狼似虎一般闯进来，不分青红皂白，先把大哥的书房一通乱搜，又拘了我们几个在小院子里审问，一屋子弄得鸡飞狗跳，丝毫情面也不给，当我们顾家是土窝瓦肆了吗？！"

明兰微一思忖：真丝毫情面也不给，就该像墨兰的公爹还有几个夫兄一样，被提去大理寺问话，而不是在自家问。

"正是！"五老太爷一拍案几，怒道，"不过仗着皇上宠信，便这般目中无人，那姓刘的不过一寒门小吏，一朝升天，功勋承爵之家居然也要来便来，要出就出，实在忒可气了！"

然后众人你一言，我一语，纷纷打开了话匣子，无非是咒骂大理寺和刑部那帮负责此案的官员昏聩无能，乱审乱判，以及负责拘人下狱的禁军上三卫嚣张跋扈，不顾权爵世家的体面，然后哀叹两声顾门不幸，重点是激起顾廷烨的同仇敌忾之心。

可惜顾廷烨不动如山，自顾淡然，待众人说得差不多了，才道："那刘正杰是皇上的近臣心腹，他上门来问话自是禀了上意的；至于几位审理此案的大人，不是皇上钦点，就是宿著名吏。咱们这般诋毁皇上股肱，未免不敬。"

此话一出，众人俱静。顾廷烨缓缓活动着搁在扶手上的手腕，漫不经心道："前头的令国公府等十几家，都是拿明证据，确是涉入了'先帝四王爷谋逆案'的，早就落罪了。如今案子还在审理，查到略有牵连的再提去问话，永昌侯府、永平伯府，还有其他几家，查明无事的，放人回去，不就没事了嘛。人家都问得，凭什么咱们家就问不得了？"

这话说得倒也有理，两位老太爷一时无话反驳，旁座的顾廷炳却一气站起，大声道："什么叫略有牵连？！不过是他们没本事审案，便寻别人晦气，好显得自己能耐怎的？咱们顾家几辈子忠心事主，再老实不过了！二兄弟，你如今在御前也有体面，咱们老顾家叫人欺负到跟前了，你也不使使劲儿，难不成就这么叫人瞧咱们家笑话？"

"自我知道此事后，我也寻机打听了，"顾廷烨淡淡一笑，"说是刑部拿了人证物证的，反复验查，确有疑点，皇上这才着人上门问话的。堂兄觉着这可是笑话？"

顾廷炳一阵语噎。

里侧的明兰听了，忍不住心里暗叹：这帮叔爷大哥真是不见棺材不掉泪，到了这个时候还在唱高调，他们到底知不知道问题的症结在哪里呀？

从顾廷烨愤而离家起，顾家和顾廷烨就是两码事了，尤其是顾老侯爷去世后，顾廷烨最后的牵绊也没了。而那几年京城夺嫡争斗白热化时，顾廷烨正吃着三文钱一碗的阳春面，在江湖上风尘雨露刀口舔血地混生计，他们牵连夺嫡而倒霉，关顾廷烨什么事？！

这时，身旁一阵响动，只见炳二太太忽地站起，直往厅堂上走去，走到顾廷烨面前哀声恳求道："烨二兄弟，我是妇道人家，不懂大事，可一笔写不出两个顾字，如今你叔伯兄弟有事，你总不能袖手旁观吧？"说着便垂泪欲哭。

明兰大赞，要说还是女人的第六感靠谱，什么大道理都不用说，苦苦哀求以情动人才是硬道理。果然，顾廷烨皱起了眉头，起身避过炳二太太的施礼，转身向四老太爷道："不如请诸位嫂子、弟妹先回去，这不合礼数吧。"

四老太爷却并不在意："都是骨肉至亲，不必讲究这许多规矩，你嫂子着急，也是常情。"

炳二太太抹着眼泪，恭敬地站到一边去。

其实除了分家析产这种大事，古代的内宅女人不能随便露面，便是自己夫家的叔伯兄弟也是不好轻易见的，为的便是礼数避讳。

明兰眯眼，这是什么意思？软硬兼施？

顾廷烨微一挺眉，便道："好。既如此，我便直说了。"随即大马金刀地坐下，朗声而言，"先帝之四王爷早被定罪谋逆，从逆的几个首要人犯俱已落罪量刑，现下查的是当初曾助逆的从犯、和逆王过从甚密者、与谋逆情事有牵连者。"

仁宗皇帝心软了一辈子，死前总算明白了一回，为了给倒霉的三王爷和德妃一个说法，也为了让后来即位的八王爷路好走些，钦定了四王爷的大逆罪名。

这番话一说，厅中众人俱是一惊。五老太爷总算没白混过官场，沉声道："当初四……逆王权倾半座京城，与王府来往之人何其多，便是来往亲密了些，难不成就算是从逆？"

"自然不会。"顾廷烨端起小几上的茶，呷了一口，"皇上是有德明君，特着刑部、大理寺和都察院三司会审，定案怎会草率？当初逆王犯上作乱之时，外有五城兵马司应和，内有几支禁卫、内卫策应，殿上还有人帮着写伪诏，先逼死三王爷，后迫先帝禅位，几股力量一齐发作，里外勾连，这才酿成大乱。"

"爹在军中打滚二十年，戍边十余年，虽说后来不管事了，但当初提拔过的、关照过的，后来有不少成了器的。这么多年来，各军各营分散着，大多有些不大不小的军职。如今要紧的是，这些人中可有参与谋逆的？咱们家可曾帮逆王去招揽过这些人？若有，便算联结串逆之罪。"

顾廷烨的目光异常清冽，缓缓扫过在座众人，众人心中便如过了冰水一般——助逆笼络，这事可大可小，往小了说，便是只介绍个人给四王爷认识；往大了说，兴许有些人就是因着顾家的情面，而卷入夺嫡斗争也说不定。

"这……这……"太夫人终于明白厉害了，颤声道："你爹的为人你清楚，他是断不会的！"

顾廷烨也不答话，只拿目光继续扫视其余众人，言语越发缓慢，似是一字一句在凌迟着："我人不便离开京郊大营，但去信问过刘正杰，他别的不好透露，只说了个消息给我，说是当年曾有人帮着逆王采买过几批江南女子。"

"这……也算罪过了？"始终心不在焉的顾廷炀惊问。

顾廷烨放下茶盏，淡然道："后来，这批女子泰半被送入了朝臣武将家中，以作拉拢收买。"

五老太爷看了四老太爷一眼，低头沉思不语。顾廷炜神色不稳，转头去看身旁的顾廷炳，只见他面色惨白，额头上豆大的汗珠涔涔而下。

明兰正听得入神，手上却被捏了一下，转头看见煊大太太面有嘲讽之意，她把声音压得极低，微微冷笑着："发财的行当轮不上咱，犯事的买卖自也搭不着。"

明兰呆呆一笑，也不好作声。现在很清楚了，顾老侯爷谨慎小心，不会去勾连；顾廷煜体弱多病，估计没体力去勾连；顾廷炜有老娘看着，大约也不会很离谱，而其他人就难说了。

她也读过几年古代刑律，平常跟着父兄耳濡目染，多少知道些门道，照适才顾廷烨说的，就算把勾连的罪名落实，顾家到底是开国勋贵，加上顾廷烨的面子在，估计也不会有杀头充军这么惨。那么，最坏的情况是什么呢？

明兰朝外面看去，除了顾廷烨神色淡然地喝茶，其余众人都是或惊慌，或惶恐，或焦灼，形色不一。

长房最担心的，自然是被申斥个治家不严，罚没家产（御赐田庄），甚至夺爵。四房和五房最担心的，应该是罪名一旦落实到个人，到时说不定要受罚，或劳改，或坐牢，或流放，都不是好受的。那么，顾廷烨想要什么呢？

明兰忍不住抬头去看那个端坐的男人。仅仅是想看当初欺侮过他的人倒霉吗？

"二侄子说了这许多，扯了一大通，莫非是存心推托？"五老太爷一咬牙，直直地盯着顾廷烨，"你就安生瞧着自家叔伯兄弟去受罪？你便给一句话吧，到底帮是不帮？"

"五叔也给句话吧，适才我说的，莫非真确有勾连其事？"顾廷烨悠然道。

五老太爷被噎住。他不能否认，可也拉不下脸来承认，免得招惹顾廷烨一顿"忠君爱国"的数落，他是读书人，到底要面子。

四老太太本不想插嘴，可若四老太爷出事，自己女儿也别想嫁风光了，便柔声道："烨哥儿，人非圣贤，孰能无过？便是你叔伯兄弟偶有做错，你也当帮扶一二，到底是一家人不是？"

顾廷烨看了她一眼，道："我自不能袖手。"

明兰暗自揣摩这句模棱两可的话，嗯，话题又绕回原处了。

四老太爷掏出帕子，抹了抹额头上的汗，抬头冲顾廷烨道："烨哥儿呀，说起来咱们家如今就你是顶事的，你大哥身子不好，也担不得什么事，这爵位和一家子的重担，还要你做栋梁扛起来才好……"

太夫人赫然抬头去盯四老太爷，目中隐然愤恨。

"四叔慎言！"顾廷烨立刻沉下脸色，肃穆道，"长幼有序，岂可妄言！乱了祖宗家法，坏了兄弟情分，四叔可是不该了！"

四老太爷讪讪地坐了回去。

明兰眉头一皱，四老太爷也忒露骨了，可算是无耻了，而且他们始终没有弄明白顾廷烨的心思。他不是为了要爵位而要爵位，他是咽不下那口气，为了早死的亲娘，为了这么多年来受的委屈。从这个角度来说，四房和五房其实比别人更可恶。

"烨哥儿，你倒是说句话呀。"太夫人瞧着不对，直发问道，"这事儿到底该如何了结？"

顾廷烨看她焦急的样子，缓缓道："若查明无事，那是最好；若是……"他无奈一笑，不再说下去了。

五老太爷冷冷地盯着顾廷烨，森然道："我只要顾家平安无事，顾家人个个都能全身而退！"

——切！这还"只要"？您要求可真低。明兰腹诽。

顾廷烨也静静地看着他，声如冷泉："既要平安，何必当初？五叔不必动气，倘若廷烨至今在外未回，五叔又当如何？"

厅中众人俱是心头一震。当年顾廷烨离家之时，气病的老侯爷床前围满了人时，四老太爷和五老太爷曾如此劝慰：就当顾家没这么个子孙！

众人一时无言。太夫人垂泪而泣："烨哥儿，都是我的不是，当初叫你受委屈了，我知道你心里有气！你若有气，都冲我来便是，是我没照看好你，叫你负着气就出去了……"

到底是继母，这么哭起来也不好看，明兰思忖着是不是要出面去劝一劝。

顾廷烨已转身上前，扶着太夫人，温言道："便是有事，我自也会去疏通打点。"

"可否能无事？"太夫人不死心。

顾廷烨简短道："如今一切俱不清楚，还不好说。"

这话便到此为止了，人家已承诺会帮忙，你还能说什么？厅中众人面面相觑，均是无可奈何，今日的顾廷烨竟是软硬不吃，打起太极来了。

"不过，"顾廷烨微微一笑，环视在座众人，"别的不敢说，至少性命，我总要保无虞的。"

语出别有深意，不少人心头一惊。

从宁远侯府回澄园，夫妻俩一路无话。这日，顾廷烨在外书房一直议事到深夜，先是和公孙白石议政，又口述条令，叫七八个书吏笔拟，直到丑初，才带着一身湿冷的露气回了屋。

进屋后，他伸手轻搭床帘，见锦绣堆里露着半丛乌云般的秀发，整个身子却埋得看不见，只有被角边上露着一只白嫩粉红的小脚丫，胖胖的脚趾还微微跷着。

他轻笑了下，忍不住戳了戳那秃头秃脑的小脚趾，转身去了净房，洗漱后，换过一身绫缎里衣回到床边，却见明兰已经醒了，正歪着脖子靠在枕头上，迷糊着眼睛看他。

"你醒了？"男人嘴角含笑，掀被角上床。

明兰点点头，好像刚睡醒的猫崽，呆呆地抻着小胳膊："你挠我脚痒痒时，我便醒了。"

顾廷烨脸上微滞了下，若无其事地揽过明兰在怀里，两人互拥着躺下。明兰把脸贴在他厚实的胸膛上，嘴里低低咕哝了一声。顾廷烨没听清，闭眼随口问了句。

明兰把下巴搁在男人胸口，直直地看着他："侯府那边的事，你是不是早知道了？"不然哪那么巧，偏就这个时候带着她去巡视庄子。

顾廷烨睁开眼，见她睁着黑白分明的大眼睛看着自己，便笑了笑："刘正杰是给我递过话，不过也是两下赶巧了，我索性带你出去避一避。"

明兰从被窝里坐起来，抱着纤巧的双膝，叹道："虽说我这和尚是逃得了和尚逃不了庙的，不过避得一时也好。然……"她顿了下，转头瞧他，低声道，"你真打算全然袖手吗？"

顾廷烨眸子深黑，过了会儿才道："一样勾连罪逆，多少公侯伯府，抄家的抄家，夺爵的夺爵，便如程国公府算功过相抵，也被罚了三年诰赏和五年禄米，凭什么宁远侯府就能例外？"他丰泽的嘴角露出一抹讽刺，"我不添把柴便不错了，还想借我免责？"

明兰悠悠轻叹了声。顾廷烨又道："不过我还是动了点儿手。"

明兰睁大眼睛，表示不解。

"我打过招呼，让把宁远侯府的事先缓缓，先审理其他案犯。"

"欸？"

顾廷烨一脸坦然："好歹待我成了亲，免得喜堂上冷清了。"

明兰咂吧了下嘴，无力地趴回去。顾廷烨见她耷拉着脑袋，把自己抱成一个小团团，在被窝里晃悠悠的，觉得又可爱又有趣，伸手扯过来，搂在怀里，点了下她的小鼻子，含笑道："你究竟在忧心什么？之前不是你作的孽，之后也不会是你袖手，你做什么这副模样？"

明兰忽如醍醐灌顶。

对呀！这件事从头到尾，她既没有插手，也不知情，她心虚什么呀！

"夫君说得有理！"她陡然生起勇气。

顾廷烨不禁莞尔，忽又想起一事，随即道："今日这事没完，以后大约还有不少麻烦，我在外头还好，你却要被磨上许久，怕要头疼了。"

明兰豪气干云："有什么好头疼的，不过是叫我来劝你出手帮忙，我便一概都应下，你帮不帮，或是能不能帮成，那就另论了。"

男人挑挑英挺的长眉，表示欣赏她这种乐观的勇气。

很快，明兰就知道自己的豪言壮语没什么力度，第二日，侯府女眷就上门了。

她们或是妯娌婆媳一道来，或是领着稚龄儿女来，或是凑成一堆集中轰炸，或是一拨一拨此起彼伏。明兰端起饭碗时，她们来了；预备和管事对账时，她们来了；想午睡时，她们又来了。要是赶上了饭点，还得待客请吃饭，可是在饭桌上，对着一群哭天抹泪的怨妇，个个拿哀怨的目光盯着你，你如何吃得下去！

这种恶性行为严重打乱了明兰健康规律的生活作息。

一会儿哭诉，一会儿哀求，扯着明兰的袖子软硬兼施，从孩子若是没了爹该多么凄苦可怜，一直说到将来孤儿寡母生计堪忧，各种精彩表演。

五老太太拍桌子呼喝起来，手指几乎点到明兰鼻尖，根本不听明兰的解释，就差没要她赌咒发誓保证顾廷烨一定会出面摆平。狄二太太和炳二太太便如对好了暗号一般，一个眼神过去，小孩子们便哭得惊天动地，旁边还有其他女眷或明或暗地祈求和劝说。

两耳发麻，头晕眼花，不过短短三天，明兰就被闹得疲惫不堪，宛如霜打的茄子，蔫得有气无力。被逼急了，一口气接不上，她连装都不用，直接就可以晕倒。偏偏人家晕得比她还快，动作情真意切不说，还险些一脑门撞上桌角。

明兰吃不住了。

顾廷烨瞧她这副样子，忍不住提议道："不如你回娘家躲几日？说起来，自成婚后，你连对月也没回去住过。"

"这个……合适吗？"明兰大是心动，却有些犹豫。新婚那会儿，澄园紧缺掌家主母来理家，她离不开，自然只好省了住对月的风俗，可这会儿回去住……

最后明兰决定还是先回去探探风。

次日一大早，夫妻俩就驾车驱马往盛府而去。

入寿安堂拜见老太太，王氏笑吟吟地端坐一旁，海氏垂首含蓄地侍立在后头。外嫁的姑奶奶和姑爷算是娇客，是以见礼过后，便起身就座。明兰见海氏依旧站着，颇觉不好意思，便道："嫂嫂，你也坐吧，都是自家人。"

海氏素来守礼，自不肯坐下，只笑着转了身子，周到地张罗茶水和凉水帕子，又拿了她娘家从南边送来的鲜果和绿豆桂花点心待客。

"来也不先说一声。"老太太眼里透着担心，"这么突然就上门了，可有什么事？"

王氏怕顾廷烨不高兴，忙道："瞧老祖宗说的，自家姑娘和姑爷，什么时候来不得了？"转头又朝顾廷烨笑道："姑爷别往心里去，老太太说话惯常这样的。"

顾廷烨微笑着："这有什么。"

明兰轻笑着，视线扫过盛家女眷。

王氏还是老样子，自打有了孙子孙女后，越发富态得像个地主婆了；海氏则基本克服了产后肥胖，身段渐渐恢复了窈窕，一身雨过天青绣折枝梅花的绉纱袄子，丰腴的腕子上拢着一只羊脂玉手镯，更见几分雍容清贵。

明兰低下头，可怜华兰连产后肥胖都没有，生完孩子就是一身伶仃瘦骨，回头再去库房寻些好温补的送去才是。

倒是老太太的样子叫明兰有些吃惊，一阵子未见，老人家非但未见老，反倒精神了，说话嗓门也大了。明兰视线一转，瞧见被乳母领着站在一旁的全哥儿。

快两周岁的小肥仔，乐天开朗，白胖可爱，小胳膊小腿都圆滚滚地有力，一把甩开要扶护着他的婆子丫鬟，走路噔噔的，见了顾廷烨也不怕，大大方方地行礼叫人，还睁着黑亮的圆圆眼睛，好奇地打量这个高大威严的男人。

顾廷烨刚硬的线条也柔和了些许，摸了摸小肥仔的脑袋。全哥儿居然乐呵呵地去掰他的手腕，笑得咧出一嘴小小的米白细牙和一对小酒窝。顾廷烨微微一笑，从大拇指上褪下一枚暗绿色的古玉扳指给他。

在座的婆媳三人都是识货的，海氏连连道："这可怎么好？太贵重了，要不得的！"

顾廷烨微微避礼，并未说话。明兰笑着接口道："嫂子别推辞了，这玉听闻有些说法，兆头好，给全哥儿戴着，保平安康泰。"

老太太接过那枚扳指，细细看了，便直言道："如此，甚好。"

王氏十分高兴，瞧着顾廷烨的眼神颇有几分复杂。海氏敛衽谢过，便叫婆子拿绦子去穿了那扳指，好给全哥儿挂着。

明兰见气氛好了许多，便笑着说起前些日子在庄上的所见所闻，挑了些有趣的说给大家听："……后来又在山上住了些日子，挑了些山野的新鲜蔬果给送来了。里头有一味极好的竹荪，不论熬汤还是炒着吃，都是鲜美得紧！"

海氏掩口轻笑："老太太和太太这下可放心了，六妹妹还是老样子，一说起吃的就这么有劲儿。全哥儿自打能蹦两个字，整日吵吵着，都是要翻花样倒腾吃的，原来都是随姑母了！"

明兰微红了脸，嘟囔道："嫂子便说我是个吃货罢了。"

顾廷烨一直不大说话，只微微笑着看她们打趣，但瞧明兰似有些窘迫，便忍不住道："能吃其实挺好的。"

这话一出，堂屋内的女人都抑制不住地笑了出来。王氏抹了抹眼睛，满脸堆笑地转头朝老太太道："瞧瞧，姑爷这般护着自个儿媳妇，老太太这下可放心了！"

老太太眉头渐渐松开，含笑看着小夫妻俩，对着顾廷烨的目光就和善多了。

女人们说话，顾廷烨却一直看着全哥儿，只见他也不吵闹，只迈着小短腿在大人间不断挪动，一会儿去扯王氏的裙摆，一会儿去拉海氏的手指，时不时地走到顾廷烨面前，抬着脑袋看他一会儿；大约半盏茶后，似是记起明兰了，又见她和气亲热，便顺势爬上她的膝头，用力响亮地亲了她的脸颊一口，然后捂着小嘴一溜烟躲到老太太身后去了。

这些举止惹得大家哄堂大笑。顾廷烨也忍不住弯起嘴角，含笑去看明兰，眸子幽深明亮。

明兰搂过小胖仔，得意扬扬地夸耀道："我家小侄子可人疼吧？"

顾廷烨如深潭般的眸子，漾起几抹淡淡的嗔怒，转过头去，似是埋怨某人的不解风情。

又说过几句话后，顾廷烨便起身告退，去外头拜见盛纮了。他一走，女人们说话便更自在了。王氏却轻叹了几口气，她见顾廷烨气宇沉静，高伟轩昂，待明兰又是颇为看重，心头有些酸酸的。

海氏极有眼力见儿，见王氏看着顾廷烨出门去的背影叹气，神色还有些怅然，便移步到婆母身边，笑道："说起来，咱们家的姑娘都是好福气的，前些日子，五姑爷陪着五妹妹回来，小两口那模样哟……啧啧，便是掉进了蜜罐子里也赶不上呢！"

王氏立刻眉眼展开，真心笑了出来："你五妹夫倒是个实诚人，待你妹妹也是没说的，这进门才多少日子，就胖了几圈！"随即瞧了眼一旁的明兰，却见她依旧没长几两肉，下颌还是尖尖的，神情还有几分操持倦怠，听闻顾府里头也是不太平，想来要操劳的糟心事不少，王氏心里又舒服不少。

老太太也正瞧着明兰，眉头微蹙，随口道："你今日来了正好，省得再去送消息，如丫头有身孕了。"

第三十五回·顾家谈判

　　明兰先是一愣，随即展颜大喜，连声贺喜。

　　说起这个，王氏高兴得眉飞色舞："早就有喜讯了，就是日子短，还不敢声张，如今胎坐稳了，便回来叫家里人瞧瞧。说起来，也是老太太委实看紧了些，才刚得了信，就遣了两个得用的妈妈过去，叫仔细看着如兰，小心吃用歇息。"

　　王氏这人就是这点讨厌，明明是祖辈心疼她女儿，见好就收便是，她却愣要装，此刻正扭着身子嗔怪盛老太太，道："母亲也是！知道您疼爱如儿，可这般作为，亲家太太怕是要不高兴的，我前几日去文家，瞧着她脸色不好看！"

　　海氏有些为难，明兰很习惯地低下头，当作没听见：老太太虽信佛，却并不吃素。

　　果然，老太太淡淡的目光瞟过儿媳得意的面容，端茶浅呷，叹道："我以前也是为着面子，不大爱插手这些事，可如今想起华兰那孩子，我只想着，闺女身子康健才是第一要紧的，便是对亲家有些失礼，也顾不得了。如丫头的性子还不如华儿呢，若在文家有个拌嘴争执的，不是伤了和气，就是伤了身子，还不如把这恶人叫我来做！"

　　想起华兰那病弱的模样，王氏眼眶一湿，低头不语。其实文家老太太也不是个善荏，不过是盛家底气足，儿子又一心向着如兰，软件硬件都没的拼，这才消停的。

　　老太太放下茶碗，语重心长地对着儿媳道："你也是有儿孙福的，如今华兰有了两个哥儿傍身，好歹能缓口气了，旁的几个丫头不说，如兰是你一手带大的，我年纪大了，有看顾不着的地方，你平日多提点着些才是！"

　　"到底是人家的媳妇了，不要一天到晚往娘家跑，说出去还道我们盛家跋扈；待夫婿要体贴谦恭，千万不能摆出施了恩惠的嘴脸，除非她以后不想过日子了！待婆母妯娌更要和气温厚，该忍就得忍！别一点小事就跟受了天大的委屈似的，哪家媳妇不是这么过来的，只她是镶金嵌玉的不成？我看五姑爷不是个凉薄的，若如兰不越了分，便是以后发达了，姑爷也会好好待她的。"盛老太太的口气也不是特别严厉，却都中了要害，明指暗指，一句一句的，跟戳了王氏的肺腔子一般，一口气卡在喉咙里，半句话也回不出来。

"母亲说得是，儿媳都记下了，回头就跟如儿好好说说。"王氏僵着脖子，半天才憋出这么句话来。

海氏低下头，学着明兰的样子，一脸肃穆认真地数着茶碗里的茶叶。

老太太瞧王氏面色如土，觉着有七八分畅快了，又话锋一转："倘若咱们礼数上有了过错，便有天大的理也要减三分！而若如兰把礼数做足了，那亲家再有什么不当的，盛家也不是好拿捏的！"说着，她心头也有几分气了，心爱的大孙女受罪她何尝不心疼？但那好歹算是高嫁，这若低嫁的也要委曲求全，盛家便成笑话了。

所谓亲家，自是平交最好，又不是骗婚欺婚，没有谁非得忍气吞声才是。

明兰数到第三遍茶叶时，便出来岔开话题，她朝海氏道："嫂子打算什么时候给慧姐儿办满月？我抻着脖子已等好久了。"

海氏心明眼亮，立刻微笑道："因生姐儿时，我怀相不好，娘体恤我，便决定还是办双满月，这样不论见亲朋还是吃酒，我和慧儿也都有劲儿些。"

王氏点点头，满意地看了自家儿媳一眼，转头对明兰道："正是这个理儿。到了那时，你大姐姐也出了月子，如儿也坐稳了胎，我们也好一家人聚聚。"

明兰看了看上首端坐的老太太，只见她不动声色地拨弄盘子里的蜜橘干，嘴角似有一抹轻讽。明兰强忍着笑，对着王氏道："到底是太太，见识多，想得也周到，我们做小辈的且得多学学呢。"一双秀目望着王氏，语意恳切，表情真诚，这套功夫明兰是惯做熟了的，哪怕王氏说得再离谱，她也能眼都不眨一下地表示百分之百赞成。

王氏轻掩朱唇，为了显得自己也很谦虚，便转过一个话题："说到你大姐姐，前几日我去瞧她，人虽瘦，精神却不错。"

"这可好了，上回洗三时瞧大姐姐，我只觉着那衣裳穿在她身上晃荡呢。"明兰忧心忡忡，也不知那"妙计"管不管用。

王氏难抑得意，喜色道："哈！现下袁夫人自顾不暇，你大姐姐如今日子好过多了，还叨念着说想你呢，你若没什么事，得空去瞧瞧吧。"

"自顾不暇？袁家怎么了？"明兰心里跳了下，又兴奋又不安。

王氏正想开口，却不防盛老太太重重地咳嗽了一声，她才醒过神来，想着在小辈面前自己不好议论别家长辈。海氏何等机巧，立刻笑着接口道："也没什么，不过是前阵子忠勤伯袁伯爷迎了位新姨娘进门，袁夫人想着新人不懂规矩，不会照料伯爷日常，须教导一二，这才忙了些许。"瞧瞧，同样一番话，人家这说话水平，王女士呀，学到老，活到老哦。

明兰好似头回听说的样子，慢慢应了一声："噢……"

哦耶！

虽说往人家夫妻中间塞小妾很缺德，可人不为己，天诛地灭。那老太婆老折腾华兰，她往华兰房里都快塞足一支女排了，如今也叫她尝尝这滋味。该！明兰一点儿心理负担都没有。

"……袁夫人可真贤惠呀。"明兰眼神很纯洁。

盛老太太似笑非笑地看了小孙女一眼。明兰忽一阵心虚，脸上一红，低下头去。

全哥儿被乳母抱上罗汉床后，一直捧着胸前红绳穿的古玉扳指玩儿，一根小胖手指伸进去，太宽；两根伸进去，还是太宽；最后他一伸小肉拳头，四根手指往里一送，呜哇，小手掌卡在扳指里了！古玉温润，倒也不怎么疼，全哥儿连连甩小胳膊，甩又甩不掉，掰也掰不下来，便举着小拳头往老太太怀里钻，请求解围。

盛老太太只好哄着帮他把扳指褪下来。这时，外头丫鬟高声传报："老爷和三爷来了。"

厅堂中女眷，除了老太太以外，俱是齐齐站起，敛衽行礼。盛纮和长枫一前一后进屋来。这时，全哥儿趴在老太太的肩头咿咿哦哦的，张开短短的胳膊，冲着盛纮欢喜地叫了起来。

中年发福的盛老爹一见了小孙子，心头立刻酥软了一般，给老太太行礼请安后，笑着伸手抱过全哥儿，坐到罗汉床的旁座上，把小肥仔放在膝头逗弄起来。

"除，粗父！"小肥仔口齿不清，很熟练地去抓祖父的胡须。

"嗯！我的乖孙！"盛纮眉开眼笑，由着小孙子来抓胡须。

老太太手上犹自捏着那枚扳指，见这祖孙俩这副八百年没见的亲热模样，又好气又好笑，笑骂道："这小没良心的！"

盛纮搂着全哥儿，呵呵地一阵笑。全哥儿扑在他脖子上，用口水亲满了他半张老脸。王氏笑道："都说隔辈儿亲，果是千真万确的。"

到底小辈们都在，盛纮也不好和小孙子太乐呵了，逗了会儿，便把全哥儿交还给身旁的乳母。老太太对海氏道："这不消停的，不去外头蹦跶两圈不肯停当，今儿日头好，你领他出去再玩会儿吧。"

海氏柔柔地应了声。一旁在乳母怀里的小胖墩机灵得很，好似听懂了这话，乳母刚一弯腰，他就双腿一蹬，稳稳当当地落在地上，欢快地蹦蹦跳跳出去了。后头赶忙跟上三五个丫鬟婆子，追着出去了。

海氏颇有几分不安，急急福了福："这孩子，忒没规矩了……"

"不妨事的。"盛纮含笑望着小孙子出去的门口，连连摇手，"男孩小时还是皮实点儿好，将来不论十年寒窗还是行武习艺，都靠一副康健的身子骨。"

"正是。"老太太心里喜欢，嘴里却故意道，"身板壮壮的，将来他老子要打他板子，咱们也不用揪心了！别跟他六姑母似的没用，一顿手掌板子也挨不住！"

"祖母！"明兰大窘，嗔道，"您……您……就那么一次，您还……"

满屋大笑间，海氏福礼退了出去，众人依着辈分重新落座。盛纮和王氏分列罗汉床两侧，明兰和长枫对面而坐。

"六姑爷呢？"老太太笑得有些喘，缓了口气后问道。

盛纮正要捋胡子，却只摸到一丛被孙子抓乱的鸟窝，只好改捋为梳："在书房与我说了会子话，便去五军都督府了。这两日皇上不在宫里，早朝是免了，可差事也不老少。"

明兰看看自家老爹，尽管一早就翘了班，但他的表情依旧很忠君爱国。明兰很配合，立刻接口道："两宫太后微恙，去西山行宫疗养调理，皇上隔几日就去探望，真乃至诚至孝。"

盛纮很满意地点点头。几个女儿中，就数明兰最乖觉，特别懂得配合。

他是官场老油子了，早上去点了个卯，瞧着没什么事就回府了，反正皇帝不在也不会有什么急事。这当口还忙得连轴转的，大多是近臣、重臣、宠臣之流，例如刚才匆匆离去的新任六女婿。

"适才母亲聊什么呢？老远就听见笑声了。"盛纮心情甚好，恭敬地跟老太太凑趣。

老太太笑着指了指明兰："她们姐妹几个的事，华儿想明丫头了，如儿也能走动了，回头趁着慧姐儿双满月摆酒，叫她们姐妹聚聚。"

盛纮也笑着附和了几句，忽又怅然起来，轻轻道："说起来，墨儿嫁得更早，怎么这会儿还没消息？"

这话立刻把厅堂内的温度降低了些。王氏不屑地撇撇嘴，不予理睬。一直沉默的长枫忽抬头，面上似有几分牵挂。老太太看了这父子俩一眼，淡淡道："前有因，后有果，如儿的福分她瞧不上，有什么法子。"

王氏心中痛快，盛纮只能长长叹口气。老太太看了他一会儿，心头一软，温言劝慰道："你是个好父亲，已尽足了做爹的本分，墨丫头的路是她自己要死要活、宁可累及爹娘家人也要挣来的，如今……她谁也不用怪。"

明兰低头不语。墨兰的事她也有所耳闻，过得不算好，但也不算差，虽不如恩爱夫妻甜如蜜糖，却也没像悲催的迎春那样受打骂羞辱。

墨兰又会做面子功夫，里外也基本能罩住，大约属于相敬以上，受宠未满。

庶女多像杂草，能好好存活下来的庶女，生命力都不会弱，连娇宠着长大的嫡长女华兰都忍过来了，她们做庶女的还能金贵到哪里去？兴许没了林姨娘的庇护和错误的方针指点，墨兰反而能挣出自己的一片天地来呢。

想撒娇、任性、倔强、使气？不好意思，除非你背景硬得像花岗岩，还有无条件支持你的娘家。古代女子嫁人有几个能圆满的？理想等级也不过是互敬互重，我替你管小妾孩子，你负责挣钱养家，撑起门户，大家搭档着过日子呗。

大家都在挣扎着过日子，明兰不打算同情怜悯谁。

老太太不想再纠缠这个话题了，朝盛纮道："今儿你来，可有事与我说？"

盛纮想起来意，不由得又高兴起来，笑道："母亲料对了，今日，我是来说件喜事的。"他看了眼长枫，接着道，"前几日我们不是去柳家赴宴吗？谁知几日前柳兄忽来寻我，说有意与我家结亲。"

老太太眼前一亮："哪位姑娘？"

说起这个，盛纮更高兴了："是嫡次女，恰好也行三。"

王氏张大了嘴，明兰也大吃一惊。老太太忙追问："此话当真？"

"千真万确！柳兄说话素来顶真。"盛纮捋着胡子，笑眯眯地看着一旁的儿子，越看越觉着玉树临风、风采不凡。

长枫脸红了，不安地挪了挪身子，期期艾艾地低下头。明兰坐在他对面，杌子又矮，侧眼看去，只见他神色很古怪，似是羞涩，又似不愿，隐隐带着认命般的感慨。

话说这位柳铭柳大人，是少数和盛纮一路从同窗、同科、同年，然后变成同僚，又一直交好至今的知交，如今正任着正五品的大理寺左寺丞。虽品级、官位都不如盛纮，却是延州柳氏正牌嫡房子弟出身，真正的世代书香官宦，绵延一两百年的世家望族。

延州柳家从前朝起，族中进士、举人从没断过，出过两位从一品，三位正二品，其下子弟出仕为官的更是无数，虽不曾位极人臣或封疆大吏，但也是代代簪缨。

据说摆在柳家祠堂里有官职的牌位就是打副牌九也绰绰有余了，虽说势力名望不如海家，但到底是有根基的。盛纮每每谈起柳家，总是掩不住一脸艳羡，同时再唏嘘两声。

当初盛纮曾动过心思让柳家儿子娶如兰，可惜柳氏大家族规矩多，祖父直接给定了亲。不过，这样人家的嫡女怎么会……明兰不着急，把脑袋微微转向王氏，慢慢等着。

"他们怎么瞧得上枫哥儿？"王氏果然耐不住了，直截了当地发问，"老爷可得问仔细了，别是里头有什么差错吧？"

盛纮被当头泼了一盆冷水，忪然瞪了她一眼。老太太也微皱眉头："柳家三姑娘？我怎么隐约记得她似乎定亲了。"

长枫头更低了，死活不肯抬起头来。王氏惊呼："莫非亲事黄了？"

盛纮又瞪了她一眼，转头继续跟老太太回话："母亲放心，我如何会在儿女的亲事上轻率，柳兄在您面前是执子侄礼，他的为人您也清楚，他通盘都与我说了。柳家闺女是定了亲的，是定安蒋家，就是致仕的蒋阁老的嫡幺孙。"

老太太眯着眼睛，点点头："倒是门当户对。"

盛纮看着老太太气有些缓，喝口茶润润嗓子："原本年前就要成亲的，可那年定安不是发时疫吗？蒋阁老之子过世了，那位蒋公子便得替父守孝三年。"

"这是正理，如此，亲事便得搁一搁了。"老太太道。

盛纮放下茶碗，叹道："于是两家便约定了，待孝期一过便办亲事，谁知，就在几月前，柳家打听到一事……"他长长叹了口气，"那蒋公子，竟然……竟然在孝期与丫头苟且，还生下儿子来了！"

老太太沉了脸。王氏鄙夷地撇撇嘴："定安蒋家也不外如是。"

"柳家嫂子也是大族出身，生平最是持礼严整，一听闻这事，特意去了趟定安问怎么回事。那蒋家自是连连赔礼，不过理论了半天，聘礼也加了不少，可也没见有个说法，柳夫人便不愿把闺女嫁过去了。"盛纮低声道。

屋内安静，过了好一会儿，老太太才道："若是我，也不愿把闺女嫁过去。"

明兰心里暗暗点头，这柳夫人倒是个明白人。

其一，蒋公子孝期做出这等事情来，显是不孝无德之人，人品和自制力都高不到哪里去；其二，居然连孩子都生下来了，足见蒋家家规不严，至少蒋夫人逃不掉一个溺爱放纵之责，摊上这么个婆婆，也是麻烦不小；其三，到现在也没答应去母留子，估计那丫鬟颇有几分本事，让蒋公子喜欢得很。

这三条一出来，就算嫁过去，估计日子也不好过。长痛不如短痛，与其嫁过去后，主动权捏在蒋家手里，不如趁现在没嫁，好好想清楚才是。

"不嫁便不嫁呗！"王氏讥讽道，"柳家这样的人家，闺女会嫁不出去？"

"哪那么容易！"盛纮苦笑。

王氏正待反唇相讥，明兰忙出来劝架，轻声道："这事的确不容易。蒋、柳两家几辈子的交情了，就算做不成亲家，也不好结仇。这亲事黄了，柳家若要撇清自己，便得说出蒋家公子的不孝行径，我朝最重孝道，如此一来，那蒋公子的前程便要坏了，可如若不张扬，那破除婚约的错处就得落在柳家姐姐身上了，再说亲事就不容易了……"

她话音柔柔，王氏听了，也不禁怔住了："这……倒是个麻烦。"

盛纮愉悦地看了明兰一眼，转头继续对老太太道："正如明儿说的，眼看着闺女岁数要过了，柳兄急得很，这才来寻我说亲。旁人不知底细，咱们却是知情的，此事根本是蒋家理亏，何况那柳家姑娘您也是见过的，您不是常夸她的人品德行吗？"

说到这里，老太太已然十分心动了，眼神和盛纮对上，一阵交流，母子俩心下了然。

这桩亲事极好。

本来长枫作为庶子，至今只是个举子，进士还不知哪年能中，盛家又不是世家大族，求娶柳家世族嫡女属于高攀。但这次柳家自己求上门来了，将来便是讨了这个儿媳妇，也不用担心长枫会丈夫气短，或是受岳家脸色。

老太太一拍罗汉床上的扶手，断然道："这亲事可行，柳家三丫头的人品那是没说的，端是持家良妇。你回头就去问八字，若合适……"她顿了下，"我亲自上门提亲。"

王氏脸绿了一半，满肚子愤愤。还不等她开口，盛纮就紧着接口："母亲所言甚是，儿子也是这个意思，不能真叫女方倒着来提亲。"

"这亲既然要结，就得做漂亮了。"老太太言语果断，"就对外头说，是我实在喜欢柳家闺女的品格，是以明知是高攀，也厚着脸皮上门求娶了。"

"然后让柳兄故作为难一下，叫蒋家自己出面，寻个什么守孝护陵之类的借口，说怕耽误了人家姑娘，把婚约给了了，这样在外头有个说法。"盛纮早有全盘计划了。

"这事难免有人议论，咱们吃点面子亏，让柳家把脸做足了，他们念着好处，以后定然会多多提携枫哥儿！"

母子俩你一言，我一语，全然没有别人插嘴的机会。王氏怄得要命，只恨脑子不灵光，一时之间想不出个反对的理由。明兰很坚定地低着头，不和王氏的目光接触。这的确是门好亲事，就是她，这会儿也想不出不妥之处来。

老太太转过头，满眼慈爱地去看长枫，好歹也是自己看大的，也盼他能一生顺遂。柳家族人出仕不少，就算官位不高，好歹人多力量大，将来长枫也能有个靠山。

盛纮忙叫他给老太太磕头谢过。

"孙儿不孝，又要劳烦祖母了，叫祖母这么大年纪，还为孙儿的婚事奔波，孙儿真是过意不去。"长枫说话永远是很动听的，红着脸，扭扭捏捏的，像个大姑娘。

老太太笑呵呵地说："能给你讨个好媳妇，我便跑断老腿也是乐意的。"

大家又调侃了长枫几句，盛纮便叫他回屋读书了。

长枫面红若云霞，颊若桃花，眼中泛着几抹幽怨和悲催，他不敢和长辈对眼，只在离开前，用力地看了明兰一眼。明兰正大声向盛纮和老太太表示贺喜，凑着趣地说喜庆话，乍然看见长枫这样的目光，忍不住心虚了一下。

她知道长枫的意思，不过她也不敢提出来。

长枫出去后，老太太和盛纮接着谈婚事要项，越说越投机。明兰见王氏脸色黑灰，想来是心头极不痛快的，赶紧跟她说些山野趣事，什么逮野兔子、筐野麻雀、泡温泉……

王氏渐渐提起了兴致，问道："那温泉庄子也在西山上？都说那是好地方，水温山暖，最能调神理气，泡温泉还能治病痛，你大姐姐身子不好……"她拖长了调子。

明兰很上道，立刻笑着道："太太说得是，我早就想着这个了，我已吩咐了下人好好拾掇庄子，回头待大姐姐身子利落了，我就请大姐姐去温泉庄子里歇两天，还有老太太和太太，咱们一道去。可惜五姐姐怀着身孕，不好泡温泉的。"

王氏见明兰温顺听话，心里很舒坦，又道："我知道你是个好孩子，咱家在京里就那么几个亲戚，你就是嫁了人，也不能忘了康姨妈，也让她们沾沾你的光……"

话还没说完，只听"砰"的一声，盛老太太重重地把茶碗蹾在床几上，面如寒霜："嫁出去的闺女，就是人家的人了。华兰身子不好，须调理，那也就算了，娘家的七姑八姨一窝蜂地往顾家庄子上跑，算怎么回事？！投靠呢，还是打秋风？盛家还要脸面不要了？！"

盛纮素来爱惜羽毛名声，刚才听着王氏说那话还不觉着什么，这会儿却是一脸不悦。

王氏的脸色难看极了，低声嘟囔着："不就丁点儿大事嘛，明丫头如今风光了，还不兴帮扶着些娘家呀……"

老太太短短冷笑几声，盯着王氏，慢慢道："成亲这才多少日子，往华儿处，往你和柏哥儿媳妇处，还有如丫头那儿，她前前后后送了多少厚礼了？那些貂皮雪参、吃穿戴用，我忍着不说，你便当是路旁捡的，恨不能多要些才好？"

当着小辈面受数落，王氏羞愤至极。她听出老太太的怒意，不敢再回嘴。明兰恭敬地站起来，端正地立在一旁。她一点儿也不想说话，盛家人也还罢了，至于康姨妈嘛，她只希望能少见她几次，见一回被训斥一回，她又不是软弱，被打了左脸还凑右脸。

厅内静谧一片，老太太缓缓扫了遍盛纮夫妇，似有深意地说了一句："便如今日枫哥儿，若真是门好亲事，我便是拖着老骨头也会去张罗，可顾家，池子深，水浑得厉害，这亲事当初可不是我中意来的。"

这句话说得王氏脑门冒汗，盛纮嘴里发苦。

老太太看明兰低头站在一旁，只见她尖尖的下颌，心头便一阵冒火，提高了嗓门道："明丫儿是个懒散自在的，合该找个本分的寻常人家，那顾家却是个事堆儿，明丫儿才多大，小孩子家家的刚成亲，又没个贴心的长辈看顾，处处不知底细，提着嗓子眼儿过日子，不知哪天就出了差错，她自己还顾不过来呢！这脚跟都还没站稳，就有人惦记着'沾光'了？"

王氏面皮发烧，盛纮狠狠地剜了她一眼。不是自己闺女，就不心疼了？幸亏长枫的婚事是他亲自去张罗的，不然还不知成什么样呢。

明兰眼眶发热，努力不让眼泪冒出来。她知道这是老太太在给她立门槛，免得王氏一天到晚来替这个那个提要求。她用力眨了两下眼睛，把水分挤出眼角，抬头走到老太太身旁，巧笑着道："老太太心疼我，怕我把婆家搬空了给娘家，回头叫人给撵回来！"

老太太忍不住嘴角一弯。明兰挽着她的胳膊，甜蜜蜜地哄着："不过是几池子温泉，别人就罢了，咱们自家人定然是要去的！到时候我给老太太和太太搓背捏肩，我的手艺，老太太最清楚了，到时候别舒服得爬不出池子咯。"

老太太被她摇得发晃，用力拧了她一把，含笑瞪了她一眼。明兰转头对着盛纮，表情认真，口吻严肃："女儿虽有心尽孝，然男女有别，爹爹还是指望哥哥和姑爷们的本事吧。不过，我先提醒您一句，您那六姑爷是使三百石强弓大箭的，双臂皆可控弦，您可悠着点儿。"

盛纮愁容尽去，一个没绷住，失笑出来，指着明兰连连摇头："你这丫头！"

老太太终于乐了，反手搂住小孙女，抱在怀里狠狠拍了几下："就知道贫嘴！"

笑闹了一阵子，盛纮和王氏双双告退，厅堂里只剩下祖孙二人。老太太慢慢敛去笑容，立刻下了罗汉床，直拉着明兰往里屋去了。

"说吧，顾府出什么事了。"老太太神色肃穆地盯着明兰，"你是我带大的，肚里有几根肠子我还不清楚？少废话，说！"

明兰知道瞒不过去，索性直说了，从头到尾，足足说了两盏茶工夫才算完。

"所以你想回来躲两天？"老太太的声音直往上扬，目光好像在看一颗榆木脑袋。

明兰面有赧色，支支吾吾道："……就是想想，我也知道，这样不妥的。"

"算你还不傻！"盛老太太没好气地白了她一眼。

明兰摸摸脑袋，不好意思地耷拉下来。

老太太拉过明兰，缓缓道："你说老实话，你可是觉着你夫婿这事做得过了？你心里不同意，所以不想在那儿待着，对不对？"

明兰眸子清澈，直直地看向老人的双眼，过了良久，才摇摇头，低声道："不，其实，我觉着他做得没错。"

老太太眸子闪了一下。明兰把头靠在祖母的肩上，一字一句道："那些人，虽然哭天抹泪地喊可怜，但我知道，他们远没有到末路。廷烨心里想的是什么，他们其实清楚得很，无非是'公道'二字，可他们偏偏只字不提。

"廷烨并未要逼死他们，他们无非舍不得荣华富贵罢了。既想仗着廷烨的势，继续安享尊荣，又不愿真心悔过当年和这些年对白夫人以及廷烨的亏待，他们哭着，号丧着，耍着无赖，就是想逼迫廷烨心一软，手一松，就把他们抬过去了。"

明兰微微出神："我想躲出来，只是……只是……嫌烦，不愿冲锋陷阵地去作战。"

老太太慈爱地抚着她的头发，苍老的声音像太阳下的棉絮一样柔软温暖："你是个聪明孩子，很多话不用我说，你心里都明白，回去后，好好过日子吧。"

明兰扬起明媚的面庞，搂着老太太的脖子，重重地应了一声："嗯。"

这日，她在盛府饱饱地吃了一顿，狠狠睡了一下午，斗志昂扬地回了澄园。

端正态度后，明兰心情愉快许多，万般体贴地服侍顾廷烨更衣梳洗。晚饭照旧摆在凉爽的庭院里，屏退四周丫鬟，只留夫妻二人浅酌一杯。

"我还当你留在那儿了呢。"他嘴角含笑，几分微醺。

明兰摇头晃脑："祖母说了，我和你是一根绳上拴的蚂蚱，便是你要杀人放火，那我就帮着毁尸灭迹。"

顾廷烨俊眉微挑，举杯往前一送，朗声笑道："老人家高见！"

一仰而尽，放下酒杯，顾廷烨心头一阵畅快，又道："还有你三哥的这门亲事，颇是不错。柳铭此人，貌似耿倔，不识时务，实则外方内圆，这些年京畿风云，大理寺革撤杀头了多少，他能平安至今，也算是个人物。"

明兰倒不奇怪，所谓物以类聚，为什么盛纮在工部待了没两天，就和当时的工部尚书卢老大人相见恨晚？本质上，他们就是同一类人。

本来卢老大人已经打算在工部尚书的任上告老了，谁知碰上了变乱的机缘，这才顺势入了内阁，而如无意外，盛纮打算以卢老大人为学习榜样了。

和盛纮能交好这么多年，明兰估计柳铭大人想扮演海瑞也有限。

"亲事不错，你怎么这般模样？"顾廷烨瞧明兰似有几分感慨，"莫非你三哥不愿？"

明兰道："怎会不愿呢？这位柳三姑娘可是品貌皆酷肖乃父。"

顾廷烨听出些味道来了，看了明兰一会儿，道："品、貌皆似？"他脑海迅速浮现了一张并不很美妙的面孔。

"酷似。"

不是说柳三姑娘丑得惊天动地，而是……咯咯，明兰每回看见她，就会想起高中那位严肃的训导主任，戴着假发、插着珠钗的尊容。

顾廷烨眼神亮了亮，问："你三哥可知道？"

"自然知道。"

两家女眷常来往，就算长枫不记得柳姑娘小时候的模样，如兰难得见到一个和她外貌如此悬殊的闺秀，每回去柳家做客回来，都恨不能用高音喇叭来直播。

明兰眼神忧郁："所以我三哥'高兴'得连饭也吃不下了。"

鉴于打算和顾氏妇孺们长期抗战，当夜熄灯落帐后，明兰严正拒绝了某人的种种挑逗，坚定地把背转向他，像虾米一样抱着被子，一夜好眠到天亮。顾廷烨又好气又好笑，他并非嗜欲之人，揽过她的肩头睡下了。

次日一早醒来，明兰发觉怀里的被子变成了一条壮硕的臂膀，肚子上熟悉地搁了一条长腿。她揉了半天眼睛，然后手脚并用地推（踢）醒男人——通常不用早朝的日子，明兰都会努力和他一起起床，用早餐，送他出门。

一番梳洗过后，正揽镜自照，顾廷烨从净房里出来了，神色有些奇怪，挥手屏退房中丫鬟，阔步跨到明兰面前，一撩袖子，幽黑戏谑的眸子盯着明兰："你若想吃肘子了，与我说便是，何须如此？"

壮硕的上臂，微微偾张的淡褐色肌肤上，有三个浅浅的滚圆牙印，很整齐地排列成"品"字形，三枚牙印好似咧开了嘴，一起冲着明兰大笑。

明兰一阵心虚，她完全不记得了，又不愿意承认自己想吃肘子了，硬着头皮道："那个……大战前，不是要祭旗的吗？这个……这个牙印，不过略表吾之决心。"

顾廷烨本想放过她算了，谁知这家伙竟负隅顽抗，还嘴硬抵赖。他眯了眯眼睛，故意板起脸来，道："说得好！我也表下决心吧。"

最后，顾廷烨伸胳膊和她的肩颈一比对，两组"品"字形的牙印，大小匀称，他表示十分满意。明兰揸着水豆腐般的嫩肩头，一脸委屈地瞅着男人，用眼神表示控诉：呜呜呜，坏人，人家在睡梦中是无心的，你是有意的。

她一脸愁眉苦脸的小包子表情把顾廷烨给逗乐了，搂着她亲昵了好一会儿，手上一阵乱摸，险些摸出火苗来。结果不够时间吃早点，男人只好胡乱塞了两口酥卷烧卖就出门了。临出门前，明兰好心提着帕子要给他揩嘴，男人却故意在她脸上胡亲一气。明兰躲闪不及，叫他蹭得满脸都是点心渣。

丹橘捧着水盆，重新服侍明兰梳洗上香膏花脂，脸上愤愤的，嘴里喃喃两句责怪的意思。一旁的崔妈妈却笑皱了一张老脸，瞪了丹橘一眼："小丫头知道什么！不许妄言。"

新婚燕尔，就是要这般蜜里调油才好。前阵子她瞧明兰闷闷不乐的，连带着顾廷烨也心绪不佳，崔妈妈心下多少不安，如今见夫妻二人又好得更胜往昔，她这才放心。

待侯府那边的人再上门时，她便发现明兰今时不同往日，态度更加和蔼了！

面对女眷们的诉苦，明兰表示深切的同情，并且乐观地鼓励她们"定然不会有大事的"（不会掉脑袋），随即气定神闲地自顾自处置宅务，或是发问管事，或是发放月钱。

当中还开了两次库房，一次是取了几张上好的皮子，另早预备好的礼单，一起叫送去薄老将军府上，恭贺人家弄瓦之喜。薄家素来低调，估计洗三满月都不预备大办了。

第二次开库房则是往里放东西。

自打那回上梁开府之筵后，明兰终于知道了身居高位的好处。这些日子以来，她陆陆续续收了七八笔厚礼，有顾廷烨以前的老部下，如今在地方任职的，每年冬夏或年节必会送来"土仪"，也有顾廷烨现如今的僚属，以种种名目送来"贺仪"，还有七八竿子堪堪能打着的亲朋，更是说不清楚。

这种情形明兰并不陌生，只不过以前是盛家备下礼单送往各位世叔、世伯处，也不算行贿受贿，不过是多多联络感情，指望人家提携一二罢了。人家未必贪图你这些好处，但这些恭敬的举动能表示你"知情识趣"，不是那等得了好处也没响动装糊涂的。

而现在，情形倒了过来，明兰成了收礼的。她当上"特权阶级"的时间还不久，对于理所当然地收东西，她颇不习惯。

"伏大人多礼了。"明兰手持一张礼单，微笑着朝立在当前的一个仆妇说话，"伏老大人是和我家老侯爷一道刀尖上打滚出来的，老辈子的交情了，何须这般客气。"

"夫人说得极是。"那仆妇三十多岁，穿戴得十分体面，恭敬地福了福，"我家老太爷身子不好，疏于走动，这些年来淡了些故交的情分……老太爷当年便说都督大人将来必有大好前程，如今看来，果是如此。有子如此，老太爷也为故去的老侯爷高兴。"

明兰笑了笑，看向一旁的炳二太太和朱氏，见她们二人面色十分难看。

这些日子以来，原先和宁远侯府往来密切的好些人家，都渐渐转了风向。顾廷烨跟公孙白石商量了许久，属于被牵连的人家，能帮就帮一把，有些咎由自取的，就拒之门外了。

这家老太爷与顾老侯爷原来分属同僚，伏家也是世代将门，在连串风波中不可避免地被扫到些台风尾。

又说了几句场面话后，明兰叫那仆妇带了些药材补品回伏家。

回礼也很有讲究，若是人家送来的礼原封不动地退回去，意思是"别来烦我，我跟你不熟"；若是收下礼物后，迅速回赠一份同等价值的礼，意思就是"谢谢你的爱，但咱们还是保持些距离吧"。像现在这样，只稍稍回送一点意思意思，表示愿意接受对方的善意。

那种大咧咧地收下不用客气的，一般来说，要么是通家之好的亲密关系，要么是上下属的照拂关系，再不然就是其他特殊原因。总而言之，也是互通有无。

送走客人，明兰对自己的表现很满意，自觉婚后又学了不少新东西。

不理会炳二太太的冷言冷语，明兰热络地招呼朱氏尝尝新上的点心："这是拿北边新送来的酥酪做的，听说北边人是直接吃的，我觉着味儿重，还有些膻，便叫做成点心，这样反而香浓滑软呢。"

朱氏僵硬着面皮，拿着点心艰难地尝起来。炳二太太咬着嘴唇，道："弟妹真是好闲情逸致，自家叔伯兄弟都急难得要抹脖子了，你还这般不咸不淡的，也不知心肠是什么做的！"

"说得好，我的心肠和世上一般女子自然无二般。"明兰慢慢转过头，唇含浅笑，"二嫂子既把话说到这个份儿上，我今日也说句掏心窝子的话吧。"

明兰缓缓捋平衣裙，看着她，道："外头的事我一个妇道人家原也插不上手，然该说的我都说了，该做的我也做了，若我家二爷有别的顾虑或考量，难道我还能硬逼着不成？"

炳二太太气鼓鼓的。明兰正色道："说到底，毕竟是出嫁从夫，夫为妻纲，便是娘家在夫家面前都得退了一射之地，二嫂子满天下去问问，有几个嫁妇会为了旁人和自己夫婿对着干的？我知道这话不好听，可实在道理大多是不好听的。"

炳二太太心知是这个理，辩驳不出，嘴巴开合了几下，刚想张嘴，明兰就微笑着接上："兴许二嫂子有这胆气，但明兰甫进门不到半年，膝下犹空，只能本分谨慎为人，绝不敢越雷池半步，望二嫂子见谅。"说完，再苦笑两下，表示无奈。

拒绝而又不想得罪人的关键就是：态度要温和，原则要坚定，话要讲明白，以示非战之罪，力不能及，乃天意呀天意。她们是妯娌，估计在以后不可能不见面，还是缓和些的好。

况且，话都说到这个份儿上，也不用再说旁的了，她们这样来纠缠也是有限度的。估摸着再来几天，她们瞧着没戏，也就消停了。

明兰笑眯眯地继续请她们饮茶吃点心，有事办事，没事就抱着个小针线筐子做些活计，显示自己很贤惠——终归她们不能冲上来打她一顿，那么左耳进，右耳出就是了。

"这针脚真细密。"还是朱氏会看脸色，凑到明兰身边，拈起一件小兜肚，赞道，"啧啧，这花色，这针线，真是没的说。"

明兰微红着脸，轻轻捻着线头："我娘家大姐托人带话，说想寻我说话，我预备明早过去，这活计还差几针，索性做得了，一道给送去。"

朱氏微诧，随即又面色如常，调笑道："哎呀呀，到底是自家姐姐，不知我家贤哥儿有没有福气穿上这么好针线的活计。"眼波一转，故意盯着明兰，添上一句，"替人家孩儿做，终归不如替自己做的好，不知什么时候你自己生一个哟？"

明兰脸红了一大片，嘴角含笑，娇羞满面，"轻轻"推了朱氏一把："哎哟！讨厌啦，你、你、你……真是的！哪有这样说人家的……"

朱氏不曾提防，一个趔趄，险些从椅子上跌下去，胳膊被撞了下，疼得眼睛直冒金星。

次日去忠勤伯府时，明兰把这段子跟华兰说了，只逗得她笑弯了腰，伏在炕上，伸着尖细的指尖点明兰的脑门："你呀你！这么大了，还跟孩子似的！这般耍着，便快活了吗？"

明兰满不在乎地晃着脑袋："这些日子叫她们折腾得够呛，还不许我讨回些呀。她们就偷着乐吧，这若换作了五姐姐，怕是要扫帚菜刀伺候了。"

华兰拿帕子轻掩着嘴，笑得花枝乱颤。

明兰细细打量她。华兰的确是精神了，虽然人还是有些瘦，但眉眼舒展，愁容尽去，神态轻快之间，似又回到了当初那个无忧无虑又骄傲高贵的盛家大小姐。

好容易歇了笑，华兰叫人送上了一大盘点心："喏，来尝尝，翠蝉也许久没做了。"

红艳艳的豆沙小花糕、金灿灿的蜂蜜果子干露、韧韧的红糖糯米藕，还有白胖甜糯的酥酪奶豆卷，明兰一尝之下，口味美妙熟悉，叹道："祖母还是最疼大姐姐呀，把最得房妈妈手艺的翠蝉给了姐姐，我自出了娘家，好久没吃着这味儿了。"

一旁的翠微佯嗔着："敢情姑娘是嫌弃我们几个了，罢了，翠蝉姐姐，要不你与我换换吧，免得我们姑娘瞧着我们生厌了！"

翠蝉捂嘴笑着。华兰指着翠微笑道："小蹄子，谁不知你家姑娘对下头是极宽厚的，你少在那儿得了便宜还卖乖！"

"翠蝉姐姐呀！"一旁的小桃瞧着那些熟悉的点心也颇心动，觍着脸凑过去，"既然我家姑娘这么好，不如你就过来吧！"

翠蝉生性温柔，也不争辩，只站到华兰身旁，柔柔地道："我和我家姑娘是一道大的，说好一辈子服侍姑娘，便是姑娘打我、骂我、撵我，我也是绝不走的。"

明兰表示眼红，啧啧了半天。华兰嘴里虽不说，心里却大是得意，又说了几句，叫翠蝉领着翠微和小桃出去吃点心了。

"大姐姐最近不错呀！"明兰往嘴里放着点心，笑得有深意，"这点心工序繁复，配料麻烦，锅碗瓢盆的一大摞，想来大姐姐是有自个儿的小厨房了？"

华兰大眼瞪得俏皮，瞧明兰吃得满嘴渣子，笑着给她揩了揩嘴角："房妈妈年纪大了，我知你不好意思多烦扰她，以后想吃点心了，就跟姐姐说，叫人送个信儿就成了，我叫翠蝉做了送过去。"

明兰幸福得依偎过去："还是大姐姐待我好！"

华兰笑成了一朵迎春花，帮着捋了捋明兰的鬓发："傻丫头！"

江山易改，本性难移，华兰的性子她最清楚，属于大姐姐型，喜欢关照比自己弱小温顺的人。这种因为照料别人而获得的成就感，比帮了她大忙还能让她高兴。

“那个……”明兰想起一事，十分好奇，便试探着问，“如何了？”

当初出的馊主意，现在也不知如何了，明兰只在刚才进来时粗粗看了两眼，新姨娘生得端庄秀丽，虽韶华已过，但难掩和煦温柔。她话不多，言谈间甚是守礼，很本分地跟在袁夫人身后，却也不见过分地卑躬屈膝。

华兰瞥了她一眼，知道她心里所想，当即得意道：“计已售出。”

寿山伯夫人也不想弄个真的很风骚、很爱娇的小妖精来弄得家宅不宁，是以她寻来的这位张姨娘虽不够年轻漂亮，却明理贤惠，从不提无礼的要求不说，言谈举止也能上台面，还温存小意，体贴万端，待上下俱是和善仁慈。忠勤伯爷那干涸已久的心灵，刹那间宛如受到尼亚加拉大瀑布般的滋润。

张姨娘是良家所出，又是寿山伯夫人亲自聘来的，袁伯爷点头答应的，正是典型的贵妾。袁夫人阻止不了她进门，便想着过后慢慢折腾她。不过，张氏的言行偏偏寻不出什么错处来，待正房夫人始终恭敬有加，便是被无故掌嘴罚跪，她也一概受了，然后晚上顶着一脸一身的伤痕去给袁老伯爷看。

至于处罚原因，袁夫人又说不出个所以然来，来来去去只有一句“不恭敬，惹怒了我”，拿不出明白靠谱的说法。袁伯爷怫然大怒，直指她“善妒”，七出之一，罪责定性比欺负儿媳妇严重得多了。

最要命的是，张氏和老伯爷现在几乎夜夜睡一个被窝，哪怕袁夫人学容嬷嬷祭出神针绝活，老伯爷晚上也能发现伤痕。

在祠堂反省了两夜后，袁夫人忍着气恼，不敢再过分为难张氏。

柿子拣软的捏，她又以袁家子孙渐多，屋舍不够住，要在伯府后园扩建院落为由，向华兰提出“周转”些银子。

张氏何其乖觉，她深知要在伯府立足，必然需要靠山，光是老伯爷的宠爱是不够的，何况进门前，她早已得了寿山伯夫人的授意——制止袁夫人的肆意胡闹，免得把袁家弄散了。

之前每每发生这种事情，老伯爷虽觉着不对，但经不住袁夫人哭诉名目繁多的用钱之处，百倍夸大持家艰难，一顿胡搅蛮缠，老伯爷一头疼，也就过去了。

华兰就算觉着不对，也不敢老是去告状，“非议长辈”也是不孝。

不过，张氏就聪明多了，她只提出一个疑问：忠勤伯府少有灰色收入，田庄、铺子，还有俸禄，几笔进出项目都是明明白白的，袁家又素来节俭，从不大肆操办，怎么说这些年来也该有些盈余才对，怎么一要动土，就银子不够了?

这就好比一户人家,年收入为十万,一年正常花销为五万,如果在几年里,没有大型庆典(如元妃省亲盖别院),没有重症病人(华兰病弱和袁文绍走关系都属于自理项目),没有顿顿翅参鲍肚,人人绫罗绸缎,总而言之,在没有大笔支出之下,那么无论怎么花销,都不应该有亏空才对,不但不应有亏空,还应有积蓄吧。

"妾身进门不久,不敢妄言,可今日夫人说得厉害,似是二奶奶不拿出银子来,咱家就揭不开锅了,这……究竟是怎么一回事呀?"

老伯爷也是苦过的,他心头一惊,加上枕头风一吹,第二日就要求查点伯府账目。

袁夫人吓得半死,先是撒泼哭闹了半天,拒不交账,这样一来反倒叫人起了疑心。最后,老伯爷亮出了家规,逼着拿出了账本,一查之下,竟然发现袁夫人每年都从账上提走不少银钱,一开始只说是拿去接济娘家了,后一逼问,才知是被娘家兄嫂忽悠去"做生意"了——当然,"生意"都失败了。

袁伯爷气得险些吐血。袁家多年勤俭,辛苦攒下的积蓄,竟被亏空近一半。

说实话,本来华兰只是想让公爹知道伯府的经济其实还宽裕,根本无须克扣儿媳私房钱,不过是袁夫人刁难刻薄儿媳罢了。华兰原想着,这样查过账后,自己也能消停一段时间了。

"真没想到,我那婆婆居然这般胆大。"华兰也吃惊不已。

最终处罚是:袁夫人永远失去了财政大权。以后袁府银钱出入和账目明细,由两个儿媳共同掌控,若有分歧或决断不下,就去请张姨娘通传老伯爷。总之,袁夫人不得过问。

袁夫人当晚就披头散发地闹腾着要上吊,还拉着两个儿子为自己说情,类似于"没有功劳,也有苦劳"云云,老伯爷气得半边身子发麻:"你嫁来之前,袁府的家底也比现在厚,你究竟苦劳了些什么?!"

最后被闹急了,老伯爷要挟要开祠堂:"我也不要这张老脸了,把叔伯兄弟们都叫来,叫他们看看你配不配做这个宗妇!到时候要休书还是送庵堂里去,大家伙儿说了算!"

袁夫人这才害怕起来,她在宗族里的名声并不好,真要开了祠堂,那基本是死路一条。

"我说姐姐怎么气色这么好呢。"明兰明白了。

华兰觉得这几日气儿都顺了，走起路来也抬头挺胸，虎虎生风："这回，连我那大伯子都不帮着我那婆婆了！"她笑得得意至极，一派阳光灿烂。

"那也是自然的。"明兰不奇怪，说到底，袁夫人败的算是袁家大爷的家产。

"这几日，那两口子正闹别扭呢。"华兰指指东边，意指袁家大房，"大哥怪她帮着婆婆瞒下了所有事情，还说，若不是这会儿查出来，怕是将来他袭位时，袁家已是个空壳子了。"

其实袁家兄弟俩虽一个能干，一个平庸，但感情倒是不错，尤其是袁文绍几次向兄长表明愿少分家产，将来靠自己本事立业。

"你说，我要不要叫张姨娘送两个丫头过去？"华兰细细的牙齿轻咬着红唇，一脸坏坏的笑，"叫那边也热闹热闹……"

"别别别，千万别！"明兰连忙打住华兰的烂计策，"你大嫂那房现在这样很好。"就让兄弟两房的姬室通房数目维持这样悬殊的比例。

"是吗？"

华兰满脸怀疑。她这会儿正兴奋，十年的憋屈气直想一朝出尽。

"你大嫂两口子吵架对你有什么好处？大姐姐能多长两斤肉吗？"明兰压低了声音，一脸狗头军师模样，"损人不利己是断然不可取的！"

华兰是聪明人，一点就透，奈何心头郁结。

明兰见她领口露出的肩颈，秃秃耸立的锁骨，端是可怜，心中怜惜："大姐姐眼光要放长远，你婆婆是不会消停的，她在别处吃了瘪，回头定要找你出气，你又不能顶回去。你如今身子不好，她若以此为借口，又要给姐夫纳妾呢？"

华兰缓缓地点头："没错。若我婆婆以后再敢开口，就请张姨娘把事情捅到公爹面前去！两个儿子，两个儿媳，没有这般偏心法的！"她受了十年的委屈，如今总算拢住了丈夫的心，又有两个儿子傍身，怎么也有些底气了。

想到儿子，她眼光一转，一把捉住明兰的襟子，低声道："我说，你可有消息了？"

明兰端着没沾唇的茶杯，木木地看着华兰。这女人思绪转得也太快了。她无奈道："我成亲这才俩月呢，哪那么快呀。"

她例假周期比一般人长，四十天才一回，相对地，排卵期也就少了。

"你少装蒜！"华兰瞪她，夺下她手中的糕点，"你拿着贺老夫人的手札，想怎样？说，到底想什么时候生？"

明兰知道瞒不过华兰，苦笑道："本来想半年后再生的，可前日刚叫祖母训了一顿，我想着这轮药吃完就算了，再个把月吧。"

盛老太太的意思是：就算生，也未必一举得男，差不多了，就赶紧生吧。

华兰满意地点点头："你知道就好！女人究竟还是要靠儿女傍身的，你别不知死活，仗着二郎这会儿喜欢你，就稀里糊涂的！"

明兰大喊冤枉，举起双手低呼："哪有呀！我这是留得青山在，不愁没柴烧！贺老夫人早说过了，头胎最要紧，要好好调理身子，以后儿胎就都顺了。可那会儿我刚嫁进顾家，明的暗的不知多少坑洼，不把窝里窝外料理干净了，来伺候的人长什么心眼都不知道，连吃的用的都没底，我哪敢放胆子生娃娃呀。"

以贺老夫人的医术，当初也没能保住幼子的性命，无非是暗箭难防罢了。

"你就要嘴皮子吧！"华兰揪着明兰的耳朵，眼睛瞪得老大，"少废话，赶紧生个儿子！"

明兰救下自己的耳朵，板着脸道："大姐姐别老说我了，你也该好好调理身子了，自己身子不好，什么都是虚的！若有个万一，你放心姐夫续弦？你放心外甥和外甥女落到别人手里？我这回带来的药都是按着方子来的！你还是老实点顾着自己吧！"

华兰改去捏明兰的小包子脸，笑骂着："好！你能耐！你有本事学着贺老夫人，一口气生个四男四女八个孩儿出来，我做姐姐的，以后就服了你！"

明兰也不怕脸红，很认真地点点头："没错，我正打算跟贺老夫人学，多生娃，生好娃。"

华兰："……"

明兰所料非差，她越是愁眉苦脸、坐立难安，侯府的女眷便如看到了希望，变本加厉地哭诉责问，纠缠不休；当她摆出一脸"死猪不怕开水烫"的样子，她们倒无法了。

五六天后，世界又清净了。

这就好比一个正在调戏大姑娘的小流氓，原本只想占点儿手脚便宜，若此姑娘紧捂襟口，眼睛水汪汪的，一副小白兔状，没准那流氓一受激励，立马升级调戏版本了；倘若此姑娘把衣裳一敞，一脸彪悍狰狞，兴许会有吓跑流氓的可能性。

明兰自觉十分高明，便把上述见解跟顾廷烨炫耀了一番。男人十分感兴趣，立刻关门掩窗，很有学术精神地要求当场试验此理论效果如何，还很自觉地帮她去扯衣领。

遭遇大流氓，明兰只好落荒而逃。

一空出工夫来，明兰就想起一事急着要办。这日，她特意步行至蔻香苑。

自打上回明兰罚了个嚼舌头的婆子后——二十大板，立刻撵出去，蔻香苑上下再不敢小觑蓉姐儿，衣食住行无一不敢尽心的。所谓居移气，养移体，个把月下来，蓉姐儿脸蛋儿圆润了，身子也抽高了些，畏缩之气也少了不少。

明兰好似一位尽职的饲养员，把蓉姐儿上下左右看了个遍，才满意地冲巩、秋二人笑了笑："蓉姐儿气色可瞧着好多了，你们也有心。"

秋娘木木地笑了笑，目含清愁。巩红绡则活泛多了，立刻道："瞧夫人说的，姐儿是老爷头个闺女，咱们府里上下能不用心吗？"

明兰淡淡地看了她一眼，用碗盖拨动茶叶："第几个闺女不要紧，你们只消记得，无论将来如何，蓉姐儿总是这府里的大小姐，是实打实的主子就是了。"

蓉姐儿飞快地瞥了一眼明兰，又低下头去。巩红绡愣了一拍，平日里夫人都是很好说话的，今儿怎么忽然尖锐起来了？她尴尬地笑了笑，老实地站到了一旁。

明兰温和地微笑着，叫她们俩都坐下，又问了几句蓉姐儿的起居，便提出要问蓉姐儿的功课。巩、秋二人同时呆了呆，互看一眼。蓉姐儿有些局促地挪了挪她的小脚。

秋娘面有不安，但还是很快从里屋取出一个小小的针线笼子，拿出几块布头给明兰瞧，声音中难掩惶恐："这……日子还不长，姐儿只学了这些……"

明兰拿过几块布头细细看了，微微点头。要知道蓉姐儿刚来澄园时，女红水平止步于刚能缝合几道小裂口子，如今已能绣几片歪歪斜斜的叶子了。缝纫和刺绣其实是差别很大的两个概念，虽说进步不大，但好歹算是上手了。

"你不用这么束手束脚的，我瞧着这不错了，万事起头难，蓉姐儿不是个愚钝的，但凡你肯用心，总有进益。"明兰微笑着安抚秋娘，又语重心长道，"我瞧过你给老爷做的衣裳，的确是好手艺，蓉姐儿若能学得你一半，于将来的前程也有助益。"

秋娘柔柔地应了声，脸色看着好多了。

然后轮到巩红绡了。

蓉姐儿刚来时，明兰曾仔细问过，知道她识字不过二三十个，其中三分之一认识，但不会写，三分之一凑在一起能认出来，分开就不保险了；诗只会背《静夜思》的前两句和《鹅》的头一句（明兰腹诽：颇有乃父之风）。从教育理论来说，这种情况下，文化教育的开展应该有很大的发挥余地，所以明兰一脸期待地看着巩老师。

巩红绡脸上一阵青，一阵白。她的丫头金喜慢吞吞地把一沓薄薄的纸张递上来。明兰接过一看，顿时脸上不好看了——字还是那些熟面孔，笔画还是那么烂，连错别字都还错在老地方。明兰不死心，又细细点了一遍字数，终于忍不住有气了。

"都一个月了，才新识了十一二个字，嗯？"最后一个字，尾音高高吊起，声音发冷，"是你没多教，还是姐儿没能学进去呀？"

要三天才能认一个字？顾廷烨的基因没这么差吧？

巩姨娘强笑着，想和稀泥过去："姐儿是个聪明机灵的，但似是对书袋子没兴致，是以……"蓉姐儿忽然抬起头来，满脸倔强，似是不服，巩红绡看见了，尴尬地顿了顿，"也是我的不是，没心思教，这阵子府里不是忙嘛……"

她也很为难，她原本就跟蓉姐儿感情一般，又做不来秋娘那般软语轻劝的，整个蔻香苑又都是明兰的耳目，只消动了蓉姐儿一指头，明兰就会立刻知道。

打不得，哄不了，劝不进，她嫌麻烦，就偷了下懒，谁知明兰会突然来检查。

明兰淡淡道："哦，忙什么？"

巩红绡俏目闪烁，似是为难措辞，咬着嘴唇道："虽说我是个无足轻重的，但到底是顾家的事，如今各位太太奶奶急的急、慌的慌，整日进进出出，我这心呀，怎么也放不下……"

她说不下去了，因为明兰目光冷漠。

明兰先不说话，只示意丹橘领着蓉姐儿先出去。她慢慢地放下茶碗，清脆的底盏在磁石茶盘里敲出声响，才道："巩姨娘果然耳聪目明，这件事连我都插不上手，我竟不知道你这么'放心不下'了。"

"你操心的事可真不少呀！"明兰冷冷地注视着她。

巩红绡惶恐地站起来。一旁的秋娘瞧着，也跟着站起来。

明兰轻轻收回目光，在巩、秋二人的面上溜了一圈，语气放缓："我年纪轻，也没养过孩子，原本没想这么多，几日前我去了趟忠勤伯府，却见我那小外甥女，不过六岁多点儿，写出来的字、说出来的话，已是很能见人了。"

想到庄姐儿小小年纪，瓷娃娃一般精致的小人儿，说话朗朗清楚，态度落落大方，有问有答，不怯不骄，再看看已快九岁的蓉姐儿，明兰就一阵头疼。

按照华兰的培养计划，大家闺秀五岁前后应该做好启蒙教育了，十岁上就可以拿出手被相看了（女红、谈吐、姿态、文化程度），到了十五岁上下，亲事就该定下了。

明兰听了，当时就一阵心虚内疚，觉得蓉姐儿到底不是自己生的，自己根本没想这么多、这么长远，觉得才小学二年级的孩子，再多快活两年也不打紧，完全没有预估到形势的严峻。

明兰叹了口气，语重心长地道："我也不指着你给我教出个诗词歌赋的才女来，可你也不能一味疏忽，咱们这样的人家，总不好姑娘家连本《女诫》和《闺训》都看不了吧？说出去会被人笑话！"

她顿了顿，放重了语气："太夫人把蓉姐儿交到你手里，你也当多用些心才是！蓉姐儿的学业如今这样，你还有工夫管旁的闲事吗？"

话说这段日子，侯府那头出了事，秋娘倒还算老实（也许是情场失意，心灰意冷），巩红绡却里外奔走，热闹得很，想想也真该敲打一下了。

巩红绡面色如土，额头沁出冷汗来。这次，她被训得真是一句话也还不出口，双膝一软，就跪下了，一个劲儿地认错，直承认是自己疏忽了。

明兰说得有几分痛快了，略略出了些这段日子的窝囊气，最后吩咐了几句，便起身回自己院子了，临到蔻香苑门口，却见花妈妈正领着蓉姐儿站在那儿。

蓉姐儿稍稍地侧抬脸看了下明兰，咬着小嘴唇。明兰等着她。她终究没说出话来，一扭头又跑了。花妈妈瞧着蓉姐儿的背影，微微叹了口气，对着明兰福了福。

"夫人，您别往心里去，姐儿……"她也不知该如何说才好，"我是瞧着她进府的，这些年来……唉，也是个可怜的孩子，可她不糊涂，她知道您待她是真好。"

明兰苦笑了下——其实她对那女孩并不算很好，不过是怕担责任，所以责权下放，自己只尽到时时监察的义务罢了。有时候，她甚至很庆幸蓉姐儿一直疏远戒备着自己，若她真的来亲近自己，自己又该如何待这个孩子呢？

这年代的孩子，早熟，八九岁的女孩，其实大多已都知道了，何况人家亲妈还活得好好的呢，明兰要是上赶着表现温煦抚慰的母爱，还当她对取代人家母亲的位置很有兴趣呢。

明兰无奈地长出了口气。

她的母爱本就不充沛，这些年早已预支给华兰和海氏的孩子了。那几个胖嘟嘟的可爱娃娃，会甜甜地叫她，会软软地来搂她的脖子，还满身奶香地扑腾着来亲她的脸颊，明兰一想起来他们，就一阵窝心的柔软，喜欢得要命。至于满身棱角的蓉姐儿，明兰觉得自己相处无能，想她的生活已经充满刺激的挑战性了，不需要再自找难题，但求好好照顾她，问心无愧就是了。

对这个孩子喜欢不起来，她也没办法，感情又不是自来水，想开就开，说有就有。

好吧，她的确是个自私的人。

反省完毕，训好小妾，关心完老公的非婚生女，生活还要继续。侯府那边虽不怎么再来纠缠，事态却越来越严重了。

来发问的使者越来越不客气，频率也越来越密集。到了五月底时，大理寺索性把人提去有司衙门审问，顾廷炀和顾廷狄兄弟俩被问完后放回来，脸色青白。

六月初二，刘正杰亲自带了一队禁卫，把四老太爷和顾廷炳父子俩带走了，四老太太和煊大太太、炳二太太就去质问五房的兄弟俩当初在里头都说了什么，是不是把罪责都推到四房头上了。女人们越说越激动，当下就骂了出来，最后口角引发拳脚，闹得甚是厉害。

据说混乱中，顾廷炀的脸不知被谁的指甲划破了，鲜血直淌，一段日子没法见人了，如今正躲在家里养伤，五老太爷的胡须也被拽掉了半丛。

听到这个消息时，顾廷烨只弯曲了唇角，讥讽地笑了笑，什么也没说。

两日后，顾廷炜也被带走了。

隔了一日，侯府使人来请顾廷烨夫妇过去一趟，来的是邵夫人身边的妈妈。

第三十六回・侯府分产

往宁远侯府去的路上，明兰心下惴惴，这就好比不肯借钱给人家应急，还要上门去看戏。那边都被逮进去三个了，他们夫妻俩还这么大摇大摆地去，保不齐会被暴揍一顿。明兰看看自己的小身板，再微掀一缝帘子去看轿前行马的顾廷烨，身形高大，鹤势螂形。

明兰安心地放下轿帘，这哥们儿看着巨有安全感。

萱宁堂里一片愁云惨雾，顾府中人齐坐一堂。

脸色苍白的顾廷煜高坐上首，忧心忡忡的邵夫人正端着一碗东西站在他身旁；次下坐着满面愁容的太夫人，男女分坐两旁，众人肃穆以待，倒有几分黑社会开堂口的意思。

四老太太低调地端着一碗茶，低头不知在想什么。炳二太太的样子十分骇人，双眼红肿，咬腮怒目，神情满是怨毒，狠狠地瞪着侧边的五房婆媳三人。

炀大太太是做小伏低惯了，倒没觉着什么，只消把头低下，别人说什么她都能忍下，可五老太太和狄二太太被这刀砍针扎一般的目光看得浑身不自在。煊大太太和朱氏坐在一起，正半扶着她轻声抚慰。朱氏神色哀凄，一直轻轻抽泣着依在她身边。

对面便坐着顾府男人们，四房只有顾廷煊一人，五房倒父子三人俱在，都是面色发沉，神情凝重。

偌大的厅堂，这许多人，竟没什么声响，只弥漫着一股淡淡的药味，衬着外头一路而来的寥落庭院。这往日车水马龙、衣香鬓影的宁远侯府越发显得冷清，一股难以言喻的寂寥轻轻渗入肌骨。直到顾廷烨和明兰坐定了，厅堂里依旧没什么人说话。

众人都瞧着上首的顾廷煜，似在等他说话，可偏偏这会儿他有些气竭，不住地低声咳嗽。邵夫人心疼如绞，服侍他慢慢喝着汤药。旁人不说话，顾廷烨自也不会先开口，只淡淡看着手中一盏三月陶柳的粉彩茶碗，碗盖翻覆在盏沿，清脆作响。

明兰坐下后，瞧着身旁的朱氏形容憔悴，皮色蜡黄，两边的颧骨微耸起来，面颊却有些浮肿，明兰犹记得她当初的俏丽芳华，不由得大吃一惊。她定力不够，做不到装作没看见，便忍不住道："你……你也别太焦心了，这般不当心身子，回头三爷回来了，可怎么好？"

朱氏泪往上涌，哽咽道："也不知他还能不能回来！"

说着，便扑在煊大太太身上低声哭了起来。煊大太太一边拍着她，一边对着明兰低声道："你不知道，就在前日，大夫刚诊出她已有两个月的身孕了。"

明兰一阵尴尬。此情此景，她不知该不该说恭喜，只含糊地嗫嚅了几句"回头给你送些补养的药材来"之类的。

还没等她说完，朱氏已从煊大太太怀里猛地抬身，挣扎着起来，泪眼婆娑地要下跪："我求求二哥了，不论以前如何，他、他……到底是二哥的嫡亲兄弟呀！您如何能眼睁睁地瞧着不管？也不知这两日他在那阎王地界里……到底如何了。"说着，哭得越发厉害起来。

顾廷烨似早料到会有这一问，微微倾了下身子，道："弟妹不必着急，前日我一知道这事，便立刻去大理寺打探消息了。"

"怎么说？"太夫人不知什么时候抬起头了，焦急地问道。

顾廷烨颔首以示恭敬，道："也不是极要紧的，不过是从别处搜出几封信，上头有御敕钦诰的宁远侯印鉴盖戳。"

这句话把全神贯注给丈夫服药的邵夫人也惊着了，颤道："印鉴？不不，这几年你大哥一直缠绵病榻，寻常连园子里走一走都是不易的，如何会……"她止住话语，眼神已转向太夫人，嘴唇不住地颤抖。

顾廷煜强忍着气喘，抬起头来，恰好和顾廷烨的目光对上。那样镇定有力，充满生命力，他心头一阵恼怒，咳嗽得更厉害了。

顾廷烨收回目光，继续道："大理寺的几位大人细细盘问一番之后，才知道大哥这几年一直在养病，一应庶务都是三弟在管，这才把三弟叫了去问话的。"

朱氏听得发怔，急急道："那……你三弟他……"

"有几个人犯对不拢口供，还有几个为着能脱轻些罪责，正在七扯八扯地拖旁人下水。不过，我已去招呼了，几位大人都是做了一辈子的老刑名，目光如炬，待查清了便无事了。"

顾廷烨缓缓道："弟妹放心，只要三弟不曾深涉其事，不过是'不慎'或'攀附'罢了，还算不上结朋党，营私利，这样的罪名，大碍是没有的。"

朱氏住了眼泪，神情茫然。太夫人却听出话里的意思，紧张地追着问道："那落罪呢？会不会流放？充军？"

顾廷烨轻轻皱眉："这……就要看查下去如何了。"

太夫人用力盯着顾廷烨，却见他岳恃巍然，坚不可动。她颓然倒在座位上，老态毕露，一时心乱如麻。

炳二太太一直咬牙忍耐着，听到这里，猛地站起身来，走前几步，指着五房父子三人，尖声道："你们！你们！炜兄弟替他大哥掌理些庶务，也只有咱们自家人知得，大理寺怎会晓得？定是你们贪生怕死，把炜兄弟也抖搂出去了！"

她怒极之下，发丝散乱，目光凶狠，似恨不得扑上去咬五房父子几口。

明兰不同意她的说法。既然顾廷炜替长兄做事，自然免不了与外头的人打交道，人情往来在所难免，外头人知道的估计也不少，未必是五房父子说出去的。

五老太爷不复往日神采，一直怏然不乐，听闻此言，只吹了吹稀稀拉拉的胡须，半晌没说出话来。倒是五老太太严斥道："侄媳妇，休得胡言！有这么对叔伯长辈说话的吗？！"

"什么叔伯长辈！哼哼，要紧关头，一个个只知自保！"炳二太太急红了眼，越发说得厉害，一边哭，一边骂，"我家那个，不过是替逆王暗中办了两桩不轻不重的差事，不知早几辈子的事了，外头人怎知是顾家的哪个？都是你们怕担事端，一个个缩了王八脖子，一张嘴全吐了个干净！虽说办事的是我家那个，可当初在王府喝酒吃肉，你们难不成少去了？！"

"你个泼妇！颠倒黑白！"顾廷炀一拍桌子，终于高声还嘴了。

从进来起他就一直保持着四十五度的完美侧脸，这时转头，明兰才看见，他侧颊上有三道明显的血痕。

"当初四王……逆王可没瞧上他，是他自己上赶着要去巴结，争来差事办！如今叫查出了证据，与我们有什么相干？！"

炳二太太气得脸色酱紫，大怒道："难道那些差事你没沾手？如今你屋里那两个小妖精不是当时一道弄来的吗？哼哼！若是我男人有个好歹，我亲去大理寺揭了你们的老底，争个鱼死网破，大家谁也别想择干净！"

明兰低头揉着裙角，她晓得了，虽然顾家兄弟都是一个牌子的产品，却有档次差别，顾廷炀和顾廷狄是嫡出的，可以出入王府饮宴交际，顾廷炳是庶出的，四王府难免有些看不上，但挡不住顾廷炳热情似火，上赶着巴结些暗中的差事来效劳。

一明一暗之下，所以先被逮去的是五房父子，但后来被收押的是四房父子。

炳二太太想到自己娘家本就只是寻常富户，若丈夫再没了，她们母子今后没了依靠，日子怕要难过，当下便哭得更加厉害，一边蹬着脚跺地，发力捶着胸膛，一边连哭带叫地直嚷嚷："哎呀老天呀，我不活了……"

见她当场撒起泼来，厅堂里一时混乱，众人劝的劝、骂的骂、扶的扶，好生闹了一阵子。

"好了！"

太夫人终于发威，提高了声音斥了一声："今日是叫你们来闹事的吗？都是自家人，事情总有个说法，都给我坐下！"

顾廷煊的父与弟都被带了去，四房只剩他一个，心中最是焦急："大伯娘说得是，大家好好说话才是！弟妹，你也且先坐下！"

过了半晌，厅堂才消停下来。五老太爷面色愠红，沉声道："大侄子，今日是你叫我们来的，到底所为何事？赶紧说了，我们好回去！一个个戳在这里，尽受气吗？"

说话甚是不客气，邵夫人看着孱弱瘦骨的丈夫，心中不忿，转头怒视了五老太爷一眼。顾廷煜艰难地喘匀了气，好不容易才开口："没错，我是有话要说。"

一双布满血丝的眼睛，直直看向顾廷烨。

"大哥请说。"顾廷烨侧过身，姿态十分恭敬有礼。

顾廷煜抖着发紫的嘴唇，撑着骨瘦如柴的身子，死死盯着顾廷烨："我只问你一句，凭你今时今日的能耐权位，若一意想把顾家拉出来，可是能办到的？"

明兰暗叹一声："厉害！"这句话才是问到点子上了！到底是一个爹生的，也差不到哪里去。

顾廷烨凝视长兄，并不答话。兄弟相互看了一会儿，顾廷煜笑了一声，颇有几分凄然之意，依旧直视着他："你能办到。或许十分艰难，要四处托人，要到处卖情面，兴许还要求到御前……但，你能办到的，对吗？"

顾廷烨高眉一挑，依旧不语。

太夫人和五老太爷一见此情，当时就想说话，却叫顾廷煜抬手制止了。他盯着顾廷烨，继续道："可凭什么你要去求皇上、托同僚呢？就为了我们这些亏待你、欺侮你，甚至把你赶出家门的叔伯兄弟？"

这话一说，五老太爷难堪地笑了笑："大侄子，说什么呢，都是自家人……"

顾廷煜不耐烦地打断他，笑声中满是讥讽："我说五叔，你也想明白些吧！你以为当初的事，你不提，我不提，便可当没发生过吗？余家弟妹为甚进门才三日就和二弟闹起来了？是有人勤快地通传消息罢了。他们又为甚愈闹愈厉害？是有人给她撑腰仗势罢了。"

厅堂里几个女眷顿时眼神闪烁，低下头去。

顾廷煜对着自家叔伯兄弟笑了笑："后来，二弟又为什么会连京城也待不下去，直至离家远游，数年不归？还有父亲过世，是谁拦着不叫二弟进灵堂来拜祭的？"

顾廷烨神色不变，但搭在扶手处的手渐渐握起拳头来。

五老太爷讪讪的，转头不语。顾廷煊面有惭色，顾廷狄不安地看了顾廷烨一眼。顾廷炀咬牙大声道："你别说得跟你没干系似的，难道你没份吗？你……"

"没错！"顾廷煜冷笑起来，皮包骨头的面孔上，高耸的颧骨显得有几分可怖，"我有份！大大的一份！我也没想撇清！"

太夫人瞧气氛紧张，赶紧道："唉……煜哥儿，说这些做什么？便是舌头和牙齿也有打架的，到底是自家人……"

"嫂子说得是。"四老太太也来当和事佬，"事情过去就过去了，以后咱们关起门来，还是一家人！"

"四姊觉着这一桩桩、一件件，只消说笑两声，含糊两下，便能过去了？"顾廷煜这么说着，眼睛却瞧着五老太爷，目中满是讥诮。

四老太太本就底气不足，立刻不说话了。

五老太爷刚要张嘴，又无可奈何地闭上了。顾廷煜深吸一口气："五叔，两位婶婶，你们觉着，如今的二郎，还是过去的二郎吗？难不成你们觉着，吓唬两句，或说两句好话哄哄，他便会乖乖就范了？"他的目光把厅堂内众人都扫了一遍，最后落在顾廷烨身上。

顾廷烨微微一笑，松开掌心，姿态缓慢优雅地端起案几上的茶盏，缓缓啜了一口，仍然片言不发，好整以暇地双手搭膝，静坐以待。

顾廷煜心中苦笑——好定力，果然已非吴下阿蒙。

他转回目光，对着厅堂中众人，一字一句道："若想自己亏待过的人回头帮忙，便硬气些！别想着能糊弄过去，把该交代的交代了，大家心里也就明白了！"

明兰疑惑地看着顾廷煜，鉴于"终极大 BOSS 总是最后出场"定律，顾廷煜应该不会只是忏悔或哭诉一顿，想来应该有"撒手锏"吧。到底是什么？

顾廷煜手指枯瘦如柴，似想从袖中取些东西，但手腕抖得厉害。邵夫人忍着泪水，帮着丈夫在袖中拿出几个焦皮信封。共有三封，封口上火漆已开，里头隐约有白色信纸。

大约是适才说话耗费了太多力气，顾廷煜气喘吁吁地往后坐倒了，示意妻子把信交给顾廷烨。邵夫人走前几步，把手中的信交到顾廷烨手上。

厅堂中几个老的一瞧，顿时大惊失色。五老太太失声道："这信？！你怎么还没……"她随即自知失言，连忙住了嘴。

顾廷烨缓缓地看了她一眼，朝着邵夫人微躬身，然后干脆抽出信纸，展开来匆匆而读。从明兰这个角度，自然看不见信的内容，却见忽然间，顾廷烨神色大变，手指微微颤抖起来。他读完一封，又连忙拿了另两封来看，似是越看越心惊。

明兰大奇，转头去看煊大太太，见她也是一脸疑惑。

顾廷煜见此情景，微暗哑着声音，缓缓道："这信是父亲临终前所写，总共三封，一模一样，分别寄给金陵和咱们老家的三位堂叔伯。这件事，他谁也没说，瞒了所有人。"

他缓了口气，一口气说完："里头写着，二弟生母，先白氏夫人嫁入顾门时曾有陪嫁，南边有上等水田九百三十亩，余杭铺面地皮五间，另通汇铺号里存银五万三千两，待父亲身故后，不论是否分家，这些银两、田地、铺面，都先给了次子顾廷烨。父亲信里还说，要三位堂叔伯，当着族人和亲朋故友的面，一起在灵堂上读出来。"

朱氏和煊大太太等女眷从未听闻过这话，一时目瞪口呆。炳二太太却似乎知道，轻手轻脚地缩到一边去。明兰也惊讶得不能言语。她赶紧转头去看顾廷烨，却见他如石化了一般，沉默地端坐在那里，只有拈着信纸的手指微微发颤。

厅堂内一时寂静无声，落针可闻。

四老太太和太夫人满面羞惭，五老太爷夫妇闪避着众人的目光，侧过头去。

"那，后来呢？"过了良久，顾廷烨才问，声沉如山涧回声。

顾廷煜冷笑着说："父亲过世前，九房的大堂伯恰恰出门摔伤了腿，一时难愈，没法来奔丧，便遣了两个儿子来。他们年轻，一次吃酒露了口风，叫人套出话来，我们这才知道有这么三封信。当夜，我们几个就软硬兼施着，把这三封信给要到了手，这事就此没过。"

他的声音没有半点起伏，不知是在讥笑别人，还是在讥笑自己。

太夫人轻轻抽泣起来："当时我就说这事做不得，到底是老侯爷临终的意思，怎好违背，你们偏要……唉……"

五老太太怒着瞪了她一眼，四老太太轻轻叹气。

顾廷烨低着头，神思惘然，目光直直地看着多宝格的雕杆。重重叠叠繁复的雕花重翠，底下压着一排威严的乳白色大理石小兽做压脚，日已近黄昏，光线隔着薄薄的竹帘，一缕缕地照进屋内，所有的桌椅架槅，都蒙上一层璀璨的金色。

侯府这样的石头小兽很多，每间屋、每处厅堂都有。他记得自己四五岁时，日日想着到外头去，老父气急败坏地训了他几顿也不见效，只好哄他"什么时候把家里的石头小兽数遍了，就好出去玩儿了"，他就真的蹲下小身子，一只一只数过去。

数了一天又一天，怎么也数不完，可他不信邪，执拗着一定要数完。叔叔婶婶和兄弟们都笑话他"又傻又二"，老父却望着他微微叹气，什么也不说，只轻轻摸着他的头。长满老茧的虎口磨着他的皮肤，他就扭着身子躲开去。

记忆模糊一片，他依稀记得那时父亲的目光，似是高兴，又很伤怀。

"这……"邵夫人从不知道此事，她只忧心丈夫的身体，见顾廷煜笑得比哭还难看，又不断咳嗽气喘，忍不住出来解围，"二弟，你别误会，我想着，大约是长辈们替你先看着这家当，怕你胡乱花用吧……"

顾廷烨猛然从回忆中清醒，目光漱然如冷泉，邵夫人说不下去了。

"那可真是多谢叔叔婶婶，还有各位了。"

他傲然一笑，语气难掩狂傲，便是邵夫人也听得出顾廷烨声音的气愤和讥讽。

厅中众人俱是不安惶恐，女眷们面面相觑。五老太爷沉着脸不说话。顾廷炀恼怒地瞪着顾廷煜，暗骂这个痨病鬼为什么把这些都说出来，这不是火上浇油吗？

这下子别说帮忙了，别往下踩两脚就不错了。

明兰一股一股的气往上涌，再不肯保持微笑的友好态度，只绷着脸坐在一旁——这帮王八羔子！哦，不对，他们若是王八羔子，那她老公也是了。

"大哥要说的话可说完了？"顾廷烨心中狂气发作，再不想看这帮人的嘴脸，也不管炳二太太和太夫人，昂然起身，面无表情，"若完了，我这便告退了。"

"慢着。"

顾廷煜气喘着高声道，苍白的面孔都发青了。他挣扎着要站起来，邵夫人忙去扶他。

"我还没说完，现在，你跟我去个地方，待去过了那里，你想怎样，都由你。"

顾廷烨迟疑半刻，随即点头。顾廷煜吃力地站起来。一旁的邵夫人忙收起拭泪的帕子，急上前几步扶住丈夫，率先往门口走去。顾廷烨刚抬步，似是想起一事，回头对着明兰，轻描淡写道："你也来。"

明兰心里大松了一口气，立刻起身，微笑着用十分标准的"Pardon me"（原谅我）表情跟女眷们告别，缓步跟上大部队。

一路往里，直往侯府最西侧走去，好在萱宁堂原本就靠西，是以穿过两扇垂花门，顺着一条穿花小径直走过去，便到了。

明兰抬头一看，低头微撇嘴，没创意，她早就想到了。

顾氏宗祠，高耸的屋脊，飞扬的檐角，漆黑桐油涂遍的熟铁大栅栏将这个院落团团围住，里头是面对面的两排五间高大正堂，北堂为正堂，另有三间抱厦和月台，南堂为副堂，只两侧有小耳房，院中遮天盖日的四棵巨大桐柏，分立于东南西北四方，据说是从宁远侯府立爵那日种下的，取枝繁叶茂、根深延绵之意。

一走进这里，明兰不由自主地低头肃穆，油然一股庄严感，无人敢高声说笑。

青城顾氏本只是当地寻常人家，不过渔樵耕贩，聊以度日，但恰逢改朝换代，战乱四起，田垄荒芜，百姓背井离乡，而青城又地处要冲，兵家必争之地，不少当地子弟便入伍为戎。

风云际会，顾氏先祖顾善德为护驾而亡，遗下二子，遂被提为少年军士，征战二十余载，血火拼杀，两兄弟有勇有谋，从龙建功，分别立爵，顾氏这才飞黄腾达。

这之后，顾家便着意修缮老家祖坟宗祠，又将几代子弟遣往青城立业，是以现在顾氏在青城已是不折不扣的大族了。后来，宁远侯府与襄阳侯府闹了一场立嗣风波，顾家索性把祖庙立在青城老家，然后两侯府各立一个宗祠，都拥有开除宗籍或分家别府的权力。

一行人走到院中，顾廷煜忽对身旁的妻子道："你和弟妹就留步吧，二弟与我进去。"一边说着，一边推开邵夫人的手。跟在身旁的贴身丫鬟递上一根手杖，顾廷煜轻嘲地笑了笑，接过手杖，微抖着手臂拄起手杖，蹒跚着朝北堂里走进去。

顾廷烨回头看了眼明兰，也跟了上去。

院落中剩下两妯娌和一个小丫头，邵夫人满面忧心地望着顾廷煜走去的方向，转头朝明兰勉强一笑："不如弟妹与我去耳房吃杯茶吧。"

明兰瞧出她惦记丈夫，便微笑道："这里阴凉得很，日头一点儿也照不到，便在院中坐会儿等着，不知大嫂子意下如何？"

邵夫人一直盯着丈夫慢慢走开的背影，如何肯离开？听闻明兰此言，立刻松口气道："如此甚好。侍雯，你去……"

那小丫头应声而去，不一会儿就搬来两把藤木杌子和小几，团团放在树荫底下，又去张罗茶水点心了。

见邵夫人愁容满面，明兰很想安慰她两句，却不知从何说起。邵夫人紧锁愁眉："……也不知里头有没有座椅和茶水伺候。"

明兰木了木，也答不出来，期期艾艾道："这，我也不知道欸，我只去过一次。"就是新婚第二日，祭先祖，入祖谱，认宗亲，只此一次。

邵夫人瞧明兰好似答不出先生问题的小孩子，一脸懊恼，便是心中愁绪不解，也忍不住莞尔："我也只进去过两回。"

望族豪门的大户人家规矩，除开族中的重要大事，为着叔嫂避讳，男女有别，女眷并不能随意进宗祠，便是逢年过节，需要祭拜祖先，也是男女分开在南北祠堂进行祭拜活动的。

妯娌俩才说了两句，只听一声轻响，一个看守祠堂的老仆已把北堂正门轻轻关上了。

硕大广阔的祠堂，暗沉沉的一片，只有高高的窗台处余下几丝微弱的亮光。

"你点灯吧。"顾廷煜道，"我没力气。"

顾廷烨挪步上前，从香台左侧第三格木架下摸出用层层油纸包好的火石与引绒，利落地转身，看也不用看，似乎对这里东西摆放的位置熟悉至极，抬手就把两侧高高的黄铜烛台上的巨烛点燃。如此暗淡光线，也不曾使他动作慢半步。

顾廷煜瞧着顾廷烨动作流畅地放回火石，不由得轻轻嗤笑："说起这祠堂，怕是我们兄弟中谁也没你熟悉。"

顾廷烨微一踟躇，自嘲道："那是自然。三天一小惩，五天一大罚，总免不了来这儿跪上一跪，若是到天黑还没叫放出去，怕黑的小孩子，只好自己摸火石了。"

随着烛火燃起，堂屋里明亮许多，处处干净光洁，想来是时时擦拭清扫的缘故，一旁的茶几上还摆着个茶盘。祠堂里用的是上等香烛，影影绰绰的光线，弥漫幽幽檀香。环视四周，横六丈、竖三丈共八层的高台香案上，林立着顾氏先祖的牌位。厅堂高阔大敞，这是为了能容纳百名顾氏子弟一同祭祖而建的。

此时，偌大的地方，只有两兄弟。

顾廷烨的目光定定地注视着香案上最新的那个牌位：顾公偃开之位。

简简单单的六个字，就终结了他从小到大的所有愤怒、不平、委屈、疑问，从此以后，他再也不用去质问他了。一切都结束了。

两边高直入梁的大柱子上各竖挂了一副楠木匾额，八个醒目大字，深深镌刻入木：祖德流芳，万代荣昌——用的是圆润凝重的颜体。

第一代宁远侯顾右山一生最爱奔放不羁的狂草，醉酒时能一口气写出四种草体的《将进酒》来，人们问他："为何此时倒用上中规中矩的颜体了？"

他答道："余一生好酒莽撞，肆意妄为，入土前，唯望子孙平安，无灾无难。"

顾廷烨笑了笑。

他记得小时被逼习字时，父亲总爱拿先祖右山公自习书法成才的例子来激励不听话的次子，他听多了就嫌烦，曾咬着笔杆嘀咕："习狂草？别是为着写错了字也没人瞧得出吧。"

当时，顾偃开怒目圆睁，高举大掌，眼看就要打下来，手却迟迟没落下，还脸上表情古怪，想骂人又想笑的样子。小廷烨浑不畏惧，居然还鬼使神差地来了一句："莫非父亲您小时也这么想过？"

下场是多罚抄了二十遍《劝学》。

顾廷煜拄着手杖站在侧边，一直静静地瞧着顾廷烨。其实他们兄弟三人中，自己和顾廷炜都似秦家多些，唯有顾廷烨最似父亲，一举一动，一笑一怒，且年岁愈长愈酷似。

父亲是不是也早发觉了，所以才那样关注他？

"……如今你这么出息，祖宗们和父亲若地下有知，定然高兴得很。"语气黯然，他自己也不知道为什么要这么说。

顾廷烨勾起唇角，似是揶揄："若是大哥能身子大好，想来父亲能更高兴。"

顾廷煜凝视着他："自我懂事起，就有人告诉我，我生母是叫你娘逼死的，不单如此，还有我这副病秧子，也是那时埋下的祸根。"

顾廷烨淡淡地道："府里但有坏事，便都是我们母子的过错，这，我早已知晓了，还用大哥来提醒？"

"后来我才知道，当年库银亏空之事发时，我早已出世，我的身子怪不着任何人。"顾廷煜平静道，"家母身子本就不好，本就不该生育。"

她为着情深义重的夫婿，拼就性命生下一子，最终掏空了自己，孩子也不甚康健。

顾廷烨轻讽着挑了挑眉头："多谢大哥明鉴。"

"你与弟妹情分甚为不错。"顾廷煜没在意他的讽刺，忽然没头没脑地说了这么一句，"若今日家逢大难，要你休妻另娶，你当如何？"

"大哥问得真有趣。"为了这帮人休弃明兰？顾廷烨忍不住笑了出来。

"喀喀，自然了，喀喀，为了这会儿萱宁堂上的那些人，你是不肯的。"顾廷煜轻轻咳嗽起来，他掏出帕子擦了擦嘴，抬头凝视顾廷烨，"若是父亲呢？如今若为了救父亲性命，要你休妻另娶，你当如何？"

最后四个字，他忽然提高声音，尖利如刀剑，猛刺入对手心房。

顾廷烨心头大震，猛然退了一步，随即立刻稳住。他素来知道自己这位大哥是个极聪明的人，窥探人心，伺弱寻机，思虑缜密周全，若不是身体太差，一朝能得出仕朝堂，端是一位极厉害的高手。

很小的时候，他状似无心的随意一句话，便能让父亲对自己怒不可遏，变本加厉地处罚自己，从小到大委实多吃了不少苦头。

他微微眯起眼睛："大哥究竟要说什么？"

顾廷煜气喘得厉害，慢慢靠到柱旁，摸到一把椅子坐下："没错，顾府上下都对不住你们母子，可也不是人人如此吧。煊大哥从小到大偷着往祠堂里给你送了几次吃食？你被拦在灵堂外，是谁顶着亲老子的打骂替你说话的？还有……父亲，他未尝不知，你们母子是受了委屈的，他也不好受……"

不说这话还好，顾廷烨听了，更加一股怒气上涌，挺直背脊，重重一拳捶在身旁的柱子上，狂傲地冷笑："父亲便是知道又如何？这二十几年来，他还不是瞧着别人拿话糟践我娘，再拿我娘来糟践我？！他若有半点不忍，怎连一句话都没说？！大哥怕是弄错了，这区区几句话便能叫我改变心意吗？"

顾廷煜丝毫不动，直视过去："不是蛔虫，我也知道。你自己摸摸良心，这些年来，父亲待你如何？父亲军务繁忙，一天到晚能得空两个时辰便是不错，几乎都拿来教你文武，他花在你身上的工夫比我和三弟加起来翻一番都多！"

想起老父一日忙碌之后，总不忘紧着问"廷烨今日如何了"，一旦得了不好的消息，就扯着嗓子拎着家法去追着教训顾廷烨。

顾廷煜不禁心头剧烈酸痛。父亲对自己虽好，却不怎么愿意和自己待在一起，有时望着自己的面孔和孱弱不堪的躯体，老父就不免伤怀离去。

"父亲如此教养你，不是疼爱于你，还能是什么？你倒是说句真话，倘若当年之事轮在你身上，无可奈何之下，你能如何？"顾廷煜抬高了声音，涨红了青白的脸，怒吼着，"你想想今日你待弟妹之意，再想想父亲！"

到底多年自制已成习惯，顾廷烨虽心头翻滚得厉害，却依旧能冷静而答："我从不想'倘若之事'。我不是父亲，没那么多牵挂，会落到'无可奈何'的地步，本就是不该！"

身为统军将帅，不是到了山穷水尽之时，再去想该牺牲前军冲锋好还是牺牲后军来殿后，而是根本不应该让这种"被迫选择牺牲"的情况发生。

作为顾家长男，上有老父，下有幼弟，只顾着和个病病歪歪的女人情深意长也就罢了，好歹也该想想家族境况，居安思危，未雨绸缪才是；纵算一时筹不出银子，也要找好借口或托词，只消挡过一时，拖个一年半载，武皇帝就薨逝了，新帝仁慈，上折求情一二，多半能徐徐图之。

想起大秦氏，顾廷烨虽知她早逝可怜，但依旧禁不住心生厌烦。他能理解父亲的一往情深，可她毕竟是家妇，嫁入顾门近十年，只知风花雪月、伤春悲秋，夫家的隐患她竟一点儿不知。

这样柔弱的女子就不该嫁给长子嫡孙，就不该为宗媳。若是个有担当的聪慧女子，绝不会一味成为夫婿的负担，就像……明兰。

他心里忽地温软一片，目光转向兄长，嘴角露出几抹酷烈，冷笑着："大哥领我来祠堂的意思我明白，然，对着祖宗和父亲，叫我反省，我可说一句，便是此事我不加援手，任其如此，顾氏宗族也不会没落。"

顾廷煜目光激烈，狠狠盯着他。顾廷烨并不退缩。同样血缘的两兄弟，便如棋逢对手的两个高手，比杀着智谋，对阵着心机，看谁熬得过谁。

过了会儿，顾廷煜长叹一口气，颓然靠在椅背上，指着香案道："那儿有个盒子，你去看看吧。"

顾廷烨俊目冷然掠过一道光芒，走到香案前。

这是一个深色沉重的大木匣子，宽尺余，长二尺，四角包金镶玉，这也罢了，顾廷烨一触手就惊讶地发觉，这竟是极珍贵的沉香金丝楠木，这么大一个匣子，怕是万金难换。

锁扣早已打开，一翻盒盖看里头，明黄色的衬底，上头摆着一个双耳卷轴，金黄色上五彩丝线绣龙凤纹，且有瑞云、仙鹤、狮子点缀上头，是圣旨；一旁又放着个黑黝黝的东西，是一块厚厚的拱形铁片，上头刻着竖排的文字，并以朱砂填字，卷首以黄金镶嵌。

顾廷烨微愣了一下，是丹书铁券。

往常，只有逢年过节才拿出来放在香案上拜一拜，跪在后头的子孙根本看不见，这也是他头一回见到这件顾家的至宝。

"你把那铁券拿出来，看看上头最前面那四个字。"顾廷煜艰难地出声。

丹书铁券本是个中空的桶状，宣旨封爵当日，从当中对半剖开，由朝廷和有爵之家各执一半，是以落在顾廷烨手中的这沉沉铁片，形状似瓦。

顾廷烨慢慢转动铁片，视线挪到卷首，最前头以黄金锲成四个凝重的大字：开国辅运。

顾廷煜抬起头，望着香案上那高高林立的众多牌位。烛光下影子重叠成荆棘一半的丛林，落在顾家兄弟身上，便连面目也看不清了。

"先祖善德公，以草莽卑微之身，得识于太祖，遗寡妻少子而亡，右山公更建下赫赫功勋，此后，太祖东征，太宗西伐奴尔干，南平苗司，三靖北疆，顾家子弟前前后后共送了十一条人命在战场之上……这些都不用我说了吧？"

"我知道你的打算。"顾廷煜说得有些喘，抚着胸口，继续道，"父亲就是为着侯府才娶了你生母，才生了你，你恨、你怨，是以你就是想眼看着宁远侯府倒掉，叫夺爵毁券，该下狱的下狱，该流放的流放，把你积年的怨愤好好出上一出。待过个十年八载，而你慢慢积攒军功，皇帝再赐你个爵位，那时候，你便算是为顾氏光宗耀祖了！那些亏待你的人不是死光了，就是落魄潦倒了，你什么仇都报了！"

顾廷煜一边说，一边笑，笑得直气喘："可皇上不能直接夺了我的爵位给你，哪怕有罪名压在那儿，也难免有欺凌弱兄寡嫂之嫌。皇帝最重名声，他不会的，为了你，他也不会。可你又咽不下这口气，所以，你索性釜底抽薪，倒了宁远侯算了，是不是？"

顾廷烨看着狂笑不停的兄长，冷冷的，一言不发。

"可是……可是，你有没有想过……"顾廷煜终于止住了笑声，神色凄然，"待多年后，你再得来的丹书铁券，上头可有这四个字？"

"这么多年了，太祖时肃清了那么多功臣，太宗即位时的'九王之乱'，再后来几宗谋逆，大兴诏狱，乃至现在……多少开国功臣都被掳了爵位！你可知如今满天下去算，还有几个有爵之家持有这样的丹书铁券？"

顾廷煜忽然激动起来："我告诉你，只有八家！八家！其余的，什么守正文臣、宣力功臣，在咱们家面前，都不值一提！咱们才是真正一脉相承，不曾断过的！连襄阳侯府也没了这个，便是如今红得发紫的沈家，又算得了什么？"

他一阵发力，忽然扑到顾廷烨跟前，用枯瘦的手一把扯住顾廷烨的前襟，大吼起来："你以为你凭什么能得重任，当初新帝刚登基，你便只带了一队人马去接防，江都大营也服帖地听你号令，皇帝身边那么多潜邸的亲信，一样领了兵符圣旨去接军务，除了皇帝的小舅子还给点面子外，哪个有你这么顺遂的？你比旁人快出兵，比旁人更早服众，所以你才能建功立业？我来告诉你，因为你姓顾！顾家几辈子人都埋在军里了！因你姓顾！你……"

顾廷煜一阵气竭，剧烈咳嗽起来，抖得几乎跌倒在地。顾廷烨脸色淡漠，也不知在想什么，一把搀起兄长，放回到座位上去，然后从茶盘里倒了杯水递给他。

顾廷煜咳得几乎要出血，用茶水生生压下去，用力喘气，才渐渐平复了些。他望着香案上那泛着铁青色的丹书铁券，眼眶渐渐湿润，低声道："当年事发之时，父亲已官至左军都尉，无论武皇帝还是为当时太子的先帝，都颇为器重。即便没了爵位，他的前程总是有的。他最终抛舍下我娘，为的，就是这四个字。"

顾廷烨默不作声。

他小时候，不止一次见过父亲躲在书房，对着大秦氏的画像痛哭。

烛火把兄弟俩的影子拉得长长的，一者高大健硕，一者佝偻蜷缩。顾廷煜厌恶地瞪着地上自己的影子，倏然又释怀了。到底，这么多年来，他是因为以前的事怨恨着，还是为了现在而嫉妒着？可事到如今，还有什么好计较的呢？

"我知道你为生母不平，为人亲子，这也无可厚非。"再开口时，顾廷煜心头一片宁静，"可你不只有母，还有父，身上有一半血肉，是姓顾的，是宁远侯府的。"

"我不会立嗣子的，至于还有多久，你可以去问张太医，想来没多少日子了。"顾廷煜枯槁如死水的面容，竟如孤立峭壁上的松枝清绝，"你可以顺理成章地承袭爵位，想怎么收拾外头那帮人，都由你。他们多年依附在父亲的羽翼之下，满身皆是骄娇二气，以你今时今日的手段，抓些把柄来拿捏他们，并非难事。"

听到这里，顾廷烨笑了出来，讥诮地撇了下唇角："不知大哥何时这般明白了，想当初，大哥还跟四叔、五叔好得如父子一般。"

尤其在对付他的时候，挑拨离间，煽风点火，配合得天衣无缝。

顾廷煜不是听不出这话里的意思，他只淡淡道："人快死的时候，总是看得明白些，况且他们是什么货色，我是早明白的。"

"你倒不记挂妻女，只一味想着维护顾氏爵位。"顾廷烨讥讽道，"果然是顾氏的好子孙。"

"你嫂子对你不错，你不会为难她的，你不是那种人。"顾廷煜回答得干脆，"弟妹进门这些日子，我瞧着也是宽厚的。"

顾廷烨暗哂一声，这人到这时还要要心机。

"大哥的口才见长，做弟弟的竟无半句可说的。"顾廷烨冷漠地微笑着，"不过，我本就是顾家的不肖子，就为了那四个字，就要我咽下这些年的气，大哥未免说得太轻巧了些。也是了，毕竟受罪的不是你。"

"被父亲绑了差点送去宗人府的是我；顾廷炀那混账东西污了父亲房里的丫头，逼着人家自尽，被冤枉的是我；顾廷炳欠了嫖资赌债，跟青楼赌坊串通，写的是我名字的欠条，父亲几乎打断我的骨头。我气不过，去寻青楼赌坊来对质，反惹了没完没了的麻烦，落下满身的荒唐名声，气得父亲吐血，我赌气，越闹越凶……最后，父亲伤心失望，被赶出家门的还是我。"顾廷烨说得很轻，几乎是喃喃自语，"……那个时候，顾府上下，有几个人为我说过话？煊大哥倒说过几次，后来也不敢了，尤其事关他亲兄弟，旁人嘛，哼哼……"

昏暗广阔的祠堂沉入一片寂静中，兄弟俩久久不语。

过了良久良久，顾廷煜才叹息道："我是快死的人了，不过遵着父亲的嘱托，极力维护顾氏门楣罢了。你想出气也罢，想雪恨也罢，终归能有别的法子，别……别……别毁了顾氏这百年基业。"话到最后，越来越微弱，几乎是哀求了，他虚弱已极，不堪重负，"该说的，我都说了，余下的，你自己想吧……"

顾廷烨抬头，直直望着香案最上头的两幅大画，正是第一代宁远侯顾右山与其妻之像。

顾家儿郎成年后，大多有一对深深的眉头，压着飞扬挺拔的眉毛，似把一切心绪都锁在浓墨的隐忍中。

他忽想起那屈辱的一日，满府皆裹在素白里，他好不容易才进了灵堂，隔着棺椁，最后看老父一眼，曾经在幼小的他眼中，像山岭一样高大魁伟的父亲，却缩得那样干瘦单薄。

十五岁前，他活在自卑和倔强中，自觉出身低人一等；遇到常嬷嬷后，他知道生母嫁入顾门的真相，更是满腹愤恨如喷薄的岩浆般滚烫，却无法诉说。至此，他连父亲也暗暗恨上了，一开口便咄咄不驯，父子之间就闹得更僵了。

他知道顾廷煜说的话不能信。他是什么样的货色，从小到大，自己还不清楚吗？

若他真承袭了长兄的爵位，能亏待寡嫂吗？

而若是真夺了爵，别房也就罢了，好歹有男人在，可她们孤儿寡母，就只能依附着别家亲属过日子，能有什么好果子吃？只有宁远侯府屹立始终，顶着已故侯爷遗孀弱女的名头，她们才能过受人尊重、安享富贵的好日子。

更别说娴姐儿的婚嫁了，那更是天差地别。

今时今日，他早已不是当日那个可以被随意欺凌或瞒骗的顾家二郎了，他们心里在想什么，他都看得一清二楚，他心里也都明白得很。

顾廷煜想安排后事，想照顾妻女的将来，他就要乖乖听话吗？

不知不觉，头顶一片亮光，他已走出了祠堂，迎面而来的，是一张熟悉明媚的面孔，满是焦急和担忧。他最喜欢她的眼睛，那样干净坦然，尘埃不染。

身后是一片暗沉沉的过去，前面是明亮清冽的将来。

六月天已燥热起来，所幸昨夜下了一场瓢泼大雨，把枝头刚盛开的花朵不知打落多少，花蕊委地，粉瓣纷散，雨后的空气清洁馨香，一大清早，倒使人心头舒畅。

秦桑高举着双手，用力把竹帘卷得高些，回头笑得温柔："趁着日头还没上来，赶紧叫屋里透透气，省得里头尽只闷热了。"

一个小丫头捧着一个湿漉漉的小竹篓站侍着，桌上放着各色小小的果盘，白瓷的、粉彩的、水晶的、八角的、葵瓣的，琳琅满目，美不胜收。

小桃拢着袖子把各种还沾着水珠的果子一一往盘子上摆，抬头咧嘴笑道："昨夜那雨下得可真吓人，呼啦啦的，跟鞭子板子抽打似的。我听着那水声落地，心里都一颤一颤的。"

若眉素着一张秀丽的面孔，闻言，轻皱眉头："再吓人，也没老爷吓人。我……从没见过老爷发这么大脾气，吓死人了。"

"活该！"绿枝从外头一步踏进来，放下手中的茶盘，三两步走到桌前拿水来喝。

秦桑瞥了她一眼，笑道："夫人用罢饭了？哎哟，别急呀，慢着点儿喝，谁跟你抢了？"

绿枝放下水杯，犹自不足，又斟了一大碗喝下："今儿早上，夫人饭桌上那道椒盐酥炸鹌鹑蛋，味儿可真好，夫人赏了我吃，我一个没收住嘴，多吃了几个，咸得我呀……啧啧，一直忍到翠微姐姐和丹橘回来，我才敢出来。"

"你才是活该。"小桃瞪了她一眼，"叫你吃独食，也不匀下点儿给我们。"

绿枝放下茶碗，一叉腰，瞪回去："今早夫人留了大姐儿吃饭，我瞧着她吃得不少，便是我不吃，也留不下给你们的。"

"成了，成了，为了几个鹌鹑蛋吵什么，夫人平日还缺了你们好吃好喝的吗？"若眉挥挥手，随即又低声问道，"你们俩倒是说说，昨夜你们奉夫人的命去给老爷送饭，那儿到底怎么回事？我去的时候，只瞧见五儿被拖了下去，身上血淋淋的，忒瘆人了。"

绿枝拿帕子擦拭着嘴，看了下窗外、门外，走到里头坐下，若无其事地道："也没什么稀奇的，昨夜，蔻香苑那位见老爷连这儿都没来就进了书房，夜了都不出来，便起了幺蛾子，叫人提着个食盒去书房'关怀'老爷。小顺子拦着，不叫五儿进去，她就故意嗲声嗲气地放高声音，好叫里头的老爷听见。谁知……"她捂嘴一笑，"谁知反惹得老爷大怒，当场叫拉下去打了三十板子。哼，活该！"

"原来如此。自作孽，与人无尤。"若眉脸上浮起一抹轻蔑，不屑道，"巩姨娘身边那两个，仗着生得好些，成日打扮得花红柳绿的往这儿凑，进进出出探头探脑的，恨不得叫老爷瞧见了才好，真不自重自爱。"

秦桑和绿枝互视一眼，暗笑一下：这人虽有些自高自恋，话里常一股酸味，惹人讨厌，却还算心地干净，但凡顾廷烨在，她不是躲在后屋不出来，就是在别处暂不回来，尽量不在男主子跟前露面。

"老爷脾气本就不好，只是在夫人这儿才收敛些。昨夜老爷一杯热茶砸出去，溅了好些热水碎瓷起来，小顺子和外院的侍卫们一动都不敢动。"小桃随口说道。

她放完最后一个果盘，又从一旁取过刚用净水清洗过的翠绿枝叶，细掰了几小束，慢慢往水嫩嫩的果子上点缀着，道："不然你们道伶仃阁怎这么老实？我听说呀，原先她带来的是四个丫头，不知为着什么事，一个被当场打死了，一个打了半死，没熬过几天咽气的。凤仙姑娘当时就吓病了，好几个月才下床……好了，春芽，把这些丢出去，再把晾在外头的提笼拿来。"

她拍拍手，直起腰来，把零碎果叶都拢了拢交给那小丫头。小丫头不过十岁上下，圆圆的脸盘，乖巧地应声出去。

说话的人毫无自觉，听话的人却心里发颤。屋里众丫头一时悚然，半晌无语。过了好一会儿，绿枝才惊呼道："你怎么不早说？昨夜老爷迟迟没回来，彩环那死蹄子一直心心念念着，说要'替夫人'去看看'老爷如何了'。"

小桃呆呆的："……你没问我呀！"她虽然爱打听，但绝不饶舌，明兰是她唯一的听众。

要成为一名合格的包打听，不单要有憨厚老实的外表，还要时时谨言，这样，任凭谁对她漏嘴出去的八卦，都可以放心，绝对不会外传。

正说着，春芽回来了，两只小胳膊上挽着两个紫竹精编的乌纱提笼进来，小桃便掀开一层层的提笼，把摆好的果盘装进去。

"……早知就让她去了，害我拦得匍累匍累的。"绿枝犹自愤愤。

秦桑忍不住道："你别多事，老想着动心眼，惹出事来，仔细翠微姐姐再打你手板！"

绿枝想起以前，吐吐舌头，不说话了。

若眉长叹一口气："还是别动心眼了。老爷是行伍出身，自不如那读书人怜香惜玉，性情温善。幸亏夫人得老爷喜欢，不然……"她神情忧郁，半支着手肘，如浣纱西子般清愁。

绿枝和秦桑再次互看着撇撇嘴。

小春芽听了这句，抬头天真道："老爷脾气已好多了呢。听说夫人进门前，有一回，内院一个姐姐误走了外书房，老爷一句话没多说，当时就叫人押下去了。"

众人听得入神，忙问："后来呢？"

"后来……后来就没了呀！"春芽给提笼盖上箱盖，呆呆的，不得要领。

众人大怒："怎么会没有了？那人后来如何了？"

哪有这样传八卦的，还留个未完待续的尾巴。绿枝的手指几乎要戳到她脑门上。春芽抱头哀叫："我不知道呀，后来那位姐姐就再也没出现过。"

众女孩面面相觑，只觉得这句话充满未知的可怖，比打板子、卖掉之类的发落更吓人。屋内寂静，过了良久，绿枝才想起什么，瞪着春芽道："这事你怎么知道？"

春芽一脸憨憨的，很顺嘴道："我听小顺子哥哥听公孙少爷听谢护卫听屠二爷说的。"

绿枝一阵脑晕，若眉张大了嘴，秦桑啼笑皆非，指着小桃和春芽道："真真是近墨者黑，天天跟着她，你也学了这个德行，快快离了这蹄子，还是来跟着我吧。"

小春芽立刻抱着小桃的胳膊，甜甜道："谢秦桑姐姐了，可我舍不得小桃姐姐，姐姐待我好着呢，省了好吃的好穿的，都给我娘和妹妹送去了。"

小桃笑眯眯地揽过小春芽："你这孩子怎么恁直呢？我人再好，也不能这么直白地说出来呀，做人要谦逊些才好。"

众女孩晃了晃，一时绝倒。

小婢无知，嬉笑开怀，明兰就没这么好运了。此时，她正头痛欲裂。

昨日自侯府回来，顾廷烨就一言不发地把自己关在书房里，晚饭也不曾回屋吃，只有中间请了公孙白石商量了好一会儿。

除了叫人送饭递茶，关怀一下之外，明兰始终没有过去。

作为一个意志坚定的成熟男人，顾廷烨这会儿应该是在考虑问题，而不是伤怀感慨；需要冷静地思考，而不是奶妈子的安慰。

他选择去外书房而不是内书房，就很隐晦地表达了自己的意思。

明兰就静静地在屋里等着，对着烛花坐到半夜，实在撑不住才倒头睡去。

谁知半夜却满头冷汗地醒过来，一睁开眼，满室漆黑间，却见一个暗影重重的高大身形坐在窗边，一双发亮的眸子，一眨不眨地看着自己，目光森然深邃。

明兰吓醒了一半。

男人什么也没做，只这么盯着她的脸庞看。外头雨声骤急，暴烈激狂地拍打在地面上，一下下似敲在心上，明兰更觉不安，不由自主地蜷缩起来。

他知惊醒了她，便把她连人带手脚搂成一团在怀里，也不知如何抚慰，便如乳母哄小囡睡觉般摇晃着明兰，姿势极不专业，但效果很好。明兰含含糊糊地问了他两句，他没答话，只摇得更起劲些。她困极，又睡过去了。

这一夜，她睡得深深浅浅，始终处于极不安定的状态，早起头痛是自然的，待醒过来时，枕畔已空，床边的矮榻上留着昨日换下的衣裳。双面织就的薄绸袍服，苏绣的苍松磐石暗纹，发亮的绣线似在隐约闪动，他就这么随便一团丢着。

盛家子弟均不敢如此，盛纮决意以诗书传家，素令子弟修身自省，便是再累，也不可乱丢东西，加之有长柏这个标准典范做榜样，效果更好。

这男人却生来一副大少爷脾气，少年时锦衣玉食，高傲肆意，流落江湖更是无人看管，待入了行伍后，又有人从头到脚服侍着。

明兰暗下决心，将来绝不让孩子学他们老子，忽惊觉自己的念头，不禁哑然失笑。

对镜梳妆时，明兰叫翠微送了三部佛经给巩红绡，让她这几日不用来请安，老实待在屋里，把佛经各抄一百遍，以戒"管教不严"。

"老爷的外书房是可以随意去的吗？"翠微面罩寒霜，奉命训话，"里头有多少要紧的东西，便是当场打死了那丫头也不为过！姨娘也该管管了。"

正房主母培训课程之"如何在姜室仆妇面前保持严明权威"第三节，盛老太太云：永远不要在她们面前喜怒形于色，夸奖时要言简意赅，斥责时尽量不要自己出面，让体面的媳妇婆子去开口，你只管端坐上方，赏罚分明即可。

——明兰精练总结，很好学地摘下笔记。

秋娘带着蓉姐儿来请安时，明兰见她有些战战兢兢的，便赏了她两串新得的红麝香珠，另宫里新赐的上等宫扇一柄。御坊里做来的，便是寻常东西，也异常精致珍美，秋娘顿时破颜而笑，忙不迭躬身，连声谢过。

蓉姐儿年纪还小，对这些物件也不上心，只是丹橘领两个丫头进次间摆早饭时，香气飘来，她歪着脑袋多瞟了两眼，明兰便随口一句留她吃饭，谁知她竟低声应了，秋娘只好先回去。

不啻如此，小丫头还胃口极好地扒掉了两碗绿豆银耳粥，半盘子酥盐鹌鹑蛋，另一大块金丝枣泥糕。明兰端着饭碗，瞧得微愣。

大家小姐本不该这么老饕似的胡吃海塞，但明兰瞧她一把骨头，尚未养出几两肉来，便暂且按下不说了。当年盛老太太不知花了多少工夫，才把自己养得又胖又圆、白里透红，想来当日，矜持斯文的老太太瞧自己的吃相，大约也是再三忍耐了吧。

撤下饭桌后，明兰觉着蓉姐儿到底还是吃多了，便考了她几个字，简单示范她握笔的姿势，然后叫小桃领着她到园子里散会儿步才送回去。

明兰看着蓉姐儿出去的背影，目光若有所思——要不要把巩红绡挪出蔻香苑呢？

一夜没睡好，还要考虑这种问题，头痛又隐隐袭来。

明兰靠在蓉竹席铺就的湘妃榻上，对着窗边的亮光看了会儿书，想补补觉，忽地眼光一扫，瞥见一旁的针线篓子。她叹了口气，从里头捡出件还未拷边完工的婴儿兜肚来，虽懒得要命，但既知如兰有了身孕，她好歹得做一点儿意思意思，偏生如兰对她的绣工熟悉得很，连找人作弊替工也不容易。

大约太久没做活儿了，手指生疏了不少，堪堪绣出一丛连节翠竹的轮廓，就花去快一个时辰，一边打着哈欠，一边在线筐里翻出翠绿、湖绿和墨绿三色丝线来。

这时，窗边人影一闪，顾廷烨自己甩开帘子，阔步进来了。

明兰吓了一跳，还以为自己忘记时辰了，赶紧去看漏壶，才刚过巳时初刻。

"今儿怎么早回来了？"明兰笑着要起身。

顾廷烨迅速上前几步，把明兰按回到榻上："你昨夜没睡好，做什么针线！还不歇歇。"随即，他自己也坐到榻边，又道，"我顺道回来换身衣裳，回头还要去校场。"

明兰就要叫夏竹进来给他更衣，却又被他拦住："不急，你陪我坐会儿。"

明兰只好安坐在榻上，一侧头，见外面日头渐高，明丽和煦的光线，透过新糊的浅绯色纱窗，流淌在朱红绚丽的朝服上和脸上，而俊挺的眉目上却笼了一层阴霾。

她正犹豫着如何发问，他却开口了："今日早朝一落，我就进宫面圣了。"

"……哦。"

"我向皇上求情了，说他们虽罪有其行，但还请皇上网开一面。"

明兰垂着头，暗问自己，为什么一点儿也不觉得惊奇。

房中寂然，次间、梢间也是一片宁静。但凡他们夫妻在一起，丫鬟们都会很有眼色地悄声出去，只在外头耳房或水房留几个听使唤的。

"……并非我心软了，也不是被他那三寸不烂之舌说动了，他们，断不值得怜悯！可、可……"顾廷烨一阵烦躁，猛地站起来，挺拔高大的身形，在屋里走来走去，犹如一只困兽，满身的凶狠酷烈，急欲发泄些什么。

明兰揉着太阳穴，头痛得更厉害了。

"可是……可……"他本性刚烈果敢，此刻，似乎满心的不忿，却又说不出口，只能重重一拳砸在明光如镜的檀木桌面上，上头的粉瓣水青瓷茶盏俱跳了一下。

"我恨不能叫他们也尝尝那颠沛流离、冤屈不白的滋味！"他灼热的目光中，满是咬牙切齿的愤恨。过了好一会儿，他胸膛起伏渐平。

"……只是这样做，"他颓然坐倒在明兰身边，"对以后……会好。"

明兰有些明白他的愤怒了。

从他内心来说，他的确想见死不救，但昨夜思虑再三之后，他权衡利弊，最后还是按捺下了性子，于是，他就屈得厉害，只恨老天太流氓，他想要的和不想要的，偏偏要捆绑销售。

他这会儿回来，不是来换衣裳的，而是心头憋得狠了，想找个地方说说。

其实，明兰也思考了好些天，当年四房、五房针对顾廷烨，原因无非有三：一则，看不起盐商的儿子，觉着辱没了自家高贵的门楣；二则，留着个有资格讥嘲他们的人，白家的钱他们用着不安心；三则，自家儿子不争气，怕在老侯爷面前失了面子，需要个顶缸的，哪有比顾廷烨更好的靶子？

几下一凑，他们就越发轻视、敌视顾廷烨了。

可是，这些浑蛋虽然可恶，却没有原则性深刻的矛盾，真正刀出见血的争斗，恰恰是在长房自己人里面。

"我家四姐……你知道吧？"明兰沉默了许久，忽然道，"就是嫁入永昌侯府的那个。"

顾廷烨微惊，点点头。

"我与她从小就不对付。"明兰伸过手去，拉他的大手，触手一片冰凉，她缓缓道，"她不喜欢我，因我抢了她在祖母面前的体面，抢了她在先生跟前的风光，抢了父亲对女儿的关怀，而我，也不喜欢她，她这人……心地不好。"

顾廷烨侧着脸，他虽不知明兰为何要讲这番话，却静静地听着。

"有一次，我花了半个月给父亲祝寿做的新鞋，她借口看花样，故意给剪坏了，我只好连夜赶制，熬了几夜不睡，重做了一双。"

明兰语调平静地叙述着，低着头，一下一下地，柔柔地揉着顾廷烨的大手："从小到大，她算计过我不知多少次，在父亲跟前说我坏话，在太太处挑拨离间，我往往要花加倍的力气才能转圜回来……"

为了提防墨兰，她从来不敢送吃食给父兄，每一次，她都小心翼翼。

"你怎么不狠狠还回去？"

顾廷烨沉着面孔，反手握住明兰的小手。掌心温软滑腻，他心中微疼，想她生母早亡，虽有祖母庇护，但到底生父跟前没有说话的人，上有脾气不好的嫡母和嫡姐，下有工于心计的姨娘和庶姐，也不知这些年是怎么过来的。

"一开始是没能耐，想不出好法子来。"明兰仰着脖子，苦笑着回忆，这是真话，"后来大了些，我也暗中欺负了她几下出出气了，可惜，败多胜少。"

顾廷烨冷硬的嘴角，浮出一抹笑意，点了一下她的俏鼻子，轻骂："你个没用的。"在他看来，小姑娘之间的斗气到底只算是闹家家。

"有一次，她差点拿碎瓷把我的脸划破了，那次我气极了，就想着，将来她倒霉时，我一定狠狠落井下石。"明兰轻咬朱唇，笑得小小淘气。

顾廷烨面色遽变。不待他开口，明兰复归于平静："可现如今，我却不那么想了。"

她顿了顿，淡淡道："只要我过得比她好，她每瞧见我一回，就会难受得要命，就会彻夜反复睡不着觉。"

以她对墨兰的了解，眼看着自己风光锦绣，看着如兰幸福美满，会比杀了她还难受，嫉妒和悔恨的毒牙会夜夜噬咬她的心，折磨得她辗转难眠。

顾廷烨微微眯起眼睛，他是聪明人，如何不明白明兰的意思？

四房、五房长年处于老侯爷的庇护之下，早不懂得如何应付外头的风雨，下头子孙也没看见特别有出息的，长房的顾廷炜读书到如今，还只是廪生。

对比顾廷烨如今的声势，可以预见的未来，定然此消彼长。

"你不要气愤，也用不着憋屈，我们一定会过得比他们好。"明兰正色看着顾廷烨，语调柔软坚定，"只要让他们看着我们好，便什么气都出了。"

"你真觉得我做得对？"顾廷烨低语，神情迷离，目光中竟有几分迟疑，急切地望着明兰，似乎在等一个保证，"弃亡母的冤屈于不顾，只为自己……"

"你做得对。而且，婆母的冤屈不会就这么过去的。"明兰异常坚定地点点头，"你可以为她请封，为她建祠，请德高望重的族老为她重新立谱，让顾家以后的子孙都知道先白氏夫人于顾氏的恩德。要知道，顾家以后的话，由你说了算。"

历史是由胜利者书写的，多少失败者的故事被淹没在尘封往事中。

以后，顾廷烨要怎么光耀赞美白氏都可以，说得难听些，以后那些浑蛋必然还有求着顾廷烨的地方，到时候，索性让他们组团去白氏灵前磕头忏悔好了。

"说得好！"

顾廷烨目色一亮，低头思索了一会儿，面上的迷惘渐退，嘴角复归于自信，缓缓绽开沉静的笑意："该怎么做，我就怎么做，不用为了那些不值得的人绕路另走。"

明兰知道他想开了，连连击节称赞，表示对他的英明抉择热烈欣赏。

他俊目如星，朗眉修眼，静静凝视着明兰，轻轻抚着她柔嫩的脸颊。

明兰顿时脸红了，忍不住去看窗外。

他犹自不觉，侧过英挺的面颊，微笑着。他低声道："你真好。"

明兰脸更红了。

随即，忽地长袖一展，明兰还没意识到，便被他紧紧地拢在怀里。鼻端嗅着熟悉的男人味道，夹杂着淡淡的沉水香，褐金丝线缠绕的袖口，如葛藤枝蔓依附着蝉翼薄纱。

沉若羯鼓的男人声音在耳边响起，他低声道："我要你，在这府邸之内，在你闺阁之外，凡尽我所有，以我所能，事事皆要如你意、顺你心。"

明兰被宽大的朝服袍袖罩得满头满脑，什么也看不到，暗自默念十八遍"男人的甜言蜜语信不得"，却抑制不住心头扑扑乱跳。

待他更衣离去后，明兰还趴在软榻上，望着窗台上放着的一盆青郁水嫩的君子兰幼苗微微出神。

他那么聪明敏锐，阅历丰富，什么道理想不明白？什么利益关系又厘不清？可是，再充分的道理，总要先过了心里那一关。

顾廷煜终究还是有些本事的。

她想得出了神，慢慢从袖中抽出一张信笺，是今早从他的衣物中掉出来的。

"……子不教，父之过……生性直率真挚，今日之顽劣，尽是吾之过错……不知身在何处，思念甚矣……万望兄长照拂一二，不叫此子困于寒暖危殆……拜之谢之，恳求……"

纸张微微发黄，纸质脆弱至极，似被揉皱了又展开压平的，上头的墨字有几处圆圆的皱皱水迹，一滴一滴的，晕染开那苍老颤抖的笔迹。

她心头忽然微微发疼。

其实，他是很好很好的。

第
三
十
七
回
·
仕
途
之
路

　　做了非出己愿的事，顾廷烨心里终归不痛快，明兰少不了好言开解，扯些乐事来逗他开怀。她不大会说笑话，只好用曝光自己幼年糗事来达成目的，一直聊到更深露重才歇下。第二日，明兰不免起晚了些，还没等她睡到自然醒，宫里就来人宣旨了。

　　丹橘急匆匆地冲进来，明兰当即被活活吓醒，连滚带爬地下床梳妆穿衣。要是因为自己起来晚而耽误了接旨，那估计自己立刻会沦为满京城的笑柄。所幸外院的郝管事颇会来事，好茶好点心加一火车的奉承把那宣旨的哄住了一会儿，明兰这才穿戴好珠冠霞帔出来接旨。

　　那来传谕的内相奉的是懿旨，明兰脑袋还不甚清楚，一通骈四俪六下来，她只听出貌似在夸自己"温纯娴静""孝悌纯雅"云云，并赏赐若干。

　　宣毕，明兰连连称谢，叩谢皇恩浩荡，都没敢多看那些盖着明黄锦帛的箱子一眼，先紧着行贿，不着痕迹地塞了个素色锦囊过去，里头是她急忙之下随手抓起的一对沉甸甸的澄赤琥珀镶金环，她嫌暴发俗气，一直没戴。

　　那内宦三十岁上下，生得老实敦厚，体形发福，他手法娴熟地松开锦囊一瞄，目中闪过一抹微不可察的满意，不动声色地躬身："夫人也忒客气了，这如何使得。"

　　"一件小玩意儿罢了，我瞧着怪好看的，大人可别嫌弃了。"明兰笑得腼腆。这是她第一次和太监正面打交道，说话加倍小心。

　　"夫人别多礼，什么大人不大人的，小的哪敢当，夫人叫我一声'小佟'便是了。"那内宦总算开了笑颜，随手把锦囊纳入袖中。

　　明兰知道自己没称呼错，心下微平定，要知道，有些宦官并不喜欢人家叫他"公公"。

　　她笑得更加和煦："这么大清早的，劳烦佟大人跑这一趟了，可用过早饭了？您要不嫌弃，便在舍下用些吧。南边新送来了稻米，熬了糯糯的清粥，配上前几日山里打来的酱熏獐子肉和小腌菜，蛮可口的，大人不如用点儿？"

端庄年少的贵妇人笑容可掬，语气亲切柔缓，并无半分逢迎之意，仿若遇到自家亲朋，热忱地招呼吃早饭一般，纯系自然的真诚关怀。

那佟姓内宦不由得心生好感，眉开眼笑道："小的倒是想叨扰一二，可惜要赶着回宫复旨，今日便算了吧。皇后娘娘往日提起夫人，常是夸赞的。"

明兰不好意思，赧然道："娘娘谬赞了，臣妾惭愧。这么无功无劳的，怎么好意思领受这般重赏。"

拍了半天马屁，这句话才是重点。

不是她说自家的丧气话，成亲这两三个月来，她只管自扫门前雪，没有布施赠济过贫人，不曾进香捐钱来许愿国泰民安，也不热衷参加贵妇圈活动，闲来不是睡觉就是看账本，除了收宫里的赏赐时念两句"天恩浩荡"之外，从没想起过皇帝皇后一家子。

就她这样的，既没上进心又懒散，没有任何由头忽然天降重赏，她不免多想。

佟内宦何等人精，颇有深意地笑了笑："夫人不必惶恐。夫人虽深居简出，然慧名远扬。昨个儿皇上还说顾都督办事沉稳练达，颇有名臣之风，想来是多亏夫人贤德，以使都督家宅无扰，安心勤于王事才是。"

明兰满是敬仰的目光望着佟内宦。这话说得真有水平——她一个宅女还慧名远扬？！

待送宣旨的仪仗队走后，明兰满腹心事地踱步回屋，叫丹橘打开赏赐的几个贴金沉香木的箱子，先是霞红、水蓝、天碧、暮霭，四色贡缎各十匹，宝光流动，潋滟臻美。

丹橘一边查点，一边喜滋滋地回头："这颜色真鲜亮，花纹也漂亮，待这热天儿过了，找锦织阁的老师傅给姑娘做几身新衣裳，穿回去给老太太瞧了，她定然高兴。"

她一乐，就又忘记新称呼了。

另白玉点翠金丝三镶福寿吉庆如意一柄，通体温润洁净，毫无一丝瑕疵。这两样也还罢了，最要命的是那十六只水天一色成套的碧澄翠玉碗，竟似是一整块翡翠雕出来的，每只不过三寸大小，碗边雕琢着精致的花鸟渔樵耕织图案，托在手心便如一汪沁凉的碧水，流光四溢，令人目眩神迷，这般稀罕东西，估计价值好几个城。

小桃看得两眼发直，躲得离那套翠玉碗远远的，生怕有个碰碎蹭裂的，就是把她卖上十八次也抵不过，只敢站在十步开外咽着口水看。

"你个没用的！"丹橘狠狠地瞪了她一眼，颤着手指把翠玉碗一只一只小心翼翼地放进丝绵厚绒铺的匣子里，这才松了口气，又叫碧丝和秦桑把锦帛送去库房，自己亲自把玉如意和翠玉碗锁进明兰里屋的壁橱柜子里。

明兰心如猫抓，坐立难安。

司令无缘无故给杂牌兵团补充弹药装备，那十有八九是忽悠你去等集结号；领导无缘无故给你好处，是为了叫你多出力工作；男人无缘无故给你好处，多半是在外头做了亏心事。

那皇家呢？或者说，其实是有缘故的，只是她不知道。

"小桃！"她霍地站起，提高声音，"去请公孙先生！"

这个时辰，不知能不能请到公孙白石。

自对科举死心后，他便决意要做个身在乡野，心忧朝堂的隐士。既是隐士，自得有隐士的派头，例如，睡觉要到日上三竿，看书要半躺半靠，吟诗最好是披头散发，写东西一般是在半夜。他仰慕的是嵇康之流的魏晋名士，可惜胆量不足，不敢真的脱光光裸奔，或去人家坟头唱歌，最多不过是卷起两条袖子在自己小院的粉墙上练狂草。

因森严的礼法所限，没能更好地用实际行动向偶像们致意，他一直很痛苦。

顾廷烨听了明兰对公孙白石的这番"深刻理解"后，当时就笑得直不起腰来，大觉与明兰心有戚戚焉。在他看来，公孙白石其实是叶公好龙。

那些魏晋名士何等狂放不羁、放浪形骸，三天两头喝得酩酊大醉，然后胡说八道，而公孙白石看似随性散漫，实则节制谨慎，见人防备三分，遇事只说半成。

为了保证邀请效率，明兰派了孔武有力的小桃去，想了想，鉴于这次是要请教人家，还是客气些比较恰当，又叫了崇敬文化工作者的若眉跟上去。

在偏花厅里放上两个冰盆，并搭好牵线摇帘，桌上摆好一应茶水点心和井水湃过的水果，明兰静坐而待。约半个时辰后，公孙白石优哉游哉地踱步过来，前头是大步流星满脸不悦的小桃，后头跟着恭恭敬敬的若眉。

偏花厅临水而建，四周以隔扇围拢，宾主双方各行礼后，便隔着一张条桌各自坐于两头的圈椅上。明兰屏退一干人等，丹橘应声退出后，把闲杂仆妇丫鬟隔开二十步。透过大敞的四面扇窗，外头只能看见里面两人远远对面而坐，外加水声风声，却不能听见里头讲了什么。

古代人的创意也十分令人称赞。

寒暄几句后，明兰开门见山地发问：“先生可知，今日一早，宫里来颁赏赐了？”

公孙白石晃悠着折扇，道：“适才夫人身边的人已告知我了，在下这里恭喜夫人，贺喜夫人了。”

明兰捏着帕子，顾不得面子，急道：“应该不是为着我，大约是都督的缘故，可我又猜不出到底为何，特来请教先生。”

公孙白石满脸的老褶子都愉快地扭作一团，折扇挥得加倍起劲：“夫人多虑了，这定是皇恩浩荡，夫人美名直达天听，福泽深厚之故。”话虽这么说，可他眼里明显流露戏谑之意。

明兰连续被噎了两下，她咬着唇，强力忍住想挠花这老家伙脸的冲动，虽然他的老脸已经被皱纹纵横经略得十分花哨了。

高智商人才，简称高人，这种罕见而神奇的生物一般有种通病，就是喜欢故作高深，在老实回答问题之前，总要狠狠吊你一番胃口，不知当年刘皇叔需要多大的自制力，才没一巴掌拍死那个爱摇羽扇的家伙。

调整下思绪，两次深呼吸后，明兰正色而问：“几位叔伯兄弟行事不慎，犯事未有说法，都督已向圣上求情宽宥，敢问先生，您可赞成？”

“……夫人问得好。”公孙白石终于不再打趣，他缓缓收拢折扇，“这些日子，我屡次劝说仲怀去向圣上求情，仲怀直至前日才应允了。”

明兰肃了神色，端正地站起道：“都督和先生所虑之事，想必甚为要紧，这本非我一个妇道人家该过问的，奈何如今事已延及内宅，明日我还要进宫谢恩，吾唯恐将来在外有所言误，万望先生指教。”说完，朝公孙白石深深福了一福。

公孙白石立刻站起，微侧避身，恭敬地拱手道：“夫人过谦了。夫人温雅谦和，治家有方，堪称仲怀之福，夫人但有所问，老朽当知无不言。”

这些日子他冷眼旁观，发觉她是个极自律的女子，明明十分受信任宠爱，却从不越雷池一步，但凡与朝政大事相干的，她一句也不会多问（其实她是懒）。

顾廷烨权柄甚大，但纵然每日上门巴结逢迎之人不断，她也从不拿权牟利，或趾高气扬，待谁都客客气气、谦和有礼（她是没受贿的胆儿）。

两人再次坐下。明兰沉思片刻，发现提问也是个难题，该从哪里问起呢？

"先生为何劝说都督为侯府求情呢？"这个切入点似乎不错。

公孙白石捋了捋颔下稀疏的胡须，缓缓道："夫人觉着当今圣上是如何样的人？"

这一问一答完全牛头不对马嘴，明兰再次扭紧了手中的帕子，好吧，我们要习惯高智商人才的思维路数。

"都说为人臣子，不该妄测圣意，这话只对了一半。"公孙白石也没指望明兰回答，他微微仰首望着梁顶，"不揣测圣意，怎么把事办好？一样出身学识的文臣武将，那些圣意揣测得好的、准的，便能青云直上。"

明兰侧脸望着公孙白石，其实，这老头今年还不到五十岁，却因半生奔波游历而风霜满面，微皱的脸庞布满皱纹，苍老宛若花甲之龄，只一双眼睛精练强干，熠熠生辉。

"仲怀尚不足而立之年，一不是圣上姻亲，二不是潜邸旧臣，三不是宿将权宦，却能领重兵、掌高位，凭的是什么？段成潜、耿介川、钟大有、刘正杰……还有沈从兴，他们在潜邸起就跟着皇上，足足十几年风里雨里，他们哪个对皇上不是以命相护？哪个不是忠心耿耿？"

明兰苦笑着："便是论资排辈，也轮不上都督在前头。"

公孙白石放平视线，嘉许地朝明兰点点头，继续道："圣上即位之初，为着安抚军队，于几位老将礼遇有加，频频加封，于是，潜邸那些人就不敢动了。我当时就向仲怀进言，新帝即位，必有用兵之处，要么你就安耽做人，指着圣上念着当年那点情分，赏你个一官半职，也能平安度日，要么你就放手一搏，在圣上心中争个位次。"

"他自是选后一条路了。"明兰毫不意外。

"仲怀果敢刚毅，雷厉风行，顶着被罢免的风险，重刑严律，砍了好些脑袋，紧着在头几个月里就把手中的军队操演出来，皇上虽斥责了几次，但实则这般行事，正中圣上下怀。"

公孙白石笑呵呵地捋着胡子，笑声中满是自豪之意："后来，果然出了变乱，战事一起，其余众将领不是首尾相顾、拖延委言，就是有心无力，难以迅速有效地驱使军队，唯仲怀的大军能令行禁止，挥师南下。当时军中有别有用心之人，于行军战阵之中暗使绊子，敷衍推搪军令。两军对战，生死顷刻，如何能有半点差错，仲怀当即便杀了一半，又捆了一半，这里头就有甘老将军的一个老部下和一个同族侄儿。"

明兰轻轻"啊"了一声，掩饰不住惊讶。

"被弹劾了又如何？被记恨了又如何？天下之事，多是一俊遮百丑！皇上灭了荆谭乱军，坐稳了江山，便是天子明君，百官庆贺；仲怀打赢了仗，便是定鼎首功！沈、段、耿、刘、钟等人只能心服口服！"公孙白石目光炯炯，语调高亢，便如万丈豪气在胸。

明兰很敬佩顾廷烨的胆识和魄力，不过她更想问："您老说的这一大堆拉拉杂杂，跟我刚才问的有毛关系呀？"但高人大多脾气坏，明兰怕他甩袖而走，只好忍着不提醒他今日的对话已经离题千里了。

"可这是奇兵，是险招，然而，奇兵非正道，险招，是不能常用的。"公孙白石扶着椅背，顺着气慢慢坐下，"终究，仲怀还得循序渐进地来，慢慢累积人脉，沉淀勋功，得罪人太多，过于激进了，到底不是好事。"

明兰习惯性地连连点头。哎，等等，这个好像她以前在哪里见过，一个爱喝红茶的名将也说过类似的话。

她心里想着，不知不觉就说出了口："……所谓必胜之道，就是集结多过于敌方的军队，犯比敌方少的错误，然后，好好打。以少胜多，以弱胜强，并非用兵之常道、正道。"

公孙白石听这话，微惊着笑出声："夫人这话说得有趣，不过话糙理不糙，正是这个理。"

明兰干干一笑，她都快把上辈子的专业法律条文忘光了，居然还记得这个。

"仲怀不过一新贵武将，官授二品，无勋衔，无加封，无根基，虽得皇帝信重，可头顶还有一群可以指手画脚的尚书、阁老、大学士……要站住脚，甚至更上一层楼，并不容易。"老迈沙哑的叹息，摇曳了一室。

明兰默然。没想到，他立业这般不易。

"那么，咱们说回原处，圣上到底是个怎样的君主。"公孙白石端起茶碗，轻轻撇去茶末子，喝几口润润嗓子，继续道，"皇上十几岁就藩，久居蜀边，从军中到朝堂到宫闱，一概全无援手。应当说，潜邸里的那几位幕僚颇为得力，自归京后，皇上行事，步步精妙，处处占理。"

这个明兰知道，她曾听父兄提过只言片语，便顺嘴道："这个理，就是'孝'字吧。"

"正是。"公孙白石笑道，暗忖到底是书香门第，教养不凡，"皇上在先帝床前打了半个月的地铺，服侍汤药，对着文臣武将就能气势足；皇上为先帝守孝，三年不选秀女，素服简食，他就可下狠手责罚那起子寻欢作乐的贵胄子弟。光惩治不孝这一记，清流就会叫好。"

明兰慢慢沉下心，她的问题，他似乎什么都没说，但其实什么都说了。

她紧攥的手指慢慢松开了，仰头静静听着，静得连自己的心跳都能听见。这是她生平第一次真正意义上领受权谋心术的魅力，波澜不兴，却惊心动魄。

"先生的话还未说尽吧。"

声音冷静轻柔，便如雨后的檐下，轻巧的水珠一滴一滴碰在光滑的石阶上。

明兰蠛首看着角落的冰盆子："什么'处处占理'，什么'理直气壮'，皇上是先帝明旨钦封的储君，便是不这样又如何？至多不过被上几封奏折谏言，还能有人不认他这个皇帝吗？先生，您，或者别人，到底在怕什么？"

她抬起眼睛，澄清澈然，如一波静谧的清泉，直直地照着对面之人。

公孙白石手上的折扇一顿，敛去脸上笑容，定定地看了会儿明兰，淡淡道："夫人说得是，然，先帝所册的储君，并非只有今上一人呀。"

明兰不解其意。三王爷、四王爷都死了，五王爷叛乱被诛，六王爷被贬为庶人，七王爷幼年夭折，八王爷登基不是理所当然的吗？他们在顾忌什么？

她有些迷糊，明明没事，心中却隐隐不安，耳边如有一阵低沉涌动的鼓声在缓缓敲打，沉沉的鼓皮响动，愈来愈近，愈来愈近，刹那间，她脑中一闪明光而过，脱口而出："是豫王！是六王爷过继给三王爷的那位小王爷！"

公孙白石暗赞一声，朝明兰正色地拱了拱手："夫人蕙质兰心，心如明镜。正是那位不满十岁的小王爷。要知道，当初过继小王爷是圣上钦定的，立三王爷为储君也是过了明旨的，就差大告天下，谁知陡生变乱。"说到这里，老头只有叹气了，"先帝病重之时，多少人在他病榻边上叩咕哭号，劝立小王爷为储。好在先帝到底明白，知道国赖长君的道理，这时局，若再立个儿皇帝，引得外戚权臣争夺，怕是立时就要生出大乱子，这才顶住了圣德太后的哀告哭求，生生立了今上生母为六宫之主，随即再立太子。唉……这些宫闱秘事，没多少人知道。"

明兰一凝思，断然道："这不是徒留祸患吗？就没人提点先帝做得干净些？"三王爷一脉在京城经营了多少年，明里暗里盘根错节，其人力、财力如何是八王爷比得了的？

"内阁里耿介忠直的硬骨头都被砍了，申首辅是个滑不溜手的老狐狸，何况，便是先帝想到了不妥之处，也忍不下心。到底三王爷是惨死，三王妃素来温良善惠，颇得圣心，圣德太后陡然失恃，端是可怜。若再褫夺了她们的嗣子，未免三王爷香烟无继。先帝心有不忍，这也难免。唉……自先帝殡天后，前朝后宫无一刻风平浪静，皇上也是不容易。"

其实公孙白石也觉着这事不靠谱，但人家既是死人，又是先帝，不好过多非议。

明兰不说话了。她的政治教授曾说过，每个主张后面都有一股势力在支持。

八王爷即位，他从边区带来的草台班子就能青云直上；三王爷即位，鼎力扶助的力量就能得掌天下。一旦尝过权势滋味的，谁也不肯再放下了。

她现在明白为什么皇帝紧着让沈国舅和英国公府联姻了，不过是两股力量在抢夺中间选票；皇帝又为什么老抓着四王爷谋逆案不放，不过是寻着个由头，牵丝攀藤，借机铲除部分对头势力罢了。

"如今朝堂之上的势力，大致可分为四股：皇上一股；圣德太后和豫王一股；清流文官也算一股；还有地方上的不稳。"公孙白石紧紧皱着眉头，握着拳头，似是在苦苦思索，"大约如此吧，兴许还有些说不清的隐晦，老朽尚不可知。"

"先生不必过忧。"明兰听得入神，渐渐进入状态了，"我瞧着皇上行事颇有章法，总能有法子的。先是清流的读书人，他们……"

她斟酌了下措辞，这帮人其实才是最狡猾的，她家就有两个。他们打着受圣人教诲辅佐君王的幌子，永远站在有理的一边，坚决不犯路线错误。

"皇上日渐坐稳帝位，他们自会渐渐靠拢了来。至于地方上嘛，只消中央稳固，慢慢地总能削平的。最麻烦的是……喀喀，况且，我听闻先帝临终前曾当面嘱托皇上多加关照圣德太后和豫王爷母子。"

公孙白石拍着大腿，重重叹气："谁说不是。真如附骨之疽，甩都甩不掉。不过，也不妨事，只盼着皇上别心急，待过个十年八年，掣肘渐少之时，当能慢慢料理了吧。"

"兴许待过了十年八年，大家也都认命了，不再闹事了也说不定。"明兰很乐观地预测着。这种利益集团又不是邪教组织，脑子敲伤了，死忠的非要一条道走到黑。

"别把话题说远了，赶紧绕回来，还是说说咱们自己。"公孙白石一脸"你们年轻人就是注意力不集中"的表情。明兰大囧，是谁把话题从水帘洞岔到火焰山去的呀？！

"如今，大乱虽已平，其间却暗潮汹涌，朝堂上更是波谲云诡。想安身立命，不但要揣测圣意，还要估量时局走向。"公孙白石站起身，背过身遥望窗外山水，叹道，"皇上若不好，仲怀必然不好，可皇上若事事安泰顺心，仲怀却未必会好。"

"此话怎讲？"明兰蹙起秀气的眉毛。

公孙白石转过身来，无奈地笑了笑："当年仲怀纵与皇上有些交情，但比起那些护卫在皇上身边十几年的潜邸心腹，却还是差了些。更何况，八王爷和皇上，那可是两码事呀。"

"……天子无家，家事即国事；天子无友，只有君臣之分；天子无私，心中只当有江山社稷。"明兰忽想起庄先生的话来，低声念道——就是小玄子和小桂子也没迈过这道坎儿。

"夫人能这般明白，我便省心多了。老朽费了不少力气耳提面命，也不知仲怀听进去多少。做臣子的，就要自己当心些，别以为皇帝会什么事都替你兜着。"公孙白石微笑着点点头，"正因如此，侯府那头出了事后，我便一力主张仲怀去求情。"

这个弯转得太快了，明兰眨眨眼睛，表示不懂。

"一则，仲怀这般岁数，却身居高位，不免引人侧目，他甫一发迹，便置本家至亲于不顾，不论有理无理，人言便可畏。"老头子摇头晃脑道。

明兰缓缓点头，这也是她当初的一大顾虑。

"二则，在这件事上，到底圣心如何？"公孙白石玩味地眯起眼睛，"其实侯府犯的那些子烂事，圣上并不放在心上，处置也罢，不处置也罢，不碍大局。要紧的是，圣上想要个怎样的臣属？易牙、竖貂、公子开方？管仲劝谏齐桓公之言，殷鉴不远呀。"

明兰大为赞叹，这话说到点子上了。她扪心自问，她管家理事的时候，是喜欢那种六亲不认的多些呢，还是顾念家人的多些呢？这是一种很微妙的心理状态。

"三则，也是最头疼的。"公孙白石再次坐下，从玛瑙盘子里挑了几颗葡萄，慢慢剥起来，"仲怀的委屈，我知道，夫人知道，侯府那边知道，可外头到底有多少人知道呢？仲怀纨绔之名犹在，侯府那头却无甚离谱的把柄在外。唉，积毁销骨，几十年的成见呀。"

明兰嘴唇动了几动，又闭上了。

"仲怀能把当年之事抖搂出去吗？也不能，不然便是大不孝。"公孙白石又道。

明兰细细揣摩其中含义，缓缓点头。

当年白氏之事乃顾府之耻，为着钱娶了人家，却又不好好待人家留下的儿子，百般逼迫而离家出走。这些事情若说出去，顾老侯爷的名声便完了，侯府也会沦为笑柄。

可子不言父之非，倘若顾廷烨真去大肆张扬，坏了亡父的名头，那真是没错也错了。

"有这三不可，我便一直劝仲怀把眼光放长远些，不要纠缠一城一地的得失，日子长着呢，他有的是时间替白夫人翻案，替自己讨回公道，何必急于一时呢？"

公孙白石拿起一旁的冰镇帕子擦了擦手，抚须道："前段日子仲怀正在气头上，我不好多说；两日前你们从侯府回来，我瞧他有些松动，便赶紧又去了，好说歹说，总算是劝服了。"

明兰心里感动，觉得这老家伙实是真心替他们着想，才会这样不屈不挠地去劝说。

"先生辛苦了，明兰……明兰真不知如何道谢。"她诚心诚意地向老头子躬身行礼。

公孙白石连连摆手，笑道："不妨事的，仲怀与我是忘年之交，脾性颇合胃口，况且我也不是白劝的，我叫仲怀一概别去找旁人，也别辩驳，只寻圣上求情，说到伤心处时，要是能哭一场就更好了。"

明兰微微张开嘴，好玄妙的心术呀。

就是说，顾廷烨不是去替那些浑蛋开脱罪责，他们确有其罪，不过是请皇帝瞧在自己的面子上从轻落罢了。

或者说，这次劝说，重点不在结果，而在行为本身。那些浑蛋能不能脱罪不要紧，重点是要让皇帝明白顾廷烨的难处和苦楚，让他看见一个重情义、会心软、宅心仁厚的顾廷烨。

明兰开窍了，笑得十分狡黠，小声问："那他哭了没？"

"这呀，老朽还想问夫人呢。"公孙白石佯作瞪眼，吹起了胡子。

明兰捂嘴轻笑，觉着这死老头子蛮可爱的，最终还是敛衽福礼，微笑道："都说闻君一席话，胜读十年书，多亏了先生不嫌小女子愚笨，不辞劳烦地细细讲解，今日我算是长了见识，我这里给先生道谢了。"

"不必，不必，我这也不是白说的。"公孙白石笑着摇头道，"这次仲怀虽听了劝说去求情，却窝了一肚子火。大丈夫行事，必心气通畅才好，不然不是得罪别人，就是憋坏了自己。昨日晌午，他与夫人说了会子话后，出门时便神色好了许多。昨夜……喀喀，我听小顺子说，今早仲怀出门时，眉目开朗，已似无恙了。"

老头连连嘉许，倒把明兰弄得十分脸红，垂首羞涩。

"我又不能唠叨他一辈子，你们才是要白头偕老的，早些和夫人说明白了，总是好的。"公孙白石笑得十分豁达。

"总之，多亏了先生大才。"明兰羞极，连忙挑开话头。

"也是仲怀自己想得明白，才能叫我劝服的。"公孙白石也很谦虚。

明兰巴不得说些别的，忙问："先生怎么说？"

"仲怀气不过，问我可有既能出气又不碍事的法子，我说，有。"公孙白石一脸高深莫测，"只消仲怀肯做孤臣。"

"孤臣？！"明兰大惊。不要呀，她不想做孤臣的家属。

"对，做一个无亲无挂、矢志忠心、一生只依靠皇帝信重的孤臣。"

明兰半晌无语。结党营私当然是不对的，但朝堂之上，也不能半个朋友都没有。

据她所知，漫长历史中的那些可歌可泣的孤臣，有一半没好下场，经典案例：商鞅、吴起、晁错；有一半自己倒是善终了，但子孙后代就无人照拂了（老爹把人都得罪光了），家族盛况一代而终，经典案例："酷吏"田文镜。

"夫人放心。"公孙白石看明兰一副愁眉苦脸，忍笑道，"我那话刚落，仲怀便一口否了。"

明兰松了口气，抚抚自己饱受惊吓的小心肝——很好，很好，幸亏顾廷烨是个纨绔转型的貌似栋梁，思想觉悟没跟上政治素质。

公孙白石侧眼瞧着明兰，默然微笑着抚须。

其实，当时顾廷烨的原话是，他讨媳妇，是为着叫她过好日子的，不是跟他受罪的。

七八日后，一日深夜。

邵夫人端着一碗热药，从门口进来，却见顾廷煜从床上坐了起来，靠在迎枕上深思着什么，她顿时愁锁眉心，轻呼道："怎么又起来了？赶紧躺下吧。"上前便要去扶丈夫。

顾廷煜挥挥手："白天黑夜地躺着，累了，起来歇会儿。"

邵夫人默默无语，只能坐在一旁轻轻吹药。

"适才，姨母又来了。"顾廷煜望着床顶，面色憔悴不堪，眼神却很犀利。

邵夫人微不可察地叹了下："她怎么又……唉，明明知道你病着，做什么左一趟右一趟地来扰你呢？"

"她是急了。"顾廷煜嘴角微现一抹讽刺，"趁着我还没死，她想把那事了了。"

邵夫人欲言又止，终归还是忍不住道："太夫人的话，你就不想想？"

顾廷煜焦黄的面孔泛起一阵病态的红晕。他忽然笑了起来，笑声带起了咳嗽。邵夫人紧着去帮他拍背，好半天才压下咳嗽。他喘着气道："这些日子，你在外头可听说了什么？"

邵夫人想了想，道："那日禁卫来宣旨，说侯府与逆王串联确有其事，但念在二弟有功，四叔年迈，三弟又牵连不深，就都给放回来了，只有炳兄弟，有好几个人都指认他，唉……要去那冰天雪地三年，弟妹这几日都哭闹得厉害。"

"就这些？"

邵夫人又想了想，摇摇头。

"你呀！"顾廷煜笑了，"就是个老实头。"他艰难地直起身子来，低声道，"你就没听闻这段日子的风言风语？说姨母是后娘，心肠狠毒，当年是故意逼走二弟的，为的就是把我熬死了，好叫三弟袭了这爵位。"

邵夫人还是摇头："那些子没影的话理它做甚。"

邵夫人见灯光下丈夫枯槁似骷髅的容颜，不禁心酸。

顾廷煜缓缓靠在床头，微微讥诮道："适才我与姨母说了，如今二弟羽翼已成，有手腕，有心机，不会听了我两句话就真的信以为真，乖乖等着的。便是我反悔，他也有后招等着我。如今，他既保下了侯府，更不肯拱手让出爵位的。我叫她死了心，过继贤哥儿之事休要再提。"

邵夫人怔怔的："你是说，这风言风语，是二弟……"

"也不见得是风言风语。"顾廷煜自嘲地笑了笑，"姨母未尝没有那个心思。"

过了一会儿，邵夫人睁着疲惫泛红的眼睛，忽然落下泪来："以二弟如今的本事，这爵位还能溜出他的掌心？何必如此相逼。我们想过继个儿子，不过为着你以后香烟有继，坟头供碗饭吃，是不会和他抢爵位的呀，他、他……这也容不下吗？"

顾廷煜怜惜地望着妻子，轻声道："你别哭了，仔细哭坏了眼睛。这事也不能怪二弟，他憋屈了二十几年，如今出了头，自想光明正大地得了这爵位，若我留个嗣子下来，那就是永远给人一个说头、一个把柄，一旦挑起事来，就没完没了了。何况，别人也就罢了，过继贤哥儿岂不是遂了姨母的心？哼，二弟如何肯？"

邵夫人也知事无可挽回，只能轻轻垂泪。顾廷煜艰难地抬起手臂，替她拭泪："别再想过继的事儿了，我是从不信死后如何的。如今，我唯一挂念的就是你和娴姐儿。唉，你跟了我，也是毁了一辈子的。"

"你别说这样的话！"邵夫人悲鸣一声，扑在丈夫腿上，哭道，"我无才无貌，家世平平，能嫁给你，便是莫大的福气了。"

顾廷煜轻轻抚着妻子的头发，孱弱地开口："我现在吩咐你几句话，你要记住了。"

邵夫人抬头，用力地应下。

病弱如枯枝的男人，极力沉下声音，正色道："第一，我死后，不论谁搋掇，你都切不可再提过继之事，就算不为了你自己，也要为了娴姐儿。只消我没有嗣子，二弟和二弟妹便会善待你们，便是娴姐儿出嫁了，也会护着她，比那不知心眼本事的过继儿子强多了。"

邵夫人哭得涕泪满面，伏在床边，只能不断点头。

"第二，以后若二弟妹和太夫人有个什么不对付的，你切不可掺和进去，尤其是姨母叫你做什么，你一定要慎之又慎。"顾廷煜尤其加重了后几个字的声音。

邵夫人淌着泪水，一脸疑惑。

顾廷煜不无悲哀地笑了笑："我到这几年才看明白姨母，她这人最惯会拿别人做靶子的。以前是四房和五房，闹得二弟和他们势如水火，她却一味在老爷子面前做好人，便是我，哼哼，怕也是着了道的。"

邵夫人愣愣地擦着泪水："不会吧，我瞧着太夫人是极好的。"

"老爷子最后怕是也瞧出来了，是以才留了书信给金陵和青城的族叔们。"

顾廷煜冷笑道："你道四叔、五叔为何那么卖力地去逼问族叔？便是截留下老爷子留给二弟的家产，这也是长房的事，与他们何干？不过是姨母说，愿把这笔产业三家平分。哼，拉拢旁人，专对一头，她这辈子最会耍的，便是这一手了。"

听着这宛如遗言一般的话，邵夫人全身发冷，伤心得几欲裂开，却淌不出泪来，似乎已伤心过了，只会木木地点头。

"我瞧着二弟妹不是个跋扈刻薄的，你只要做足这两点，再待她客气些，想来也能过下日子了……不对，我得想想，不若再送她份大礼，也不能得罪了她。好吧……这样也好，你们娘儿俩能过得好些，娴姐儿的婚事也不用愁了。"

顾廷煜疲累至极，声音越说越轻，几乎是自言自语了，不知在想什么，脸上泛起一抹古怪的微笑，嘴里低低地念念有词。

"爹，娘，我快来了，你们别急。老爷子可是高兴了吧，小二如今出息得很了，讨的媳妇也好看得紧。娘，你瞧，我给你丢人了，一样都比不上小二……"

崇德三年，六月十九，宁远侯顾廷煜过世。

同年七月，谕旨钦封顾廷烨为宁远侯，衔超品二等爵，加封其妻盛氏为正一品诰命夫人。

顾廷煜一死，邵夫人身心俱垮，多少累积下来的疲惫伤心一股脑儿发作，当即病得半死不活，奄奄一息躺倒了。而太夫人也表示"伤心过度"，只能在床上哼哼唧唧。

明兰晓得情势不妙，思量半晌，遂暗下决心，顾廷煜的丧事她坚决不能揽过来办，且不说顾家的规矩她不熟悉，此情此景，她无论怎么做都会有人嚼舌头。可作为新出炉的侯夫人，又很难推托，思来想去，便郑重去请煊大太太来帮忙。

"不是我躲懒不肯出力，可我就这点子年纪，何曾经过什么大事，大哥的白事何等要紧，若是出了错，还不定有人怎么说呢。"明兰倒也坦率，索性一概说开了，"这府里的人，也就大嫂子您贴心，叫我放心了，您若不帮我，我就不知寻谁去了。"

煊大太太本就是好事之人，素爱揽事，又见明兰这般诚恳，满口倚重，心里舒坦之下，当即便应下了，回去便与丈夫商量。

"这么大的事，你就答应了？"顾廷炳这两天就要往西北去了，顾廷煊正忙着四处打点，一回来就听得这消息，顿时以为不好，对妻子急道，"长房的事咱们还是少掺和吧，别弄得又惹上事来，多一事不如少一事！"

"你知道什么！"煊大太太白了丈夫一眼，凑近了细说，"这事我前后想了，固然是烦了点，却是有好处的。一则，弟妹她的确是有难处，这白事若办大了，未免烨二兄弟不乐意；若办小了，不免有人说闲话。我替她把事揽过来，她必会记得我的好处。二则……"她端了杯温茶给丈夫，放低了声音，"瞧咱府里这情形，分府另过是迟早的事，到时候咱们可得事事靠自己了。可这些年，公爹大事小情都叫二弟去办，咱们要门路没门路，要人头没人头，银子也不多，趁这回办白事，你我多结交些有用的才是。"

顾廷煊不以为意，摇头道："咱家就那么些亲戚朋友，你不早认识了？"

"你呀！"煊大太太用力点了下丈夫的额头，"原先那些和这回冲着烨二兄弟面子来上门祭拜的，能一样吗？那可大都是拿实权的呀。他们见弟妹肯将这般大事托付于我，还能不另眼看待我们？"

顾廷煊素来怕事，可想着儿女们都渐大了，要说亲的说亲，要求学的求学，将来免不了还要谋差事，总不好事事依赖顾廷烨，最后叹息着点了点头。

为表示诚意，第二日，明兰就亲去邵氏处求取侯府的对牌和库房钥匙，费了半天唾沫才把自己的苦衷和请外援的必要性讲清楚，谁知邵氏气若游丝："……都在娘那儿……"

怎不早说？明兰立刻又杀去太夫人处。

太夫人额头上缠着米黄翠丝细棉帕子，正病恹恹地躺着吃药。明兰第二次声情并茂地述说完毕后，她似是愣了下，盯着明兰看了许久，眼睛略带红丝地直看得明兰心头发毛，才叫向妈妈去拿东西。

明兰暗抹了把冷汗，心满意足地把对牌和钥匙交给煊大太太，她咬死了"自己年纪轻，还不能独当一面"，又吃定了太夫人不敢叫朱氏把事情接过去办。

如今外头谣言满天飞，直指这几十年来太夫人这后妈当得"别有用心"，这当口若再叫朱氏揽这事来办，那就更有说头了——这都揽权几十年了，借口长子病弱叫大儿媳好生照看，到了这会子还不肯放手哪！

煊大太太是个爽利人，加之无人掣肘，顺风顺水之下，把这场白事办得十分漂亮，低调又不乏尊重，礼数周全却又不烦琐。该哭丧时，全府哭声雷动，半里地外清晰可闻；该待客时，仆役穿插里外，井井有条。

而明兰只需要揣着半瓶桂花油，一天去顾廷煜灵前哭个几次就成了，还有力气熟悉熟悉宁远侯府的人事关系，顺带往她好奇已久的侯府库房瞄上两眼。

她深觉请对了人，每隔一天都要对煊大太太表示一番感谢，天天换词，绝不重样，夸得煊大太太快活至极，浑然忘记每日只睡两个时辰的疲劳辛苦。

除此之外，剩下的时间，明兰大都耗在邵氏屋里。

根据太医院院正的说法，太夫人的病属于"心情"调养问题，邵氏却病来如山倒，气势汹汹，几有油尽灯枯之态。明兰吓了一大跳，想着与其去外面装悲伤，还不如照顾活人更有成就感，而且将来也好相处些。

邵氏并不愿搭理明兰，不论明兰说什么、做什么，她一概合目冷颜以对。明兰也不生气，只温言体贴地照看她，看方子，试汤药，把外头灵堂宾客的情形拣些要紧的和她说，又把蓉姐儿带了来和娴姐儿做伴，日日从澄园搬来好吃的、好玩的，让小孩子暂忘悲伤，好歹能吃能睡些。邵氏原就不是心硬之人，看明兰小心翼翼地关怀，她不禁心软，想来这些陈年恩怨怎么也不该迁怒到才进门几个月的新媳妇身上，便渐渐转了颜色，对明兰客气温和许多。

明兰见她心灰意冷之下，不思痊愈，只一味悲伤，病体愈加沉重，便有话没话地说些自己幼年之事，百倍夸张当初卫氏新丧之后，自己的"恐惧""彷徨""孤单"和种种无助。

"……都说没娘的孩子像根草，这话真是一点儿都没错……"明兰红着眼眶（刚才又去灵前哭了一圈），轻轻哽咽，"我家太太是极好的，可她到底要照管里外一大家子和几位兄姐……若不是祖母垂怜，我……我真不知……"后面留一段长长的省略号，让邵氏自行想象。

邵氏果然听得心惊肉跳，她再觉得太夫人是"好人"，也不放心把女儿托付过去；想着女儿已无父，若再没了母亲，还不定将来怎么样呢。心志一坚定，病就好了大半，到了出殡那日，她居然能起身出来向亲朋道谢了。

当然，明兰也受到了巨大的好评，太夫人微笑着夸了她两句。明兰一边表示谦虚，一边心中暗道："以您为榜样，我会好好学习的。"

说起来，这还是明兰生平第一次这么认真周全地给人服孝，不但院里的丫鬟们不许穿戴鲜艳，连蓉姐儿也给新做了两身素色新装，她自己更是从头到脚挑不出毛病来。

四色浅单色柳枝纹褙子，一整套雪亮的米珠银饰，不见半分颜色，连鞋尖尖上的珊瑚缨穗都去掉了。明兰把这身装扮在顾廷烨面前转了一圈，问道："如何？"

顾廷烨翘着唇角："大约我死了，贤妻也就这般阵势了。"

侯府门口的灯笼俱罩了一层素白，明兰想着澄园门口也该挂两个小白灯笼意思下："挂三个月差不多了吧。"谁知顾廷烨又道："老爷子没了那会儿，不过就挂了百日，挂这么久，不知道的还当是我死了。"

明兰叹了口气。

好吧，这家伙最近脾气不好，说话阴阳怪气，动不动就冷嘲热讽。这个值得理解。

好比你攒足了力气等着找仇家的麻烦，谁知还没等你真正发招，人家就自己死了，死后还能风光大葬；那些卖你面子的大多不知内情（还没来得及造势），都恨不得在灵前表现得一个比一个悲痛，他又不能去说"我跟我哥是前世冤家、今生对头，你们不用太卖力"云云。

其实明兰也不大痛快，办丧礼也就罢了，可那些流水价地送进侯府的礼钱……她心中绞痛。大房还没有分家，所以这些金银财物都得归入府库，可将来这些人情账估计大多得她去还，也不知将来分家能落下多少渣。

但她还是宽宏为怀地劝道："到底死者为大，人都死了，你跟他还有什么过不去的。"

"从我懂事起就知他活不长。"顾廷烨面无表情地道，"也没见他少出幺蛾子。"

他童年时代对长兄最深的印象就是，顾廷煜一边半死不活地让人扶着喝药，一边闪着不怀好意的目光向老爹进谗言。从小到大，他吃了这位重病人的不少苦头。在他看来，生病不能抵消作恶，而同情也不影响憎恶，做了坏事的人，就是在病床上也应该拖起来接受惩罚。

这种观念颇有几分现代意味，明兰立刻表示万分赞赏："夫君果然恩怨分明，真丈夫也。"

顾廷烨横了她一眼，心情好了不少，笑骂道："伶牙俐齿！你不去殿上跟那帮读书人耍嘴皮子真是可惜了！"

最近，他对读书人意见很大。好吧，这是他近来抑郁的第二个原因。

自六月起，他正式兼任五军都督府副总都督，领左军都督，加封太子少保，地位提升的结果就是，他开始直接参与军国参政讨论。随着时局稳定，所有的暗潮汹涌渐渐转化为文斗，前堂正殿成了各派人马的角力场，一伙子人天天在那里口沫横飞。

给先帝上谥号，他们要吵；给两宫太后的仪仗待遇不同，他们要吵；人事变迁升降，他们也要吵；至于行政部署国策决断，他们吵起来更是连饭都可以不吃。偏本朝祖制是文官节制武将，武官大多是奏报，辩驳议论属于文官的活计。

以前顾廷烨只管自己一亩三分田时，站在殿上旁听时可以左耳进，右耳出，反正重要的奏折多会另抄数份发送重臣自行研讨。可如今，他算半文半武了，只得竖尖了耳朵认真听，因为皇帝被文官撅住了说不出话时，最喜欢问一句："× 爱卿，你以为此事如何？"

——这位 × 爱卿通常由沈从兴、姚阁老，还有顾某人轮流担当，其他人友情出演。

以为个头啊以为！他要是有转文的本事，何必干这行？靠刀口舔血混饭吃。

先帝的谥号里要不要多加一个"文"字，有个毛关系啊！就这点事，素有恩怨的两派就能摆齐了人马，从天亮吵到天黑，满嘴的之乎者也，引经据典，从三皇五帝一直吵到先帝晚年宠幸小荣妃的不当。

这种吵架还算温和，好歹皇帝没很大意见，看着下头人掐架也颇有风味。

新帝显然太嫩，不知这朝堂之险恶。

当两派人马争论不下时便求皇帝仲裁，皇帝若不答应，那就是不孝。

老皇帝临终前亲自把你从不毛之地拉上来，栽培你、支持你、立储继位，你居然还觉着老皇帝不好？你良心大大地坏了！然后巴拉巴拉巴拉，一连串引经据典。

皇帝若是答应了，那就是不明。因为老皇帝拖拉立储大事长达十余年，导致整个帝国腥风血雨，京城都叫血洗了一遍，多少忠臣良将死在前后两次变乱里头，就这样还不给个说法？皇上呀，你要为了天下苍生的公道人心而敢于牺牲自个儿的区区孝名呀！

然后巴拉巴拉巴拉，再一连串引经据典。

新天子绝倒，哎呀妈呀，躺着也中枪！前后吵了半年，费了姥姥劲儿才把这事给平了。

前阵子，朝堂上又为着两宫太后的待遇问题闹起来。

皇帝自然希望为生母求更高的待遇，可一大帮文臣不答应，说先帝临终前，于满屋顾命曾有口谕，"待身后，要善待皇贵妃，一概典仪皆与皇后同"。

其实，当时老皇帝都病糊涂了，眼看要咽气了，昏沉之际只认得常年相伴的德妃。按照现代法律观点，这种情况下的口头遗嘱，其实不能算数的。

足足吵了半个月，皇帝气得咬牙切齿，那群家伙非但寸步不让，还口口声声说要以年资论算，要求让圣德太后住到更大更尊贵的东侧后殿。当时正开着小差的老耿，被皇帝偶然点名发言，他一时不慎，顺口说了句"亲娘自然比不亲的尊贵些"。

这话捅了马蜂窝。

老耿同志当即招来了火山灰一样铺天盖地的斥责痛骂，"不学无术""不通礼仪""荒唐无知"……这还算轻的，严重些的，直接说他"居心叵测""用意不轨"。

可怜的老耿同志被骂得晕头转向，魂不守舍，据说是被钟大有扶着回家的。

根据顾廷烨的揣测，皇帝其实很同情老耿。

在民风淳朴的蜀边，常见的解决模式是快意恩仇，有问题大家一起掏刀子上，三刀六个洞捅完了事。估计老耿同志没怎么见识过文官这种攻击性极强的生物，他们大多外表斯文儒雅，内心凶残彪悍，从不动手，坚决动口，一支秃笔能把你从祖宗一直骂到小姨子家二舅的侄子最近逛了趟青楼没给钱，绝对的杀人不见血。

第二天，参他的奏本就跟雪花片一样飞向内阁。

按照古代宗法规矩，血缘上的妈没有礼法上的妈要紧。倘若庶子有了大成就，也是嫡母受褒奖诰命，没那小妾妈什么事（可能日子能好过许多）；倘若非要让小妾妈也荣耀一把，那也得先嫡母，再递减到小妾妈身上。

老耿很冤，他根本没有跟强大的礼法对着干的意思。

其实仔细分析，皇帝家的情况并非如此。

圣安皇后不是从妃位直接晋级太后的，她是明证典礼地被册封过皇后的，反而是皇贵妃（德妃）是从妃位跳级成为太后的，她又没儿子当皇帝，凭什么？！

那帮文官明显是混淆视听，抓住了老耿的一处把柄就纠缠不止，吵闹不休，一句话牵扯到十万八千里外去。

当初新帝甫登基，就是一时没扛住他们的人海战术，被漫天的唾沫星子迷昏了头，册封了两宫太后，如今后宫处处掣肘，想来真是悔之不已。

大约有人在后头点拨了一番，皇帝想明白后越发坚定了立场，为了亲娘，也为了自己以后的日子能好过些，便是圣德太后去太庙哭先帝了，他也一个字都不肯让。

一口气罢免了五六个特别冲锋在前的官员，又降了十余个官位，这才打压下那一股子人的气焰，顺带把圣德太后病倒的罪责也甩给那帮家伙，罪名是"挑拨天家情分，居心不轨"。

此战大胜。只可怜老耿同志，至今还称病在家，扭捏着不敢出来见人。

不过姚阁老说了，这种硬派功夫不好多用，这次皇帝多少占着理，况且于真正的社稷利益牵扯还不大，倘若皇帝回回都以势压人，那名声就不好听了。

明兰点点头，要说姜还是老的辣，姚阁老这话说到点子上了。

还是应该多听谏言，多采纳臣子的意见，群策群力才好，毕竟皇帝和顾廷烨他们历事尚浅，许多国政还在学习中，东西南北民情差异极大，官场派系纷繁。倘若一意孤行，万一坏了事，连个推搪的借口都没有，全是皇帝你一个人的错了。

于是顾同学只好奋发了。

为了不让皇帝失望，更为了不重蹈老耿同志的覆辙，他晚上要多看文册卷宗，分析揣摩，朝会时提着精神听读书人掐架，一刻不敢懈怠；下班回府还得去他那冤家大哥那儿哭灵，就算挤不出眼泪，也得干号两声意思一下。这样子，不抑郁才怪了。

好在他是个极聪明的人，待他那死鬼大哥满七七前后，他已可在朝论时插两句嘴了，而且——按照姚阁老的话来说——这嘴插得十分有水准。

几天前，朝堂上议起盐务话题。

这些年来，盐务混乱，私盐成风，官盐收不上税，账目做得天衣无缝，上下一心，先帝曾派过几拨人去查，不是无功而返，就是把自己陷在那儿，最后坐着囚车回京复命。

当今皇帝想要整顿，百官照例争吵不休，大致意思都是不能折腾了，一闹起来牵丝拔藤的，天下又要不稳了。

顾廷烨听了足足一上午，逮了那个嚷嚷得最起劲的，一脸谦虚地问道："先不论其他，只问这盐务到底要不要整？"那官员涨了半天脸皮，又啰唆了一大堆后果呀、影响呀、难处呀。

顾廷烨又问："那你的意思就是别整顿，就让它烂着？"

不论那群嘴皮子怎么绕话，顾廷烨只问一句："于国于民，到底该不该整顿盐务？"

盐税占国库收入五分之一，如今连五十分之一都没有，盐务糜烂至此，哪个官儿都不敢说不整顿，一时朝堂默然。见此情形，皇帝气势大振。

很好，很好，既然大家都认为应该整顿盐务，那么接下来的问题就是，"怎么整""派谁整""是徐徐图之还是快刀斩乱麻"的问题。

明兰非常赞赏，顾廷烨果然上道，还没学两天策论，就知道分离辩论法了。不过，待到朝堂上讨论起整顿盐务的人选时，明兰又不免惴惴："你……想去吗？"

顾廷烨挥袖端坐于太师椅上，含笑道："我今早就与皇上说了，这种细致活儿我做不来。"

明兰拍拍胸膛，大大松了口气。

古代女人真难做，既不愿老公当海瑞，又怕老公变严嵩，最好还是谭纶那样的，忠义两全不说，故旧遍天下，还能高官厚禄地善终，最后福延子孙。

顾廷烨瞧她这样，笑着捏捏她的耳垂，温言道："你别忧心。皇上此次是瞧准了的，年前的两淮兵乱刚过，各地卫所驻营换了好些人，都指挥使一级大多效忠皇命，皇上这才决意动手的。"

明兰抱着男人的胳膊，笑眯眯的，像朵牵牛花，把脑袋挨着他厚实的肩膀，低声道："只要你平平安安的，什么荣华富贵我都不稀罕。"语气柔涩，身子温软。

顾廷烨只觉心头痒痒的，反手搂住她，目色发暗，嘴角含笑，一只手慢慢往腰下摸去。

明兰按住他愈往下的手，脸色发红："正服着齐衰呢。"

没有一种避孕措施是百分百安全的，何况这会儿她正值危险期。

顾廷烨沉着脸，抱着明兰揉了半晌，终于直身站起，大步往外走去。明兰见他脸色不好，追在后头小声说了句："去扯灯笼。"

照大周朝的礼法，嫡亲兄长过世后，弟弟们要服一年的齐衰不杖期，实为九个月。可顾廷煜不是一般的长兄，而是顾府宗子，袭侯爵位，曾位属家长级别，所以头三个月为重孝，禁房事，停宴饮，断乐享。

如花似玉的老婆当前，看得吃不得，摸得动不得，眼看着朱氏的肚皮一天天大起来，男人脸黑如锅底，更觉自己生来就和秦家八字不合。

某日，东昌侯府来邀，请他们夫妇去品茶尝新梅，便遭到断然拒绝。

太夫人红着眼眶寻明兰去说了一通。

"侯爷着实太难过了。"明兰口气轻柔，"积痛于心，难以遣怀，竟连白灯笼也见不得了，睹物思人……就怕想起了大哥会伤心。"

太夫人胸口一闷，想起最近的事，更是愤懑，险些又晕过去。

安抚完"体弱"的婆母，明兰优哉地回了澄园，却得了盛家报信，说长柏要外放了，月底就走，请六姑爷和姑奶奶回府一叙。

明兰满腹疑虑，转头道："我记得要外放的是爹爹呀，怎么成大哥哥了？"

顾廷烨斜靠在窗边，手持一卷书，失笑道："老泰山心明眼亮，也不独申时其这个老狐狸机灵。"

话说这位政坛不倒翁也是个人物，放哪儿都不得罪人，既会看皇帝的脸色，又能把握百官的暗潮，新皇帝使着颇觉手感不错。

但近来的官场越发不好混，不是得罪这边，就是得罪那边，不是得罪朝臣，就是得罪皇帝，未免晚节不保，临老栽阴沟，申时其从年初就开始上折子"乞骸骨"。皇帝自然不同意，申时其索性装病不出，一装就是半年（其间躲过了两场空前激烈斗争的朝议），公然旷工。

皇帝拔河拔不过他，只好准奏。

照皇帝的预想，与其来一个不得心的首辅，不如叫这老滑头继续干着，待时候差不多了，顶上自己的心腹即可。皇帝信重的姚大人进内阁不久，资历尚浅，申时其这时候撂挑子，皇帝心中的人选还顶不上，能顶上的皇帝不放心。

老狐狸很上道，一获了准奏，立刻向皇帝推荐了个人选。波诡云谲的朝堂中，皇帝一眼就瞄见了时刻处于半瞌睡状态的卢老大人——得了，就你吧。

"这老家伙……"顾廷烨提起他，就免不了咬牙切齿。

其实卢老大人比申时其还老，人家就淡然多了，该说说，该做做，只要皇帝不讨厌他，他就愿意为国家一直贡献到进棺材。

临走前，申时其把最看好的一个侄子和一个孙女婿都外放到地方上，朝中留他外甥和门生看顾，精神抖擞地办完了这些事情，他才一副鞠躬尽瘁的劳心模样，登上回乡马车。

大约是盛纮从卢老大人那里听说了些什么，又或是自己看出了些什么，觉着与其叫刚入政坛的儿子被牵扯进浑水，不如先避一避，看看风向如何，免得折了大好前程。

顾廷烨十分赞成。以他官位显赫，圣眷隆厚，且武将不大涉朝议（他还是以武为主），都还有人下暗手，使绊子，何况盛长柏？

待夫妻俩去了盛府，才知道盛纮有事托付顾廷烨。

"泽县山高路远，地处偏僻，我倒不怕你大哥吃苦，年轻人吃些苦是好的，就怕这一路草莱荒僻，官道尚不太平……"

顾廷烨微一挑眉，恭敬道："岳父顾虑得有理，我这就给舅兄寻几位得力的护院，定能保得安稳。"他顿了顿，心里一转，又道，"陈州府离泽县近，我恰有几个旧识，回头我去几封信请他们也关照一二，莫叫蟊贼扰了舅兄。"

盛纮松了一口气，欣慰道："府中家丁的那点儿能耐，我一向信不过，你但凡开口，只要本事好、性子忠厚，盛家断不会亏待了他们，若能缘分长久，生老病死一概有说法。"

顾廷烨点头道："如此甚好。"

"有劳妹夫。"长柏拱手而鞠。

里屋中，王氏正哭得跟个泪人一般，扯着明兰的袖子不断哭诉："你说你爹到底安着什么心？！如今咱家又不是没本事，就算要外放，也要寻个好地方，都说穷山恶水出刁民，那地方……我只怕、我只怕……"

上首坐的盛老太太脸色发沉，一句话都不想说的样子。

明兰抚着被掐疼的手腕，不断安慰："太太且宽心些，爹爹素来明达，他自是为着哥哥好，才出此下策的。"

"什么为他好！我看他是老糊涂了！"王氏哭得肝肠寸断，"你大哥哥自小是金玉堆里长大的，哪里吃过苦头？这可怎么好哟！"

明兰头痛至极，劝了半天，王氏依旧哭个不停，还越哭越大声。

盛老太太终于忍耐不住，一拍案儿，呵斥道："你有完没完？！外头还坐着姑爷，你要不要脸了？！我看你是老毛病又犯了，外头是男人的事，你少过问，免得又生事端！"

王氏捂着帕子，略略降低声音，抽泣道："外头的事我自不敢过问，可这是柏哥儿的事呀！他、他……听说那儿的人多蛮荒，柏哥儿这辈子何尝见过……"

"住口！你知道什么？！"老太太恨铁不成钢，手指紧攥茶碗，恨不能砸过去好扔醒她，"那泽县虽穷僻，亦非要冲，可越是这种不显眼的地方，越少些利益纠葛，只要柏儿安健无虞，待好好经营地方，与民休息，修桥铺路，鼓励农桑，反而能做出一番政绩来。要去那么舒坦的地方做什么，捞钱吗？"

王氏听得发愣："真、真是如此？"

老太太见此情形，只有叹气的份儿了："你当那些富庶之地的知县好做吗？鱼米之乡，盐铁滨海，后头层层利害纠缠，咱家根基尚浅，柏哥儿动不得、碰不得，才不好为官。"

王氏泣声渐止，犹自神色忧心，似还未全信。老太太不耐烦了，直接道："反正这事已定了，你也少说些耸人听闻的，叫柏哥儿两口子出门安心些，别吓着他们。"

"两口子？大奶奶也去？"王氏的注意力很神奇，一边揩着眼，一边就抓住了个次重点，不满道，"人家儿媳妇都是留下服侍公婆的！"

"自是一起去！"老太太瞪眼骂道，"你当那穷山恶水是什么好地方，大奶奶不去照看着，你能放心？难不成你要叫柏哥儿独个儿赴任？你别张嘴，我来说。别急吼吼地抬姨娘，没得路上添别扭，寻几个周全体贴的婆子丫头给他们两口子才是要紧。"

王氏被说得一脸青红，讪讪地垂下头。老太太面带讽刺地添了一句："你放心，要是爷们儿自己有了那心思，做媳妇的有三头六臂也拦不住、防不了！这当口了，你就别兴什么幺蛾子了！有工夫，多去瞧瞧如丫头，别到临盆时手忙脚乱。"

明兰始终低着头，恭敬地站在一边。祖辈训斥父母辈，做晚辈的不好说什么，何况她觉得老太太也没骂错。王女士宛如一只呆呆的钟表，一不上紧发条，关键时刻就掉链子。

又说得几句话，盛老太太打发王氏出去招呼顾廷烨，总不好姑爷难得来一次岳家，连岳母的面也见不上吧。王氏闻言，赶紧回屋洗脸，重新梳妆去了。

老太太独留了明兰一个在寿安堂，问了几句家常后，直入主题："听说你们侯府要分家了？圣上不是拨了建府的赏银吗？这都快两个月了，你们怎么还不并府？"

明兰苦笑，她就知道老太太会问这个，便索性说开了："分家我们原就想过的，廷烨断断不愿和那些人住一块儿的了。可是怎么开口、怎么赶人，还没想好，正想辙呢……唉。"

这件事真是没人想到。

当时顾廷煜眼看着不好，金陵和青城老家的族亲也陆续赶到了，谁知就在病床前，当着众人的面，他忽挣扎着起来，从枕下拿出两张纸。

一张纸上写着他自袭爵位后，侯府的财产明细，一应田庄、库银、铺面，还有祖辈传下来的贵重物件，以及历代的书画收藏累积。当时，太夫人脸色隐隐发青。

另一张纸则是旧年的文书，写的是约三十年前，顾廷烨的祖父母给几房子女分家时写的文契，上头明白记录了三房嫡支（大房、四房、五房）各分了多少，几房庶支（早分出去的庶子）又分了多少，房产、银两、田地，都写得十分清楚。

四房和五房等人立时变了脸色。

顾廷煜趁着还有力气，叫几位族叔堂亲一一过目，核对上头的印鉴。

他虽病得快死了，头脑却十分清醒，话说得十分漂亮："二弟长年在外，家里的事不清楚，如今，当着自家叔伯的面交代清楚了，将来家事顺畅，我也对得住父亲临终的嘱托了。"

一片静默中，众人心里雪亮。

"顾家这位大爷，着实是个人物。"盛老太太缓缓道，双目微合。

明兰叹息道："廷烨……心里很不痛快。"

虽知道十分艰难，且免不了招人诟病，但顾廷烨有信心能摆平那帮子浑蛋，可如今顾廷煜替他做了，冒着得罪太夫人的风险，这个人情，他记也得记，不记也得记。

"他们肯走吗？"老太太静静地靠在椅背上，低声问。

"不肯也得肯。"清脆的声音异常冷漠。

老太太倏然睁开眼睛，直盯着明兰，目中精光陡生，沉声道："你待如何？"

明兰身姿傲然，淡红的嘴角微弯："如今，丹书铁券，御敕匾额，俱在我这儿。他们若不走，我就不拆澄园的墙。想并府，做梦！"

"所以……"老太太缓下神情，兴味道。

"我拖得起，廷烨拖得起，大家伙儿都拖得起，唯独……"明兰忽淡淡地笑了下，"廷灿妹妹却等不起了。"

顾廷灿若想说门好亲，就得赶紧了，不然真要成老姑娘了。

小秦氏此人，一辈子都惯会躲在后面装白花，却拿别人做靶子冲前头。

这回，明兰要让她自己动手去了帮手，水落石出，浮出来的就是各自真实的面孔，以后若要再斗，就得自己赤膊上阵，她一概奉陪！

过了良久，老太太才略开了笑颜："这是你想的？"

明兰眼神坚毅："他予我尊荣和信任，我不能只安享富贵。"

103

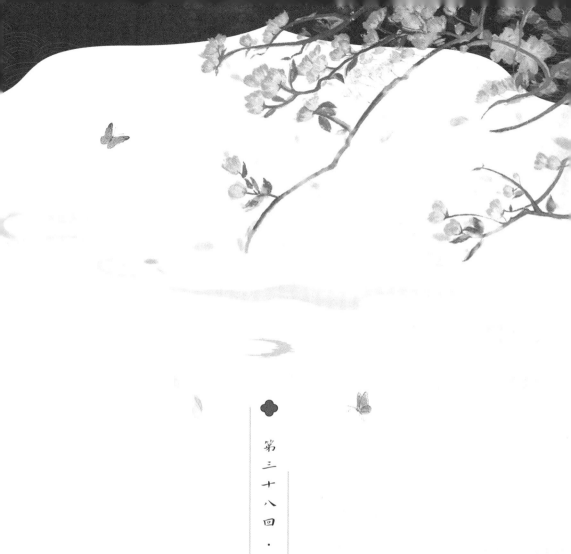

第二十八回·宅斗老师

托盛老爹的福，明兰曾有幸亲眼观摩一位顶级白花表演近十年。

林姨娘可以用各种原因轻而易举地挑起王氏的怒火，有几次明兰几乎可以确定她是上赶着挨罚的，或站或跪，弄出点伤来更好，然后一番楚楚可怜，盛老爹就会和王氏大吵一架。

后来，房妈妈暗地里说，如今的林姨娘已大不如前了，想当初（姚依依没穿来之前），林姨娘什么都不用做，只要人前人后偷偷抹泪（表示各种委屈），或哀春伤秋一把（伤怀身世），甚至只要神色落寞，那时的盛纮就会热血沸腾、正气凛然地去为她抱不平，或去训斥王氏，或补贴林氏大把好处。

明兰总结：凡是白花，都需要一个或几个正气凛然的不平党，他们总能轻易地被白花的各种委曲求全或深明大义而"感动"，继而前去打倒邪恶势力。

其实明兰觉得林姨娘还不够本事，她最多只能哄得盛纮为自己去冲锋，真正顶级的白花，可是能连原配的亲生儿女都"感动"得站在自己亲妈的对立面，去为个破坏自己家庭的小三抱不平，这是何等功力。

总而言之，白花的战斗模式决定了她们必然隐藏后头，需要借助某些"正义人士"，如果亲自上阵出招，张牙舞爪，那就不叫白花了，该叫食人草。

所以，此时的明兰陷入一种莫名的兴奋中，她明知这几日会有许多麻烦纠缠等着自己，却依然兴兴头地期待着。她十分好奇，当身边再无可借使之人后，那位"贤明达观"的太夫人会如何行为。

葬仪结束之后的某日，顾廷烨手持当年那份分家文契，当着阖府上下，以漫不经心的口气直接道："不知四叔和五叔何时迁居？若要帮手，言语一声，小侄自当听命。"

最近过得憋屈，五老太爷当场就怒了："你小子这就赶人了吗？！"

顾廷烨连话也懒得说，只拂袖起身，携上在一旁装老实的明兰，双双离去。

所谓大浪淘沙，这种关键时刻，才能看出各人的真实心性。

面对顾廷烨的倨傲，尚带着几分文人傲气的五老太爷最有骨气，二话不说就嚷着要搬家，还说了两句痛快话，"就算你小子留我，我还不愿呢"。五老太太心急如焚，多次劝说不下，只好拿"那宅子多年无人居住，尚需修整时日"云云来拖延时间。

顾廷炀自在诏狱里吃了些惊吓，回府后就躲在屋里和美妾娇婢饮酒作乐，再也不肯出来。炀大太太照例缩脖子不发言。由于意见不统一，顾廷狄夫妇也只好拖拉地张罗着搬家。

明兰听了，微微一笑，转头道："你瞧怎的，叫我说中了吧。五叔是真清高，五婶婶却是个西贝货。"顾廷烨道："当初娶炀大嫂子时，就说五叔纵算不通世故，到底重信守诺，不失君子之风；五婶却有些慈母多败儿了。"

明兰大为赞成，忍不住问道："这么明白的话是谁说的？"

顾廷烨黑了脸，半晌，才幽幽道："是老爷子。"

比起五房的混乱，四房倒难得地平静，四老太爷哼哼唧唧地躺在床上"养病"，便如没听到那日顾廷烨的话，整房人从上到下一概缄默不语。

明兰撇撇嘴，心里鄙夷，并不予评价。

这么耗了半个月，太夫人渐渐"病愈"，走东家，串西家，到处劝说安抚，诚恳挽留两房，还自说自话地表示，顾廷烨那日的话不过是说说而已，请大家不要当真，并趁明兰来请安时，提起了这事。

"如今煜儿已出了百日，便是动土修建也不碍事了。皇上把澄园和侯府中间那片地也赐了下来，你和烨儿打算何时拆墙并府？"

明兰心里了然，微笑道："地和墙都在那儿戳着，也跑不了，这事不急。"

太夫人眸色一闪，慢慢拨动着腕子上的念珠："不急是不急，可也要有个定程，总不好一日拖一日，到底是一家人，隔着堵墙算怎么回事？"

明兰掩袖轻笑："瞧您说的，金陵、青城和京城三地，隔了何止一堵墙，难道咱们就不是一家人了？血缘亲情乃天性，要紧的时候，还不是出人出力？是不是一家人，又不在一堵墙，您多虑了。"

太夫人怔了怔，强笑道："这话倒也是。"顿了顿，又愁容满面，"还有一事，你四叔和五叔当初出了错，如今已事过境迁了，也该把侯府的匾额挂上去。这几日，我夜里老梦见烨儿他爹，心中多少惶惶不安。如今靠着烨儿的本事，把咱家的声势重新振起来才是。不然，不然……我以后去了地下，也没脸见他们的父亲了！"说着，眼眶中便有泪珠闪动。

长辈这般情状，多少叫人动容，明兰却眼望窗外，慢悠悠道："老侯爷的心愿吗？我瞧也不尽然吧。他临终的心愿，不也没人当回事吗？"

这话一说，太夫人脸色骤变。

顾廷烨从不是忍气吞声的主，这回既替侯府求了情，还得替顾廷煜办丧事，气堵憋屈之下不好发作，待宾客走后，索性当着金陵和青城族人的面，把事情抖搂出来，算是出了口恶气。

当初那几位受托的族叔羞愤难言，尤其是青城长支的嫡房堂伯，更是当场发难："当初你们叫我等交出书信，百般狡辩，明明说是替廷烨侄子看顾产业，免得他胡乱糟蹋了。就算以前廷烨侄子荒唐不懂事，可他领军职后可算出息了，你们为何还捂着不拿出来？"

四房和五房一阵尴尬，不敢开口应答，只有顾廷炀不知死活地嚷嚷："大伯那会儿都病入膏肓了，谁知道他脑子清醒不清醒？万一他老糊涂了呢……"

话还没说完，就招来一顿鄙视的目光，然后被五老太爷一记响亮的巴掌甩在脸上。

众人责难之下，连太夫人不锈钢般的好名声也受了些磨损，虽然她一早就交还了其中三分之一的产业。金陵的一位堂叔母素来尖刻，作为同辈的妯娌，她常被和"贤惠慈爱"的太夫人做对比，这次总算逮着机会了，当即酸讽："还真当她是百年难得一遇的好后娘呢！"

听了这些，顾廷烨大爽，连后来五老太爷交还了那三分之一的产业都没怎么注意。

只有四老太爷皮厚不怕开水烫，依旧装傻中。

太夫人变了脸色，硬邦邦地开口："不论如何，总得定个日子吧！"

明兰不紧不慢地拨动茶叶，缓声道："您说得是，不过侯爷说了，破土动工不是小事，待他得空了，要亲自督工检查，如今他忙得很，待过几年他得空了，再说不迟。"

太夫人倒吸一口凉气："几年？莫不是说笑？！"随即大怒，"我们顾家的面子往哪儿放？！"

明兰依旧是不快不慢的口气："您别急。侯爷说，这次动工怕要大整，不单单是把墙推了完事。侯府历经几代，有些房舍屋子都老旧了，索性趁这次机会，把门面围墙和有些地方好好翻修一下。"

太夫人目光闪动："那两位叔叔的房屋，更是要动工咯？"

"这我亦不知，得听工匠师傅的。"明兰装糊涂。

太夫人定定地瞧了明兰好一会儿，目光森然。

明兰笑得温柔和气："连圣旨都说'并府事宜，一应权宜'，您何须着急呢？况且，我们就在隔壁，半炷香的腿脚就可到，这边有什么事，尽管叫人传话就是。"

太夫人面色阴晴不定，明兰朗目以对，无有半分异色。

"……你说得有理，的确不急。"

她也不再啰唆，只舒缓了神色，再度靠回罗汉床上，有一句没一句地说起了家常。明兰也不再多提，十分配合地听她唠嗑。

这次便这样过去了，但明兰心里警惕：这块骨头很硬，要当心牙齿。

此后，明兰照常生活，时不时去关心一下邵氏的身体，带些小点心、小玩意儿哄娴姐儿玩，然后理家治府，检查蓉姐儿功课，婉拒别府宴饮帖子，安分地在家服齐衰。

八月初，挥泪送走了长柏两口子，因怕穷山恶水缺医少药，一儿一女就留下了，全哥儿留在寿安堂由老太太教管，小女孩则由王氏照看。

官方理由是，老太太年迈，不堪重累，所以王氏分担一二。

慧姐儿生得玉雪可爱，粉嘟嘟的白胖娃娃整日笑呵呵地爬来挪去，极招人疼爱，倒也抚慰了王氏那怨妇一般的心情。大约是有了寄托，明兰某次回娘家时，居然发现王氏面盘子阔了，人也和蔼了，搂着小孙女一刻都舍不得放手。

这是好事，有利于团结和谐。

这段日子平淡无味，一应消遣娱乐活动都停了，最大的收获莫过于蓉姐儿那北海冰山一般的烂功课终于有了融化的迹象。

某日上午，明兰考蓉姐儿《女诫》第三篇"敬慎"，蓉姐儿非但一气全背了出来，还期期艾艾地自告奋勇，表示能够默写了。

默写下来，通篇无错，虽笔触尚滞板呆愣，但每个字都端正规整，显然颇下了几分苦功夫——前几日，这小丫头片子还把"有虞陶唐"默成"鱿鱼淘汤"。明兰既惊且喜。阿米豆腐，可怜她都快绝望了，好歹让这小丫头在出阁前学完《女四书》吧。

明兰当场狠狠地夸奖了她一番，直夸得蓉姐儿小脸涨红，不好意思地低了头。当她从匣子里翻出一对水晶盘玫瑰金丝搭扣的精致小耳坠给她作奖品时，蓉姐儿强忍着喜欢推辞了，嗫嚅着表示："能不能请娴姐儿来澄园住两天玩玩？"

明兰第一次对这孩子刮目相看。

蓉姐儿生性倔强好动，不喜读书，不过能为了小姐妹这般来求自己，倒也不易，况且明兰也喜欢娴姐儿这样懂事乖巧的女孩。自父亲过世后，她小小年纪，忍着无助和悲伤，反去宽慰寡母，严厉约束屋里下人，俨然一副小大人模样。

接她来散散心也好，明兰当下就答应了，思忖着说服邵氏的说辞。

蓉姐儿大喜之下，之后的几日功课直线上升。待小客人来了后，她宛如周到的小主人一般，天天扯着消瘦不快的娴姐儿散心玩耍，一会儿斗棋，一会儿拼布，十天就拆了四个九连环，新添了三副七巧木，满园烂漫盛极的夏日花卉醉人心魄，更是她们的游乐场。

明兰怕她们大夏天老往外跑晒坏了，便把她们的兴致往吃食上引。

小姐妹俩便去池塘采莲蓬，然后一颗颗挑出莲子来熬银耳汤，镇上冰珠，极清凉味美；她们又去折莲藕来做冰糖糯米藕片，淋上香滑的蜜露，颇有风味……种种夏日冰品，还能送去隔壁侯府孝敬一二。

明兰又在蔻香苑的一块柔软的草地上搭了架双人秋千，不过注明了使用时不能有太阳公公在场，倘若犯规，立刻拆掉，小姑娘们郑重答应。明兰甚至找木匠给她们箍了个硕大的木盆，足有两尺半高，五尺方圆，好叫她们在屋里头稍微凫下水。古代小姑娘哪见过这个，顿时玩水玩疯了，穿着兜肚小衣，一泡在里头就不肯出来。

一日日下来，娴姐儿到底是小孩子，愁绪留不久，渐开了怀，脸上也有了笑容，又没有严厉的长辈约束规矩，她们便如过暑假的小学生一般，整日叽叽喳喳地跟小麻雀似的，整个澄园忽地热闹许多。

小孩子还是该有玩伴呀。

明兰托着腮发呆，看着她们丰润许多的小脸蛋微微有些晒黑，晶亮的眼睛满是健康生气，她也觉得很高兴。还不足十岁的小姑娘，还不用紧着学规矩吧。

何况有娴姐儿在，蓉姐儿的功课反倒更好了。

夏日悠长，待到明兰和顾廷烨再度动手动脚，投入如火如荼的造人大业时，太夫人也恢复了之前的活跃，带着女儿积极应对各家的邀约帖子，并频频把明兰带上。

这种拜会明兰很熟悉，当初出嫁前她也出席过。

事关小姑子的终身大事，她不好推辞，权当作拓展些人面了，况且，炎炎暑气，对着顾廷灿小姐冰雪清雅又高傲斯文的面孔，还颇有几分降暑功效。

大约太夫人觉着带明兰在身边，可以显示顾府实在很一团和睦。不过，可惜了，就算明兰肯配合，顾廷灿小姐却还嫩，她装不出和明兰亲昵的样子。

各府女眷不乏人精，自能瞧出顾家姑嫂之间那种陌生和隔膜，就算再不机灵的，只要消息不闭塞，也知道顾家尚未并府，还是各自居住。

这就很耐人寻味了。

其实明兰也没什么说话的机会，这种贵妇圈子的聚会，颇有些论资排辈的意思，那些没出阁的大姑娘基本是不大说话的，必须"温良恭顺，寡言慧心"才好。至于明兰这样的年轻小媳妇，尚未生育，进门不久，更不能显得太活泼俏傥了。

明兰只好以端坐的姿势，始终保持着温和腼腆的微笑，充当一盆漂亮的盆景，时不时地应景凑上两句即可。

最讨厌的是，有些不识相的总要问"……你们怎么还住开着呀"或者"你们怎么还不并府"之类的问题。每当这个时候，太夫人就会很慈爱地坐在一旁，好整以暇地等着明兰如何当众回答。应该说，她人缘不错，提类似问题的不少，有些可能是纯粹好奇，有些则……

"破土动工，建宅修府，这不是小事，我想着问过了风水师、堪舆师，算算皇历，再瞧什么时候动手好。"一次，在忠敬侯府的茶会上，明兰如此回答。

忠敬侯府的老侯爷乃郑老将军的胞兄，虽早年分家出去了，但两家情分甚好。郑家素来谨慎守身，于朝事并无牵连，且还走对了领导路线的郑骏、郑骁两兄弟，颇得皇帝赏识。

不论心里怎么想，听明兰这般解释，大多数人就不会再多问了——到底是人家家事。却也有几个嘴快的，笑道："不用这般费事吧！不过是开堵墙嘛。"

明兰一脸忧色道："唉……我也知道忒费事了，可侯爷是行伍之人，刀头舔血挣功名的，我素日一直放心不下，开土破墙这样的大事，说起来也事关运道，小心些总是好的。"

在座之人不少是武将家眷，听了这话顿时心有戚戚焉。理论上来说，需要上阵拼杀的武官家眷总比文官家眷往寺庙里跑得更勤些。

连素来端正肃穆的郑大夫人也微微点头，表示同意。老耿同志的夫人更是抚着胸口，连声念佛："顾家妹子这话不错，我这几日也请了位天师，给我家宅子瞧风水来着。"

自老耿进京后，他家诸事不顺，无怪耿夫人心有疑虑。

这话题一开，众女眷顿时来了兴致，一个个探讨起哪位天师灵验，哪座寺庙香火鼎盛，哪位大师佛法高深之类。明兰低头，暗自忏悔：自己可不是故意宣传风水迷信的。

众人说得热闹，太夫人脸色发沉，却又不好太露神色。

真正端庄持重的贵妇不会老追着问人家家事的，偶尔有过分不识相的破落户，明兰微笑着低头不语，连话都懒得说，人家见她不欲谈论这个话题，也有会见风的岔开说别的，偶尔遇见一两个特别无理纠缠的，明兰就用眼睛去看主家。

主家能解决最好，不能解决，她以后就少和这家来往便是。基本还没解决不了的。

想来太夫人人缘再好，人家也不愿过分得罪顾廷烨的老婆。

最难堪的那次，是去太夫人娘家东昌侯府。

不知哪里来的旁支媳妇，一直不依不饶，甚至冷嘲热讽明兰"推三阻四，小题大做"。

对这家人，明兰毫不忍让，当即反击，笑得冷漠："这位大嫂子倒热心，人家家里的修房垒屋的琐事，我和侯爷都不急，你急什么？！这般好管闲事，是哪家的规矩？！"

那妇人颇有几分市井的泼辣劲儿，还待吵闹。和这种人多说一句都是自贬身份，明兰二话不说，当即站起来要走，反正她也不打算和秦家结交。

东昌侯夫人，即太夫人的长嫂，见势不妙，立刻出来打圆场，这才揭过了这事。太夫人也不敢过分，她要并府是希望廷灿能攀个体面的亲事，若真吵翻了，必适得其反。

经过一段时间的观察，明兰基本明白太夫人的心意。

如今，她中意的女婿人选有三：一为忠敬侯府的世孙，也就是郑家兄弟的大侄子，年长顾廷灿一岁，体健貌端，性子豪迈热诚；另一为长兴伯府的次子，母家为一门两总督三学士的梁家嫡女；还有一个是葛老尚书家的三子，年纪轻轻，已有功名在身。

豪门娶媳，尤其是宗妇，自得问清品性人才。

郑家问的是妯娌小沈氏——因她与明兰多少有些交情，她张口就笑了："宁远侯夫人怎会知道？她们姑嫂就没说过几句话。"

"怎么会？"郑家的世子夫人惊讶道，"我听说顾夫人颇守规矩，三五天就去请安，你也说她照管寡嫂身子、悯恤侄女，怎么……"

"嫂子，您想哪儿去了，"小沈氏嗔笑着，"顾都督够可以了，皇上总共三支雪参，赐了我大哥和他各一支，他也送去给寡嫂和太夫人补身子，还能怎么着呀！到底只是继母罢了。是那位顾七姑娘，明兰去请安时大多不出来，便是出来了，也没说着几句话。"

世子夫人不说话了。

符家关心的是儿子将来的前程，于是就抓了堂侄符勤然来问。

符勤然沉默半天，只吐出一句话："二郎与七姑娘兄妹……不甚熟悉。"

符夫人还不死心，又问："那姑娘性子如何？"

符勤然道："长诗书，会歌赋，能画善写。"

人家问的是品性，他回答的是专长。这两句话就够了。符侯爷和符夫人颇失望。

而葛家似乎更中意靖海侯家的姑娘，目前正若隐若现地磨蹭到一半。

其实在明兰看来，以顾廷灿的性格，还是稍微找个不那么显赫的家世好，这样若有个争执吵闹的，娘家还能上门去说说，或者找相公脾气好一些，能忍让顾廷灿的高傲性子。

几次接触下来，太夫人也能感觉到对方的含糊其词，只好退而求其次。

其实除了这三家，也还有很好的人选，例如某总兵家、某总督家，以及某地方的世家望族，但需要远嫁，未免不美。可惜，那些不熟悉或没交情的人家，因无法确切知道女孩的品性，就更多看外在的风评，他们知道宁远侯府如今一家两居的情形，也有些犹豫。

明兰优哉依然，太夫人却渐渐坐不住了。几次去请安，明兰都能感觉到她平静外表下隐藏的焦躁情绪，无论她怎么明示暗示，明兰一概装不知。

有几次，她几乎是放下身段恳求明兰了，语气哀戚，一片慈母心肠，着实叫人不忍。

明兰第一次发现自己的心肠原来可以很硬，她一点心软的意思都没有，只和颜悦色地继续顾左右而言他。

每个人都要对自己的选择负责。

太夫人选择那样对待顾廷烨，就不要后悔今日；顾廷灿选择冷待漠视明兰，就不要怪自己不能替她说好话，因为她的确"不了解"这位小姑子。

归根结底，她们不算冤枉。

掰着手指，算算时间差不多了，明兰报告顾廷烨，太夫人如今的态度已松动了，顾廷烨便示意族中耆老提出分家。

人情似水，世事如云。

四老太爷和五老太爷做梦也想不到，昨日尚需仰自己鼻息的族人，今日却敢这般说话。

请来的族中耆老，齿摇发落，却犹自咬文嚼字、振振有词，从商鞅颁布"分异令"一直顺溜到历代礼法，什么凡族系繁盛之家，概需立府分支，既有益于各家兴盛，又能互相帮扶……骈四俪六了一大堆，一句话概括：既分了家，就该各住各的。

您说老侯爷？父母过世后，兄弟感情好，愿意住到一块儿也是有的。不过，有听说过依附父母叔伯，依附嫡长兄弟的，却没听说过做叔叔的去依附侄子的。

哦？您说太夫人尚健在？可这位二续弦的长嫂比您二位小叔子年轻多了，您可千万别说不肯搬离侯府是因为"舍不得"嫂子哟。

您说顾廷煜呀。他身子孱弱，难以支持起侯府门第，需要长辈帮扶也无可厚非嘛。不过人家顾廷烨活蹦乱跳得很。

侯府能有今天的"成就"，离不开你们的积极参与，这些年来，谢谢你们的支持，谢谢你们的帮助，谢谢你们无微不至的照顾，现在你们好功成身退了，你们的光辉形象和高尚情操会永远留在我们心中的。拜拜，慢走，不送。

五老太爷气得浑身发抖，软在太师椅中起不来。四老太爷拍着桌子立起："老子要留就留，要走就走，什么时候轮得到旁人来指手画脚？！"

他本就是个横人，索性耍起无赖，指着坐在后头那几个缩脖子的破口大骂道："你们几个不要脸的！往日跟狗皮膏药般贴着，靠捡老子的牙缝漏子过活，如今瞧着老子落了势，就来落井下石！告诉你们，老子就还不走了！他烨小子有本事就自己来撵人！"

气势很雄壮，可惜他有张良计，人家有过墙梯。

没一会儿，顾廷煊满头冷汗地从屋外走进来，在父亲耳边轻声言语了两句，四老太爷随即脸色大变，咬牙顿足半晌，颓然坐倒在椅中，不再抗辩。

这般的转折，其实内情毫不稀奇，不消明兰打听，四房就自己漏风出来了。

话说顾廷炳被判了流徙，但同样的三千里，向北和向西相差甚远，京城向北三千里就是口外，那里不但冰天雪地，人情荒旷，还时不时有羯奴侵扰进犯，别说想过好日子了，能全须全尾地回家就算祖坟冒青烟了。

而向西三千里却不同了。自打武皇帝平定努尔干都司，晋中及汾原基本肃清安宁，加上朝廷几十年经营，初见成效，开垦良田，屯兵成边，便是再往西也有了不少村庄和县城；除了娱乐业差了些之外（青楼女性的从业人员平均年龄为三十五周岁以上），其余俱可。

除了极少数几个明旨宣判流放地点的（倒霉的林冲同志），其余从轻发落的人犯还是有商量的余地，也正因为如此，所以每年朝廷判流徙徒刑下来，刑部和有司衙门就会生意大好，热闹得险些叫人挤破门槛（好单位呀好单位）。

顾廷煊是个厚道的兄长，这些日子他提着银子四处奔走，想方设法叫顾廷炳一路走得舒服些，可卸枷锁，可坐车马，还可带两个家仆随行，且目的地是个较太平的西北小镇，不用风餐露宿、茹毛饮血。眼看疏通得差不多了，谁知忽然出了岔子。

当初逆王牵连颇广，好些世家大族都多少有些牵扯，其中不乏与顾家犯事相似的，属于半轻不重，巴结以上，串联未满，从逆不至于。家门还有些势力人脉的，一番奔走疏通中，就把顾家给扯出来了。

请问古代什么罪最重？通敌卖国（叛国罪）和谋反（意图颠覆国家）。

一般来说，古代阶级森严的社会，倘若你处于金字塔顶端的权力中心，背景硬，有底气，稍微强抢个把民女，纵马践踏民田，甚至贪污腐败几下，这些都好说，至多不过是伸头一刀，抄家没眷那是到顶了（遇上皇亲国戚，这一项就免了）。

只有上面那两条，一旦犯了，那真是族诛没商量，至于诛灭三族、九族还是十族，那要看当时皇帝的心情和人品了。

偏偏逆王犯的还就是谋反罪。

从这个角度来说，顾家判得有些轻了，毕竟他们是实打实地替逆王办过差牵过线的。

顾家只扯进去一个顾廷炳，人家却是父子叔侄好几个。只流徙三年？人家可是动辄十年以上的刑期。这些人家自然不服。

什么，顾家只置办了些美女？我们家也只帮着弄了几班伶人戏子呀！难道卖艺的比卖身的社会危害大出这么多？有没有良知和天理呀？！采买俊童小倌的人家也强烈表示不满！这是对菊花红果果的歧视，难道使用方法不一样吗？

——好吧，以上是明兰的脑补。她听了小桃打听来的精彩传闻后，一脑袋栽倒在榻上，很无良地捶床无声狂笑。

事情一掰扯开来，刑部也觉着头疼。

顾家的案子虽是皇帝钦定的，具体量刑的却是刑部，当初接旨时揣摩上意，将顾廷炳轻判了，如今却……倘若事情闹大了，碰上几个好事的言官（你们刑部看人下菜碟呀），未免麻烦。被谕旨免责的是没法动的，定了罪的却可以重罚。

没过几天，刑部就传来风声，说顾廷炳要重新量刑，要么多流徙两千里（高危边疆呀），要么多流徙七年，凑个整数，十年，不打折。四老太爷还需要出一大笔"赎过"银子。

四老太爷这次是真的怕了。

想使银子吧，已然填进去不少了，眼前就是个无底洞，还不知能否奏效；想走路子吧，自从他原本荫袭的五品虚职叫撸了后，光杆白身一个，连刑部正堂也进不去。

得了消息后，刘姨娘和炳二太太当时就一昏一傻，清醒过来后双双去求四老太爷救命，又是扯袖子抱大腿，又是哭天抹泪的，白天黑夜地闹腾。四老太爷束手无策，自己拉不下面子，便叫大儿子去找顾廷烨帮忙。

也不知顾廷烨在书房里说了什么，顾廷煊垂头丧气地出来了，回去后禀明事情，又叫暴跳如雷的四老太爷劈头盖脸地责骂了一顿。

这般如此又挨了两日，这一日，蓉姐儿和娴姐儿正站在屋中，朗朗背诵着《桃花源记》，明兰笑吟吟地坐在上首听着。《桃花源记》辞藻清丽素净，悠然娴雅，明兰素喜其风骨，加上小姐妹俩声音清朗，玉面可爱，满室和乐。连边上娴姐儿的乳母瞧着，也是高兴。

背完了，明兰赞赏地连连点头。娴姐儿乖巧地依过来，抱着明兰的袖子晃荡，撒娇道："二婶婶，我们背出了，你可要说话算话！"

明兰笑容嫣然，抚着娴姐儿的小脸蛋道："自然算数。回头我就叫丹橘把笼子给提过去，还叫郝管事给小白兔们盖座小屋子，可好？"

扭捏在娴姐儿身旁的蓉姐儿也眼睛一亮，小小声道："可不可以……两层的，上头可以盖草叶和花朵？"明兰失笑，故意道："成呀。不过，你们可得再学点儿什么才成。"

"成成成！您指一篇吧，我一定看着蓉姐儿背！"娴姐儿已抢着答应了。蓉姐儿也是跃跃欲试，小脸红扑扑的，粲然而笑，目光一片清亮天真。

明兰心中几分欣慰。

倘若是自己亲生的，她早就掐着脖子爆吼"你个小兔崽子学是不学"或者"不好好学就扒了你的皮"之类的，哪用这么躺累躺累的！蓉姐儿对书本原就没兴致，脾气又偏，实在不好引导。唉……如今好歹算有条路了。

刚送走小姐俩，还没喘口气，外头就一阵吵闹。

"炳二太太瞧着脸色不好，夫人，您……当心。"绿枝快一步蹿进来，低声禀报。

原来是四房的女眷组团杀来了，明兰心中一凛，立刻抖擞精神，振奋起来应战。

迎客进来坐下，双双打了个照面。

其实绿枝说得太保守了，何止炳二太太脸色不好，整个四房的女眷都脸色灰败难看。

奉茶寒暄后，炳二太太不顾丫鬟还在，就急急忙忙把顾廷炳的事情述说了一番，并求明兰帮忙。明兰听了，并不作答，只挥手屏退众仆，在里屋留了绿枝和小桃，以备万一，要是打起来也有保镖。

"二嫂子，"明兰低头吹了吹茶，鹅黄豆沙绿底的粉彩盖碗轻轻拨动着一茶碗的琥珀色波光，温和道，"我上回就说过了，爷儿们外头的事，我不插手的。侯爷若出手，那自是好的；若不能，那侯爷也必有'不能'的道理。二嫂子与我说这些，也是没用的。"

炳二太太便如绷断了最后一根弦一般，候地站起来，满眼红血丝瞪着明兰道："这番话你也说得出来！是不是要我们这一房的死绝了，你们才称心？！好好好，我这就去死！"

明兰瞥了她一眼，丝毫不为所动，依旧微笑着："二嫂子又说笑了，二堂哥这还好端端的，你却要去寻死，可不知几个侄儿侄女该怎么办。"寻死这一招对她是不管用的。

四老太太面色疲累，静坐着也不言语。煊大太太似乎气鼓鼓的，瞧这番情景，高声对炳二太太道："你还不坐下！你有火冲弟妹发什么？所谓出嫁从夫，烨二兄弟自小主意就大，关弟妹什么事？！开口闭口说什么死呀活的，不晦气吗？"

炳二太太原本也不想死，就着这个台阶下来了，伏在椅子上哭道："那可怎么办？"一边哭一边冲着明兰道，"我知道我家那位得罪了侯爷，可不看僧面看佛面，到底是一个祖宗的，怎么好瞧着他兄弟受罪呀！侯爷也忒狠心了，这么见死不救……"

"砰"的一声，明兰重重地把茶碗蹾在小翅几上，面若寒霜："二嫂子说话可要凭良心！什么叫见死不救！"她挺直背脊一下站起来，目光在三个女眷面上掠过，最后落在炳二太太身上，冷笑道，"二嫂子去外头打听打听，和咱家犯了一般情事的，如今都是怎么落罪的！有抄家的，有流放的，还有杀头的！便是徒刑，那又扯进去多少人，多少年？！"声音高亢，带着怒气。

明兰走前几步，紧迫地盯着炳二太太："如今咱们家里，四叔没事，五叔没事，几位兄弟也都没事，总共折进去一个，还左右打点往轻了判！哼哼……这都是谁在奔波，谁在出力？！二嫂子倒好，一句话全抹杀了！"她娇媚的眼睛又大又长，眯成一种讥讽的神气，"我原先还觉着侯爷有些不近人情，现下看来，哼，果然做好事也不见得有人念好，还落得埋怨！"

说完，便负气地侧身坐到一旁，不肯再说话。

本来这种时候，通常是煊大太太出来打圆场，不过，今日她似乎也有气，故意晾着不开口。炳二太太见此情形，一扭身扑向煊大太太，又拉又扯地哭道："大嫂，你倒是说话呀！你素来和弟妹好的，倒是也说几句呀！难不成瞧着你兄弟去受罪？"

煊大太太被扯得袖子呼啦作响，她恼怒地推开妯娌，不冷不热道："我能说什么？不过是隔房的嫂子罢了，又不是太岁爷爷！"

炳二太太正一肚子气没地儿撒野，当时就指着煊大太太吼道："我知道你安的什么心！打量着弄死了我那口子，你们黑心肝的夫妻俩好独占家产！"

煊大太太也怒了，霍地站起来，从袖中掏出几张纸，重重地拍在桌上，大声道："你来瞧瞧这是什么？！"众人目光顺过去，只见是几张花花绿绿的当票。

煊大太太气得脸色绛红，脖子也粗了："这些日子为着替二弟打点，到处要用银子，可这些年来，什么都攥在二弟手里，我们连一文钱都没摸上！如今要用银子了，公爹整日嚷着手头紧，我家那愣子就只好拿家里的东西去当！"她越说越气，最后恨恨道，"我说二弟妹，这些年来我从你手里何曾拿到过一针半线？！也罢，也罢！我做嫂子的算对得起你了，你把嘴巴放干净些，惹急了我，大家都别过日子了！"

炳二太太张口结舌。她自己舍不得出银子，想着给孩子和自己留些本钱，原想指望公中的，谁知四老太爷也这么吝啬。她淌着泪，一时说不出什么来。

眼看四房自己内讧起来，四老太太终于坐不住了，直起身子，满面恳求："明兰，你进门日子虽短，但我也瞧得出你心地纯厚。如今你炳二兄弟都这样了，他下头的孩子还小，你就没有半分恻隐之心？"

明兰抬起头来，用很奇怪的眼神看着四老太太："敢问四姊，当初侯爷离家时，你们可知他身上带了多少银子？出去可有人投靠？江湖人好勇斗狠，他可平安？那么些年，他在哪里，在做什么，可吃饱穿暖？偌大一个侯府，可有人知道？可有人问起？"

她问一句就顿一下，一字字如同刀凿剑刺，尖利异常。说得难听点，那几年顾廷烨就是死在外头了，怕连个收尸的人也没有。明兰肚里轻蔑得厉害，只淡淡道："如今炳二爷有父母替他操心，有兄嫂替他奔走，可比侯爷当初强多了。"

这番追问，四老太太一句也答不上来。半晌后，她面露愧色，低声道："我也知……当初这孩子，是受委屈了。"

明兰嘴角微弯，略带讥意："侄媳妇觉着吧，我还是先心疼自家的男人，再去心疼人家的男人比较好。"她的同情心限额很低，只发放给少数人。

炳二太太瞧着连四老太太都不说话了，不由得急了，正要开口，明兰转过头去，抢先一步开口："二嫂子，话说直白些吧，依着侯爷和炳二爷的'情分'，他也算仁至义尽了。"

她特意咬重"情分"二字，炳二太太呆了呆。明兰瞧她的神色，微笑着又道："事到如今，二嫂子与其来求侯爷，不如回去求求四叔吧。"

"求……求什么？"炳二太太眼神闪烁。

明兰心中轻蔑，淡淡道："二嫂子，揣着明白装糊涂，可不是万灵药呀。"

五房就干脆多了，如今已经开始全面收拾家当和人手了，过个十天半月就能搬了。

话说到这个份儿上，只要不是故意，都清楚明兰的意思了。

炳二太太颓然坐倒，她也不想分家呀，大树下头好乘凉，尤其如今连四老太爷的荫袭虚职也没了。煊大太太紧闭着嘴，一言不发。

四老太太左右看了下两个儿媳妇，叹了口气，拉起明兰的手，哀声恳切道："我知道侄子心里有怨气，这些年来……他四叔和炳哥儿也确实不好的，可是，明兰呀……"她声音带了几分哽咽，"咱们一定会搬走的，可是，好不好瞧在你荧妹妹的面上，再缓两年呢？她眼看着要寻人家了，若是能从侯府出阁，那……"

明兰静下心绪，转过身子面对着她，放柔了声音："四婶，我知道你的难处。可是，别说两年，就是两个月，怕是侯爷也是不愿的。你不要怪他心狠，你且想想当年那些银钱事。"

四老太太蓦然抬头，断续着道："什么事……"

明兰目光盯着她，静静道："旁的不说，单是一桩红袖阁的事和一桩万盛钱庄的事。"

炳二太太陡然抬头，尖声道："没错！那两件事是我家那口子捅出来的，还指认了烨兄弟，难不成他就这般怀恨在心？他……"

她说不下去了，因为明兰冰冷的目光如刀锋般看过来。

明兰紧紧盯着炳二太太，一字一句道："这件事谁是谁非，我今日就不说了。但是这事内情究竟如何，天知地知，炳二爷知道，侯爷知道，还有旁人知道。二嫂子若是坦荡，但可去菩萨面前赌咒告那黑心无胆之人！"

炳二太太一阵心虚。前一桩事时她尚未进门，但后一桩事她是知道的。

当时她还暗暗庆幸有个背黑锅的，自家既可没下银钱，又能免于责罚。

煊大太太睁大了眼睛，她本来有些模糊不清的，如今在肚里来回揣摩几遍，渐渐露出明白的目光，便越发鄙夷地去看炳二太太。

四老太太心中叹息，这两件事她都是看在眼里的，就算当时她不知内情，后来慢慢也想明白了。四房那俩父子的行径的确下作，不怪顾廷烨含恨在心。当初自己明哲保身，也没替顾廷烨说过话，又如何来要求人家呢？

"难道，这仇怨便结下了？"四老太太颤着声音道。

明兰长长地叹了口气，温和地幽幽道："就是不想把这仇怨结下去，这才要分开过呀。如今侯爷正火烧火燎的，总得先把气出了吧。待天长日久，侄儿侄女们都大了，儿孙满堂之时……到底一笔写不出两个顾字，侯爷心地仁厚，又怎么会跟小辈记恨呢？"

她本就不想跟无辜之人过不去，顾廷荧虽是四老太爷的女儿，但她也希望她能嫁得和美平顺。

听到"小辈"二字，煊大太太心头猛跳了一下，她生平唯虑者便是膝下三个儿子，其实前阵子明兰已透了消息给她：顾廷烨替她的长子顾士衢在千卫营谋了个差事。

以后有叔父提携着，自己再加把劲，好歹将来有些保障。不过，此事这会儿打死也不能说，不然立刻要被整个四房骂作"吃里爬外"，待到分宅后再宣布才好。也正因如此，顾廷煊觉着对不住父亲和弟弟，拼命帮着奔走。

煊大太太早瞧着顾廷烨和自家公爹积怨已深，若住在一起整日闹事争吵，那时顾廷煊是帮哪头好？帮老子，得罪顾廷烨；帮顾廷烨，不孝的帽子也够呛。

还不若住开了，想来顾廷烨和四老太爷也不会怎么碰头了，到时顾廷烨念着顾廷煊过去的情分，她和明兰常来常往的，反而能获得更多的帮扶。

所以，从一开始，她就是赞成分宅别居的。

这次谈话过后，四老太爷再傻，也知道蒙混不过去了。又拖了三四日，眼看太夫人依旧"卧病在床"，没替四房和五房说话，他也死心了，便向族中着老放了话，他这就搬走。

于是，四房也开始忙忙碌碌地收拾起家当来了。

几十年纠缠在一起，财务要分割清楚，家仆要捋清干系，该带走的带走，该留下的留下，一通鸡飞狗跳，一时间，顾府颇为热闹。

秋光正好，空气干爽清新，大大地敞着扇窗，明兰斜倚在柔软的浅紫云纹迎枕上，捧着一盏温温的雪梨冰糖银耳羹，一勺一勺慢慢地舀着，嘴角露出一个浅浅讥诮的笑容。

她虽未见过已过世的顾老侯爷，但想来他定是个仁厚慈爱的大家长，所以才会把两个弟弟一直护在羽翼下，到这把年纪了还这般天真无知。

这两位叔父，一个蛮横无赖，只会窝里横，一个自命清高，目无下尘。

他们俩但凡有一个老道的，在顾廷烨出头的那一刻，就该想着如何冰释前嫌，如何小心赔罪，如何把过去的恩怨抹平了才是。他们倒好，一味地逞长辈威风，既想着利用人家，又想着维持面子，结果……嗓门再大管什么用，顾廷烨甚至无须动手，他们就吃不住了。

在强大的力量面前，他们的张牙舞爪显得何等虚弱。

况且，这次要求分宅居住，顾廷烨是占着理的。

天朝上国从秦汉起，以儒家立说，就讲究一个"权力终端的唯一性"。

这个理论放在国家层次上，就是"天无二日，国无二主"；放在后嗣问题上，就是嫡长继承制；放在婚姻上，就是一夫一妻多妾制。

古人通过无数血的教训，清楚地认识到，一旦权力终端被分散了，那么接下来就是无休无止的纷争和麻烦，所以，从汉景帝到汉武帝，非削藩不可，把他的叔叔、伯伯、堂兄堂弟堂侄子，来回和谐了十几遍，让他们彻底老实。所以，花心的古代男人主动制定了妻妾规则，用礼法规矩来约束自己，让内宅处于正室的管理之下，才能安心在外，以免后院起火。

而分家也是这样。父母在时，儿子们可以不分家，因为作为一家之长的父亲，有足够的权威处理家族内部矛盾；兄长在时，弟弟们不分家，也是因为有"长兄如父"的说法；可是等到连兄长也过世了呢？

当侄子成为一家之主时，如果叔叔们还留在家里，一旦家族内部意见不合，按照宗族礼法，侄子有最终决定的权力，可按照尊老的风俗，侄子应当尊重叔叔的意见。

于是，权力终端就会发生破坏，这对一个家族十分有害。

因此，四老太爷赖着不走，是得不到任何礼法上的支持的，加上顾廷烨今日的权势，可以说，四老太爷必败。顾廷烨甚至都不用做什么，只要冷眼旁观就行了。

真正的麻烦是太夫人。

她一向风评很好，即便有人怀疑她的居心，但若她以长嫂的身份出来哭诉，一副楚楚可怜、害怕继子薄待欺负的模样，向族中耆老苦苦哀求留下两位叔叔，那才是难办了。

"这单买卖，咱们得先和那位做了，后头的，不是问题。"

顾廷烨英俊的面庞晦涩难测，幽深的眸子似海子一般，透着无尽的冷漠。

一日日等待，一步步看着，直到太夫人缩脖子不再管这事时，其实是表示她已默许了。这时，顾廷烨才提出分宅别居。不必自损八百，他就要伤敌一千。

他生来一副暴烈刚猛的直性子，尘世如沙，至柔至韧，多少坎坷磨难，才慢慢把烈火冰河研磨成深渊般坚韧耐性。

"你性子太正了，阴毒的伎俩怕防不胜防。"他在她耳边絮絮呢喃，目光似海般沉静，又怜惜又不忍，"人多，就事多，待去了这些杂七杂八的，你慢慢厘清便是。"

明兰知道他在担心什么。他担心护不住她。

她心头一片柔软，伸臂去抱他的脖子，紧紧贴着他微带胡楂的面颊，温暖到心里去了。

在宅斗的道路上，不够天分的她，还有很多需要学习呀。

于被迫分宅一事，五老太爷只觉着满腔屈辱，自觉颜面尽失，便终日躲在书房，拒绝去看"那个不肖侄子"的暴发得意嘴脸，坚持待收拾毕后搬家那日才露面。不过，无边愤恨之下，艺术成就倒直线上升，挥笔写就的大字，淋漓奔放，一股愤愤之意直欲脱纸而出，即兴赋就的诗，激昂豪迈，平仄自如。这次，不用清客来拍马，他自己也看得出进益极大。

"……太白半世失意，流离山野大川；怀素一生清苦，弃俗尘草泽度日。古来圣贤无不如此，莫非真要苦其心志，饿其体肤，方能有大成？"

他喃喃着，怀疑自己始终读书为官皆不成，会不会是因为日子过得太舒服了。莫非他也得去吃些苦头，才能有所成就？（您终于明白真相了）

同样是气愤难抑，五老太爷还能寄情于艺术，四老太爷就没这般看得开了，整日骂骂咧咧地寻人晦气，动辄打骂，整个四房便如罩了一层黑雾。这日，得刘姨娘提醒，四老太爷终于脑门开窍，想到了便是要走，也得多搂点儿好处再走。

"老五这人……"四老太爷迟疑着，"怕是不肯为着几个银子与我去争。"

刘姨娘保养得极好，快五十岁的人了，瞧着还只三十多岁的样子。她风姿绰约地笑了笑，凑近道："这不还有五老太太吗？五叔的性子您清楚，只消挑起了火头，顾不得因头，不争也争了。"

能在内宅的争奇斗艳中脱颖而出，刘姨娘自是有两下子的。果不出她所料，五老太爷开始不肯去，但挡不住五老太太诸般哭诉家计艰难，叨叨着独立门户不易，无奈只得应了。

这日，明兰亲自把娴姐儿送了回去，邵氏见女儿笑脸盈盈地回来，旁边跟着个依依不舍的蓉姐儿，再看女儿面色红润，个子也高了，扒着母亲的袖子，唧唧呱呱如小黄鹂般说个不停，满心满眼地开朗健康。邵氏早听了跟着去的嬷嬷传话，知道女儿在澄园过得着实不错，心下对明兰好生感激。两妯娌拉着手说了好些话，才起了身。

明兰留下蓉姐儿小姐俩再说会儿体己话，又和邵氏一道去了太夫人处坐，对着肚腹隆起的朱氏好生关怀一通，太夫人斜倚着迎枕凑趣几句，倒也一屋和睦。

"你大嫂子身子也渐好了，如今我万事不愁，就只你妹妹的婚事。"太夫人忧心忡忡地叹着，"这眼看着岁数不小了，却还没个着落。"

邵氏大病初愈，轻声细语道："娘别着急，妹妹是什么样的品格，模样人品就在那儿放着，满京城里也是数得上的，不过是天公不作美，接二连三地遇上事儿，这才耽搁了。"

这话叫太夫人很受用，她的表情柔和了许多。

"大嫂子说得是。"朱氏侧过身子，温言道，"娘且放宽心，中山侯家的大姐儿都快十八了，还有韩国公家的几位小姐、严尚书家的……细细瞧来，这两年京里叫耽搁的贵女也不止妹妹一个。"太夫人愁容褪去，轻笑着："你们就会说话哄我开心，真是这般就好了。唉……明兰，你说呢？"一边就拿眼睛去看明兰。

这两三年风云变幻，一会儿国孝，一会儿兵乱，京中权爵人家起落了好几茬，被耽搁婚事的贵家小姐的确不少，所以似顾廷灿这个年纪还未出嫁的，确不算特别醒目。

明兰似有些不好意思，赧然地笑着："我……我不晓得。妹妹这般品貌，必能得桩好姻缘，不论如何……我等着给妹妹添妆就是。"

看她这副呆样子，邵氏忍俊不禁，嗔笑道："你这孩子，给咱妹子说亲事，你脸红什么？！到底是新媳妇，还面皮薄呢。"明兰就要这个效果，越发垂首，长长的睫毛不住轻抖。

太夫人眼中一闪，不动声色地笑了笑。兄嫂给快出嫁的妹子添妆，素有定俗，明兰既没说帮忙，也没说添妆多少，这句话说了等于没说。

明兰见过了关，刚松口气，本想赶紧开溜，谁知还没说几句，四老太爷和五老太爷来了。

打头的是四老太爷，一边是殷勤搀扶着他的刘姨娘，另一边随着面色不怎么好的四老太太，后头是昂首挺胸的五老太爷夫妇。太夫人一见这阵势，眉头微皱，当即肃正了神色，直起身子端坐。明兰心头一跳，和邵氏、朱氏一道，恭敬地站了起来。

一进来瞧见她也在，五老太太就重重地咳了声，声音里尽是不悦。明兰不理她，当她是鱼刺卡住了喉咙。四老太爷则用怨毒的目光瞪了她两眼。明兰把头扭开，当他是年纪大了眼皮抽筋，自管自站得纹丝不动。寒暄过后，互道安好，四老太爷便开门见山提起经济问题。

"再分一回家？"饶是太夫人早有心理准备，听见这个异想天开的提议也不禁大吃一惊，"四叔这话从何说起？过世的公婆不是已分过家的吗？"

四老太爷装模作样地叹了口气："话虽如此，可这几十年来，咱们三房人吃住一起，天长日久的，银账纠葛怎说得清？若非要分个一清二楚，未免伤了情分，索性再分一回家吧。本来我也不愿提起，可如今家计艰难，也只能老着脸皮说了。"

这话一说，素清楚庶务的朱氏当即气红了脸，便是与世无争的邵氏也暗暗生气。依着"年轻媳妇不好多露面"的规矩，明兰低头站在邵氏身后，暗道"终于来了"，随即屏气凝神，等待大战爆发：她早就好奇太夫人火力全开时的战斗力了，别让她失望呀。

太夫人面无表情，一只手按在炕几上，一只手紧紧攥着一条帕子，指间一枚嵌白玉点翠盖宝珍的细银指环隐约闪亮。她沉思片刻，温和地转头："明兰，你来说说看，这事怎么办。如今若论正经说起来，你才是宁远侯府的主母。"

"我才多大年纪，能知道什么。"正等着看戏的观众冷不防被扯上舞台，明兰眨眨眼，谦虚地低头福了福，随即柔柔地抬头，轻叹道，"说到家计艰难，澄园也是不容易的。唉，既要应付人情来往，庄子又一时收不上银子，过几日还要兴土木修整府邸，银子跟流水似的，幸亏五叔父和太夫人将老侯爷留给侯爷的产业送回，还能应应急。四叔父，您看……"

四老太爷就怕明兰提这个。当初当着族人的面，他们都说是替顾廷烨保管财产的，如今更不好贪下不给，他一时语噎，不过好在反应快，立刻掉转枪头："侄媳妇这话怎么说的，如今你男人已是侯府之主了，煜哥儿临终前不是把产业说得清楚吗？银子还不够使？我说老嫂子呀，你指缝把得也太紧了。"

太夫人若有所思地瞥了明兰一眼，缓缓道："这事以后再说。明兰，你先来说今日这事。"

明兰挑挑眉，她也不打算往死里讨债上门，他们不要脸，她还要脸呢。不过，她要永远保持讨债权利，以后可以常拿出来用，倒蛮好的。

她稍稍走前两步，守礼地站定，微笑道："我进顾家门尚不足一年，陈年往事如何知道内情？四叔父这般说，想来必有由头……莫非过世的公爹曾向两位叔父借调过银钱？"

她先看了四老太爷一眼，再微微侧头对着邵、朱两位妯娌。

四老太爷一窒，不肯说话。邵氏冷着脸："据我所知，不曾。"

朱氏心头上火，直言不讳道："非但不曾呢，光我知道的，爹就拿过三四起子银子给四叔周转，每回都不下五千两。"

明兰倒抽一口凉气，表情和声音都配合得十分到位，"惊讶"道："真的吗？！"然后拿眼睛直直地去看四老太爷，一副难以置信的样子。

被一语道破，四老太爷老脸挂不住了，恼羞成怒之下，对着朱氏怒喝道："长辈说话，有你什么事？！顾家几十年的老事儿，里头纠葛多了去了！你才进门几年，知道什么？！"说着，一转头："老五，你瞧瞧，果然是人走茶凉，大哥走了才几年，人家就不把咱哥儿俩当回事儿了！你昨儿还碍着面子不肯来？瞧吧，若再不教训，咱们就更没站的地儿了！"

五老太爷沉着脸，一拍扶手，斥道："炜侄儿媳妇，你也是大家出来的，怎这般没规矩？！没见你几位嫂子都没来吗？这事儿也是你们小辈能插嘴的？"

朱氏眼眶一红，抚着肚子站到一边。

五老太太用尖尖的指尖拨着碗盖，阴阳怪气道："我说侄媳妇呀，你别怪你叔父说话不留情面，顾家门里的事儿多了去了，这二十年来，举凡节庆、待客、红白喜事，三房都一道出入账，更别说几房之间时有个周转银钱的。你进门才多久，知道什么！”

太夫人强按捺心中怒气，眼神却越发沉了。

明兰瞧朱氏面色惨白，心中不忍，便道："弟妹是有身子的人，不好久站的，不如回屋歇息会子吧。"说着，便要扶朱氏走——未免战火波及自己，最好能脱身，再找个隐蔽地点看戏。

谁知太夫人轻轻追加一句："素芯陪她到后头坐下吧，你们听着些就成。明兰，你到我旁边来坐，如今你们两口子才是这侯府的当家主子。两位叔叔，这话没错吧？"

四老太爷冷哼一声，五老太爷高傲地转头不语。明兰扭扭手指，自认倒霉地挪步到太夫人身旁的圆凳上坐好。邵氏扶着朱氏坐到屏风后头去了。

太夫人冷淡的视线转向五老太太："我进门没五弟妹早，照适才五弟妹的话，莫非我也没有说话的份儿咯？"

到底是多年长嫂，积威犹在，五老太太强挤出个笑容来："嫂子说的哪里话，您要是都不能说，还有谁能说？"

"既如此，那我便说了。一次说个明白，省得以后又牵扯不完。"太夫人意有所指。五老太爷脸上一抹讪讪，四老太爷反而更加愤愤了。明兰赶紧竖起耳朵。

"顾家自我们这辈，总共分过两次家，头一回分家时，我还没进门，是爹娘叫了族老来帮着分的家，一应文书俱全。因老侯爷那会儿在戍边，是以大房分得的产业始终由爹娘握着。那年爹过世，娘眼看着也不成了，所幸皇恩仁厚，召了老侯爷回京，我随着进京后，大房才亲手从娘手中接过产业。直至此时，我们三房的产业还明细清楚，我说的这些可有错？"

四老太爷置气不说话，五老太爷低低道："大嫂说得是。"

太夫人坐直了身子，目色肃穆，接着道："后来，娘过世前把我们叫到床边，亲口说了，待她过世后，爹的那份三房平分，而她的陪嫁和体己银子通通给老侯爷。这话我们是亲耳所听！可四叔不服气，娘在的时候不说，待娘过世后，却硬说娘当时病糊涂了，说的话不能当真，还找了几位出嫁的姑太太来灵堂吵了一通！这事不假吧！"

五老太爷面上愧色更重，不再开口；四老太爷却梗着脖子回嘴道："那会儿娘病得连人都认不出了，说的话自不能当真！都是一母同胞的儿子，凭什么这般偏心？！"

太夫人语声凌厉，劈头道："糊不糊涂也罢，偏不偏心也好，可你大哥为着弟妹们不伤和气，当场就把娘留下的分了，你们通通有份，反倒大房一分钱没落着！我可有一字作假？"

明兰听完咋舌不已，哪家弟弟摊上这样神奇的老哥，真是攒了八辈子的人品。

这会儿便是连五老太太也低头不说话了，只四老太爷还粗着脖子大声道："那是大哥自己的意思，大嫂心里不痛快，当时怎么不说？况且，末了，我和老五也没落下多少！"

太夫人讥讽一笑："出嫁从夫，你大哥的意思我怎会违逆，况且那些七姑八姨是四叔你叫来的，怨不着谁。"

四老太爷僵在那里，说不出话来。刘姨娘小心地扯扯他的袖子，他气鼓鼓地坐下。

过了半晌，屋里只听见四老太爷一对大鼻孔呼呼的出气声。

太夫人素净的面容上，慢慢浮起一抹忧伤，哀戚道："我们三房虽私下账目是分立了的，可但凡在府里当着差事的，洒扫、针线、值夜，不论身契归了哪房，都是到大房来领月钱份例的。这些年来，四季衣裳、车马仆役，还有吃的、喝的，哪样不是大房出的？！多少年了，四叔你在外头吃酒，五叔买了字画，在酒楼铺子记了账就走，事后也是你大哥一笔笔付的。"

明兰惊讶得几乎合不拢嘴，反正掩饰不住，索性不掩饰了，这次吃惊是真的了。

四老太爷的脸上便如抹了一层酒糟色，不知是恼是羞。五老太爷却一脸不输明兰的惊讶，腾地转头去看五老太太，直愣愣起身："我跟字画铺子明明说清了的，怎么你……"

众目睽睽，五老太太酱红了脸，不敢直视丈夫的眼睛，只低头扯着帕子。

五老太爷似是明白了，长叹一声，颓然坐倒在椅子上，再不肯置一词。

"适才五弟妹说节庆、待客、红白喜事、人情往来是一道的，要不要请诸位瞧瞧账目，到底是哪房吃亏，哪房占了便宜！更别说这些年来，替几位侄子张罗差事，走人情，银子都是谁出的？！"太夫人愈战愈勇，气势凌厉逼人，只瞪得五房夫妇再也不敢抬头。

便是四老太爷也不敢接这话茬。他不像五老太爷夫妇那般清高，他是知道些账目和庶务的，就怕牵扯越多，就越发现四房、五房是在无理取闹。

太夫人目光笔直，端严凛然。

这幕戏，她俨然一个光明磊落的正面角色，大公无私，仁爱慈善，慷慨大度，做好事还不留名；而以四老太爷为首的一干人等，则扮演了十分不光彩的配角，贪财刻薄，寡廉鲜耻，几十年占善良兄嫂的便宜不说，还忘恩负义。

明兰几乎要鼓掌了。

太夫人一定忍这帮家伙很久了，一桩桩、一件件都记在心里，但她忍功无敌，为着在圣父丈夫面前树立良好形象，生生忍住了所有怨毒和不满。明兰其实很佩服这种人，当劣势无法改变时，绝不偏着性子硬顶着来，只伺机而动，尽可能捞回最多的好处。

既甩不掉这对活宝兄弟，索性就变废为宝，尽量利用这种局面，把眼光放长远，用他们把真正的眼中钉去掉。只要她的亲生儿子能承袭爵位，到那时，该算账的算账，该踢开的踢开，反正她攒足了这俩活宝满手的把柄，真张扬出去，道理尽够她说的。

战役进行到此时，基本胜败明朗了，只有四老太爷还在负隅顽抗。他霍地站起来，双目充血，咆哮着："我今日才瞧出大嫂竟是这般女中豪杰，说起来一套一套的！以往真是失敬了！你可别忘了，当初在娘病榻前，娘拉着我们哥儿仨的手说的话，大哥可是亲口答应要好好照看我和老五的！怎么，如今大哥不在了，你就翻脸不认了？现出原形了啊！！"

这次连明兰都要笑了，从屏风后头发出两声清楚的嗤笑，想来邵氏和朱氏也忍不住了。

太夫人掩饰不住嘲讽之意，目光中流露出一股深切的怨恨和嫌弃，冷冷道："娘要多给大房些银子，四叔就说娘病糊涂了，可娘要大房照看两位弟弟，四叔倒记得牢牢的。都是娘临终前说的，怎么前一句糊涂，后一句就不糊涂了？四叔真是好记性、好能耐呀。"

明兰暗叹：这位顾家老祖母倒是明白人，可惜一番慈母心肠，全叫不肖子孙丢给狗啃了。

四老太爷再厚的脸皮也撑不住了，气得浑身发抖，一屁股坐下后，恨恨地捶身旁的茶几一下，差点震下一个茶碗。

四老太太眼瞧着情势不对，赶紧开口，满声歉意道："我知道嫂子这些年受苦了，为着我们这些不成器的操了多少心。他四叔这几日为了炳哥儿的事烦着，是以口气不好，嫂子别见怪。可话说回来，一笔写不出两个顾字，如今咱们要分出去了，委实有些艰难，多少请大嫂子帮衬些才好。"

好本事！明兰赞赏地偷瞄了四老太太一眼，这也是个高手。

谁知这话一说，反倒惹出太夫人的一番伤心，她红着眼眶道："四婶说得可笑。两位叔叔都是昂藏七尺的大老爷们儿，下面几位侄儿也是正当年，这些年来过日子，四房和五房在大房这儿只进不出，到如今还要来折腾我们孤儿寡母的，难道我以后的日子就好过吗？！"

这句话说得太有深意了，顾廷烨和太夫人的关系素来不冷不热，众人心知肚明。明兰面皮有些火辣辣的，只能坚决不敢接口，免得引来祸水。

眼看局势已定，太夫人可以鸣金收兵了，谁知斜里杀来一匹黑马——刘姨娘眼看着众人无话，心里着急，当即跳出来嚷嚷道："这里原本没我说话的份儿，可我好歹在这屋里熬油几十年了，怎么也有点老脸吧。"

她一身靐红色镶两指宽墨绒的对襟褙子，嬉皮笑脸地作怪："太夫人说的话句句有理，咱们房和五房的确在您这儿受惠许多，可难道老侯爷不知道吗？我瞧老侯爷是个再宽厚不过的人了，他心里明镜似的，不过就是做弟弟的占哥哥些便宜罢了。老侯爷这是明摆着叫两位弟弟过好日子呢！既然老侯爷是这个意思，太夫人您怎好不从呢？"

这话说得既无赖又无耻，却还有几分歪理，四老太爷顿时受了提示，一下跳起来，大声道："没错！大哥就是这个意思！自家兄弟分什么彼此？！大哥从不和我们计较，偏你算计得门儿清！你口口声声说出嫁从夫，若真还顾念着与大哥的恩情，便该依旧行事才对！"

明兰无语了，她现在终于明白顾廷烨为何从来在他们面前都是懒得废话：面对这种无赖，大约只有拳头和权势最有效吧。她心里叹气，又暗去瞧太夫人的脸色：一个隔房的姜室敢出来挑衅正房大夫人，十个里面有九个会义正词严地狠狠训斥一番吧。

谁知……

太夫人脸色变幻，发红的眼眶湿润了，铁娘子立时变成一朵水汪汪的老白花。

她哀哀地扑在炕几上，转头冲五老太爷哽咽着，句句伤心："五叔，你是顾家门里最知书明理的，你倒是说句话呀，这些年来，你嫂子可有亏待过你们？好歹没有功劳也有苦劳呀！如今没落着半分好不说，居然还叫个上不得台面的东西踩到我脸上来了！满京城去打听打听，哪有隔房姨娘这般嚣张跋扈的！我这几十年的长嫂算是白当了，还不如随你大哥去了干净！"

五老太爷早就坐不住了，这下子更是脸皮发烫。他一拂衣袍倏地站起来，对着刘姨娘和四老太爷怒目道："不成体统！荒唐至极！哪家的规矩！"

到底是兄长，不好多骂，随即挥袖大步离去，五老太太连忙跟上。

明兰目送着他们离开，再回头看看太夫人，心里明白了。

要把敌人区别对待，五老太爷好面子，五老太太有把柄，直不起腰来说话，这一房人是可以争取的对象，怀柔击退为上策；而四房，既无赖又不要脸，才须正面击破。

面对这样多变善忍的对手，明兰深为自己战术的单一呆板而惭愧。

屋子里空了三分之一，四老太爷尴尬地立在那里，旁边站了个被骂作"东西"的刘姨娘。

太夫人抹着眼泪，慢慢直起身子，对着他淡淡道："四叔若有不服的，大可以叫齐了族人耆老开祠堂，叫大家伙儿来论论理，把账目摆开了算清楚。若四房真有吃了亏的，我一文不少，翻倍赔给四叔！如若不然……"

她瞥了明兰一眼，柔声道："烨哥儿落在四叔处的那份产业，也该说道说道了。"

明兰低头，她被当枪使了。

四老太爷噎了噎，咬牙瞪视了良久，终于败下阵来，晦气地甩头走人。

众人走后，屋里一片寂静，缓缓地，邵氏挽着朱氏出来。她们看看太夫人，再看看明兰，面上表情变化各异。

明兰看了下邵氏，她也正用眼睛看过来，两人目光一对。

"那啥，我去瞧瞧蓉姐儿……不如大嫂子一道来。"

邵氏笑得温雅："也好。"

第三十九回·国事家事

这阵子，小桃觉着自己的人缘陡然飞跃了好几个层级。

那些素不相识的丫鬟媳妇，头一天与她"偶遇"闲聊起来，当日就"相见恨晚"，恨不能义结金兰，第二日就倾心诉说"埋藏心中已久的苦衷"或"忠诚厚道老实可靠的情怀"，然后第三日就明示暗示希望能留在侯府，最好能到澄园服务。

分府在即，到了这个时候，只要不是瞎的，都晓得留在侯府方有好日子过，从丫鬟、小厮到婆子、管事，不免都忙碌着去寻人说项。似廖勇家的这般明兰得用的管家媳妇和外院几个当头的管事，既容易接触到，又便宜开口，便是首选。

"倘若真有好的，留下也无妨。"

明兰温和地微笑着。一旁的丹橘心中微微惊讶，因她晓得明兰素不待见这帮倚老卖老的世仆，使唤未必得用，可偷闲躲懒，在外头仗势欺人，倒很专业对口。

"不过夫人这儿有个规矩，人谁无过，犯点子小错还好说，倘若留了那秉性奸猾的恶仆，可要一并追究荐上来的那人的，大家伙儿可要想清楚了。"翠微梳着整齐的圆髻，一板一眼地跟众人说明，颇有几分管家媳妇的模样。

这般一来，来说项的管事不由得暗暗踌躇，生怕连累了自己。明兰的行事风格可并不如她瞧着那般柔弱无害，何况他们到底不是明兰娘家带来的，自己都还处于急欲获得主母信任的阶段，哪里敢为不熟识的担责任呢！

而明兰的陪嫁家人，总共那么几个能说上话的，大多还猴精猴精的，根毛不肯沾身，只小桃最好说话，可惜，她的行事风格却是——

"安永家的？你认识他家人？"明兰问。

"不认识呀。"

“有何才干？”

“不知道欸。”

“品性如何？”

“三日前才识得的啦。”

“一问三不知，你个傻丫头说哪门子项！”明兰怃然。

“人家来托我的嘛。”圆脸小丫头一派与人为善的样子，“我收了三筐水蜜桃和一篓螃蟹，旁的没要哦。”脸上居然还有几分“我很正直清廉”的意思。

“呆子！”绿枝恨恨地低下头，低声轻骂。

“你吃得不比她少。”丹橘嘴唇微动，不留痕迹地把目光转向别处。

屋里留了一脸黑线的女主人和一枚呆桃子。丹橘和绿枝相携着去后头抱厦瞧瞧，一进当中那间水房，却见里头只有翠袖和小春芽两个在。

绿枝开口就不客气：“这群蹄子，不知又到哪儿野去了！”

丹橘心头一盘，皱眉道：“这会儿不是碧丝和彩环当值吗？人去哪儿了？”

翠袖起身，笑呵呵答道：“适才旺贵媳妇来问侯府那边取车马用的事，环姐姐先过去瞧了，碧丝姐姐闹肚子，说回房一会子，叫我们先看着。”

绿枝轻啐一声，丹橘不置可否地笑了笑：“罢了，这阵子起风，着凉也是难免的，她大约回屋添衣服去了。旺贵媳妇那儿怕是彩环支应不过来，不如你去瞧瞧吧。”

绿枝嘟着嘴，挪脚走了。

丫鬟的下房就在嘉禧居主屋后头的一列排房，虽说是下房，但明兰待下甚厚，澄园也用度宽裕，便全照正经厢房来砌墙垒炕、铺地布置，尤其是几个大丫头的屋子，更是陈设精致洁净，比之寻常人家的小姐屋都强上些，每日还有小幺儿和粗实婆子来打扫浆洗。

“你总算还不糊涂，知道事前来问问我。”若眉斜斜歪在床上，胳膊下头垫了个鹅黄春梅鸣喜鹊的亮缎子厚枕，粉面晕红，似是午睡未醒。

“我这不正犹豫着嘛。”碧丝眉头凝着愁绪，“彩环说不妨事的，今儿个小桃也去夫人那儿说项了。她去得，为何我去不得？”

若眉语带讥讽：“哟，您可真会抬举自个儿，咱们几个和丹橘、小桃两个在夫人心中的情分，那能比吗？便是绿枝，这会儿也就刚挨上个边儿。”

碧丝脸红，嘟囔着：“我知道我比不上小桃，可是彩环说了，那几个来求说情的，都是侯府几代的老家人了，有的是势力人手，倘若我今日卖了他们一个好，以后有的是好处；倘若我不给面子，以后就……"

她说得起劲，若眉却冷笑连连，直翻白眼。

碧丝见她这副神气，又连忙道："彩环又说了，若论人品能耐，小桃比得过我们谁了？针线不成，行事鲁莽，惯会装傻充愣，不过是夫人重情义，所以才给她体面。我虽不如她，却服侍夫人这许多年了，便是不成，大约夫人也不会……"

若眉终于听不下去了，一下撑起身子在床上坐起来，虎着脸道："左一个彩环说，右一个彩环说，她是你祖宗奶奶呢？！你这般爱听她的话，来寻我做什么，照做便是！"

碧丝素来没有主心骨，平日没少挨丹橘、绿枝的排头，秦桑几个又说不到点子上，只这若眉，不但言语爽利，且自恃身份，不屑传话搬弄，日子久了，反倒觉着好相处。她见若眉生气，连忙一迭声的"好姐姐"求饶。

"那蹄子的话你敢听？"若眉一脸冷若冰霜，"你看她一脸妖娆，整日上赶着在老爷跟前晃荡，打量着她那点子龌龊心思，是夫人瞧不出呢，还是当我们都睁眼瞎？若不是丹橘厚道，时常拘着她，她早八辈子就叫崔妈妈寻个名头撵出去了。时至今日，咱们夫人贵为一品诰命，难不成娘家太太还会为了一个小丫头跟夫人过不去？你瞧着吧，崔妈妈如今虽不大管事了，可还有个何有昌家的，她可是跟着房妈妈长大的，下手难道会客气了？"

她们几个自小就是受翠微管教的，余威尚在，碧丝不禁缩了缩脖子。若眉瞪着眼教训："我早跟你说了，少听那蹄子的。你若定要听，以后出了过错，别来寻我哭！"碧丝讪讪地笑了笑，又是一连声地赔罪。

若眉心里舒坦了，才接着道："我来问你，你纵算比不上丹橘和小桃的资历，可绿枝呢？你可还比她大着些呢！如今她都能进夫人里屋了，你还在二层排着呢。便是秦桑和夏荷，夫人使唤她们也比你多，你老觉着自己能耐，怎么混到这个份儿了？"

碧丝被她说得脸上一阵青一阵红，低了头道："望姐姐指教。"

若眉看她这般做小伏低，被捧得舒服了，才肯指点："咱们是什么人，是宁远侯夫人屋里的贴身丫头！只要夫人不发话，满府里哪个管事妈妈头顶生疮，敢发落到我们头上来？你有甚好怕的？"换言之，只要把夫人伺候好了，旁的就不必理会了。

碧丝心头大亮，坐到床边去挽若眉的胳膊，讨好道："姐姐说得是！都是彩环那蹄子胡咧咧，我还当在暮苍斋那儿，时时要瞧别人脸色呢。"

若眉傲然一笑，背脊挺得更直些："我告诉你，你别瞧不起小桃，她这是大智若愚呢！不论听到什么、看见什么，不论好的坏的、香的臭的，但凡她知道的，一概全倒给夫人，分毫不留。她在夫人面前自在无忌，没别的，就一条，她肚里没半分自己的小心思。说得直白些，她这是至忠呢。"

碧丝又不服气道："她笨得很，一点主意都不会拿，离了夫人就一问三不知，又不圆滑，能挡得了什么事？难怪不能管事！"

"不能管事又如何？可夫人喜欢她、信重她呀！"若眉用力戳着碧丝的脑门，"回头给她寻个得力的女婿，不论在府里当差，还是外放出去管庄子或当掌柜，那多少威风富贵呀！傻人才有傻福呢。"说着，她慢慢回忆起来，"我小时候听爹爹说过，那些有头脸的王府和公伯侯府的大管事，在外头多少风光，多少有品级的小官儿都争着巴结呢……"

碧丝听得一片神往，这些东西她在盛府时就听说过，可不如眼前说的这般直白。

若眉似是想起一事，忽凝重了声音："你素爱揣个小心思，这便是你最大的毛病！你可别忘了燕草的教训！"碧丝本来还在犹豫，听了这个名字，顿时心头一凛。

"燕草的行事性情难道不比你强？她也爱揣个小心思。那会儿姑娘都还没说人家呢，她就急吼吼地想着后路，托人传了信给她老子娘，想着要留在盛家。"若眉最瞧不上这种人，说起来更不客气，"姑娘一概都晓得，却只说了句'人各有志，随她去吧'。虽平日并不发作，不过那点子情分也算完了。后来燕草再哭诉闹腾，姑娘也懒得理她了。你可千万别重蹈覆辙，咱们夫人虽厚道仁慈，但也不是好糊弄的。"

"……夫人的确心狠，就那么一次，就断了情分。"碧丝心里扑扑跳得厉害。

明兰每次回娘家，燕草总想着寻机会求见，好叫明兰忆起旧情。也不知明兰怎么想的，虽也赏了些银两锦帛，却坚决不肯见她，一面都不见。这是什么意思？大家都心里透亮。

"狠什么狠！做丫头的心里有了别的念想，还叫主子当自己人看待吗？"若眉冷哼着，"咱们这位主子，要说难伺候，那是绝难伺候的，她心明眼亮，底下人万难隐瞒。但要说好伺候，却也好伺候，只消你真心待她，她必不会亏待了你。像丹橘、小桃这样全然忠心奉主的，夫人自然要为她们好好打算；像你和燕草这样的，整日打自己的小心思，呵呵，碧丝姑娘您这么有心眼，会盘算，那夫人就让你自己去盘算前程喽。”

碧丝唯唯诺诺，半呆半傻，也不知听进去了没有。

吵也吵了，闹也闹了，很快，五房便率先搬离了宁远侯府，又过了三四日，四房也搬出去了。临走前，四老太爷还对着宁远侯府门口那两头石狮子冷笑两声。

自然地，刑部那头也很快消停了。再有人拿顾家说事，刑部就能很理直气壮地道："人家顾氏门里有争气的儿郎，于社稷有功，受朝廷倚重，功过抵消些许，从轻判罚有什么奇怪的！"

不过，为着四老太爷那两声冷笑，顾廷烨严肃考虑是否该把顾廷炳弄得再远些。

"别过火了，到底是自家兄弟。"明兰不认为顾廷烨真的想挂掉顾廷炳。

谁知顾廷烨却道："祸害遗千年，他且死不了呢。"他昨日去刑部瞧了，顾廷炳精神十足，对自家大哥号丧生活待遇问题时，依然中气十足。他扭头就走时，还听见顾廷炳在嚷嚷着流放路上要再随行两个丫头一个婆子。

顾廷烨额头狠狠跳了两下，新仇旧恨涌上心头——他当这是去春游踏青呢！

明兰眼见侯府乍然空了一半，立刻就想着要履行当初的口头承诺，当即就张罗着要寻个合适的泥瓦班子来开工。拿架子要见好就收，继续保持良好的舆论倾向。

"四叔父的账也没收回，顾家祖产也没给你个交代，你这就算了？"顾廷烨似笑非笑地看着她，"你可真是个实诚人。"

"盗亦有道，说话得算数。"

"对无信之人也讲信？"顾廷烨笑笑。

明兰红着脸，讪讪地解释："次次都守信，偶然不守信么那一下，就极管用。"

顾廷烨失笑，向后仰了下身子，赞道："这话妙！颇得兵家诡诈之精髓。"

受了赞赏的某人，高高抬起脖子，宛如一只得意的胖青蛙，故作悠然地轻松道："天下凡是能用银子解决的事儿，那都不是事儿。"

男人挑起飞扬的眉头，口气戏谑："倘若户部陈尚书听得这番高见，定然击节相赞。可惜，国库不给面子。"

明兰囧，港剧台词果然不适合古代。

其实明兰并非胡吹大气，倘若真能彻底摆脱那帮极品亲戚，那她是决计肯放弃顾家祖产的。银子可以慢慢赚，可是这种亲戚是甩也甩不脱的麻烦。

这一日，明兰照常去萱芷园给太夫人请安，言谈间便说起了并府之事。太夫人原先以为明兰还待推托，谁知她竟爽快得很，三言两语就说起进程来。

"这位张天师是耿夫人荐来的，京中不少风水堪舆都是他办的，说是为人实诚，口风紧，不是那骗人钱财的走江湖。"

朱氏捧着大肚子在一旁道："这位张老道我也听说过，那年我娘家扩了两座园子，也请了他去瞧的，说是极灵验的，管保能家宅兴旺，一应婚嫁人丁都顺遂。"

太夫人听得高兴，插口问："泥瓦班子可寻好了？"

明兰笑吟吟地答道："这回多亏了郑家大夫人给荐了一个。年前他们家迎娶皇后妹子时，刚翻新了半座宅子，屋墙梁顶牢固坚实，地龙炕床通风透热，如今二夫人住着也说极好。那班子不但手艺好，人还踏实，没在材料上乱拟价钱。我叫人拿着郑家的名帖去了，人家班主也应下了，预备着这几日就来丈量勘地，先规整出张图纸来瞧瞧。"

太夫人拨弄碗盖的手腕忽停了一下："……前日刚说要动土，今儿就一桩桩盘算得门儿清了，你手脚倒快。只是，这么一群生人进顾府内宅，怕是不好吧？"

邵氏窥着婆母的脸色，轻声道："母亲可觉着有什么不妥？"

"郑家荐来的，能有什么不妥？不过……"太夫人放下茶碗，轻抚着腕子上的佛珠："明兰，你刚过门，不知道我们顾家惯常用着一个泥瓦班子，从你公爹那会儿就用老了的。我原还想着叫莫总管去与你说说这事儿呢。"

明兰一脸又惊又愧，轻轻掩口道："哎呀，这我可真不知道了。这可怎么好？我都已跟郑大夫人说了，这会儿再换人手，怕是不好吧？"

太夫人凝视她良久，才缓缓道："都说你年纪轻，没经过事，我瞧着也不然。烨哥儿忙着差事，没工夫打理。这么大的事儿，我原先想着你一个年轻媳妇不好办，谁知家里的长辈姑娌你一个也没过问，自个儿就把事儿都给办了，果然后生可畏……"

明兰装没听懂她话里的意思，学着王氏在盛老太太面前的样子（人家是真听不懂），一脸无知地憨笑："都是托了您的福。"

她现在终于明白了盛老太太现在训王氏来越来越直白了，一个白目又不好辞退的儿媳，的确能把一个矜持含蓄的侯门大小姐变成一个泼辣婆婆。

邵氏似不大适应这种气氛，微微把头侧开；朱氏低着头抚摸自己的肚子。一个年富力壮且有权势的继子，一个原有嫌隙的继母，还能要求继儿媳妇能有多恭顺呢？

太夫人自知此刻不宜翻脸，也索性装聋作哑，想着先把女儿嫁出去再说。

明兰自也不会主动找茬，她如今忙得很，除了一应理家事宜，还要照管拆墙动土。侯府和澄园之间隔着一处空置的小院落和一片山林，最初步的工作就是把堵隔在两府中间的大部分围栏高墙全都拆了，把两府的围墙连接起来，把中间的空屋和山林都包进去。

这还算好办，真正费银子的是里头的工耗。荒僻的山林要规划，该围起来的围起来，该整平的就整平，栽种些果树花草，空地上留下铺路的宽余后，什么亭台楼阁的也不老少。

且慢慢来吧，明兰不急，打算一点点完善，一切量力而行，有多少银子办多少事。

因妇道人家不好抛头露面，总管郝大成便只好一天十几趟地里外两头跑，明兰更是常说得口干舌燥。只有作为男主人的顾某人，前后只去视察过两次施工现场（还是顺路的），总共翻过三遍图纸，只留了句"门开小点儿"的废话，就甩着袖子继续为国为民鞠躬尽瘁去了。

生活总要继续，工程不紧不慢地继续着。

秋风劲，秋蟹肥，宫里颁下赏赐，一应王爵人家俱得了团圆饼、芋头、栗果和簪菊等物，以示皇恩浩荡，而此时正得圣心的几家，还有旁的赏赐。

明兰就得了黛墨、金黄、明紫、浅粉、绯红及素白六色大盏巨爪贡菊，另十篓新鲜贡蟹。这种超出循例的赏赐，照例要进宫谢恩。

宫里贵人见不见她另说，但做臣子的须遵循礼数，否则便是大不敬。向内务府投递名帖后获准（真遗憾），次日，明兰只好起个大早，穿戴妥当后驱车进宫。

穿过皇城内门就得下车，顶着沉甸甸的行头，瘪着半空的肚皮，在天大地大的宫城里徒步远足，还得保持面部表情时刻处于一种惶恐并感恩欣喜的扭曲状态——实在很受罪。

明兰宁肯少被赏赐几次。

在宫人的引领下，好不容易走进一间宫室，里头已坐候着两位俱穿戴着一品诰命服饰的贵眷，一个年约四十，面白文静，明兰不认识；另一个竟是许久未见的国舅夫人张氏。

两人举止亲近，容貌几分相似。

明兰努力朝她们挤出文雅的微笑，然后以宫廷礼仪所能容忍的最快速度挪到一个位置上坐下，最后才优雅地微抬螓首，朝眼前的贵妇笑笑。刚和张氏寒暄了两句，还没来得及说别的，外头却走进一位女官，朗声道："请诸位移步颐宁宫。"

明兰心头一沉，颐宁宫是圣德太后所居处。三人立刻起身，行走前，张氏朝明兰笑笑："这位是我娘。"明兰心里已猜到七八分，忙顿足行礼："见过英国公夫人。"

"别这么客气。"英国公张夫人仪态端方，亲切地挽过明兰的手，一边走一边打量着明兰，轻声笑道，"果然好样貌。外头都说二郎是娶着媳妇了，我瞧了才知不是虚言。"

明兰红着脸谦虚了几句。

宫里不好多私下说话，三人安静地随着宫人往前走，不一会儿便到了颐宁宫。宫人通报后，三人鱼贯进入，跪拜行礼过后，便恭首肃立一旁。

孔嬷嬷曾教过盛家女孩几种可以用低头恭敬的姿势，不着痕迹地打量周围的方式，明兰选了一种，微侧脸颊，眼睑不动，只移动视线，就能清楚看见周遭情形。

济济一室宫装女子，明兰抓紧时间一瞥，却见正当中是圣德太后坐上首，次座上是皇后，身旁立着她的妹子小沈氏，两姐妹脸色都不好看。观圣德太后神态言语，颇为爽利自在，想来年轻时是位明艳活泼的美人儿。她朝着新进来的三人笑道："我新得了一种茶，便邀了皇后姐俩来吃茶，倒累得三位夫人多跑一趟了。"

明兰等三人连忙谦辞，喏声谢恩了好几遍。

小沈氏撑起笑容走下来，来到张家母女跟前，对着嫂子和亲家伯母躬身行了个礼。皇后在上头笑道："正念着你们呢，我那儿还有些御膳房新做的八宝乌饭蒸糕，是蜀南的方子，京城里怕是没这味儿的，你们回头带点儿去尝尝。"

张夫人领头谢恩，明兰和张氏随后。张夫人笑道："都说南边小吃风味多变，似我等一辈子在京城的，今儿算是托了娘娘的福。"

皇后也笑眯眯地客套了两句，看了眼身旁挺着肚子的玉昭仪，轻皱眉道："你身子不便，还是回去歇着吧。"玉昭仪因有身孕，容色娇艳更胜往昔，只笑着道："皇后体恤臣妾了，不过臣妾自小嘴馋，难得有机缘能蹭些好茶，如何肯走？"

圣德太后眉开眼笑："你这淘气的！这张嘴就是招人喜欢，怪道最近皇上皇后都疼你！"

"太后，瞧您说的，难道您就不疼臣妾了？"玉昭仪娇嗔着不依。

圣德太后身旁坐着位瘦削女子，是她嫡亲的儿媳妇豫王妃，她也不失时机地凑趣几句，殿内笑乐成一片，只皇后脸色越发难看，强自维持端庄。

明兰迅速收回视线，低头。

因皇帝怕自己亲娘受委屈，所以特意把两宫太后分开了住，好叫圣安太后过得舒坦些。只累了皇后，每日一早要跑两个地方给两个婆婆请安，然后再回宫接受嫔妃请安。

英国公素为诸国公之首，朝中地位超然，人皆敬重，圣德太后便给张夫人赐了个座。明兰和小沈氏以及张氏也沾了光，得了个挨边的杌子坐坐。明兰心中大呼万幸。

刚一坐下，只听圣德太后朝张夫人半笑道："在你跟前我也不遮着掩着了，你来瞧瞧这两个……"她一指身边两位宫装女子。明兰顺着视线过去，也忍不住微微吃惊，好一对绝色佳人！此二女均是二十岁不到的年纪，虽已过豆蔻年华，却端的是丽色逼人，光华美艳。

"她们俩在我身边伺候多年了，温文乖巧，守规矩，知道理，我很是喜欢。眼瞧着岁数不小了，我意欲为她们寻个归宿……唉，为着我舍不得，原想着就叫她们服侍皇上了，谁知皇后竟老大不高兴的。"圣德太后唉声叹气的，目光却直直瞧着张夫人。

这是在指责皇后"妒"呢。

明兰默默数着衣裙上的珠串，暗念一百遍"我不是主角，只是没台词的龙套"。

张夫人也不是吃素的，和蔼地笑了笑："皇上如今子嗣兴旺，想来都是皇后仁德贤良之故。太后自然是一番殷殷美意，不过皇后也有旁的思忖吧。这二位姑娘既如此出众，太后不如为她们另择年貌相当的青年才俊，岂不更妙？"

听了这话，皇后脸上隐现微笑，含笑的眼睛看了看张夫人，以示嘉奖。

太后碰了个软钉子，不咸不淡地笑了笑："才俊不才俊的，我也不想了。既不能留在宫里，索性给她们寻个近点儿的，不若国舅爷……郑将军……"她目光冰线般在殿内滑过，瞧见明兰，"还有顾都督，收了做小妾吧，我也能常见着。"

明兰心里一阵哀号——躺着也中枪呀，太后的目标明显在沈家，顾廷烨大约是顺带的。

小沈氏头一个跳起来，随即强力压制惊色，语气努力镇定："这如何使得？太后身边的人都是金贵的，自要好好寻桩亲事，哪里能做妾？"

圣德太后呵呵笑了起来，愉快地看着惊慌的小沈氏："哪那么金贵了，她们原不过是草泽来的乡野女子，自小入的宫，也没个娘家靠山，与其说寻夫婿，不如说寻个和气仁厚的主母，能瞧在我的面子上，叫她们过些好日子。如何，几位夫人可愿给哀家这个面子？"

最后一句语音微微上扬，已略带威迫之意了。

皇后脸上青白交加，小沈氏脸色涨红得快滴出血来，只有张氏神色如常，静静地站出来，行了个礼："臣妾听太后的吩咐。"

张夫人慈爱忧心地望着女儿，目光中混合怜悯、心疼，还有一丝丝责备。

明兰听了张氏的话，差点脱口而出"既然如此，索性两个你都收了去吧，省得你妹妹和我头疼。这么贤惠的好主母，太后也好放心了"云云。

总算她还记得这是什么场合，英勇地制止了自己的舌头。

谁知太后还有后招，她状若叹息道："为着给先帝守孝，可怜我身边好几个女孩儿都耽搁了，我总想着给她们寻个好亲事才是。"

明兰忍不住又看了那两个女子一眼，只见她们低头垂首，粉面泛红，娇媚羞涩，更是艳色惊人，明兰看得都有些傻了。

忽然，她明白了：这些女子应该是圣德太后为自己儿子预备的，可惜天降横祸，她儿子的皇位被截了和，自己也被关了，而这两个女子也耽搁了。

两个女子身旁的屏风后，影影绰绰的，似是还站了好些美人，明兰很无厘头地胡思乱想起来，莫非是后备队？

太后又问了一遍小沈氏，小沈氏闷声不语，求救的目光从皇后身上转了一圈。

圣德太后也不着急，只笑吟吟地看着她窘迫挣扎，然后缓缓转向明兰，正要发问，这时，一旁的豫王妃忽道："顾夫人，你在笑什么？"

殿内众人视线全都凝集一处，只见顾廷烨夫人恭敬柔雅地站在一旁，也不知在想什么，嘴角微微翘起，一抹浅浅笑意。

"顾夫人，你笑什么呢？莫不是觉着太后可笑？"豫王妃原也是个温厚慈和之人，于京中素有美名，但自从亲眼看着丈夫死于鸩酒之后，天地骤改，她也性情大变，有些尖利了。

明兰被一言惊起，心中暗悔自己疏忽，一时不慎，果然婚后的日子过得太舒服了，已经忘了原来在盛家时的谨小慎微，回去后得重新训练起来。她过往的经验告诉她，此时此刻，与其装得若无其事、镇定自若，还不如索性自然些，效果更好。

"我……臣妾……臣妾如何敢笑太后……"明兰面露惶恐，说话也结巴了。

果然，这副样子很管用，太后和豫王妃都乐呵呵地看着她，似乎很开心舒畅。

话题带开，小沈氏松了口气。皇后见机，连忙道："豫王妃谬言了，顾夫人知书达理，如何会无礼？你别凶巴巴的，人家可不如我这妹子性子韧，好好的，别吓唬她！"

皇后半带玩笑着训斥，除了两宫太后，全天下还没她不能训的女人。

豫王妃脸色一僵，不再言语。圣德太后刚启了启嘴唇，张夫人就微笑着转过头来，对明兰道："你适才笑什么呢？"

有了台阶，明兰赶紧下来。

"太后说的是喜事，臣妾如何会笑话。只是……"明兰以袖掩口，羞涩地轻笑道，"臣妾想着，月老公公这阵子倒勤快，到处都是男婚女嫁的事儿，臣妾近来便要办好几桩婚事呢。"

"此话怎讲？"圣德太后颇感兴味。

明兰恭敬地回话："启禀太后，前阵子侯爷说，因要在北疆屯兵，为使军心稳定，最好能叫兵士们都带上家眷，未娶的赶紧成亲才好。是以，侯爷叫臣妾在家中寻些待嫁婢女，好配了兵士去北疆，可惜……"

她说得犹豫，轻弱无力，语气控制得非常好。

正如热锅上的蚂蚁一般的小沈氏，忽眼睛一亮，大声道："这事我也听说了。因这次要开拔的大军多为北疆当地招募的子弟，那儿连年战乱，早已十室九空，上哪儿去找媳妇呀。单是背井离乡远离亲人就够呛的了，又因知道要去的是北疆，没多少人家肯将闺女许过去。"

这是真的，不是乱诌，只不过没这么严重。

"是呀。"明兰接口，忧心忡忡的模样，"人家民女，咱们不能逼嫁，只能在自家婢女身上打主意了。可满打满算，也是杯水车薪，如今正头疼着呢。"

皇后忍不住问了一句："那些丫头肯嫁过去？"她好歹在老少边穷地区待过，知道京城的繁华没几个人舍得的。

明兰嗫嚅着，似是极不好意思说出来："回皇后娘娘的话，臣妾给肯嫁过去的丫鬟贴上些银子做嫁妆，就有些肯了。"不过大多是买来的粗使丫鬟。

张夫人看着她，笑道："倒是为难这孩子了。"转头看着女儿："难怪上回你问我有否要放出去的丫鬟，原来也是打着这个主意。"

皇后听得连连点头。张氏笑了笑，没怎么搭话。

圣德太后听了这拉拉杂杂的一大堆，眉头微皱，正不知怎样掉转话题，那边的小沈氏兴奋地上前一步。大约过度的压力反而会激发人类的潜力，小沈氏终于灵光乍现，心中有了算计。她转向皇后和太后，朗声道："太后明鉴，不如将宫中逾龄女子配给这些兵士如何？"

"胡说！"

"放肆！"

太后婆媳俩同时厉声训斥。小沈氏不服气地正要开口，皇后怕她惹事，赶紧道："休要胡言乱语！太后身边得用的人，哪是你好插嘴的！"

小沈氏眼眶含泪，还待再说话，冷不防后面一个苍老的声音忽然响起："什么胡言乱语！我觉着这主意极好！"

众人一同回头去看，却见两位老年贵妇互挽着手走进来，其中一位是圣安太后，后面呼啦啦地跟着两翅长列仪仗宫人。

"姑母和母后来了！"皇后的声音掩饰不住欣喜。

除了圣德太后之外的众女眷均在皇后后面，给大长公主和圣安太后行礼。

"你有好茶，只知道捂着自己吃，却不来叫我们，说说，这是什么道理？"大长公主坐下后，只也斜着眼睛，大咧咧地调笑着。

圣德太后见了她，似是很无奈，连称不敢："要是知道你在，打死我也不敢落下你。"

这种气派，这种气势，定是庆宁大长公主无疑了。明兰默想。

说笑了几句，庆宁大长公主忽板起脸来，对着豫王妃道："适才我在外头听了，你为什么训斥皇后的妹子？她哪里说错了？"

豫王妃战战兢兢地立着，咬牙道："太后娘娘的贴身侍婢，怎么也不能屈就了一介兵士，说出去，岂非丢了太后的面子？"

"哦？为了这个呀，你不用忧心。"庆宁大长公主一挥手，"想来军中还有不少青年校官和兵士，配给他们总不算辱没了吧。若有福气的，回头男人挣了功名，以后有的是好日子，难道不比给人做妾强？"

一番利落的言语直说得那婆媳俩答不上话来。

自武皇帝晚年起，庆宁大长公主就是朝中最有权势的公主，要说老天爷实在很厚待她。

她原本只是一宫女所出，但那年她生母病逝，不过几日后，恰逢皇后的嫡女夭折，为开解静安皇后的悲痛，武皇帝便把三岁的庆宁抱到皇后处抚养。当然，她自己也是个极聪敏伶俐的，待人处世得体明快，很入静安皇后的眼，也很快得了皇后的真心喜爱。

因爱屋及乌，武皇帝视她为嫡女，怜之爱之；先帝视她为胞姐，敬之重之。那些原本比她尊贵的贵妃淑妃生的公主，最后反落在她后头。

及笄后嫁了个俊秀闲散的世家公子，夫妇和睦，儿女成群，几十年顺风顺水的。

唯一叫她头疼的，估计只有她那四十岁时生的老来子，实在纨绔了些，在新帝登基那年，因孝期逛红灯区，被捉起来劳改过一阵子。不过，庆宁大长公主何等人物，她能几十年顺遂，靠的不只是和先帝的姐弟情分，自然也有她有能耐的地方。

在皇帝邀她入宫诚心叙话后，她很快调整态度，姑侄俩立刻以天马流星拳的速度和解了。

皇后适才受了不少气，眼见有人撑腰，赶紧道："姑母说得是，适才母后也说了，这些女孩原来也是草泽来的乡野女子，已是无父无母了呢。"

"那不正好？"庆宁大长公主拍着案儿，大赞道，"回头咱们就去跟皇上说，原本先帝驾崩，宫里就该放出些人去的，这回正撞上机缘，与其叫她们没个着落，还不如这么办了，岂不两全其美？你说呢？"

圣安太后憨憨地笑着："你还是这急性子，都多大岁数了。"

她们你一言，我一语，眼看就要下决定了，旁边众人听得目瞪口呆。

圣德太后愠怒，沉下了脸色："宫里这些孩子花朵般的，都是娇养大的，叫她们去北疆，不是送羊入虎口吗？真是无稽之谈！"

庆宁大长公主昂首站起，目光炯炯："国家有事，我等不出力，谁出力？宫里有无亲无故的逾龄女子待嫁，军中为国戍边、为君尽忠的大好男儿盼娶，真是天赐姻缘，这有何不好？！"

空气中紧张的气氛噼里啪啦地作响，明兰默默地挨着墙壁站好，把头低下，继续默念"我只是龙套，我不是主角"……

秋日渐寒，屋内暖如晚春，此时晨曦未明，屋内昏暗，案几上一盏白玉骨瓷麒麟双头香炉早已熄了香线，只悠悠笼着一抹似有似无的幽香。

半宿酣战后，明兰明明发困得厉害，却早早睁开了眼睛，蜷着身子好像竹节虾一样，从男人的怀里一节一节钻出来，抱着被子团坐在床上，呆呆地望着男人——赤裸的淡褐色臂膀，肌肤光洁健硕，颀长的颈项微微弯曲着，满头粗浓的黑发铺满床头，张扬着旺盛的生命力，高耸的鼻梁在柔软的被褥中深深陷下，发出微重的鼻息声。

看他睡得这么香，明兰有些小小的嫉妒。

这家伙好似一头生存能力极强的野性公兽，有时他极警醒，一点轻微细响就会自己醒来，连闹钟都不用；可若确定了能放心酣睡，他就能倒头就睡，三秒钟便不省人事。

有几次，因他白日在军营驰马，回府时累极，前一刻还在和明兰说话，明兰一个回头，就发现他已入了黑甜乡，拧他鼻梁也不醒。

明兰看着他英挺的侧面弧形，下颌执拗而果毅，想着发呆。婚后没多久，她就发觉顾某人严重缺乏对上位者的信仰——走镖时觉着人家扬名了三十年的总镖头靠不住；护商队过荒山僻岭时，觉着人家趟子头没能耐；待到混漕帮时，入帮三日就（暗暗地）瞧不上分舵主，刚有了自己的势力就（默默地）看帮主不顺眼。

成亲后，待一切渐渐安定，顾廷烨把原先留在江淮和川蜀的几笔产业慢慢收回，明兰手上拿着田契铺子和银票，才知道他在江湖上已混得风生水起，积攒下不少家底。

虽说他对自己生生混出的这般名堂颇有几分得意，但这些到底属于"上不得台面"的下九流行当，不比商贾之流高明多少，便是对着公孙白石，他也从不多说。

如今总算有个忠实听众，新娶的老婆既知书达理，又没沾上读书人的迂腐酸气，为人开朗豁达，听他说起过往的经历时，常是满脸兴味。

在明兰看来，"老天是公平的"这句话在顾廷烨身上得到了充分的体现。

虽然命运叫他幼年失母，老爹正方向不给力，继母和叔伯兄弟在反方向又太给力，一路成长坎坷不断，却也给了他极优越的天赋：他不但获得了父系勇武善战的优良基因，还神奇地遗传到了外祖父的精明强干。

据说当年白家老太公就是从底层起奋斗，黑的白的都捞过，眼光独到，能算敢想，空手挣下丰厚的家产（一百万两呀一百万两，明兰一直耿耿于怀）。

顾廷烨也看得出来，妻子是真的感兴趣，而非为了给男人面子装出来的。听他讲时，她不时击节赞叹，一脸恨不能身在其时的模样，他倾诉得更加畅怀了。

夫妻俩越说越投机，志同道合，心领神会，这样的婚姻是让人愉快的，也是他以前从未想过的：人在身畔，如醉春风。所以说，为着娶个好老婆而小小使一把阴招，实在必要。

顾廷烨觉着自己当初委实英明得很。

"位子和本事并不能一概而论，这世上且还有走运和凑巧一说。"顾廷烨皱眉道。

明兰小心翼翼地试探："要说今上也是福泽深厚之人，是以……"新帝能坐上江山，并非运筹帷幄的成果，有七八成是老天爷帮的忙，上头几位兄长都挂了，才轮到了他。

"非也。陛下之能，如潜龙入海，不见赫赫，然功成卓著。"顾廷烨摇头反驳，"若非陛下自皇子时便谦恭仁厚，先帝也不会以江山委之。"

明兰点点头。排行老五的荆王就是太奢靡高调了，屡次惹得先帝不喜，所以才被排行第八的今上截了和。（荆王很冤：我怎么知道上头两个兄长这么不着调，双双把自己玩死了？既然皇位无望，自得趁着老爹还活着，多捞些好处了。）

"……且陛下礼贤下士，颇有古君子孟尝之风，不计潜邸时如何落寞，财帛也不甚宽裕，却总愿倾心结交山野高士。"顾廷烨缓缓回忆着。

明兰继续点头。事实证明，潜邸里养的那帮幕僚还是很管用的，八王爷刚进京册封储君前后的那几招玩得极妙。

"自然，能爬上那个位置的，必有过人之处。但若因此只知盲从，便是愚蠢。"顾廷烨面容冷峻，嘴角噙着一丝讥讽，"且不论以前有能耐的，现在未必如此……"

明兰加倍点头。例如甘老将军，曾经也是尸山血海里拼杀出来的悍将，如今老了却越发颟顸。

"再说了，一个差事能做好，未必旁的也成。"

明兰越发点头如捣蒜。

可怜的老耿同志，当年在潜邸时也是智勇双全、蜀南闻名的一条好汉，谁知水涨船高之后，反倒时时倒霉。原本皇帝属意他去宣大当总兵，镇守边关，却至今下不了决心——连在天子脚下的绊子都应付不了，若是到了北境当了土皇帝，还不知如何呢。

有些人不是不行，而是能力有局限性，只适合某些岗位。

"一将功成万骨枯，最终能出头的必然是极少数。"顾廷烨最后重重叹息。

明兰听得云山雾罩。听这家伙的口气，俨然一个怀疑论者，这和她从外头听来的全然不同。

都说顾二郎豪气干云，尸堆里敢捞人，千军万马甘冒刀矢，待同袍如兄弟，待兵士如子侄，忠勇仁厚，义薄云天，据说还有"武鲁肃"之称（他装呢吧）。

听得昏头昏脑，一觉睡醒后，明兰总结：领导的话要听，但不能全听。人是变化的动物，永远不要用老眼光看人，八王爷很靠得住，未必当皇帝了还靠得住，要谨慎判断，不要盲从。

因此，同样为未娶的军士张罗婚事，顾廷烨就雷声大，雨点小，装得很起劲，一脸忧心持重，其实……明兰又是出悬赏，又是全家脱奴籍地吆喝了半天，也只成了七八对新人。

不过，数量虽少，质量却高。

经过廖勇家的精心挑选，专拣那相貌端正、品行温良又有出息的年轻人。两边商量合适，男女双方也隔着帘子瞥上过几眼，小手绢咬过，小脸也红过，明兰再陪上一份嫁妆，以自觉自愿为基础，最后婚嫁，皆大欢喜。

明兰嫁过去的都是体健貌端的粗使丫鬟，作风正派，能干活，好生养，就算到了北疆，想来也能生存。一些眼毒的军户女眷也暗暗点头，比之其他几家强行摊派的婚事强多了。

军眷营里，一边是不情不愿，摔摔打打，整日啼哭，一边是蜜里调油，你侬我侬，关上房门就不想开了，那小日子红火得叫剩下的光棍们眼珠快滴血了。

结果，求顾廷烨做媒的越发多了，到最后，连几个甲长和管队都扭扭捏捏地托谢昂来说项，求给寻门好亲事。但某人依旧岿然不动，面上瞧不出喜怒。

明兰忍不住指责了他这种行为。

顾廷烨却笑笑，道："要开拔的大军足有三万，把已有家室的、能自行婚娶的，还有那儿当地的女子都算上，还有五六千的空缺。便是把你身边的桃子、李子、荔枝一股脑儿都算上，又有几个？满京城又能有几户人家这般？"这个法子根本不能解决问题。

"那怎么办？"明兰也犯了难。

其实顾廷烨一开始把主意打到了淮中、淮南，那儿不是刚战乱过吗？想来有许多流离无庇的妇孺，拉去北疆正好，利国利民。谁知姚阁老（那时还没入阁）在当地施政大半年，以最快的速度稳定了局势，放粮、分地、免租、减税，流民纷纷归乡，重新建设家园。

古代乡土观念极重，但凡有口吃的，谁愿意背井离乡？

接下来，最大的目标就是京城了。偌大的皇宫，只要能裁减两千左右宫女出来，就差不多了，剩下的光棍打着就打着吧。

但这种劝皇帝裁减宫人的事，顾廷烨一个外臣，又是武将（劝谏行仁政通常是文官的活儿，捞过界不好），怎好开口？

理想的法子，就是让沈国舅示意皇后去说，能放些逾龄的低等宫女，还能博个美名。

谁知沈从兴一直不开窍。算了，不过五六千光棍而已，真说起来也不是什么天大的事，比这严重的国政军务堆满了顾廷烨的案头，他也懒得去管了。

几日前，明兰几分忧心地把颐宁宫里的事跟顾廷烨说了，想着是否会招圣德太后嫉恨，谁知顾廷烨却摇头笑道："太后不顺眼的多了去了，从临门转风向的申老狐狸到张、沈、郑三家，还轮不上区区你我。且这会儿，太后怕是忙得很……"

大约因醒得太早，明兰吃早饭时一直昏昏沉沉。顾廷烨瞧她似小鸡啄米般点着脑袋，便是给自己布菜时也是迷糊着一双眼睛，红扑扑的小脸，睡眼惺忪的，十分可爱。他微微挑眉，忽起顽心，从桌边的一碟酱菜中夹出几条姜丝和尖椒丝，放进她碗里。

明兰耷拉着脑袋，一扒拉筷子，就着粥下了嘴，嘶——好冲！她僵在那里，歪着脖子，吞也不是，咽也不是，手指紧攥筷子，眼眶都冒泪花了。

"快吐了，吐了！"英气勃勃的男人一脸正直，轻责道，"早与你说了，吃饭看着点儿，怎么这般不当心？你又不会吃辣。"

"是……我自己夹的？"明兰呆呆的，低头看了看刚吐出来的东西。她那么不清醒吗？

"还辣不？来，喝口水漱漱。"男人关怀备至地递茶盏，还走过去轻轻拍着她的背。

明兰双手捧着他的腕子，就着他的手喝水，抬头甜甜笑着，很感动："多谢了，你真好。"

顾廷烨露出雪白的牙齿，幽深的眸子发亮，低头重重咬了她被辣激得殷红的唇瓣，抬起头，笑得气荡山河，似乎平白年轻了几岁。

门边服侍的夏荷和秦桑面面相觑，然后老实地低下头。

颐宁宫那场酣战后，某位龙套狠狠地推动了剧情发展。沈国舅没想到的事叫他妹子想到了，不过，灵感的大门一开，帝后也忽然意识到，机会来了。

送顾廷烨出门，明兰有一搭没一搭地听几个管事婆子回事：两府之间的赘墙已拆完了，只待木料和砖瓦运到便可起筑了；月钱发下去了，几笔账有些差；棉料布帛已买，采买上的请明兰去抽看货品，针线上的说，明日就可开工给府里做冬衣了；外头工地的伙房来报账；还有例行来要对牌的，拉拉杂杂一大堆，明兰耐着性子一一处置了。

转眼一瞥，却见丹橘正坐在窗边对账，这些年她算盘越打越利索，几笔账目须臾就对完。

廖勇媳妇人头熟，已为丹橘物色了些可堪婚配的好后生，现也有了眉目：有家境殷实的小富之家，有田产丰足的庄户人家，也有府里的管事给儿子来说亲的，都是嫁过去就有人服侍；待过了年，外头的掌柜也会上京齐聚，到时候瞧瞧可有年轻有为的，或有上进儿子的。

明兰想得头疼，便欲问丹橘几句个人意见，她却羞得满面通红，扭头就走。逮住了好生逼问，她当场就恼了，赌气不肯理人。

"是夫人不对，哪有叫姑娘家的自己发话议论女婿和亲事的。"崔妈妈笑道。

明兰皱着嫩生生的脸颊："说一下也无妨吧，不然我怎晓得她喜欢哪样的？斯文的、爽气的、沉稳踏实的，还是能说笑会体贴人的？这可是一辈子的事儿，她害什么臊呀！"

要是婚后性格不合怎么办？呃……会不会是她想太多了。

"当初老太太也是这般忙着替下头人操心，夫人如今学了个十成，这府里的底下人可是有福气了。"崔妈妈目光温柔，瞧着明兰越发慈爱。明兰没经验，就怕误了丹橘，便请崔妈妈帮着相看筹划。从她给自家几个侄女找的亲事来看，还是很靠谱的。

"夫人放心，她和小桃是我看大的，夫人又有嘱托，老婆子自晓得。"崔妈妈道。

崔妈妈退出去后，明兰歪在湘妃榻上，用手持诗集的姿势拿着一卷账册，凝着眉头发愣。要说还是秦桑最省心省力，前阵子她家里人大老远地从乡下来了，央求管事给明兰递话，说秦桑年岁到了，该嫁了，求主子开恩，想把闺女赎出去。明兰很爽快地叫人进来见。

秦桑的父母和长兄看着都是厚道人，穿戴朴素干净。他们战战兢兢地走进屋里，一见了明兰就跪地磕头，痛哭流涕，倒把明兰吓了一跳。

明兰问他们给女儿找的什么人家，得知人品家境无碍，略微放心。

"……老天爷开眼，遇上了贵人，好吃好穿的，还让读书认字。"秦桑的娘被太阳晒得红黑发皱的面孔，满是卑微的感激，质朴纯良，"夫人和盛家老太太的大恩大德，我们家这辈子都记得，下辈子结草衔环也得报答。"

当初卖了女儿实是没有法子，骨肉分离，也不知女儿会落到哪里，有什么遭遇，一家人心里就跟油煎一般难熬。秦桑的父兄都是老实巴交的庄稼汉子，不大会说话，就一边哭一边磕头，好说歹说才肯起来，缩手缩脚地站到一边。

当明兰说不用赎身银子时，这家三口又哗啦啦地一齐跪下，感激得涕泪交加，连声道谢，磕头如捣蒜。明兰这辈子都没被人磕这么多头过，只觉得头皮发麻，又说了两句家常，赶紧叫人领他们下去跟女儿说话了。既得了明兰的话，秦桑家人便千恩万谢地先回去，放心准备秦桑的闺房，筹备婚事，待明年中来接秦桑，就差不多了。

"也不知给寻的人家，到底人品如何。"明兰把脑袋搁在榻枕上，自言自语着。

绿枝正捧着两只刚被日头晒得喷香的迎枕进来，听了这话，笑道："夫人甭多忧心了，您出阁前不是放秦桑回乡探亲吗？人家早叫老子娘陪着，自己去相看过了。"

明兰微惊："秦桑已自己瞧过了？"

"谁说不是！"绿枝将暖乎软胖的迎枕塞到明兰腰下，笑道，"那头是村里的大户，全家都是厚道人，田多佃户也多，那人长得也俊。"

"死丫头，跟你们就肯说，在我跟前就跟闭嘴的老蚌似的！"明兰略略放心，随即又轻声道，"……也不知人家会否嫌弃她做丫头的。"稚龄卖身，在京城近十年，父母兄弟反倒不熟了，嫁得也不甚清楚，有点什么，明兰也鞭长莫及。

绿枝笑着惊呼："夫人说什么呢。知道她是京城官宦人家小姐的贴身丫头来的，如今又随着进侯府做大丫头，再瞧咱们秦桑通身的气派举止，人又不拿张做乔，只老实和气，他们都喜欢得跟什么似的。还嫌弃？您当是外院那起子酸书生呢！"

明兰瞋了她一眼，知她暗指的是谁。绿枝这丫头爽利能干，人也正派，就是欠些宽厚，一张嘴不饶人；偏生若眉也是个不肯罢休的，两人见天地使气，又怕主子生气训斥，从不敢明着斗嘴，只暗暗较劲，还矢口否认两人之间有矛盾，就跟小孩子似的，叫人好气又好笑。

最近脑袋越来越不好使了，明明大清早的才起床没多久，这就又犯起困来，明兰耷拉着脑袋，在榻上眯过去了。绿枝正低头收拾，才发觉说着说着就没声响了，一抬头，见了这情形，暗笑着替明兰把薄被掖实了，才轻手轻脚地出去。

这一觉，睡得浑身酸软，黑甜乡里一望无际，直至巳时中，才略略醒过神来，恰好丹橘掀门帘进来，笑吟吟道："有客来了，夫人赶紧起吧。"

"咱们刚从宫里出来，因守着规矩怕出错，一动不敢多动，到你这儿来讨杯茶吃。"小沈氏双颊风韵，朗然而笑，声如银铃般清脆年少。

水榭里摆上了满桌的茶果点心，此时正值秋高气爽，池面上水光潋滟，池边种着几棵从西山移来的红叶树，微有风飘过，疏朗地落下几片殷红，或缀在黄绿干爽的草地上，或漂在碧水波动的水面上，当真风送神怡。

"你还守规矩？不敢多动？"一旁坐着剥橘子的耿夫人瞪眼道，"你自小到大，不计爬山丘还是滚泥塘，皇后娘娘连根指头都舍不得动你，你还好意思这般说！"

小沈氏笑得开心，挤弄着秀眉："今儿不是太后也在嘛，要是单皇后在，你会把脸憋成这个色儿？我姐姐多仁厚宽和的人，什么时候拘束过你们？"转头朝向明兰，笑道："因站了一个多时辰，我瞧她们一个个又累又乏，便提议到你这儿来歇个脚。怎么样，可别不乐意哟。"

明兰闻言，苦笑着："蒙郑二奶奶您青眼有加，瞧得上寒舍，实是蓬荜生辉，您尽管来，千万别'客气'。"小沈氏也不答话，只笑呵呵地得意。

水榭里人影走动，七八个丫头端热水、投帕子。

段夫人从小丫头手中接过条温热的帕子递给耿夫人，眉目慈善温柔："赶紧揩下脖颈吧，就你汗多，脂粉都糊了，叫人瞧了笑话，不如索性洗把脸。"

"这可多谢了，不如你也洗下吧。"耿夫人大方地接过帕子，揾了揾肩颈，叫丫鬟围了条巾子在胸前，又有旁的丫鬟端着镜子和水盆，小心地给她洗脸上妆。

段夫人想了下，豁达道："也成。"便也坐弯了腰，低头叫人服侍着洗了。

一旁的钟夫人瞧一众丫鬟服侍妥当，恭敬得体，动作熟练轻柔，行动间不闻声响，只听得衣裳窸窣摆动，她一边用湿帕子揾着自己的额头，一边转头对着明兰道："上回来你这儿我就想说了，你这儿便是个使唤丫头也比我屋里的贴身丫头强。"她的目光掠过一个个低眉顺眼的女孩儿，细长脸上露出微笑，"模样好，人才好，规矩更好。"

明兰轻嗔一下，故作很受用的样子，笑道："钟家姐姐嘴真甜，说得人心里舒坦极了。我这儿有几篓山里刚送来的鲜笋，回头姐姐带些回去尝尝。"

钟夫人失笑，还不待说话，小沈氏便抢话道："好你个耳根子软的，人家一说好话，你就乐开了花，咱们几个嘴笨的，就没份儿了？"

"有有有，见者有份，这还不成吗？"明兰连忙摆手讨饶，一副遭了打劫的样儿。小沈氏和钟夫人一齐笑了起来。

耿夫人已洗好了脸，正侧头叫人戴钗环钏链，好容易嘴巴腾出空来，赶紧道："前阵子呀，我又寻了几个人牙子，说要这样那样的好丫头，倒闹了个大笑话！人家说了，正经大户人家的上等丫头都是自小调教的，一路瞧着人品德行，几年后才挑上来给小爷小姐们用的。唉……只盼能寻几个厉害的、懂规矩的教养婆子来慢慢调教了。"

听她说得有趣，众人一齐大笑，小沈氏尤其乐，扒着椅子扶手不住抖动肩膀。段夫人忍了笑，打趣道："这还用寻吗？你自己便是那最最厉害的泼皮！"

段成潜夫妇俱出身蜀中名门，虽是旁支，但该受的教养、该懂的规矩也一应俱全，这回随夫婿上京，夫家和娘家族里的亲长送了好些得用的家人，才致顺当。

笑了半晌，耿夫人又皱起眉头，叹道："到这京里来，旁的没什么，只觉着不好周转，我便四处买人手。可那大的、聪明的，太有心眼；老实的又太笨；小的嘛，压根儿不好使唤。京城有京城的规矩，上回宴客，不是这儿出错，就是那儿不得劲，险些闹了笑话。"

"怕是妹子你眼光忒高了，一个月就买进卖出丫头五六回，哪这么难的？虽不很好，但凑合着也成了。"钟夫人垂眼看着湖面，细声细气道。

耿夫人嘴一撇，哼哼着："难不成叫那心机重的、不省心的狐媚子教坏了老少爷们？"

"男人家三妻四妾是常理，妹子都是快讨儿媳妇的年纪了，还这般想不开呢。"钟夫人半真半假地笑着。

话说钟将军和老耿同志素是情同手足，义气甚笃，各自成婚后，钟大有便瞧不得好兄弟被婆娘吃得死脱的衰相，连带着钟夫人也常在耿夫人面前刺上两句。

"好啦，好啦，你们又来了！"眼看着耿夫人又要发脾气，段夫人赶紧来打圆场，"婆娘端什么菜盘子，还不得汉子肯吃这一套呀。各家有各家的活法，都少说两句！"

这个话题有代沟，未生育的年轻媳妇不好插嘴，明兰和小沈氏不约而同地用茶碗遮住面孔，低头默默吃茶。明兰装了半天尿，才想起今日自己做主人，不能光装傻，便清了清嗓子，岔开话题："你们这次进宫谢恩，怎这么久？"

上回她去谢恩也不过半个时辰就完事了，这还包括了中场休息和插播广告。

谢恩是有定例的，除了一年中的大型庆典，平日不能一大伙人拥着进宫的，有碍宫廷肃静，得分批次来。作为新出炉的一品夫人，又受了额外的御赐节礼，明兰得以在第一批进宫，幸福地沐浴皇恩，顺带在一幕肥皂剧中客串了把龙套。

本来第二日就该接着召见的，不过……呃，发生了，一点小小的意外。

"还能有什么缘故！这几日颐宁宫的那位不痛快了呗。"耿夫人性子粗直，口快道，"上头是娘娘们僵持着，咱们哪敢动弹，一站便是半晌。"

钟夫人斯文地吹着茶叶："耿家妹子，慎言。"

"慎什么慎！出宫门时，你脸拉得比车头拴的那马的脸还长！"耿夫人冷哼着。

钟夫人面孔涨红，段夫人连连咳嗽。

明兰几乎要叹气了，转头朝小沈氏道："事儿到底如何了？我这几日没出门，什么都不晓得……方便说吗？"最后一句特意转小声。

小沈氏最近正是心情愉悦，闻言，便豪气道："有什么不好说的，今日一早皇上已下旨，什么都定下了，宫里放两千宫人。"

"这可是好事，利国利民。"明兰欣然而笑。宫掖空了一半，大约可省不少开销。

段夫人轻轻点头，语气温和："的确是好事。那些低等宫女，空等年华老去，终身也没个着落，有家人能投奔的还好，可大多还是老来可怜。皇上英明，太后和皇后也仁和宽宏，真是天佑人和，国家社稷之福。"

"可这回放出去的不光是低等宫人哪。"耿夫人压低声音，目光兴奋得发亮。

明兰笑得露出两颗白生生的可爱小牙齿："那是自然，光低品级的宫女哪能凑足两千，若是真如此，那宫里的粗活岂不没人干了？"正常合理的裁员方式，应该是各等级都裁一点。

钟夫人忍不住笑了，她叫明兰的笑脸闪了眼。这种孩子气狡黠的笑法，她常在自家五岁的小闺女脸上瞧见，便笑道："皇后娘娘说了，如今用兵修河，处处要用钱，不但宫掖人手要少，各宫主位也得省减些。自帝后以下至嫔妃，还有皇子公主，都只留下定数的宫女，其余俱要遣散。当然，两宫太后也如此。"

"可是……颐宁宫里的宫女宦官不是最……"明兰有些蒙，心里一动。作为老资格的宫廷大佬，圣德太后身边的人远比新出炉的圣安太后和帝后多得多。

"谁说不是呀。"耿夫人语气中充满了幸灾乐祸。

"太后……答应了？"明兰惊疑不定，怯生生地问。

"听说朝堂上争执了几日。"段夫人柔声道,"可如今国库空虚,一边清查银子还没个眉目,皇上都愿意自行削减宫中用度,有几个人敢出声反驳?何况两宫太后能留下的人数已是最多了,比皇上都多呢。"

明兰心头敞亮,久久不能说话,僵在那里。皇帝这招可真狠哪。

水榭里安静了半晌,才听见小沈氏开口。

"颐宁宫里这几日热闹得紧,有几位美人儿特别恋着主子,哭着喊着不愿离宫,正要死要活呢。"她的声音轻快得好像要飞出去了,"今早内务府持着圣旨去颐宁宫领人,哦,头里的就是那两位千娇百媚的——"她愉快地拖长声,"可那日太后不是说了嘛,'岁数不小了',不好耽误了她们,这下可遂了心愿咯。"

水榭里再次安静下来。又过了半晌,明兰幽幽道:"也不知她们会嫁给谁。"今天,她怎么老是烦心这个问题。

耿夫人对于任何有志于做妾的女子都极端愤慨,当下便冷笑道:"过日子还能有什么,干活,生娃娃,家里家外操持,哪个女人不是这么过来的?只要肯好好过日子,别起歪心眼,自能平安顺泰,能排上号娶宫中女子的,也差不到哪里去。否则,哼哼……"

这声"哼哼"极具威力,大约是违反《婚姻法》中关于禁止家庭暴力条例的内容。

话说,待真到了千里迢迢以外的北疆,一个小小兵头的妻子,也折腾不出什么结果来。若是安心过日子的平凡妇人,那反而是好事;若是那些以物质衡量幸福、以纵横权贵为己任的奇女子,那就难说了。更何况……明兰迅速瞥了眼小沈氏。一旦出来了,那几位特定女子的婚事,怕由不得宫里说话了。

段夫人笑着又扯了些家长里短的话题,气氛又圆融了。又说了会子话,明兰留她们用午饭,笑道:"今儿侯爷说了不回来,摆一桌好菜,还有山里野味,索性咱们吃些酒吧。"

邀请很诚恳,谁知道她们都婉拒了。

"不成,不成。"段夫人连连摆手,笑得开怀,"知道你这儿菜好,可今儿下午有事,我得回去。"钟夫人笑道:"正是。今儿刚进宫,家里都等着听消息呢,得回去。"耿夫人也道:"下回吧,待你这儿园子修好了,咱们说个日子,吃点儿酒聚聚。"

明兰笑了笑,转头看向小沈氏,嗔笑道:"那你呢?你可没一家子老少要照管呢!"

谁知小沈氏也摇头摆手，重重叹道："我得去紫烟斋，我那小侄女要进闺学了，说好了陪嫂子去瞧闺阁女孩用的文房四宝，我特意预先订了套青玉的。"

"哟，好可心的弟媳妇呀。"段夫人打趣道，"郑家算是娶着贤媳了。"

小沈氏面色发红，不好意思道："长嫂如母嘛。"

她最抑郁无语的地方在于，婆母体弱和蔼，一点儿不难伺候，却有个全京城数一数二恪守礼法的大嫂，寡言肃穆，年岁又长。亲朋中无不敬重郑大夫人端庄贤良，她一个严厉的眼神过来，小沈氏比见了皇帝还怕。

明兰亲送众人出门，最后满怀同情地和小沈氏告别："你知道我是最急懒的，不爱出门，你若闷了，便来寻我说话吧。"

"废话，你这懒鬼，三回来找你，有两回你是从床上爬起来的。"

小沈氏心中感动。她从偏僻地方而来，无论习惯、口音还是规矩礼数，一时还难以融入京中的贵妇圈子，在别人面前得端着，怕招人笑话，偏在明兰面前能放松。

明兰瞬间收回同情："胡说，那只是湘妃榻！"

小沈氏没来得及回问一句"有差别吗"，便叫板着脸的明兰推进马车了。

因多少受了些刺激，用过午饭后，明兰也觉得不好太懒了，便不紧着睡午觉，叫人去唤蓉姐儿过来，她要查功课。兴冲冲地摆足了架势，谁知蓉姐儿期期艾艾的，竟一问三不知。

问她书本上的字句，她答不出也就罢了，最离谱的是，连二十四孝也答不出来，结结巴巴地胡乱编了几个，总算凑足了三分之一。不是有"尝粪忧心"嘛，她就编了个"尝屎烦恼"；有个"埋儿奉母"，她就编了个"宰女吃肉"。

明兰险些绝倒。没了娴姐儿在旁督促激励，蓉姐儿的功课再度迅速滑落。

"……兴许真有这些子事呢。"蓉姐儿脸色惴惴，小小声地辩解，"只是没流传出来罢了。"

明兰无力地看着小女孩，全无睡意。好吧，也不能全怪孩子。

她早发现巩红绡肚子里的墨水实在不多，不但教学枯燥，还学问有限，经不住提问，这也就罢了，有时居然还说错，想来她就算童年学过些字，这会儿也没剩下多少了。如此，学生既缺乏对老师人品的敬重，又没有对老师学问的佩服，教学自然失败。

其实，明兰自己倒能胜任。闺阁女子该学的全套《女四书》《女则》，还有

《节妇传》《烈女赋》等一大堆封建毒草，她都认真学过，还有庄先生的旁听课，她更是获益匪浅。

教个把小丫头，那是绰绰有余。不过，她不愿意。

相处越长，明兰越发觉得蓉姐儿生性似其父，野性又倔强，充满了挑战既定规则的蓬勃兴趣，还满肚子歪理。前日，她跟蓉姐儿说《女论语》中"日高三丈，犹未离床"一章，这小丫头居然立刻用兴味的目光注视着自己。

明兰一阵尴尬，费了好大力气，才跟她说明关于"活学活用"的重要性。

上辈子的姚依依常打交道的大多是缺心眼的受害者和心机深重的被告，严重缺乏跟孩子的相处经验，这会儿就是她自己生了孩子，怕也不知该如何教养，何况这位非婚生子女乎？

思绪转了半天，纠结再纠结，加之适才听到的些许信息，为了自己的用脑卫生和精神健康，也为了小孩子完善人格的全面成长，明兰决定还是让专业人士来处理这个问题。

"这样吧，"明兰长长出了一口气，"你去上学吧。"

蓉姐儿眨巴眨巴黑亮的大眼睛，纯朴天真，如野生小动物一般未经雕琢。

第四十回 · 好事将近

　　想定了这桩，明兰陡然心头一松，当即笑眯眯地叫蓉姐儿回去。送子女上学，不过是报名、交钱两项。不过，在这满是繁文缛节的破地方，还得添上各种啰唆。

　　当日晚饭桌上，明兰便对丫头的爹说起这事。她周全罗列了五大章十二小节的腹稿，预备从"青少年需要同龄人环境来圆磨人格"等四个方面、六个层次全方位、不同角度向顾廷烨阐述送蓉姐儿上学的重要性，谁知开题报告刚起了个头，顾廷烨就用轻飘飘的五个字打发了她。

　　"你看着办吧。"

　　男人优雅地擦拭了下嘴角，漱口，净手，然后抬手摸了摸明兰最近丰腴了许多的脸蛋，眼睛满意地弯出个好看的弧度："你接着吃，我去议事。"然后温柔地笑了笑，拂起袍服，转身阔步去外书房了。

　　在顾廷烨看来，此事绝对是"知人善用，用人不疑"的典范，不过，在明兰眼中，这显然是不负责任的恶劣行径（怎么，老娘不受宠，女儿就不亲了？）。大约是秋干气燥，明兰莫名窝了半肚子的火，当夜就寝时，便转了个背脊朝着丈夫。毫不知情的顾廷烨半夜才归，很随遇而安地搂着她的腰，贴着她的背。她肌肤滑腻柔皙，背形娇小优美，他拿下巴蹭了蹭，触感很是适意，顺嘴便啃了几口，随即睡去，倒也好眠。

　　次日一早，丹橘惊愕地在明兰肩背上发现几圈整齐的牙印，有条不紊地排成军伍列队状，她立刻去看妆台上的镜子，很想当场告状一番，可又想起房妈妈的告诫，便狠狠咽下这口气，咬牙服侍明兰着衣。

　　明兰并未察觉，只觉着今儿里衣怎有些微微刺背，也不以为意。用过早饭后，瞧外面的日头甚好，觉得天公作美，便喜滋滋地吩咐丹橘去库房寻几色上好的皮子，另四色时令礼盒，叫门房套车出行了。

晚秋的日头并不烈，暖洋洋的，直叫人发困，明兰在险些又在马车里睡过去之前，总算到了莲藕胡同中后段的郑家。小沈氏刚做了两手针线，正闲得发慌，乍闻明兰来了，便高兴地行至院前来迎："今儿日头打西边出来了？你居然肯来瞧我。"

明兰只好打破她的幻想，呵呵道："日头还是东边来的，我有事来寻你大嫂子。"

小沈氏大惊失色："你来找我嫂子？！"

她的表情和声音都充分说明了郑大夫人的凶猛程度。

她们还待说两句，从后头疾步过来一个婆子，口齿清楚地道："请二太太安。大太太听得宁远侯夫人来了，已在厅上置了茶果，请夫人和二太太过去呢。"

小沈氏只好按下疑问，挽着明兰的胳膊往里走。明兰趁机连忙在她耳旁道："前几日你不还是'二奶奶'吗？怎么这会儿升了一级？"小沈氏侧头，低声答道："我大侄子正说着亲呢，这家快有新媳妇了。"

走得几步，到了门前，只见郑大夫人端身而立，明兰见这副严肃的神情，也有些发怵，忙堆出满脸笑容，上前福了福。郑大夫人也含蓄地回了礼。双方寒暄后，便坐下了。

长嫂在侧，小沈氏一本正经，不敢嬉笑，只拿一双眼睛不住地跟明兰打眼色。顾、郑两家原也非相熟，没说几句，就无话可说了。郑大夫人静静端坐，既不问明兰为何而来，也不说让明兰和小沈氏自去逛，场面便有些发冷。

明兰也不慌张，有跟长兄长柏打交道的经验，她心知这种沉默肃穆的人大多内秀，话虽不多，但心明眼亮，与其绕弯子，不如单刀直入。深吸一口气，她开口道："实不相瞒，今日明兰上门，实是有事相求。"

郑大夫人眉毛也不动一下，不言语地放下茶盏，注视着明兰。

明兰努力把语气放诚恳，继续道："我膝下有一女，今年八岁，虽天真纯然，却不通文墨，更不晓人情世故，我想着，不好就这么耽误了教养，总得调教下才好。昨日听几位姐姐来家聊起，无意听了一耳朵，得知令爱也要上闺学，是以明兰动了个心思，想叫我那丫头也去上学，这里请夫人帮着些了。"

一番话说完，小沈氏先吃了一惊，什么"膝下有女"？明兰进门不足一年，就是先头那原配也不过是三四年前的事，这八岁女孩自是庶出。想到顾廷烨婚前就有女儿，她不免心头鄙夷，忍着没有撇嘴，但没想到明兰居然会因此事来求自家嫂子。

那边厢，郑大夫人也是心头微惊，不过面色未变，只道："宁远侯府乃开国宿族，何等体面煊赫，我如何敢班门弄斧，贵府为何不自请一位女先生？"

明兰就知有此一问，当下便答道："夫人有所不知，我家里现今总共两个女孩，除了我家那丫头，便是大嫂房里的侄女。一来，只为两个丫头便兴师动众，未免不好；二来嘛……"她微笑了下，"说实在的，我年纪轻，人头又不熟，哪里知道德行高、才学好的女先生，就是知道了，怕也请不到。"

郑大夫人嘴角挑起一丝不以为然，淡淡道："居家过日子，还是人丁兴旺些好，早知今日，当日又何必急着分家呢？"

明兰心头咯噔一下，却片刻不曾迟疑，声如清玉："人丁兴旺自是好的，可也要人心齐整才成，否则不过是一庙念经，各自道场罢了。"

"顾侯夫人好言辞。"郑大夫人面色淡漠，依旧未有什么波动，"早听闻夫人词锋凌厉，今日一叙，果然名不虚传，怪道连贵府太夫人也不得不避尔锋芒了。"

明兰胸口一阵气愤翻腾。她就知道那老白花这二十年的名头不是白来的，这些日子定然没少在外作秀。她竭力压制怒气，过了须臾，才平静了声气："夫人，你我虽不相熟，但我素敬重夫人为人，我想，能叫夫人放心将闺女托付的闺学，必然是绝好的，这才动了偷懒的心思，厚着脸皮上门，想叫家中孩子借夫人的光，此乃其一。"

千穿万穿，马屁不穿，果然，这话说了后，郑大夫人脸色微微一霁，看着和缓了些许。下面的话才是要紧。明兰接着道："至于夫人所闻之事……"她放缓了呼吸，抬头对上郑大夫人的眼睛，"明兰幼时随祖母礼佛，笃信因果循环。人生一世，敢做，就该敢当。不论是谁行差踏错，人间黄泉，必有一处该得报应，谁也别喊冤。明兰敢当此言！"

屋里落针可闻，小沈氏连呼吸都放轻了，这话说得云山雾罩，但她好歹听懂了。

郑大夫人看着明兰，过了片刻，她才放柔了唇角，这是今日明兰见到她的第一个表情。

"何不闻以德报怨？"

明兰声音很轻，但目色坚定："若都以德报怨，何以报德？以直报直，以德报德，方知人间终有善恶。"

郑大夫人微微叹息，不再说话，但神情已与刚才的淡漠两样了。

明兰蹙起眉头，缓缓道："还有那丫头，有些事我的确是可为可不为，叶尖落下的一滴水，于人，不过渺渺；于蚁，却是倾盆甘露。有些人的抬手之举，兴许就变了旁人的运数。明兰也非如何慈德，无非做该做之事，求一心安罢了。"

蓉姐儿若是生性温顺，也许她就不用那么烦了，好好教养，回头找个好人家就是了，可偏偏她野性倔强，一个弄不好，容易入了歧途。

郑大夫人一瞬不瞬地盯着她，却见明兰语音诚挚，眸光坦然，那犹如万年冰山一般的面孔，终于有融化的迹象。过了一会儿，她温和道："都说你的学问极好，怎不自己教孩子呢？"

明兰见她脸色，已知事可成矣，便笑得调皮："夫人，您的学问难道不好？"小沈氏曾说过，她那活阎王般的大嫂在未嫁前，也是极有才名的。

郑大夫人终于笑开了，知道明兰的顾虑，这种不是一味的好嫡母反倒真实可信。

她无可奈何地摇了摇头："罢了，罢了，这事就包我身上，那闺学就在我家大伯府邸后头，主讲学的是我大堂嫂的嫡亲妹子，原曾在浔阳老家办过闺学。"

"浔阳？"明兰眼睛一亮，"可是人称'薛大家'的那位？"

郑大夫人微笑道："正是她。"

这位薛大家曾是名动京师的才女，年少守寡后，因不屑夫家亲属的嘴脸，又不愿叫人说闲话，也不肯回娘家，便带着儿子独自撑起家门，办闺学，理家务。

她教女孩子，并不一味讲书中春秋，凡医理、星象、理财、管家、律法，甚至人情世故，都有所涉及。一来二去地，倒在浔阳弄得有声有色，小有名气。

直到几年前，她儿子得了官，娶了妻，她才封了闺学，在家享福。顺便说一句，她现在的儿媳就是她当年的一位得意弟子，因是自己手把手教出来的，是以婆媳极为和睦。

在盛家时，明兰曾听老太太提到过这位女子，极是赞誉。

小沈氏闷了半天，终于有她发挥的地方，见大嫂子情绪转好，便来补充信息，笑嘻嘻道："她本在浔阳，不过儿子这任外放得远，怕他娘舟车劳顿，便不让跟随，薛大家不忍叫儿子夫妻分离，索性叫儿媳也跟着去了。我大堂伯家女孩众多，正缺人调教，大堂嫂见了这机缘，连忙请了她上京，姊妹间照看着，也好叫薛家大爷放心。还有琴韵师傅、女红师傅呢。"

明兰欣喜，拊掌而笑："这可真是天大的运气，明兰这里多谢夫人了。"她又想起一事，打蛇随棍上，"我家还有个侄女儿，不知可否也一道呢？"

古代资讯不发达，好老师的名声需要口口相传，连庄先生都那么难请到，何况更偏僻冷门十倍的女先生，更是难得。

郑大夫人莞尔："顶多再一个，多了怕要累着薛夫人的。"

"多谢，多谢，我回去就与我家大嫂子说，她定然高兴。"明兰笑得好似孩子般兴奋。

接下来气氛和悦，三人又说笑了会儿，明兰告辞出来。小沈氏出来相送，路上佯嗔道："好你个顾盛氏，够胆色呀，连我大嫂都叫你糊弄过去了！"

出来这么半天，明兰实是累了，有气无力道："你大嫂若不是心里明白，我便是磨破嘴皮子也是无用的。唉……有些事，你辩了不好，不辩也不好，真是头疼。"

小沈氏从兄长处多少知道些内情，真心道："你放心，众人的眼睛也不都是瞎的，随人怎么说。"明兰撇撇嘴："未必。"

上了马车后，丹橘赶紧把烘热的垫子放到明兰腰后，见明兰一脸疲惫，不由得心疼道："那郑家大夫人也是，怎如此说话？倒像是我们理亏似的。"

"这不奇怪。"明兰眯着眼睛，声息轻幽，似是自言自语，"我早想到了，今日终于寻着了机会……"

太夫人在外面做的事、说的话，她不是不知道，只是很难反击。

顾家世交中的女眷，大多已和太夫人建立了或深或浅的友情。人家几十年的情分了，你一个初来乍到的庶女居然做了侯夫人，眼红嘴酸的人怕也不在少数，人家凭什么信你、敬重你？

何况太夫人也没明着说什么，只需要做出一副委屈的模样，就很能博得同情了，加上她再把家事掐头去尾说上一点，就更容易引起误会了。

片面的事实也是事实，人家一句坏话都没说，明兰怎么反驳？再怎么样，继母也是长辈，在外头拼命辩解，反驳太夫人的话，只能让人觉得明兰是个不懂礼数的骄横之人。可又不能放着不管，真到了积毁销骨的时候，也是大祸。

所以说，这事难办。

与其想着去堵漏洞，不如另辟蹊径出击。明兰想了好半个月，才隐隐想到了郑大夫人，又不好平白上门去说，显得太有目的性、太做作，现下正好有了个机会。

首先，人家出身好，娘家、夫家都是名门望族；其次，人家的品格德行满京城有口皆碑；再次，这位女士个性特别，素不爱多言闲聊，能与她为友的寥寥无几。如果这样著名的一个京城贵妇承认了她，那明兰岂不事半功倍？

最最重要的是，两家立场一致，郑大夫人又头脑清楚，通过种种渠道，她可以获得一些顾府内情，很有说服的可能性。

今日初战告捷，明兰心头大定。这世上，不是只有会说好听话，会热络卖熟，动不动姐妹相称才是交际手段。以后，她会有自己的圈子，会有越来越多替她说话的朋友。

不给她好好介绍相熟的交际圈子？没关系，不稀罕。她自有双脚，一步一步踏实向前，自己走出一条路来就是了。

马车微微摇晃，她合了眼皮，困顿得又快睡着了。

临迷糊前，她忽想到，说她是只爱睡觉的大懒虫，真是太冤了，薪水丰厚，她也不是老睡觉不干活儿。工作要劳逸结合，天天心思缜密、满腹算计，会早死的啦。

在车上打了个盹犹自不足，回府后料理了几件家事，又于午饭后饱饱地睡了快一个时辰，明兰这才打起精神来，去了邵氏处，将这件事团团地说了一遍。

"……我听是薛大家来教，想着难得，便想起了娴姐儿，嫂子觉着如何？"

邵氏听了，先是一愣，一旁伴着的娴姐儿先喜了起来，小脸蛋跃跃兴然。邵氏瞧女儿这模样，当下心中一软。自丈夫过世后，四房、五房又相继搬走，除了野性子的蓉姐儿，府里再无姊妹，女儿平素只陪着自己，多有寂寥，未免孤独了些，日子久了却是不好。

她思索片刻后，疑虑道："能得薛大家点拨，这也是造化，烦劳她婶子费心了，时时惦记着我们。只是……"

娴姐儿高高吊起了一颗心，紧紧盯着邵氏，只听她母亲继续道："先不说到人家府里多有不便，她们俩是姑娘家，出门一趟要多少周严看护、出行车马、随行仆役等许多事项，要烦劳差遣多少妈妈和管事，这兴师动众的，怎好意思……"没有额外的赏银，哪里差得动。

话未说完，明兰已明白她的意思，便笑道："大嫂子，不妨事的。女孩们又不去考状元，闺学本就不如正经塾里，每旬只读五日，到时叫娴姐儿去我那儿，和蓉姐儿一道坐车出门便是。一应随行的侍卫家丁，还有粗使婆子、仆役，都是现成的，大嫂子只消叫带上两个丫头妈妈便了，既不兴师动众，又灵便轻省，岂不甚好？"

邵氏矜持着："这……"娴姐儿满脸祈求，轻声叫道："娘。"

她母亲转头看了眼女儿，只好道："这可是极好的。娴儿，还不谢谢你婶子？"

娴姐儿散开眉头，满脸笑容，小兔子般雀跃，高高兴兴地给明兰行礼道谢。

"给弟妹添麻烦了。"邵氏又谢了一遍。

明兰朗然摆手道："说什么麻烦。也是蓉姐儿不省心，若似娴姐儿这般乖巧知礼，哪用得着去外头寻女先生。蓉姐儿是个野马性子，说起来还得烦娴姐儿在外头多看着些呢。"

邵氏笑道："小姊妹间互相照拂，本是应该的。"

妯娌俩又说了几句，便携手去了萱草园。穿过明堂，走进里屋，却见太夫人和三太太朱氏不知在聊什么，两人正说得高兴。她们见明兰和邵氏来了，便停了说笑。明兰心头一动。

给太夫人请了安后，明兰随口笑问道："不知太夫人和弟妹说什么呢，这般高兴。"

"没什么了不得的，今儿天气好，你弟妹与我说个笑话解闷。"太夫人神色畅快，朱氏挺着大肚子笑笑没说话，明兰也不再多问。

太夫人亲切道："你们俩瞧着也高兴，可有什么喜事？"

邵氏心里高兴，便将事说了。太夫人眉头微动，瞥了眼明兰，也不说好还是不好。邵氏不免熄了适才的欢欣，微微垂下了头。三太太朱氏更是从始至终不曾发表意见，只是微笑和气地听众人说话。

太夫人轻轻开合着手上的珐琅鼻烟匣子，淡淡道："还是老二媳妇能耐，这才进门多久，便有了这般面子，连郑将军夫人也能说动。"

明兰当作什么也听不懂，温文地笑着："您抬举媳妇了，这都是咱家的面子。"

"不过……"太夫人皱起眉头，她早习惯明兰装傻了，只得把话说得明白些，"到底是忠敬侯府自家的闺学，咱们外头人这么横插一杠子，未免不妥。"

"太夫人有所不知，"明兰笑着解释，"郑家四位姐儿，另有亲朋家的三四个，加上咱家两个，将军府的大夫人说了，这样不多不少正好。不说求学问，便是结交些名门贵女，也是好的。那几家都是门风严谨的好人家，女孩们知书达理，自小做个手帕交，以后大了也是姊妹般的缘分。"

太夫人心头便如一根针刺着一般，又淡声道："就怕孩子不懂事，在自己家里还罢了，到了外头丢人，可如何是好？"她说到"丢人"二字时，邵氏手中的帕子攥得紧了紧。

明兰眼尖瞥见了，转头微笑道："旁人也就罢了，咱们娴姐儿，我这做婶婶的却是可以打包票的，那性子、人品，都是一等一的，去了只会给家里添光彩。至于蓉姐儿嘛……"她掩口一笑，"终归如今还小，趁早学好了，便是无妨。不过……"

邵氏松开了眉头。

明兰说着说着，心中忽起了顽心，接着道："若太夫人到底觉着不妥，我这便去回绝郑家便是。"说完这句，她便盯着对方看，很坏心地期待着……

太夫人眉头皱得更厉害了。做嫡母的辛苦为庶女和亡父的侄女去托人奔路子，继祖母却阻止孩子求学，传出去不知有多难听。想到这里，她只得道："办都办了，便这么着吧。"

明兰弯弯嘴角，她本来也不是来征求意见的，若不是邵氏要来，单一个蓉姐儿她早就自己拿定主意了。这时见事态落定，三太太朱氏才站起来向两位嫂子道恭喜："……二嫂子热心，又有面子，母亲当高兴才是。"

不知这句话有什么深意，太夫人听了后，忽地嘴角露出微笑，似是自内心发出的高兴。明兰心头跳了跳，她不喜欢这种感觉。

各自回去后，邵氏眉头紧锁地走进里屋，一个三十岁上下的媳妇迎上来，扶着邵氏在炕床上坐下，服侍主子脱鞋，絮叨着："……咱们姑娘别提多高兴了，收拾了会儿笔墨纸砚，这会儿正练字呢。"正说着，见邵氏神色不豫，便轻声道，"夫人，怎么了？"

邵氏低声道："你要多提点娴儿，以后在外头读书，别只顾着自己，多照管着蓉姐儿些。"

那媳妇愣了愣，还是应了声。

想着想着，邵氏忽然悲从中来，伏倒在炕上，低声泣道："我可怜的孩儿，好端端的侯府嫡出大小姐，如今还要去讨好来历不明的野丫头！"

那媳妇大惊失色，连忙上前道："夫人怎么了？莫不是二夫人给你脸子瞧了？"

邵氏摇摇头："也不是。她待我倒客气……"她似堵了咽喉，"她瞧着孩子气，却是不简单的，太夫人何等样人，在她跟前半点便宜也讨不着，我又哪里得罪她了？"

"那夫人到底为何？这是好事呀。"那媳妇不明所以。

"当初大爷在世时，因要照顾他的身子，我不好出去应酬，如今守了寡，更不便出去交际。我只怨自己没用，要人面，没人面；要路子，没路子。"邵氏忍着泣声。

那媳妇安慰道："您想多了。夫人的身份在，便是不出门结交，难道旁人还能轻视了夫人不成？"

邵氏摇头，翻身坐起，喃喃道："……现下廷灿妹妹是在家待嫁，可她自小是何等风光，春日有赏花会，秋日有诗会，邀集各府要好的小姐，一呼百应，年年都有一番热闹。"

那媳妇沉默了。同样是顾府长房嫡出的大小姐，娴姐儿比顾廷灿着实差远了。

"可我的娴儿……娴儿，只能陪着我孤单单地熬日子。"邵氏哽咽了，"便连寻个先生，都得沾二房的光！以后还不知如何呢。"

那媳妇的眼角也沁出了泪水，强笑着劝道："夫人别老这么想。咱们孤寡过日子的，不是依仗这头，就是依仗那头。太夫人本就是和气的，如今瞧来，二夫人也是个好的，以后夫人和姑娘的日子必然不会难过的。"

她小心劝说着，邵氏渐渐止住了泣声。

"咱们姑娘心思透亮着呢，每回去澄园玩耍，都是眉开眼笑的，您可有瞧出她有半分不乐意？我瞧二夫人的神色，倒是极喜欢姑娘的。蓉姑娘虽野了些，却也是真心实意的。说到底，是咱们姑娘招人喜欢。"

这话说到邵氏心坎里去了。她破涕为笑，心头宽慰许多。

当晚，顾廷烨回府，明兰一边替他宽衣，一边道："……如此这般，总算娴姐儿也可去了。"

顾廷烨皱着眉头不说话，脸黑如煤球。明兰侧眼窥视他的脸色，猜度这家伙大约在腹诽，想他被顾廷煜欺负了那么多年，现在却得照顾他的女儿，真不知从何说起。

明兰赶紧结束这个话题，接着又说起了今日的疑惑："进门这些日子，太夫人素来端庄，我还从未见她这般高兴呢，也不知道是什么事。"

顾廷烨略略挑高一边的浓眉，默声冷笑了下，才道："这有何难猜？她有两个儿女，总共不过两件事。"

"哪两件？"明兰端起银耳汤，浅浅喝了口，试试冷烫。

"要么是我死了，三弟袭了这侯位。"男人把顾长的身躯倾在太师椅中。

明兰险些呛到，端着茶盅的手僵住，腕子停在半空中。她凝视着男人，上下打量了一番，缓缓道："阁下瞧来一时半刻死不了。"

顾廷烨懒洋洋地笑道："余下，便是廷灿的婚事了。"

明兰把滚烫的银耳汤盅放在桌上凉着，心念一转，钦佩道："看来是七妹妹的婚事有眉目了。"剩女能出嫁总是好事，那么冷傲清高的女子，不知哪家有福气消受去，大热天都无须用冰了，阿弥陀佛。

一转眼，她见顾廷烨一副不置可否的样子，忍不住嗔笑道："你也是做哥哥的，怎么一点儿也不关心妹子的婚事？"

顾廷烨反唇笑道："你也是做嫂子的，也不见怎么关心。"

明兰苦笑着走到顾廷烨面前，叹道："我与她连整话都没说上两句，实不知从哪儿下嘴。"

顾廷烨顺手一抬臂膀，把明兰拉到自己腿上坐了，似笑非笑道："这可妙极，我与这妹子也没说上过两句整话。"

"这怎么可能？"明兰惊疑不定，到底十几年兄妹。

顾廷烨圈着她柔软的腰肢，揉着她颔下的软肉，神色淡淡地道："她自小性情高洁，目无下尘，自然厌恶瞧见我这声名狼藉的浪荡子。"

明兰默然，不知说什么好。这两兄妹差了快十岁，当顾廷灿懂事时，正是顾廷烨最年少冲动、桀骜不驯的时候，想来耳闻目睹了不少火爆场景。

顾廷烨仰头凝视虚空，脸上忽起一阵古怪神色，轻轻地自言自语道："也好，也好……"

"也好什么？"明兰呓语般道。她叫他揉得甚是舒服，双手环着男人浑厚的腰背，贴在他胸膛上，暖暖地又觉着困了。

顾廷烨低头，见明兰如只毛皮柔顺的小猫咪般蜷缩着身子，眯着纤长的眼线，晕红的脸颊散发着香味，似是快睡着了，肉嘟嘟的一团，手感倒很不错。

他掂掂胳膊上的分量，轻叹道："可真成大胖媳妇了……"

又过了旬余，便是开学之日。

这个在后世让多少学童鬼哭狼嚎、撕心裂肺的痛苦日子，但在生活封闭的古代小女孩看来，却新鲜得叫人雀跃。卯正的梆子还没敲响，小姊妹俩就一身簇新地来到嘉禧居院前。

一个着遍地绣嫩黄小竹枝花苞浅桃红洒金碎小袄，胸前一枚金灿灿的祥云金锁，九节曲环赤金璎珞共缀十二颗琉璃珠；另一个却穿暗青缂丝薄灰鼠皮子镶边的锦缎袄子，周身只佩戴些许素净精致的银饰，胸前一条细银链坠着块极名贵的羊脂白玉，通体温润剔透。

屋内静谧，窗台恰恰支开半格，吹进清晨落在庭院花草间的些许冷霜气息，东首桌案上摆着尊小巧的双麒麟护灵芝的紫玉香炉，炉口处袅袅吐着芬芳的香烟。

巩红绡和秋娘端正地立在一侧，听得东次间隐隐传出筷匙碗碟的声响，秋娘极力忍住侧头去张望的念头，垂首静默。巩红绡抬头望向明兰："夫人，不如先用饭吧。"

"不必。"明兰挥挥手，神色间有些未褪的疲倦，嗓音略沉哑。巩红绡只觉着一阵刺目刺耳，赶紧低下头。秋娘却魂不守舍，忍不住频频转头瞧往侧厢方向。

这时，丹橘领着两个小姑娘进了屋，双双行过礼后，正坐上首的明兰，直起腰身，端肃了神色，气沉丹田，开始说话。

"外头不比家里，一切言行俱要仔细谨慎，不可肆意妄为。须知你们姊妹在外头，便是我们顾家的门面，行止合宜，方是我们顾家的体统。凡事多听多看，少说少做，好好瞧人家的行事，心里要多些思量，跟几位师傅好好学些东西……"

她温言谆谆，两个小姑娘都郑重地点头应了。瞧她们一脸乖顺地承诺，明兰不由得大是欣慰，兼有一点陶醉。话说德行教化这活儿她做得极不顺手，她专业研究的是惩罚艺术，例如打人小板子、罚人月钱、关土牢之类，思想教育属于隔壁办公室政宣部的领域。

"崔妈妈已教过你规矩了，在外头不可发倔性子，要听先生的话，有什么好好说。"明兰板着脸，对着蓉姐儿叮咛，想了想又添了一句，"不成的回来与我说。"

蓉姐儿红着脸，用力点头，小声道："母亲放心，女儿知道了。"

明兰放了些心，又转头对娴姐儿柔声道："你是个好的，婶婶素来放心你，烦你多看着些，别叫蓉丫头在外头犯倔。"

娴姐儿甜甜而笑："婶婶放心，您的殷殷教诲，我们一定牢记。"

她的语气又爽朗又诚恳，叫明兰很是受用，却不防东侧次间传来一声轻轻的短哼，几不可闻。明兰发誓，她从这声音里听出了不满和嘲笑。今早，在顾廷烨半含酸的目光下，她强忍着瞌睡虫早起了一回，原因仅仅是她打算对甫新上路的学生做一番最后训导。

明兰想，自己说教的样子一定蛮傻的，便耐着脸红，头也不转，当作没听见。

"成了，你们这就出门吧，以后就不必特意来我这儿一趟了，大清早的，可怜见的，没得多睡会儿。"明兰满眼怜悯，清晨起床去读书是多么可怕的事呀。

东次间再次传出声音，一声清脆的箸落青瓷筷架声。明兰牙根发痒，竭力不转头。好吧，是她想多睡会儿，她满脑子都是睡懒觉，那又怎么样？

屋内众人皆无言语，只秋娘又往东边多看了好几眼。

瞧时辰差不多了，丹橘便领着两个女孩出了门，娴姐儿在前头跨了出去，蓉姐儿的脚步却有些拖拉，一步三回头地看了明兰好几眼，黑白分明的童稚眸子中透着些许不安。

明兰心头一动，忽叫出了声："蓉丫头。"蓉姐儿立刻站住了脚，眼巴巴地盯着她。

"好好读书，待人要有礼恭敬，可也别叫人欺负了。记住了，你姓顾。"明兰想了想，又添了一句，"京城这地界上，你老子在外头还没吃过亏呢。"顾家二郎自小野性难驯，一双拳头打遍京城纨绔界，他别去欺负别人就念佛了。

话音一落，东侧次间又一次发出极轻的声响，疑似闷笑。蓉姐儿小脸一愣。明兰咬牙，赶紧叫她走，小女孩便低着脑袋转身跨出门去了。

一干丫鬟婆子尽皆出去后，一个高大的人影一闪，顾廷烨伫立于集锦格子侧边，手上拿着块雪白的帕子，在指间轻轻揉着，一身赭红色暗金罗罩蜀锦常服，气质成熟稳重。

秋娘见了他，顿时一阵激动，微颤着嘴唇却说不出话来。巩红绡就机灵多了，赶紧道："夫人忙了好一会儿了，这就让婢妾服侍老爷夫人用饭吧。"说着便要来扶明兰。

顾廷烨皱起眉头："这儿有人服侍，你和秋娘先回去吧。"

语气威严，无人敢抗辩。巩红绡的动作僵了一下，然后满脸微笑地应声下去了，后面跟着垂头忧愁且依依留恋的秋娘。

"极少见这么爱给太太请安的妾室。"明兰瞧着那落寞不舍的两人，转头对着顾廷烨似笑非笑，"侯爷您说，这是为何呢？"

顾廷烨不答话，只斜倚着玲珑阁沉默。明兰接着自问自答："定然是我这主母极为仁厚，更兼人品正直磊落，叫她们心生景仰，爱戴不已。"

"还不快来用饭！"男人神色不变，却弯了下唇角，眉梢平添几分风情。

女孩们上学后七八日，明兰照着大周风俗登门去道谢，于午后再次备下薄礼去郑将军府，重点感谢郑大夫人的荐师之德。根据自小的经验，似郑大夫人这种沉默肃穆之人，实不喜人聒噪多话，说得越多越惹人讨厌。明兰真诚地道了谢后，默默地也不知说什么好，又不能才进来就走，只好坐在那里挖空脑袋，援引些实例来增强可信度。

"这几日我家蓉姐儿的确乖巧知礼许多。"喊她"母亲"时的口气诚挚多了，不像以前跟蚊子叫似的扭捏不情愿，可见有时候思想工作还是需要局外人来做的。想了想，明兰又添了句："不必人看着就知道自己用功了。"

郑大夫人虽不怎么说话，却淡笑得慈和，倒似喜欢明兰这种讷讷的叙述。小沈氏笑着来活络气氛："我侄女说了，你那姑娘也是个要强的，头回先生查问功课时稍逊了些，第二日便挣回脸来了。"

"不单如此，"明兰拿帕子含蓄地掩笑，尽量认真实在地说话，"那孩子也不淘气，更知孝顺长辈。听她屋里人说，这几日她正勤练针线，预备过年时给我和侯爷孝敬一二小物件。我的佛，老天保佑那女红师傅，可别叫我家笨丫头气坏才好。"

郑大夫人听得好笑："不要紧的，只要入了门便能好些的。"顿了顿，她似想起了什么，忍笑道，"我那丫头原也是……也是十根手指棒槌似的。"

见屋里气氛融洽，明兰暗暗松了口气。当初在长柏哥哥和盛老太太跟前，她仗着年纪小，可以撒娇卖乖、装傻充愣，可这会儿她总不好爬到郑大夫人身上打滚装可爱吧。

其实，她不大会跟不熟的人套近乎，要是当年她拜到政宣部的BOSS老爹门下，兴许就不一样了。老爹高徒，个个擅长深情脉脉式的舌灿莲花，不但要说服你的脑袋，还要感动你的心灵，力求说不服你也要烦死你，集体偶像：唐僧先生。

又说了会子话，明兰便要告辞。小沈氏连忙起身，佯瞧了下一旁的滴漏，道："哟，都这个时辰了，想来那头该下学了吧。"然后笑着直直看向明兰。

小沈氏幼年即丧双亲，兄姐万般怜惜之下便少有管束，自小自在惯了，可嫁入郑家之后，却得谨守妇德，大门不出，二门不迈，整日窝在将军府里对着个肃穆的活阎王嫂子，一言一行都受管教，真真好生憋屈。

明兰如何不知小沈氏的念头？她很想装傻，但实在挨不过这火辣辣的期待目光，心中苦笑，却还一脸自然道："是呀，我原就打算从这儿出去后，便顺道去接两个孩子。"

小沈氏心中暗叫好，笑着转头道："嫂嫂，反正也没几步路，不若我也一道过去，把侄女领回来。"郑大夫人淡然地瞥了明兰和小沈氏一眼，低头吃茶，却不说话。小沈氏看看明兰，明兰低下头，两人正自惴惴，却听郑大夫人道："如此，你们便结伴去吧。"

小沈氏如蒙大赦，赶紧回自己屋，稍事整装后便挽着明兰出了门。

"呼，总算能出来透口气了。"马车上，小沈氏频频将车帘掀起一缝来张望，一脸喜不自胜的模样，"在蜀边时，常听说京城繁华富庶，是天下第一等的好地方，可怜我来京这么久了，却不曾好好游玩过。"

明兰笑道："瞧你说得可怜，难道你不曾出过门？"

小沈氏撇撇嘴，放下车帘转头道："不是去庵庙里进香，就是道观里打醮，再不然便是穿得跟祭祖似的去人家府里吃酒饮茶，了不起，也不过是到几家相熟的金玉古玩店里走走，这算什么游玩！"

"那你又待如何？"明兰歪着头，挨着小熏笼，身子又发困发软了。

小沈氏眸子一亮，朗然道："自是遍走山川市井，看尽人情世貌，才知这天子脚下是何等光景的样貌呀。"明兰笑了，很给面子地把双手从暖笼上举起，轻轻给她鼓了两下掌。小沈氏恼羞，嗔道："你便笑我吧！"

明兰瞧她薄怒，便肃了玩笑，温言劝道："我不是笑你，你说得都对，只可惜咱们生为女儿身，如何能到处行走。我来京城比你久，去的地方也只这几处了。只那一年春光极好，阖府女眷去近边的望春山踏青，这才叫我见了一次外头的风光。这还是我那上了年纪的祖母起的游兴。除了老祖宗，便是我家太太也不好念着游玩的。"

小沈氏听得满心向往，过了会儿，道："我婆母哪里还走得动，至于我嫂子……"她轻轻叹了口气，不再往下说。

明兰心里也是惆怅，谁不愿意四处走走呢？便玩笑道："那便只有一招了，你赶忙生下一群孩儿来，有一窝算一窝，待你自己当了老祖宗，儿孙满堂之时，你想去哪儿便都能去了。"

小沈氏羞涨红了脸皮，扭起性子，嗔道："我拿你当个知心人，什么都与你说，你却来打趣我！你这人好不厚道，我不与你说了。"

明兰笑得厉害，在厚实柔软的褥垫上挪动，扒着小沈氏的肩背，柔声道："好姐姐，是我错了，你便饶了我吧，我再不敢了。"又好话说了半箩筐，才将小沈氏哄转回来。

小沈氏戳着明兰的额头，笑骂道："你个讨债鬼，我只可怜你家侯爷，哪辈子不修，讨了你这么个要命的做媳妇，不是叫你哄晕了，便是叫你气死。"

两人年纪相仿，说着便嘻哈着扭作一团。过了会儿，小沈氏慢慢直起身子，幽幽道："这里虽好，可忒多麻烦了，还不如蜀边自在呢。"明兰挨着锦绒枕垫，静静地望着她。

过了片刻，小沈氏低低道："我只舍不得兄长和姐姐。"

明兰依旧不说话。她忽想起了著名的戴妃，一个悲剧人物，默默无名、无人问津时想做王妃，举世瞩目兼尊荣富贵时又想要自由和爱情，天下哪那么多两全其美的事呀。小沈氏既想享受京城的繁华富庶，又想自在不受约束，光上辈子积德显然不够，还得八字好得冒泡。

吃得咸鱼抵得渴，你受下富贵尊荣，就得熬得住麻烦。

郑家门里的事，也曾是京城权贵圈里的谈资，明兰略有耳闻。

小沈氏甫过门那会儿，想着有皇后姐姐撑腰，也进宫抱怨告状过，盼望由皇家出面，杀杀长嫂的威风，她好过得舒坦些。

未料郑大夫人比她狠，比她光棍，她才在姐姐那儿哭诉完，皇后都还没想好怎么跟郑大夫人说，人家已跪到郑老夫人面前，言道"妾身卑微，不足为沈氏长嫂"，自请下堂归去。

七老八十的郑老夫人被吓得散了一半魂魄，十几年婆媳，情谊非同一般，她对这长媳素来满意得很，又兼她生儿育女，操持家务，阖家和美，如何能弃？郑老夫人当即挺着病弱不堪的身子，披挂上全副诰命穿戴，去宫里请罪讨饶。

一时间，处处议论纷纷。

说是议论，其实丝毫没有争议，舆论一边倒向郑大夫人。她出身高德厚望的宿族世家，素有美名，先祖中有人配享太庙，忠烈祠里供着她家的祖叔伯父，全国的贞节牌坊叫她家占了一成（好可怕的家风），她自己更是京城出了名端方正直的贤妇。

小沈氏进门没两天，就逼得这样一位贤良淑德的嫂子在夫家待不下去，简直令人发指，沈家外戚的臀部还没坐热，就敢这么嚣张跋扈、目中无人，他日必为大祸。

据盛纮老爹透露，朝中已有言官御史写好弹劾折子，磨刀霍霍便要上本了。

不光如此，连庆宁大长公主为首的皇族女眷也甚为不悦。

忠敬侯郑家是多好的人家呀，又显贵又良善，怎么，我们公主、郡主等天潢贵胄且不敢轻侮夫家妯娌，你个皇后妹子倒先开张了？简直一副暴发户嘴脸，要学太平公主也轮不上你呀。

圣德太后和几位王妃更是好一顿嘲笑不屑。

记得当时明兰也愤慨了两句，倒是长柏哥哥淡笑道："此不过一杀威棒尔，皇上顷刻可解。"后来明兰才明白，作为新晋的后族外戚，文官清流照例是要恐吓镇压一二的，更何况小沈氏还有个着力打造"仁孝双全"品牌商标的皇帝姐夫呢。

果不出长柏哥哥所料，几位心腹僚臣见机快，皇帝行事也快，找皇后谈了一番话，也不知是劝还是斥责，总之，皇后立刻宣郑家女眷进宫，抢在圣德太后发难之前，把自家妹子狠训了一顿，又指派了两位教养嬷嬷去力行约束，最后还和颜悦色地抚慰了郑家婆媳一番，赏了不少东西，这事才算了结。

小沈氏最惨，不过是小小地告了个状（她自小常干），姐姐训完兄长训，兄长训完太后训，两个太后。发送回夫家后，公婆脸色难看是必然的，连丈夫都老大不痛快的，只连连向长兄赔罪。经此一役，小沈氏老实了。

"说实在的……"小沈氏学明兰的样子，也把脑袋挨到绒垫上，轻叹道，"我大嫂那人，虽不爱笑，但为人实是极好的。"她又不是傻的，看不出真心假意，判不出好人坏人。

说到底，郑大夫人也没怎么苛待她，既没要她立规矩，也没挤对或冷嘲热讽，不过是拦着不让小沈氏抛头露面，不叫她缠着小郑将军去外头游玩。

此外，还不时提点她应酬礼节，不叫她言行举止出错，免得外头闹笑话。比之一般豪门里或面和心不和，或钩心斗角，或冷眼看笑话的妯娌强多了。

"废话，谁瞧不出来？别身在福中不知福，你嫂子心肠多实呀。"明兰调笑道。

"唉，如今连皇后娘娘也老说我，叫我惜福，这样好的人家，这样清白严正的门风，爷儿们都规规矩矩的，是我哪辈子修来的，叫我要听嫂子的话，不许胡闹呢。"小沈氏的口气中有一股"大势已去"的悲催。

这也是郑大夫人高明之处。不论里头如何，在外头始终全力护着小沈氏，摆出"我的弟媳妇，我们自家会管教，轮不到外人说三道四"的架势。曾有人笑话小沈氏礼数不周，乡气得跟村姑一般，她竟当场放下脸来，甩袖就走。日子长了，连皇后都心生敬重，常邀她进宫叙话。这也是当初明兰在一群人里挑了她做突破口的原因。

真是一个聪明人，闺阁内果然藏龙卧虎。但是……

"你说，要是当初……"明兰斟酌着语气，小心翼翼地发问，"你嫂嫂真会下堂求去吗？"这话实不该问，但她心里跟猫挠似的，好奇死了。

小沈氏白了明兰一眼，想了想，缓缓地点了点头，脸色艰难："我本也不信，如今进门快两年了，我冷眼瞧着……"她长长出了一口气，"嫂子娘家家教，便是轻生死，重礼法，她真性情确如此，赔上性命也有数。"

明兰向后仰了仰，小心肝怕怕地捂着心口，顶真的人伤不起呀。

早已有人前去忠敬侯府别院通报，待到了门房，几个女孩连同丫鬟婆子已等在那里。

郑家小姑娘生得大方可爱，似是颇喜欢小沈氏，婶侄俩一见面，便高高兴兴地牵着手上自家马车，说是要先去口水阁买新出炉的烤乳鸽，再去紫云斋瞧新来的徽宣玉版笺，以奖赏小姑娘好好学习，天天向上。瞧小沈氏起劲的样儿，想来在郑府闷得着实厉害。

对于这种用小孩子做借口的行为，明兰在内心深深地表示鄙视。

两个孩子同明兰一辆马车，一路上叽叽喳喳地说着课堂上的趣事。娴姐儿不必说了，原本就是爱读书的，便是蓉姐儿也极有兴致。薛大家考校功课，并不单看读书一桩，蓉姐儿读书虽不成，但算学极好，旁人还在摸算盘珠子，她早能一气心算出来了。

"反正顺路，不若去瞧瞧五姐姐吧。"明兰见她们俩说得有兴，忽起了这个念头，今儿冷暖正好，何况像她这样的懒鬼，出门一趟不容易，既出来了，就别浪费。

车马停在一处双花墨漆大门门口，文家便在这甜水胡同的中段，一处三进有余的宽阔院子。

"你就这么空手来了？"如兰一手扶着腰，穿一身水红色百蝶穿花薄银鼠皮长袄，头上绾着个干净利落的圆髻，却插了一枚极醒目的大南珠赤金簪。

她挺着硕大的肚子，开口就是这句话。明兰不禁气结，有这种姐妹实在很折寿："我这是临时起的意，哪有什么东西！你若不高兴，以后我只叫人送东西来，再不上门就是。"

"哪能，哪能呢。"如兰也只是口没遮拦，并非心里真贪图东西，乐呵呵地请明兰坐，"你运气不错，我婆家那两个烦人的都出门了，你姐夫他姨母家有点儿事。"

这时，一身妇人打扮的小喜鹊正端着茶盘进门，听了这句话，忍不住道："我的大奶奶，你怎么又……"四下转头，瞧也没外人，"免得说惯了嘴，到时漏出来。"

如兰对她却是没法子，只好噘嘴道："得，这才是个最最烦人的。"

明兰笑眯眯地去看小喜鹊，温言道："你身子可好？若有不适的，别忍着藏着，尽管跟五姐姐说，可是她千讨万求把你们小两口要来的。"

小喜鹊放下茶盘，捂嘴而笑："瞧您说的，是我舍不得我家姑娘，千万恳求要来才是。六姑娘还是这般爱打趣。今儿老太太和二奶奶都出了门，夫人索性和我们大奶奶多说会子话吧……"一边说着，一边利落地指挥鱼贯而入的丫鬟们摆放茶果碟子。

两姊妹坐定，如兰挑眼一瞥，看明兰一身似蓝非绿的宝石青缂丝银鼠袄儿，这是御赐的贡品，外头却是没有的，再看她遍身素净，也不见戴什么首饰，只髻上斜戴一支赤金掐丝嵌翠玉翘头的转珠凤钗，那垂下的明珠，竟有拇指大，于额侧微晃，累累而动，熠熠生辉。

自婚后，每回见着明兰一身光鲜尊贵，如兰心里总有些不舒服，可今日……她低头轻抚着自己的肚子，略瞥了眼一旁的蓉姐儿。一进门就有这么大一个庶女戳在跟前，也够刺眼的。

这么一想，也不觉得明兰的荣华富贵有多诱人了，如兰心里好受多了，顿时善良慈爱起来，顺手抓了一大把糖果子塞给蓉姐儿和娴姐儿，叫丫鬟婆子领她们去玩了。

"不用自己生就能当娘，是个什么滋味？"如兰低声，眼中闪着不怀好意的光。

这张臭嘴！明兰恨恨地攥紧了帕子，当即反击过去一个冷静锋利的回答："五姐姐有本事，便一辈子只给自己生的孩儿当娘。"

如兰不禁语塞。这个包票她还真不敢打。她虽鲁直，但并不天真，目前为止，最理想的生活展望是，和丈夫能恩爱个二十来年，待儿女成年，那时她忙着讨媳妇、嫁女儿，甚至含饴弄孙了，不妨弄两个老实本分的丫头在房里，帮着服侍一二。

明兰愉快地瞧着如兰脸上一阵青，一阵红，色彩精彩变化。她小时候都不曾在口头上吃过如兰的亏，何况如今？斗完了嘴，好歹问候一二，人家到底是孕妇，不好欺负得太厉害。明兰坐正了姿势，和蔼地微笑道："五姐姐近来身子可好？有没有什么我能帮上忙的？"

如兰扶了扶鬓边的金簪，又瞪了明兰一眼才答道："大夫和几位嬷嬷都说我怀相好，没什么要紧的，不过是贪吃爱睡，一日要吃五回，睁开眼就打瞌睡，不睁眼还觉着瞌睡，就跟吃了迷魂药似的。不过，现如今，这些都已好多了。还有……"

明兰笑呵呵地听着，不知为何，忽地心头一动。

从文家出来已是申时三刻，一行人缓缓驶车回府。下了车，自有丫鬟婆子领两个孩子回去。明兰刚回屋，就见丹橘在屋里急躁地走来走去。她一见明兰，就赶紧迎上来，颠三倒四地道："夫人，您总算回来了，太夫人那儿已来请了三四回，可您出门了。姑老太太来了。"

"谁？"明兰满身疲惫，正打算往榻上瘫倒。

"姑老太太！"

这真是忙碌的一日，小学作文的好题材。

萱宁堂偏厅大开，正中坐两位贵气雍容的老妇人，一位是太夫人，另一位便是顾老侯爷的嫡妹，后嫁入世族杨家。

"给姑母请安。"

明兰款款福身，轻声行礼。反正已迟了，索性好好梳洗一遍，换过一身新衣裳才来。

杨姑老太太生了一张团团的圆脸，本应十分慈和的神色，此时却有些皮笑肉不笑的："二侄媳妇可是大忙人呀，我这都快走了，你才回来，能见上一面，可真不容易。"

明兰看了眼坐在一旁的邵氏和朱氏，恭敬地答道："回姑母的话，明兰今日是去郑老将军府道谢荐师之德的，两日前就跟太夫人、嫂子还有弟妹说过了的。明兰委实不知姑母今日要来，否则定然不敢离府。"

杨姑老太太笑了笑，转头朝太夫人道："你这儿媳，真好伶俐的口齿。我只说了一句，她倒有十句八句等着我。真不敢领教了。"

明兰笑而不答。说是诡辩，不如说是默认，总之都是错。当初连她成婚都没来吃酒的人，估计也亲近不到哪里去。既如此，她只说该说的，只答该答的，尽了礼数即可，其余的，她完全不往心里去。厅内的气氛低落下去。

杨姑老太太挑剔地盯着明兰。明兰盯着自己的脚尖，默默数数，打算数到一百就自行就座。太夫人好整以暇地端着茶碗，一点打圆场的意思都没有。朱氏自然不会说话，倒是邵氏有些不忍心，看了眼上面的太夫人，又看了眼明兰，还是缓缓地站了起来。

"弟妹累了吧，快来坐。"她一边拉明兰到身旁坐下，一边笑道，"今日是有喜事上门，咱们七妹妹的婚事定了。"

明兰舒坦地挨着椅背坐下，一脸"惊喜"状道："哦，当真？这可真要恭喜太夫人了。是哪家这么有福气，能得了我们七妹妹去？"

邵氏笑答道："是尚了庆昌大长公主的韩驸马家，便是公主的三子。"

"韩家。那驸马可是镇南侯老侯爷的嫡次子？"

明兰之所以记得这么清楚，是因为镇南侯府有一个和顾廷烨齐名的纨绔，不过，自从顾廷烨洗脚上岸后，韩家那位便在纨绔界独步江湖了。夫妻闲聊时，顾廷烨常拿此人做例，玩笑着得意一番自己的浪子回头。

太夫人放下茶碗，喜上眉梢，矜持地开口了："这可要多谢她姑母了，帮着牵线搭桥。虽说七丫头不走运，没等出阁她父亲就过世了，可还有个记挂她的姑母，这福气也不算薄了。"

杨姑老太太转头而笑，身上的金褐色锦团褂子闪着光彩："七丫头自是有福的。韩家这位三公子呀，年轻轻的就已是廪生了，因随着韩驸马在外，才耽搁了婚事，如今回了京，那上门说亲的人呀，都快挤破了门槛。我也就随口一提，七丫头才名在外，大的小的，都是一听就喜欢的，这才央我来说。"

"这可真是门好亲事了。"明兰很配合地表示喜悦。

"都是她姑母惦记了，真不知如何答谢。"太夫人亲昵地伸手去拉。杨姑老太太笑得得意，眼角的皱纹儿可绽成一朵花了："韩家公子自小爱文，七丫头也是饱读诗书，又恰好碰上韩驸马回京，这不是天作之合嘛！"

一时间，厅内众人俱是连连恭喜道谢，其中太夫人尤其笑得真心。

明兰知道她为何如此高兴——这门亲事的确不错。

因静安皇后之死，宫闱大乱，刑狱四起，武皇帝膝下的公主们大多受了牵连，不是草草下嫁，就是郁郁而终，没几个有好下场的。庆宁大长公主是个幸运的例外，庆昌大长公主次之。

她的生母亡故于静安皇后之前，是以叫她躲过了后来的血腥纷争，平静安宁地长大，然后由先帝兄长做主，下嫁了位相配的驸马。

庆昌公主在宫廷和皇室中人缘不错，在先帝面前也说得上话，重要的是，她的夫婿虽不能袭镇南侯的爵位，但韩驸马为人勤恳，办事利落，很受先帝重用。这些年经营下来，驸马府早就繁盛胜于渐呈衰势的镇南侯府了。

家世显贵兴旺，父母有权有势，加上自己还读书上进，以后也不必再忌惮继兄顾廷烨了。嗯，这婚事实在很可以了，难怪这俩老太乐得跟朵花似的。

有朱氏和邵氏捧哏凑趣，太夫人和杨姑老太太越说越高兴，冷不防瞥见明兰一脸神游，显然不够热情。杨姑老太太心下不悦，忽出声道："二侄媳妇？"

明兰不防被点名，连忙抬头，只见杨姑老太太翘着冷笑的唇角，道："所谓男婚女嫁，生儿育女，乃人之大伦。以你这般，能嫁入咱们顾家也是极有福气的了，可这进门都快一年了，怎么肚子还不曾有动静呀？"

明兰大肆腹诽：你丫的，你旁边坐着的那位大姐，进顾家门七八年都没生呢，那时你怎么不来"人之大伦"呀！

杨姑老太太见明兰不说话，越发兴头，大声道："说来可怜，如今顾家长房的孙辈里，竟只有贤哥儿一个男孩，真是人丁寥落得叫人伤心。这样吧，回头我送两个好生养的丫头与你，让烨哥儿收了房，也好帮你分担一二，如何？"

明兰心里如火烧，冷笑连连，虽然她有满腹的推脱理由，但她并不打算据理反驳。对付这种荒谬的人根本不用讲道理，要赖最好，还可以拉大秦氏出来遛遛。

正打算开口，忽闻门口一声响亮的通传："侯爷来了！"

太夫人脸上的微笑立刻凝固，杨姑老太太一脸逗弄猎物般的愉快神情也不得不收敛。邵氏和朱氏互看一眼，立刻循着避忌规矩，双双站到左右屏风之后去。明兰缓缓站起，立在当中。

一阵沉稳的脚步声后，顾廷烨虎步走来。他神情凝重威严，连身上的朱红蟒袍都没换，便直入内堂。他在厅中站定，一双幽深如墨的眸子喜怒不辨，在两位长辈脸上转了下，太夫人和姑老太太便忍不住齐齐在心里打了个突。

他利落地一抱拳，简单地寒暄行礼，便在一旁的太师椅上坐下。

"烨哥儿，这可是许久不见了，适才……"杨姑老太太撑出笑容，话还没说完便被打断了。顾廷烨干脆道："适才在门口，我已听见姑母的话了。"

杨姑老太太一愣，保养适当的老脸干笑了下。顾廷烨又自顾道："廷烨这里先谢过姑母关怀了。不过……"他笑了笑，嘴角的弧度有些冷峭，"送礼要合人心意才好，姑母可知廷烨到底想要什么？"

杨姑老太太被这么一问，她还真不知道顾廷烨的用意，继续发愣。

顾廷烨瞧着两个长辈，语气越发冷淡："嫡子。廷烨如今想要的，是嫡子。不知姑母是否能帮这个忙呢？"

厅里气氛骤然发寒。杨姑老太太绷着脸，胸膛起伏剧烈，想来气得厉害；太夫人也脸色难看至极，白细的手指紧攥着帕子。

这下情势倒转，顾廷烨冷漠地看着这两个老妇，目中讥讽，径直道："姑母生于公卿之家，亦嫁入公卿之家，想来不会不知道，于我们这种府第，嫡庶有无差别，有多大差别。"

当然有差别。明兰低着头站在一边，心中狂笑不已，强力忍着。

有爵之家的承袭虽是代代相继，却是要报宗人府请皇帝御批的，其中最易被挑刺的一项理由就是，"若无嫡子承袭，酌情，或可改宗继之，或可夺爵"。意思是，若有嫡子，那么承袭是顺理成章、无话可说的，但若无嫡子，却想以庶子袭爵，就得皇帝或宗人府给面子了。

换言之，如果顾廷烨没有嫡子，作为嫡出兄弟的顾廷炜，或其嫡子贤哥儿，有理由承袭爵位。当势力强盛时，顾廷烨自不会让人轻易摆布，但倘若他身后，恰逢孤儿寡母无力，又有居心者环伺，事情就麻烦了。

"姑母是真不知道，还是有意为之？"

顾廷烨冷冷盯着杨姑老太太，一字一钉的狠戾，敲钉入砖，句句紧逼。

"你什么意思？"杨姑老太太终忍耐不住，霍地站起，厉声质问。

顾廷烨淡淡道："姑母心里清楚。"

从险恶一点儿的居心来说，倘若顾廷烨沉迷于美貌姜室，冷落了妻子，那么她送两个丫头来，非但不能解决儿女问题，反会妨碍嫡子的产生。

十年前的富安侯府兄弟争爵，官司足打了三年；十八年前的昌兴伯府被夺爵，甚至前年锦乡侯受贬的引头，都是这"嫡庶"二字闹的。

杨姑老太太气得浑身发抖，被噎得脸色发紫，一句话也说不上来。

太夫人见此情形，怕她有个万一，自己女儿的亲事又得变卦，赶紧起身扶住她，笑着打圆场："好啦，好啦，这不过是弄左了，都是自家人，听误了也是有的。"

"我成亲尚不足一年，姑母就这般行事，廷烨不得不多想。"顾廷烨把狙击般的精准视线投向太夫人，淡笑着，"若要旁人别误解，自己要少做容易叫人误解的事。"

语音低沉，似是警告。

太夫人心头发麻，只笑着道："啧啧，真是的，你们姑侄俩呀，叫我说什么好，真真是一个血脉出来的，都一个脾气，说话直的呀，也不晓得人家听了会上火。得了，得了，今儿是好日子，瞧在我的面上，都消消气，这便过去吧！"

一阵和稀泥之后，杨姑老太太再也不愿坐下去了，没说两句，便硬邦邦地起身告辞。太夫人一路跟了出去送客，顾廷烨只在庭院处意思意思，便拉着明兰回澄园了。

一回了屋子，顾廷烨便火气勃发，烦躁地扯开领口，转眼瞧见明兰依旧一副散漫样，不由得骂道："你个没心眼的！知不知道我这姑母有多难缠？我一听她来了，紧忙赶过去。"

明兰温柔地替他宽衣松袍，笑呵呵道："你别急呀，我有法子的。"

顾廷烨冷哼："什么法子？！一个善妒的名头等着扣给你呢。"

"别呀，干吗硬顶呀。"明兰眨着眼睛，调皮道，"我就这么说，'姑母好意，明兰铭感至深。自家人嘛，就要帮自家人，回头不单七妹妹那儿，还有姑母家的表妹表侄女，明兰也定会好好帮的'。呵呵，看她们俩怎么说！"

顾廷烨无语，久久看着她："你……觉着，这有用？"

"没用也不打紧呀。"明兰双手一摊，无所谓道，"真收了进来，只要侯爷肯，我就送去伶仃阁跟凤仙姑娘做伴，有什么麻烦的。"

这次顾廷烨倒点头了："嗯，这还成。来而不往非礼也，她要送我丫头，回头我寻几个外头的给她儿子。"

明兰见他不气了，便笑盈盈地帮他换常服："有侯爷给我撑腰，几个姑母我都不怕的。"

顾廷烨失笑，又叹息。他看着明兰，把小小人拉到跟前，贴在怀里拥了会儿，然后按坐在榻上，低头对视着，沉声道："你别急，生儿育女要看缘分，你只管好好调理身子便是。"

明兰却没立刻回答，似有些为难，迟疑着道："其实……"

"你放心，有我呢。老爷子都能护着那位近十年，我能护你一辈子！"顾廷烨打断她。

"不是啦。其实……"明兰嗫嚅着。

"别说什么纳妾的废话，我不爱听。"

"侯爷听我说呀！我可能……"

"别疑神疑鬼的，你身子好得很，定能生许多孩儿。"

"你让我说呀！"明兰被堵得抑郁，一伸手捂住他的嘴，大声道，"我许是有身孕了！"

然后，屋里陷入一片诡异的安静。

男人眯着狭长的眼，表情空白，木木地把明兰从头看到脚，又从脚看到头，来回看了三遍，脸上才有了神情，先是古怪的不知所措，然后渐渐转为狂喜。

脑袋渐渐恢复机能，他单腿跪在明兰面前，双臂圈着她，声音微微发抖："你再说一遍，我的心肝儿，再说一遍！"

明兰对着手指，不好意思道："应该没错的。要不，再寻个太医来瞧瞧？

不过，张世济大夫好像就是太医院供职的哦，我已去过张家的医馆了……"

"我的心肝儿！"顾廷烨喉中发出一声低吼，难以形容的喜悦完全控制了他。他一把抄起明兰，牢牢抱在怀里，绕着原地打起转来。

第四十一回 · 幸福生活

　　顾廷烨身高体长，明兰被举得半天高，惊魂离散，只得死死抱着他的脖颈，细细的手指揪在他的衣领上。越过他的肩膀，便是离着几尺的地面，从高处往下看，地面上铺的厚绒地毯，几朵浓艳重彩的富贵牡丹直在眼前晃悠悠的。她几乎要尖叫，却因惊恐过度，一时堵着嗓子，只干巴巴地挤出一句："快放我下来！"

　　男人朗声大笑，响亮至极，直连屋外服侍的几个丫头都耳膜发鸣，笑声中满是喜悦欣愉之意。绿枝几个俱面面相觑，眼底隐含大惊。

　　足转了三四圈，顾廷烨才听得明兰的惊呼，只见臂膀中的女孩如小松鼠般惊惧，眼睛睁得大大的，伸出幼细的爪趾死死扒着自己，他立觉不好，当即轻展健臂，把胳膊上的女孩搂平了，小心翼翼地放在榻上。

　　"……你身子可有不好？适才忘形了，你头晕不？想吃什么？要否睡会儿？快躺下，躺下……"男人开始语无伦次，两手不停地把靠垫一股脑儿塞到明兰背后，差点把她从侧躺的姿势直接变成仰卧起坐的最后动作。明兰先是被转得发晕，又被折腾了一番，不免口气不好："我好得很！头也不晕，想吃饭了，晚饭还没吃睡什么！你塞了这么多垫子，怎么躺呀！"

　　顾廷烨连忙起身，让明兰好好躺着，自己却不知此刻该做什么，只双手负背，不住地在屋里走来走去绕圈子，足足绕了七八个圈子，才醒过神来，以拳捶掌心："对，赶紧请太医！"说着便起身，赶忙吩咐人去取名帖。

　　明兰抱着胖胖的软垫子，仰着脖子，望着高高的顶梁，上头七彩精致的金银雕绘，多子多福的石榴树旁有许多象征福气的蝙蝠，貌似是一只呆呆的大蝙蝠，正趾高气扬地领着几只圆头圆脑的小蝙蝠，后头随着一只无可奈何的母蝙蝠，嗯，十分吉祥喜庆的一家哦。

太医来的时候，明兰刚刚用过晚饭。

一顿饭下来，食不知味，魂不守舍的顾某人似乎还在云里，饭没吃几口，倒把左右吓得不轻。他时不时低头对着碟碗无声而笑，看明兰一眼，喜不自胜；再看明兰一眼，忽又眉头紧蹙，须臾间，神情变化得异常活跃，情状十分惊悚。

明兰倒十分淡定，自顾自地进食。大约因在外头跑了一下午，此刻胃口极好，还多添了两碗汤、一碗饭，抹干净嘴角，净手，漱口，太医就来了。

来的太医姓卓，面孔白净方正，素为英国公府所信重，曾荐给沈家，正是经验与精力俱佳的时候。顾廷烨黑着脸站在一边，瞧着不像老婆有孕，倒像老婆得了绝症。他原想把太医院院正张老太医请来，谁知今夜他恰好在宫内当值，他总不好去砸宫门。

隔着帐帷，搭着帕子，卓太医为明兰诊脉片刻，立刻面露笑容，朝顾廷烨拱手道："恭喜侯爷，贺喜侯爷，夫人有喜了，已近两个月了。"

顾廷烨略一抬手，沉声道谢："有劳先生了。"他那短命讨债的大哥是六月挂掉，紧接着是不情愿的守孝，三个月纯洁的夫妻生活，如今正是冬月中旬，很好，很好，果是天佑人和。

他面上淡然，心里却着实高兴，待卓太医诊毕，又请他去书房，足足问了一盏茶的话，直问得卓太医快失笑了才放人走，并封了一份厚厚的诊金。

这晚，顾廷烨没去外书房议事，早早洗漱后便上榻。他的言辞素以锋利见长，攻击争吵是把好手，却不善劝抚，此刻也不知说什么好，只紧紧拥着明兰。温热的男性气息濡湿地喷在颈后，背后贴着他厚实的胸膛，一只大手无意识地覆在她的小腹上。二人虽默默无语，明兰却能感受到他心中的喜悦。

在这样安详美好的气氛中，明兰睡意渐浓，半睡半醒间却听背后一声轻叹，似有浓浓化不开的情绪。她心中大奇，扭转身子面对着他："为什么叹气呀？"

夜深露重，屋中静默如水，过了半晌，顾廷烨才低低道："忽想起了昌哥儿。"

昏暗中，明兰陡然睁开双眼，快入睡的脑袋急速清醒，天知道这个话题她已经好奇了多久，偏顾廷烨始终讳莫如深，她也只好忍着不谈，没想今晚他自己说了。

"蓉姐儿这孩子，到我身边也许多日子了，她虽从不提及，但我晓得她心里也是惦记的。说起来，昌哥儿母子如今怎样了？"她柔声轻问，心里猫爪挠似的。

又是一阵漫长的沉默，顾廷烨微微躺平了身子，才道："衣食不愁，在庄子里平安度日，如此罢了。"声音中满是怅然之意。

"侯爷……是不是悔了？"明兰越发贴近他的胸膛。深寒的夜里，温暖坚实的身躯何其令人眷恋。

"不悔。"两个字的回答，出乎意料地平静。

顾廷烨展开胳膊，让明兰枕在其上："我十六岁结识曼娘，迄今十年有余。她是什么人，我太清楚了。"顿了顿，暗中一声轻嗤，他似是苦笑了下，"她虽为女流之辈，却比寻常男子都强。她若要成一件事，自是事半功倍，但若要坏一件事，却也是防不胜防。我……不能叫你，叫我们的孩儿，叫以后的日子，都冒这个风险。"

这次轮到明兰沉默了。过了会儿她才轻声道："这是我第二回听你夸她。她……就这么能耐？"

一只大手温柔地抚在她的脸上，带着老茧的虎口略粗糙，轻微的砂刺感在柔嫩的肌肤上，有些麻麻的感觉。在这清冷的夜里，顾廷烨的声音格外淡漠："她胆识过人，素有急智，能忍人所不能忍，想扮出什么样子，就能叫旁人深信不疑，便是漕帮的兄弟也对她赞不绝口。伴我近十年，几乎未露破绽。若非我有心探查，怕至今不知她的为人。"

明兰心里如打翻个油盐铺子，五味杂陈，只能闷闷道："术业有专攻嘛。"演艺专业的高才生，当然有两把刷子了。

顾廷烨听出她语气中的抑郁，呵呵笑了起来，弯臂把她紧紧搂住，揉来揉去好一阵揉搓，亲昵道："你个傻丫头！"

明兰叫他揉压得脸颊变形，话都说不清楚了，忙举手去挡，却力气不够，无法成功，便伸爪子去他腰间呵痒痒。顾廷烨忍不住发笑，忙一巴掌拍下去，把个不老实的胖爪子给按住。

两人笑闹了好一会儿才停下，互拥着静静躺了会儿。顾廷烨望着暗沉沉的床顶帐幕。帐幕映着窗纸透来的微光，微微晃动，漂荡如三月春江里的水纹。

他忽忆起那年，初初见她。

那日刚下了戏，不知谁起的哄，一众锦衣华服的轻狂公子便簇拥着往后台去，要去寻当时正红的小旦春雪玉，瞧瞧他卸妆后是个什么销魂模样。然后，他遇见了曼娘。

十来岁的秀丽女孩在庭院角落等候兄长，一身粗布旧履，不施脂粉，套着宽大的水袖自顾自玩着，婉转起舞，清声缓唱"妾身如蒲草，垂江蒲，随水流，浮游无根，望君万万怜之"，悠扬回味。此情此景，引得一众贵胄少年俱是驻足，多看了几眼。有几个出言轻佻，他忍不住仗言解围，催众人赶紧，免得春雪玉叫旁人捷足先登，先行请了去。

那帮迷晕了戏的公子哥儿果然发急，忙着往里赶，片刻间人群散去。

那女孩抬头深望他，眼中尽是感激。四目相对间，直羞得她面上绯红一片，低着头，一句话也不敢说，他不免心生好感。女孩其实并不美甚，比之继母新给他的两个俏丫头颇有不如，却独有一份天然羞涩之态，清新得宛如江边垂柳，柔致楚楚。

他并非戏迷，但那句唱词叫他深深记住，许多年后他才想到，其实曼娘一开始就说明白了的，她确如蒲草，看似柔弱，实则坚韧，百折不挠。

"她样样了得，偏心术不正，做起事来，全无顾忌。我该对她说的都说了，能给她的也都给了。"顾廷烨黯然道，"只是昌哥儿……"

明兰静静听着，忽觉心头一阵发虚："不把昌哥儿接来，是……为着我吗？"

"不是。你别往自己身上揽，是曼娘自己不肯。"顾廷烨搂紧她，轻声抚慰道，"她口口声声说不愿嫁人，求我给她留个依靠。"说到底，他还是心肠不够硬。

这真是个经典的选择题。

富有的父族向贫寒的灰姑娘提出条件，只要孩子，不要母亲。如果放弃孩子，那么孩子能享受荣华富贵，光明的人生；如果留下孩子，那就只能和母亲一道挨穷。狗血一点的电视剧，最喜欢让一对兄弟或姐妹去走迥异的道路，酿造诸多泪点，多年后普天同哭。

"既定下了，便不会再变。"顾廷烨语气平静，斩钉截铁，"我也并非撒开手不管。我会护他周全，会着人教养，但不能入族谱，顾家也没这个子孙。"话说到这里，明兰忍不住从他怀里抬头，可惜屋里暗得很，看不出他脸上的表情，只好又躺下了。

他到底还是留了一手。

世上有几个无师自通的天才？哪怕是惊世如莫扎特之流，也大多自小长于音乐世家，就算没有特别教育，也是耳濡目染。试试让莫扎特生于世代杀猪人家看看，天天见的都是血肉横飞，长大了，怕也觉得砧板比五线谱亲切得多吧。便是顾廷烨自己，也是老侯爷冬夏不改地，一拳一脚，一刀一剑，日日年年教出来的。

昌哥儿长于乡野，左右都是农夫小贩的孩子，没有得力的师傅打基础，没有出色的先生点拨，只教他些寻常的经济学问，长大后多半会成为一个幸福富裕的小地主。

如果他妈不天天灌输仇恨的话。

这是个阶级分明的社会，最好的教育资源都是固定的。为着盛氏非大族世家，盛纮费了多少力气才能请到庄先生来家里开塾。问问庄老，愿不愿意去乡下教个戏子的非婚生子，哪怕顾廷烨亲自出马，昌哥儿再惊才绝艳得惨绝人寰，都难保人家会大怒地拂袖而去，并认为你是在故意羞辱读书人。

明兰总算明白顾廷烨为什么叹气了，他是在内疚。为了嫡出子女永无后患，他提早一步去除威胁，从族谱上庶长子的名头，到昌哥儿可能有的发展，全都除掉。

大手覆在小腹上，炽热滚烫的体温透过衣料，渗透肌肤，明兰忽觉腹中这个小鬼挺有福气的，远在来到这个世上之前，父亲便已不自觉地替他打算起来了。

"我曾设想过，倘若昌哥儿与你生的孩儿有争，我定是要护着他的，绝不叫任何人欺侮他。如今想来，老爷子，他……"静谧的暗夜中，顾廷烨的声音竟微微发颤。

幼时，他曾听到过嬷嬷们闲聊时，说"侯爷着实太偏心"，如何处处偏着大少爷云云，如今事到临头，没想到他也是一样！细想起来，他甚至还不如父亲，至少父亲仔细教养了他。

"人心果然是偏的……"

废话，人心当然是偏的，有几个人心脏是长在正当中的！

明兰心头剧烈跳动，她敏锐地察觉到顾廷烨语气里的愧意。现在，他对嫡妻嫡子的爱护之情占上风，将来却未可知，有些事情当时不说，过后就会成为萌芽的恶果。想到此处，她当即道："侯爷，你可是觉着，你幼年之时和昌哥儿有些相似？"

顾廷烨愣了下，愕然道："这怎会一样？"他是合法合理的嫡子好不好？另一个则连名正言顺的庶子都算不上。

明兰急追一步，语气温存柔和，故意带着些戏谑的笑意："那……侯爷可是觉着曼娘与婆母的遭遇有些相似？"

顾廷烨语气急促得便如跳起来一般，瞬间做出反应："曼娘和母亲怎可相提并论？！"

白氏本来就出身富豪，锦衣玉食，带着救命银子嫁入顾门，属于对夫家做出巨大贡献却受到不平等待遇的，而曼娘……别的且不说，数次累得他老父气倒，全家不宁。

思及此处，顾廷烨忍不住用力掐了明兰一把，半笑半教训道："你胡言乱语什么！待孩儿出来后，看我不收拾你！"语气明快，再无适才的怅然之意。

明兰要的就是这个效果。她呵呵笑得可爱，很老实地道歉，并保证再也不敢了。说了好一通话，两人才心神舒畅地睡去了。

入睡前，明兰忽然一阵苦笑。回头浪子顾某人大作情感剖白，感人至深，可惜遇上了她这个世俗的小市民，只想着如何为自己的孩子创造更好的生存环境。

不到天亮，宁远侯府上下俱知昨夜太医来过了。

"有身孕了？"太夫人刚起身，正坐在罗汉床上用早饭，闻言搁下筷子，拿帕子斯文地擦拭嘴角，"这可真是巧。昨日她姑姑才说了两句，即刻便有孕了，莫不是话赶话的吧。还是叫太医好好瞧瞧，别为着赌气。"

一道用饭的邵氏小心地赔笑："说是确诊无误的，已有两个月了。"

太夫人轻轻吹着碗中的燕窝，声调轻柔："那便是真的了。说来伤心，她既早知道了，又何必瞒着大家伙儿，怕什么不成？若昨日就说了，也好叫她姑姑高兴高兴。"

邵氏笑道："说是昨夜刚知道的。"太夫人轻哼两声，不再说话。

坐在下首圆桌用饭的朱氏微笑道："待娘用过饭后，咱们一道去瞧瞧二嫂吧。适才我听闻，府里的管事婆子正过去道贺呢。"

她旁边的顾廷灿面色不悦，用筷子快速拨着碗中的食物，道："哼，好大的排场。母亲和嫂子们去吧，我就不去了。"语气矜持，高贵淡然。

"你这不懂事的丫头！"太夫人骂道，"你大嫂不便出面，三嫂又显怀得厉害，本指望你二嫂替你张罗婚事，如今你还敢推三阻四！"

顾廷灿对着母亲撒娇："娘，您先别说我呀，二嫂如今还能替我操持吗？"

"自是不能了。"明兰笑吟吟地侧躺在炕床上，慵懒地慢慢起身，规矩地坐好。

太夫人心中有气，她也知让孕妇操持不妥，但乍听明兰推托得这般顺溜，却也不悦："你妹子也是，好不容易寻着门好亲事，却无人帮忙。唉，我有三个儿媳妇，要紧时候，却一个也指望不上。"邵氏低头不说话，此刻朱氏没来，她就成了靶子。

"怎会无人帮忙？您别急呀。"明兰故作惊讶，微笑道，"媳妇早想过了，咱们不是还有几位嫂子吗？旁人不说，煊大嫂子便是头一个热心的。但凡您盼咐一声，四叔父和五叔父两家，哪个不来帮忙？怕是到时候抢着来呢。"

"这个……到底是分了家的。"太夫人迟疑。

"分了家那也是一家人呀。"明兰早备好了说辞，"煊大嫂子做事周全，您是知道的。到时候，前头有煊大嫂子张罗，后头有我和几位嫂子陪着客说话，再有您老坐镇，还有什么办不好的。叫外头看了，既说咱们三房和睦依旧，还得了热闹，岂不好？"

太夫人细细一想，果然如此。她是聪明人，只须对己有利，从不做意气之争，当下便笑着答应了。屋内又是一片和气。邵氏只能低头暗叹，她是个钝人，既看不明白太夫人的底细，也看不清楚明兰的深浅。

顾廷煜过世至今，太夫人只字不提管家和家财之事，顾廷烨夫妇是做小辈的，不好主动提起，如今顾廷灿出嫁在即，还不知……唉，却不见顾廷烨夫妇有半分着急的。

随着报信的人回来，最先来道喜的便是明兰的娘家。她原以为不过送份礼来，顶多王氏过来看看，提点两句"好好养胎"，算是尽了嫡母的本分，谁知，不过下半日……

"祖母？！"明兰惊愕地看着眼前这位端庄肃重的高贵老妇，忙不迭地要从炕床上翻下来，"您怎么来了？您都这么大年纪了。"

"别动，别动！"盛老太太见明兰敏捷地伸手，险些吓出一头汗来，忙大喊着，"你给我好好躺着，别动得太快太急！"

丹橘连忙上前按住明兰，小桃则很机灵地拖了张太师椅来放到炕边，让房妈妈扶着老太太坐到明兰身旁，王氏只好委屈地坐在后头了。

"你个猢狲，没见过我呀！阎罗殿要收我且还早呢。"盛老太太一坐定，便忍不住骂起来，"头三个月最要紧，动什么动！仔细我捶你！"

明兰乐得眉开眼笑，小猴子一般扭着身子，蹭挨到老太太身上，娇声道："这许久没见我，祖母可是想我想得紧吧，寻着个由头便来瞧我了。"

盛老太太搂着小孙女，一边嗔骂，一边拍打她的肩："自己都要做娘的人了，还这般没体统！直起身来，好好坐着，像什么样！没你个猢狲在跟前，我反倒顺当了，约能多活几年！"

偏明兰是个牛皮糖投胎的，从不知怕她，本就想念祖母，好不容易见了，黏得越发急了，还满口胡说八道什么"瞧祖母人也瘦了，皱纹也多了，定是想她想的""一日不见，如隔三秋，相思催人老"云云，闹得她又好气又好笑，恨不能拖过来打一顿，又恨不能跟小时似的亲两下。

祖孙俩自顾自地笑闹，只说得一旁的王氏被冷落得脸色发青，才正经地说上话。

"该注意的事项你怕比我还清楚。总之，这些日子要当心，吃的穿的，甚至熏香炉、银丝炭，还有园子里的花草，你都要注意。尤其身边的人，这个时候，宁可冤枉了，也不可放过。若怕伤了人和，便先把人押到庄子里，回头再查清发落不迟……"

"祖母，我晓得啦。"

不知第几遍这么说了。老太太不断叮嘱，明兰为着叫她放心，只好不断重复这句话。

老太太殷殷嘱咐，又转头对崔妈妈道："你是汤药上办事办老了的，旁的人我也不遣了，这孩子我只托付给你了。"

崔妈妈忙福身道："老太太的话我记下了。夫人自小就是我服侍的，我拿命说一句，便是天塌下来，我也要护夫人和小主子周全。"

老太太满意地点点头。

明兰心里感动，但也被啰唆得耳朵发麻，忙见机岔开话题："咦，全哥儿怎么没来？不知可还记得我这姑姑吗？"

王氏总算逮着机会说话，忙道："这孩子近来皮得很，怕吵着你，便没带来。"

"那慧姐儿呢，可好？"

提起小孙女，王氏也是满脸笑容："要说这小丫头呀，比她哥哥强十倍，不哭不闹，又乖巧又熨帖，见人就会笑，你爹和老太太都喜欢得什么似的。"

"那比大姐姐和五姐姐如何？"明兰故意打趣道。

王氏白了她一眼，大声道："若比她们，那就强出百倍了！"

明兰笑得欢快，指着王氏，俏皮道："祖母，你听，你听，太太见异思迁，有了孙女就忘了闺女，回头我告诉大姐姐和五姐姐去，你可得与我做证。太太如今变心喽，不疼她们了！"

屋里众人一齐哄然，丫鬟婆子们侧脸偷笑。老太太用力搂着明兰，嘴里笑骂着"猢狲，猢狲"，王氏笑得满脸通红，直拿帕子捂眼角，适才的些微不悦也散了去。

"旁的没什么，就是枫哥儿的婚事，已定在开年春，你是没法来了。"老太太慈爱地望着明兰，"回头叫你姑爷来吃酒便是。"

明兰笑着点头。王氏想起一事，也道："你大姐姐本想来的，这阵子却叫事给绊住了，说是待得空了，便亲自来瞧你。"

"大姐姐若忙，就别来了，自家姐妹，不必多礼的。"明兰担心华兰不好出门，免得她又和那极品的婆母打交道。

"不妨事的，她说可来的。"王氏笑着道，"她如今觉着自己是过来人了，大约紧着来提点你，好显摆一番能耐吧。"

众人又是一阵笑。没有人提起墨兰。

孕妇的生活是怎么样的呢？头三个月坐胎期间，连散步等运动都不好多做，只须吃吃睡睡，过着猪一样的生活。其实根本不需要考虑，完全依赖本能，如今的明兰，跟一头小猪没什么区别，吃完了就发困，睡醒了就觉着饿，见了人就半清不醒地哼哼两声。

此外，还翻着花样想吃的，一会儿甜，一会儿咸，一会儿辣，一会儿淡，有时连清水都觉着有气味，有时又闻不得饭味。

此时便显出前纨绔子弟顾廷烨的能耐了，只有明兰想不出，没有他弄不到的吃食，什么犄角旮旯隐没市井的摊贩酒楼私家菜，川赣徽浙各家菜系，他随口指点路径，须臾可得。

坐在对面，瞥一眼奋力吃喝的明兰，再瞄一眼她尚且平平的小腹，开始走神，无限美妙幻想，他心里就跟揣了罐蜜糖一般。

如此过了三五日，明兰依旧幸福如猪头。那边厢，却出了事。

小桃十分兴奋地跑来报信："杨家姑老太太来了！"明兰恹恹地伏在炕上，没好气道："什么大事，也值得你这般？去说一声，我身子不适，就不去请安了。"

"不是的，夫人。"小桃脸蛋红扑扑的，大冷天额头上居然冒着热汗，"姑老太太谁都没叫，只关起门来和太夫人说话，好似在跟太夫人发脾气呢！"

"你到底给廷灿备了多少嫁妆？！"杨姑老太太如风火轮一般赶来，风度尽失，拍着炕几质问。

太夫人心头不喜，但还是摆出笑脸，道："哟，你这做姑姑的，这就过问起侄女的嫁妆来了？放心，定叫公主与驸马满意，叫你长脸！不敢说十里红妆，却也是京城里数得上的。"

"你胡诌什么！"杨姑老太太擦着额头上的汗，是冷汗，"你嫁进来几十年了，顾家嫁女的惯例你是知道的，你这回给灿儿备的嫁妆可是超出许多了。"

太夫人垂下眼睑，慢慢抬手去拿茶碗，不说话。

杨姑老太太气急败坏道："我不是来给自己抱冤的！也不是来算后账的！你要给灿儿备多少嫁妆是你的事，可你为何迟迟不将家产交付与廷烨夫妇？"

太夫人嘴角一歪，讽刺地笑出来："怎么，他们终于忍不住了，到外头嚷嚷去了？还真道他们不屑这点子家业呢，整日煊赫得不可一世。"

杨姑老太太见她这副样子，深吸一口气，抚平气息道："我不是与你说笑的，这事若没办好，廷灿的婚事怕也要黄！"

"什么！这是从何说起？"太夫人急了，当即撑着桌子站起来。

"就从今早我去驸马府讨要庚帖说起！"

太夫人颤巍巍地坐下，一脸不明所以。

杨姑老太太顺平了气，缓缓道："前几日，驸马府来人说庚帖的事，我特意缓了几日，也让灿儿摆摆架子。至今日，我才和黄家世子夫人一道去驸马府，原想着先拿了韩家三公子的庚帖，再来换灿儿的，谁知……哼，触了好大一个霉头！"

"怎么？韩家变卦了？"太夫人惊惧交加，声儿都打着战。

"也不是。"杨姑老太太想起今早在公主面前的窘迫，直气得牙痒痒，"说起来，庆昌公主也气得够呛……昨日宫里设宴，皇家贵眷们都去了，开席前，贵眷们便聚着吃茶说笑，也不知谁提了句韩、顾两家正在议亲，大伙儿便你一句我一句地道贺起来，还有夸灿姐儿才气高，庆昌公主虽未说什么，但心里也是高兴的。本来好好的，谁知，谁知……"

"你倒是快说呀！"太夫人发急。

杨姑老太太怒道："谁知林乡大长公主忽说起了嫁妆之事！说顾都督承袭爵位已半年有余，连顾家祖产的边都没碰到，至于阖家管制，还有功臣田、福禄田，更是牢牢把在你太夫人手里，宁远侯夫妇徒坐了个空头爵位！呃，你也知道，这林乡公主和庆昌公主素来不和的。"

同是庶出，庆宁大长公主好歹是养在静安皇后跟前的，多少占了些名分，林乡公主的生母位居宝林，末了，却不如宫人所出的庆昌公主风光，是以，这姐妹俩自小爱别苗头。

太夫人紧紧攥着茶碗，深得几乎嵌进掌心。杨姑老太太继续道："总算你人缘不错，席面上也有人替你说话，说你也是不放心他们夫妻年纪轻，打算交代清楚，才好托付呢。谁知有人当面就嗤笑起来，说，若是亲娘不放心儿子儿媳还情有可原，你一个后娘把着家产不放算怎么回事，也不怕瓜田李下！"

杨姑老太太说得气急，喝了口茶，润润嗓子，继续道："这时庆昌公主还好，只淡淡说你即刻便会交托的，外人有什么好议论的，不想那林乡公主又讥讽了一句，'莫不是要等嫁出女儿后再交付？这敢情好，有这样体贴的亲家，姐姐您可是大有福气了'，这话是什么意思，谁听不出来？庆昌公主气得当时就想砸茶碗了！"

太夫人气得全身发抖，嘴唇颤得厉害，却发不出声音来。

"这也罢了，林乡公主那张嘴，大伙儿都知道的，最是厉害不饶人，说话也没个把门的，也没几人当回事。可待到开了席，庆宁公主陪着两宫太后和皇后来了。"杨姑老太太艰难地咽下唾沫，"皇后随口问了句'适才说什么呢这么热闹'，林乡公主忙把这事说了。为怕局面不好看，几位长公主、郡主，还有王妃、郡王妃们，都笑着帮忙来圆场，两宫太后取笑了几句，本来事情也过去了，可是……庆宁大长公主玩笑般说，'不是一家人，不进一家门，怪道妹妹能与镇南侯夫人成妯娌呢'。庆昌公主强忍着，才没晕厥过去。"

太夫人半身冰凉，再无话可说。

镇南侯爷素爱豪阔，不善经营，侯府内囊空虚，侯夫人泼辣蛮横，颇有手腕，索性打起儿媳嫁妆的主意，前后娶进的三房儿媳，俱是带着万贯家财进门的，自然地，那门风就不怎么好了。庆昌公主素来厌恶长嫂的这种市侩俗气行径，恨不能井水河水划得清清楚楚才好，如今却被相提并论，她自是气得非同小可。

这番话说完，姑嫂俩久久无语。好半晌，太夫人才恨声道："自来嫁女儿，多陪些嫁妆是常理，她们竟……竟这般气人！"

杨姑老太太大约是气过头了，反而镇定下来，道："老嫂子，您就别糊弄人了，按着顾家嫁女的惯例份子，再添上你的嫁妆，也很了不得了。您原有多少嫁妆，我多少也知道，您要厚嫁女儿，成！从你自己那儿出，别拿顾家的祖产呀。"

"灿儿是老侯爷唯一的嫡女，厚嫁些怎么了？！就是陪些祖产，又如何？前几年宣门侯嫁女儿时，几乎出了一半的家产！更别说那年平宁郡主出嫁，襄阳侯陪嫁了多少！"太夫人执拗起性子来。

杨姑老太太也有些气了，大声道："我的确不是老太公唯一的嫡女，只知道，要陪祖产也成，那得当家人自己发话！如今顾家门里你是当家人吗？二小子廷烨才是！你不经当家侯爷同意，便私自把顾家祖产做了陪嫁，算哪门子道理？！以后人前人后风传，后娘把持家产，把祖业搬空了给女儿做嫁妆，你半辈子的脸面还要不要！你闺女的名声还要不要？！"

"好吧！要当家人发话，"太夫人如困兽般不肯屈服，"外头人怎知老侯爷没发过话？"

杨姑老太太冷笑道："我那老哥哥发没发过话，我是不知，不过，廷煜临终前把族人叫齐后出具的两份卷宗，我却是知道的。不单家里人知道，外头人知道的也不少。好端端一个病入膏肓的人，做什么临终前还不能安心，非要折腾这劳什子？你当外人没脑子，不会想的吗？"

还能为什么，不就是怕弟弟不知家产详情，被继母私吞了去。

争执了好几句，两人俱是疲惫，又是半晌无话。

杨姑老太太长长叹气道："我也是有闺女的人，你想厚嫁女儿的心思我还不知道？可好人家是要名声的，公主能如此，正说明她磊落，韩驸马家实是门好亲事。可你若执意如此，那公主府这门亲我可不敢张罗了，您另请高明吧。"

太夫人心思百转千回，一下委顿在椅中，忍不住哭道："我苦命的孩子，眼看着父兄指望不上，原想多给她些傍身的，却没想又叫人算计了去！"

杨姑老太太挥挥手，满是倦意："你自己好好想想吧。反正这庚帖我一时是拿不来了，不过要快，这一过了年，灿儿的年纪可就……唉，孰轻孰重，你自己思量吧。"

　　一把岁数的人，上半日受人奚落，下半日跟人争执，杨姑老太太也是疲倦得很，懒得再说什么，又喝了半盏茶，便告辞了。自家府邸，熟门熟路，很顺脚地迅速往外走去。

　　这件事越想越头疼，一路上连话她也懒得说，踩着桦木雕的双板小矮凳，撑着一个媳妇的胳膊，赶紧上了马车。堪堪在车口坐定，刚要往里挪动老迈的身子，猛见得车厢里头已有一人，黑憧憧的人影，端坐在车里正座上。

　　她差点吓出毛病来，细细往里一瞧，惊呼道："怎么是你？！"

　　外头传来车夫扬鞭吆喝之声，随即车轮辘辘起行。半昏半暗的车内，锦帘扬动间，外头的亮光散落几丝入内，叫里头亮起些许。坐在那里的人，不是顾廷烨又是谁？

　　车中出奇地静，他身形微倾，缓缓道："姑母，多日不见了。"

　　杨姑老太太做梦也想不到他会于此处出现，大惊之下僵坐在原地，愣了片刻，才尖声质问道："你在此做甚？"

　　顾廷烨并不就此作答，却悠悠然地另作他言："当年宣门侯嫁女，可谓京师盛况；平宁郡主出阁，襄阳侯更是随嫁无数，太夫人艳羡也是难免的。"

　　杨姑老太太的眼皮猛然一跳，直看顾廷烨——她从太夫人处出来尚不足半盏茶工夫呢！她沉声道："好灵通的耳目，今时果非往日了。"

　　顾廷烨似丝毫不以为意，微笑道："十几年前，宣门侯奉旨镇守西北延同州，不料受了西戎重兵突袭，时城中只几千残兵，救援不及，眼看城破之时，宣门侯父子四人就要殉城，邻城大族芮氏得了信，致仕在家的芮老督军耿直，当即遣了族中子弟及家丁府兵来救，终撑到援军来解了围，宣门侯一家得保，可怜芮老尚书满堂儿孙，只剩一庶出幼子。"

　　说完这些，他便不再继续，只定定地看着杨姑老太太，目中似有轻嘲。杨姑老太太胸中气愤涌上，却又不便发作。当年之事，她如何不知？所以适才方与太夫人那般口气。

　　顾廷烨对这副表情十分满意，这才又慢悠悠地道："后宣门侯回京，便将嫡出幺女嫁于芮家小公子，半数的家产尽做了陪嫁。不知韩驸马家于顾氏是否也有如此深恩厚德？"

杨姑老太太脸色都发黑了，牙齿发出轻微的咯咯声，依旧不出声，做非暴力不抵抗状。

　　"至于平宁郡主出阁……"顾廷烨笑了笑，"当时侄子年纪还小，只记得这门亲事还是杨家老太君亲自保的媒，姑母也带几位表兄去吃过酒的，难道不知其中干系？"

　　杨姑老太太依旧用沉默对抗，拒绝交流。顾廷烨渐渐敛去微笑，肃然冷声道："姑母倒是改了性子，这般心平气和，想来太夫人定是下足了'功夫'的。"

　　杨姑老太太本就性烈，忍耐不住高声道："你不用激我！我这把年纪了，连重孙子都快有了，不怕你攀三污四。你只说，你到底要如何？"

　　"不要如何，不过要姑母一句话。"顾廷烨语气淡然，便如无形的手掌按压着对方，隐然威势。杨姑老太太忍了又忍，重重呼吸几次才道："……没错，这事是她做得不地道，我已说过她了。倘若她不改，这门亲事我是断不会插手的！如何，你可满意了？"

　　这话说得又气又急，便如连珠炮似的，顾廷烨唇角露出一抹淡笑。

　　杨姑老太太气愤难耐，满是皱褶的眼角抛出目光，瞥了他一眼，又道："这事虽不对，可也情有可原，谁叫灿丫头少个倚仗，有能耐的兄长指望不上，她娘能不忧心吗？她一辈子仁善厚道地过来了，临了不过做错了这一件事，你犯得着这般不依不饶吗？"

　　顾廷烨面露轻蔑，冷哼道："顾家上百年都没动过的功臣田，她说送就送了，这种仁善厚道还不如不要！"一字一句，便如利刃。

　　杨姑老太太毫不认输，怪腔调地出声讥嘲："不错，我差点儿忘了，还是全靠了你娘，顾家祖产才保了下来。不用你来提醒，顾家老少都念着这恩德，不敢忘呢！"

　　"是以顾家如此报答？！"顾廷烨的目光冷彻似冰。

　　"笑话！你顽劣不驯，难不成也是顾家的过错？成日外头胡闹，你老子难道没骂过、没教过？自己烂泥扶不上墙，却来怪旁人！"

　　这番话若是早些年说，顾廷烨定然大怒，然，此时的他，早叫江湖风霜打磨得皮糙肉厚，并不以为意，只冷冰冰地讥嘲回去："我做的事我从不抵赖！可顾家只我一人如此？老爷子蒙在鼓里不知道，姑母你在外头也不知道吗？"

　　姑侄俩性子有几分相似，一句紧着一句，针锋相对，谁也不让谁，杨姑老太太叫最后一句噎住了。京中繁华，各种玩乐花样极多，权贵子弟或多或少有些陋习，不过，待成年娶妻后，或能好些，或学会了怎么遮掩，收拾自己的烂摊子。

顾廷炳贪财，觊觎富贵显赫，顾廷炀好色，小媳妇、窑姐从来荤腥不忌，二人何尝不曾在外惹过祸事？及至人命官司，这些种种，都叫太夫人帮着摆平瞒住了，故而四、五两房对她感激不尽。偏到了顾廷烨这里……

"与盐商家结亲家，叫姑母在杨家丢人了？"顾廷烨缓下肩头，斜靠着车壁，不徐不疾地半嘲半笑。

杨姑老太太一时无语，往事蓦然涌上心头。

那时，她连生了两个女儿，眼看庶长子一日日大了，婆母厉害，几个妯娌又都不省事，她身为长媳，有万般难处，偏偏娘家长兄又娶了这么个不登对的夫人，夫家明里暗里多少嘀咕嘲讽，便是吃饭菜淡了些，都会叫人打趣"大嫂当家也太节俭了，不如跟你娘家嫂子家要些盐回来"，然后狠狠笑上一顿。她素来心高气傲，不愿解释，只能强忍着赔笑脸。

她晓得大哥为难，秦氏大嫂可怜，娘家父母也是无奈之举，便一腔无处宣泄的怨愤都扑向了白氏，自然，也延及了顾廷烨。

她喉头咕咚几下，想说些什么，却未能成言，一抬头，见暗光浮动，透进车内的光已非青白明亮，而是一片昏黄泛红的落日余晖，对面端坐的人，宽额挺鼻，竟与记忆中那张老迈垂死的面容惊人地相似。

"大哥……你爹过世前，一直惦记着你。"她忽然开口，眼神异常黯淡，仿佛顷刻间垂垂衰老许多，话音低哑发涩，"后来，大哥已不认得人了，只不断叫人去寻你回来，别在外头风餐露宿，怕你吃苦受罪，可惜……"

虽是早就知道的，再次听得这些，顾廷烨依旧心头揪紧，一阵窒息般发闷。

"今日既说到这里，索性把话说开了。从一开始，我就认定你娘不配做顾氏宗妇，加之后来你的所作所为，越发觉着你也不配承袭爵位。是以，有些事我便是知道，也不曾开口。谁知人算不如天算，如今……"杨姑老太太缓慢地直白叙述，目光紧绷得几近惨淡。其实，自长兄过世后，她心中有愧，便不再踏足宁远侯府。

想到这里，她忽心中起了一股傲气，昂头冷笑道："姓顾的起手不悔。我不是老四、老五，一个糊涂，一个没骨头！你落魄时我不曾帮扶过，如今你飞黄腾达了，我也不来沾你的光！你成亲我都没来，你大可当没我这个姑母，便是杨家有朝一日大难临头，我也绝不来寻你！"斩钉截铁地说完这些，一身老骨头似都散了架，她哑着嗓子道，"可灿姐儿……炜侄子是个安逸惯了的，你与她兄妹情分寥寥，她外家东昌侯府是早就不成了的。我……她的终身大事我不能坐视，好歹给寻个妥帖的婆家，我也算对得住大哥了。"

"待你妹子的亲事落定，我便不再登顾家的门，你放心，也叫你媳妇放心，我不会再来摆姑母的谱。"杨姑老太太咬牙说完这些，顿了顿，低声道，"……韩家的亲事若不成，还得去瞧瞧旁的人家，灿丫头不懂事，你能帮好歹帮些，到底是亲兄妹。"

顾廷烨是她看大的，生性骄烈，指望他以德报怨纯属做梦，不原样还回去便不错了，很难再讨得了好去，怎么可能再仗着长辈身份摆威风。这些她看得很清楚，今时早不同往日了。

那日上门给顾廷灿说亲事，种种刁难意气，不过是惯性发作，瞧见那对饱满滋润的小夫妻，她就气不打一处来，吃瘪回去后也深悔自己沉不住气，何必自取其辱？可无论怎么建设心力，一见了这个厌恶的侄子，她依旧控制不住火气上冒。

顾廷烨静静听着，至此才忽地微笑起来："这个姑母不必忧心，韩家的亲事必然能成。"

"你……怎么知道？"杨姑老太太奇道。

"经此一闹，倘若韩家应了这亲事，两边的面子都能过去。"顾廷烨轻嘲着，"七妹妹的岁数已经不起再慢慢挑拣，太夫人眼界又高，必不愿屈就的。"

他轻轻掀起车帘一角，侧脸瞧了下外头天色："太夫人定知如何做才是最好。"

"莫非……"杨姑老太太心头一动，"这桩事是你所为？"

顾廷烨轻瞥了她一眼。杨姑老太太被这一眼看过，无端心头发冷，手指颤了几下，却听他道："姑母可觉着太夫人受了冤屈？"

杨姑老太太沉默。的确是事实，有什么可冤屈的。

"今日能把话说开了最好。"顾廷烨放下帘子，一手轻搭在小几上，"自家人本无什么深仇大恨的，虽有些龃龉，也不是过不去的。待七妹妹出阁之时，还请姑母来吃酒才是。"

杨姑老太太细细咀嚼，听懂话中含义，点头道："如今你是一家之主，我晓得好歹。"

她只觉着这一日的劳累刺激几乎能折去她十年的寿。顾廷烨今日的来意，她清楚得很。其实，自己出嫁后已算是外家人了，他不介意多这么个亲戚，但希望少一个来咋呼惹事的姑母。他刚承袭爵位，就把所有最亲近的长辈轮番挤对一遍，传出去总是不好听。

反正自己该说的都说了，以后她少来摆长辈架子，顾廷烨也不会记着旧恨，前尘往事算是过去了。如今又拉不下脸来联络感情，罢了，罢了，反正少结一个冤家总是好的。

"时辰不早，侄子这就回去了。"顾廷烨拱手告辞。

刚叫停了车，掀起车帘，便见车外站着两个垂泪的丫鬟和一个怯生生的媳妇，正是适才扶姑老太太上车的那个，还有一个惶恐的车夫，后头随行一队勇悍矫健的骑马护卫。

"老夫人，我……我们……"车夫和那媳妇急着辩解。

杨姑老太太不耐烦地挥手："回去再说。"

此时天色已暗，这条胡同里没什么人，十分安静。当头一个护卫下马，牵着一匹神骏健壮的马过来，恭敬地要将缰绳交给顾廷烨。这时，杨姑老太太忽地出了声："且慢。"

顾廷烨略略吃惊，回头看她，又走过去几步。只听她急急道："我知道你不待见她，在你身上，她的确存了不当的念头，行事也是过了。可这几十年来，她操持一家老小上下，没有功劳也有苦劳，你……你好歹瞧在你爹的分儿上，抬抬手吧。"

顾廷烨失笑道："这个，也请姑母放心。倘若至此为止，她不再出什么幺蛾子，我自不会和妇道人家计较个没完。可若她还不死心，那就……"他毫无笑意地笑了两声。

姑老太太颓然，她自己也是多年媳妇熬成婆，内宅中的弯弯绕清楚得很。小秦氏是个聪明人，于那些无关紧要的亲眷，自是最慈和不过的一个人，可对于挡着她道儿的，下起手来也是不遗余力的。终归是多年姑嫂情分，怎么也算替她说过话了。

她低声道："你能这般想，是最好不过的了。"

"姑母放心，那点子针头线脑的恩怨，也值得我费功夫？"顾廷烨看杨姑老太太一脸忧心，冷笑着走开，利落地翻身上马，"大丈夫岂能只凭祖荫？靠自己能耐建功立业才是正途！说到底，倘若三弟有大出息，她在顾家便是铁打的江山！"

话音犹落，便听策马扬鞭声，随着马蹄打在青石板上的清脆响亮，便如疾风驶过，一行健儿片刻便在胡同深处不见了人影。杨姑老太太眼看他们离去，独坐车内，心中思绪翻涌。

围边以海棠花开雕绘的精致小圆桌上早已摆好了两副碗筷碟盏，明兰手持一卷"金玉奴棒打薄情郎"的喜笑话本子倚靠在里屋的美人榻上，读得津津有味。丹橘从外头进来，轻声报道："夫人可要摆饭菜了？"明兰腾出一只手来摇了摇："不，侯爷还未回呢。"

丹橘劝道："也不知侯爷什么时候回府，夫人如今是双身子，不若先用些？"

明兰依旧竖着书卷，头也不抬地打趣道："我的好姑娘，今儿一天你夫人我已吃了五顿了，便是喂猪也该歇口气了。"

小桃正一手握着包了锦棉把手的紫铜钳子，一手举着镶冻榴花石的炉头网罩隔着炭气轻轻拨着炭火，听了这话，扑哧就笑了出来。丹橘白了她一眼，上前一步，从明兰手中拿过一只小小的白玉手炉，走到小桃身旁去加新炭火。刚钳了两块小小的银丝炭，门口帘子轻轻掀开，崔妈妈端着个小茶盘进来。

崔妈妈走到明兰跟前道："要等侯爷也无妨，先把这吃了，一点儿不撑肚子，不碍着待会儿用饭。"小茶盘上是一盏冒着热气的暖盅，掀开盖子，一股浓郁的乳味果香扑鼻而来，极是诱人。这蛋奶羹是拿新鲜牛羊奶调入一点蛋黄汁，打些苹果泥进去，放少许碾碎了的琥珀色核桃粒做点缀，蒸熟蒸透了才好吃。

"这是今儿庄里新送来的奶子，刚下来两个时辰就送到府里了，新鲜得很，趁热赶紧吃了。"崔妈妈不由分说，夺过明兰手中的书卷，往她手里塞进一把羹匙，脸上的皱纹褶子里还挂着寒风气。蛋奶羹美味可口，外加崔妈妈如铁金刚般站在身旁虎视眈眈，尽管半点不饿，明兰也只得吃起来。

崔妈妈见她吃得香甜，寡淡的脸上也浮出笑意，忍不住唠叨了两句："趁夫人这会儿还没害口，多吃些。当初老太太有身孕那会儿，见什么吐什么……"她忽住了口，盛老太太那个早夭的孩儿是个伤心的禁忌，谁也不敢提的。

她原本就长于服侍和调理，当初能把跟只小猫崽子似的明兰养得又肥壮又白胖，自是有两把刷子，奶羹只有掌心那么点多，明兰很快便用完了。

崔妈妈看了眼两个丫头，道："还有些多的，我给你们留了，放在灶上热着呢，去取来吃吧。"小桃早就肚里馋虫叫了，闻言便高高兴兴地端着空盏出去了。

丹橘乖觉，知道崔妈妈是私下有话要与明兰说，便把白玉手炉塞回到明兰手中，然后放下厚厚的棉帘子，又关上一扇门，自己到外屋守着去。小桃已走到门边，见此情形有些不好意思，便凑到丹橘耳边道："好姐姐，我给你端过来吃吧。"

"小蹄子，算你有良心。"丹橘笑着戳了一指头在她脑门上。

屋里——

"夫人……"崔妈妈不善言辞，说了这两个字就不知如何接下去。

明兰听得她声音有异，微笑着等下文："妈妈，您说。"

崔妈妈鼓起一口气道："夫人，我听说三太太又给个丫头开了脸，叫服侍三老爷的。"

明兰微惊："我记得弟妹刚有身孕那会儿，已开脸了个丫头了。"何况顾廷炜又不是没有通房妾室，不至于老婆一怀孕就没女人可睡。

崔妈妈神色有几分不屑，但还是道："就是那个丫头，说是身子不好，不好服侍了，三太太便又送了个新的过去。"

"身子不好？"明兰奇道。难道三太太因妒生恨，下毒手了？

崔妈妈无奈地咂吧了下嘴，压低声音道："听说是有身孕了。"

明兰愣了愣，"哦"了一声。两人一时都没有说话，屋里静悄悄的。过了半晌，明兰低声道："我知道妈妈的意思。"

崔妈妈也是万分为难，自己养大的孩子如何舍得让受委屈？可也没法子。她坐到明兰身边，握着她的手，艰难道："夫人，如今你身子不方便，与其将来有个不知根底的上来，还不如叫个可靠老实的去服侍侯爷。"

明兰心里苦笑，她就知道会有这一天。

崔妈妈见明兰不说话，以为她心里过不去："夫人，我晓得你心里不痛快，可这也没法子。"想起老太太当年因纳小之事和盛老太爷屡次争执，最终闹得夫妻不和，她忧心道，"这些年来我瞧了，这几个丫头都是好的，小桃老实，丹橘忠心，绿枝虽嘴巴利了些，却也是实在人，不如……"

明兰缓缓摇着头，叹道："妈妈，你是盛家的老人了，你可还记得六弟弟的生母香姨娘？"

崔妈妈冷不防明兰会忽然提起这个，一时茫然。明兰补充道："香姨娘以前就是太太的贴身丫头，自小陪大，我听说主仆俩以前好得跟姐妹似的。可是后来呢，香姨娘开脸后，太太就开始忌着她，两人也生分了。过了多年，香姨娘生下了六弟弟后，那点子情分早没了。"

"谁说不是。"崔妈妈叹气道，"也是香姨娘能忍，无论吃穿用度有多亏待，从不抱怨半句，在人前只说太太的好，连着六少爷，也不敢拿半分主子的款儿，太太这才容下了他们母子。"

明兰点点头。香姨娘可说是妾室的典范了，谨慎本分，不敢起半分歪心，在盛家就是管事婆子或得脸的妈妈都比她体面些。明兰反问道："可这能说是太太心胸狭隘吗？女子一旦有了自己的骨肉，那就不好说了。"

崔妈妈噎住了。这话倒也实在。若生了女儿还好，一个庶女翻不出浪来，妾室还能安分些，若是个儿子……谁不想儿子能有个前程，能多分些家产？

妻妾和睦，异母兄弟一堂和气的，毕竟是少数。

明兰缓缓道："用得着的时候，叫她们去做小，没用时便防着、忌着。她们若自己起意也就罢了，不然这般拿她们当物件使，我做不来。大约是我没有容人之量吧，没法子真拿小的们当姐妹待。"古代教育于姚依依不过是个皮囊。

"夫人说的什么话，这世上有几个能拿小星儿当姐妹的，可是，那……该怎么办？"崔妈妈口拙，已经没词了。

"总有法子的。"明兰笑了笑，不欲多说。这个时代的男人想偷腥，简直太没难度了，反是抵抗莺莺燕燕们的勾引倒需要绝大毅力，她就别上赶着给自己找恶心了，顺其自然就好。

这时，外头丹橘高声报道："侯爷回来了！"

明兰微微醒神，只见顾廷烨大步流星地从外头走进来。崔妈妈忙警觉过来，恭敬地站起身，向他请了个安，然后退了出去。明兰想起身替他宽衣，却叫他一下抱了起来，两人半靠半坐地倚在榻首。

顾廷烨闻得明兰身上弥漫着果味的奶香，便在她脸上、脖间乱嗅了一气："什么味儿？"明兰叫他的胡楂扎得发痒，娇笑着："刚用了些点心，你若喜欢，不如尝尝？"顾廷烨摇摇头，其实他不喜甜食，不过是明兰的身上跟奶羔子似的，香喷喷的，极好闻。

"你跟姑母把话都说清了？"明兰用力扳正在自己脖子上乱亲的脑袋。

顾廷烨含糊地"哼"了一声。明兰不明白他的意思，又问了一句："你不会撺掇人带着杨家表兄弟去喝花酒吧？"顾廷烨大手抚上她的小腹，不情愿道："当是给这小兔崽子积德了。"

明兰很想回上一句"你儿子是小兔崽子，那你自己岂非兔子"，不过，姑老太太以后不会来找茬了，终归是件好事，当下笑眯眯地不回嘴了。

"不过，"顾廷烨犹豫道，"你如今有了身孕，倘若那边撂了挑子，这偌大的一家子，你该怎么……不如缓一缓。"

明兰想了想，对着他的脸，认真道："你觉着，我可是那种会鞠躬尽瘁、呕心沥血之人？"

诸葛亮要是能活到乾隆那个岁数，天下没准儿就姓刘了，司马懿那身板哪熬得过他，身体好，才能继续革命嘛。

顾廷烨认真想了想："绝对不是。"

回答得太利索了，某人有些不爽。

明兰其实并不很担心，如今她怀着身孕，把侯府管好了属于超常发挥，没管好也是情理之中，如果有个什么埋怨，她就去外头哭诉太夫人故意欺负她，早不交权，晚不交权，偏偏她一有身孕就交还了，多好的借口呀。

因庄上送来的奶子有很多，放久了也不新鲜，葛婆子做了些酥酪和蛋奶酥皮点心，明兰吩咐送去各处尝尝，蔻香苑也分到了些。

"嗯，这奶卷子真香，还热乎乎的呢，许是刚下灶的，姐姐，您尝尝。"秋娘嘴里咬了一口，只觉得齿颊留香，赞道，"味儿这么浓香，也不知放了多少新鲜奶子。"

巩红绡抚弄着绣在袖子上的一丛绿蕊杏黄的蜡梅，道："这是给蓉姐儿的吧，咱们哪有这福气。若叫夫人知道了，还当我们姐妹整日抠姑娘的好处呢。"

秋娘停了手上的点心，讪讪的，似有些不好意思。在她身后整理食盒的一个丫鬟忍不住道："姨娘，您别吓唬她了，适才我从婆子那儿接过东西时，人家说得清清楚楚，小的那食盒是给大小姐的，这盒是给您二位的。"说完这句，便气愤愤地走了，出门时还用力地甩了门帘子。

"小莲藕说得是，夫人不会与我们计较这些的。"秋娘目送着她离去，似松了一口气。

巩红绡瞥了她一眼，笑着起身把房门合上，转身道："好姐姐，适才是我想岔了，要说以前呀，我还担忧夫人是个不好相与的，你总算还有和侯爷的几分情意在，我却是飘零独个儿的，还不知如何叫人揉搓呢。可这些日子下来，夫人待我们可真是不薄呀！"

秋娘对着烛火有些发愣，叹道："是呀，夫人，心地极好。"

巩红绡眼神闪动，坐到秋娘身旁，亲昵道："我是瞧出来了，夫人是个厚道和气的，便是我们一时不慎有个行差踏错，她也从不往心里去。"

秋娘粉面泛红，知道她指的是哪件事，尴尬地低下了头。

"如今，夫人有了身子，你可要替夫人分忧呀。"

秋娘愣了愣："如何分忧？"

"你这傻子，自然是侯爷呀。"巩红绡笑得鬓边的珠钗不住乱颤，"姐姐好好想想，侯爷挑剔，旁的人服侍不惯，可夫人这般情况，又不好叫她劳累。"

能在内宅混到如今，便是再老实本分的丫头，也必有些本能的心眼，秋娘再鲁钝，也能听出巩红绡是不怀好意。可有时，最浅显的计谋也是最有用的。

想到顾廷烨身边没个知冷知热的贴心人服侍，秋娘就忍不住忧心，沉寂许久的念头又跳了出来。与其让不安分、心机深的丫头寻机得了便宜，还不如是自己呢，夫人想来也能明白。

巩红绡冷眼瞧她的神色，知她心思已活泛起来了，当下也不多说，便慢悠悠地回自己屋了。

秋娘心神未定地回了屋，坐在妆镜前望着自己依旧俏丽的容貌，不由得心中澎湃。这时，小莲藕端着盆热水进来，后头跟着个拿帕子、里衣的小丫头。

"小莲藕，你，"秋娘咬咬嘴唇，"明儿一早你随我去给夫人请安，你不是和院里的几个姊妹要好吗？你替我打听些事儿……"

"姑娘！"小莲藕气冲冲地打断她道，"我虽命不如您金贵，但自十岁跟着您，好歹也忠心服侍了这许多年，要作死您自个儿去！别拿我做垫背吧！"

"死丫头胡说什么呢！"秋娘被吼了个当头，拍着妆案骂了回去。

小莲藕用力把铜盆在架子上一蹾，转身叉腰道："您别打量着夫人仁善，就吃了猪油蒙了心！瞧瞧五儿的下场，敢去书房献狐媚，叫管事狠打了一顿，腿都打折了，叫挪到庄子里养伤，便是养好了怕也落个瘸子，我昨儿听说庄上的妈妈已要把她配人了！如今对面那屋消停了，您倒又要开始蹦跶了？！"

秋娘脸色一阵青一阵红，手指紧紧地掐进衣裳料子里，羞恼道："我这什么都还没说呢，你就倒了一簸箕出来！可忘了谁是主子了？"

"好了，好了！"另一个小丫头连忙出来打圆场，一边关门，一边过来拉着秋娘的手，柔声道，"好姑娘，别往心里去，莲藕姐姐的性子您知道，她呀，就坏在一张嘴上，你们这么多年的情分了，她也是为了您好！"

秋娘略略平了些心气。那小丫头年纪虽小，劝人倒有一手："侯爷的意思已然很清楚了，他把蓉姐儿送到您这儿，是在恩典您呢！将来您也有个依靠，所以您只管尽心照料姐儿便是。若侯爷来寻您也就罢了，可若是您尖着脑袋往侯爷身边凑，别说侯爷心中腻味，觉着您不知好歹，怕连府中人都要笑话您不知羞呢。"

这番话说过，小莲藕也低声道："姑娘，都是我的不是，我这张嘴真是祸害！我还不是怕你吃了对面那个妖精的亏，叫她摆布利用了？蓉姐儿信您，又喜欢您，咱们好好的，太太平平地过日子，比什么不好。上回夫人也说了，待蓉姐儿满了十岁，就给您抬了姨娘，若是合适，还要抬举你老子和哥哥办差呢。"

两个丫头一个软一个硬，好说歹说，秋娘虽心有不甘，却又瑟缩了。

服侍秋娘就寝后，两个丫头出了门，走出十几步后才开口。

"呼，莲藕姐姐，今日亏得你敢开口，不然秋姑娘又要犯糊涂了。"那小丫头拍着胸口。

小莲藕叹气道："唉，她其实是个聪明人，心地也不坏，就是心里放不下侯爷，老想着有老天开眼的那么一日。可她也不想想，过两年她都三十了，怎么跟人邀宠！这不丢人现眼吗？夫人就算要给丫头开脸，身边那么多得力可信的不用，还偏用她不成？我随她这么多年了，也不忍看她去闹笑话。"

那小丫头恭维道："姐姐你真好，姑娘有您在身边提点，真是福气，我听夫人处的姐姐说起，便是夫人也觉着您是个好的，还叫吩咐你家里，要好好给你寻门亲事呢。"

小莲藕红了脸，啐了一口："小孩子胡说八道！咱们才多大，就整日惦记着这个！"随即又叹了一声，"谁也不是傻子，你干娘叫我们看着秋姑娘些，也是为了她好。"

那小丫头连连点头："对呀，对呀。"

小莲藕冷冷笑道："其实夫人想发落秋姑娘，还不如看着她惹事，一回结果了呢，不过是瞧着她好歹有些苦劳，不忍心罢了。说起来，萱瑞堂那位主子就最擅这手！"

萱瑞堂，位于宁远侯府主院正堂的最正中。

此时，刚刚入夜，太夫人心绪不佳，怒气一波一波地往胸口涌，保养得当的手几乎把茶盅捏碎。下午叫杨姑老太太挤对了一番，还没想出对策，晚上又来了这么一出。

一旁的朱氏吃力地扶着肚子，微笑道："娘，您别气，伤了身子就是儿媳的罪过了。三爷子息繁茂是好事，我已拨了婆子丫鬟照料欣儿，想来无碍的。"

太夫人重重地一拍手掌，对着下头跪着的顾廷炜骂道："你个不争气的东西，读书不成，习武不能，只会捣鼓这些鸡零狗碎的勾当！这么贤惠的媳妇，你就这么伤她的心？！叫我怎么去见她爹！"

顾廷炜跪得膝盖发疼，却不敢应声。朱氏只好帮着劝说："娘，您别怪三爷了。要说欣儿，聪明乖巧，我瞧了也喜欢，将来生了孩儿，也是贤哥儿的臂膀不是？"

"乖什么乖！"太夫人骂道，"这小狐狸精心机深重，我明明跟汤药婆子吩咐清楚的，她居然敢偷偷倒了药。便是想多要些子孙，也不要这下贱货的种！快，去叫人来，把那贱人捆了，送到庄子上去再灌药，别脏了侯府的地！"

"娘！"顾廷炜面有不忍，"欣儿一个弱女子，这么折腾，别说是孩子，便是性命怕也……"

"你闭嘴！你敢忤逆？！"太夫人厉色质问。顾廷炜素来孝顺，只能忍下了。

太夫人转头拉着朱氏的手，慈爱道："好孩子，你放心，有我在，谁也不敢委屈了你！"

朱氏又是羞惭又是感动："娘，这妥当吗？"

"这事你就别管了，我自有分寸。"太夫人断然道，"你身子重，赶紧回去歇着，我还要教训教训这臭小子！"

朱氏应了声，斜斜靠着丫鬟慢慢出去了。

顾廷炜看着朱氏出门后，门口的厚帘子被缓缓放下，才低声道："娘，您真的要处置欣儿？她不是您赏给儿子的吗？"

太夫人慢慢端起茶盏，呷了一口："起来吧，你个糊涂东西！那个蠢丫头，成事不足，败事有余，对我的话也敢阳奉阴违。今天她敢仗着在我跟前有几分体面做出这等事来，他日就敢踩到主母头上去！死了也不足惜。"

顾廷炜脑子有些发昏，慢慢从地上爬了起来："可是……欣儿她……"

"不许再提她了！"太夫人愠怒，看着唯一的儿子又不免心软，缓声道，"你还不知我的苦心吗？如今都什么时候了，正是要倚仗承平伯府的时候。你岳父就这么一个闺女，你……你……成了，说些旁的吧。你以前那差事不好回去再做了，我……"

顾廷炜耷拉着脑袋，没精打采，听到这话才抬头道："娘，这事您别操心了，二哥已给我谋了个新差事，这阵子五城兵马司正好有个缺。"

太夫人愣了一愣。顾廷炜连忙道："要说兵马司可比营卫禁卫的差事肥多了。"

过了好一会儿，太夫人才缓缓道："你二哥素有能耐。"

"二嫂的大姐夫，就是忠勤伯府的袁家二爷，如今正领着一城的统管呢，听说是位极爽快豪气的大哥，我倒想结识结识。"

"你二嫂也是有能耐的。"

太夫人放开紧握着扶手的手指，保养得宜的面庞，看似便如四十好几的妇人，眼角的皱纹却遮掩不住，细细的纹路，层叠交错好似一张周密的蛛网。

她露出一种耐人寻味的微笑："想来侯府在她手里，定能一切妥当。"

夜来风急，窗格发出轻响，厚实精致的纸缎扑扑轻鼓，好似一只不羁的蛾子拍动薄翼，急欲挣脱黑夜的束缚，不顾脆弱的身躯想要振翅离去。明兰披散着半湿的头发，坐在温暖的熏笼前，一手支在案几上，侧耳倾听着这奇异美妙的声响。

"夫人，侯爷差人来说，他和公孙先生议事怕要晚了，叫您先睡呢。"丹橘轻手轻脚地进来，手上拿着条干燥柔软的巾子，慢慢帮明兰揉着头发。

明兰点点头，依旧默然无声。丹橘奇道："夫人在想什么呢？"

"听外头风声，似是要下雨了。"

丹橘笑道："是呀，这段日子，下一阵雨，便越发寒些。"

"蛇虫鼠蚁怕是要出洞了。"

明兰望着暖炉周围略略变形的光线，浅浅微笑。有些事，不会因为你惧怕它，它就不会到来，也别妄图跟它讲和，兴许人家不收战俘呢。

七日后，太夫人将祖产、田契一应清单交付与顾廷烨，并请顾氏耆老列席清点。半月后，公主府请了保媒来侯府下小定。

第四十二回·当家主母

　　爆竹隆隆，梅枝堆雪，京城上下俱是一片喜气洋洋。崇德三年，宁远侯府的年夜饭，气氛格外特别。对着满桌精致的年菜，太夫人略带伤怀地道："唉，咱们这一房到底人丁单薄了些，想你们四叔、五叔家，孙子孙女都能挤上两三桌了。"

　　顾廷灿转回侧看窗外的头，秀丽修长的颈项宛如湖面上的白天鹅，她面容冷淡："可不是？往年多热闹，不似如今，冷冷清清的，哪里像过年。"

　　邵氏神色黯然，垂首不语，目光转向一旁的娴姐儿；朱氏抚着硕大的肚皮，微微皱眉；明兰装作没听懂，一派无知无觉的羞涩状，时不时拿帕子掩口。

　　同样无知无觉的还有顾廷炜，他笑道："我早说把庆喜班请来热闹下，娘偏不许。"

　　朱氏不安地忙去望邵氏。太夫人横了儿子一眼，斥责道："胡闹什么，你大哥过去这还没满九个月呢。"顾廷炜面有惭色地笑了笑。

　　顾廷烨面色如常，缓缓放下筷子，道："您说得是，确是冷清了些，爹爹若早些生儿育女就好了。"

　　太夫人脸上的神情僵住了。

　　农业社会信奉人丁繁茂方是福，越是过年过节的时候，越要满桌满地、儿孙满堂才算兴旺，顾家老一辈的三兄弟都早早成了亲，四房、五房的几个大孙子孙女如今都可议亲了。在这一点上，长房就比较落魄，目前成年男丁只有顾廷烨、顾廷炜两兄弟，未成年男丁也只贤哥儿一个，正由乳母服侍着和两个姐姐在一旁的小圆桌上吃饭。

　　大秦氏身体欠佳，与顾老侯爷两人成亲后，近十年无所出。顾廷煜出生时，顾廷煊和顾廷炀都能打酱油了。两年后，顾廷烨出世，又过了五六年，才有了顾廷炜。这边顾廷炜才断了奶，那边顾廷煊已经开始张罗着说亲了。

长房这一支会输在起跑线上，追其根源，都是那块地不好，属于占着啥啥不啥啥的行为，而很不巧的，该不毛之地就是目前端坐在上方的太夫人的亲姐姐。

　　由于实在人少，若分开坐更显凄凉，是以原本应该分男桌女桌的顾氏长房，在太夫人的提议下，便不避讳地坐在一起吃了年夜饭。本来三个儿媳妇应该桌旁服侍，给婆母布几筷子的菜意思意思，不过朱氏和明兰怀着身孕，邵氏又寡居可怜，索性罢了。

　　顾廷烨说完这句后，太夫人脸色不大好看。大家默默低头吃菜，桌旁伺候的一众丫鬟婆子都噤了声响，年夜饭居然吃出牢饭的气氛来——倒也颇有风味，明兰兴致盎然地想。

　　其实这些日子来，太夫人的脸色一直不好看。

　　那日，太夫人交还顾氏家产，明兰本不想去凑热闹，因顾廷烨坚持，才静坐在屏风后头旁听。当着众人的面，太夫人叫向妈妈把鱼鳞册和其他文书账簿一样一样地摆出来。她容色哀戚，万般委屈，可一句不悦的话都没有，还一脸强颜欢笑地细语招呼诸位族亲。想起她这些年来怜老恤幼，常有善举，于族中多有厚待，几位年长的堂房叔伯也有些过意不去。

　　明兰扯着帕子纠结。其实，真正的演技派不需要号啕大哭、急张鼻孔，就能达到欲说还泣的效果。她万分同情在前头的顾廷烨，俨然一副邪恶狠毒的反派嘴脸。

　　境况已如此，谁知那位大反派还不知觉，且一不做，二不休，居然叫一道跟来的两位文书进来，当面一五一十地、毫不避忌地点算起家产来。那几位耆老的脸色越来越难看，明兰在后头也觉得好生尴尬。在这种尴尬纠结的气氛下，顾廷烨居然还很优哉地添了一盅茶。

　　"今日当着自家人的面，把事情都说开了，以后大家反倒能和和睦睦地过日子了。"

　　太夫人面色苍白，一副摇摇欲坠的模样。好在那两位师爷手脚很快，没等她坠倒，就查验清楚了，一查二盘三问，顾廷烨手一挥，当场着那两个师爷发问。

　　"这三间铺面原不是在永明街（京城繁华商业区）的吗？怎么如今却转到了橡子胡同（某冷僻地段）？"

　　"这三百亩本是水田，旁有泉眼山林，怎的如今成沙田了？"

"安城金楼的份子和那南郊的庄子为何要出让？"

……

太夫人一时放不下脸来，本想发怒，偏那两个文书恭敬客气，顾廷烨又在一旁淡淡的，她知道若不说出个什么来，必然叫人做文章，当下也顾不得装柔弱委屈了，解释如下：那阵子要走关系说情，花用了好些银子，是以家产多有变卖，怕顾廷煜身子弱没敢告诉。

顾廷烨笑而不语。一旁的族亲目光转移，彼此面色诡异。

众人或多或少都知道，自白氏嫁来后，侯府的经济状况一直很好，加上顾老侯爷一朝被蛇咬，吃过苦头之后，一直细心经营家业。

如今太夫人轻飘飘的几句话，就把侯府多年的积蓄给抹了个七八，还把些许祖产赔上，而事实上，也没见太夫人替侯府走关系走出什么成果来，最后还是靠顾廷烨，宁远侯府才免了夺爵祸事，要说为避免被一锅端而转移家产，听着还更可信些。

不过，转移到哪里去了呢……不论此事是真是假，还有比这更好的借口吗？众人的目光若有若无地落在太夫人周身三尺。

顾廷烨笑了下，也未再追问下去，只径直对众位族亲道，愿拨出一百亩良田作为祭田，为族产以供祀祖宗之用，至此屋中气氛再度一变。所谓族产，自是族人共用，现下所有祭田加起来，一年可出息三四百两的钱米，祭田的产出，除供奉家庙祖茔之外，族中的老幼贫寡均可得些贴补，正是见者有份。

族人目光游移，面色不定。说起来，继子和继母不对付也不是稀奇事，而目前看来，这位继母也未必干净如宣纸。

回屋后，顾廷烨嘱咐明兰："于此人，万不可大意。"联系上下剧情，再翻成火星语，大意就是：这个老女人是到了黄河也不会死心的，轻易不认输，就算认输也是装的。

当夜，太夫人就哼哼唧唧地躺倒在床上，想将家务尽数交托于明兰，谁知明兰哼得比她更厉害，颤着调子央求"望您瞧在媳妇身子不便的分儿上，好歹过了正月吧"。太夫人心知明兰有猫腻，却又发作不得，只能暗中咬牙。

明兰曼声感激——于账目上该做的手脚，人家定然早就做好了，也不急在这一时查账。孕期的头三个月最是要紧，不可伤神疲累，万事皆靠边。

如此这般，年夜席上的明兰自养得格外白胖红嫩，别说寡居的邵氏和即将临盆的朱氏没法比，便是喜事将近的顾廷灿都没她气色滋润、容色娇艳，她想装得虚弱些也不能够。

顾廷烨看看一旁的兄弟，道："我已与兵部主簿说好了，待出了正月，你便可上任了。"顾廷炜大喜，他早不耐烦成日闷在家中："多谢二哥！"顾廷烨道："好好当差，五城兵马司不比营卫处清闲，烦事不少，你要上心些。"顾廷炜笑道："二哥放心。"顾廷烨微微额首。

夜里回屋后，丹橘捧着口盖着明黄锦缎的漆红檀木小匣子过来，放在屋中的圆桌上，便告退了。明兰笑着朝顾廷烨道："这是今儿宫里的赏赐，旁的我都收好了，这几件甚为精致贵重，侯爷瞧瞧，该如何处置。"

顾廷烨躺在明兰的湘妃榻上，双目微合："你做主好了。"过年了，朝廷事也多，把他忙得够呛，这几日连饭都没正经坐下吃几顿，再过会儿，他还要去守岁，如今先歇会儿。

明兰暗表同情，有付出，自也有回报。这阵子，她更深地了解到什么叫特权阶级。

逢年过节，宫里时时有赏赐，不逢年过节，宫里也有赏赐，以示恩宠，五光十色的锦缎、湖缎、倭缎、蜀锦，名目繁多的鲛珠绡、珍宝绫、软烟罗、蝉翼纱……还有成套成箱的金珠宝石等。这也就罢了，若去外头定做衣裳，连插队都不用，铺子里的师傅直接上门服务。

过年是大日子，赏赐自然更厚，明兰一件件将匣中的物件取出来：一只洁白明净的白玉碗，两双翠玉透雕包镶赤金的筷子，一柄黄翡白玉镶金的玉如意，还有一件鲜红的物事。明兰拿在手里一看，竟是一枚红玉同心锁，一把锁扣、一把锁头，扣在一起是个如意绦子状，分开又各自成形，不但打磨精致，且玉色极好。自嫁来后，明兰也算见过不少好东西了，但这般上乘的红玉实属罕见，红得鲜艳耀眼，润如温泉，托在嫩白的手心，好似一滴心头血。

顾廷烨不知何时睁开了眼睛，也瞧见了这枚同心锁，清冷了一整晚的眸子似也被这红玉锁渲染上一层温暖的火光。他一手拉着明兰在身边坐下，一手接过那枚红玉，在指尖轻轻摩挲。过了片刻，他低声道："你可会编络子？"明兰点点头。当然会，那是必修课。

"你把它编结好，咱们一人戴一半。"他越发低声。

明兰心中温软，慢慢靠在他胸膛上，悄声道："我定时时刻刻戴着。"

"嗯，你编得牢些。"

正月初一，顾廷烨和太夫人一大清早就去宫里谢恩叩岁了。明兰因有身孕，早早托小沈氏递了风声，皇后便免了她入宫，还赐了些婴孩缎和滋补药物。小沈氏眼底露出一抹艳羡，她成婚比明兰尚早，却至今未有孕，好在长兄郑骏将军嫡出庶出的儿女已不少，将军府香烟后续无虑，她的压力多少轻些。

"这事儿急不来的。"明兰好生宽慰她，"我娘家有位顶顶好的姑姑，她出嫁后快四年才生了我表兄呢。没准儿，这会儿送子观音娘娘正替你在细细物色孩儿呢，嗯，是送个小将军好呢，还是送个小状元好？哎哟，要不还是两个一起送去吧。"

小沈氏愁云尽散，扑哧笑了出来："就你会哄人！"明兰的性子温和诙谐，极好相处，日子久了，小沈氏越发爱寻她诉苦谈心。

明兰握着她的手，低声道："我晓得你在忧虑什么。可你成婚日子还浅，远不到那地步，你放宽心些，心里越自在，没准越早就有了。"这年头又没新兴医院，也只能这样了。

小沈氏也不是爱纠结苦闷的人，当即谢过明兰，神态再度明朗起来。

待顾廷烨从宫中回来，明兰便吩咐婆子把几篓子铜钱抬出来。

年下拜岁，澄园里所有的管事、婆子、媳妇，还有一众丫鬟俱有红包赏钱，这些几枚一串的铜钱是给孩童们预备的。原侯府和澄园之间的赘墙早叫拆干净了，只等过了年再行开工，填土铺砖，修造园林。如今原侯府上下也都知道，这满府的权柄迟早要叫侯爷和侯夫人掌回去的，各处管事献殷勤者甚众。偏澄园宛如个铁栅栏，人人实责，不敢轻忽懈怠，针插不进，水泼不入。新夫人看着温和，实在性情却无从探知，众管事好生惴惴。

顾廷烨偷得浮生半日闲，笑呵呵地看着明兰将铜钱和点心、果子一一赏下去。园子里银装素裹，好些小丫头和童儿在奔跑玩闹，滚起一个个雪团互相丢着，欢笑声阵阵。

蓉姐儿穿着一身簇新冬袄，一路走来，颈项上的金项圈映着雪光闪闪发亮。她最近有些快快不快。记得刚进侯府那阵子，她几乎天天都想念生母和弟弟，夜里都能哭醒过来，不知从何时起，这种思念越来越淡了。今年过年，因嫡母有了身孕，她才想起许久未见的弟弟来。可是，她已经记不清弟弟和母亲长什么样子了。嫡母会生个弟弟还是妹妹呢？

她知道嫡母待她很好，学里也有庶出的女孩，都羡慕她有福气，穿得好，用得好，有时嫡母还会来接自己下学。可以后呢？若嫡母有了自己的孩子，会像外头说的，把庶出的当眼中钉吗？她猛地心头一惊，想起薛先生的教诲：遇事要把心放正，不可先把事情想偏了，心正，则心胸开阔、目朗心清。

她暗自羞愧，竟把先生的话给忘了！她早下过决心，从今往后要学好，要做像薛先生那样不让须眉的正直明朗之人，要抬头挺胸地做人，不要……不要像生母那样。

蓉姐儿抬眼往上看了下，父亲正冲着嫡母温柔地微笑，一只手替她拿着手炉，她心中黯然。其实，不论有没有弟弟或妹妹，于她差别都不大。不论嫡母是真心待她好，还是为着好名声，或是可怜她，或是想在父亲跟前表贤，先生说过了，好就是好，受了好的人就当心存感激，真诚惜福，谦恭行事，温良行善，这样，才能长长久久地留下福气，天佑人助。

"蓉姐儿。"嫡母在唤她。蓉姐儿赶紧抬头，眼睛睁得大大的。华服裹锦的贵妇年轻貌美，面颊上泛着柔和的光彩："来，这是你的压岁钱。"

丹橘托着小盘将红包送了过去。蓉姐儿呆呆地接过。

"先生说你学得好，又肯下苦功夫，进益极大。"嫡母眉眼慈善，轻声细语，"我和你父亲听了，都十分欢喜。待开了年，还要这般才是。"

蓉姐儿低着头，心里又骄傲又感动，却说不出什么来。她始终学不会跟嫡母撒娇卖乖，尤其是父亲也在场。

顾廷烨看了看她，忽道："你要做姐姐了。"蓉姐儿惊得抬头，却听父亲威严的声音道，"后头的弟弟妹妹们都瞧着你，你要带个好头。"

蓉姐儿的心头似忽然被洪水冲开的闸门，一片清灵。她恭敬地福下身子，稳稳地行了个礼，姿态端庄温雅。她抬头正视上首，朗声道："谢父亲教诲、母亲关怀，女儿谨记了。"

明兰心下欣慰，暗道，这学费交得值，回头待开学后，定要备上一份厚厚的年礼。

一旁的顾廷烨却定定地瞧她。

去年正月，明兰还团团转地四处给长辈兄嫂们拜年，那时，没人拜她，今年恰恰倒了个个儿，她窝在家里养胎，连娘家的拜年都叫盛老太太给免了，只叫顾廷烨去了趟，吃了顿酒回来。其余的，她哪儿都不用去，而如今顾廷烨势头正好，给她拜年的人流水不断。

先是族里的亲戚，隔远的就算了，没得引来许多打秋风的，但四、五两房是嫡亲叔父，顾廷烨丝毫没有抵抗地备下了厚薄适中的年礼去拜年，也不知他对着那两个冤家叔父说了什么，居然心情很好地回来了。

明兰好生稀奇，便寻了人来问。几家分开不久，各自的下人都很熟稔，趁着顾廷烨在里头拜年的工夫，底下人打听了不少两府的情形。

随着顾廷烨去四老太爷府的顾顺道："旧日炳二爷欠下的债，人家寻上门来，嚷嚷着不还便要打要杀，四老太爷气得病了，便要把家里头都托付给煊大爷，刘姨娘和炳二太太不肯，哭着闹着，咱们去的时候那儿正乱呢，过了许久才有口热茶。"

随去五老太爷府的顾全叫小桃塞了一满怀的果子点心，笑出两颗小虎牙，小家伙说得更是麻利："如今那儿由狄二太太掌家，五老太爷严令二太太要仔细秉公，任谁也不许胡来。二太太倒是个明白的，便不让炀大爷随意支银子。可五老太太不高兴了，埋怨二太太不孝无德。二太太委屈得直哭，狄二老爷都和五老太太顶了好几回嘴了。哦，前几日外头有来讨花账的，二太太说那是讹人，便不叫进去，那讨债的便在门口耍了会儿赖，恰巧五老太爷从外头品诗回来，两厢一对上，没能瞒住。五老太爷气极了，当场就把炀大爷捆着狠狠打了一顿。咱们去的时候，炀大老爷还没起身呢……"

明兰默默回屋，看着坐在书案后的顾廷烨，坐姿端正，目光稳重，只嘴角微翘，好像夏夜轻快的月牙儿——她摸摸肚皮：不要学你老爹幸灾乐祸哦。

次日，四房和五房一道来拜年。

太夫人总算打起精神来，吩咐下头开了几桌酒席，外头男人一桌，里头女眷两桌，又叫女先儿唱几支曲子助兴。她拉着两个老妯娌又说又笑，朱氏和顾廷荧在旁凑趣几句，颇为热闹。顾廷灿没吃几口，就把顾廷灵叫到自己屋里说话去了，余下几个小的，叫婆子们领着玩。

炀大太太更见憔悴，才三十许的人，鬓边竟出现几抹银丝——一边是被打伤的丈夫，脾气暴戾，她得没日没夜地照看；一边是严苛的婆母，动辄骂她不贤，才致使丈夫没出息。

明兰心生悯意："大嫂子这些日子辛苦了，循哥儿几个还小，你要多顾及自己的身子呀。"炀大太太小心地看了那边正说笑的五老太太一眼，没有开口，感激地看了明兰一眼。

狄二太太娘家出身好，本素瞧不起自家嫂子，闻言也叹了口气："大嫂子是后福的人，循哥儿日夜苦读上进，这回先生说，差不多可叫侄子下场试试了，把父亲高兴得什么似的。大嫂子，您放心，循哥儿迟早替您挣个功名回来。"

提起儿子，炀大太太疲惫苍老的容颜，如破开黑夜的旭日，绽出欣慰自豪的笑容，却依旧谦恭道："他们先生也只是叫去试试，小孩子家的，哪有那么能耐。"

"那先生原是父亲的同年，早年还做过学正，他说的还有假？唉，咱们房这辈的孩子，以后怕是得指望循哥儿了。"真是夕竹出好笋，狄二太太不由得叹气，可怜自己丈夫这把年纪了，还被公爹逼着读书考举，看着侄儿顾士循越发出息，她也渐渐收了对炀大太太的轻视之心。所谓相夫教子，人家至少把一半的本职工作做好了不是？

炀大太太温婉地朝她笑了笑，习惯地带上几分讨好。狄二太太心平气和地回了一笑，亲热地拍拍她的手，又亲自给她斟了杯酒。

分府后，五房两妯娌有和睦相处的趋势，四房的妯娌俩却越发水火不容。席面上，煊大太太坚决地撇开头，只顾和明兰说话，理都不理旁边的妯娌。炳二太太连连冷笑："大嫂子近来脾气见长呀，如今一家老小都捏在嫂子手里，到底不一样了！"

煊大太太愤愤回头："谁爱管家谁管去！像是我千盼万讨来的一样，辛辛苦苦，劳心劳力，没一句好话也就罢了，还落下满身的不是！"

"哟，金山银山把持着，爱往哪儿搬就往哪儿搬，还不兴叫人说两句了！"炳二太太阴阳怪气的。煊大太太被气得够呛，说不出话来，袖子瑟瑟发抖。

说着，炳二太太还拿帕子揉眼睛，一副祥林嫂的嘴脸，抽着鼻子哭诉起老一套："哎哟，反正如今我们是遭人嫌了，你兄弟在外头生死不知，我们孤儿寡母的还不由着人揉搓……只盼着大嫂子可怜可怜你那几个侄子侄女，好歹留几口汤水下来！我们……"

啪！明兰重重地把筷子拍在桌上，面罩寒霜。炳二太太住了口，众人都吃惊地望着明兰，连坐在靠前边听曲儿的三位老太太也注意过来。

"要哭回去哭，大过年的，有你这么寻晦气的吗？"明兰声音不高，但语气严厉。

炳二太太愣了下，随即又哭道："我这不是……"

"炳兄弟的事，全家谁不知道，谁不替你担忧？也不看看什么地方、什么时候，想哭就哭。"明兰冷冷地哼了两声，眼角瞥了下那边蠢蠢欲动的太夫人，"回头待灿妹妹出阁时，你也来这么一出，想起来便说，说起来就哭，触大喜日子的霉头，我这做嫂子的，头一个要撕你的嘴！"

太夫人垂下原本挺起的双肩，眼睛闪了闪，没有开口。

炳二太太不敢哭了，睁着眼睛发愣。明兰看着她，一字一句道："当初炳兄弟在牢里时，煊大哥哥风里雨里地替他周旋，一天要跑几个时辰，在有司衙门外一等就是半天，给人赔笑脸，说好话，连口热饭都顾不上吃，这咱们都是瞧在眼里的。煊大嫂子再心疼，也从不拦着。我年轻，进门日子不长，却也好生感动，想着真是嫁进好人家了，这般的兄弟情重，一家和睦。可就这么着，二嫂子还不知足？虽说是亲兄弟，但也不能连句谢都没有吧？"

煊大太太听着听着，眼眶就红了。顾廷荧瞧见了，忙过来挽着长嫂的胳膊，姑嫂俩头挨头靠在一块儿。

炳二太太被说得张口结舌，脸上一阵青一阵白。四老太太见这情形，心里尤其适意。一旁的五老太太不悦地看着明兰，道："侄媳妇这话虽没错，可你堂嫂到底比你年长，你怎么好这般严词训斥，没大没小！未免有些不尊重……"

话还没说完，四老太太就打断她，道："欸，弟妹这话不对，我看侄媳妇这话没错。大年节的，大家吃酒说笑，灿姐儿有了这么好的姻缘，顾家又快添丁进口了，这样的大好日子，偏老二媳妇不懂事！便是再伤心，也当回去再哭，当着长辈和小辈的面，非要这会子哭，真是……唉，侄媳妇也是不拿咱们当外人，这才说的。"

五老太太有些愕然，呆呆地看着往日从不反驳她的四老太太。

明兰笑了笑，转头对炳二太太道："适才是我的不是了，说话也太冲，望二嫂子别见怪。我只当您是自家人，想到什么便说了。"炳二太太答是也不是，答不是也不是，僵出一张难看的笑脸来。煊大太太瞧着差不多了，叹了口气，拍拍炳二太太的手，道："你尽把心放宽了，他大哥早关照过邮驿的，炳兄弟每两三个月就来一信报平安，还有人伺候着，想来是无事的。待过了这两年，不就又一家团聚了吗？"

炳二太太吸着鼻子，低下头去，却也不再闹腾了。煊大太太抬起头来，越过炳二太太的头顶，深深看了明兰一眼。明兰笑了笑，转头去听曲。

狄二太太细瞧了这一幕，想起那日听说顾廷煊长子年纪小小，却已谋了个不坏的差事，便在心里暗叹，平素自负聪明，却不如这大嗓门爱吵吵的煊大太太见机快，掉头利落，原来人家早搭上头了，唉，真是人不可貌相。

这次拜年，明兰狠狠出了一番血，几个没出嫁的堂妹，还有半屋子的侄子侄女，个个都要给压岁钱，就是明年她生下孩儿，能讨回一份压岁银子来，那也是寡不敌众。哪怕她努力生，用力生，铆足了劲地生，等她生下许多小仔仔来，可现在向她领压岁钱的这帮小子丫头，那时又都已生儿育女了，她（或她的儿女）又得继续给侄孙子侄孙女们压岁钱（要是还来往的话），哎呀妈呀，果然是此恨绵绵无绝期，银子永远给不清——这笔买卖明显是赔定了，并且在很长的一段时间内，是难以回本的。

夜里回屋后，明兰捂着滴血的小心肝，愁眉苦脸地把这悲剧的前景跟丈夫说了。在这个悲催的古代，果然生育才是第一生产力。顾廷烨听完后，倒在床上大笑，酒倒醒了一半，看了看明兰的小腹，回外书房看文折去了，看了两本，忽想到某人以前常在他耳边念叨"温柔乡便是英雄冢"，于是又命小厮去把公孙那把老骨头从被窝里拖起来。

正月过去了六七日，顾廷烨的僚属及友人们开始上门了。

幸得公孙先生早提醒，顾廷烨不敢使门庭若市，热闹招摇太过，引来言官啰唆，但来送年礼的依旧不少。顾廷烨在外院待客，吩咐门房只放些可结交的或熟稔的进来。明兰在内院摆出端庄温和的笑脸，不断地对着那些不认识的女眷道"何必如此客气"，不停地对孩子说"快起来，地上冷"，然后夸上几句"这孩子长得真好"或"真乖巧"之类。

如此阵仗，亏得她早留了个心，早叫金铺打了许多刻有吉祥字眼如意云纹的金银锞子，又因正逢着猴年，又打了几十个拇指大小的小金生肖，虽分量不重，却活灵活现，甚为有趣，用来赏孩子们做压岁钱正合适。

不论遇着能言善辩的，还是沉默老实的，明兰俱温厚客气以待，不曾厚此薄彼。盛老太太自小的严格训练这时体现其价值了。明兰端坐微笑的模样，一派淑娴温雅，实在很有忽悠性。她说话不多，却亲切有趣。过不几日，外头倒都赞明兰性子好，人也和气厚道。

明兰自觉十分得意，到底群众的眼睛是雪亮的啊。

除去这些烦琐应酬，收礼却是十分愉快的。官场上的人大多乖觉，除了真正可靠的心腹，不会抬着整箱银子来联络感情，更不会裹着印有戳记的银票来表达景仰之情。

有从闽南来的大南珠，白净滚圆的珍珠装了整匣子，有半尺高的翡翠滴水观音，触手生温，有以玛瑙玉石和金银枝条打造的蟠桃盆景，几可乱真，有北边来的黑狐紫羔猞猁，还有那整张整张的貂皮，摸上去柔软厚重得不可思议，还有珍贵的熊胆、虎骨、雪参……

"真的……无碍吗？"明兰颇有些乡巴佬心态，又惊喜又害怕——这都合法吗？

公孙老头神色自若："若都不收，反倒要坏事。"

若叫明兰去沈国舅府里瞧瞧，大约就不会这么激动了。常年在外地边境的官僚，不得天听，不知朝廷走向，此刻不卖力，何时卖力。何况这些已是筛了好几遍的，多是有说法的。

这般情形直到过了初十才好些。

相比澄园这里的热火朝天，连门房的小幺儿都赚得荷包满满、红光满面。老侯府可冷清多了，两相一对比，那儿从管事到杂役都恨不能叫明兰赶紧掌理家务，好改善待遇。

明兰因着忙碌，怕蓉姐儿落下功课，便老实不客气地去央邵氏看娴姐儿读书、女红时，顺带把蓉姐儿也看上。说来也怪，明兰这么三天两头地去请邵氏帮这帮那，邵氏反觉着舒坦。虽和太夫人、朱氏相处时间更长，她却也喜欢明兰。

看着两个小丫头在园子里堆雪人，跑来奔去，一群丫鬟跟着起哄笑闹，大家伙儿都玩得小脸蛋通红，她心中的哀愁似也淡去许多。

"去，叫那两个丫头回来，都疯了半个时辰了。"邵氏吩咐身旁人。

一个丫鬟眼尖，远远瞧见一抬熟悉的锦湘小轿，便笑道："约是二夫人来了。"

轿子直接停在门口，丹橘小心翼翼地扶着明兰下轿。邵氏叫人把屋里暖炉烧得旺些，拉明兰坐下后，道："大冷天的，你身子又不利索，出来做甚？有事叫我去便是。"

明兰一边脱下大氅，一边道："是我闷了，况且坐着轿子的，又不用自己走动。"她转头挥了挥手，叫人把东西拿进来，"昨儿得了两匹缂丝锦，我瞧着颜色鲜嫩，料子也好，便给大嫂子拿过来，给娴姐儿做两身新衣裳。"

邵氏见那料子明丽光华，花色贵气雅致，颜色却素净，正合替父戴孝的女孩子穿，她心中欢喜，却谦辞道："小孩子家的，正长身体呢，何必这么破费。"

明兰笑道："我们蓉姐儿也做呢。两个都是好孩子，认真读书，孝顺长辈，娴姐儿尤其乖巧懂事，正该奖赏的。"

邵氏心里熨帖，便收下料子。妯娌俩说了会子话，明兰才提出今日来意："灿妹妹快出门子了，我们做嫂子的也该添份喜气，只是不知顾家可有什么规矩，请嫂子提点，免得我出错。"

想起顾廷灿，邵氏心里迟疑了下，才道："我来时，前头的廷烟妹妹已嫁了，瞧两位叔父房的妹妹出嫁，似也没什么特别规矩。只是……"她看了下明兰的脸色，"廷灿妹妹性子高洁，有些东西怕是瞧不上的。"

兄嫂给小姑子添妆，其实就是多凑些嫁妆，有钱的，大可送上田庄、店铺，体贴的，可以置办成套的床架、衣裳、首饰，不过毕竟只是兄嫂，大多是意思意思，一支钗、一对镯子，或一台镜奁，也是可以的。

明兰早就料到了，便道："我听闻公主府来商量婚期了，似是盼望早些成婚。不如去问问妹子，有什么喜欢的，或是不喜欢的，我也可早做准备。"

邵氏心里松了口气，两边她都得罪不起，便微笑着赞成："那极好，妹妹那屋离这儿就两步路，我也跟你一道去吧。"

光从顾廷灿的住处来看，就知她定然自小受宠。她的屋子是整个园子里采光最好、朝向最佳的，还没进到屋里，外头已是满地的名贵草木。当整个侯府都冷落凄惶之时，只有七姑娘处的丫头们依旧光鲜整齐。

"真巧，两位嫂子一道来了。"顾廷灿静静坐在琴架前，声音中带着一种漫不经心。

她生得很美，只是神情中带着一种轻慢忧郁，总像隔着层纱似的疏离。古时女子要求温柔腼腆，端庄和气，这并不符合正常的闺训要求，可偏偏过世的老侯爷最喜欢这一点。

屋里自然摆设得十分清雅别致，既不铺金撒银，也不过分素净，恰到好处地显示了她良好的品位、骄矜的出身。一卷秀丽的画轴，那么简单地挂着，只卷轴处隐隐露着青玉碎金；一本书，那么平淡地摆着，一眼看去，竟是世间少有的孤本。案几上一丛娇艳的红梅，似是刚从外头折来的，插着的却是千金难买的前朝汝窑白瓷花囊。

布置得十分出众，与她的相比，华兰的闺房过于富丽，墨兰又失之显摆文墨。

明兰跟着邵氏团团走了一圈，坐下后，低头笑了笑。这屋子最有趣的地方在于，墙上挂的三四幅书画，角落的字帖，竟全是顾七姑娘之作，连案上放着的几本诗集，都是七姑娘自小的诗作，然后以柔绢细宣编订而成的册子。

邵氏是长嫂，自然先开口把来意说了，她笑道："妹子只管开口，看嫂子们能否办到。"

顾廷灿习惯性地仰了仰脖子，只笑到唇角："那可好。那妹妹便说了，我要过回以前的日子，一家人和睦共处时的光景，不知二嫂可否办到？"她眼睛看着明兰。邵氏一时尴尬。

对这种不懂事的小丫头，明兰素来懒得废话，她淡淡道："便是回到以前的日子，难道妹子还能在这儿过一辈子不成？对咱们女子来说，夫家才是后半辈子落脚之处。莫非七妹妹想把一家子都带去公主府？"

论口舌犀利，一个闭关锁国的文艺女青年如何赶得上见惯吵架的法院小书记。顾廷灿闭着嘴，愤愤地转过头去。明兰又道："妹妹若一时想不出喜欢什么，便说讨厌什么吧，免得送来的东西，妹妹不爱。"

顾廷灿差点就开口"你送的东西我都讨厌"，想起母亲的叮嘱，生生忍下，眼珠一转，便道："花儿粉儿我不爱，各色首饰头面我都有，田地铺子我也不敢要，衣裳料子还有床柜桌凳俱是齐全的，诗词书画我爱自己挑来的，除此之外，嫂子便看着给吧。"

说完，她就高傲地端坐下，悠然地望着明兰，看她能送出什么来。

"妹妹说得明白，我们都听明了。这样吧，叫我们回去想想，这就不碍着妹妹读书了。"明兰微笑着拉起邵氏，慢慢走出去——和这仙子多待一刻都不利于胎教。

顾廷灿优雅地扬了扬手上的书卷："嫂子走好，不送。"

明兰一边往外走，一边捋着思绪。因着蓉姐儿和娴姐儿要好，老是同出同进，时日久了，澄园和邵氏处的丫鬟婆子便都混熟了，而顾廷煜身边的人，多是生母留下的旧人，于旧事知之甚详，他们说，七小姐生得极像第一位秦氏夫人。

　　和白氏不同，大秦氏在府中并非禁忌，甚至太夫人自己就常在老侯爷跟前提起姐姐的种种好处。套话老手小桃出马，配上几个婆子丫鬟，另备些酒菜茶果，便能知道很多往事。

　　作为一切的开端，大秦氏到底是个怎样的人？明兰好奇许久。

　　小桃套话的当口，碧丝问："她美吗？"若眉问："她才学如何？"

　　旧仆们道，秦家大小姐，美若秋荷，静极生妍，善诗词，工曲赋，琴棋书画，无一不通。

　　那时的东昌侯府还花团锦簇，而她正是东昌侯千娇万宠的嫡长女，可这样美丽的才女，却到一十八岁还未嫁出去，原因很简单，她身有重疾，体弱多病，满京皆知。

　　父母舍不得女儿低嫁，可门当户对的人家，谁又肯娶这么个药罐子回去？娶妻娶贤，带回家里不是光摆着好看的，要相夫教子，理家处事。这些，大秦氏都做不到。

　　这时，宁远侯府替嫡长子来求亲了。这真是天上掉下来的好姻缘，秦氏父母欣喜若狂。

　　按照老仆们若有若无的说法，顾老侯爷在婚前就见过大秦氏，不知何时何地，偶然的惊鸿一瞥，便暗生了情意。这真是奇怪的缘分，一个常年舞刀弄剑的沙场武将，偏偏会喜欢那种极致脆弱的美丽。明兰大惑不解。

　　然后他就央求父母去提亲，老老侯爷夫妇如何肯，这样的儿媳妇，非但不知寿数几何，连子嗣都艰难到几乎不可能。顾偃开苦求无效，索性跑去北疆军中效命。

　　当时戎患正炽，兵凶战危，随时可能丧命，老老侯爷夫妇在心惊胆战中煎熬了一两年，最终磨不过长子，同意了婚事。当时他们认命地妥协，若大秦氏无子，可以养育庶子嘛。不过，他们的这种天真很快被打破了。

　　婚后，夫妻俩恩爱逾常，形影不离，一年两年三年地过去，老老侯爷夫妇急了，可顾偃开眼里连只母蚊子都看不进去，更别说通房姜室了。老老侯爷拿出家法孝道来威逼，老母涕泪恳求，顾偃开无奈从命，耐心抚慰好妻子。他前脚刚走，大秦氏后脚就对风流泪，她当着公婆的面不敢反驳，却伤心不能自已，高热病倒了。

　　侯府上下好一通混乱折腾，好不容易把人救回来了，睁开眼却是哭得肝肠寸断，几乎背过气去，顾偃开连忙将通房姜室送得一个不剩。这样养着护着疼惜了好半年，顾偃开再度在父母的要求下去亲近旁的女子，大秦氏身体虽差，消息却灵通，那边两人的衣服还没脱完呢，这边她又昏厥过去了，人事不省。

如此这般几次，顾偃开深觉不能如此下去，便瞒着父母请调西南戍边，然后带着妻子一溜烟跑了，父母跳脚痛骂也无济于事。之后几年，老老侯爷夫妇几次想一张休书了结算了，奈何东昌侯夫妇亲自上门哀求说情，他们又忍不下这个心。

静安皇后去世的第二年，顾廷煜出世，宁远侯府还来不及为这个期盼已久的嫡孙欣喜，就大难临头了。其实亏下的那些银子并非全由顾家挥霍所致，有好几笔银子是可以说清来历的，福建船务、西南边贸，还有内务府的采买，都是听信老朋友去过手的。可武皇帝忽然暴虐非常，什么话都听不进去，而能说清顾家欠银的那几位上官，都不同程度地卷入宫闱纷争，不是被杀头族诛，就是流放抄家。一时人人自危，谁还敢出手搭救旁人。

厚道的老老侯爷当即中风，全家一片鸡飞狗跳。这时，一位知交老友来告，他江南老家曾来信说起过一事，海宁有一盐商，真真家财万贯，膝下只有一独女，正当妙龄，欲寻佳婿。

侯府又喜又为难，三个嫡子早就都已成婚，该如何是好？让人家为妾怕是不肯。

不劳顾府人操心，那好心的老友已托人去江南牵线搭桥。白老太爷何等人物，他再心动侯府的尊贵，事关唯一女儿的婚事，也不会听信媒人的一面之词。他一生雷厉风行，几日后便赶赴京城，然后在一家茶馆见着了正在高谈阔论的五老太爷，又在红灯区街口"巧遇"了四老太爷，最令人愤怒的是，这两个他瞧不上眼的家伙，居然还是已娶了妻的。

连气带怒，回去后他就把媒人臭骂了一顿，表示此事就此完结，然后给了一句话："瞎了你十八代祖宗的狗眼，老子的独养女儿岂能给人做妾！"

——白氏夫人嫁进侯府时也带了些陪嫁家人，虽然这些人都被打发干净了，却也说了不少往事，有几个老仆还记得。

那位好心又多事的老友把话传到后，老老侯爷硬是不要命地叫人把自己抬上马车，火急火燎地去了西南。他拉着长子的手无声恳求。上头是快哭瞎了眼的老母，下头是无助惶恐的弟妹们，旁边是深爱的妻子，顾偃开几乎一夜疯癫。

消息灵通的大秦氏自然也知道了，尽管有婆母赌咒发誓的保证，只是暂时和离，回头就重新迎娶她，但她依旧无法接受，产后本就体虚，痛苦挣扎了几日，临终前指了一个丫头给丈夫做妾，便一命归西了。

没有时间悲痛伤怀，老老侯爷立刻使人去海宁提亲。白老太爷原本不肯，但想到心爱的女儿能成为名正言顺的宁远侯夫人，从此再不是卑贱的商户之女，这个诱惑太大了！

他一咬牙，抱着试一试的心情，照例跑去西南相人。这一次，他看中了。

白老太爷一辈子火眼金睛，三教九流，达官贵人，从未看走眼过，他断定顾偃开是个品性正直、端正良善、勇武果敢的大丈夫，可堪良配。虽然前头死过老婆，但也无妨，死老婆又不是稀罕事，他自己也死了老婆，还死了俩，这不也好好的嘛，该找相好找相好，该纳妾纳妾。听说女婿和前头夫人情深义重，那也不要紧，男人嘛，都没长性，待前头老婆好，正说明他是个好夫婿，待他娶了自己如花似玉的女儿，天长日久，过去的事总会淡的。

接下来的事情，顾廷烨早和明兰说了。

婚事是在西南办的，是以京中诸家亲朋都不曾邀请。白氏并没有等来天长日久，不到二十岁就香消玉殒，只留下一个无人看顾的孩子。待白老太爷从海宁赶来，只看见女儿的灵柩，他气急攻心，却已老迈衰弱，无力替女儿讨回公道，不久也过世了。

又过了几年，顾偃开再次续娶，又是一位秦府的小姐，到顾廷烨七八岁时，圣旨宣召入京，他才带着小秦氏和三子二女回了侯府。没多久，老老侯爷夫妇前后脚离世，他袭爵成为宁远侯。在刻意掩盖下，没多少人知道，在两位秦夫人中间还有一位白氏夫人。不知出于什么心理，顾偃开有意无意地引导众人以为顾廷烨也是秦氏所出。

顾廷灿是他最后一个孩子，也是最疼爱的。其实，除了容貌，其余习惯、嗜好乃至心性，她并不很像大秦氏，但在父母有意无意的期许下，她不自觉地去模仿一个已经死去的人。

小孩子具有十分敏锐的本能，他们天然地想获得更多的关注。对顾廷灿来说，一举一动越像大秦氏，父亲就越疼爱她，对她有求必应，连带着母亲也能受惠。有时候，太夫人想做一件事，让小女儿去与老侯爷说，几乎百发百中。

明兰在心中冷笑，真正不食人间烟火的才女，清冷高傲，才不会在乎凡尘中的琐事，婆媳妯娌间的拌嘴争吵不过是一片浮云，她为着母亲不吃瘪，便想点子来为难嫂子……哼哼,可惜了,画虎不成反类犬,学得不伦不类。

邵氏在后头急急地跟上:"这可送什么才好呀!"顾廷灿几乎把什么都囊括了。

明兰一回头,笑道:"这还不容易,送银子呗,省事又省力,妹妹还真体恤我这脑子不灵光的嫂子,省去我想辙的劲儿。"正合她心意,若送了许多精细的贵重物件,提起来时还不顺当呢,就送银子,以后说嘴时,直接报一个数字出去,价值差不多,却震撼多了。

邵氏一惊:"银子?"顾廷灿最厌恶这些黄白之物的呀,忽然,她又想到自己手上哪有许多现银,"该送多少银子呢?"她担忧着。

明兰挽着她的胳膊,安慰道:"我是要送银子的,嫂子就当疼疼我;别和我送重了吧。"

"那我送什么?"邵氏头疼不已。

"嫂子挑几个忠厚老实的下人,给妹子做陪房,不就成了?"

年节休沐十日,百官封印,顾廷烨也得以休憩数日,除去必要的出门拜岁,一概待在府里,说笑闲聊以度日,便是不说话时,也能对着明兰尚且平坦的肚皮看上半天。奈何文折堆积如山,无法撂开手。可书房冰寒凄凉,怎及香闺暖意融融,顾廷烨索性将文墨折稿搬进里屋。屋中暖炉洋洋,笑语晏晏,当真不知案牍劳形为何,叫人流连忘返。

公孙白石不免又感叹一番儿女情长,英雄气短,恨不能捋袖挥毫,淋漓作诗一首,可天气寒冷,外头滴水成冰,罢了,还是别露膀子了,回头别得了老寒胳膊。

顾廷烨于书桌那头凝神细读文折,明兰侧靠在长榻上看书,软厚的毛褥子裹着身子。偶一抬头间,他见她微蹙眉头,似轻叹了口气。他起身坐到她身边,轻声道:"觉着过年冷清了?"想她在娘家时必然是父母兄弟姐妹齐聚,一堂热闹。

明兰点点头:"往年这会儿,我们姐妹几个正陪着祖母抹牌呢。"顾廷烨想象不出肃穆端庄的盛老太太打牌的样子,觉着好笑,随口道:"你打得如何?"明兰答得很流畅:"除了房妈妈,家里几无敌手。"如果墨兰不装蒜并且如兰不耍赖的话。

顾廷烨失笑:"你叶子牌打得很好?"明兰摇摇头:"还好,不过,不是最好的。"

"那你最会玩什么，双陆？掷棋？"

"牌九。"明兰颇有几分骄傲。若是赌牌九，她能把如兰的裤子都赢了去。

顾廷烨定定地看了她一会儿，目光很奇怪。明兰叫他瞧得发怯，小声道："祖母时时教训我的，叫我多练些女红，其实我不很赌的。"天晓得，她对博彩业一直很有好感。

顾廷烨起身回书桌，抽开书匣子底下的一个小角格，不知摸出什么物事，又随手将茶碗里的剩茶泼入笔洗，径自走到明兰面前坐下。明兰还没明白过来怎么回事，只见他左手平端瓷碗，右手轻扬，一阵清脆的骨瓷碰撞声，茶碗里滴溜溜地滚动着三枚大骰子，待骰子停下，恰恰三面六点殷红朝上，正是通杀满堂红！

"如何？"顾廷烨优雅地收回腕子，轻轻抚平袖口。

明兰张大了嘴，一时惊呆，缓缓将目光移向男人，满眼俱是崇拜景仰之情——到底是当年的京城一霸，果然不是浪得虚名！她真想大喊一声："二叔，以后我就跟着您混了！"

"怎么……怎么掷出来的呀？"明兰期期艾艾，抑制不住兴奋地抓过骰子，在手掌心轻轻掂着，心头乱跳。顾廷烨微微凑近面庞，慢慢捏起三枚骰子，轻声道："夫人有心向学？"明兰卖力点头，技多不压身嘛。谁知顾廷烨倏地板起脸，平板着声音道："不成。"起身走回书桌，"你倒不怕教坏了孩儿。"

明兰眼睁睁地看着他把骰子又藏回角格，不甘地抗辩道："那你做什么把骰子藏身边呀！"难不成时时拿出来练练手？顾廷烨瞥了明兰一眼，又拿出一颗骰子放在书桌上，把一点那面朝着明兰："瞧着好看，原是要送你玩的。"

那骰子比一般骨骰略大些许，以白玉镶金角点朱砂，极为精致漂亮，竟似玩赏之珍物，而非赌器，尤其那一点处竟是以绿豆大小的红宝镶嵌。明兰呆呆地看着那殷红璀璨的一点，似乎想到了什么，心中甜似蜜糖，柔情融融。过了会儿，只听她垂首细声道："……我也是的。"她颇觉不好意思，耳根发烧，却还是把话说完，"每回你出门，我都是这样想的。"

书桌那边的男人持笔顿住，侧头望着明兰，却见她松松的发髻半垂散着，秀发半搭在面庞侧，妩然一双弯弯的月牙眼，直看得他心里暖洋洋的。他不自觉地柔和了微笑，却不妨笔下凝墨，白玉笺上已化开一团，花鸟纹的纸上漾出一朵淡墨色的心花。

元宵节后，皇帝开始发力，朝堂上争闹得异常厉害，劾疏满天飞，口水殿上流。顾廷烨忙得脚不沾地，几日和明兰吃不上一顿饭。公孙先生整夜整夜睡不了，生生累瘦了一圈，头发也脱落了不少。明兰好生可怜这快秃了的老头，赶紧把自己吃用不尽的补品通通炖了，送去给外书房。热爱文化人士的若眉女士自然当仁不让地要求去跑腿。

"补胎的和补脑的，能一样吗？"丹橘小小声，她生性谨慎。

"连娃娃都能补，何况一老头尔。"小桃居然会用"尔"字了，明兰很激动。

公主府来人与太夫人议定婚期，两边年纪都不算小了，宜早不宜迟，两家遂决定三月初就把喜事办了。又过得几日，出了正月，太夫人便想将家中账目交与明兰，她含笑和气道："你有身孕，原本也不好将担子托给你，可这几回太医来瞧，都说你身子大好的。如今你妹妹要办事，我怕是忙不过来了……"

慈祥得快闪花眼的笑容，直晃得明兰眼皮抽搐。她算算日子，自己怀孕已过了头三个月，害口完全结束，小腹微微隆起，能吃能睡，身体健康，面色红润，所有来诊脉的太医都说胎相极好，胎脉活跃有力。明兰看着也差不多了，便笑着应了，使丹橘接过对牌铜匙，叫小桃捧过那一匣子最近三年的账簿。

明兰赶紧说上几句好听的门面话，大约意思是"这几十年您受累了，家里能这般井井有条全亏了您，如今您可以享享清福，含饴弄孙了"，洋洋洒洒说了一大篇，末了在最后吊上一问："……呃，府里所有人的身契都在这儿了吗？"她指着桌上一个黑木大匣子。

太夫人原本已听得有些恍惚发困了，闻得此言，心头陡然警惕，脸上笑容不变："近些年来，我已不大管了。"然后转头向邵氏："你说呢？"

邵氏木了木，赶紧道："儿媳旁的不知，但那年父亲过世时，除了您、我，还有弟妹的陪房，其余府内人的身契俱在这里了。"顿了顿，看见明兰正微笑着看自己，她鼓起些微勇气，又加了一句，"我带来的陪房，若是在公中当差的，也放了身契在这里头的。"

太夫人侧眼看了她一下。

明兰笑了下，对下头站着的一个婆子道："你可是彭寿家的？"那婆子赶紧道："回二夫人的话，正是小的。"那婆子年约四十，面庞干净利落，笑起来倒有几分福相。明兰又扬声道："莫总管可来了？"屋外立刻响起一个恭敬的中年男声："听夫人吩咐。"

明兰点了点头，微微挺了挺发懒的身子，道："今儿就这样吧，你们自去忙吧。有事回头再来寻二位。"外头的莫管事应了一声便告退，那彭寿家的却挪了下脚尖后又站住，眼风似往太夫人处闪了下，满面堆笑道："这个……回禀夫人，刚过了年，家里有好些事儿没了，如今怎么个章程，还要请夫人示下。"

"你是管事的，你说了算吧。"明兰一脸倦怠，漫不经心道。

此话出口，不但太夫人和邵氏目瞪口呆，屋里站着的几个媳妇、婆子、丫鬟俱是一脸惊讶。那彭寿家的呆过一刻，便讪讪地笑道："这……小的怎好拿主意呀。"

"这刚出了年，家里想来没什么大事吧。"明兰慵懒着声音。

彭寿家的结巴了："没……没……倒都是些琐碎的，就怕办错……哦不，办得不合夫人心意，夫人身子金贵，若叫夫人不痛快了，岂不是小的不是？小的以前没伺候过夫人，这个……不好擅专。"她到底多年管事，越说到后面越流利。

"咱们这样的人家，多少年的规矩，什么时候府里的事是由着哪个人的性子喜好来的？难道没有家规定吗？"明兰反问一句，顺带拿眼睛瞟了下太夫人。一旁的丹橘暗暗喝彩，自家小姐这个瞟眼的动作如今纯熟至极，正是此处无声胜有声。

太夫人果然坐不住了，脸上不悦。彭寿家的连忙道："哪里的事，绝无此事，都是小的嘴拙，说错了话。小的是怕若没主子提点着，若有个不当……"她很犹豫地拉长了话尾，谁知明兰也不推脱，很利落地接过来："有功当赏，有错自然是要罚的。"

彭寿家的立刻变了脸色，还待说什么，明兰截下她的话头，看着她笑道："彭家嫂子，你是内宅里说得上的妈妈了，月钱拿得比旁人多，权柄比旁人大，尊重比旁人高，便是出去在外人跟前，也体面得不下主子了。我年轻，说句托大的话，既如此，有些委屈你就得受着，有些脑筋就得自己琢磨去，有些责难，还就该你担，如若不然……"明兰一指身旁的小桃，笑道，"我这傻丫头跟我日子也不短了，至今也只肯管着两根线、一把壶。若如她这般，倒可乐和没心事，您说，是这个理吧？"

彭寿家的额头瞬间沁出汗来。本来家大业大的人家，当家主母也没有事事过问的，都是层层指派罢了，她不过是想来试试水，探探新主子的底，反叫说得心惊肉跳。

困倦袭来，明兰又发困了，她说话没什么气力，轻飘飘道："听说多少年了，彭家嫂子是办事办老的，你既以前能叫人满意，想来不会欺我年轻，以后也能叫我满意的。"

明兰满面和气，彭寿家的却心头乌云压顶，她张了张嘴，满腹的话说不出来。这下子麻烦了，以后自己若事办得好，那是应该的；若办得不好，那就是有意怠慢新主子，光办对了不成，还得办得叫新主子"满意"，这样一来，事就没底了。瞧来这位夫人不是好欺的，早知道就不多这一茬子话了，没得自找晦气。

她再不敢多说什么，低头躬身告退。太夫人一直不曾搭话，只微笑着看着。又说得几句后，明兰和邵氏起身告辞，看着她们俩并肩出去，门外传来由重至轻的话声。

"大嫂子，这阵子整日老窝着，我骨头都懒了。"

"是该走走，可如今雪还没化呢，外头又冷，仔细冻着身子。"不知何时起，邵氏似已习惯了这位年少弟妹的撒娇口气，居然回答得很自然。她自嫁了病弱的丈夫，早已照顾人成习惯，偏女儿独立早慧，没多少叫她操心的地方，明兰却是属八爪鱼的，在盛老太太跟前撒娇黏糊已久，一瞧见这种保姆型人群，自然产生反应。一搭一唱，两人倒合拍。

"可我还是想走走，闷得骨头酸散了欸。"

"这……要不，咱们在廊下走两步……"

太夫人面色阴沉，静静坐在罗汉床上，一言不发。向妈妈给旁边两个丫头打了个眼色，她们就赶紧放了厚锦棉帘子，出去了。"彭寿家的真没出息，不过几句话就叫吓回去了！"向妈妈低声道。太夫人依旧不说话。

"您……真的把账都交出去了？"向妈妈再次试探道，"我瞧着二夫人倒一点儿都不急。"

太夫人重重一拍床几，沉声道："她当然不急。打蛇要捏七寸，年前她男人已把府中有出息的所有行当都收了回去，如今家用银子都卡在人家手里呢。哼，我不交，我若不交，过了这个年，账上的流水银子就快告罄了，那头不出，难不成叫我出？！"

向妈妈默默无语，过了会儿，才道："您说，二夫人她……她会查老账吗？"

太夫人这才露出一个混浊的笑意："我巴不得她查呢，查出点事来才好。

我们这样的人家，哪里没有猫腻？更别说老四、老五在的时候，账上的银子从来说不清。"

向妈妈提醒道："可我适才瞧着，二夫人似乎并不在意那些账本，倒紧着那些身契，这几日也只是反复盘查府中人口。"

"盛明兰此人，溜滑镇定，这几番下来，你何时见她吃过亏？连气都没怎么生，自顾自地过快活日子。"太夫人缓缓靠在迎枕上，"我虽不知道她要做什么，但想来不会简单。咱们的人可都收拾好了？"

"您放心，早都干净了。"

婚期既定，委任统筹的煊大太太也忙开了，另一边太夫人忙着筹办顾廷灿的嫁妆，本来是早备好的，但经过某慈母的剧增后又被迫暴删，不得不重新收拾一二。煊大太太三天两头得往侯府跑，张罗桌椅茶碟，迎客管事。经过上回主理顾廷煜的丧礼后，她的能耐便是太夫人也认可的，这回又是她宝贝女儿的大喜之事，哪个婆子丫头敢推三阻四不听指派，实是活腻味了。有太夫人在上头镇着，煊大太太办起事来，倒也顺手合心。况且她心里门儿清，每每行权后还来与明兰吃个茶点什么的，有时拖上邵氏，一起说说笑笑。

自接过家权后，明兰也不大看闲书了，正儿八经地办公，那些从太夫人处拿来的账簿直接找了两个澄园的账房来查验，自己则认真翻阅满满一箱子的身契，然后按着层级，每日饭后召见一拨人，她随口问两句，笑眯眯的，十分和蔼，叫那些原本惴惴的下人看了，心头多少定了些（放松警戒心），然后嘛，老样子，叫绿枝、若眉她们笔录个人档案。

查人前后左右三代，不是没人对此抵触，首当其冲就是莫总管的老娘，府里都叫莫大娘，年轻时在顾廷烨祖母屋里伺候过，也多少有些体面，岁数到了便配给府中小厮，因嘴巧会来事，给小儿子在府里谋了个差事。莫管事肯学、勤快，一路缓缓攀升至个小管事，待老侯爷戍边回京后几年，老总管退了，顾偃开见他周到稳重，便叫他接任。

"老婆子这把年纪了，一辈子在顾家门里卖命，当年伺候老太夫人时，都没叫人这么糟践过！你们几个小蹄子狗仗人势，敢来查问老娘？！"莫大娘面颊泛红，似是吃了两盏酒，越发肆意使性，在嘉禧居的园子里大声嚷嚷着，夏荷几个都拦不住她，"莫说是夫人了，就是太夫人、大夫人，还有四老太太、五老太太，想着老太夫人跟前老人的体面，谁见了我不是客客气气的，如今倒遭了这番奚落……"

里屋内侍候的丹橘气得浑身发抖，低声道："夫人，待我出去喝止她！"绿枝咬着牙，按捺不住就要出去。明兰却端坐案前，稳稳地写着一幅大楷，脸色半分未变。

"绿枝，叫人把她堵了嘴，缠了手脚，又到侧厢房里去。"

绿枝兴奋地应声而去。屋外早等了几个壮实的粗使婆子，那莫大娘正骂在兴头上，谁知叫人一股脑儿拥上，拿棉布搓成的软索捆了手脚，嘴里臭烘烘的，不知堵了什么，然后就叫一路拖进了个屋子里。屋里烧着地龙，倒不冻人，却除了四面墙什么都没有。

廊下原本就站了好些看热闹的媳妇婆子，莫大娘素来跋扈，府里碍着莫总管的面子，没人敢惹，便是主子也多少客气，如今不知叫谁撺掇的，居然敢来下新夫人的面子。与这种浑人，便是对嘴两句都是笑话。众人挤作一团，窃窃私语，想着不知明兰如何应付。

谁晓得明兰连面都没露，毫不客气地动手捆人，不过须臾之间，嘉禧居又是一片安静祥和，园中众丫鬟也没见怎么惊慌，除了雪地上一排凌乱的脚印，好像什么也没发生过。还不待众人惊愕，只见一个穿着桃红锦缎夹袄的圆脸丫头出来站在檐下，笑容可掬地朗声道："众位妈妈姐姐，若觉着冷了，到水房里喝杯热茶暖暖身子吧。待问完了话，便可回去了。"

众人愕然，面面相觑，不知如何计较此事。

屋里的炉火正旺，直烘得人暖洋洋的。明兰神色自若，持笔稳健，自言自语了两句："寻了个七老八十的婆子来闹事，打不得，骂不得，罚不得，倒费了她们不少心思……"她还好，一旁的丹橘却气得什么似的。

在盛家，不论主子们如何闹腾，这般奴大欺主的事还真不怎么有。盛老太太治家严厉，没哪个下人敢做耗；待王氏进门，她一概放权，王氏堪堪把里外换了个干净；林姨娘上台了，妻妾明争暗斗，硝烟滚滚。盛纮烦不胜烦，只能拿下人出气，好些管事仆妇都被填了炮灰，剩下来的大多心明眼亮，没人敢伸头出风头。到海氏进门，更使家风井然。

"这种刁奴！要……要是叫房妈妈见了，定然……"丹橘性子敦厚，想了半天也想不出什么有力度够震撼的狠话。明兰笑笑，撂下笔，倒不很生气，她又没什么"王八之气"，人家不服她，她有什么法子，只好……呃，慢慢教育了。

约半个时辰后，莫总管得了信，立刻赶来跪在嘉禧居前，连连磕头赔罪。他倒不怕别的，一朝天子一朝臣子，就算这个差事干不下去，也盼望主子给留些体面，不至于把自家一撸到底，就怕明兰告到顾廷烨面前，那小爷的脾气他最清楚不过，管你是天王老子，若惹着了他，什么事都做得出来。明兰的声音隔着门帘传来，轻柔文气："莫总管不必自责，自来只有娘管儿子的，哪有儿子管教娘的，这事我会瞧着办的，你起来吧。"

这话不轻不重，莫总管一时摸不着头脑，又被婆子催着离去，心想着大约夫人要发落自己老娘一场，不外乎饿两顿饭，关上一夜，只要不株连旁的，也算轻的了。

第二日一早，他便赶去嘉禧居等话，只见屋里出来个打扮秀丽的丫鬟，神色清冷，说话文绉绉的，当着园中众人的面道："昨日莫大娘好大的本事，开口闭口如何尊重体面，竟忘了主仆本分，这般大刺刺地胡咧咧，就不怕惊了夫人的身子！"

莫总管急了，正想上前辩驳两句，那丫鬟又缓了面色道："也知道大娘吃了两盅酒，说话没个遮拦，可早知要去主子跟前回话的，居然也敢吃酒！家有家规，有错就罚……"莫总管一颗心吊了起来，那丫鬟接着道，"可夫人仁慈，一来念着大娘伺候过老太夫人，二来大娘年纪不小了，不好责罚打骂，怕伤了情分……"

园内众仆妇嘀咕声渐大，想着估计新夫人也是个怕事的，大约要高高拿起轻轻放下了。若眉面无表情，径直宣判道："可大娘这个性子着实祸害，哪有这般顶撞主子的，莫总管做儿子的没法管，夫人便替您管了。昨日已将大娘送入落松庵中，请她替过世的老太夫人吃斋念佛，以求福法。"

这话一落，莫管事傻了，一众仆妇也傻了。这算哪门子处罚，一没打，二没骂，莫总管也无从求情，做奴仆的又不能跟主子说个"孝"字，莫大娘不是爱整日提老太夫人如何如何吗？如今请她为老太夫人祈福，又怎好说个"不"字？

落松庵跟铜梓庵很像，专收容体面人家里犯了错的女眷，不过规格低些，管制更为强化严厉，去那里带发修行，就真跟出家人一般，粗茶淡饭，洒扫劈柴，有空还得帮着施舍粥饭。莫大娘早习惯了大鱼大肉、小幺儿伺候、打人骂狗的嚣张日子，如何守得住这般清苦。

庵中尼姑也不曾过分苛待这六十多岁的老太婆，却不许任何人与她说一句话，她若撒泼，便关起来净饿败火。莫大娘难受得如百爪挠心，嘴又馋，人寂寞，满肚子火无人可撒，不过短短三四日，她已后悔莫及，几欲到明兰跟前跪地求饶。

七八日后，莫管事接了老娘回家，住同街的人家俱是大吃一惊，莫大娘跟变了个人似的，足足瘦了一圈，面上油光全无，精神倒还好，只是说话举止老实拘束得厉害。进得府来，跪在明兰门口的廊下狠狠磕了几个响头，说话结结巴巴，大气都不敢出。

明兰隔着门帘，话音淡淡的："大娘别多礼了，您是府里的老人了，这般可叫我怎么受得起？我近来想着呀，到清静点儿的寺庙庵堂里，给祖父祖母还有父亲母亲供盏长明灯，添些福香，最好使人常看着，要说还是老人伺候得心……"

莫大娘吓得魂飞魄散，她可再也不愿回那没半分人气的地界去了，头磕得更加厉害："都是老奴猪油糊了心，叫人撺掇了几句，冲撞了夫人，老奴该死，这可以后再也不敢了，求夫人饶了老奴这回吧！"里头的夫人似乎笑了笑，说话十分和气："大娘是个明白人，这府里府外明白人更多，大娘纵算不为自己想，也该为儿孙们想想不是？"

莫管事千恩万谢地把老娘领了回去，一迭声地规劝。莫大娘失魂落魄道："儿呀，你说夫人不会记着恨，想法折腾咱们吧？"莫管事道："这回夫人只罚了娘，在里头当差的二丫和狗儿，还有大哥连着我，一个都没动，就是给咱们留了体面的。娘，以后您可别再听人撺掇了，这回可受着厉害了。"莫大娘恨恨道："回去就寻那起子腌臜老婆子算账！"

没过多久，传来莫大娘直往左邻右舍冲，与几个平日要好常吃酒的婆子媳妇狠狠打闹了一架。体粗力壮的莫大娘，打架在行，一时砸了好些锅碗瓢盆，许多人脸上都留了血道道。

明兰听了后，只笑笑而过，不再提起——世道艰难，好一招暗箭伤人，这回她若下手轻了，不能服人，以后就难叫旁人听话；若下手重了，莫大娘的年纪资历摆在那儿，不论是打了、骂了、还是罚跪，免了莫家人的差事，都会有某些正义人士跳出来啰唆，什么"祖母跟前的便是猫狗也比常人体面些"啦，什么"才掌家没两天就不把祖宗身边的老人放在眼里"呀，什么"莫家的素来忠心勤恳，这般岂不寒了忠仆的心"云云，那就没完没了了，就算杀伤力不大，也够恶心人的，若再风言风语传出去些，那就更精彩了。

她头一次真心觉着顾廷烨以前的日子真不容易，这种暗箭根本防不胜防。

大约明兰那句"要说还是老人伺候得心"很有杀伤力，之后的文档查问工作顺利了许多，那些伺候了几代人的老世仆也都老实顺当地听命从事，就怕新夫人瞧哪个顺眼，请人去看长明灯。侯府至今已数代，世仆也代代孳生，外加内部互相联姻，关系错综复杂，且还有外头嫁娶的，由于工作量过于繁重，又忙碌了近半个月，才堪堪整理了个大概。

明兰倒也不急，每日悠闲散步，若天气好，就在廊下走；若天气不好，就在正房几个屋子走几圈。她也不追究旧账，一切人事照常，该如何就如何。时日渐久，老侯府的下人们没迎来那新官的三把火，又见明兰为人和气，除了查新账仔细些，旁的也不刁难，众人也渐渐定了心。至于约束管制方面，在顾廷灿出嫁之前，太夫人是断不许出现夤夜吃酒赌钱及败坏家风的事，既然上头镇山太岁压着，明兰乐得偷懒。

"夫人，那些账……"丹橘生生咬住舌头，有些话她知道不能说，"您就那么算了？"这几日忙下来，她也知道老账目是有问题的，这事若发生在盛家，别说盛老太太眼里不揉沙子，房妈妈满身手段，单一个王氏，就能把那群蠹虫给活剥了皮！

"怎么可能？"明兰白了她一眼，贪污是肯定有的，只是大贪小贪的问题，可是……问题不在这里，"再让我好好想想。要么不做，要做之前定要细细想通，最好一击即中，一次消停，不然……唉，到底是一个门里的，三天两头闹不是好看的。"

"那您何必这么早把事儿揽过来呢？不若多歇一阵。"丹橘闷闷道。

"等到我挪不动的时候，出点儿什么岔子，那才是要命。"明兰叹道，"不若趁我现在有力气吧，侯爷如今也不容易，不能给他添麻烦了……"

随着了解深入，她对老侯府的情形越来越清楚，心中已有了个初步的轮廓。为着办事利落，她向顾廷烨申请要几个能在外头查探跑腿的。

屠家兄弟不愧是江湖上混的，查探消息的功夫端是一流，明兰得了他们的助力，立刻事半功倍，不禁直呼，叫他们做护卫真是人才浪费。足足一个月的资料收集基本完毕后，明兰的肚皮已鼓成个小簸箕。为着同时锻炼脑力和体力，她常抚着肚皮在屋里踱步，待想明白了些，就赶紧坐下撰写在旁人看来是鬼画符般的摘要计划——

"宁远侯府有契奴共一百三十六人，其中，家生奴仆，不计男女，共七十八人，之中，有五户乃三代以上世仆，其余皆一二代孳生奴仆。外头采买奴仆中，有十二人已与家人全无联系，尚有……

"在外置办产业者有……于亲戚名下置产者有……其中田产者分别于……这几处，商铺则有……这几处，不能排除有为其主子置产者……

"亲属关系中，有……这几人为小吏，这……几人经商，还有……之亲属在别府为奴。"

写了半天，明兰咬笔杆沉思。做事情要目标明确，她到底想要个什么结果呢？是把这些贪了主子钱财的家伙一锅端了，还是敲山震虎，杀杀威风就好了呢？或者来一次大清洗，换上自己的人手？有没有陷阱在里头呢？会不会被算计了呢？

明兰扯着头发，头疼至极。她本不是宅斗人才，上辈子最大的职业规划也就是有朝一日能威风地拍个惊堂木断案子，而不是在这里苦思冥想怎么肃贪倒人。

丹橘在旁小声道："夫人，歇歇吧，别累着了。"

明兰忍不住笑出声："哪那么娇贵了。"

到目前为止，她的状态良好，除了偶尔小腿抽筋外，基本没什么妊娠反应。顾廷烨很自作多情地认为，这一定是个懂事孝顺的好孩子。按照府中老人的说法，当年白氏夫人怀他这混世魔王的时候，也很顺当康健，可惜生出来却气得老父三天一跳脚，五日一家法。

顾廷烨听了这话后，沉思良久，忽然反问："若将来，儿女不听话，你可会……"

"打，那是必须的。"明兰想都没想。小淘气包就要打两下才长记性，姚依依兄妹俩就是这么长大的，打手板，打屁屁，也没见落下什么心理疾病，读书就业都很顺当，只要不是毒打，寓教于乐，掌握好尺度就成。她又补充了一句："不是说棍棒底下出孝子吗？"

男人立刻翻脸："打什么打！你小时候多淘，下水捞鱼，上树捉鸟，老太太碰过你一指头吗？孩子不听话就慢慢教，开口闭口就要打，你当爹娘这么好做的？！"

说完，拂袖而去，连饭后一盏茶都不喝了，留下犹自捧着茶盅的明兰又惊又呆。

朱氏身子越发重了，三月的头一日开始发作，翌日产下一女。太夫人虽略有失望，但一旁的婆子都满口恭喜，还连道"一儿一女恰成个'好'字"，她便也撂开手，抱过孙女喜滋滋地逗弄起来，并起名静姐儿。不知为何，女婴瞧着不甚康健，瘦小病弱，那小胳膊小腿就跟纸糊的一般，看得明兰心惊胆战，连碰都不敢碰，跟着说了好些吉利话后，赶紧送了好些滋补的药材过去。朱氏甚是感激。

大约这阵子是个生女儿的日子，没过几日，盛家使人来传消息，如兰也产下一女。明兰当即一愣，笑道："五姐姐身子可好？"

来报信的正是刘昆家的，她福下身子，道："回六姑奶奶的话，母女都好。"比起明兰刚嫁来那阵，她明显发福许多，笑呵呵地说如兰的女儿如何白胖结实，如何哭声震翻屋顶云云。

"健壮就好，我备了些金银小器和软缎子面，回头劳烦妈妈给五姐姐送去，不过……五姐姐没哭鼻子吧？"明兰指着身旁的杌子，请刘昆家的坐下。小桃便端上茶盏，又把暖笼上烘的一条毯子给她盖在膝盖上。

倒春寒厉害，这时出门本是受罪，受这般殷勤款待，刘昆家的心头舒服，知道明兰和如兰自小打趣笑闹惯的，当下说话也不拘束，笑道："瞧姑奶奶说的，老太太说了，先开花，后结果，不论咱们太太还是大姑奶奶，都是头生了姑娘，后头又生了哥儿。这有什么，身子康健最要紧。"言下之意，便是如兰和王氏的确有些失落。

明兰心里一笑，道："祖母的话有理，这趟叫妈妈辛苦了。"她顺手把手中的暖炉递给她取暖，又柔柔道，"只可惜我如今不好出门，这外甥女的满月和百日没法去了，请妈妈代我向太太告个罪了。"

刘昆家的焐着手炉，满脸堆笑："六姑奶奶太见外，都是自家人，说什么告罪呢，待姑奶奶生了哥儿后，一道团聚岂不更美？倒是枫三爷的婚事，姑奶奶没法来，委实可惜了。"

"哦，三哥哥的婚期定了？"

"定了。"刘昆家的小心地喝了口茶，悠悠道，"因咱们未过门的三奶奶是柳家嫡女，自小养在祖父母膝下，听说素日最得柳老太爷和柳老太太的喜欢，这不，两位老人家非要从老家赶来瞧孙女出嫁不可。这拖拖拉拉的，只好定在这月中了。唉，要说三爷真是有福的，也不知咱家大爷在外头如何了，每回来信都只说好，把我们太太忧心得什么似的。"

长枫本就卖相好，加之盛纮事先提醒调教，他在柳家处处小心，一见了柳家女眷先红了一半的脸，俊秀白净的面孔羞羞答答的，答话规矩温柔，柳家上下俱是满意。至于柳夫人，丈母娘看女婿，更是越看越喜欢。柳家置办嫁妆动静不小，小定大定乃至这回的年礼俱是出手不凡，想来新媳妇身家必然少不了。王氏看着不由得心头泛酸，又见盛纮这公爹做得笑容满面，几乎比新郎官还开心，更是气不打一处来。

明兰听出她话中的意思，微微一笑："侯爷早得了邸报，说大哥哥在地方勤政爱民，修桥铺路，鼓励农桑，很得百姓爱戴，上司也频频褒奖，将来必然前途无量，太太尽可放心的。"

刘昆家的如何不知道长柏的前途当然好过长枫，只是王氏心眼窄，放不开罢了。又说了会子闲话，明兰提到九儿快出嫁了，有那么几年的情分在，好歹添些妆奁，便叫丹橘把红绸子裹着的一副赤金镯子捧出来。

刘昆家的见那金镯子足有三四两重，上头还各嵌了枚大珠，她大喜过望："没想到姑奶奶还记着我家那丫头。托姑奶奶的福，太太开恩，去年放了籍，给说了个庄户人家。"

小桃的打听功夫不是盖的，年前跟着一道去盛家送年礼，顺手就带回了等值的八卦，极大地娱乐了明兰的养胎生活。盛家太太身边大管事挑的女婿，又岂会是寻常庄户人家？不过，这些年来，刘昆家的执掌内宅诸事，平日派发各屋的吃穿用度，辖制小丫头，都还算厚道公正，并不会生事做耗，明兰记着她的好处，也乐得锦上添花一番。

早春三月，在无数板砖横飞之后，皇帝终于定了巡盐御史的人选。

据说这期间，齐衡的父亲齐大人经过申家多方引荐，几次进宫面圣，向皇帝和几位重臣详呈盐务章程，甚至十分配合地和盘托出许多纰漏根源。圣心大悦，着意褒奖。时隔多年，平宁郡主再次受宣召，携儿媳申氏一道觐见两宫太后及皇后。

顾廷烨叹气道："那老狐狸找亲家果然有一套，没缝的石头也能叫他榨出水来。"顿了下，他扭头看明兰，"要说郡主讨儿媳的本事也不错，想来齐衡以后的仕途差不了。"

明兰淡淡道："仕途是不错，就是老婆运差了些。"被戴了顶闪亮亮的绿帽子。不过，话说眼前这男人真可恨，每回提起齐衡都阴阳怪气的，他明明早知道的，如今倒来发神经。

顾廷烨弯了下嘴角："宫里都说那申氏贤良温婉、知书达理，是旺夫益子的贤妻。"明兰嘴里泛酸："才去了一趟，就瞧出这么多，宫里人果然火眼金睛。"顾廷烨故意找茬："宫里大大小小，哪个不是毒火里淬出来的眼力，自然瞧得出。"

明兰厚脸皮道："那是，我也不过进宫两回，不也夸我敦厚温良吗？"这是小沈氏的原话。

"是吗？想来是为夫使银子生了效用吧。"顾廷烨淡淡的。他最近心情不好，朝事纷纭，对着一帮表情从来不能说明问题的职业官僚，只好生生压下炽烈性子，半哼不哈地打官腔。

"那你娶我做什么！"明兰也怒了。她最近心情也不好，每日埋头账簿名册和侯府内错综复杂的人际关系，照镜子时都觉着自己面相阴险。

见她真发了怒，挑起秀长的双眼皮，怒目圆睁，双颊通红，无端生出三分俏媚火辣，顾廷烨终于绷不住了，用力一把抱住她，也不顾屋里有人没人，在她脸上用力亲了一口，放声大笑，连日烦闷倒消退不少。

明兰十分鄙视这种将自己的快乐建立在别人吃瘪上的行为。不过，没多久，她就见着了这位传说中的"贤妻"。

三月初九，顾廷灿大婚。

煊大太太这两日索性住在侯府，前前后后地忙着跑，发送嫁妆，安顿人手，一会儿迎客，一会儿吩咐这那，转个头挪个脚都有仆妇小厮围上来请示事项。不过筹办效果倒不错，人来人往却不曾乱了套，热闹喜庆却井然有序。太夫人十分满意，明兰更是人前人后没少夸自家堂嫂能干又热心，这回单独给顾廷煊这房送去的元宵节礼，又厚实又体面。

煊大太太虽忙累，却很快活。

一大清早起来忙碌，不论顾七小姐原先是位多么清高的姑娘，到了这一日，都被画成了粉面馒馒雷汝妆，满室的红艳喜庆。明兰跟在邵氏后头，认真地向快出嫁的小姑说了好几句吉利话，顾廷灿女士明明已经快被转晕了，但一听见明兰的声音，却很神奇地振起精神，挤出个白眼给自家二嫂。明兰当没看见——昨日她使人捧着明闪闪亮光光的一箱子新铸的雪花银过去添妆，总共一千九百九十九两九钱九分外加九个大铜板，代表一生长长久久。

寓意倒好，银子也很够，但顾大才女对着这堆阿堵物差点岔了气，太夫人也有些不高兴——你就不能兑成银票拿来吗？非这么大张旗鼓地叫人知道？不论太夫人多强，到了女儿出门那一刻，她也忍不住泪流满面，叫人扶着回了明堂。

太夫人爱女出嫁，遂广邀亲朋，光是女桌就开了十八席，内堂险些挤不下，请了京城当红的庆喜班来唱堂会。未到开宴之时，众女眷便聚在内堂说话。

朱氏生产后还未出月子，没法出来，明兰从头到尾捏着块帕子做虚弱状，烦大太太忙得不见人影。说来好笑，邵氏嫁进顾家这么久，还是头一回这般挑大梁，陪着太夫人坐在明兰旁边，恭谨地招呼客人，还得时不时地看看弟妹是否身子妥当。

狄二太太看了圈周围，凑过来笑道："今儿真是热闹了，你自己要当心身子，莫要叫累着了。"明兰靠在一把软椅上，神情又感激又柔弱："谢嫂嫂关心了，不妨事的，这阵子多亏了烦大嫂子忙进忙出的，我倒轻省了。"

一旁的太夫人正和人说话，闻言瞥了过来，心里暗恨明兰做出这么一副样子来，今日见了的人都说她柔弱温厚，不像是能与人争斗的。这时，那贵夫人顺着目光过去，回头也道："你家老二媳妇倒本分老实，一句多的话也不说，怯怯的，怪可人疼的，就怕压不住底下人。"太夫人暗咬银牙，说人坏话要人少僻静，暗室最佳，这会儿人声鼎沸，如何开口细说明兰是在扮猪吃老虎，看似小白兔，其实大灰狼。

身旁另一位夫人也看了会儿明兰，悄声说道："你就别替她媳妇操心了。"又转头对太夫人道："都说你家老二如今收了性子，办差能干，极得圣上赏识，又疼老婆得紧，我嫂子如今悔得跟什么似的，早知浪子回头得这么利索，就该把我那侄女许过来，胜于如今三天两头回娘家哭诉姑爷的不好……"

太夫人这次连腹诽都懒得了，只能扮笑低声道："这话可不能开了说，我也喜欢你那侄女，两家又门当户对，偏偏……喀，这也是各有各的缘法。"

那两位夫人听到"门当户对"这四个字，互看一眼，后一个笑道："虽说是庶出的，我瞧着这通身的气派也不差了，不过……到底小家子气了些，没什么威势，也不知能否辖制住下人。"

前一位夫人却微微蹙眉，心道，你那侄女倒是够威势了，仗着娘家强盛，成日在夫家斗气使性，就这样还瞒着一干老姐妹愣说自家侄女如何端庄贤淑；再回头，看明兰正和人说话，笑得温柔腼腆，虽荏弱了些，却显得良善纯然。她顾忌和太夫人多年相识，当下不多说什么，转身几步去和四老太太、五老太太说话了。

这边聚人颇多，邵氏正和平宁郡主说话，说着说着便溜到明兰身上。邵氏忍不住夸了明兰几句，平宁郡主有些酸溜溜的，当初瞧不上眼的小庶女如今摇身一变，福贵双全。五老太太最近家里一团乱，五老太爷整日痛骂顾廷炀，责怪自己慈母败儿，如今便没有力气说明兰的酸话。四老太太倒还好，女儿廷茨的婚事渐有眉目。

随她一道来的炳二太太这次老实许多，既不敢和几位妯娌挑事，也不大敢说话，只老实地窝在内堂侧厢一角，坐在明兰身旁安静地吃茶，抬眼间却见一位年轻文秀的妇人款款走来，赫然便是适才见过礼的平宁郡主的儿媳。

她笑容亲切，见了明兰先福了福："给两位舅母请安了。"炳二太太一转头，惊奇地发现自家二堂弟妹脸色有些古怪，只听她声音带虚劲儿道："快别客气了，咱们年岁差不了多少，何必拘礼。"炳二太太颇觉奇怪，莫非她身子不适了？

那申氏生得并不甚美艳，但胜在眉清目秀，雅致高涵，整个人宛如江南烟雨般淡雅。她恭敬地微笑："礼不可废，不然回头娘和相公定然说我。"

明兰背心一阵冷汗："你我二府虽有亲，却早出了五服，这个何必……"炳二太太受了教训后，最近有些开窍，见明兰这副样子，连忙帮腔道："我说妹子呀，我也就罢了，可论年岁，你比我弟妹还长了那么一两岁，这……"

申氏笑了笑，对着炳二太道："长辈客气，我们做小辈的怎好当真僭越呢。哦，对了，适才我瞧见个丫头正四处寻您呢。"炳二太太还待再说两句，只见一个身着青灰比目夹袄的小丫鬟满面着急，小心翼翼地绕着过来，鼻尖上还沁着汗，过来低声禀道："炳二太太，煊大太太那儿脱不开手，叫我请您过去帮手呢。"

炳二太太心里并不情愿，但想着如今要靠兄嫂过日子，只好强笑着走了。

这厢只剩二人了，明兰也不知说什么好，只能道："快别站着了，来坐。"申氏依着明兰的话坐到她身旁，笑如春风："谢舅母了。在家中就听母亲说舅母为人最和善不过了，今日一见，果然如此。"明兰就怕她提以前，心头莫名发虚，干笑道："郡主谬赞了。"

一旁随侍的丫鬟极有眼色，赶紧给申氏上茶。明兰觉着该找些话来说，便道："瞧郡主娘娘气色这般好，倒比以前还年轻了，许是你这儿媳服侍得好吧。"

申氏斯文地揽袖一笑："哪里的话，我性子笨钝，都亏得母亲悉心教导。"

两人就这么你来我往地互道恭维，虽气氛和谐，却半天没说到点子上。若是平常，明兰最烦这种没营养的废话聊天，但今日，明兰巴不得对方不要往实际话题上带。

申氏偏不遂明兰的意，话锋一转，笑意盈盈道："说起来，我早听说过舅母许多事了。"

明兰嗓子眼沉了下，面上不露，半打趣道："年幼时曾随着兄姐一道读书，那会儿衡儿也在，可惜庄先生要紧着教栋梁之材，就把我们不成器的姐妹三个给开革了。"

申氏的眉毛颇淡，不若明兰的秀眉弯弯，纤浓天成，她便用螺子黛简单画出一对平直的眉线，笑起来也淡淡的："若说栋梁之材，舅母的长兄才堪当得。"她说话缓慢，自有一种气派，"常听说舅母自小就爱说笑，叫人听了，如醉春风，喜不自胜。"

——哪里听说的？这最后八个字像是肠里坠了个铁砣子。明兰只好继续干笑："我也常听人说，你自归齐家后，孝顺长辈，妯娌和睦，众人皆是夸赞的。"

申氏微微蹙起眉尖，轻起愁云："我是没用的，相公一直不开心，我生得笨，又不知如何开解，常叫母亲烦心忧扰，真是不孝之至。"

明兰嗓子发干，努力咽下一口唾沫。不会吧，齐衡再傻，也不会这么脑残地把前情史抖搂给老婆听吧。明兰微微倾斜了下身子，眼光往那边说笑的平宁郡主处掠了下——难道是做婆婆的给摸不着门路的儿媳泄了底？她现在心情很复杂，有一种狠心抛弃男友的前女友遇见正牌夫人的窘迫，自己很奇怪地落在道德低点上。

明兰暗道这样不妙，一咬牙，肃了笑容，端正了长辈架子，用过来人的口气道："大丈夫志在四方，衡哥儿正是报效上进之时，我虽是女流之辈，也知如今朝堂上诸事繁忙。衡哥儿忧心朝务，正是上进之举，难不成要日日斗蝶儿画眉毛才算夫妻和睦？你们夫妻互敬，阖家昌顺，便是最大的正道。"终究，自己并没有做错什么，凭什么要无端心虚！

申氏微微一愣，未料到会有这么一大段说教，但她调整得很快，随即掩口轻笑道："舅母说得是，倒是我褊狭了。"明兰暗生警惕，眼前这位段数不低呀。

"这回过年，永昌侯府送来好大一座玉石屏风，上头雕的正是娘最喜欢的富贵牡丹。"申氏轻轻翻动着茶盖碗，转了个话题，"后来才知道，原来是舅母的四姐给出的点子。那屏风，用料、花色、雕工，处处合了娘的心意。"这话说得不轻不重，不缓不急，前无头，后无果，却说得明兰如耳边生闷雷。

明兰定定地看着申氏。申氏云淡风轻地和她对视，丝毫不动。明兰沉思片刻，压低声音，缓缓道："明人面前不说暗话，我家的事，郡主娘娘大约都告诉你了。今儿半日，已有七八位夫人夸过我有福气了，直说得我便如掉进了蜜糖铺里一般。可在我后院，有前头夫人陪嫁来的姿室，有自小伴侯爷大的通房，后头有人家送来的才貌双全的姑娘，里面有个七八岁的大闺女，外面还有个至今不知究竟的庶长子和他的生母。我若摆不开这些，便是愁也愁死了。"

申氏面色略变，稍稍欠了欠身，低头轻声道："……母亲也说过，舅母，并不清闲。"

明兰自嘲地笑了笑，又道："自小到大，我都觉着生而为女子，真真是个苦差事。当中苦滋味，只有做女子的，自己才知道。"申氏神色一黯，轻声道："……谁说不是呢。"

"既如此，那就少跟自己过不去。"明兰干脆利落道，"天造九补必有一缺，天下哪有十全十美的事。想得开，才能过得好。"

申氏的命已好过世上许多女子了，名门嫡出，自小受疼爱，不需要在闺阁里就开始钩心斗角，成年后嫁得门当户对，夫婿年少俊美，有才华，肯上进，又不花心，更难得的是婆媳和睦，申氏至今未孕，郡主也从未有过半句责备（经过前面一位儿媳的调教，郡主对儿媳的要求已很不高了），又兼家资丰足，将来老齐国公过世后，一分家，连妯娌问题都没有。

这样一帆风顺，还因为无法获得百分百的爱情而四十五度明媚忧伤，纯属闲得慌，这让盛老太太、大老太太、王氏、华兰等九成以上的世上女子情何以堪？

申氏是个聪明人，如何听不出这话中意思，她尴尬一笑，道："舅母教训得是。"她于前尘往事并不清楚，只知道丈夫心中有那么一个人在。齐衡虽待她甚好，可她总觉着隔了些什么，越发按捺不住好奇心，丈夫自小到大，相处的女子就那么几个，环顾四周，她看来看去，唯有明兰的品貌最为出色，是以……她苦笑了下。有次，平宁郡主漏了口风，提醒她"太过端庄自重了，少了些情趣，不妨开朗疏懒点儿"，到底是不是"她"呢？

她望着明兰微微发呆，宜喜宜嗔的容貌，她从未见过哪个闺阁里约束出来的女子有这样灵动的眸子，好像怀抱着海阔天高，满心清透，不染尘色。她心头浮起一层淡淡的惆怅，要和齐衡过几十年的人是自己，追究这些尘土堆里的事又有什么意思。

此时，太夫人高声笑请众人开宴。明兰看着申氏面色渐转，终忍不住松了口气，赶紧挽了申氏入席，一副亲切长辈状地说笑——好险，好险，差点扮不住了。

不过，话说她到底心虚什么呢？当初的决定她从来没有后悔过。

走出内堂，外头春光正好，探出矮墙的桃花枝头恰恰绽出了春蕾，有些心急的骨朵儿开了半苞，太夫人为了取个好兆头，又移了好些盛放的桃花在园里，满园便是一片灼灼粉色。

明兰心里一动，忽想起那年春日，那个素锦青袍的少年送了她一本滇家的食谱，她回屋后翻开，从书页中掉出一朵压成书签的桃花，浅粉色的花瓣，只如拇指大小，上头用蝇头小楷写了八个字——如醉春风，喜不自胜。

明兰捧着一杯香茗，对着一盏美人灯怔怔出神。最美好的东西，往往最脆弱，这是自然界的法则，谁都不能避免吧。

顾廷烨梳洗后，披着满头湿发从净房里出来，却见妻子这副神气，当下揽过她的身子，温言关怀道："可是身子不适？"明兰摇摇头。顾廷烨摸摸她的脑门，又问："今日来客多，别是累着了？"明兰又摇摇头。

"可是家里有什么不妥？"顾廷烨锁着眉，声音发沉。

"也不是啦。"明兰继续摇头，继续忧郁。

"到底怎么了？"顾廷烨捧着她的脸追问。明兰从脸上把他的手移到自己肚皮上。顾廷烨正自狐疑，忽觉手掌一震，竟是明兰的肚皮在动——终于迎来迟迟不见的胎动。

"它在踢我。"明兰愁眉苦脸，"从晚饭后，停停歇歇，一直踢到现在。"

臭小子！老娘十月怀你，何等辛苦，不过稍微思念了下前任追求者，不用这么卖力给你老子出气吧！

第四十三回·华兰启示

　　手掌下清晰地感觉到小而有力的冲击，顾廷烨大惊失色，一时不知所措。明兰连忙告诉他这只是正常的胎动反应。男人呆了片刻，猛然起身出去，带倒了两张小杌子犹自不知。

　　入夜被捉来诊脉，老太医还以为顾侯夫人有什么要紧的，一把之下，发觉明兰脉动健康平和，母子均安，才知是这等事情，加之一旁顾廷烨连连追问，不禁头大如斗。

　　"他为何要踢？是否觉着不适？"

　　"他是个人吧？是人就要动弹一番，扭扭腰，翻个身，动手动脚什么的。"

　　"不是觉着不快活吗？"

　　老太医大囧，尚在肚里的胎儿能有什么"不快活"！他只能含糊道："大凡快活了，睡饱了，吃足了，就爱拳打脚踢。"

　　顾廷烨总算还有些理智，问了几句便刹住车，镇定神色抱拳道谢。明兰在旁连连跟老太医致歉，知这老大夫最爱毛尖，除了厚厚的谢仪之外，又把新收来的上等狮头山毛尖赠了两斤与他。老太医也是见惯世情的人，知道顾侯盼子心切，只好苦笑着摇头离去。

　　那头的太夫人听闻此事，自然又是一番气恼，她女儿出嫁的日子，你没事请什么太医！

　　这年头，没有产检，虽有太医常来诊脉，终归有些提心吊胆，明兰只能每日摸着肚皮暗念菩萨保佑了。自这日起，肚里的小浑蛋似是活泛开了手脚，明兰按着老太医教的法子每日记录胎动频率，发觉十分规律而富于活力，便愈加放心。记胎动到第三日，顾廷灿三朝回门，太夫人早记挂着女儿了，着人将侯府布置一新，只待人上门。

"我的儿，快来叫娘看看！"太夫人眼眶发红，揽着女儿左看右看，却是不够，陪在一旁的男子也上前一步给岳母和两位嫂子行礼。

新姑爷姓韩，单名诚，虽不若齐衡俊美，不及盛长枫儒雅，却也是一位风度翩翩的佳公子，且一旁站着个清冷秀丽的顾廷灿，倒十分登对。公主府给的三朝回礼也颇丰厚体面，太夫人笑得眼都眯成线了。邵氏看见新人，不免想起自己寡居可怜，微笑中免不了几分黯然。

这边的顾廷灿也不大痛快，她是摆足了架子来的，想着叫娘家瞧瞧自己嫁得有多好，要是明兰能又妒又羡地拉长个脸那就更好了，可是偏遇上这么个荤素不忌的嫂子，笑得又喜庆又红火，居然还捧着个肚子在那儿老气横秋地念"以后要夫妻和睦、开枝散叶哦"什么的。

顾廷灿出击落空，不免又羞又气。

韩诚不大说话，只矜持地笑笑。这般贵婿太夫人也不敢开口就训，如此这般，明兰的场面话倒十分及时。韩诚低头听了几句，侧面恭敬道："早听闻二嫂嫂家乃诗书传家，家师常在我等面前夸赞长柏师兄。"

明兰连忙收起走神的心思，思忖片刻，疑惑道："莫非妹夫如今师从王参先生门下？"那老头子不是成日嚷嚷着退休，要遍访名川大山吗？

"正是。"韩诚拱手道，"昔日海老太傅门下大多四散出仕，只这王先生肯略授徒一二。"

明兰心中活动，面上却笑着："王先生学问极好，只可惜身有微恙，只得淡泊仕途，不过如此一来，学问倒是越发精进老成了。妹夫有福，金榜题名，必指日可待。"这死老头脾气颇怪，当初盛长柏能入了他的眼，还是沾了海家的光，长枫就没这资格。

韩诚听明兰如数家珍，心知这是个内行的，虽高兴得紧，却越发恭敬："承二嫂嫂吉言。"顿了顿，又道，"听闻二嫂嫂次兄长枫兄台文名颇盛，诚远离京城久矣，正盼与长枫兄等京中学子结交，以互道长短。"

他说话虽恭敬，但掩饰不住一股年少傲气，不过想想也是，在皇室子弟中，像他这般年少上进的却是不多。明兰微笑得异常"慈祥"，顾廷灿直看得一阵刺眼。

"妹夫客气了，何必如此见外。"明兰笑道，"后日便是我三哥成亲，想来他素日好友都会去观礼，一顿喜酒吃下来，没准他们立马就跟妹夫称兄道弟了。"回去赶紧给娘家递个信，别忘了给公主府发喜帖，嗯，最好直接跟盛老爹说，不然王氏肯定希望贵人来得越少越好。

韩诚自幼喜文，最爱和文人雅客结交，偏父母两边的亲友子弟多为纨绔闲人，他听了明兰这话，自是高兴。一旁听他们你一言，我一语，邵氏只是凑趣微笑，太夫人倒颇觉欣慰，目露欣赏，顾廷灿却微微侧开身，面向窗外不语。

明兰瞥了这母女俩一眼，心念一动：这老的大约是在想"这般积极上进，果然贤婿"，这小的大约在郁闷"相公为何这般市侩，张口闭口仕途经济，一点儿也不文雅高洁"。可惜了，货不对版，要是换太夫人年轻几十岁，嫁给韩诚，估计更能琴瑟和鸣，双"贱"合璧。

过了两日，长枫成婚。去喝喜酒的阵容异常冷清，不是有意怠慢，而是确有情况。最近看公孙老头越发秃得厉害，顾廷烨又整日面黑如锅底，想来大约朝事不顺。明兰担心丈夫抽不出空来，只好提前去问："我三哥成婚，不知侯爷去否吃喜酒？"

顾廷烨眉头紧锁，手上攥着卷宗，喃喃道："到底是触到痛处了，如今开始翻腾了。"

"侯爷若实在抽不开身，我索性去跟娘家说一声。"

"沉疴已深，果非一朝一夕之功。"

"不要紧，我爹娘都是明理之人。"他若不去，王氏肯定高兴，盛纮大约也能理解。

"若要快打慢，看来不易呀……"

两人牛头马嘴了几句，明兰上去摇晃他的胳膊。顾廷烨一脸茫然地抬起头来，明兰只好把话复述一遍，顾廷烨失笑："我是当差，又不是卖身，溜去岳丈家吃口酒还是成的。"

明兰心下感动，嘴里却戏谑："我瞧侯爷如今不只卖了身，连心耳眼神都一并卖了，夜里睡觉时一会儿打呼，一会儿磨牙呢。"

顾廷烨愣了下，摸摸明兰的脸，忧心道："可吵着你了？不若我去书房睡吧。"

明兰捧着肚子艰难地挪到他膝盖上坐好："还好啦，你声儿也不重，大约推你一把能好半夜，踢你一脚能清净一宿。"她圈着男人的脖子，撒娇得十分熟练，"你别去书房睡了，你在我身旁，我就什么都不怕了。"

她刚吃了蛋奶羹，正是吐气香甜，又说得嗲声奶气，顾廷烨心里跟吃了糖似的，很是受用，却半轻不重地拍着她的臀部，板脸道："又来甜言蜜语地哄我，你有什么好怕的？"记得去年暑夏，这小坏蛋嫌热，睡觉时几番甩开他的胳膊。

明兰眨巴着大眼睛，纤长的睫毛上下飞舞，红扑扑的嫩脸蛋儿很是纯真无邪，一只小手还怯怯地捂在胸口："天黑了，多吓人呀，要是有妖怪来捉我去吃怎么办欸……"

饶是顾廷烨阅历丰富，且明知这话里有八成靠不住，却也一时发迷，直待明兰离去后，手上还攥着皱巴巴的卷宗，心神恍惚，看半天没看进去。他自少年时便厮混纨绔圈子，也是见过世面的，加之后来成日在军营里打滚，遍地爷们的环境下，荤段子听了不知多少。他心思一歪，居然认真地掰手指算了算，这个月份了，大约是可以的吧。

明兰抱着枕头正酝酿睡意，不妨床上摸索着过来一个人，轻软的里衣，湿漉漉的粗硬头发带着熟悉的皂香，借着暗淡的角灯光，明兰含糊地问："今儿怎么这么早？"

"为夫来帮你打妖怪。"

……

屋里渐渐传出诡异缠绵的声响，外头值夜的丹橘一个激灵，明白过来，顿时面色涨得紫红，又羞又惊，这……这……也可以？！她看着对面的小桃，嗫嚅着不知说什么好，却见小桃正托着腮帮子看月亮，转头憨笑道："好姐姐，你说今夜葛大娘给咱们做什么夜宵呢？我想吃月饼了。"丹橘瞠目，久久说不出半个字来。算了，还是去当耳报神吧。

次日一早，夫妻俩贴着脸醒来，两人便跟秧架子下偷情的少年男女一般，都脸红忸怩。明兰羞不可抑，却觉得身心舒畅，顾廷烨也十分满意，抱着搂着，便觉着老婆那圆滚滚的肚皮也十分俏皮可爱。两人眉目含情，互相脉脉温情地抚慰了好一会儿，心头俱是甜蜜。

待顾廷烨穿戴好，在明兰脸颊上用力亲了一口，神清气爽地大步出门，连日来的黑脸阴沉一扫而空。随身小厮们大为吃惊，一边松了口气，一边暗暗祈祷日日如此吧。

崔妈妈早得了信，赶急赶忙地过来，绷着脸服侍明兰洗漱。她的心情很是复杂。根据专业知识，孕期行房也不是不成的，但到底还是有些那个……为着安全，最好还是别涉嫌，但妻子怀孕了，丈夫还往没往妾室房里挪一步的，也实属万分难得，这大半年的空旷，侯爷又正当壮年，总得给人条出路呀——真是左右为难。

她也懒得训明兰了，反正她从来没赢过，只待早饭后便去请了太医来诊脉。

明兰身体素来健康，孕相也十分妥帖，吃穿锻炼也很有度，属于大夫们非常喜欢的一类孕妇。太医望闻问切了一番，表示一切状态良好。崔妈妈忍着老脸羞红，把昨夜的事跟太医委婉地说了。老太医到底见多识广，只呆愣了片刻，便连连表示不妨事。又见崔妈妈满脸褶皱，当下也不避嫌了，凑上去说了一番孕期行房的注意事项，崔妈妈这才多云转晴。

到了长枫成婚那日，邵氏新寡，明兰怀孕，朱氏产妇，顾府三位夫人都去不了。未免坏了名声，只有太夫人亲自出马。顾廷炜素爱热闹，倒是兴冲冲地去了。明兰自己没法去，便叫人备礼过去道贺，嗯，顺道请小桃过去联络感情。小桃是个热心的好姑娘，见盛家里外忙得不可开交，便自告奋勇地表示愿意帮手，回来时带着满肚子的八卦和三大包裹的吃食，吃食分给院里的众姐妹，八卦孝敬给无聊的孕妇明兰女士。

婚礼十分热闹，宾客如云，便是不瞧盛家，也要瞧柳家，何况盛氏几位姑爷都来得整齐，显得极为体面。席面上，王氏说话半酸不涩的，可惜缺乏技巧，人人都听得出她不像脸上摆的那么高兴。老太太倒是真高兴，真心发愿"盼望子孙繁盛，阖家平安"。

墨兰尤其高调，恨不能叫所有人知道，前头那位风光的新郎官是自己的胞兄，柳家嫡小姐以后就是自己亲嫂子了，言行间颇有几分失礼轻狂。王氏气愤，有心喝止，却碍着外人的面不好斥责，还是高手华兰出招，一击致命。

"咦？您家还有两位姑娘呢，姑爷们都来了，她们怎么没来？"一位好事的妇人道。

华兰雍容大方，笑容可掬："我那五妹妹刚生了个胖闺女，还没出月子呢；我六妹妹也有身孕了，走动不方便。"说着，她便转头对墨兰，一派长姐关怀："我说四妹妹，你也劝劝妹夫，便整日忙着公务，再怎么着，也得先有个后呀。"

墨兰俏脸发白，几乎咬断了牙根，不过倒也消停了。

按照物以类聚的原理，太夫人很神奇地和康姨妈搭上了话，居然相见恨晚。明兰猜测她俩在说自己坏话方面，应该很有共同语言。而外头男席上，顾廷炜很快结交上了梁晗，越说越投机，拉着手就要去马厩赏马相，又约了改日一道鉴鸟品鸡。韩诚也如愿以偿地和一班风流才子套上了交情，刚吃了两盅酒，就约好后日斗诗。

人人得偿所愿，果然是十分和谐的一次喜宴呀——除了盛长枫。新人拜堂后送入洞房，长枫挑了新娘子的盖头后，还得出来宴客。没能挤进新房的小桃近距离目击，长枫走出新房的脚步有些蹒跚，神色十分沉重。据说那年林姨娘被赶出盛府，他的神情都没这么沉痛。

明兰很不厚道地乐了半天，翻账簿的动作都轻快了许多。下头站着的婆子们有些莫名，悄悄偷瞧了主子一眼，却不妨明兰一眼扫过来。

"照妈妈和几位管事的说法，前些年咱们府支出如此之重，都是因为四、五两房人咯？"

彭寿家的满脸堆笑："回禀夫人，这话原不好说的，倒显得咱们嫌弃两位老太爷了。不过……"她笑得脸上都能皱出一朵菊花了，"老侯爷最是厚道体恤的人，咱们也没法子呀。"

明兰点点头，提笔就勾画，声音清朗明快："既如此，从年前开始，这几笔支出便可勾销了……添上大哥的丧葬出项，再添上七姑娘出阁的花销……来去便是如此。现今还有三弟妹房里新请的奶娘和婆子……蓉姐儿和娴姐儿眼瞧着大了，屋里得多些贴心伶俐的了，这又是一项……"她说一项，下头几个婆子便应一声。

彭寿家的听了半晌，揣着小心思，轻声问道："夫人，两位老太爷搬走了，咱们那儿人手充裕，那头拆墙筑墙的工事，我瞧着也不必多花那许多银子，不若分几段工事出来，叫府里的担一些，一来可省些银子，二来也给府里空着的寻个生计不是？"有差事，才有进项，才有油水，倘若什么都不干，清闲是清闲了，但岂不喝西北风？

明兰挑眉道："哦，府里有学过泥瓦手艺的家人？"

彭寿家的一阵尴尬："这……这倒没有。不过想来也不是什么难事，不就是……"

"胡闹！"明兰斥责道，"动工破土不是小事，不做则已，一做便定要做好，更何况还是墙垒重事，必要坚固厚实才成。如今这泥瓦班子已算京城数一数二的，就这般侯爷还不放心呢。你也是办事办老了的，怎么说出这么不省事的话来！"

彭寿家的叫训得满脸土灰，连声念错，不敢再说话了。

另一位方脸的婆子瞥了彭寿家的一眼，嘴角暗讽，上前一步道："禀夫人，我这儿有个计较。自开春后，那班子泥瓦匠分三班开工，每日三餐外加茶水点心，都是不老少的。我看澄园的几位老姐姐很是忙不过来，不如……"

明兰不发一言，只微微蹙眉，似在思忖此事的可能性。

那婆子暗窥明兰脸色，连忙又道："我们几个原本就是厨房上的，以前主子多，厨上人手也多。虽说两位老太爷搬走时，也带走了些厨子，但还是空下许多人手呀，咱们白领着月钱，也是心里不安。"

明兰不置可否地点了点头。其实澄园里的确人手不够，光伺候主子那是刚刚好，可一有个什么旁的活动，就立刻捉襟见肘，这个问题一直困扰着她。

"只是现下已有人管着这事了……"采买伙食可是一桩肥差。

那婆子见事有松动，赶紧趁热打铁："不用夫人费神。咱们几个只去给老姐姐们帮手便是，别的一概不敢插手的。"

明兰微微凝神，看了她一会儿，道："这岂不是太麻烦你们了？工头们天不亮就要吃饭，你们就得半夜走许多路过来。还有……别的法子吗？"

那婆子听出明兰话里的暗示，惊喜地抬头："这个……若夫人信得过，咱们每三日支领一笔银子，在空的厨房里预备饭食，跟澄园的老姐姐们一个样儿，按时提着送过去，反正其中两处工地离咱们那儿也不远，一应锅碗瓢盆都是现成的。夫人，您看……"

明兰点点头，轻轻挥手："成，就这么办。"

那婆子立刻跪下谢恩，感激不已，满口"夫人仁慈能干"的好话。旁边众婆子看着，直是又羡又眼红。

"你是范安家的吧。回头你就去找廖勇家的，叫她带你去账上支银子，下午就去办，明日就开工，可来得及？好，那就这样。"

下头那范安家的磕头如捣蒜。明兰微笑道："不过丑话说在前头，你既领了我的差事，就得照我的规矩来，若饭食不好，或是误了钟点，我可是不轻饶的。"

范安家的抬头高声道："若办不好，夫人只管拿我当下酒菜！"

明兰忍不住，扑哧笑了出来，屋里的丫鬟们也是乐了。

几个厨房婆子，外加一些打杂的媳妇丫头，四、五两房走时没把她们带走，太夫人和朱氏也没要她们，只叫她们这么闲着，回头裁了差事就是。这样的一群人，之前未受重用，之后也没见有出头的机会，能用就先试试吧。待会儿把这些人的资料翻出来看看才是真的。

"夫人……"另一位账房上的婆子道，"那，这账目？"

"如今工事还没修完呢，还是照老样子，两边各管各的，你们这个账房只管太夫人、大嫂和弟妹这三头，另使唤人手的月钱，不过，你要向我报账。我这儿的对账规矩，你每个月去郝管事那儿支领银钱，然后造册，录入……这不用我来教你了吧。以前是以前，如今是如今，祖宗本有留下来的用度成例，主子怎样，下人怎样，咱们照办就是。"

那婆子听得暗惊，心想：你卡住了进项银子，我这账房以后不过是个过场，你叫我满我就能满，叫我空我就得空着。"那……倘有个要紧的呢？我这边账上的常例银子不够，那可怎么办？"

明兰一阵发笑："你这妈妈真是好笑，你总共那么些银子，拿不出来有什么办法，总不会有人杀了你吧。若谁急要银子，你就指着我这儿的账房给他，叫他来这儿支银子！你手里的银子，却是专项专用，别拿买糕饼的钱去买了脂粉便好！"那婆子听懂了，暗道明兰厉害。

邵氏是个识相的，朱氏是要面子的，至于太夫人母子……跨这么老远来要钱，想来她也不好意思今日买个古董花瓶，明日要副宝石头面，顾廷炜的老娘和老婆都是私房钱厚厚的，想来他也不会向账上伸手买鸟买马什么的。其实就算那母子俩乱买一气，明兰也有对策，叫账房将明目银钱细细记下，待分家那一日，把东西一一罗列，用公中的钱买的，自然不算私产，是要列入分家项目的。

"那主子恼了可怎么……"那婆子犹自忧心。

明兰利落地打断她，缓声道："如今叫你管账房的是我，我不恼了你就成。"

那婆子如醍醐灌顶，终于厘清了头绪，首先，这位新夫人看着颇和气，大约是不会追究之前的账目了，只要求以后好好干，其次，以后自己的主子就是她了。倘若自己叫她不满意，那这差事也算到头了。

明兰捧着银耳羹慢慢吹着，慢悠悠地扫视下头众婆子的脸色。

由于太夫人预料不到顾廷烨会杀回来，所以之前的几十年，她一直都是以替自己儿子做铺垫，而用心经营侯府的，从人事分管到支出条例，基本清楚，并无多少糜烂腐败之事，便是眼前这几个婆子也是个能干活络的，就是眼睛刁得很，太爱看人下菜碟了。

"如今七姑娘也出阁了，大哥还没出三年，想来家里也不会大肆宴饮的，撑死了不过是逢年过节请亲戚朋友来吃顿便饭。"明兰放下盅盏，交握纤细手指，缓缓道，"太夫人也说了，之前花钱海了去了，如今家里不宽裕，你们也是知道的，我盼望各位用心做事才好。"

其实只要按照她的预算来过日子，是绝对不会入不敷出的，还能存下些积蓄来，将来好给蓉姐儿、娴姐儿置办嫁妆，哦，还有肚里的这个小浑蛋。

下头一个穿戴体面的婆子笑着上来，满脸讨好道："瞧夫人说的，如今咱们侯爷正得皇上重用，再紧巴还能紧巴到咱们府里？便是咱们下人出去，在外头也是风光的呢。"

明兰静静地看着她，她讪讪地停住了笑。

"……去年我整治圣上发下来的田庄，庄上有个管事，虽入了顾家的奴籍，却依旧欺压良善佃户，直逼出了人命。侯爷便把那管事四肢打断，送往有司衙门发落，最后断了个斩立决。侯爷又把那管事一家老小七口人，一气发卖到了乞力巴赤。"

众婆子脸色发白，屋内静如落针可闻。

"还有，去年八月，澄园有几个不省心的，合谋不轨，侯爷察觉后，便直接把那几家都发去了西北做苦役。"

彭寿家的心头一震，这事她捕风捉影知道些。那时，顾廷煜刚过世，借着办丧事，赖妈妈在两府之间走动勤快，后来也不知怎么了，赖家的儿子叫人告了徇私贪腐，落了个发配充军，赖妈妈一家足足八口人，无声无息就不见了，连带着澄园也没了好些人，也不知被卖去哪里了。

自这之后，澄园越发严得跟个铁栅栏一般。

"你们是顾府的老人儿了，看着侯爷长大的，可比我嫁进来的日子长多了。"明兰并未有半分恐吓之意，只一概平淡直叙，"侯爷是个什么性子，你们想来比我清楚。"

顾廷烨是个什么性子？众婆子低着头，面面相觑。

十岁敢骑着烈马在市井里横冲直撞，一路上伤了十几个百姓，老侯爷赔钱赔礼无数；十二岁敢揪着堂兄顾廷炀的领子往粪池里按，险些没把人淹死（不过拖上来时也熏晕了）；十三岁，众人从屋顶上把吊了半夜的顾廷炳救了下来，人已冻吓得半死；十四岁就敢把令国公的世孙拴在马后，拖着在校场跑了三圈，令国公差点没把官司打到御前去；到了十六岁，更是见天儿地跟老子叫板，敢回嘴，敢动手，一脚下去，把多少个不长眼的奴才踹得吐血。

如此彪悍盛名，众婆子不禁缩了缩脖子。

明兰就要这个效果，她凉凉道："这里预先说一句，有些事儿，就算你们欺我年轻脸皮薄，不好发落老人儿，可也得想想侯爷。反正哪日我若没法子了，就只能去请示侯爷咯。"

这个威胁很奏效，众婆子老实地退了下去。

捧着肚子，明兰仰天看屋顶，不敢过多地做针线看书，怕坏了眼睛，现在晚上虽有些娱乐活动，却依旧无聊，这种时候，最适宜的活动莫过于搓麻将，既不过分劳累身体，又能锻炼脑力。可惜为了保持美好形象，明兰死死忍着。

最可恨的是小沈氏，托言说要求子，想走十庙祈福，居然鼓动了婆母。此时春光正好，天气也一日暖过一日，郑老太太在家养病久矣，想着也不知自己还有几日活头，顿时心痒。郑将军夫妇均是至孝，见一向安静无求的母亲流露出门踏青的愿望，便是无论如何也想替母亲达成愿望的。如此，小沈氏便打着陪婆婆的旗号，开开心心地出门游玩去了。

你说她自己出门也就罢了，明知明兰此刻闲得发霉，还故意时时送信过来馋她，一会儿是"山涧水头好极了，回头给你带一筐酸果子来，又脆又香"，一会儿又是"这里风光极好，站在山顶，几欲凌峰而去"——这个不爱读书的，还写错别字！应该是"凌风"好不好！

明兰越发气闷，开始认真考虑要不要和这半文盲绝交！

要说还是娘家人疼她，又过了七八日，王氏带着新儿媳柳氏连同华兰一道来了。明兰摆出前所未有的热情来迎接，不料却见王氏一脸漆黑。

明兰请她上座后，便去打量一旁侍立的少年妇人，只见她上着大红百蝶穿花银鼠薄缎袄，下着浅芍药红镶两指宽黑绒边的万福字百褶裙，漆黑的头发一丝不乱地梳成了个圆髻，头上规矩地戴着赤金五凤朝阳大钗，耳畔是一对大珠坠子。

怎么说呢？很正规的打扮，从头到脚找不出毛病来，很正规的一个人，从站立的姿势，到视线下垂的角度，都完美得好像教科书里出来的。不过长相嘛……明兰以前见过她，如今仔细打量，便知小桃的观察没错，虽有几分端正文气，但的确长得挺……嗯，挺国泰民安的。

"这位便是新嫂嫂吧？合该我上门去看嫂嫂才是，却叫嫂嫂劳累了。"明兰给王氏行过礼，便赶紧请柳氏坐，那边华兰早已不客气地自己坐下了。

"六妹妹快别这么说了。"柳氏的声音倒好听，宁静温雅的，"都是自家人，说什么劳累的，你如今身子重，正该如此。"

丹橘见不得明兰捧着肚子还太活泼，已赶着把她搀着坐下了。明兰已看出王氏不对劲了，这时候不能说她"气色好"，也不能光说场面话，她想了想，赶紧道："瞧太太似是瘦了，想是这阵子累着了。太太可要好好保养才是，大哥哥大嫂嫂都在外头，指不定多心疼呢。"顺带配上微蹙的眉头，恰当地显出关怀和担心。

华兰暗叫明兰好口才，柳氏也忍不住多看了她一眼。王氏果然神色一霁，顺下气来："还是你这孩子懂事，这些日子……唉，真别说了，处处不顺心。"说完还冷瞪了柳氏一眼。

柳氏宛若泥塑石头一般，一动不动。明兰忙接上，凑趣着和王氏说话。华兰似有些无可奈何，只过来搭了几句，柳氏始终不大开口。本来气氛还好，谁知王氏三句不离怨气，又明贬暗讽地扯到柳氏身上去了："人家儿媳温顺得跟只猫儿一般，却有那没运气的人家，逮回只野猫，不懂规矩又死样活气……"

华兰见王氏又来了，忙道："娘，您别这样了，我那侄女儿还不够你忙的呀。瞧她一日日大了，您也别光顾那些有的没的，弟弟把闺女托付给你，您好歹也教她识几个字、念两句诗，瞧老太太跟前的全哥儿多懂事乖巧，如今握笔描红都有模有样，您也学着些呀！"

华兰不说还好，一说王氏越发气愤，她用力拍了下桌子："好好好！合着你们都是对的，只我一个是在无理取闹！得了，我今日也来过了，明兰，你好好将养着，别学你那没福气的五姐，生了个姐儿，如今成日受人糟践呢！你婆婆那儿我也不去了，你去说声吧，我们走了。"

明兰忙起身挽留，奈何王氏非要走。华兰忍不住道："要不，娘和弟妹先回去，我再留会儿。"王氏瞪眼道："留什么留！你妹妹还要养着呢。"

华兰叹气道："娘，我是回袁府，又和您不顺路，况且我和六妹妹多日不见了，还不许我们姐妹俩多说两句呀。回头我再去太夫人那儿行个礼，免得叫人说咱们的不是。"

到底是自己女儿，王氏口气虽很冲，却也允许了，当下便一阵风似的走了。柳氏默声不语地跟在后头。明兰看得目瞪口呆，这么火暴，该不会是更年期到了吧？

直到人都走了，明兰才赶紧把华兰拉进里屋，舒泰地坐好，上香茗茶点。

华兰瞅着明兰的肚子，笑道："瞧你这般红光满面，我就放心了，老太太总忧心你瘦得皮包骨呢。"明兰忧愁地抚着自己的肚子："可别胖得太厉害才好，回头收不回去了。"华兰笑骂："你个臭美的，这会儿还想着好看呢。"

姐妹俩互问长短了几句，明兰便按捺不住好奇，紧着问道："这到底是怎么回事呀？太太怎么气成这样？"

华兰喝了口茶，叹息道："别提了，这阵子娘处处碰壁，先是五妹生了个闺女，她成日担心五妹在夫家受委屈，隔三岔五地跑去文家颐指气使一番。要说头两回是好的，那文家老太居然说丫头片子哪那么金贵，要两个奶娘伺候着，又不使她的银子，要她来废话！"

明兰连连点头，十分捧场。华兰又道："唉……可说到底，五妹妹是要在文家过日子的，说两句就好，娘也太……"她艰难地挑了个词汇，"去太多次了，每回都要敲打文老太一番……"明兰微微皱眉："这不好吧。日子长了，五姐夫就是脾气再好，也难免不高兴呀。"

"谁说不是！"华兰狠狠咬了口喷香温热的小米软糕，"老太太觉着不对了，赶紧将娘叫去训了两句，娘就委屈得什么似的。唉，接着是三弟成亲，爹老觉着娘没有用心办，几次当着管事的面叫娘下不来台。"明兰忙道："爹也是太多心了，太太怎会如此呢！"当着人家亲生女儿的面，就算是真的也不能说呀。

谁知华兰竟十分公正："也不是爹空穴来风，娘心绪不佳，难免将气出在旁的事上了。"

明兰默默的，没有接话。华兰接着道："再接着是新弟妹进门了。要说这弟妹呢，也是不错，从新婚第二日起，就老实地给娘站规矩。娘的脾气不好，有时说话有些难听，弟妹也忍了下来，没半句回嘴。连着两日，叫她端着水盆站在门口服侍，她也一声不吭地照做了；院子里风冷，叫她站就站，叫她跪就跪，唉……娘也真是，这里里外外瞧着，都只会说弟妹贤良孝顺，反是娘做婆婆的，太刻薄寡恩，无有慈爱之心。"

接下来的，明兰想也不用想，定是有人出手了。

"爹，还是老太太？"

"是爹。"华兰抿了抿嘴唇，"爹和柳大人素来交好的，当初打过包票，绝不会亏待小儿媳的，如今娘却这般折腾人家闺女……这不是打爹的嘴吗？爹忍了好几日，娘最近活脱跟我婆婆一个样儿，火气厉害得紧，两人大吵了一架，连旁的事也抖出来了，娘还克扣了弟妹院里人的吃穿用度。唉……我赶着去劝都不顶用。"

明兰半晌无语，小小叹了口气："那后来呢？"

"爹和老太太商量了，以后弟妹院里的事就由她自己说了算，吃穿用度直接朝总账上支领，不必过娘那儿。本想连站规矩都免了的，还是弟妹自己坚持，每日上午去娘那儿服侍。"

华兰语气发涩，也不知是同情生母还是怒其不争："因这几日娘气着，原不肯带弟妹来看你的，我便自告奋勇领了这差事，谁知老太太却生了气，说，哪有叫出嫁的姑奶奶领着新媳妇出门的，又不是盛家没人了，叫娘非来不可。这不，她又跟老太太置气了！"

明兰这次连叹气都省下了。王女士人生最大的悲剧就是不论敌友两方，段数都比她高，敌方级别高，导致常能轻易取胜；友方水平太强，导致往往看不起她，不愿跟她沟通交流。

"我这儿有几颗清心丸……"

不料华兰摆手道："没用，你当爹没叫娘吃汤药吗？娘三吃五不吃的，一时也不见效。"作为亲生母女，她也受不了王氏如今的脾气，实在暴躁得吓人。

"那怎么办？"明兰担忧的是老太太，可别被气着了才好。

华兰无可奈何地叹道："有什么法子，我问过大夫了，只盼着这阵子快些过去，再好好吃药，说些高兴的事与娘，想来能好的吧。"

"能有什么高兴的事儿呀。"明兰忧心道。

"还能有什么，不就是林姨娘在庄子里三番五次地折腾，吃了几次苦头后终于累了，如今吃斋念佛，人都老得不成样儿了；还有，就是四妹妹至今未有身孕吧。"

明兰的八卦之心顿时被熊熊点燃了，她如今的社交圈子已另有一份，已久未听到墨兰的消息。不用说自家太太的暴躁脾气，华兰也打点精神开讲了。

"……姑母不是与永昌侯夫人交好吗？文缳想着那是我妹子，便听来常说与我听。"

墨兰至今无孕，也不能全怪她，事出有因。

万春舸颇有手段，那年虽产下一女，梁晗却依旧宠爱，并于几个月后又有身孕。墨兰只能故技重施，并加大力度，端出一脸贤惠，各种滋补食材不要钱似的流过去。待春舸临盆那日，因滋补得太好了，胎儿过大，她嘶叫痛苦了两日两夜，也没生下来，待胎儿落地时早已憋死了。梁府大奶奶疑心是墨兰使的坏，便狠狠闹了一番，可怎么查都查不出错来，一干滋补之物俱是上品，连太医也说吃食没有问题。

大奶奶只好无可奈何地作罢，可这番叫梁二奶奶逮住了把柄。梁府庶出大房和嫡出二房斗争久矣，墨兰眼明手快，敏锐地抓住了机会，哭到梁晗面前要休书，说自己对春舸姨娘一片真心，天地可表，却叫人无端怀疑，莫名泼了一盆脏水，她也不想活了，为了不连累夫家，一拿了休书她就寻死去。

梁晗虽对春舸情意颇深，但对结发妻子也十分敬重爱护，见她自进门以来，言行无半分过错，生得文雅秀美，又善解人意，当下也对大嫂不甚满意了，连带着以为是春舸在向娘家表姐抱怨。这事最后闹到了永昌侯面前，梁侯爷狠狠训斥了庶长媳一番，并有处罚，想着墨兰贤惠，又见盛家日渐有势，便叫梁侯夫人着力安抚一番。

至此一战，梁府嫡出一脉大获全胜。梁二奶奶便对墨兰亲近起来，梁夫人也神态和蔼了许多。作为奖励，她亲自对梁晗表示，应该先生个嫡子，这之前，通房姜室当服避孕汤药。

"这不是蛮好的吗？"明兰疑惑道。她就知道，以墨兰的心计能耐，一般不会混得太差。

华兰白了她一眼，继续讲故事。

打蛇不死。还没等墨兰缓过气来，春舸已调整心态，努力休养身子，打扮停当，以雷霆万钧之势再度杀入争宠大军。好处是，她生产时受了大罪，容色已远不复当年盛况，且很可能不易再孕了；坏处是，她居然改走柔弱路线，一时惹得梁晗怜惜不已。

墨兰口含一片人参，强作欢笑，以经年老鸨也莫及的架势，频频给自己丈夫介绍美娇娘。梁晗也不是什么意志坚定之人，再心系初恋挚爱，也免不了被花花草草迷糊了眼，今日小红，明日小翠，后日阿黄，好一派风流。春舸姨娘碎了一地芳心，也只好退而居其次。

墨兰手段了得，可伤敌一千，自损八百。她虽成功分淡了春舸的宠爱，可也弄出一屋子的莺莺燕燕，让夫婿罕有工夫留在自己屋里，遂至今未能怀孕。

在明兰看来，墨兰的战略方针十分正确，男人什么最可怕，莫过于动了真感情，只要没动真感情，上头有礼法家规压着，那些丫头通房不过是过眼云烟，玩腻了，宠过了，也就抛诸脑后了，墨兰这个正房夫人总不至于有危险。可春舸不但是梁晗心爱的女子，还是出身不错的贵妾，真是双重麻烦，枪口先对准她，总是没错。

"好在梁府子嗣众多，想来四姐姐一时无有身孕也不妨事的。"

华兰撇了下嘴，怅然道："也就这几年吧，总不会七年八年地等下去的。唉，若不是林姨娘当初……算了，到底是自家姐妹，如今瞧她在梁府争斗，我瞧着也不是滋味。"

明兰听着点点头，过了一会儿缓缓歪过头，盯着华兰微微笑。根据自己对华兰的了解，她虽有时爱幸灾乐祸，爱盛气凌人，自我了些，但骨子里实是个正派端正的人。她当初恨墨兰跟什么似的，如今居然会怜悯同情她了，一定有问题！

华兰叫她看得发麻，斥道："小丫头看什么呢！"

明兰故意拉长了调子，慢吞吞道："妹妹最近闲来无事，看了两本麻衣相书。今日观姐姐面色，印堂发红，两颊带光，面有云瘴，想是有好事了吧。说吧说吧，也叫妹妹高兴下。"

华兰听她一通胡扯，却忍不住嘴角弯翘起来，满面春风，整个人丰腴娇艳，透出一股子成熟妩媚来。她嘴角含笑："叫你个鬼灵精说中了，最近是有好事。先呀，是我们家张姨娘有身孕了。"

明兰一脸茫然："姐夫又纳姨娘了？"这有什么好高兴的。

"你个没记性的，是我公爹的姨娘！"华兰几乎吼了出来。

明兰被吼得耳膜发震，随即恍然大悟："那伯母，哦，姐姐的婆母，那……"

华兰抑制不住开心，死命咬着嘴唇："我婆婆闹得厉害，可这事不一样了，她能欺负儿媳妇，却不能对有孕的妾室下手！公爹头一个就不放过她，随即族里的老伯娘、老叔祖母，还有一大群婶子见天地来，有的骂，有的训，有的劝。如今我那婆婆呀，自顾不暇了，整日和大嫂算计着呢……"袁家家产不多，要分薄大房的家产，袁家大爷夫妇果然坐不住了。

明兰也很坏心地乐了一会儿，又疑惑了："就这个，就把姐姐高兴成这样？"

"不只。"华兰大为得意，面泛桃色，"是你姐夫。"她顿了顿，努力缓了兴奋，才道，"你姐夫在京郊看上了一处庄子，地方好，水土也旺，便想买下来。"

明兰拊掌道："置产是好事。"

"好事是好事，可惜咱们银子不够。"

华兰说着没钱的话，神色却很缠绵，只听她低声道："年前你姐夫曾到口外办事，驯了匹极神骏的马回来，他喜欢得要命，谁都不让摸一下。可这回，他咬牙将那匹马给卖了，回家又凑了些，买下了那处庄子。我当时也纳了闷了，怎么你姐夫转了性，谁知他将那田地契书交到我手上，说他应承过的，要把我的嫁妆一样一样补回来！原来他私底下到处探查合适的田庄，已是好些日子了！"她眼中发光，手指微微颤抖，兴奋喜悦之情几欲涌出来。

明兰轻轻"啊"了一声，随即大声赞道："姐夫真乃一诺千金！"

华兰甜蜜如醉，眼眶也略有湿润："他说，直到如今他算明白了，爹娘是兄弟姊妹的，兄弟是各有家小的，只有我和几个孩儿，才是真真只为着他一人的。他不和我一条心，还能和谁一条心？你姐夫还说，以后绝不叫我再受委屈，他要我以后，都能安心舒坦。"

明兰张口结舌，这还是那个拙言方正的大姐夫袁文绍吗？居然能说出这么窝心的话来，听得她都感动了："这可真是太好了！大姐姐这十年的委屈没有白挨。"

华兰掏出帕子摁着眼角，哽咽道："我只盼真心能换真心，我一片赤诚待他，指望他莫要辜负，如今总算是……"她泣不成声。

对眼前这女子，明兰顿时刮目相看，万分敬佩，能把袁文绍那样端正方严的孝子给思想教育成功，从愚孝的悬崖给拉回来，这可真是不容易呀！在这段漫长的斗争史中，华兰女士不屈不挠，始终如一，并且始终不曾心理变态，最终战胜了邪恶婆婆，实在是可歌可泣。

"我去如兰那儿，也是这般劝她。心眼儿一定不能长歪了，好好待妹夫，孝顺长辈，善待妯娌兄弟，人心都是肉长的，妹夫也是聪明人，必会疼惜她的。"

华兰擦着泪水，断断续续道。明兰心中失笑，如兰最恨受人教训，尤其是华兰那种训斥式的教训，大约这会儿如兰正郁闷呢。

放下帕子，华兰满心幸福，坚定地低声道："我如今也不盼别的，你姐夫说，过几年他兴许能放个外任，到时咱们带着孩子们，在外头松快地过日子，一家人美美满满的才好。这之前，婆婆再刁难我，大嫂再出幺蛾子，我也都能忍下的。"

原本只想听一段八卦解闷，没想却受了一场教育。明兰深深反思，她是否对顾廷烨不够真心呢？很多时候，她遇事总是先想到自己的得失利弊，次之才是顾廷烨，可是男人的爱又怎及得上自己爱自己可靠呢？倘若那男人不可靠呢？那岂不是全盘皆输？

这种想法是不是太自私了？

或者说，爱自己和自私，并不能等同起来，可男女关系中，如何把握好这个界限呢？

明兰陷入沉思。这是个指导方针问题，很严肃的。

姐妹俩说了会子话，明兰便领华兰去萱芷园拜见太夫人。太夫人对华兰十分客气，说话热络，着意结交，还特意夸了康姨妈两句"为人和气""体面尊重"，谁知华兰立刻没了情绪，淡淡的，不怎么接话了。

在她看来，胞妹如兰就是被这恶心的姨母害了，才会自暴自弃地跟个穷酸书生好上。两榜进士又如何？还不是得仰仗盛家。翰林院编修又如何？王家表弟虽只是个秀才，却靠着祖荫和银子，早捐了官。嫁入文家，能否熬出头另说，且不知要熬到哪年哪月呢，哪及得上王家万贯家财，亲友遍天下？想经商有人脉亲朋，想做官有世交叔伯。

既想占便宜又爱过河拆桥，如今的康家于盛家而言，便如一块牛皮糖，甩之不脱，挥之不去，袁文绍好容易跟口外的牧场搭上了养马的买卖，王氏一个嘴快，康姨妈就想来凑份子，直把华兰气了个仰倒——这年头，连自己亲娘都不能尽言了。

太夫人见华兰没什么热气，说了两句便也快快地散了。

明兰送华兰出门后，见今日天光晴好，便下了软轿，一路慢悠悠地散步回屋，一旁的绿枝却叨叨着："夫人如今身子重，走这么远做甚？"夏荷柔声道："姐姐放心，我数着呢，夫人这才走了三百来步，不碍事的。"明兰听了不禁失笑。六个月正是孕妇最稳当的时候，别说走两步路，就是去挤公交车也没问题呢。

走着走着，眼看快到嘉禧居了，明兰懒得提前去吱声，便照旧缓缓而行，远在院门口便听见里头似有人在争执。明兰微惊，瞧了身旁两个丫头一眼。夏荷与绿枝也是惊讶。嘉禧居素来和睦，近来因着明兰有身孕，便是争执也不大有的。

只听里头传来彩环娇滴滴的声音："丹橘妹妹，夏玉妹妹到底年纪小，不过砸了些小玩意儿，你就喊打喊杀的，别说要禀告夫人扣月银，就是打板子也是过了，我说你也忒苛了。"

听得这个声音，明兰无意中便微弯唇角，这丫头最近有些活泛了。

丹橘隐隐愤怒的声音："夏玉负责分管日常用的器具，她昨日刚打翻了个汝窑碗碟，适才又砸了个玉瓷美人觚，又不是寻常的碗碟，都是贵重的东西，难道不该罚？"

彩环笑声清脆："哎哟，丹橘妹妹，这贵重不贵重也要瞧地方的，若是寻常小门小户，这些子东西自然是摔不起的，可咱们是什么人家，这些东西说起来也不过尔尔，若无有心人点出，怕是夫人都不会在意的吧？"

然后是夏玉讨好而低微的声音："丹橘姐姐，我早说过我素来粗心大意的，做不得分管器物的活儿，您就是不听，如今才……"

只听丹橘强忍气愤的声音："你倒嘴皮子活泛！要你去做洒扫，你说你是常嬷嬷头批选进来的，不愿做粗活；我要你去当值，你又说你不能常坐常站，你到底想做什么？"

"哼哼，这还用说？自然是想去房里近身伺候老爷夫人咯！"这是小翠袖伶俐的声音，"我呸，她也配？！"随即四周一片嬉笑声。

夏玉急得连连分辩："不敢的，不敢的，我原本就是收拾衣裳被褥等细软活儿的，若丹橘姐姐还叫我做那活儿，我定然不会出错了。"

彩环还在那里慢悠悠道："我说丹橘呀，你一开始分配活计的时候，就不想想清楚吗？"

门外听话的明兰微沉了脸，她从来不喜不熟悉的人碰自己的贴身衣物，加之成亲后夫妻敦伦之事常有，被褥之类的物什最易叫人说闲话，夏荷谨慎，夏竹老实，且都是从外头买来的，于府中无亲无故，外加丹橘、小桃几个，除此之外，明兰从不叫别人经手的。

站在明兰身旁的绿枝早就愤愤不已，跃跃欲试着想跳出去骂人。明兰看了身旁的夏荷一眼。这丫头伶俐，立刻上前大声道："吵什么呢！看不见夫人来了吗？"

院中迅速安静下来。明兰缓缓从众人面前走过，一言不发。众丫头个个低头躬身，不敢言语。待明兰进屋后，过了须臾，只见绿枝出来，将丹橘和彩环叫了进去。

丹橘面带愧色，一见了明兰，便嗫嚅着："夫人，都是我的不是，我没看管好……"明兰迅速打断她，道："我早与你说过，慈悲心肠是要的，但不可一味纵容，今日听来，夏玉这般已不是头一回了，我倒不知道满府里挑丫头，连个手脚利落的也难得了，难道非她不可了？"丹橘眼泪在眼眶中打转。她其实早想处罚了，可偏偏每当她有意，彩环便出来搅局。

论资历，彩环比丹橘、小桃还要早进内宅；论份例，她是王氏身边的一等大丫头，当初在盛家时，明兰身边的丫头见了王氏的身边人，还得满口好话巴结的，如今到了顾府，反被丹橘压了下去，彩环心里自然不服。

"彩环。"冷不防明兰叫道，她连忙应声。

明兰神色和蔼，笑盈盈道："听说最近你常去与巩姨娘说话呀。"

彩环一个激灵，她早准备了一肚子的话来辩解，没承想明兰会说这个。

"这……这……这哪儿的事呀……"

明兰也不气她狡辩，只淡淡道："昨儿你们在莲池边说了两炷香的话，三日前你又去巩姨娘屋里吃了一刻钟的茶，六日前你去给蓉姐儿送新料子，又拐了过去，说了快半个时辰。"彩环汗水涔涔，背心迅速湿了一片。也不知为何，她双膝一软，扑通就跪下了，连声道："夫人，都是奴婢不懂事，奴婢……"

其实打了几件东西倒是小事，丫头之间斗气拌嘴，也都是小事，可恼的是这彩环有意挑拨，破坏和谐。明兰笑得越发温和，叫绿枝把她搀起来："瞧你吓成什么样儿，这有什么，巩姨娘闲来无聊，你们既然投缘，便常去与她做伴说话好了。"彩环心头乱颤，她素来口齿伶俐，明知这没什么，却依旧害怕。

"院里的事儿有旁人呢，你若得空，便常去找巩姨娘玩吧。"明兰说得温和，眼中却没笑容。彩环脸色煞白，口称不敢，却说不清楚什么。

明兰转头看了丹橘一眼。丹橘明白她的意思，挺起胸膛转身出屋，对着夏玉高声斥责起来，照例罚月钱并打板子，并革了差事，罚做洒扫。

"……想来你不致连帚柄儿也跌了吧？"丹橘说话中气十足。

听着外头的哭喊求饶声，彩环咬紧了嘴唇。夏玉素来和她交好，听得这般情形，她虽不敢再言语，心里却深深不忿起来。

王氏为什么把自己陪嫁过来，她不信明兰不知道，说来她原本也不愿意，自己老子娘在盛府混得挺好，自己在盛家也是个二等主子，何必去旁处？可进了侯府后，见了这般泼天的富贵权势，又见新姑爷青壮英武，待夫人又极体贴，她不免春心暗动。

当初明兰新婚燕尔，她不敢有什么念想，可如今眼瞧明兰怀孕，想着她手指缝再紧，还能把爷们儿拘上大半年吗？若要给丫头开脸，自己当是上上之选。

谁知，这一日日过去，夫人房里却没半点动静。以前在盛家都说六姑娘脾气好，性子柔，不想却是蒙的，这醋坛子如此厉害，自己在明兰身边都一年了，依旧不许自己进主屋，平日里连在主屋里奉茶洒扫都不许。

偏顾侯性子磊落，平日里从不多看丫头们一眼，妄自己再如何打扮，浓妆艳抹，也不曾引得姑爷的半分目光，叫她如何不恼火。

明兰看着彩环恭敬退出屋外的身影，支着下巴微微深思。

彩环慢慢走回自己屋，刚合上门走了几步，却见若眉端坐在自己床前，正冷漠地看着自己："当日你姐姐彩钗在太太面前曾与我说过几句好话，今日我就提醒你几句。"

不待她开口，若眉便冷冷道："我知道你心里端的什么主意，不过想学陪大小姐过去的彩簪姐姐，怕是太太也是这么提点你的吧？"

彩环被一语道破心事，满面通红，怨声道："你胡说什么？"

"你最好放明白些！"若眉目光讥诮，"当初大小姐可是三年无出，还有个不好对付的婆婆，这才抬了彩簪，你如今凭什么？太太的手还能伸得这么长？"

彩环心里一阵羞恼，别过头去不说话。若眉性子刚硬，不说则已，说了便一定要说完。她走到彩环面前，定定道："你可别以为夫人会忌着太太，不敢发落你。你可知当初尤妈妈和燕草的事儿？"

彩环惊疑地望着她。若眉道："尤妈妈贪财好酒，夫人早想处置她了，可为着师出无名，生生忍了一年，终于攒足了错处，拿住了她一个大大的马脚，一次就发落干净了！还有燕草，那时夫人心里就不痛快了，只不过碍着多年情分，依旧厚待她罢了。这般心术坏掉的东西，不忠不义，夫人还会要？笑死人了！你只要好好服侍，将来夫人定能为你寻门好亲事。"

彩环脸色转了几转，暗骂明兰哪里厚待了，真是不知羞耻，这么大的肚子，还不管不顾地揽着男人在屋里歇息，有时还动手动脚地亲热，那几个妈妈也是欺软怕硬，除了崔妈妈劝了次后，众人慑于主子威势，竟无人敢开口的。她本想将这里的事说与王氏知道，叫王氏来规劝明兰贤惠大度些，谁知刘昆家的得了明兰好处，处处阻拦，不能成事，真是可恨！

她心头不快，便忍不住讥讽道："你自己想嫁秀才，就当人人都这般了吗？便是出去当正头娘子又如何？挡不住事的，也一样遭人欺负，能有府里这般舒服？"

若眉脸色涨红，连连冷笑，连道三声"好"，扭头开门就走。

崇德四年初春，漫天的好春光也笼不住京城上空的阴霾。皇帝立意革新，想要重新洗牌势力分布，却是万分艰难。圣上钦点的巡盐御史连两淮的地界都还没摸到，已前后遇袭两次。

先是在冀中遭了"山贼"——乍闻此事，顾廷烨眼露杀气，恨声道："当时若非皇上急调我北上，只消两个月，便可肃清匪患！"当初他领兵平定两王叛乱，一路由南向北杀上，只杀得血流成河，头颅滚滚，短日内便靖平地方。明兰照例叫好，随口疑惑道："冀中不是平原地带吗？少有深山密林，哪来这么胆气足的山贼？"她中学地理的成绩很好。

顾廷烨眼神幽暗不明："是呀，连山都没有，哪来的'山贼'？"语气中充满了别有用意的轻嘲，隐隐含着几分血腥味。

过了几日，再次传来邸报，钦差一行人于鲁东雄县地界，又遇悍匪。全靠前翼将军耿介忠等人拼死相护，御史连郑成方得无恙，但随行军士死伤颇众。没过多久，老耿同志被抬着送回了京城，连大夫都没得及叫，便被谕旨宣进了宫，皇帝要细询。

是夜，顾廷烨回府，沉声道："事情果然不简单。"白日里，两眼通红的耿夫人刚来求过药，明兰已是明白了几分，只叹气道："只为了阻挠清查盐务，就敢这么胆大包天？！"顾廷烨轻抚着大拇指上的墨玉扳指，语带讥讽："有钱能使鬼推磨，每年几百万两的盐税，也不知多少年了。"明兰忍不住眼前一片雪花银乱晃，出神了半晌，才道："哦，对了，耿家姐姐今儿晌午来过了，我将库里剩下的二两虎骨都给了她。"

"做得好！"顾廷烨赞道，随即叹道，"老耿家里底子薄，京里也没什么亲朋，咱们能帮就帮着些。"正说着，却见对面的女孩眉头轻皱，便问，"怎么了？"

明兰轻咬唇瓣,有些犹豫,支吾道:"其实……耿家姐姐先去的国舅府……"她不知如何说下去了。顾廷烨神色一肃:"怎么?"语气叫人发怵。明兰叹道:"若论名贵药材,自然是国舅府最多,可惜今日恰巧张夫人回了娘家,是那位邹姨娘出面待的客,耿家姐姐空手而回了。"顾廷烨重拍了下案几,怒道:"如此浅薄妇人,从兴兄弟也太……"

他生生忍住下头的话,长长出了口气:"唉,算了。"清官难断家务事,这种话外头人终归不好说,他随即转过话头,"幸亏皇上英明,后来又遣成泳兄弟领了一营人马赶了上去,这才没酿成大祸。"若巡盐御史出师未捷身先死,清查盐务又不知耽搁到什么时候。

看丈夫满面不悦,明兰过去抚着他的臂膀,柔声劝道:"你也别心急上火的,这多少年的积弊,想要一朝除旧布新,哪那么容易。"说着自嘲道,"别说朝廷大事了,便是家里这一亩三分田,我这不还悠着吗?"

顾廷烨伸掌贴着明兰的肚皮,眼神忽而柔和:"你千万别累着了,有什么事就告诉我,我替你出头。"明兰十分感动,不过,看男人的目光正深情地对着自己的肚皮——此时她站着,男人坐着,她很疑惑顾廷烨这番话是对自己说的,还是对肚里的那位说的。

肚里的小浑蛋很乖,一般多在三个时段舒展拳脚,午睡后、晚饭一盏茶后、半夜子时前后。明兰总结出这个规律,顾廷烨便按着时辰常来父子互动,有时跟公孙先生说到半道上,也会借口回屋一趟。他最爱将面庞贴在明兰肚皮上,细细感觉那一下一下有力的胎动。明兰半靠在床头,轻轻抚摸他粗硬的头发。灯前身畔,她只觉心中一片平静温馨。

外头局势不好,正是用人的时候,依着男人的野火性子,早出门打拼去了,她知道,他是为了自己,才舍不得离京。

"若是皇上有得用你的地方,你,不必记挂我,总是大事要紧。"明兰觉得舌头有千钧重,一句短短的话,说得结巴断续,满嘴苦涩——她不愿他离开。

顾廷烨抬起头,沉峻的面容不可思议地柔和,隔着冰封的河流,远处缓缓渲染乍然春光一般。他抚着她的肚子,微微而笑:"你就是我的大事。"是他一辈子最大的大事。

他定定地看着她,却见她目光迷离,柔皙的皮肤隐约透着一种昙花乍现般的瞬艳。她的脸上有一份怔忡的恍惚,好像不知往哪里去的迷路孩童般的无措,甚至带着几分苦恼。凝视入神之际,他心头忽然浮现一个苍老的身影。人皆道他父子二人，无论形貌，性子都是酷似，只这么心念一动间，他顿觉不祥，立刻甩开这思绪。

外面雨急风骤，他只愿将她护在自己的羽翼之下，倾力盖个温暖安全的窝，莫让风刀雨雪惊了她，叫她一世喜乐无忧才好。

入了四月中，朝堂争斗越发严苛，几名言官联名上奏疏，参威北侯沈从兴以权谋私，下列奏侵占民田、巧取豪夺、结党不轨等十一条罪状。若只是虚告也还罢了，可左都御史刘素仰为人耿直，不偏不倚，这次竟也上书发难。皇帝责刘正杰严查，一查之下，竟觉空穴未必无风，其中尤以沈从兴长子在外仗势凌人，及其姻亲邹家放印子钱，逼出人命为甚。

一时间，奏疏纷纷，攻讦不断。

"若是那严正不阿之人，当是对事不对人。可若是那奸邪小人，想要坏事，便要反其道而行之，对人不对事。"公孙白石摸着稀疏的胡须道。

"这便是说，其实那伙人是不忿皇上的一连串举措，可碍着君臣名分和大义道理，他们不好张口，便索性将刀口对准了皇上身边最亲近的人？"简单来说，就是我不好阻挠你的政策，那就诋毁执行的人，从而破坏既定路线。明兰捧着肚皮，忧心忡忡。皇帝这回似是动了气，已下明旨指责沈家了。小沈氏来哭过一回，她只好来请教公孙老头。

公孙白石微笑着点头，瞟了明兰的大肚皮一眼，希冀将来的小侯爷也能这般聪慧。

"到底有什么了不得的呀？"明兰头大如斗地低号。她记得沈家长子今年才十二三岁，小沈氏没口地说她侄子如何敦厚老实，能闹出什么事来呀。

"无他，分利而已。"公孙白石嘴角撇出一个讥讽的弧度，"盐务、边贸、海船、市舶司，还有六部九卿处处关口，要紧的肥缺，皇上想叫他们挪出位子来，好安上自己的人，一来充盈国库，二来，以后下旨办事能利落些。他们不干，如此而已。"

"他们也是，那么多肥缺，吐出些银子来又如何？"明兰盼望和谐社会，大家好好说话。

公孙白石冷笑出声："便以潜国公为例，他的儿子尚了圣德太后的公主，他与另几家把持海船商贸近十五年，每年少说也有两三百万两的进项，又上缴了多少？哼哼，他们舍得吐出？便是吐了，一朝天子一朝臣，皇上自有自己的亲信要提拔。"

明兰眼前又是一阵雪花银飞舞，好不容易定下神，才低叫道："都这么多年了，也该吃饱喝足了，便是收了手又如何呢！"

"人心若是知足，又岂会得陇望蜀？"公孙白石总结得干脆利落。贪钱怎么会有尽头？

明兰无奈地点点头。的确少见贪官自动觉悟的。不过，这事公孙能看明白，旁人自然也能，只要沈国舅沉得住气，加上有岳家英国公府鼎力相助，想来也无大碍。

不过，苍蝇不叮无缝的蛋，沈国舅会叫人盯上，也是治家不严，有些虽是对头们穿凿附会、添油加醋，有些事却是属实的。公孙白石顺口漏了句，前阵子邹家人居然还想插手军粮的采买，真是狗胆包天。鄙夷完沈家，他着力表扬了明兰一番，夸她理家清明，约束下人得力，又有顾廷烨六亲不认的恶名在外，顾氏族人反倒没叫查出什么来。

公孙老头素来嘴巴刻薄，眼珠朝上，很少能吐出几句好话来，明兰被夸得心花怒放，顿时觉得这满脸皱褶的老头顺眼了不少，嘘寒问暖了一番后，又把昨日小沈氏送来的上等新鲜大核桃分出一半，另从库房里提了株灵芝出来，给这老头改善下日渐稀薄的秃脑门。

明兰心情愉快，乐呵呵地散步回屋。春日里垂下来的藤架子也带着草木香气，明兰正想伸手摘一朵花苞，一旁的小桃已眼明手快地扯下一串。主仆俩对视而笑。正在这时，只见绿枝急匆匆地从那头过来，额头上沁着汗，脸上却是既惊且喜。她三步迈作两步，赶紧凑到明兰耳边，轻声道："夫人，逮住那小蹄子的错处了。"明兰眉头一挑："什么事？"

绿枝看身旁只一个小桃在，便低声道："炉子上炖着您的雪梨燕窝呢，她却跑了出去。"

明兰闭了闭眼睛，叹道："得了，我们过去吧。"

绿枝掩饰不住兴奋，却迟疑一下："那……太太那里……"她指的是王氏。

还不等明兰开口，小桃先低叫起来了："咱们该劝的也劝了，夫人该提点的也提点了，她死性不改，咱们有什么法子。太太要生气也没辙，再说了，咱们如今又不吃太太的饭。"

绿枝两眼放光，狠命点头。她看彩环不顺眼不是一天两天了，因怕明兰说她不够宽厚，这才装模作样地多问了一句，表示自己其实也很有爱。她们几个自幼一起长大，对于后来加入者，自然难当作自己人，何况彩环那个妖娆娇揉的做派，简直是房妈妈教学课中的经典反派形象，让她们反射性地产生生理厌恶。

明兰叹了口气，看看自己隆起的肚腹，轻轻抚着。若只是为了自己，能含糊过去也就过去了，可为了"他（她）"，卧榻之侧岂能留异心之人？她不能冒这个险。

明兰慢走回屋后，小桃先服侍着换上双柔软的拖鞋，斜斜靠在炕头，才见丹橘领人进来。这一次，她再无半分犹疑，器宇轩昂地走在前头，后头跟着委委屈屈的彩环和夏玉。

彩环一见了明兰，"扑通"就跪下了："夫人，我知错了，您就饶了我这回吧。"一边连连磕头，一边不停地辩解着，"我们原本好好看着炉子的，谁知有人来寻我说话，偏夏玉又出去小解了，我这才稍离了一小会儿。夫人，饶了我吧……"

夏玉也是吓到了，跟着一起磕头。

明兰静静地坐在上头，视线从炕几上的佛手形双鱼莲纹的青瓷小罐，一直慢慢挪到乌木镶银掐丝的小几脚，然后看到彩环。她心里不无怜悯，这次，她是有意的。发落个丫鬟并不是难事，只消做主子的存了这个想头，逮住个把柄，立时就能发落了。

彩环心里存了怨怼，又不知深浅地和院外的人结交，别有用心的人很容易就能抓住机会。如今自己怀了孕，正要十二分小心的当口，这个既不忠心又满脑子不当念头的彩环，她是不能留在身边了。

"谁来寻你说话？"明兰的声音好像浮在半空中。

彩环揢着脸颊，支支吾吾地说不出个所以然。丹橘冷笑一声，替她说了："向妈妈身边的一个丫头，叫什么玲珑的。"

明兰轻轻笑了。彩环用力磕头，连声道："夫人，是我的不该，我错了……"

"听说，私下里你们聊天时，你总怨我不叫你近身伺候，总远着你、冷着你。"明兰慢慢陈述。彩环瞳孔一紧，恨恨地瞪向绿枝和丹橘。小桃看了，很实诚地连忙道："是我告诉夫人的。"彩环愤恨地转而瞪她。

"夫人，奴婢心里是有些该打的念头。"彩环眼见求饶无效，开始辩解了，

"可当初我在太太身边服侍的,想着替太太尽忠,要好好服侍夫人,没想……"她揩了一把泪,"夫人却不肯拿我当自己人,我这才有些多说的……"

明兰慢慢直起身,又弯低了身子,直直看着彩环,一字一句道:"你是个聪明的,进顾家门已过一载,如今府里到底是个什么情势,你是真不知?"彩环一下子住了哭声,怔怔地看着主子。明兰挑起唇角,道:"你口口声声说要替太太服侍我,可我怕的是什么,忌惮的是什么,你这么久看下来,难道全然不明白?"

彩环脸上的血色慢慢褪了。除了几个常要办事的大丫头,满院的女孩都恭谨小心,绝少和外头人交联,每每太夫人那边的人来套交情,众人都躲之唯恐不及。

"我不喜欢外头知道这院里的事,可这些日子来,从你嘴里漏了多少事出去,你自己心里清楚。"明兰缓缓道,"你不是不知道厉害,不过是另有想头罢了。"彩环从心眼里没把自己当作主子,于是四处找靠山和帮手,想着能借力上位。

彩环唇颤如筛,哆嗦得说不出话来。她忽想起若眉的告诫,莫非……夫人这是要发落自己了?她一阵后怕,连忙上前扯着明兰的裙摆,高声哀求:"夫人,我真知错了,倘若夫人早这么说了,我定然不敢的!"

明兰摇了摇头:"你错了顺序,不是要我先信任你,你再来忠心,而是你要先叫大家伙儿信重,我再拿你当自己人的。"

彩环满面慌乱,泪水和脂粉混在一起,顿时花了脸:"可……可是……"

"可你等不及了。"明兰替她说完,"你岁数不小了,比丹橘还大了一岁半呢。"她怕没等自己熬成姨娘,就被明兰嫁掉了。

"这可真是难为你了。"

明兰悠悠地最后总结。她心中全然不气,只是有些无奈和怅然。彩环也算谨慎了,叫她细细候了半个多月才逮住这个错处。屋里静默了半晌,只听见彩环和夏玉的抽泣声。明兰定了定神,转头道:"叫崔妈妈她们进来吧。"

崔妈妈领着两个粗壮婆子进来。明兰一眼瞥过去,两个人都袖子里鼓鼓的,想来应是藏了绳索和塞嘴布。彩环和夏玉一见了这阵仗,早已吓得不行了。

明兰肃了神色,端正道:"挨罚也叫她们罚明白了。崔妈妈,您来说吧。"

崔妈妈早磨刀霍霍了,眉头皱如墨斗,面无表情:"这儿的规矩,夫人身子金贵,一应饮食汤药须仔细小心。"明兰的三餐点心是葛婆子亲手料理的,出她手，由丹橘等大丫头亲手接过，中途不经二手，其余炖品药补都在这院里架小炉子，由专人看管，每班通常两人，便是一个出去，另一个也得守着，决计不叫炉子离开视线。

"今儿你们二人看着炉子，夏玉事先报了你去小解，但中道儿溜去屋里拿点心吃，又和旁的丫头说笑了会子，耽搁过长；彩环更是不该，居然敢擅离了职责。"崔妈妈说得一板一眼，"今日若不罚了你们，以后也没法子约束旁人了。这院里，你们不可再待了……"

她话还没说完，夏玉就惊天动地地哭号出来。彩环反倒镇定了神色，直起腰肢高声道："崔妈妈说得是，可我是太太叫来服侍夫人的，崔妈妈这么撵了我，回头太太问起我来，不知妈妈如何答复！"

崔妈妈气得不轻，正要开口骂，只听门口传来一声低沉威严的男声："怎么回事？"

众人一齐回头，只见顾廷烨身穿朱红官服，一手端着乌金纱翼双翅顶戴，面沉如水，站在那里。明兰吓了一跳，她瞧今日天色还早，特意挑这个时候发作，省得叫顾廷烨见了心烦。

"侯爷回来了。"她连忙跳下炕床，想跋拉着软拖走过去。

顾廷烨长腿阔步，连走几步，一把按住明兰，放柔了声音："你坐着，别着急起身。"

一旁的小桃十分机灵地上前，双手接过官帽，颠儿颠儿地去放好，并且坚决不再回来，只躲在门口偷偷观看现场。

顾廷烨坐在明兰身旁，一手垂在炕几上，脸上点滴不惊："妈妈继续说，该怎么罚。"

崔妈妈面露为难地看向明兰，到底是盛家陪来的丫头，当着姑爷的面这般处罚，似乎落了盛家的脸面，连明兰也有几分踟蹰，不知如何开口。

在顾廷烨威严的目光下，崔妈妈只好照实道："彩环去西边角看空屋子，夏玉到二门去使唤……"她越说越轻。在她求救的眼神中，明兰赶紧接过话头："也不是什么大错，只是不罚她们，不足以约束旁人。好了，你们下去吧。"

她对彩环没什么深仇大恨，好吧，其实是她既没魄力也没胆色置人于死地，回头等自己生下孩子，有了空，给她找个婆家就是。

"侯爷！"彩环哭得梨花带雨，神奇地挣脱了两个婆子的挟制，一下扑倒在顾廷烨脚边，"求您开开恩，叫夫人别撵了我吧，以后我定然用心服侍。

是盛家太太叫我来的呀，我若这么离了去，以后奴婢的老子娘如何抬头见人？！"力气之大，居然扯歪了顾廷烨的袍服下摆。

崔妈妈急了，上前捉住彩环的胳膊，硬要把她拖开。绿枝大怒，上前去扯住彩环的另一边胳膊，用力往外拖。

"慢着。"顾廷烨道，疑惑地看着彩环，"是你？"

在记忆中慢慢搜索，某一个黄昏，眼前这丫头似乎给自己上过一次茶，后来叫那个桃子急急地叫了出去。彩环顿时满脸希冀，眉尖蹙得异常风情，抬头正想说什么，谁知顾廷烨皱起眉头，斥责道："怎么又是你？！上回不是和你说过，夫人有身子，闻不得脂粉味儿，嘉禧居上下俱不可涂脂抹粉，你今日怎么又这副样子？！"

此言一出，崔妈妈和绿枝立刻松了劲儿，适才急慌发愁的丹橘也松了口气。明兰抬头看看天窗，她很想冲着彩环大叫一声"你也太不敬业了，想勾引男人，至少研究下对象吧"！

像她，为了了解自己的老公兼老板的种种喜好和习惯，以便更好地完成工作，多么用功刻苦呀，几方向侯府老仆打听，知道因着有一个"体贴"的好继母，顾廷烨十四岁就已一屋子莺莺燕燕，真是环肥燕瘦，什么品种都有。除此之外，顾二少爷十九岁那年，还曾在京城某著名娱乐场所足足住了半个月，更别说在混江湖那段日子里，他又有过多少艳遇。

扮娇弱，装委屈，人家早见识过更高级别的了，一个内宅丫头的这点子业余表演，实在没什么技术含量，所以说，她从不担心彩环的这些伎俩会奏效，她担心的，只是彩环在屡次不奏效后，会主动或被人利用而对自己不利。

"侯爷……"彩环也傻了，张大嘴巴，糊着满脸脂粉，愣在那里。

顾廷烨心头不悦，面色冷峻，转头对崔妈妈厉声道："这种屡教不改的东西，还留在府里做甚！撵到庄子里去，若再不听话，直接卖了就是，岳母那里，我去说！"

崔妈妈如闻天赦，喜不自胜。两个婆子也恢复了活力，当下一边一个，拿绳子一把捆住，又堵了她的嘴，直挺挺地把人拖了出去。夏玉再不敢啰唆半句，连忙自动退出去。

绿枝兴奋地跟着出去，打算帮她们收拾"行李"。丹橘呆呆的，还没反应过来。还是小桃心理素质过关，笑呵呵地从门后出来："今儿新到的六安瓜片，给侯爷沏一杯吧。"然后，轻手轻脚地过来，不着痕迹地把丹橘拉走。

众人都出去后，明兰看看左，看看右，才慢慢地挪到顾廷烨身边，轻声道："侯爷今儿怎么了？"他并不是喜欢过问内宅琐事的男人，平常遇上明兰理家，他都会避到里屋去看书，看今日情形，明显他心情不好，有一肚子气要出。

"没什么，心里烦。"男人伸手松开领子，疲惫地倒在明兰怀里，合眼歇息。因沈国舅在家思过，顾廷烨这段日子只好接过他的些许差事来做，一众烦琐冗多，只扰得他面色阴沉如丧亲，三步以内无人敢来搭话。

明兰慢慢帮他松开发髻，手指伸进他的头发里，柔柔地按压他的头皮。男人渐渐松开眉头，发出舒适惬意的鼻息。明兰柔声道："又怎么了，出什么事了？"

顾廷烨睁开眼，目露隐怒："成泳兄弟出事了。"

"又有山贼打劫了？！"明兰一惊，犯案频率也太高了吧，欸，不对，不是说钦差已到两淮了吗？

"不是。"男人愤恨地握拳，在炕床上一捶，"成泳兄弟着了那伙人的道了。"

明兰不解。顾廷烨缓缓起身，叹息道："邸报上说，成泳兄弟受邀去饭庄里吃酒，不料大醉，醒来后身边却躺了个女子。"

"啊？！"古代仙人跳？明兰忍不住失笑，"莫非是人家见小段将军生得才俊，起了攀龙附凤之心，想招个女婿？"

"若真是如此，反倒轻巧了。"顾廷烨面色发寒，透出一股森冷的杀意，"那女子自称是良家妇人，家中有夫有子，口口声声说成泳兄弟坏了她的贞节，唯有一死了之。"

明兰大惊失色："已婚妇人？！这可麻烦了。"连验身都难了，"慢着，慢着，小段将军在吃酒，酒楼里哪来的良家妇女？"

"那女子说是来酒楼收鱼货银子，吃醉了酒的成泳兄弟经过，见她有几分姿色，便硬拖进了雅间。"

明兰张口结舌："怎么跟说书似的。难道满酒楼里都是死人，看着小段将军这般，也无人阻拦？还有，这妇人又怎么会睡到小段将军酒醒……"搞得这么激烈吗？

"正是疑点重重。"顾廷烨道，"成泳兄弟如何肯认？谁知刚质问了两句，那女子就一头撞死了，如今那妇人的家人夫婿叫起了撞天屈，状告成泳兄弟奸污良家女子，又逼死人命。"

明兰长长叹气。对方这么下血本，自然是前后打点好的，段成泳这回麻烦了。夫妻二人半晌无语。明兰道："如今怎么办？钦差去地方彻查盐务，没有硬手的武力撑腰可不成呢。"

顾廷烨看着她，眼中现出几分犹疑。明兰看了，心里敞亮："你想去吗？"

"皇上还没召见。"他低声道，"能做得这般周全，想来不只是几个府衙官吏，当地的卫所怕也不干净了，得有个人去整理下。这事，一般人震吓不住，得杀几个祭祭祖宗才好！"沈国舅既然去不了，同级别的也只有他了。

"段大哥，于我有恩。"男人满心都是决断不下，左右为难。

明兰木木地说："要去多久？"

"快则一月，慢则两月。"顾廷烨揉着她的手掌，"我手里一大摊子事呢，也是走不开。待把成泳兄弟捞出来，就换钟大有去驻防，到那时，没准儿老耿的身子也好了。"

明兰大松了一口气，笑道："我还当你要去一年半载呢。"盐务清查不是一时半刻能好的，"原来只去一两个月，这又何妨？但凡侯爷能赶在我临盆前回来，我便心满意足了。"

也不管揉皱了官袍，顾廷烨把她揽进怀里，轻轻摇着、抱着。在他心里，却是一步也不愿离开她。他歉疚道："你有了身子，我不该走的。"

明兰鼓起勇气，用力推开他，正色道："侯爷也是我的大事。侯爷的事，便是我的事。"很多事情，她早有心理准备，眼前的男人是头悍野的豹子，充满活力血性，怎么可能老拴着他？只消别跑太远太久就成了。

"可……"顾廷烨极力不愿想起某些事，却抑制不住地胡思乱想，他一生遇事决断，果决精明，这次却忽然优柔起来，"你若有事，我不在身边，可怎么办？"

"侯爷，"明兰知道他在想什么，她推着他宽厚的肩膀，认真道，"我不是那位秦太夫人。"

顾廷烨依旧沉吟。明兰提气道："只消侯爷留些人手便是，若有人来欺负我，吵不过，打也能把人打出去。再有个不好，我逃走还不成吗？"顾廷烨忍不住失笑。

明兰靠在他怀里，眼睛睁得大大的，声音畅快清亮："除非侯爷想致仕了，否则总有许多差事要办的，难道总守着我不成？以后，咱们还要生……"她脸上一红，却说不下去了。

顾廷烨心头甜蜜："是了，咱们以后还要生许多孩儿呢。"

明兰叫他说得害羞，拱到他脖子间，小狗似的一阵乱啃。顾廷烨大笑，以牙还牙也咬了回去，就着明兰的脖子一通乱亲。

过了半晌，两人歇了笑闹，顾廷烨枕在明兰的腿上，忽道："你的确不像那位秦夫人。"

他忽然一个翻身起来，和明兰面对面坐着："倘若我迫不得已，得娶旁的女子，你会如何？"这个问题横亘在他心里已经许久了。

明兰一愣，呵呵一阵傻笑："怎么会呢？"

"你会改嫁。"男人定定地看着明兰，口气十分笃定。

"怎么会……呢？"明兰装傻，心里却觉着这蛮有可能的。

老父的往事始终笼罩不去，他不自觉地会拿自己对比，一比之下，颇令人沮丧，尽管自己极力不去想"改嫁"这两个字眼，但以这几个月他对明兰的了解，若真发生了无法抵挡之事而致使夫妻分离，那这死丫头顶多哀怨上个三五天，然后十有八九会寻第二个男人来嫁的。

"而且，你多半也会过得不错。"他暗咬牙根。

"怎……么会……呢？"话题怎么转到这里来了，明兰继续讪讪地笑。

顾廷烨眼神阴郁，看得明兰浑身发毛，她大觉不妙，忙问道："那侯爷呢？难不成您真的要离弃我？"最好的防御果然是进攻。

"……"顾廷烨居然认真地想了想，"我大约会走两条路，要么带着你，躲到天涯海角，一辈子隐姓埋名就是；要么，待换过气来，再娶你一回。"顺便把那奸夫剁了。

明兰差点脱口而出"第二条路比较好"，平安和谐，天下太平，所幸她那长年怠工的第六感及时爆发。

她依偎到顾廷烨怀里，隔着肚子，艰难地环住他的腰，低声道："你背了我去吧，深山老林，我也跟你做野人夫妻去。"她的声音中满是柔肠百转，缠绵得几不可闻。顾廷烨瞬时软了心肝，紧紧搂着她，不住地亲她的鬓角和脸颊："黄泉地府，咱们也不分开。"

第四十四回 · 风雨欲来

　　四月底，皇帝急调顾廷烨为两淮镇守使，总署地方军务，急令即刻起程。

　　行囊是早就收拾好了的，明兰心情低落，往顾廷烨随身的荷包里塞了好些雪津丹和参茸丸。顾廷烨侧眼瞧着，这两样，一味降火，一味上火，他心中又好笑又感动，便拉过明兰的手，温言道："若觉着闷了，便回娘家去住一阵，不要怕旁人议论。"

　　之前他特意去了趟盛府，也不知跟那两位中老年妇女说了些什么，王氏当即叫刘昆家的来递话，大致意思是彩环那小贱蹄子随便处置，并随时欢迎明兰回娘家养胎，而老太太则只手书一封，言简意赅一句话——一切小心，切莫逞强。

　　明兰反手去握他的手掌，却只攥住三根大大的粗糙手指。她努力宽慰道："你别惦记我，有屠二爷和那班人手护着我，别说是家里这干家丁，便是打劫个把钱庄都有余了。"她想起上回御史南下时的惊险，不由得忧上心头，低声道，"倒是你，路上要多小心。卫士可带足了？不许逞英雄，我已吩咐谢昂不许离你周围三尺了。"

　　顾廷烨知她的心思，微笑道："为夫领着整整半个骁骑营呢。"更别说两淮可调之兵甚众。

　　"出门在外，你要当心身子，别喝生水，别吃不熟的野味，别贪凉敞了领口吹风，天一冷你就把那件鹿绒软细皮夹袄穿在里头，我戳破了好几个指头才赶出来的，你可不许当摆设了……"明兰比着十只白生生的嫩手指，其实她心底虚得厉害，只能一个劲儿地叮嘱。如今她做人媳妇正做得有滋味，一点改行当寡妇的念头都没有呀。

　　顾廷烨什么也没说，只静静地搂着明兰，目光发沉。

　　次日一早，顾廷烨整装毕，一身坚硬的皮甲戎靴，猩红大氅。待临出门前，他抚着明兰的肚皮，故作玩笑道："小子，你老子要出门了，要听你娘的话。"明兰正满腹愁苦，闻言不禁好笑，还不待她出口调侃，肚里的小浑蛋居然很争气地动了两下，也不知是扭了屁股，还是跺了脚丫。男人大喜，用力亲了口明兰，又弯腰亲了口肚皮，大笑道："等我回来！"

明兰扒着嘉禧居的门口，强忍泪水挥着帕子："一路当心，早去早回。"

江水三千里，家书十五行。行行无别语，只道早还乡……幽幽怨怨地落寞了几天，吃饭不香，喝水不甜，躺在床上，对着雕栏绘彩的床顶，掰指头数他已到了什么地方。渡口可过了？马匹人手都安好否？天气渐热，可别染了时疫才好，"山贼"有否再来光顾，云云。数日后，幽怨情绪过去，明兰开始胡思乱想，这死鬼会不会在外头乱搞？又过了几日，明兰恢复疏懒，重新过上了睡到自然醒的日子——在这个没有邮件、没有电话、手机甚至连电报都没有的时代，明兰全程体验了一遍丈夫远游后做妻子的心情变化过程。

待段夫人上门来哭诉致歉时，明兰已能很淡定地安抚微笑了。

"妹子，真对不住你。"段夫人面色苍白，眼泡红肿，"他大哥如今在苗疆，音信不通，二弟又出了这档子事，家里连个商量的人都没有。连累顾都督了。"

明兰按捺住腹诽，其实她这会儿也是音信不通，顾廷烨这趟差事的水很深，手段要半明半暗、半真半假。偌大的两淮地界，近十处卫所军营，近半百所大小衙门，他想从哪儿下手就从哪儿下手，连走哪条路都别叫人摸透，最好能抽冷子打对手个措手不及。

摊上这种事，明兰的抑郁可想而知。不过目前，她也只能摆出笑脸来，嘴上抹了蜜糖一般："姐姐说的什么话，段二将军又不是出门游山玩水去的，也是替皇上办差，这才着了小人的道。侯爷奉命前去，不单为了兄弟情义，还有朝堂大事呢。"

段夫人拭着眼角的泪水，满心感激："妹妹莫要宽慰我了，都督的良苦用心，我便是个妇道人家，也是懂的。这差事若是叫旁人办了，兴许也能完满，可我家二弟的前程和名声就未必有人理睬了。只有咱们这帮老兄弟，才会顾着情分，好歹拉一把不是？"

明兰暗道，段夫人果然是望族出来的，看得这么明白，当下笑得越发可亲。刚送走凄风苦雨的段夫人，忽见丹橘掀开绯鲛纱帘进来，面色暗沉："夫人，康姨妈来了，在太夫人那儿，请夫人过去一叙。"明兰一愣。

鉴于太夫人种种不可告人的念头，她其实很难在外头找到情投意合的聊友，想抱怨顾廷烨吧，动机太明显；想说明兰的不是吧，偏这可恨的在外头装得柔弱老实，人家一打趣，她就脸红羞涩，乖顺温文得活像刚从闺阁里出来的小女儿，迅速博得中老年贵妇们的一致好评；说她狡猾精明，相信的人不超过一个手掌，还都是太夫人的死交情和亲戚。

于是乎，在结识了康姨妈后，二人越说越投机，友情迅速升温，真可谓倾盖如故。刨除她们的坏话对象是自己，这点让人稍不愉快外，明兰以为，她们对自己的评价比之外头不明真相的群众，还是相对贴切的。

"夫人，您身子重，我这就去回了。"丹橘压低声音。在盛府时，她不止一次目睹康姨妈仗势给明兰排头吃。明兰摇摇头："这是姨妈头一回上门，我得去。"想了想，又吩咐丹橘，"老规矩。"丹橘终于露出笑脸："知道。但见夫人将碗盖扣桌上，便会发动的。"

明兰很满意地笑了。

时隔半年，再见康姨妈，却见她一身宝蓝色亮新绸描银缠枝缂丝褙子，头梳一个圆髻，绾了一对金丝翠玉扁方，腕上挂朱红香珠一串，显是刻意打扮过的，却依旧显苍老许多。她一见明兰，顿时露出一个鼻孔笑、嘴角不笑的表情，转头对太夫人道："都说我这外甥女是个有福气的，摊上你这么个厚道的婆婆，果真如此。瞧她这气色，都能掐出水来了。"

太夫人心里别提多舒畅了，眼角的皱纹都扬成了飞仙状。明兰笑笑，故意做出一副走动艰难的样子，挺着大肚子朝她们俩福了福，然后径自坐下。还未待太夫人开口，康姨妈又发作了。她沉下脸色，斥道："长辈还没说呢，你就这么坐下了吗？"

明兰在太师椅上调整坐姿，故作惊讶道："姨妈不叫我坐吗？"说着，又抚了抚了肚皮。

康姨妈一噎，大声道："那也得待长辈说了，你才能坐！"她一脸鄙夷地看着明兰，"什么规矩！你祖母就是这般教养你的吗？才出阁多少日子，这就忘了我妹子素日对你的教导？！"

时至今日，明兰不觉得自己还有必要忍耐这个神经病，当下也沉了脸色道："姨妈慎言。我是小辈，姨妈教训也就罢了，可我的祖母是太太的婆母，说起来也是姨妈的长辈，姨妈在小辈和亲戚面前，这般议论长辈，又是什么规矩？！"

康姨妈一口气上不来，大吃一惊。这是明兰头一次这么犀利地反驳她，印象中那个唯唯诺诺的庶女竟敢这般待她，她当即冷笑道："果然今时不同往日，攀上高枝了，口气也不一般了，也敢顶撞长辈了。"

明兰眉头一轩，昂然道："不论高枝低枝，但凡我有口气在，也容不得旁人这般诋毁我祖母。姨妈若是心头不顺，咱们这便去太太跟前说个清楚。"她倒要看看王氏站在哪一边。

康姨妈捏帕子的手指关节都白了，气得脸色发紫。明兰神色自若，自顾自地拨着茶碗里的茶叶。太夫人一见情势不妙，赶紧出来打圆场："成了，成了，你们姨甥俩一人少说一句。明兰也是，你姨母素是刀子嘴豆腐心，你还不知道吗？置什么气。"

明兰看看她，悠悠道："我还真不知道。"

"你！"康姨妈差点要站起来。太夫人忙过去把她按住，对明兰道："好了，少说两句，你姨母到底是长辈。"明兰坐得四平八稳，皮笑肉不笑道："长辈也分个远近亲疏，我自小是祖母跟前长大的，倘若由着旁人这般说她而不作声，我也真是枉为人了。"

这次连太夫人也吃惊了。这一年来，不论明兰暗地里如何计算，于面子上她从来都是一团和气，言语温和，今日竟这般尖锐，实属罕见。

这场会面注定不欢而散，明兰连话都懒得多说了，只冷笑着把茶盖碗倒扣在海棠木小翅几上。丹橘一阵心领神会，朝身边的小丫头使了个眼色。那丫头转身轻悄出门，外头小桃很及时地来报："常嬷嬷来了，请夫人过去呢。"

明兰诧异，转眼去看丹橘：不是这个暗号呀，啥时改了？丹橘比她更惊讶，未等她反应过来，那边的太夫人正殷勤地向康姨妈解释："这位常嬷嬷便是我那白氏姐姐的奶母。"

康姨妈闻言，当即冷哼一声："一个奶母罢了，好大的排场。我说妹妹，也是你太宽了，哪有叫下人这般蹬鼻子上脸的，还叫夫人撂下长辈去见她。"

太夫人面露为难的笑容，什么也没说，效果很好。

明兰神色镇定，淡淡道："姨妈有所不知，常嬷嬷也是好人家来的，父亲原是秀才，家道中落才在白家当了乳母，始终不曾入过奴籍，何来下人一说？

侯爷说了，因为白家如今已没什么人走动了，便将这位嬷嬷当自家亲长看待的，我如何敢不从？"此刻，她真诚感谢顾廷烨的先见之明，早早将常嬷嬷的身份抬起来，便事事好说了。

"侯爷常说，当初他在外头最艰难之时，得这位常嬷嬷助益良多，悉心关照，如今想来，真真不是亲人胜似亲人。比之那些面和心不合的亲戚，只知占便宜打秋风，这位常嬷嬷实可敬得多了。侯爷吩咐我，千万不可怠慢。"明兰越说越顺嘴，一边说，一边留意那两人的脸色。

只见太夫人面上还带着勉强的笑容，康姨妈脸上就一阵青一阵红。

"如此，我便先告退了。"

明兰优雅地站起来，捧着肚皮，扶着丹橘，愉快地离去。出去后，明兰一问，才知并非小桃乱改暗号，而是常嬷嬷真来了。明兰顿时笑了。这段日子常嬷嬷常来与明兰说话解闷，讲些市井乡村的野闻趣事，打发日子倒也不闷。

"明年这会儿，小少爷定然满地爬了。"常嬷嬷笑眯眯地看着明兰的肚皮。

"嬷嬷怎么知道是个儿子？"明兰揉揉后腰。自顾廷烨走后，这肚皮忽然长得飞快，原本穿得宽松些还看不出来，如今已是个典型的大肚婆了。

"夫人是个宜男相，瞧这肚皮尖尖，盆骨又圆圆的，九成九是小子。"

明兰失笑，半疑惑道："嬷嬷会看？"

常嬷嬷拈起篓中的针线，得意道："老婆子看人几十年了，眼毒着呢。"她微微侧头，似想起了往事，半炫耀半怅然道，"那时家里头难，吃了上顿没下顿，头里几个都没站住，我连稳婆都做过。一直待进了白府，奶上了大姐儿，老太爷出手阔绰，家里日子才好过。说起来，年儿他爹能读书也是亏了白老太爷。唉，一转眼，两个都……"提起这些，她不免黯然。

明兰去握常嬷嬷的手，温和道："难为嬷嬷了，这么多年风风雨雨，都过来了。老天有眼，以后苦尽甘来，嬷嬷定有享不尽的福气。"常嬷嬷本就是个大咧咧的性子，闻言倏然开朗。明兰又道："嬷嬷年纪大了，还常来瞧我，真是辛苦了。"

常嬷嬷摆手道："哪里的事。别说烨哥儿走前吩咐过的，便是没有，我也要常来的。再说了，如今燕子也嫁人了，年儿又忙着读书上学，家里清闲得很，呵，还能蹭顿饭吃。"

"年哥儿这段时间读书可好？"

"好，好，都好。"常嬷嬷眉开眼笑，"先生好，学问渊博，同窗也好，尤其是夫人娘家的长栋少爷，待人极好，这么个金贵人，一点儿架子都没有，有一回还来我家吃过饭呢。"

明兰笑道："我两位哥哥都成家立业了，四弟在家也是寂寞，有年哥儿这么个年龄相当的好友，一道读书上进，再好不过了。"说着，两人一齐笑起来。

常嬷嬷摸爬滚打几十年，冷暖世情见识不少，叫人捧过，也尝过白眼，最是泼辣明白的，与她说话十分痛快。因如今风平浪静，常嬷嬷始终一副和气模样，叫明兰险些忘了她辉煌的战绩。

很快，见识的机会到了。

随着康姨妈频繁上门和太夫人联络感情，常嬷嬷渐也听到风声，夏荷更是私下透露"那康夫人好生令人厌烦，动辄叫我们夫人去作陪，夫人推托了几次，太夫人那边便言语不好听了"云云。常嬷嬷一听，便留了心眼。那日，康姨妈前脚上门，后脚常嬷嬷就风急火急地来了。

明兰刚把向妈妈打发了，她足足在嘉禧居磨叽了小半个时辰，话里话外都透着要挟之意，明兰全然不去睬她，所谓的贤良名声跟自己的身体健康相比，根本不值一根毛。

常嬷嬷知道后，二话不说，直奔萱芷园。

康姨妈见了常嬷嬷，劈头便是一阵冷言冷语。常嬷嬷也不气恼，客客气气道："老婆子倚老卖老，替夫人道个不是了。实则是夫人身子重，不好时常挪动，想来两位都是长辈，也不会这般不体恤的。"康姨妈冷笑连连："敢情天底下只她一个生孩子的，仗着肚里有货，托大拿乔，不敬长辈……"

她话还没说完，常嬷嬷当场把一旁茶几上的果碟扫在地上，竖起眉毛，对着康姨妈满脸横肉，声如铜铃，直震得屋顶发振。

"哈，长辈，哪门子的长辈！我敬你是夫人的娘家人，才敬你一声姨太太，还真把自己个儿当碟菜了！睁大你的眼，仔细打量打量，这家人姓顾！亲家姓盛！你康家是盛家的连襟亲，跟咱们顾家更是转了几个弯儿的亲！来这里充什么长辈！"

太夫人目瞪口呆，有心想喝止，常嬷嬷的言辞却如泼天大雨般来，叫人插不上口。

常嬷嬷骤然撒泼，两旁的丫鬟婆子都惊呆了。只见她站在厅堂门口，叉腰大骂道："不孝有三，无后为大，如今里外谁人不知夫人有着身孕，便是亲家老太太和太太都不大来打扰夫人养胎，如今倒好，来了个不知狗头嘴脸的姨妈，三天两头来摆架子充老大！我呸！要是咱们侯爷的骨肉有个好歹，你那三两重的骨头赔得起吗？！"

康姨妈打出娘胎还没叫人这么辱骂过，直气得浑身发抖，几乎瘫软在椅子上。太夫人终于缓过气来，大声道："你胡说什么！你们都是死人哪，还不快把人拉出去！"

常嬷嬷骂完这些，也不等人来拉，径自出了门，站在外头庭院里，拿出当年在猪肉摊上吆喝的嗓门，嚷嚷道："……什么东西！自家死了人哪，奔丧都没这么勤快，没半分大家夫人的模样，三天两头往这家跑，不知道的还当是多近的亲戚，别是来打秋风的吧！"

她大摇大摆地往外走，两旁仆从因事先未得太夫人的指令，又碍着顾廷烨的威风，不敢当真去推搡常嬷嬷，只由得她一路走一路破口大骂，越骂越击中要害。

"……满天下去问问，哪个体面人家，会叫七八个月的大肚婆整日来回跑的？！有人倒好，还蹬鼻子上脸了，更有那装傻充愣的。怎么的，打量着侯爷若是无后，能便宜了谁不成？！"

出了萱芷园，多是看好戏的人，一路上指点说闲话外加轻声讥讽的。常嬷嬷见人多，便越发使性，跳着脚，指着萱芷园的方向，口沫横飞地大骂："……我告诉那起子黑了心肝的东西，我那烨哥儿没遂了你们的心愿，如今大难不死，必有后福！"她是个明白人，明兰把澄园内外管得头头是道，她便不再插手半分。顾廷烨这次出门，她自知他的顾忌，只在明兰不方便出手时，装疯卖傻，倚老卖老一番便是。

声音远远传出，朱氏在屋里轻轻哄着小女儿睡觉，屋里的丫鬟婆子俱是噤声，不敢言语。邵氏在屋里焦躁难安，走来走去。娴姐儿走进来，示意丫鬟把门关上。

"娘，咱们下盘棋吧。"女孩拉着母亲坐下，轻声道，"外面的事，跟咱们没关系。"

康姨妈气得瘫软，几乎叫人扶着出去的。她这辈子还没在外头这般丢人现眼过。好一顿鸡飞狗跳地闹腾，常嬷嬷老当益壮，中气十足，从萱芷园吼到澄园，一路上引无数围观群众，只差连忙活修葺工程的泥瓦匠都引来了。

饶是明兰早有耳闻，此次也被这般战斗力给惊呆了。

咽下惊讶，吞下口水，当晚，吃饱喝足后，她悠闲地散着步去给太夫人赔罪，连声道"常嬷嬷脾气不好，请多担待，待侯爷回来，一定叫侯爷去责备"（言下之意，现在是不好责备的），还一脸真诚地表示"常嬷嬷年老糊涂了，满府里谁不知道您是最宽厚仁善的，那些污糟话您千万别往心里去呀"。

不到半天工夫，侯府内外就满是风言风语，很多事情不喝破则已，一旦喝破便是全然没脸了。太夫人直气得一佛升天，她只想钓两条小鱼消遣，谁知却引来一条大白鲨。被骂了还白骂，她这辈子都没这么抑郁过！

屋漏偏逢连夜雨。没过两日，顾廷灿哭哭啼啼地回娘家了，她一头栽进太夫人的怀里，连哭带骂地指责丈夫不好。

"……一开始还装模作样，房里原有的那几个，我当没见着，也忍下了，如今越发不成样子了，连我身边的丫头也摸上了。被我撞破，却说只是在教她写字画画！"顾廷灿又哭闹又跺脚，全然没了以往那份清高，"我说了他两句，他却来哄我什么'名士自风流'。我呸！他算什么名士，读了半瓶醋的书，联出来的诗句还没我的工整呢！没法在我面前充才子的款儿，便去教小丫头歪诗艳曲。哼！这份货色，便是入朝拜官，也是嫉贤妒能的料！"

太夫人胸口发疼，只堵得欲裂开一般，大声责骂道："小姑奶奶，这个时候你就别添乱了！早跟你说了，嫁了人后少摆弄你那些学问，诗啊词啊的，若是姑爷有兴，便凑个趣，添些闺房之乐，你倒好，还炫耀上了！哪个男人不好个面子，你还削他面子！你、你、你……你让我怎么办？你当还在做姑娘呢，事事由着你来？男人摸几个丫头，当的什么事！"

"咱们夫妻吵嘴，只是屋里的事。谁知婆婆吃饱了撑的，送了两个丫头过来，如今……如今……"顾廷灿哭得厉害，不依不饶地扑着太夫人的袖子摇晃，"我不依！我不依！娘，你给我想想辙吧。娘，你去替我说说，替我说说！"

凡事有利必有弊，嫁入公主府，虽不必再仰顾廷烨鼻息，却也不能替女儿去撑腰了。太夫人不由得长长叹气："你那婆婆是公主，是皇室贵胄，只有她说人的，哪有人说她的！"

看女儿哭得可怜，她一阵脑袋发晕，嘴上自然就出来了："我早跟你说过，男人要哄着来，你看你二嫂，哄得你二哥野马般的性子跟绕指柔一般。你但凡把姑爷笼住了，看你们夫妻和睦，公主也不会如何的呀。"

好说歹说，絮叨了半天，支了不少招数，看着女儿垮下的肩头，楚楚可怜地出了门，太夫人怔怔地坐倒在罗汉床上，半晌无语。过了好一会儿，向妈妈才端着热茶盅上来，轻声宽慰道："您且宽宽心，少年夫妻，哪个不吵嘴的，床头吵架床尾和，回头他们自己就好了。"

满室昏暗，太夫人看着一灯如豆，神色倏然变得铁硬，森然道："你也看见了，若再这么下去，我这一儿一女，只有看人脸色的份儿。时至如今，不动手也不成了。"

向妈妈轻轻叹了口气："您可都想好了，若是成也就罢了，若是不成，您的名声、您的脸面，那可都完了。"

太夫人笑得苦涩阴冷："什么名声、脸面，那都是虚的。何况，我如今的名声又能好到哪里去，我若什么都不做，将来的日子，我不猜也知道，不过是在人屋檐下讨口饭吃，看那盛明兰的脸色过日子罢了。可我咽不下这口气，我这大半辈子，不能这么白活了。"

一入六月，肚皮大到一定规模，明兰平躺在榻上，把书本靠在肚皮上就能看了。肚里的小浑蛋开始不守江湖规矩，要么久久没有声息，要么忽地猛动几下。太医切过脉，又反复诊查，笑说一切正常。面对此情此景，明兰只生恨自己上辈子学的不是妇产类专业。

临近生产，崔妈妈越发警觉，两眼绿莹莹的，怪骇人的，看着院里的哪个都不像好人，明兰入口的一汤一饭一茶，均要仔细查验，眼睛都抠下去一圈。小桃私底下跟明兰说，崔妈妈小时候的服务单位是个妻妾斗争极其惨烈的大家族，因是受了永久的惊吓。

谁知小桃咬耳朵之时恰叫崔妈妈碰上，便拎了她的耳朵出去罚扫地。大约是想着自己着实疑神疑鬼得过了，崔妈妈忍不住叹道："老太太常说人各有命，当年老太太的哥儿倒是平平安安地生下来了，七斤六两的大胖小子，谁知后来，却因那么桩小事就夭折了……"

明兰低头摸肚皮。能做的都做了，接下来只能看自己的人品了。

这一个多月来，侯府大致风平浪静。期间顾廷灿又来哭过两回，一次是公主高调给韩家姑爷抬了房姜室，太夫人好声好气地把闺女抚慰回去了；第二次是韩家姑爷连着五日光顾那位姜室的床铺，这回太夫人终于硬起心肠把女儿骂了出去。待顾廷灿走后，她却当着三个儿媳妇的面狠哭了一顿，只道："如今只悔当初没好好管教她，惯得这孩子不知天高地厚！"又三不五时地拉着明兰的手，翻来覆去地道："只盼兄嫂垂怜，多提携她才好。不然……不然……"

明兰回屋后，纳闷了好半天。丹橘熟知她心事，便在无人时悄声问道："夫人什么想不明白？七姑奶奶这般，也是因果报应不是？"她自小服侍在小姐身边，耳濡目染大家闺秀的教养做派，别说明兰，就是斯文假仙如墨兰，骄横跋扈如如兰，那都是谨守女儿家本分，女红、看账、规束下人、下厨挑弄……样样来得，哪像顾七姑娘，整日拿一卷诗，舞文弄墨的，不务正业，看人说话半阴不阳的，清高自诩，恨不能人人都捧着她、宠着她才好。

"在夫家还摆姑娘架子，岂不是自讨苦吃？太夫人如今自是要哭的。"

明兰摇摇头，轻捋着腕子上的一只羊脂白玉镯："事情不对。她是该哭，可不该当着我的面哭。"丹橘笑道："兴许她是想求着夫人替七姑奶奶出头吧。"

"那我可会因她两句苦求就去帮忙？"

丹橘一时语结。

明兰神色发沉，若有所思地望着门口那挂七彩琉璃珠帘："她聪明着呢。明知我的为人，不会做此无用之事，反倒示了弱。"

如果有朝一日，顾廷灿在外面的遭遇有损顾府名望声誉（例如被休了），那时不用太夫人开口，明兰也得去为这不讨喜的小姑子出头不可，可若只是在夫家受些委屈，那不好意思了，就当是修炼吧。那么，明知无可求，太夫人到底所为何来呢？

"只是为了扮可怜、博名声吗？"明兰苦苦思索。

让她疑惑的不止这一桩。自那日被常嬷嬷狠狠修理一顿后，好一阵子康姨妈都没现身。本以为依着这位王家大小姐的性子，这辈子都不会再上顾家门了，也不知太夫人怎么去说好话的，只半个月后，康姨妈就又来了。不过，这次她却温和多了，既不提无理要求，也不动辄摆架子，因面子不好过，居然叫自家庶女来打先锋，上嘉禧居来给明兰赔不是。

"太太叫我来赔个不是，说是她老糊涂了，请表姐莫要往心里去。"康兆儿怯生生地立在当中，满面都是脆弱惊慌，却掩饰不住秀气天成、姿容窈窕。

"若是表姐还气着，便打我几下出气吧。"康兆儿声如蚊啼，害怕得几乎要滴下眼泪来，手指不住地扯着身上的一件簇新的桃红锦纹遍地垂脚缠枝花褙子。她和嫡姐元儿只差两岁，自小便是捡着元儿的旧衣服穿的，如今这新衣裳反叫她不自在。

看着这个女孩，明兰不由自主地叹了口气。出嫁之前，她见过康兆儿几次，知她的生母是康姨妈的陪房丫头，自小便是元儿后头的小跟班，看主母的脸色长大的小女孩。

"有什么气不气的，不过是常嬷嬷脾气大些，冲撞了姨妈，倒是我的不是了。"明兰微笑道，又叫丹橘拿了新进的玛瑙葡萄送过去，便把这件事给轻轻揭过了。

第二日，太夫人、康姨妈和康兆儿并着丫鬟婆子便浩浩荡荡来了嘉禧居，对着大肚皮孕妇嘘寒问暖了半天。康姨妈笑得春光融暖，关怀备至，过分亲切的语气反倒把明兰惊出一身冷汗来。事出反常必有妖，明兰心中生了警惕，拒绝加入这场亲戚大联欢，依旧淡淡的。

康姨妈敷衍了半天，也不见明兰配合，便强笑着离去了。至此之后，她便常带着康兆儿来顾家做客，便是自己不来嘉禧居，也叫康兆儿来问候明兰一声。

之后的日子一切如常，康姨妈仿佛真的是和太夫人意气相投，常来常往，并没有任何多余或不当的举动，明兰却日复一日地烦躁。康姨妈这种人，无事不登三宝殿，凡事必有所求，可偏偏她什么都没开口。可既然无所求，那又为何非要跟自己和好呢？

总不会是她突然放下屠刀，立地成佛了吧。

孕期快进入尾声，正是最怠懒的时候，明兰每日对着枕头发困，只想吃吃睡睡到生产那日，直可恨还要动脑筋苦思冥想是不是有人要算计她。

没有丫鬟婆子吵架，没有管事小厮欺人，太夫人整日只忧心顾廷灿姑娘的婚姻生活，邵氏忙着管教女儿，朱氏忙着相夫教子，满府里一派和谐，什么兆头都没有。也许真的没什么呢？也许是自己多想了呢？既然怎么想都没有头绪，会不会是庸人自扰了呢？

一阵柔和的暖风吹进屋内，把案几上的一卷看了一半的话本册子掀翻在椅上。明兰捧着肚子走过去，不住地打着哈欠，想着去睡个午觉，拿着话本送眠倒好。一提起册子来，眼睛一瞟，却见那一页当头第一句便是：看似万籁俱寂，实则处处暗藏杀机。

明兰怔怔地看了一会儿，不知为何，陡然背上起了冷汗。

"去外厅，请屠二爷。"她的声音骤然离了慵懒倦怠，异常清醒。

屠虎本就生有三分凶相，还有一道狰狞的疤痕从左额穿过鼻梁，直至下颌，正是传说中的"包天围地大破相"，人们见了非怕即厌。不过，屠家兄弟却有一番好本事，专精消息机关之学，于刺探暗杀最是灵光。

"让老屠做什么，夫人但请说便是。"这些日子，屠虎早就闲得骨头发痒，大哥临走前，千叮咛万嘱咐，定要保夫人平安，他只得苦苦等待，只盼天上降下些能显身手的机缘来。

隔着屏风，明兰慢慢放下茶杯，道："屠二爷，这事怕有些为难。"

屠虎一听就来了精神，站在当中一抱拳道："侯爷与我们兄弟是生死之交，有救命之恩，夫人但管开口便是。"不是难事怕也显不出自己的身手来。

何况这位侯夫人待人甚厚，除了定俸之外，四季衣裳、年节赏银、上好的虎骨豹筋、御赐的跌打膏药，均是源源不断，年前居然还异想天开要给自己兄弟俩做媒。他与兄长厌倦了刀口舔血的江湖营生，依附顾侯，这般日子甚是合意，因此，如何不尽心竭力。

明兰想了又想，斟酌着道："我也说不出要屠爷做什么，只是……"她颇觉难以开口，因她也没有头绪。外头的屠虎伸着脖子等了半天。明兰一咬牙，索性把近来的疑惑说了大概。

"我也说不出哪里不对，可实实在在的，确是有事不对劲。"

明兰沉着嗓子，轻轻捶了一下扶手，一字一句道："读书时，先生曾与我说过，没想到，是因为疏忽，而疏忽，是因为懒惰，只要精细地、勤恳地去查，总能查到鸡蛋上的缝。"

屠虎肃起了神色，静静听着。明兰顿了顿，道："如今，我请屠爷去查这

293

些事，我的这位姨妈，还有太夫人，与之相关的一切，从康家、秦家，甚至朱家、盛家，到其他枝枝叶叶，连她们上香的寺庙、庵堂，常交的僧人、尼姑，屠爷能查到多少，都来告诉我，巨细靡遗，我一概都想知道。"

屠虎忍不住朝屏风那头瞥了眼，心道：这深闺妇人，怎么说话就跟行内人一般？他本是行家，自然知道，这世上最难查探之事，其实既不是深宅大院，也不是六朝宫闱，而是看似无事可查的风平浪静。他重重一抱拳道："夫人的意思，老屠都明白了，夫人只管等好吧。"

吩咐过后，明兰多少觉着心定了些。崔妈妈管着她的饮食，屠虎看着外头，每四五日丹橘或小桃就会去听信。常嬷嬷辖制一干不驯服的，巩红绡叫她旁敲侧击地刺了三回，秋娘被她打击得几乎心如止水，只差落发出家了。至于那位在伶仃阁里顾影自怜的凤仙姑娘，更是连门都不敢出了。除了尿频很讨厌之外，一切正常——应该没事了吧。

又过了月余，天气越来越热，眼看临盆在即，一应事务早已陆续备好，连生产时用的剪子、棉布、铜盆、被褥，都叫崔妈妈反复严查了几遍，恨不得连烧水的柴都劈成细丝看过。明兰反倒渐渐稳了下来，每日好吃好睡，依旧坚持着散步运动，希望临盆时能好生些。

"大约就是月底了，不过也有可能早些，若是迟了，下个月也没准。"老太医把过脉，掐指算了好一阵，又叫医婆摸了明兰的肚皮，"夫人放心，夫人的怀相极好，胎儿大小正好，只是……"为着自家安全，他又添了一句，"到底是凶险事，请夫人万万小心。"

明兰忍不住去瞪这帮医棍，好话坏话都叫你们说尽了。

既不知什么时候生，还一切照旧。这日，她正和常嬷嬷说着话，恰逢蓉姐儿学里放假，便坐在小杌子上，捧着盘玫瑰香瓜子旁听。这时，常年来了。

"下学了？今日功课多吗？先生说的可都听懂了？"常嬷嬷一生的心血都在这孙子身上。她自己不通文墨，却督促常年极严。常年一一答了。入海家家塾没多久，他就成了先生眼中的好学生、好苗子，自是一切顺遂。

"年哥儿长了好些个子呢。"明兰笑着打量常年。

因是自小在市井田野奔跑大的，日晒雨淋，反比一般官宦子弟更显结实高壮些，才十二岁的小男生，却比长栋高出半个头。他也开始有少年人的知觉了，不大敢看明兰，守礼地低头躬身，黝黑的面庞却泛着红："徒长齿序，只劳烦祖母和母亲日夜给我做衣裳了。"

一听这青春期变声的公鸭嗓子，明兰就笑了。小常年素来磊落大方，近来却不大肯开口，便是说了也只低声支吾，大约就是为了这个。常嬷嬷慈爱地看着自家孙子，只见他一身半旧的石青儒袍，小小少年竟也有一番翩翩公子的味道，不由得满心骄傲。

"蓉妹妹也在呵，妹妹好。"常年见了蓉姐儿，笑道。蓉姐儿偪着脑袋，姿态标准地福了福，柔声细语道："见过年哥哥。"常嬷嬷见此情形，轻哂一声，摇摇头。

"禀夫人，我给蓉妹妹带了本钱毓林先生注的《长水记》，可否……"常年躬身拱手。没等明兰发话，蓉姐儿已经眼睛一亮，上半身先直了起来。

明兰见了，轻笑一声，挥手道："我与你祖母再说会子话，你们俩去梢间吧。"不满十岁的小女孩和十岁出头的小男生还用不着过分避嫌吧，反正大人就在隔壁。

看着蓉姐儿如兴奋的小兔子般随在常年后头，兴冲冲地走出正间，常嬷嬷眼神异常复杂。明兰侧眼看她，明白她的心事，既厌其母，又怜其身世。

常嬷嬷转过头，轻声道："哎，这丫头……这才多少日子，却已大变样了，也知书达理、进退有据了。她没赶上好娘的命，幸亏碰上夫人，也是有福了。"

明兰嘴唇动了下，没有开口。她从来不主动问曼娘的事。

常嬷嬷为人谨慎，平日极少谈及顾廷烨的过去，此时却似勾起了谈兴，眼神恍惚，轻声喃喃："那女人，当初为找出烨哥儿的下落，整日来我家纠缠，还把蓉姐儿扔我那儿。后来，她终打听到了烨哥儿的去处，便决心带着儿子下南边去。老婆子再不好，那终归是烨哥儿的骨肉，难道会害了姐儿不成？谁知那女人硬是把丫头带走，老婆子还以为她是要带着一道上路，谁知一转身，她就把闺女丢进了侯府。蓉丫头那时才多大呀，狼窝虎穴的，做娘的居然也忍心！"

隔壁传来一阵欢快的笑声，小女孩和大男孩笑得无忧无虑，清亮的童稚女音夹杂着一阵半嘶不哑的公鸭嗓，居然听着十分和谐。常嬷嬷不由得露出笑容，却故意重重地咳了一声，那边的笑声骤然截止，好像被忽然卡住脖子的大白鹅，一时寂静。

明兰几乎可以想象两个孩子缩着脖子掩着嘴的小模样，顿时忍俊不禁，拿帕子捂口闷笑。

常嬷嬷领着孙子回家了，明兰笨拙地挪到门边相送，边走边道："前几日郝管事来报，已领人验过工了，墙基牢固，墙首俊俏，工事可交结了。我预备后日摆几桌酒，到时请嬷嬷一定来。"大宅动土是大事，不论破土还是摆完工酒都要查皇历，这种酒是没法赖掉的。

"吃酒这般好事，我一准来。"常嬷嬷笑着回头。

次日，明兰睡得脸蛋红扑扑地起来，慢悠悠地听丹橘报着宴客名单。因男主人不在，不好大肆庆贺，只邀请些自家亲戚便是；又听廖勇家的念着菜肴和干鲜果单子，按着宴客人数，预先要定下采买多少食货酒水，且要预留多少余座；因天气炎热，还要从地窖里起些冰块出来，并定下专门人手，明日一早把酒水鲜果放井里湃过；还有匠人的人数，待匠席面如何整治。总算这次动工只是修整墙沿和一部分院落，不算上梁、建屋般大规模，祭品和撒喜的糖果面食倒可以略略简单些……之前澄园已办过几次宴饮，一众管事和婆子都是办老了的，此次也有旧例可循，倒也并不慌乱。

正理着事，外头忽然人报，说是盛府来人了。明兰忙叫绿枝出门去迎。

"房妈妈，你来了，快坐，快坐！"明兰又惊又喜，撑着扶手要站起来。房妈妈忙上前几步扶住明兰，一迭声道："我的小祖宗，你给我好好坐着！"

"妈妈身子可好？老太太可好？还有全哥儿，又识多少字了？慧姐儿可会叫人了？"还没坐下，明兰便拉着房妈妈问东问西。

房妈妈一边接过丹橘端来的茶盏，一边抚着明兰，笑答道："都好，一切都好！慧姐儿机灵得很，已能哄人了，全哥儿却开始淘气了，跟小牛犊子似的，满屋子撒欢，多少人都逮不住。老太太如今连那乌木杖都不大用了，一日至少得吼好几嗓子，不过身子反见硬朗。前阵子太医请过平安脉，说铁定能瞧着全哥儿讨媳妇呢！"

听到祖母平安康泰，明兰直是满心欢喜。自己当年毕竟只是伪萝莉，再怎么装还是太嫌懂事了些，真小孩就该像全哥儿一样，对着宠爱自己的曾祖母会撒野、会淘气、会胡闹，会把大人气得满屋子跳脚才对。

"老太太昨儿上广济寺，给六姑奶奶求了道符，叫姑奶奶随身戴着，能保母子平安，一切顺当的！"房妈妈捧出一个荷包，恭敬地递给明兰。

明兰感动地接过荷包，揣在怀里，心里酸得发甜。她侧头掩住眼眶的湿意，转而笑问："父亲可好，太太可好？"

年前，盛纮自都察院调往兵部，任右侍郎，一道协力署理西北道钱粮。房妈妈笑道："太太挺好的。不过，这阵子，老爷开朗多了，也有工夫查三爷功课了，抽空还来与老太太说说话呢。"说着，笑叹了口气，"我们老爷原就是最和气不过的人，做了十几年官，何曾与人结过怨，谁人不夸老爷和气厚道，偏要他专职告人状，真是为难老爷了。如今可好了，阿弥陀佛！"

明兰生生捧住肚子，咬着嘴唇忍笑。做子女的不好笑话父母，但是御史这份工作真的不适合盛老爹，他天生就是和稀泥的和事佬，要他瞪着眼睛寻人错处，背地里阴阴人还行，告明状得罪人，实在精神压力太大。"那……三哥三嫂呢？"明兰眨着眼睛，十分期待。

"跟对鸳鸯似的，正比翼双飞呢。"房妈妈一本正经。

"真的？！"明兰一愣。

这对夫妇自打新婚起，就互看不顺眼。长枫固然看不上柳氏的古板严肃，柳氏居然也毫不掩饰地表示丈夫是个轻浮不正经的。婚后第五日，长枫就去了通房屋里，柳氏也毫不在意。

见他们夫妻反目，王氏自是乐不可支，可长枫再二，也不至于把跟自己生母斗了二十多年的王氏当亲人，唯二的两个靠山，盛纮和老太太，却一股脑儿地都站到了柳氏这边——凡是柳氏的主张都是对的，凡是柳氏的做法必有深意。如此，柳氏进一步捏住了长枫的花销银子。

No woman, no money，才是 tragedy（悲剧）。

盛纮抓着长枫的功课不放，按着吃饭顿数来训儿子；老太太认为夫妻不和都是长枫的错，拿着盛纮那句"盛家长子必要嫡出"的话，一气发落了长枫屋里四个通房，都隔离到庄子里去了。长枫过得苦不堪言。他自小性情软弱温柔，此情此景，不由得泪从中来，凄凄惶惶，天地间却没半个知心人，这日子简直没法过了。

正当这个时候，柳女士向四面楚歌中的盛长枫伸出了温暖的友谊之手。

"那日，三爷又叫老爷狠骂了一顿，伤心得连晚饭都不肯吃，三奶奶端着夜宵去书房寻三爷。"房妈妈压低声音，"也不知三奶奶说了什么，听丫头们说，三爷跟个娃娃似的，扑在三奶奶怀里狠哭了一顿。第二日，三奶奶脸也不板着了，说话也不难听了，温温柔柔的，两人好得跟蜜糖似的。后来，三奶奶把那几个通房领了回来，三爷感念她的贤惠，反跟她更好了，又主动散了两个，只留下两个老实本分的。如今，三奶奶正促着三爷好好读书呢。"

峰回路转，跌宕起伏。

明兰不由得大呼三嫂威武，盛纮和老太太慧眼如炬，这儿媳妇娶得值了！

"这是三嫂跟爹爹、老太太说好的吗？"明兰凑过去咬耳朵。

房妈妈的表情很高深莫测："聪明人，无须串联。"

明兰拊掌大笑，顺手殷勤地给房妈妈剥了个橘子，以奖励她故事说得好听——先抑后扬，为渊驱鱼，果然好计。谁说生活不需要智慧！

一会儿唱黑脸，一会儿唱红脸，费尽心机笼住丈夫，变逆境为顺境，跟这位柳氏嫂嫂的用心良苦相比，顾七姑娘就像个不懂事的孩子，不知生活的艰难，任性地挥霍着人生的机会。

房妈妈又和明兰说了些盛府的趣事，崔妈妈也来笑着听了会儿，加上丹橘几个来打趣，正一堂热闹时，只见夏竹满面惊慌地进来："夫人，不好了，年哥儿出事了！"

明兰大惊失色，失声问道："怎么回事？"

"今早年哥儿去上学，走了一半时，斜里冒出两匹野马来，把车给撞翻了，年哥儿也叫撞伤了，如今人都没醒过来，常嬷嬷赶紧使人来报夫人。"

明兰肃颜站了起来，沉声道："拿我的名帖，去请林太医。"

她的心一时揪紧，倘若常年有个什么好歹，真不知常嬷嬷该如何是好。

【未完待续】